LA VALLÉE DES LARMES

Sonia Marmen

LA VALLÉE DES LARMES

Roman

Production Jeannine Balland
Collection Sud Lointain

PRESSES DE LA CITÉ

Déjà paru chez France Loisirs sous le titre *Cœur de Gaël*

ISBN 2-258-06734-0

A mon tendre époux
avec qui je tiens
à partager ce bonheur.

Pour être heureux
il est plus important d'aimer ce que l'on a
que d'obtenir ce que l'on veut.

Remerciements

Je tiens à remercier les personnes suivantes...

Ma famille, pour son inestimable et précieuse patience lors de mes « absences ». Ma mère, ma première lectrice, Isabelle, Suzanne, Micheline, Jacinthe et ma sœur, Judy, pour leurs soutiens et encouragements. Un merci tout particulier à Judith, qui, malgré son emploi du temps chargé, a trouvé quelques moments pour me lire, me relire, me corriger et me remonter le moral avec force bons mots. M. Angus Macleod du Cap-Breton pour la correction des dialogues en gaélique, qui, ma foi, est une langue très complexe. Mon éditeur, pour la confiance qu'il m'a accordée, ce qui m'a permis de réaliser un vieux rêve. Pour terminer, un merci spécial à tous ces auteurs des nombreux ouvrages qui m'ont été d'un précieux secours lors de l'écriture de ce roman. Sans eux, je me serais sentie bien démunie.

... du fond du cœur.

L'Écosse et les Highlands

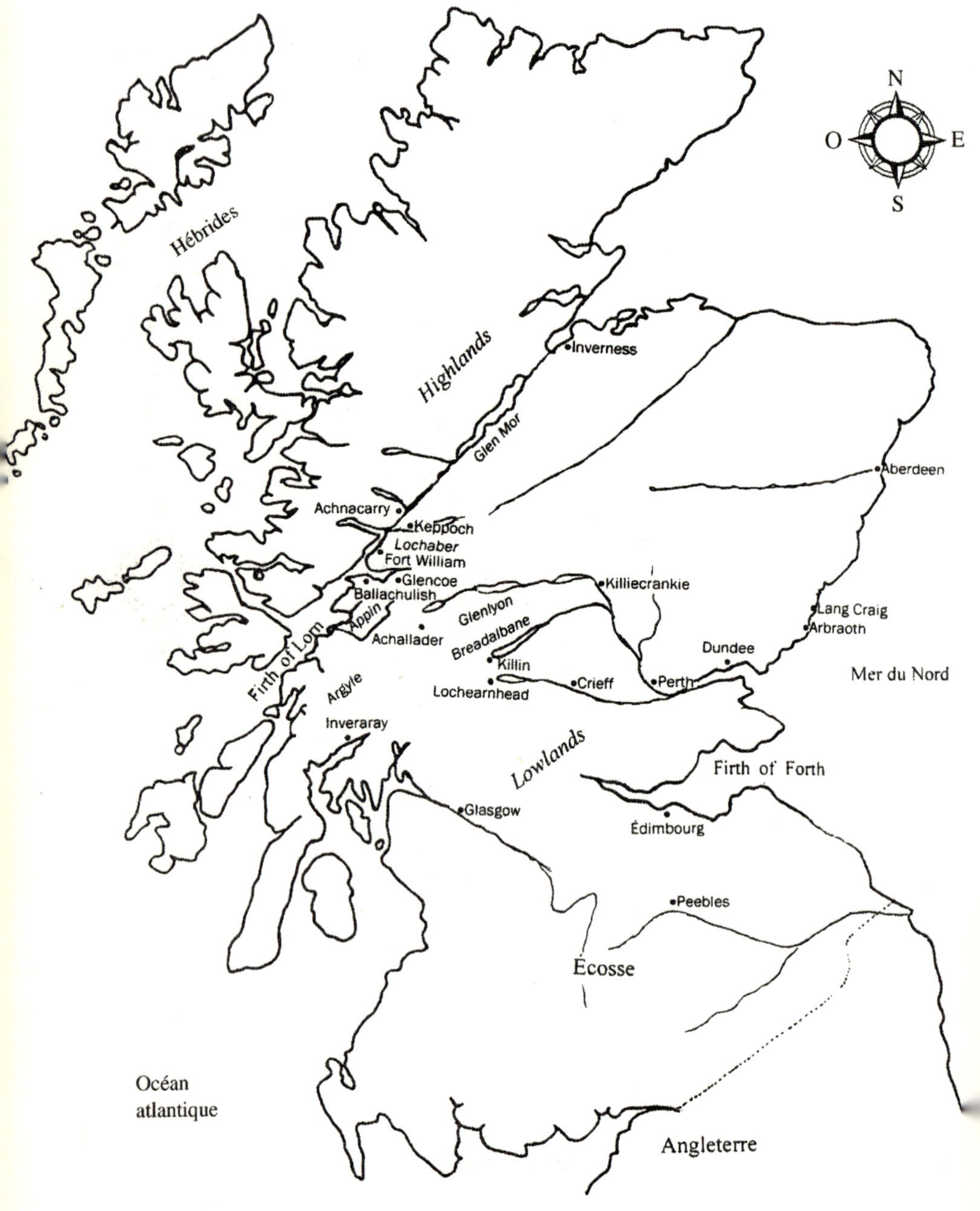

La Vallée de Glencoe

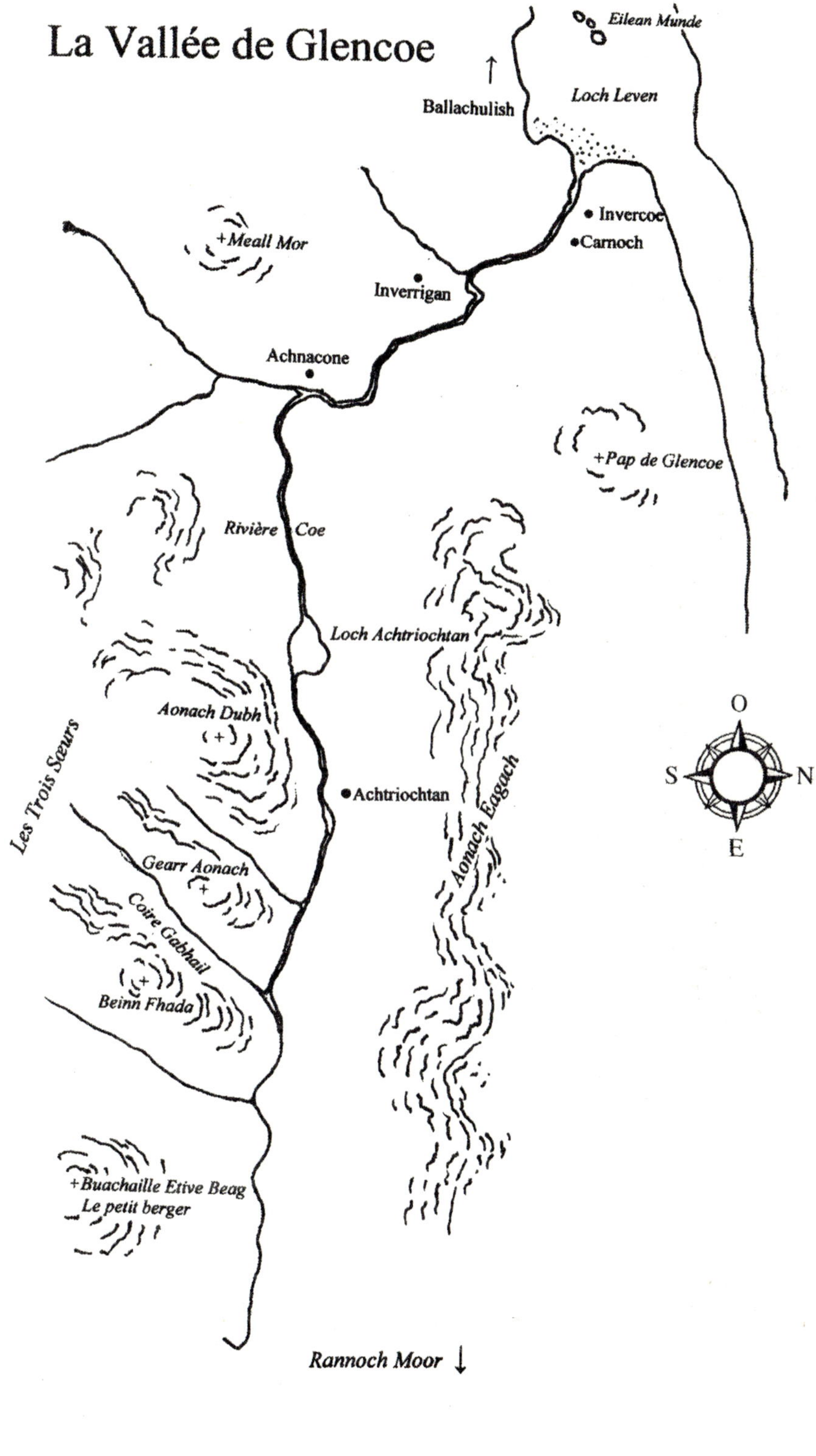

PREMIÈRE PARTIE

L'hiver est la seule saison où nous sommes sûrs que les Highlanders ne peuvent pas s'échapper en emportant femmes, enfants et bétail dans les montagnes... C'est le bon moment pour les tailler en pièces dans la nuit noire.

John Dalrymple
seigneur de Stair
ministre de l'Ecosse

En Ecosse, le XVIIe siècle aura été marqué par de grands troubles qui sonnèrent le glas du système des clans. Celui-ci s'éteignit définitivement quelque cent cinquante ans plus tard.

Au début du siècle, n'ayant pas d'héritier issu de la reine Elisabeth Ire, l'Angleterre dut se tourner vers l'Ecosse pour mettre un roi sur son trône en la personne de Jacques IV d'Ecosse, qui devint Jacques Ier d'Angleterre. Plusieurs années plus tard, Oliver Cromwell et ses Têtes rondes déposèrent la monarchie par la force et mirent sur pied un gouvernement après avoir fait exécuter le roi, mais ce fut de courte durée. En effet, Charles II, un des fils de Jacques et premier de la lignée des Stuart, rétablissait le pouvoir royal en remontant sur le trône. A sa mort, son frère Jacques, duc d'York, lui succéda. Pour la première fois depuis cent vingt et un ans, un monarque catholique régnait sur l'Angleterre. Les sujets protestants, qui étaient majoritaires dans le royaume, le soupçonnèrent de vouloir imposer sa religion et d'entretenir des relations étroites avec la cour de Louis XIV de France, ennemi juré de l'Angleterre.

Son règne fut de courte durée. Le protestant Guillaume d'Orange, de la maison de Nassau en Hollande, et son épouse Marie, la fille du roi, débarquèrent en Angleterre avec l'armée, à l'instigation des Têtes rondes, dans le but de prendre la couronne. Jacques dut se résigner à abdiquer en faveur de sa fille et s'exila en France, laissant derrière lui ses fidèles sujets, surtout dans les Highlands.

En guerre contre la France, l'Angleterre avait besoin d'hommes. Les Highlanders, braves et loyaux guerriers, étaient convoités pour remplir les rangs des régiments de la Couronne, mais ils étaient en conflit perpétuel, les guerres de clans étant leur préoccupation principale. Il fallait les pacifier et les conduire à arrêter de servir le roi déchu, Jacques II, et à prêter serment à Guillaume II. On appelait ces Highlanders des jacobites.

On désigna John Grey Campbell, comte de Breadalbane, pour parlementer avec les chefs de clan. Campbell et sir John Dalrymple, un Ecossais lowlander seigneur de Stair et ministre de l'Ecosse, qui nourrissait une haine sans borne envers ces insoumis – il les qualifiait de barbares et de sauvages sans éducation –, concoctèrent un plan pour amener les clans rebelles à s'unir sous la bannière de Guillaume. Ce plan consistait à donner l'exemple sur un clan ennemi des Campbell depuis plusieurs siècles, les Macdonald de Glencoe, connus pour être les pires rapaces des Highlands.

1

L'aube du 13 février 1692

Le feu crépitait dans l'âtre et nimbait la pièce d'une douce lumière dorée. L'enfant dodelinait de la tête, bien calé sur les genoux de sa mère, s'efforçant de rester éveillé jusqu'à ce que son père arrive.

— *Màthair*[1], que fait *athair*[2] ? Avant de dormir, j'aimerais qu'il me raconte l'histoire de Fingal MacCumhail et de ses guerriers fiannas, dit l'enfant d'une voix ensommeillée.

— Ton père est chez grand-père Duncan, Coll. De toute façon, il a bien dû te la raconter une bonne centaine de fois. Il faut dormir maintenant.

La jeune femme se redressa, transporta le petit garçon jusque dans son lit et le borda affectueusement.

— Je peux te chanter une berceuse si tu veux, murmura-t-elle en lui caressant doucement les cheveux.

L'enfant leva vers elle ses yeux bleus comme l'eau des lochs d'Ecosse et lui sourit, découvrant ses petites dents de lait blanches.

— J'aimerais bien, *màthair*, répondit-il.

Il ferma les yeux et glissa avec légèreté dans le monde des rêves sous la caresse de la voix de sa mère qui lui fredonnait une ancienne berceuse gaélique. Anna embrassa son fils tendrement sur le front.

— *Oidhche mhath leat, a mhic mo chridhe*[3], souffla-t-elle en glissant un doigt sur la joue ronde du petit.

---

1. Maman.
2. Papa.
3. Bonne nuit, fils de mon cœur.

Elle se redressa lentement et retourna s'asseoir près du feu pour terminer de repriser une chemise de son époux. Elle soupira, anxieuse. Liam tardait à rentrer, et le vent s'était levé à l'extérieur, rugissant et hurlant dans la cheminée. Elle n'était pas vraiment inquiète pour lui, mais, depuis que les soldats du régiment d'Argyle étaient cantonnés dans la vallée, elle ressentait un malaise qu'elle ne pouvait s'expliquer et n'aimait pas rester seule trop longtemps.

Le régiment était arrivé, il y avait de cela maintenant près de treize jours, demandant asile pour ses soldats. « Fort William est surpeuplé », avait annoncé le capitaine Robert Campbell en s'adressant à John Macdonald, fils aîné du chef du clan. Le chef, Alasdair MacIain Abrach Macdonald, les avait accueillis avec toute l'hospitalité due aux Highlanders. Presque tous les habitants de la vallée hébergeaient un ou des soldats sous leurs toits, partageant leur pain, leur viande et leur whisky avec eux.

Les habitants n'étaient pas très à l'aise avec cette intrusion dans leur quotidien et s'en étaient plaints au chef. MacIain les avait rassurés en leur rappelant que les règles de l'hospitalité donnée et reçue étaient inviolables dans les Highlands et que, les deux tiers des soldats étant justement des Highlanders, ils sauraient certainement les respecter.

Ainsi, pendant deux semaines, chaque jour dès l'aube, un grenadier tambourinait le « réveil » qui faisait écho dans la vallée. Le roulement de son tambour était suivi par d'autres roulements, comme une vague déferlant dans la vallée, d'Invercoe à Achtriochtan.

Le temps avait été particulièrement clément pour ce mois de février, et les soldats avaient pu pratiquer leurs exercices militaires quotidiens tous les matins jusqu'à midi. Les enfants avaient été fascinés par cette parade d'uniformes à basques écarlates. Les soldats pivotaient dans un tourbillon de rouge et de jaune, claquaient des talons sur le sol gelé et manipulaient leurs armes en cadence au cri des officiers.

Les après-midi, les clans rivaux se faisaient une noble guerre, se mesurant dans des combats en corps à corps et au lancer du tronc et de la pierre. Ils avaient joué au *shinty*[1], jeu violent particulièrement apprécié dans les Highlands, tenu des concours de tir à l'arc où seul l'orgueil blessé avait été vengé. Puis, chaque fois, tout s'était généralement terminé dans la joie et la danse avec les cor-

1. Ce jeu ressemble au hockey sur gazon et se joue avec de longs bâtons recourbés.

nemuses et les violons faisant vibrer l'air frisquet de ces fins de journée.

Le soir, ils avaient léché leurs plaies – celles du corps – devant les feux de tourbe, dans les cottages, en se partageant le whisky. Là, les couleurs sombres des Campbell avaient amicalement frôlé celles, plus vives, des Macdonald. Les rires, les paris lancés et les roulements des dés avaient empli les maisons enfumées. Les vieilles légendes des vallées avaient suivi des ballades grivoises. Seuls les Lowlanders, bien qu'ils fussent traités avec respect, restaient à l'écart de cette camaraderie forcée.

Malgré plusieurs siècles de sang versé qui avaient creusé un fossé entre les Campbell et les Macdonald, une brève trêve semblait, pour le moment, s'installer.

La porte s'ouvrit avec fracas. Un homme à la taille imposante s'engouffra à l'intérieur, accompagné d'une bouffée d'air glaciale. Il referma prestement la porte derrière lui en pestant contre le mauvais temps.

— Il y a longtemps que nous n'avons pas eu un froid à nous geler les os. Je crains qu'une tempête ne se lève, grommela-t-il en se frottant les mains pour les réchauffer.

L'homme sourit à son épouse, puis s'approcha d'elle après avoir retiré ses bottes de cuir bouilli et huilé. Un sourire étira le coin de sa bouche.

— Je suis revenu avant d'avoir perdu ma chemise. Mon père a gagné toutes les parties de cartes. Le vieux chenapan était prêt à dépouiller ses deux fils de tous leurs biens. Je suis sûr qu'il triche.

— Liam, quand te décideras-tu à voir la réalité en face ? ricana Anna. Colin et toi êtes de bien piètres joueurs de cartes, et votre père en profite tout simplement.

La jeune femme se redressa et noua ses bras autour du cou de son mari avant d'ajouter, dans un murmure à son oreille :

— Tu fais un bien piètre menteur, aussi. Tu es bien certain d'être rentré de peur de perdre ta chemise aux cartes ?

— Peut-être pas, répondit-il doucement en lui caressant la joue de ses doigts glacés qui la firent frissonner. Coll est-il endormi ?

— Mouuiii, fit la jeune femme, et le jeune MacIvor est parti prendre sa revanche aux échecs chez le vieil Archibald. Aurais-tu quelque chose derrière la tête, par hasard ?

— J'aurais peut-être une irrésistible envie de profiter de ma douce épouse. Nous n'avons pas été seuls depuis trop longtemps… A elle, je laisserais bien volontiers ma chemise.

Il souleva sa femme dans ses bras pour la transporter sur leur couche dissimulée derrière un paravent, puis détacha la large ceinture de cuir qui retenait son plaid. Celui-ci glissa aussitôt vers le sol dans un froissement d'étoffe. Ensuite, il retira sa chemise, qu'il envoya voler dans un coin de la pièce.

Anna apprécia d'un œil possessif les qualités anatomiques de son mari. Ses muscles saillaient sous la peau à chacun de ses mouvements. Son corps semblait taillé à la serpe dans le granit.

Liam rejoignit son épouse sur le lit. Ses doigts s'attaquèrent aux lacets du corsage avec une maladresse impatiente. Puis suivirent la jupe et les jupons. Sa chemise enfin retirée, elle s'abandonna aux mains de ce géant highlander qui savaient aussi bien se faire douces et tendres avec elle que dures et impitoyables avec l'ennemi.

— Anna, *grian 'nam speur, tha thu mar teine dhomh*[1], gémit Liam en la possédant d'un coup de reins.

— *Tha gaol agam ort*[2], murmura la femme en plantant ses ongles dans les épaules d'acier.

Elle enroula ses jambes autour des hanches de Liam et se mordit les lèvres pour étouffer un gémissement de plaisir.

Quelques minutes plus tard, Liam s'écroula, haletant et couvert de sueur, à côté d'Anna. Ils restèrent ainsi, silencieux, dans l'attente que leurs corps reprennent un rythme régulier.

Liam caressa doucement la courbe arrondie d'un sein, puis sa main effleura le visage de sa femme. Il l'observa à la lueur des flammes qui éclairaient faiblement le coin de la pièce. Anna se pelotonna contre lui et remonta la couverture sur leur nudité. Il enfouit son nez dans ses cheveux dorés, qu'il huma avec délices. Il aimait son odeur sucrée, légèrement plus âcre après l'amour.

Mais, pour le moment, une ombre assombrissait son plaisir. Il était inquiet. Quelque chose ne tournait pas rond. Le capitaine Campbell leur avait déclaré qu'il partirait avec les troupes dès le lendemain. Le régiment devait se rendre dans le Glengarry, pour sévir contre les Macdonald qui n'avaient, semblait-il, pas encore signé le serment d'allégeance envers le roi Guillaume II. Pourtant,

---

1. Anna, soleil de mon ciel, tu es mon feu.
2. Je t'aime.

Campbell avait été extrêmement nerveux ce soir, après que le capitaine Drummond lui eut remis un message urgent arrivé de Fort William. Liam avait attentivement observé le capitaine en train de lire l'ordre. Son visage était resté impassible, mais des perles de sueur s'étaient agglutinées sur son front. Il avait soigneusement replié le papier, puis l'avait placé dans la poche de sa veste écarlate d'une main tremblante. Cela s'était produit un peu plus tôt chez Macdonald d'Inverrigan, juste avant qu'il n'aille terminer la soirée chez son père. Campbell était un renard de la pire espèce, on ne pouvait lui faire confiance. L'instinct de Liam lui disait de se méfier...

Il avait remarqué le regard que Campbell avait lancé discrètement vers les deux fils de MacIain, John et Alasdair, après la lecture de l'ordre. Il pensa qu'il aurait dû faire part de ses inquiétudes à ses deux cousins, mais il avait promis à Anna qu'il ne tarderait pas. L'épouse d'Alasdair étant la nièce de Campbell, ce dernier ne leur ferait certainement aucun mal. C'était une supposition, pas une certitude. Il le savait, et son estomac se noua.

Anna remua un peu, et Liam l'attira plus étroitement contre lui.

— Le jeune MacIvor ne devrait pas tarder à rentrer, dit Anna. Je l'ai trouvé un peu bizarre au dîner, il a parlé au chien.

— Au chien ?

— Il lui a suggéré de dormir dans les collines cette nuit, dit-elle, le visage sombre. Il a dit : « Si j'étais toi, chien, mon lit, cette nuit, serait dans les bruyères. » On aurait dit qu'il voulait passer un message, mais je n'ai pas osé lui demander de s'exprimer plus clairement. Aussi, des gens de Laroch ont dit avoir vu *an duine mor*[1] sur le bord du loch Leven. C'est un mauvais présage.

Liam prit un air songeur.

— En revenant de chez mon père ce soir, j'ai entendu Hugh Mackenzie jouer sur sa cornemuse l'air que les Campbell ont l'habitude d'exécuter en cas de danger imminent. Je n'ai pas compris pourquoi, mais tu as raison, peut-être devrions-nous garder l'œil ouvert...

Quelqu'un frappa à la porte d'entrée, puis entra silencieusement dans le cottage. Liam se leva, enroula son plaid autour de lui avant de contourner le paravent.

— Bonsoir, MacIvor, dit-il en s'adossant au mur, les bras croisés sur la poitrine. As-tu réussi à battre notre bon vieil Archibald ?

1. Personnage mythique celtique annonçant un mauvais présage.

— Non, monsieur, bredouilla le jeune soldat. Il m'a fait échec et mat à trois reprises.

— Peut-être demain alors, reprit Liam en l'observant.

Le jeune homme se laissa retomber sur sa couche de fortune, placée dans un coin de la pièce principale, près de l'âtre.

— J'en doute.

David MacIvor ne devait pas avoir plus de dix-huit ans. Il était assez costaud, mais ses traits encore délicats et le chaume clairsemé qui ombrait sa mâchoire trahissaient son jeune âge. Il s'était lié d'amitié avec le petit Coll dès son arrivée ici et agissait avec lui comme un grand frère. Il lui avait même sculpté un magnifique cheval de bois que l'enfant chérissait.

Ce soir, MacIvor semblait perturbé. Son regard était sombre.

— Le vent nous empêchera de dormir cette nuit, dit-il en regardant fixement Liam.

— Ouais... le vent. Tu peux rajouter un bloc de tourbe dans le feu si tu as froid. Bonne nuit, MacIvor.

— Merci, bonne nuit, monsieur.

Liam retourna derrière le paravent et resta planté là un instant, sans rien dire, le visage face aux panneaux de roseau tissé. Il passa une main dans son épaisse crinière fauve bouclée puis se dirigea vers le petit lit où dormait son fils.

— Est-il habillé chaudement ? demanda-t-il dans un chuchotement en caressant les frisettes dorées de l'enfant.

— Oui, il porte sa meilleure chemise de laine et deux paires de bas.

— C'est bon. Rhabille-toi, Anna. Il fera froid cette nuit. Les nuages sont très lourds. La tempête devrait durer un bon moment.

Le vent se mit à siffler comme pour confirmer ses dires. Anna remit sa chemise d'hiver et ses bas, puis se glissa dans la douce tiédeur des draps où Liam vint la rejoindre après avoir enfilé sa chemise à son tour.

Ils s'enlacèrent, se soudant l'un à l'autre. Aucun des deux ne parla, chacun perdu dans ses pensées, toutes aussi inquiétantes les unes que les autres. Le sommeil finit par les gagner après de longues minutes.

Liam fut réveillé par le bruit d'un objet qu'on traînait sur le sol dans l'autre pièce. « MacIvor est plutôt bruyant ce matin, pensa-t-il, et matinal aussi. » Le vent rugissait toujours dehors, et il faisait encore noir. Il se leva en évitant de réveiller Anna, qui dormait toujours, et glissa sa tête de l'autre côté de la mince cloison.

Le jeune MacIvor était en tenue militaire et se promenait de long en large en tirant une chaise derrière lui. Liam put distinguer à la lueur du feu agonisant les traits du jeune soldat. Pour que celui-ci puisse l'entendre, il se racla la gorge assez fort. MacIvor s'immobilisa et se retourna. Une infinie tristesse se lisait sur son visage. Leurs regards se croisèrent un bref moment, le soldat ouvrit la bouche, puis la referma. Il baissa les yeux en hochant la tête, lentement. Il empoigna son mousquet, tourna les talons, puis sortit dans les ténèbres.

Liam sentit un nœud se former dans son estomac. Le jeune homme l'avait réveillé intentionnellement. Quelque chose se tramait. Il se dirigea vers la fenêtre. Ce qu'il vit lui serra davantage la poitrine. Des soldats tenaient des flambeaux de pin qui faisaient luire les platines et les baïonnettes de leurs mousquets. Ils avançaient en longues processions. De toute évidence, ils se préparaient à une action quelconque et, dans cette tempête, ce ne devait certainement pas être un simple exercice militaire.

Il revint dans la chambre et se drapa de son plaid, qu'il attacha avec sa broche en argent garnie de pierres. En son centre était gravée une branche de bruyère, l'emblème des Macdonald. Il enfila ses bottes, puis réveilla doucement Anna.

— Que fais-tu ? demanda-t-elle, la voix enrouée. Il fait encore nuit.

— MacIvor est parti. Il se passe quelque chose, Anna. Habille-toi très chaudement et chausse-toi. Le petit aussi. Je dois aller prévenir mon père. MacIvor m'a réveillé volontairement, il y avait quelque chose dans son regard... Vous partirez dès que vous serez prêts. Ne traînez pas. Tu as bien compris ?

— Mais pourquoi ? Et pour aller où ? s'écria Anna, désemparée.

— Les soldats semblent se préparer à attaquer, Anna, dit-il, la voix blanche. Tu partiras avec Coll vers les collines. Montez à l'est du Meall Mor et trouvez un abri. L'aube se lèvera d'ici une heure environ. Tu ne peux pas rester ici, mon amour. Prends ta dague avec toi. L'obscurité reste notre seule alliée.

— Oh ! Liam ! Je ne pourrai jamais... Pas sans toi, pleura la jeune femme, maintenant terrifiée.

Liam la prit dans ses bras, puis l'embrassa longuement. Avec douceur, il prit son menton dans sa main et la força à le regarder.

— Anna, *mo ghrian*, tu es plus forte que tu ne le crois. Fais-moi confiance. Je n'aurai pas le temps de revenir te chercher ici, pars devant avec Coll. Je vous rejoindrai avec père, Colin et mes sœurs.

— J'ai peur... murmura-t-elle en s'agrippant désespérément à la chemise de son mari.

— Anna, je dois partir, le temps presse... Il peut y aller de nos vies, dit-il d'une voix ferme. Habille-toi et n'oublie pas ce que je t'ai dit.

— A l'est du Meall Mor, sanglota Anna. Je n'oublierai pas. *Beannachd Dhé ort*[1], Liam.

— *Beannachd Dhé ort,* Anna, je t'aime, murmura Liam en essuyant une larme qui coulait sur la joue de sa femme.

Il se redressa, mit sa cape doublée de mouton et attacha son poignard à sa ceinture, seul moyen de défense dont il disposait. Les villageois avaient en effet caché toutes leurs armes, de peur de se les faire confisquer par les soldats. Après la rébellion de 1689 et leur serment porté de mauvaise grâce au roi protestant, il leur était interdit de porter des armes sauf pour chasser. Il embrassa son fils, qui se mit à grogner, jeta un dernier regard derrière lui, puis sortit.

Le froid était cinglant et le vent fouettait son visage. Il pouvait à peine distinguer la silhouette de la maison où il avait grandi, située à près d'un demi-kilomètre de chez lui. Un peu plus vers l'est, les soldats se déplaçaient en colonne vers Invercoe et Carnoch, où vivait le chef. Ses sombres déductions semblaient se concrétiser de seconde en seconde.

— Ils vont attaquer, dit-il avec horreur.

Il redoubla d'ardeur, courut dans la neige qui s'accumulait rapidement. Il devait arriver à temps. Ses poumons brûlaient et la neige lui brouillait la vue. Des coups de feu retentirent, suivis de cris. Liam ralentit, il était déchiré entre l'envie de retourner sur ses pas pour aider Anna et Coll et celle d'aller prévenir sa famille. Mais il était trop tard, il devait continuer. Anna était certainement déjà en route pour la montagne, du moins son cœur le souhaitait-il.

La maisonnée était encore endormie. Liam entra et réveilla abruptement Colin, qui dormait sur le sol près du feu. Il n'y avait pas de temps à perdre, on pouvait apercevoir les flambeaux des soldats à quelques mètres seulement du cottage.

---

1. Que Dieu te protège.

— Vite, Colin, père ! aboya Liam. Il faut sortir d'ici, les Campbell nous attaquent.

Son frère se redressa d'un coup, abasourdi, encore assommé par le sommeil. Un coup de feu eut vite fait de le réveiller complètement. Il s'élança vers les lits où dormaient leur père et leurs deux sœurs pour les tirer du sommeil. Ginny, qui était enceinte de six mois, était un peu moins rapide.

— Colin, pars devant avec Sàra ! cria Liam. Père et moi vous suivrons avec Ginny.

Colin eut à peine le temps de franchir la fenêtre de la chambre avec Sàra que la porte s'ouvrait dans un vacarme assourdissant. Le sergent Barber s'engouffra à l'intérieur avec deux soldats. Duncan Macdonald se figea net devant un canon pointé sur son front. Ginny se mit à crier. Liam fit signe à sa sœur de venir le rejoindre. Elle fit deux pas dans sa direction, se plia en deux, déchirée par une atroce douleur dans son ventre. Un des soldats en profita pour l'empoigner par les cheveux et l'entraîner vers la table, où il la fit basculer avec violence. Il se mit à rire, découvrant des dents pourries, puis releva les jupes de Ginny, qui se débattait comme elle le pouvait. Le mécréant la gifla rudement. Le bruit fit tressaillir Liam.

— Tiens, tiens... railla l'homme. Une vraie petite diablesse, celle-là. Et engrossée par un de ces fils de pute de Highlanders pardessus le marché ! Je vais te montrer, moi, ma belle, comment on fait avec des putes dans ton genre.

Le visage tordu par la douleur, Ginny foudroya le malotru du regard et se tourna, terrifiée, vers Liam et son père, paralysés par l'hébétude au bout des canons que le sergent et l'autre soldat pointaient sur eux.

— C'est votre femme ? demanda le sergent en s'adressant à Liam avec un sourire sadique.

— C'est ma fille, espèce de fumier ! rugit Duncan. Laissez-la !

Il esquissa un geste vers elle, et Barber détourna son arme en direction de Ginny.

— Un pas de plus, et je lui fais sauter la cervelle.

Duncan se tétanisa, les traits déformés par la fureur. Il soufflait bruyamment, ne pouvant détacher ses yeux de sa fille qui se débattait en vain.

— Votre fille, vous dites ? murmura sournoisement le sergent. C'est comme ça que vous avez fait avec ma sœur, Macdonald ? dit Barber sur un ton sarcastique.

— Votre sœur ?

— Ne faites pas l'innocent, Macdonald ! Vous vous souvenez très bien de ma sœur, Hele...

— Allez vous faire foutre, Barber ! le coupa abruptement Duncan. Je n'ai pas violé votre sœur, elle... Bon sang !...

Les souvenirs jaillissaient dans l'esprit engourdi de Duncan Macdonald. Il jeta un regard chargé de honte vers son fils, mais le moment n'était pas aux explications, encore moins aux remords. Il avait fait son *mea culpa,* il y avait presque dix-huit ans de cela. Liam saurait plus tard, si on lui donnait la chance de lui expliquer...

— ... je ne l'ai pas violée.

— Putain de menteur ! Elle est morte de honte deux ans plus tard. Et vous, vous vous en tirez un peu trop bien, si vous voulez mon avis. J'attendais ce moment avec impatience, et je crois que l'attente en valait la peine. Allez, Tillery, montrez-nous comment on fait chanter les rossignols.

Le soldat qui retenait Ginny se remit à la besogne. Liam le regardait, estomaqué. Mais de quoi parlaient-ils ? Son père violer une femme ? D'autres peut-être, mais pas son père ! Le sergent avisa l'air ahuri de Liam, jugea bon d'y ajouter quelques explications.

— Voyez-vous, petit merdeux, j'ai un compte à régler avec votre père. Je veux qu'il paye pour ce qu'il a fait... avant de mourir.

— Mais...

Liam s'était tourné vers son père. Ce dernier refusait de le regarder, les yeux fixés sur sa fille, qui ne faisait pas le poids contre son assaillant.

— Père...

— Ils n'auront pas Ginny, elle n'a rien à y voir !

Duncan Macdonald se rua sur les soldats en poussant le cri de guerre du clan, puis tout sembla se dérouler à la vitesse de l'éclair. Un coup de feu claqua, Duncan s'écroula au sol, atteint à la tête.

Liam resta immobile. Son cerveau fonctionnait à toute vitesse. Ses yeux passaient du sergent Barber au corps inerte de son père sur le sol, puis du soldat qui rechargeait son mousquet à la scène dégoûtante de Tillery s'affairant à détacher sa braguette d'une main tout en maintenant de l'autre Ginny couchée sur la table, tandis qu'elle se débattait en hurlant. Il commençait à comprendre ce que son esprit enregistrait depuis quelques minutes, puis son cœur déchiré se mit à crier dans sa tête. Pendant qu'il s'abîmait dans de sinistres conjectures, son père s'était fait froidement abattre et sa sœur se faisait violer sous ses yeux. Il ne tentait rien pour eux...

Un peu trop tard, il esquissa un mouvement vers sa sœur, mais le sergent lui barra la route.

— Je vous laisse quelques minutes de sursis avant de vous trouer le crâne à votre tour. Regardez bien comment on baise les Montagnardes, mon vieux, crâna l'homme. Vous souffrirez à la place de votre père. C'est vrai que Tillery n'est pas très beau, mais il sait comment s'y prendre avec les femmes.

— Relâchez-la, espèce de fumier ! Tuez-moi si vous voulez, mais relâchez-la ! siffla Liam entre ses dents.

— Oh ! quelle grandeur d'âme ! railla le sergent. Ne vous en faites pas, Macdonald, je ne la toucherai pas, rétorqua le sergent sur un ton hargneux. Je laisse les basses besognes à Tillery.

Il lorgna vers son soldat et sourit insolemment avant de poursuivre.

— Je crois qu'il s'acquitte plutôt bien de sa tâche, ne trouvez-vous pas ? ajouta-t-il avant d'éclater d'un rire gras.

L'autre soldat l'imita, se délectant de la scène dans l'attente évidente de son tour.

Liam sentit une bouffée d'adrénaline monter en lui. Il laissa sa cape discrètement glisser sur ses épaules. Le sergent, absorbé par le spectacle grotesque, avait momentanément relâché son attention. « Erreur fatale, mon vieux ! » pensa Liam. Ses doigts se refermèrent sur le manche de son poignard. D'un geste rapide et précis, il envoya sa cape voler sur le pistolet. Un coup de feu retentit et fit éclater le bois derrière lui. Le sergent Barber tomba à la renverse par-dessus une chaise et atterrit sur le sol, empêtré dans la lourde cape. Liam s'élança sur lui, visa la gorge, mais le sergent esquiva la lame qui plongeait. Cependant, il ne fut pas assez rapide. L'acier entama les chairs du visage, s'enfonça dans la mollesse d'un globe oculaire. Barber hurla comme un damné, se tortillant comme un asticot sur le plancher.

Liam jura. Il l'avait raté de peu. Il n'avait pas le temps de terminer sa besogne, les hurlements de sa sœur l'appelaient. Le deuxième soldat le visa, tira, et le manqua. Liam, qui avait roulé sur lui-même jusqu'à la table, laissa la lame plantée dans l'orbite. Il se redressa pour libérer Ginny. L'ignoble agresseur réalisa trop tard ce qui se passait. Liam l'empoigna par le cou et lui assena un violent coup de poing à la figure. Tillery chancela, entravé par sa culotte qui lui était retombée autour des genoux, et se retrouva la tête la première contre le mur, sonné.

— Viens, Ginny ! cria Liam en entraînant sa sœur derrière lui dans les tourbillons de neige.

Derrière eux, ils entendirent des jurons étouffés par le vent, et une balle siffla au-dessus de leur tête. Ils coururent à perdre haleine en remontant le Gleann Leac, puis entreprirent l'ascension du flanc est du Meall Mor. Après quelques minutes, Ginny s'effondra et se mit à trembler et à vomir dans la neige.

— Je ne serai pas capable de te suivre, Liam, hoqueta-t-elle en se retenant au bras de son frère, tremblant autant qu'elle. J'ai mal, le bébé… J'ai trop mal… Oh ! papa ! Ils l'ont tué, Liam ! Ils ont tué notre père !

Toute l'horreur de la situation commençait à prendre place dans la tête de Liam. Il regarda derrière lui : le village d'Achnacone brûlait. D'épaisses colonnes de fumée noire, visibles dans la grisaille de l'aube naissante, les étouffaient et brûlaient leurs poumons. Toute sa vallée, sa vie, était à feu et à sang.

— Ils brûlent tout, murmura-t-il. Ils veulent nous exterminer comme de vulgaires rats.

Son regard se posa sur sa sœur roulée en boule à ses pieds, secouée de violentes convulsions. Il ne pouvait chasser de son esprit l'image sordide du soldat qui la violait. Il s'en voulait de n'avoir rien pu faire pour l'éviter. Puis son père, abattu comme un chien… Une rage sourde monta en lui et lui redonna la force de reprendre la route. Il força Ginny à se redresser malgré ses protestations. Il passa un bras autour de sa taille pour la soutenir.

Tandis qu'ils avançaient difficilement dans la neige profonde, ses pensées se tournèrent vers Anna et Coll. Sa fureur décupla à l'idée qu'elle ait pu subir le même sort que sa sœur. Où étaient-ils en ce moment ? Etaient-ils à l'abri dans la montagne ?

Après une heure de marche, Liam trouva un refuge provisoire sous une corniche pour permettre à Ginny de se reposer avant de reprendre l'ascension. Le spectacle qui s'offrait à eux en contrebas était sinistre. Toute la vallée, d'Invercoe à Achtriochtan, était couverte d'une épaisse fumée noire. L'écho des tirs de mousquets et des cris qui leur parvenaient les faisait tressaillir. Ginny pleurait sur l'épaule de Liam, dont le visage restait de marbre, le regard mort fixé sur son coin de pays perdu.

— Tu diras à Adam que je suis désolée, Liam, murmura-t-elle en grimaçant de douleur.

— Que veux-tu dire ? Tu n'y es pour rien, Gin, ce n'était pas ta faute. C'est moi…

— Chut ! l'interrompit-elle en mettant son doigt glacé sur la bouche de son frère. Tu ne pouvais rien faire de plus… Le bébé… Je crois que je vais le perdre, Liam…

Elle tenait son ventre arrondi et gémissait en se penchant vers l'avant. La douleur lui vrillait les entrailles, puis elle sentit un liquide chaud s'écouler entre ses cuisses. Son gémissement se mua en un cri de douleur. La neige à ses pieds se teinta de rouge. Liam fixait avec horreur la mare de sang s'agrandissant sous les jupes de sa sœur tandis que, le teint terreux, elle lui enfonçait ses ongles dans le bras.

— Ginny, non ! cria Liam, terrifié.

Il l'allongea sur le sol, se maudissant de ne pas avoir sa cape pour la couvrir. Ginny grelottait, et ses lèvres bleuies par le froid tentaient de dire quelque chose, mais n'y parvinrent pas. Liam détacha son plaid et la couvrit.

— Reste avec moi, Gin, reste avec moi ! s'écria-t-il en massant frénétiquement les mains gourdes de sa sœur.

Il s'essuya les yeux du revers de sa manche. Il n'aurait pu dire combien de temps il était resté là, à tenter de réchauffer le corps inerte de Ginny. L'air hagard, il contempla sa sœur, puis il remonta sa jupe sur son visage.

— *Tha mi duilich, mo phiuthar*[1], murmura-t-il.

Ginny… Son père… Pourquoi ? Vengeance personnelle ? Barber avait dit avoir un compte à régler avec son père… Non, il devait rêver. Ils ne mettraient pas la vallée à feu et à sang pour une histoire de viol ! Son regard se perdit dans le vide, il revit le visage victorieux de son père, rouge de plaisir, qui venait de le battre pour la troisième fois d'affilée aux cartes, et Ginny qui se moquait gentiment de lui en lui resservant un autre *dram* de whisky. C'était quelques heures auparavant, et maintenant tout ce carnage… Combien de Highlanders étaient morts ? La vallée comptait un peu plus de trois cents âmes, combien survivraient dans ce froid ? Il se dit qu'il rêvait certainement, qu'il ne faisait qu'un horrible cauchemar.

Il se rappela l'air sombre de MacIvor. Le jeune homme avait su… Il avait voulu l'avertir à sa façon. Il devait obéir, mais est-ce qu'un homme pouvait être tenu d'obéir à l'ordre d'un tel massacre d'innocents, fût-il donné par le roi lui-même ? La suprématie du roi lui octroyait-elle tous les droits divins, le droit de vie ou de mort sur des femmes et des enfants ? Personne ne lui répondit.

---

1. Je suis désolé, ma sœur.

Il n'avait pas le temps de s'épancher sur sa peine, il devait continuer sa route et partir à la recherche du reste de sa famille qui se trouvait quelque part dans la montagne. Ils reviendraient plus tard s'occuper de la dépouille de Ginny, il ne pouvait plus rien pour elle, ni pour son père, d'ailleurs.

Le vent continuait de hurler sa colère et sa haine. Il fouettait les arbres, sifflait violemment entre les branches et portait son cri de rage jusque dans la vallée rougie par le sang des innocents.

Liam contourna les escarpements rendus glissants par la neige glacée. Le froid commençait à l'atteindre cruellement. Il avançait machinalement sans vraiment regarder où il allait. Ses idées n'étaient plus très claires. Il revivait constamment dans sa tête l'horrible scène dans la maison paternelle, puis le visage terrifié de sa sœur se superposait à celui d'Anna. Son émotivité était fragile, il passait de la rage à la culpabilité et à une profonde douleur.

Il était à présent sur une corniche, quelque part entre ciel et terre. Des volutes de neige l'enveloppaient comme un linceul. Des voix d'hommes s'approchaient au-dessus de lui, parmi lesquelles il reconnut celle du laird Macdonald d'Achnacone et celle d'Angus Macdonald. Liam se hâta de grimper, puis se hissa aux pieds des hommes éberlués.

— Liam, mon ami ! Tu es vivant ! s'écria l'un d'eux en l'aidant à se redresser.

Les hommes s'étreignirent en silence, puis le plus vieux prit la parole :

— Ton père… murmura le laird.

— Il est mort, et Ginny aussi…

La voix de Liam s'étrangla. Il détourna le regard pour cacher les larmes qui lui montaient aux yeux avant de reprendre :

— Colin et Sàra ont pu fuir à temps. Je ne sais pas où se trouvent Anna et Coll.

— Ils sont vivants, Liam, le rassura Angus. Ils sont de l'autre côté avec les autres qui ont réussi à fuir.

— Ils vont bien ? hasarda Liam, inquiet.

— Suis-nous, ils sont dans une grotte plus bas, au sud. Il faudra les conduire en Appin avant la nuit, ils ne tiendront pas dans ce froid.

L'inquiétude grandissait dans l'esprit de Liam. Ils étaient vivants, mais pour combien de temps encore ? La santé d'Anna était si fragile.

Des enfants geignaient, d'autres dormaient dans les bras de leurs mères hébétées. Des épouses pleuraient leurs maris sauvagement massacrés dans des bras qui n'offraient que peu de réconfort. Le tableau était lugubre et pathétique.

Anna, assise sur le sol, caressait doucement les cheveux du petit Coll, emmitouflé dans la cape de sa mère. Ses yeux étaient fermés et elle ne vit pas l'homme s'approcher d'elle. Liam s'accroupit devant elle et caressa sa joue glacée.

— *Mo ghrian*...

Anna ouvrit péniblement les yeux, Liam lui souriait tristement.

— Liam ! Oh ! Liam ! Tu es...

Ils s'étreignirent aussi fort que leurs forces restantes le leur permettaient.

— Je t'avais dit que tu réussirais, dit Liam d'une voix chuchotante.

— Oui, et tu m'as retrouvée, ajouta-t-elle faiblement. J'ai eu peur pour toi, Liam. J'ai vu les soldats se diriger chez ton père. J'ai cru que vous n'aviez pas eu le temps de sortir.

Liam s'assit à côté d'elle et l'enveloppa de ses bras, puis l'embrassa sur le front.

— J'étais encore dans la maison... avec père et Ginny.

Anna se raidit, mais ne dit rien. Elle sut d'emblée que le sang avait coulé.

— Colin et Sàra ont réussi à s'échapper à temps. Mais... père a été tué, Anna. Ils l'ont tué... comme une bête... Bon sang ! Je n'ai rien fait ! Tout ce que j'ai pu arriver à faire, c'est d'aider Ginny à sortir, mais elle...

La culpabilité l'étrangla douloureusement en même temps qu'un sanglot. Anna mit sa main glacée sur celle de Liam et tourna les yeux vers lui.

— Où est Ginny ? balbutia-t-elle.

— Elle a perdu le bébé... Il y avait trop de sang, trop de sang. Oh ! Anna... Ginny est morte.

La nouvelle la frappa comme une gifle. Son cœur se déchira, mais ses yeux restèrent secs. Elle n'avait plus de larmes.

— Elle était comme ma sœur, dit-elle avec apathie.

Ses membres étaient engourdis, le sommeil l'envahissait petit à petit.

— Comment va Coll ? demanda Liam en prenant le précieux fardeau de sur les genoux de sa femme.

— Il dort… Il avait si froid, je l'ai enroulé dans ma cape, il s'est assoupi. Je crois qu'il va mieux…

Liam passa une main sur le visage de son fils. Il était froid, son teint était gris. Le père descendit sa main tremblante dans le cou de l'enfant et poussa un soupir de soulagement en percevant le pouls. Il était faible, mais il était là.

— Ils ont tué le petit Robby… J'ai tout vu… Un coup de baïonnette. Il n'avait que trois ans, Liam… C'est ce qui m'a donné la force de fuir avec Coll… Ils l'auraient tué, lui aussi.

Sa voix devenait de plus en plus pâteuse et sa tête se faisait lourde. Liam resserra son étreinte autour de ses frêles épaules, et elle se pelotonna contre sa poitrine, les yeux fermés.

Il faisait sombre dans la grotte. Les plaintes des survivants faisaient écho aux tirs de mousquets qu'on pouvait encore entendre dans la vallée. La tempête cinglait toujours avec rage, mais avec moins d'intensité. L'odeur âcre de la fumée montait jusqu'à eux, leur brûlant les yeux déjà rougis de larmes.

Plusieurs hommes étaient repartis à la recherche d'éventuels survivants, afin de les rassembler ici, puis de les faire descendre en Appin, le territoire de leurs voisins, les Stewart, pour trouver un refuge pour les femmes et les enfants.

Liam se demanda comment ils allaient réussir à s'y rendre. Ils étaient déjà si épuisés. Anna s'était assoupie à son tour. Elle était très pâle, et ses lèvres prenaient une inquiétante teinte bleutée. Il les attira plus étroitement près de lui, mais il savait déjà au fond de lui-même que c'était peine perdue.

— Mon Dieu, prenez-moi avec eux, murmura-t-il. Je ne pourrai jamais supporter de les perdre.

L'évidence le frappait de plein fouet. Son clan, sa vallée, perdus. Son père, sa sœur, morts. Combien d'autres encore ? Sa femme et son fils… Secoué de sanglots silencieux, il ferma les yeux et enfouit son nez dans les cheveux dorés d'Anna. Là, il se permit de s'abandonner à la peine qui l'étouffait.

DEUXIÈME PARTIE

On ne lutte pas contre la force du destin.

ESCHYLE

2

Manoir Dunning, 28 mai 1695

— … Puis entrent en scène le roi Malcolm et son vassal MacDuff. Malcolm dit : « Trouvons quelque ombrage désolé où nos cœurs épancheront leurs larmes. » MacDuff lui répond : « Tenons ferme plutôt l'épée meurtrière et, en hommes vaillants, couvrons de nos corps notre patrie abattue. Chaque jour entend hurler de nouvelles veuves, pleurer de nouveaux orphelins ; et de nouvelles peines viennent gifler le ciel et le font retentir, comme s'il souffrait avec l'Ecosse, et renvoyait l'écho de ses cris de douleur[1]… »

Je jetai un coup d'œil sur lady Catherine Dunning. Elle semblait s'être assoupie. Je refermai donc le livre, le posai sur la table de chevet et remontai sa couverture.

— Merci, mon enfant, murmura-t-elle, les yeux mi-clos. Je crois que ce sera tout pour ce soir, je suis épuisée. De toute façon, il doit bien être dix heures passées, et vous aussi avez besoin de repos.

— Vous êtes bien gentille, milady, dis-je. C'est vrai que ma promenade à cheval de cet après-midi m'a éreintée. C'est que votre jument est plutôt fougueuse. Je dois user de toute mon énergie pour la contenir. En revanche, votre fils Winston, qui est excellent cavalier, est aussi très bon professeur. Je crois m'en sortir assez bien.

— Vous m'en voyez ravie. Pour ce qui est de ma jument, je crois bien que vous êtes la seule à réussir à la monter. Bonnie a un sale caractère, mais elle semble bien vous aimer.

Elle posa son regard bleu fané sur moi, puis reprit :

— Winston vous traite-t-il correctement ?

— Oui, milady, mentis-je.

---

1. Shakespeare, *Macbeth* (IV, 3, 1-9).

— Et lord Dunning ?

Cette fois, je ne pus soutenir son regard interrogateur plus longtemps. Je n'aimais pas mentir à lady Catherine, mais c'était un mal nécessaire. Elle n'aurait jamais supporté d'apprendre la vérité, et la vérité était que Winston était un vrai rustre arrogant et égocentrique. Il ne manquait jamais une occasion de m'humilier devant les autres serviteurs. Ensuite, pour pousser son ignominie plus loin, il venait s'excuser lorsque j'étais seule, prétextant s'être emporté trop rapidement. Pour ce qu'il en était de lord Dunning, c'était un salaud de la pire espèce.

— Lord Dunning est très gentil avec moi, balbutiai-je.

— Je vois. Cela fait près de deux ans que vous êtes à mon service, n'est-ce pas, Caitlin ?

— Oui, milady.

— Si quelqu'un vous faisait du mal, vous me le diriez ?

— Oui, milady, soufflai-je.

— C'est que vous me semblez bien soucieuse depuis quelque temps. Vous avez perdu beaucoup de poids dernièrement et la fatigue cerne vos si magnifiques yeux. J'aimais vos joues rondes. Vous n'êtes pas malade, au moins ?

— Je vais bien, ne vous inquiétez pas pour moi.

— Je vous aime beaucoup, mon enfant. Votre père a dû avoir le cœur brisé de devoir vous placer ici.

— C'était pour mon bien, expliquai-je. Il ne pouvait pas me garder avec lui à Edimbourg. Il n'avait pas de quoi me nourrir convenablement.

— Il vous manque ?

— Oui... Enfin...

Elle sourit doucement, puis effleura ma joue de ses doigts tordus par la maladie.

— Vous êtes très jolie, vous savez. Vos traits délicats et votre teint d'ivoire doivent faire tourner la tête de bien des hommes. Ceux d'Andrew, pour sûr.

Andrew était le fils du palefrenier. Il me courtisait depuis deux mois. Nous ne nous voyions que deux fois par semaine, lorsqu'il venait assister son père à l'entretien de l'écurie. Il était beau garçon, s'empressait auprès de moi et me vouait un respect auquel je n'étais pas habituée.

— Une jolie fille peut se permettre d'être coquette à l'occasion. J'ai quelque chose pour vous. C'est sur la commode.

Je me dirigeai vers le meuble en question. Il y avait une petite savonnette bleue qui fleurait bon la lavande. Mon cœur bondit de joie, j'adorais cette odeur.

— Oh ! Merci, milady, c'est très gentil à vous.

— Le plaisir est pour moi. J'aurais tellement aimé avoir une fille, mais Dieu en a décidé autrement. Je n'ai que Winston et je dois avouer qu'il n'est pas très attentionné vis-à-vis de sa pauvre mère.

— Votre fils doit être très occupé, me risquai-je.

— Peut-être bien. Je vais dormir maintenant. Vous me lirez la suite de *Macbeth* demain.

— Ce sera un plaisir pour moi, milady. Bonne nuit.

— Bonne nuit, mon enfant.

Je soufflai la bougie, puis quittai la chambre silencieusement. Je cachai la précieuse savonnette dans la poche de ma jupe et me dirigeai vers ma chambre, qui était située sous les combles. C'était une pièce exiguë, mais, puisque je n'avais pas besoin de la partager avec une autre domestique, j'en avais fait mon refuge.

L'escalier était plongé dans la pénombre. Comme je m'apprêtais à monter, je heurtai quelque chose de mou. En fait, il s'agissait de quelqu'un.

— Bonsoir, Caitlin.

— Bonsoir, lord Dunning, murmurai-je.

Un sentiment de crainte me saisit. Je me doutais trop bien de ses intentions. Il ne fut pas long à me les confirmer.

— Vous venez avec moi, ma douce.

Il me saisit par le poignet et m'entraîna sans ménagement derrière lui sur les marches.

— Je suis fatiguée, lord Dunning, protestai-je. Laissez-moi, s'il vous plaît.

— Ma petite, je ne vous ai pas demandé votre avis. Je suis votre maître, l'auriez-vous oublié ?

— Non, milord, fis-je du bout des lèvres.

L'angoisse m'envahit. J'avais eu un répit de trois semaines pendant lesquelles lord Dunning avait dû se rendre à Edimbourg pour affaires. Il avait fait de moi sa maîtresse, sa putain. Il me dégoûtait, mais je n'y pouvais rien. Je devais subir ses assauts sans rien dire. Le fumier me tenait dans ses griffes et me menaçait de me vendre à un bordel si je ne me pliais pas à ses moindres caprices. Je l'en savais bien capable.

Nous descendîmes dans le grand hall, où le lieutenant Peterson l'attendait.

— Il me reste une petite affaire à régler, alors vous serez bien sage, compris ? Allez me chercher à boire.

Il me jeta un regard lubrique, puis me gratifia d'une claque sur une fesse avant de me pousser vers le buffet.

Je me mordis la joue pour museler mon envie de lui crier des injures. Je me dirigeai vers le carafon de porto et lui en versai un verre. J'avais envie de cracher dedans, ce que je faisais parfois à l'occasion. Mais l'œil inquisiteur de ce salopard de Rupert, le gardien du manoir, m'épiait avec attention. Cet homme m'était totalement antipathique avec son nez et ses yeux d'aigle, toujours à l'affût de la moindre erreur de la part des domestiques. Il prenait un réel plaisir à les dénoncer, puis à assister à leur châtiment.

Je lui offris mon plus beau sourire et retournai vers lord Dunning, qui était en grande conversation avec le lieutenant. J'attendis à quelques pas d'eux, l'oreille tendue.

— ... et nous l'avons pris avec un plein chargement de mousquets et de pistolets, milord. Le tout avait été dissimulé dans une charrette de foin. Il y avait quatre ou cinq autres hommes avec lui, mais ils nous ont filé entre les doigts.

Lord John Dunning grommela quelque chose d'incompréhensible tout en se frottant le menton.

— Et comment s'appelle ce sale Highlander ?

— Il refuse de nous le dire, milord. Il reste muet comme une tombe.

— Nous saurons bien le faire parler.

— Tout ce que nous savons, c'est qu'il est un Macdonald. D'après son tartan, milord. Il n'est pas très commode, j'ai eu besoin de trois hommes pour le maîtriser. Il est très costaud.

— Je veux voir ce sauvage. Allez me le chercher.

— Bien, milord.

Le lieutenant quitta le hall et revint quelques minutes plus tard, suivi d'un géant flanqué de deux soldats armés.

J'en eus le souffle coupé. Jamais encore je n'avais vu un homme aussi grand. Il dépassait bien tous ceux ici présents d'une bonne tête. On lui avait lié les poignets dans le dos avec une corde, et celle-ci était reliée à un nœud coulant autour de son cou, de sorte que, s'il tirait sur ses liens, il resserrait le nœud qui l'étranglait.

L'homme se tenait bien droit et toisait lord Dunning, la tête haute et les yeux mi-clos. Il était très séduisant. Ses cheveux fauves, longs et bouclés, étaient retenus sur la nuque par un lacet de cuir d'où quelques mèches folles s'échappaient et lui retombaient dans les yeux. Son visage au teint cuivré par le soleil était large, et je devinais sa mâchoire anguleuse sous sa barbe de quelques jours. Je soupçonnais un corps aux muscles d'acier sous sa chemise déchirée. Il était habillé d'un plaid aux couleurs sombres, bleu, vert et rouge. Des bottes de cuir souple lacées lui montaient jusqu'aux genoux.

Donc voici de quoi avait l'air un Highlander. En Irlande, j'avais déjà vu des Ecossais en jupe, mais jamais d'aussi près. Perdue dans mon appréciation, je n'avais pas entendu lord Dunning m'interpeller.

— Vous me le donnez, ce verre, oui ou non ?

Il criait presque. Je sursautai, renversant une partie du porto sur la manche de son justaucorps de soie grège. Les yeux fixés sur la tache sombre qui s'élargissait, je balbutiai quelques plates excuses qui me valurent aussitôt une retentissante gifle qui m'envoya atterrir aux pieds du Highlander. La peau me cuisait, et je me mordis la lèvre pour ne pas pleurer.

Je me redressai lentement et perçus un léger mouvement du côté du géant. Je pouvais entendre sa respiration saccadée. J'osai un regard par-dessus mon épaule. Ses yeux d'un bleu profond me fixaient intensément et ses mâchoires se contractaient, mais son expression restait indéchiffrable.

— Petite sotte, vous méritez une bonne correction ! beugla lord Dunning.

— Je… je suis désolée… Vous le prendrez sur mes gages, bégayai-je.

— Sur vos gages ? s'esclaffa-t-il. Vous en seriez privée pendant plusieurs années, ma belle, si je faisais cela. C'est de la soie de Chine, pauvre idiote ! Non, j'ai un bien meilleur moyen de vous faire payer votre maladresse.

Il se redressa, remit de l'ordre dans ses vêtements, puis, me repoussant de côté, se mit à examiner son prisonnier sous toutes ses coutures en tournant autour de lui comme un lion autour de sa proie. Il s'arrêta devant lui et le fixa, un sourire en coin.

— Macdonald, je présume ?

L'homme ne répondit pas, se contentant de le toiser sans sourciller, mais les contractions de sa mâchoire trahissaient sa fureur contenue. Lord Dunning commençait maintenant à s'énerver. L'impassibilité du Highlander l'irritait au plus haut point.

— Soit ! Je saurai bien vous délier la langue d'une façon ou d'une autre. Vous avez été intercepté sur mes terres en possession de marchandise prohibée. Je devrai donc vous remettre aux mains de la justice, quoique j'eusse bien aimé vous régler votre compte moi-même. Demain, un détachement de la Garde de Dundee viendra vous chercher pour vous escorter jusqu'au Tolbooth. Vous passerez donc la nuit ici, sous mon toit. Le lieutenant Peterson vous conduira à vos… quartiers. Faites de beaux rêves, Macdonald.

Lord Dunning éclata d'un rire tonitruant qui fit balancer son ventre gargantuesque et tressauter son amas de graisse.

— Peterson ! Descendez-le dans les caves et assurez-vous que quelqu'un surveille sa cellule toute la nuit.

— Oui, milord.

Sur ce, les trois soldats poussèrent le prisonnier dans le corridor et disparurent. Je restai seule avec Rupert et le vieux bouc qui me lorgnait avec un sourire avide. Il siffla son verre et le tendit au nez de faucon avant de revenir vers moi.

— Je crois que mes affaires sont réglées pour ce soir, ma chère. Si on passait aux vôtres, maintenant ?

Il me prit par la taille et m'attira à lui brutalement. Il m'embrassa dans le cou, y laissant une traînée de bave dégoûtante, puis m'empoigna un sein et se mit à le masser sans douceur. Je tentai de le repousser, mais il me retint plus fermement contre lui.

— Caitlin, mon petit chaton sauvage, vous apprendrez à m'apprécier avec le temps. Je ne suis pas si vilain, dit-il en riant. Du moins, pas quand on m'obéit. Vous comprenez ?

Impuissante, je lançai un regard de détresse vers Rupert, mais il semblait plutôt se délecter de la scène.

Je suivis lord Dunning jusqu'à sa chambre en essayant de trouver un moyen de m'échapper. J'en avais assez de subir toutes les fantaisies de ce vieux cochon lubrique. « Caitlin, il peut prendre ton corps, mais il ne te prendra jamais ton âme », me répétais-je chaque fois. Désespérée, je m'accrochai à cette dernière pensée.

Lord Dunning referma la porte derrière lui. Le cliquetis du verrou résonna. Il retira son justaucorps taché et l'envoya atterrir sur un fauteuil, puis il dénoua sa cravate de fine dentelle et entreprit de déboutonner sa veste. Je me réfugiai derrière son bureau, mettant ainsi un obstacle entre lui et moi. Mon cœur commençait à s'emballer. Je ne voyais aucune issue. Je me sentais comme une brebis dans la tanière du loup. Il s'approcha de moi en louchant, sa perruque poudrée de guingois sur sa tête.

— Venez, ma douce Caitlin, ma petite chatte. Je vais vous faire ronronner de plaisir, vous verrez.

— S'il vous plaît, milord, laissez-moi partir. Je ne me sens pas très bien...

— Oh ! Quel dommage, ma belle ! Moi, je me sens en de très bonnes dispositions ce soir. Je me suis langui de vous. Tous ces mois à attendre que votre condition soit meilleure. A Edimbourg, aucune femme ne vous arrive à la cheville lorsqu'il s'agit de...

— Que dirait lady Catherine si elle venait à l'apprendre ? rétorquai-je avec hardiesse.

— Ah ! ma petite chatte, vous n'iriez certainement pas lui raconter de telles sottises, n'est-ce pas, Caitlin ? Elle vous apprécie tant. Que penserait-elle de vous ensuite ? De toute façon, lady Catherine refuse de partager sa couche depuis belle lurette. Elle n'est plus en mesure de faire son devoir conjugal, vous en conviendrez.

Il continua d'avancer, me faisant reculer jusqu'au mur. J'étais coincée. Le loup fondit sur sa proie. Il saisit mes poignets et me crucifia sur le mur. Il me maintint dans cette position vulnérable, me lorgnant de ses petits yeux porcins luisants.

— Je suis un homme, Caitlin, susurra-t-il, les yeux dans mon corsage, et aucun homme ne peut rester insensible à vos charmantes rondeurs.

Son souffle se fit plus court, je pouvais sentir son haleine fétide. Il plaqua ses lèvres sur les miennes, tentant d'y introduire sa langue, mais je gardai les dents bien serrées. Il se recula quelque peu, haletant.

— Petite garce ! beugla-t-il. Qu'avez-vous ce soir ? Vous vous moquez de moi ? Vous jouez de la croupe devant moi, puis lorsque je suis bien allumé, vous incarnez la vierge effarouchée.

— C'est faux... Je ne veux pas... Je ne veux plus, milord. Je ne veux pas me retrouver enceinte... Oumph...

Il m'écrasa de tout son poids contre le mur. Je tentai de me dégager, en vain. Je sentis avec écœurement son membre durci contre ma cuisse. Il relâcha mes poignets et s'affaira à remonter mes jupes pour pétrir mes cuisses.

— Sottises ! Ah ! Caitlin ! Que votre peau est douce ! Une peau de satin, blanche comme la crème. Et vos cheveux... une soie de nuit...

Il chercha à introduire ses doigts entre mes cuisses, que je serrais désespérément. Il réussit à les entrouvrir en y plaçant un genou, laissant toute liberté à ses gros doigts poisseux d'explorer mon intimité.

— Votre chatte est si chaude et si moite… Laissez-vous aller, ma belle. Vous m'en redemanderez, vous verrez.

— Non ! Lâchez-moi… Milord, s'il vous plaît !

Il tira sur mon corselet et sur ma chemise avec rudesse, découvrant ma poitrine, qu'il se mit à masser de son autre main tout en frottant son entrejambe sur ma cuisse.

Je n'en pouvais plus. Il dégageait une forte odeur de transpiration et de vin qui me donnait la nausée. Les paupières fermées, gesticulant, je récitai mentalement le *Pater Noster*, priant que cet enfer s'arrête. Les larmes que je n'arrivais plus à contenir brûlaient mes yeux.

Haletant comme une bête en rut, bavant sur mes seins, il s'affaira sur sa braguette. Je profitai de ce petit moment d'inattention et de relâchement pour lui envoyer un coup de genou dans les bourses, mais mes jupes m'empêchèrent d'y mettre toute la force voulue.

Il me relâcha néanmoins en poussant un juron étouffé. Momentanément libérée de son emprise, je m'élançai vers la porte, sans succès. Il m'empoigna violemment par les cheveux et me fit pivoter sur moi-même pour lui faire face. Il fulminait, le diable l'habitait.

— Où croyez-vous aller ainsi ? aboya-t-il. Je n'en ai pas fini avec vous.

Il me traîna jusqu'à son bureau, y prit un objet quelconque, puis, me traînant vers l'âtre, il le déposa dans les braises rougeoyantes.

— Pourquoi me rendez-vous la tâche si difficile ? Je ne tiens pas à vous faire du mal, mais malheureusement vous m'y contraignez.

Il tira de plus belle sur mes cheveux, m'arrachant un cri de douleur. Son regard était celui d'un fou sadique. Je me mis à trembler. « Cet homme est fou ! Il est fou à lier ! » Je n'aurais pas dû le pousser à bout. Des larmes coulaient maintenant à flots sur mes joues. J'étais terrifiée. Ce démon voulait me posséder, je ne pouvais le laisser faire. Je cherchais désespérément une solution, et mon regard la trouva. Je tendis le bras vers le tisonnier. Je m'en emparai à pleines mains et le balançai devant moi. Lord Dunning le repoussa, la tige d'acier allant voler contre le mur dans un vacarme métallique.

— Sale petite putain d'Irlandaise ! rugit-il hargneusement. Je vais vous apprendre qui est le maître ici !

Le coup m'atteignit en pleine mâchoire. Je me retrouvai projetée contre une petite armoire qui chancela sous l'impact. A travers les larmes de douleur, je vis une fragile figurine de faïence osciller. La petite bergère s'élança dans le vide et alla se fracasser sur le parquet. Je gémis, la main sur ma mâchoire. Elle devait être fracturée.

Le démon reprit l'objet des braises avec son mouchoir et me traîna jusqu'à son bureau, sur lequel il me fit basculer. Je m'étalai à plat ventre au beau milieu du fouillis de papier qui le couvrait. Il tira sur ma chemise, dénudant ainsi mon épaule gauche, qu'il se mit à caresser doucement.

— Vous voyez, Caitlin, je croyais que vous aviez compris qu'on ne discutait pas avec moi. Vous m'appartenez et je fais de vous ce que je veux quand l'envie m'en prend. Je dois vous punir pour votre insubordination, dit-il en embrassant mon épaule. Je vous marque de mon sceau...

Sur ces mots, je sentis une douleur atroce m'irradier l'épaule en même temps qu'une écœurante odeur de chair brûlée me montait à la tête. Je hurlai. Il me bâillonna de sa main. Le souffle coupé, je fixai la veste tachée sur le fauteuil. La tache semblait s'agrandir encore et encore. Elle s'étendait sur le cuir usé, coulait sur le tapis, grimpait sur les murs. Jusqu'à ce qu'elle ait tout avalé. Tout devint noir.

Lorsque je repris conscience, j'étais étendue sur le dos, sur le bureau, les jupes relevées jusqu'à la taille. Lord Dunning, entre mes jambes, me donnait des coups de boutoir qui faisaient rebondir son ventre à chaque fois. Il avait les yeux fermés, et son visage bouffi et cramoisi perlait de sueur. Il gémissait et grognait comme un vieux sanglier enragé. Ses doigts s'enfonçaient dans mes cuisses, m'écorchant les chairs. Je cherchai désespérément, à tâtons, quelque chose de lourd pour le frapper. Je devais l'arrêter, je n'en pouvais plus. Ma main rencontra quelque chose de froid. C'était la petite dague qu'il employait pour ouvrir son courrier.

Toujours les paupières fermées, mon bourreau me labourait le ventre de plus en plus violemment. Il approchait de sa jouissance. Il se mit à geindre et à râler en crispant ses doigts plus fort dans mes cuisses puis, comme il atteignait le plaisir, j'empoignai solidement la dague, la levai et l'enfonçai de toutes mes forces dans les chairs tendres et volumineuses de son cou.

L'homme arrêta son mouvement de va-et-vient d'un coup. Son râle se mua en une longue plainte de douleur. Il ouvrit les yeux, me fixa, incrédule, la bouche ouverte sur un dernier cri qui ne vint jamais. Le sang giclait par jets, m'éclaboussant.

— Allez rôtir en enfer, suppôt de Satan ! C'est le seul endroit qui vous convienne, sifflai-je entre mes dents.

Ses yeux se figèrent dans la mort, puis il retomba sur moi de tout son poids.

Une impression de dégoût profond m'envahit lorsque je sentis son sang chaud couler dans mon cou. J'usai de toute la force qui me restait encore pour m'extirper de sous le corps inerte, qui retomba mollement sur le parquet, dans un bruit sourd.

Je restai un moment en état de choc. Mon corps n'était plus qu'une plaie vive. Péniblement, je me relevai, puis rajustai mes vêtements souillés. Mes cheveux étaient poisseux. L'odeur fétide et la vue de tout ce sang eurent raison de mon estomac. Je me mis à vomir.

Moite et frissonnante de froid, je ramassai mon châle en tremblant et m'en couvris. Le corps de lord Dunning était dans une position assez inusitée, désarticulé, la bouche et les yeux ouverts, grimaçant dans la mort. De sa braguette pendait une certaine partie de son anatomie qui ne laissait aucun doute sur ses dernières activités avant sa mort.

3

La fuite

J'essayai de remettre un peu d'ordre dans mes pensées. Je pris quelques grandes respirations, puis, lentement, me levai. La douleur m'accablait, la chambre tournait autour de moi. Les hauts murs semblaient vouloir se refermer sur moi, comme ceux d'une prison d'où je ne pourrais plus jamais sortir. Je dus me retenir au fauteuil pour ne pas tomber. Il fallait que je quitte cet endroit. Tout se bousculait dans ma tête et je n'arrivais plus à penser clairement. Je devais partir, mais pour aller où ? « Tu es vraiment dans un sale pétrin, Caitlin, tout juste bonne à te balancer au bout d'une corde. »

Evitant de regarder le corps de Dunning, je le contournai et me dirigeai vers la porte en tremblant. Je la refermai derrière moi, sans un dernier coup d'œil. Le couloir était sombre, seul un falot clair de lune l'éclairait. Je priai pour que Rupert soit couché, sinon, avec tout ce sang sur moi, je n'avais plus aucune chance.

Je descendis dans le hall, rasant les murs comme une ombre. Il n'y avait personne. Je devais réfléchir et trouver une solution rapidement. Je pourrais toujours retourner chez mon père, mais ce serait certainement le premier endroit où l'on viendrait me chercher. Trouver asile dans une église était une autre possibilité… Le révérend aurait certainement pitié d'une pauvre jeune femme en détresse, mais dès qu'il aurait vent du meurtre…

Je me dirigeais vers la sortie en essayant d'échafauder un plan lorsqu'un bruit sourd venant des caves m'extirpa de mes sinistres pensées. Mon cœur se mit à battre plus fort tandis que je reculais dans l'ombre. Quelqu'un venait. Affolée, je pris mes jambes à mon cou et courus vers les cuisines. Une poigne de fer m'agrippa et me retint. L'individu plaqua une main énorme sur mon visage, recouvrant mon nez et ma bouche, étouffant par le fait même le cri de stupeur qui s'apprêtait à franchir mes lèvres.

— Ne criez pas, murmura une voix grave dans mon oreille.

Je reconnus l'accent grasseyant assez particulier des Ecossais. C'était le prisonnier highlander. Mais que faisait-il là ? Je lui lançai mon talon dans les jambes, il étouffa un juron, mais ne bougea pas d'un iota. Sa main se resserra sur ma taille, ferme et autoritaire. D'un coup, il me souleva et traversa le couloir qui menait aux cuisines.

— Nom de Dieu, calmez-vous... Vous allez ameuter toute la maisonnée.

— Lâchez-moi...

Je me retrouvai soudainement coincée entre ce malotru et le mur, une main sur la gorge, l'autre m'empêchant de crier. Je me débattis, donnant des coups de pied. Je tentai de le griffer et réussis à planter mes ongles dans son flanc. Un juron en gaélique m'écorcha les oreilles. Il m'écrasa de son corps massif. N'ayant plus aucune latitude, je ne pus que me résigner au calme. « Cette fois-ci, Caitlin, tu n'as plus aucune chance. » Je souhaitai seulement que ce fût rapide et sans souffrance. Au moins, serais-je épargnée de l'humiliation du gibet. Les yeux fermés, j'attendis mon jugement dernier.

— Je ne vous veux aucun mal, mais, de grâce, taisez-vous !

J'ouvris un œil avec vigilance. Il desserra prudemment sa prise et retira sa main, prêt à s'en servir de nouveau si je me remettais à crier. Le sang me fouettait les tempes et je transpirais à grosses gouttes. Par son odeur, j'en déduisis que lui aussi.

— Que faites-vous ici, femme ?

L'homme me détaillait de ses yeux brillants. La bouche ouverte, je restai muette, telle une carpe cherchant son air hors de l'eau. Il se mit à me renifler comme un chien renifle un morceau de viande dans lequel il s'apprête à mordre voracement. Ses doigts qui me tenaient à la gorge se mirent à me tâter un peu partout, sans aucun égard pour ma pauvre condition de femme. Je repris aussitôt du service et esquissai un geste pour me libérer de la main polissonne. Il fut plus rapide et me retint par le bras en le broyant douloureusement. L'homme me poussa dans la clarté de la lune et m'examina, ses yeux plissés s'agrandissant de stupéfaction.

— Vous êtes blessée, femme, chuchota-t-il en fixant ma chemise poisseuse de sang.

— Lâchez-moi ! Partez, je ne dirai rien, je vous le jure, mais laissez-moi...

Le colosse resta silencieux une longue minute, semblant évaluer la situation, puis, dans un grognement, il me tira par le bras.

— *Trobhad, a bhoireannaich*[1].

En moins de deux, dans une pirouette assez bien réussie, je me retrouvai à suivre mon cerbère dehors en me retenant à son plaid, trébuchant sur les pierres et les racines qui jaillissaient du sol. Il me fit brutalement valdinguer derrière un taillis de rosiers sauvages, dont les épines me griffèrent au passage. L'homme s'accroupit et jeta un coup d'œil aux alentours. La panique m'envahissait, prenant le contrôle de tout mon être et annihilant mes sens. J'allais mourir... Il ne faisait aucun doute que ce barbare allait me dévorer toute crue. Mue par l'instinct de survie, je me relevai d'un coup et retroussai mes jupes pour détaler. Je ne réussis qu'à me retrouver étendue de tout mon long dans l'herbe humide, avec un poids terrible qui me broyait les reins. Le Highlander m'avait rattrapée par ma jupe, qui s'était déchirée. Il s'était repris en m'empoignant une cheville. Il était maintenant confortablement assis sur mon postérieur, me clouant au sol.

— Ne me rendez pas la tâche trop difficile, souffla-t-il. Sinon, je devrai user de ma force pour vous faire entendre raison. Nom de Dieu ! Je vous ai dit que je ne vous voulais aucun mal.

— Eh bien, vous me faites mal en ce moment même, espèce de sale brute !

Il me libéra de son poids et me retourna sur le dos sans pour autant lâcher mes poignets. Je n'osai parler et l'examinai à la dérobée, évitant de croiser son regard qui me brûlait. Il pouvait bien m'étrangler d'une seule main s'il le voulait. Il était immense et semblait habité par une force surhumaine. Si les Highlanders n'étaient seulement que la moitié de ce que j'avais entendu dire sur eux, je ne donnais pas cher de ma peau.

— Où sont les écuries ?

— Les écuries... ?

Il sourit. Ses traits s'en trouvèrent soudainement adoucis, voire affables.

— Bien oui, vous savez, l'endroit où on garde les chevaux.

Son humour me laissa froide.

— Si je vous le dis, vous me laisserez partir ?

Il rit, découvrant une rangée de dents parfaitement blanches.

---

1. Viens, femme !

— Vous laisser partir ? Je ne crois pas, femme. Je ne peux pas, comprenez ma situation. Et si j'en juge à votre allure, la vôtre ne me paraît pas tellement meilleure.

— Ma situation ne vous regarde pas. Ecoutez, je vous indique où se trouvent les écuries, et vous me laissez filer, d'accord ? Je ne dirai rien... je vous le promets.

— Je ne fais pas confiance aux *Sassenachs*[1], désolé. J'ai déjà payé pour cela.

— Vous pouvez me faire conf... Aïe ! Bon sang !

Sans crier gare, il m'avait balancée par-dessus son épaule comme un vulgaire sac de farine. Nous nous dirigions, à mon plus grand désarroi, vers les écuries. Cet homme avait le flair d'un loup, ma foi !

Nous nous engouffrâmes dans le sombre bâtiment. Quelques bêtes renâclèrent, mécontentes d'être dérangées. Je me réfugiai dans un coin. Il referma la porte, mais pas complètement, puis vint vers moi. Ses deux mains posées de part et d'autre de mes épaules sur le mur, il soufflait bruyamment.

— Ecoutez-moi, mademoiselle. J'ai l'intention de quitter cet endroit vivant, et je crois que vous aussi. Si vous faites ce que je vous demande, tout ira bien. Dans le cas contraire... Je serais désolé d'avoir à vous forcer à obéir, vous comprenez ce que je vous dis ?

Je hochai la tête dans l'affirmative et déglutis.

— Il y a beaucoup de soldats ici ?

— Je ne crois pas, peut-être cinq, mais le lieutenant ne patrouille pas la nuit, et il y en avait un devant votre cellule...

— Je crois que celui-là va dormir pendant un bon moment, dit-il en ricanant.

— Comment avez-vous fait pour sortir ?

— C'est un vieux truc qui fonctionne toujours avec ces idiots de *Sassenachs*. J'ai feint d'être mal, il est entré, et je lui ai balancé mon pied à la figure.

— Mais vous aviez les mains liées !

— Je n'ai pas besoin de mes mains pour envoyer mon pied à la figure de quelqu'un. J'ai défait mes liens en me servant de sa baïonnette.

Il me montra l'arme en question, passée dans sa ceinture, puis il prit un air plus sérieux.

---

1. Anglais.

— Voilà ce que nous allons faire. Je vais seller deux chevaux. Pendant ce temps, vous monterez la garde. Je n'en ai que pour quelques minutes. Nous ne devrions pas avoir de problèmes. La patrouille ne me semble pas très active.

Il s'écarta. J'esquissai un pas de côté, prête à fuir dès le moment opportun. S'il croyait que j'allais monter la garde pour qu'il me force ensuite à le suivre... Soit il était complètement taré, soit il... après réflexion, il avait de bons arguments... Je sentis ses doigts s'enfoncer dans le gras de mon bras. Je gémis.

— Ne tentez pas le diable, mademoiselle. Vous ne voulez pas me pousser à bout, n'est-ce pas ? Je n'ai pas l'habitude de forcer les dames, mais la situation présente ne m'en donne guère le choix, vous en conviendrez. Je vous emmène, que vous le vouliez ou non. Désolé.

— Pourquoi ? Je ne veux pas...

Il tira sur mon bras pour me faire sortir de l'ombre et prit brusquement dans sa main ma chemise qui me collait à la peau.

— Jurez-moi que vous voulez rester ici, et je vous y abandonne. A qui est tout ce sang ? Vous sentez à plein nez le cochon qu'on vient d'égorger.

Il n'aurait pu mieux dépeindre le tableau. Il avait deviné ma situation peu reluisante et il s'en servait. Ses doigts se remirent à me palper. Je le repoussai vivement.

— Ne me touchez pas, sifflai-je abruptement. Ce n'est pas le mien. C'est tout ce que je vous en dirai.

Le temps d'un court instant, il me considéra d'un drôle d'air. Je crus voir un sourire retrousser subrepticement le coin de sa bouche, mais il se détourna pour regarder dans l'entrebâillement de la porte. J'entendis Bonnie s'ébrouer, elle avait senti ma présence et attendait une caresse.

— Alors, mademoiselle, que décidez-vous ? Je n'ai pas toute la nuit. Ils ne tarderont pas à découvrir mon absence.

Vite ! Vite ! Je devais réfléchir. Que ferait-il de moi par la suite ? D'évidence, je n'étais pas de taille à me défendre contre un géant de cet acabit ! Mais d'un autre côté, que pouvait-il m'arriver de pire que je n'eusse déjà subi cette nuit ? Que je n'eusse subi depuis maintenant près de deux ans, pour être honnête ?

— Bon, d'accord. Mais j'aimerais bien que vous me selliez Bonnie. C'est le seul cheval que j'aie monté ici. Elle me connaît bien.

Je savais que ce n'était pas le moment de faire des caprices, mais je ne pouvais me résoudre à me séparer d'elle. Il se retourna vers moi. Le clair de lune s'accrochait à sa peau moite de sueur.

— Bon, celle-là ou une autre, marmonna-t-il. C'est laquelle ?

— La jument blanche. La deuxième sur la droite.

— N'oubliez pas, au moindre mouvement dans la cour, vous me prévenez.

— Oui, j'ai compris.

Il émit un léger sifflement auquel répondit aussitôt un reniflement bruyant. L'homme se dirigea vers la bête, me frôlant de son épaule au passage. L'odeur aigre qu'il dégageait m'enveloppa et me fit grimacer. Je pris position dans l'embrasure et me mis en devoir de surveiller la cour, évaluant mes chances de me sortir de ce mauvais pas. Puis je me mis à l'observer. Il ne perdit pas de temps. Ses gestes étaient rapides et précis, il fonctionnait dans l'obscurité quasi totale comme en plein jour.

Soudain, j'entendis des voix venant de l'extérieur, puis un rire. Je me plaquai contre le mur et risquai un œil dehors. Deux soldats venaient de tourner le coin sud du manoir. Ils se partageaient une flasque de whisky et devaient probablement se raconter des histoires grivoises. Un des soldats tituba, puis se retint au bras de son compagnon, qui chancela sous le poids. Ils étaient ivres. Soulagée, je les suivis des yeux jusqu'à ce qu'ils aient disparu de l'autre côté du bâtiment.

Pendant un moment je me sentis observée et me tournai vers le Highlander, qui, en effet, me dévisageait. Il me prit le menton et me tourna de côté pour mieux examiner mon visage dans le rai de lumière. Son doigt glissa sur l'endroit où m'avait frappée Dunning. Il grimaça et plissa les yeux.

— Vous avez mal, femme ?

Ma mâchoire élançait, la douleur causée par la brûlure s'intensifiait et l'intérieur de mes cuisses me faisait affreusement souffrir.

— Non, pas vraiment, mentis-je.

Il me relâcha le menton.

— C'est Dunning ?

Je ne répondis pas. Il prit mon silence pour un assentiment.

— Un homme ne devrait jamais battre une femme.

— Il ne le fera plus jamais, rétorquai-je.

— Hum… Certainement pas. Les chevaux sont prêts. Vous êtes bien certaine de ne pas être blessée ? La chevauchée ne vous aidera en rien.

— Vous ne pouvez rien pour mes blessures, lui fis-je amèrement remarquer. Et puis, de toute façon, qu'en avez-vous à faire de mes blessures ? Qu'elles débilitent ma santé ne vous empêchera pas de m'enlever.

Il ne releva pas mon observation, se contentant de me scruter dans la lumière sélène qui pénétrait faiblement l'écurie.

Je redressai les épaules et soutins son inspection sans broncher. Il grogna quelques incohérences et me fit signe de prendre place sur ma monture. Mes jambes tremblantes étaient trop douloureuses. Je me hissais péniblement sur la selle lorsque, d'un coup, je m'y sentis propulsée. Le colosse me transperça de son regard.

— Je ne sais pas ce que ce salaud vous a fait, mademoiselle, mais il a certainement mérité ce que vous lui avez infligé. Vous êtes blessée, je le sais. Vous avez besoin de soins.

Il posa une de ses grandes mains sur ma cuisse. Son chaud contact avait quelque chose de rassurant. Curieusement, mes craintes face à cet homme s'amenuisaient. Il me dévisagea encore quelques secondes, dans l'attente probable d'une éventuelle réplique de ma part, haussa les épaules, puis me tendit les rênes.

— Je passe devant, dit-il. Si la voie est libre, je pars et vous me suivez, ça vous va ?

— Oui.

Il avança prudemment en tenant son étalon noir par la bride. Le cheval s'ébroua et donna un petit coup de tête dans le dos de son maître.

— Calme-toi, *mo charaid*[1] ! chuchota-t-il à l'oreille de l'animal qui s'impatientait.

Des cris nous parvinrent de la cour. Mon cœur fit un bond. Le Highlander me regarda, puis hocha la tête. Il enfourcha son étalon, se tourna vers moi une seconde fois, sortit de l'écurie, puis éperonna sa monture, qui partit au galop vers les bois. Je n'avais d'autre chose à faire que de le suivre.

J'entendais Peterson gueuler des ordres derrière nous. Nous nous faufilâmes tant bien que mal à travers les arbres et rejoignîmes la route plus loin.

Le Highlander s'arrêta et attendit que j'arrive à sa hauteur, puis attrapa Bonnie par la bride.

— Que faites-vous ? demandai-je. Ils ne tarderont pas à rappliquer. Ils nous ont repérés.

---

1. Mon ami.

Il émit un sifflement aigu, attendit encore quelques minutes, l'oreille tendue. Un sifflement similaire lui répondit. Il me fit signe de le suivre.

Nous nous engageâmes sur le chemin poussiéreux, au trot, côte à côte. Le Highlander scrutait les abords des bois, aux aguets. Nous n'avions guère franchi plus de quelques mètres qu'un petit groupe d'hommes horriblement barbus et armés, affublés de jupes à carreaux, sortit du néant et nous encercla de toutes parts. Bonnie, apeurée, fit une embardée, manquant m'envoyer dans les fougères qui bordaient la route. Mon cerbère la maîtrisa. Je me figeai sur ma selle, devant les six paires d'yeux qui me dévisageaient maintenant avec ébahissement.

— Qu'est-ce que c'est, ça ? demanda l'un des hommes.

Un autre éclata de rire.

— Hé ! mon vieux ! C'est une prime de consolation ou bien…

— Ta gueule, Isaak. On ne touche pas à la dame, compris ?

— T'es pas sérieux ? Bon sang ! Après la perte que ces fumiers de *Sassenachs* viennent de nous faire subir ? Nous avons bien droit à un peu de bon temps !

— Nous récupérerons notre marchandise. Mais j'étrangle celui qui touche ne serait-ce qu'à un seul de ses cheveux.

Un silence entrecoupé de grognements d'insatisfaction s'installa. Au ton du Highlander, je devinai assez rapidement qu'il était le chef de la bande et qu'il n'hésiterait pas à mettre sa menace à exécution. Je piquai du nez dans mon châle, rentrai la tête dans les épaules, me demandant brusquement si je n'aurais pas mieux fait de rester au manoir. Un homme presque aussi grand que mon ravisseur se détacha des autres et s'avança vers nous. Ses cheveux, qu'il portait libres sur ses épaules, étaient blonds, teintés par la lune de reflets argentés.

— Ah ! Liam ! *Mo bhràthair*[1] *!* Je savais bien que tu t'en sortirais, commença-t-il en regardant le Highlander.

Liam… Ainsi s'appelait-il. Et le beau blond qui me déshabillait de la tête aux pieds se trouvait être son frère.

— Qui est cette… dame ? demanda-t-il en s'approchant de moi.

Bonnie hennit nerveusement et piaffa. Le frère de Liam la retint et se mit à la caresser entre les oreilles en lui soufflant des mots doux, ce qui eut un effet immédiat sur son humeur belliqueuse. Elle se calma. Il leva ensuite les yeux vers moi tandis que Liam exposait

1. Mon frère.

brièvement les faits de la soirée à l'assemblée de brutes qui écoutait en silence.

— Qu'est-ce qu'on va faire d'elle ? s'informa l'un des hommes.

— Rien, pour le moment.

Le frère de Liam se retourna vers lui.

— C'est la fille de Dunning ?

— Non ! annonçai-je rudement. Je suis...

L'homme me dévisageait avec un vif intérêt. Je me tus, jugeant préférable de ne pas trop en dire sur ma personne. Mais il voulait satisfaire sa curiosité et me pressa de questions.

— Une servante, alors ? Liam aurait-il eu droit à un petit supplément ou bien...

— Colin ! rugit Liam.

— Non, mais...

— Elle reste avec nous le temps que... le temps de récupérer notre marchandise. Ensuite, nous la libérerons... indemne.

Je lui lançai un regard affolé. Ils me garderaient donc en otage. Monnaie d'échange contre leur misérable marchandise. Ma vie contre des armes ! Etait-ce tout ce que je valais ? Je plantai mes talons dans les flancs de Bonnie. Colin, qui avait probablement anticipé mon geste, retint de tout son poids la bête qui voulait s'échapper. Deux autres hommes vinrent lui prêter main-forte.

— Holà ! la belle ! On ne va pas...

Une balle siffla au-dessus de nos têtes. Des soldats sortirent des bois et chargèrent les hommes de Liam, qui avaient déjà dégainé l'épée. Colin grimpa derrière moi sur Bonnie et l'éperonna. Nous détalâmes comme des lapins vers l'ouest.

Après quelques minutes de course, il fit pénétrer notre monture dans les sous-bois et attendit. Liam, qui arrivait derrière nous, dégringola de son cheval et se posta derrière un arbre. Colin me tira avec lui en bas du nôtre et me força à me coucher dans les fougères. Je m'y réfugiai bien volontiers, mon cœur battant la chamade. Les deux hommes attendaient silencieusement. La fine buée de leurs respirations précipitées trahissait leurs positions.

Je me remis à cogiter. Je me trouvais à quelques mètres d'eux. Toute leur attention était tournée vers l'arrivée prévue de la Garde. Nous pouvions d'ailleurs entendre les bruits des combats un peu plus haut sur la route. Je regardai autour de moi. Une idée germa dans mon esprit. Je pouvais toujours tenter de m'échapper. Je n'avais pas particulièrement envie de faire les frais de la barbarie de ces sauvages sanguinaires. Je rampai vers l'arbre le plus près et me redressai derrière lui, lentement, le dos contre le tronc. Les deux hommes étaient toujours à leur poste, Colin une épée à la main, tandis que Liam n'était armé que de la baïonnette dérobée au soldat. C'était maintenant ou jamais. Dans le noir, ils ne me retrouveraient jamais, et, demain, je pourrais filer vers l'ouest. L'Irlande, voilà où je devais fuir. Je devais trouver un bateau sur la côte et retourner dans mon pays.

Sceptique, j'observai la profondeur des bois. Si la nuit pouvait couvrir ma fuite, elle ne m'aiderait cependant pas à trouver mon chemin entre les arbres que je devinais dressés devant moi. Mais avais-je le choix ? Soit je tentais le coup, soit je restais entre les mains de ces Highlanders, qui, je le craignais, ne se gêneraient pas pour vider leur trop-plein de frustration sur moi si les choses ne tournaient pas en leur faveur. Je pris une grande respiration et fonçai à toutes jambes.

Les branches me giflaient sauvagement, me lacérant le visage et les bras, que je tendais devant moi pour m'en protéger. « O Seigneur Dieu ! Venez à mon aide ! » Brusquement, je me sentis projetée au sol. Le poids qui m'écrasait me vida de mon air. Je gémis, le souffle coupé par la douleur du choc.

— Où croyez-vous aller ainsi, mademoiselle ? Vous avez vraiment la tête aussi dure que la pierre ! Je devrai vous attacher, si vous persistez.

Je reconnus la voix de Liam. Il me retenait au sol par les épaules.

— S'il vous plaît...

— Que dois-je dire ou faire pour que vous compreniez que nous ne vous voulons aucun mal, mais que, pour le moment, vous devez rester avec nous ? Je veux remettre la main sur ma marchandise, et vous connaissez les lieux. Vous m'aiderez à la récupérer, ensuite je vous laisserai à l'endroit de votre choix. Compris ? C'est un marché honnête.

— Je ne veux pas retourner là-bas... geignis-je, en proie à l'affolement. Je ne peux pas... Ils m'arrêteront. Ils me...

— Qu'avez-vous fait au juste, là-bas ? Vous avez esquinté le portrait de Dunning ?

Je hoquetai un sanglot.

— Je... O Seigneur ! Je l'ai tué ! Je l'ai tué, ce sale vicieux ! Je l'ai saigné comme un porc !

— Vous l'avez tué ? Vous avez tué lord Dunning ? Nom de Dieu !

Son ton empreint d'une surprise non feinte me redonna un peu d'assurance.

— Oui, et je n'hésiterai pas à tuer de nouveau si on s'en prend encore à moi. Est-ce clair ?

Le vent sifflait entre les branches et murmurait dans les tendres feuilles qui commençaient à les garnir. Liam remua un peu pour me libérer de son poids sans toutefois me relâcher totalement.

— Vous n'aurez pas à le refaire, je vous en donne ma parole, murmura-t-il gravement.

— Vous, peut-être, mais les autres ?

— Vous n'avez rien à craindre de mon frère Colin. Quant aux autres, ils sont sous mes ordres. Ils connaissent le sort réservé aux contrevenants.

Sa respiration me réchauffait le visage. Je fermai les yeux et exprimai ma reddition par un profond soupir. Je devais abandonner mon sort aux rudes mains de ce mufle. Qu'y pouvais-je ? Négocier ma vie... Je devais négocier ma vie, obtenir une garantie. Mais comment ? Si je retournais au manoir, Winston aurait vite fait de me mettre la main dessus et de me pendre haut et court. Si j'accédais à la demande du Highlander, il pouvait tout aussi bien me rendre aux autorités, sinon se servir de moi... J'étais inexorablement coincée. Je devais faire un choix.

— Je voudrais bien vous aider, mais je ne peux pas. Je ne veux pas retourner dans le manoir.

— Je comprends. Je ne vous y forcerai pas, mais vous connaissez les lieux. Vous pouvez m'en faire un plan détaillé. M'indiquer l'endroit le plus probable où ma cargaison d'armes a pu être cachée.

— Je ne sais pas...

— Réfléchissez, mademoiselle. C'est très important pour moi.

— Je ne sais pas, m'énervai-je en me tortillant sous sa poigne.

Qu'en avais-je à faire de ce qui était important pour lui ? Liam se redressa sur ses genoux et s'assit sur ses talons.

— Que ferez-vous si je refuse de vous aider ?

Il ne répondit pas tout de suite, semblant méditer sur la question.

— Je ne peux pas vous y contraindre. Je vous conduirai là où vous le désirez.

— Pourquoi ? m'enquis-je, un peu ébahie.

— Parce que...

Je n'eus pas de suite à la réponse. Colin venait de nous retrouver.

— Ils sont repartis, dit-il en ahanant. Nous en avons blessé deux, mais ils ont touché Rodaidh Ròidh. Que faisons-nous maintenant ?

— Dans quel état se trouve Rodaidh ?

— Eh bien… je ne sais pas exactement. Il ne veut pas qu'on l'approche. Tu sais comment il peut être parfois.

Liam grogna et pesta.

— Nom de Dieu ! il doit être assez gravement atteint. Je connais ce vieux grincheux. Retranchons-nous vers la première chaumière rencontrée sur la route. Nous demanderons de quoi le panser. Nous verrons ensuite.

Il s'appropria mon bras et tira dessus pour me forcer à me redresser. Mon épaule m'élançait douloureusement, mais je me retins de me plaindre. Docilement, je me laissai guider hors des bois. Les hommes attendaient sur la route. Un des leurs était étendu dans l'herbe et proférait une litanie d'horribles jurons, témoignage très coloré de la douleur atroce qu'il devait endurer. J'eus le réflexe de me diriger vers lui, mais Colin m'en empêcha promptement.

— Mais il est blessé ! lançai-je, scandalisée.

— C'est pour cela que vous devez en rester éloignée. Vous ne connaissez pas Rodaidh. Il est comme un chien quand il souffre. Il écharpera quiconque tentera de le toucher. Et une *Sassenach*, de surcroît… De vous, il ne fera qu'une bouchée.

Je me tournai vers lui, vexée.

— Je ne suis pas une *Sassenach* ! A moins que cela ne fasse pas de différence à vos yeux, je suis catholique et bonne chrétienne. Avez-vous quelque chose contre les catholiques ?

— Bon Dieu, non ! Nous sommes chrétiens papistes nous-mêmes !

Agacée, je fis volte-face vers le malheureux qui se tortillait comme un asticot qu'on venait d'épingler sur un plateau.

— Alors, en bons chrétiens que vous êtes, vous le laissez se vider de son sang ?

Il me jeta quelques brefs regards, ouvrit la bouche pour dire quelque chose, puis la referma aussitôt.

— Nous ne le laisserons pas se « vider », comme vous le dites, dit-il rudement. Il nous suivra et il se soignera lui-même, là où nous pourrons lui donner le nécessaire. Personne ne peut approcher ce vieux chenapan lorsqu'il est blessé, et je vous conjure de ne pas essayer.

D'un œil, je fis le tour de l'assemblée, un peu gênée. Tous regardaient le vieil homme grogner dans l'herbe, sans se risquer à venir plus près. Ils n'étaient pas d'apparence aussi solide que Liam et Colin, mais ils n'en paraissaient pas moins féroces. Si ces hommes n'osaient pas se hasarder, je décidai donc de ne rien tenter, moi non plus. Le mieux était sans doute d'abandonner le vieux Rodaidh à son triste sort.

Liam arriva avec Bonnie et son étalon, ce qui mit fin à la discussion. Les autres chevaux étaient amenés par l'un des hommes. On se mit en selle, mais, cette fois, je me retrouvai seule sur ma monture. Nous attendîmes patiemment que Rodaidh ait terminé de se hisser sur la sienne en criant tous les saints noms du ciel.

Ainsi, nous nous mîmes en route. Brusquement, je sentis toute la froidure de la nuit s'insinuer sous mon mince châle. J'étais flanquée de mes deux inquiétantes escortes. « Va donc te plaindre, maintenant ! » Tout de même, j'étais en droit de m'inquiéter de mon sort entre les mains de ces robustes bandits ! De plus, mon état physique se détériorait rapidement. Mon estomac protestait drôlement. Ce que j'avais avalé pour le dîner, je l'avais rendu au manoir.

Nous chevauchâmes au trot dans un silence qui devenait fort dérangeant. Après quelques minutes, je poussai la hardiesse jusqu'à interroger mon ravisseur sur ses petites opérations illicites. Question de faire un brin de causette.

— Ainsi, vous êtes contrebandier ?

— A mes heures, lorsque c'est nécessaire. Il faut bien vivre.

— Que trafiquez-vous ?

Il jeta un coup d'œil derrière nous. Lorsqu'il reporta son regard devant lui, un sourire incurvait ses lèvres.

— Ce que je trafique... cela vous intéresse ?

— Euh... oui. Je n'aime pas voyager avec des étrangers. J'aimerais donc en savoir un peu plus sur vous.

— Bien. Des armes, en général. Pistolets français, mousquets et épées espagnols. Enfin, tout ce qui est disponible sur le continent. Des livres pour le chef du clan. Aussi, quelques colifichets et menus articles, histoire de faire plaisir aux femmes et de camoufler les armes, si nécessaire. Il faut bien rendre tout le monde heureux.

— Ce n'est pas un métier plutôt dangereux ?

— Dites-moi ce qui ne l'est pas, je le ferai.

Il se tourna vers moi, la tête légèrement penchée de côté, et me dévisagea un court instant. La brise faisait danser ses mèches indisciplinées devant ses yeux sans que cela semblât le déranger.

— Vous n'êtes pas anglaise, votre accent n'est pas d'ici.

— Irlandaise.

— Hum... J'en aurais mis ma main à couper. Que connaissez-vous des Highlands, mademoiselle l'Irlandaise ?

— Pas grand-chose, je le crains.

— Et des gens qui les peuplent ?

Je baissai les yeux, gênée.

« Eh bien, j'ai entendu dire beaucoup de choses à votre sujet, monsieur le Highlander, mais je ne crois pas qu'elles soient très agréables à entendre », pensai-je.

— Laissez tomber, fit-il en ricanant, voyant que je ne lui répondrais pas, j'ai une petite idée de notre réputation.

Comme pour ajouter à mon malaise, le vent souffla plus énergiquement. Ma chemise imbibée de sang me collait à la peau et il faisait plutôt frisquet. Je n'avais rien d'autre que mon châle à me mettre sur le dos. Et encore, pour ce qu'il pouvait couvrir... Le Highlander poussa sa monture au trot. Je n'avais d'autre choix que de le suivre, malgré la douleur de mes ecchymoses entre les cuisses. Cependant, je ne pouvais me permettre de me plaindre. Nous allions certainement trouver un endroit pour dormir au chaud. Du moins l'espérais-je.

Nous chevauchâmes ainsi pendant plusieurs longues minutes avant de nous arrêter devant une chaumière obscure, nichée dans le creux d'un vallon. J'en fus soulagée, car je claquais des dents, et mon corps me faisait souffrir le martyre. Ce n'était pas l'auberge tant espérée, mais elle ferait tout aussi bien l'affaire.

— Nous ne nous arrêtons que le temps nécessaire à Rodaidh pour panser sa plaie, m'avertit Liam.

— Quoi, nous ne dormirons pas ici ? Alors, où ?

J'étais épuisée par la folle chevauchée en pleine nuit. Je regrettais un peu ma chambrette et la tiédeur de mon lit, sans parler du délicieux ragoût de mouton de Becky. Mais il était trop tard pour cela !

— Pas question de dormir pour le moment. Nous devons récupérer notre marchandise avant l'aube. Après, il sera trop tard, les renforts seront arrivés, et j'ai trop investi dans cette transaction pour abandonner. Alors seulement, si tout va bien, nous prendrons quelques heures de sommeil. Pas avant.

Colin frappa à la porte. Après un instant, un petit homme au long visage osseux présenta son nez dans l'entrebâillement. Colin discuta avec lui, lui montra du doigt le blessé, qui, resté sur sa monture, semblait maintenant somnoler, le menton dans sa chemise. Le paysan nous regarda à tour de rôle et revint vers Colin, hésitant. Je remarquai que certains hommes avaient sorti leurs pistolets et faisaient mine de les nettoyer en les tenant bien en vue. Le paysan dut prendre ces gestes pour un avertissement. Il ouvrit la porte toute grande. Colin donna une claque sur la cuisse de Rodaidh, qui commença à beugler. Une fois remis, ce dernier glissa en bas de sa bête et suivit péniblement Colin à l'intérieur en tenant son plaid bien serré autour de sa taille.

Je resserrai mon châle sur mes épaules frissonnantes. Il faisait un froid à se geler les os. Ou bien ces hommes en jupe, à moitié nus, ne s'en rendaient pas compte, ou bien ils se souciaient de moi comme d'une guigne.

— Nous ne pourrions pas rester un peu pour nous réchauffer ? risquai-je du bout des lèvres.

Liam me dévisagea, surpris, puis ses yeux se posèrent sur mon piètre accoutrement.

— Vous avez froid ?

— Pas vous ?

— Attendez-moi ici. Je vais demander à Colin de vous trouver un vêtement plus chaud pour vous couvrir.

Il revint au bout de trois longues minutes. Les hommes avaient mis pied à terre et s'étaient étendus dans l'herbe mouillée, le temps que le vieux Rodaidh en ait terminé. Liam avait entrepris de vérifier les harnais de nos montures sellées à la hâte.

Je l'observai pendant qu'il s'affairait à resserrer ses sangles. D'après ce que m'avait raconté Becky, la cuisinière, les Highlanders étaient tous des barbares, des brutes velues, sales et puantes, n'ayant aucune éducation, qui égorgeaient les hommes, violaient les femmes et dévoraient les enfants. Ces qualités décrivaient probablement mieux lord Dunning que cet homme. Néanmoins, sa taille impressionnante pouvant inspirer une certaine crainte, il valait mieux être son allié que son ennemi...

— Quel est votre nom, femme ? me demanda-t-il en venant vers moi.

— Euh... Caitlin, répondis-je tandis qu'il vérifiait les boucles de mon harnais. Caitlin Dunn.

Il tira un peu trop fort sur la sangle, ce qui me déséquilibra de sur ma selle. J'eus le réflexe de me retenir à son épaule pour éviter de basculer. Il releva la tête, puis me sourit.

— Désolé, Caitlin.

Un moment plus tard, Colin revint. Il était seul. D'après l'expression de son visage, je pus deviner que quelque chose n'allait pas.

— Je ne crois pas que notre homme soit en mesure d'aller plus loin, annonça-t-il sur un ton lugubre.

— Que veux-tu dire ? demanda Liam.

— Eh bien, il a reçu un sale coup d'épée dans le flanc droit. Les chairs sont assez entamées.

— Il a déjà vu pire...

— Pas cette fois, le coupa Colin. Il...

Le jeune homme me lança un regard rapide. Il hocha la tête. Liam soupira, puis entra dans la chaumière à son tour.

— Il est gravement blessé ? demandai-je timidement.

— Il ne s'en sortira pas, je le crains.

— Oh ! Si vous m'aviez laissée faire...

Colin émit un rire ironique. Il me détailla quelques secondes avant de reprendre sur un ton cinglant :

— Vous auriez été capable de lui repousser la moitié des tripes dans le ventre ?

— Oh ! bon sang !

— Ouais... Ces putains de *Sassenachs* ne s'en sortiront pas comme ça. Ils paieront par notre loi.

Un frisson lui secoua les épaules. Puis, comme s'il venait de s'en souvenir, il me tendit une lourde cape grise qu'il tenait enroulée sous son bras. Son œil capta le sang qui maculait ma chemise et mon corselet. Je lui arrachai le vêtement des mains, le jetai sur mes épaules en prenant soin de cacher les preuves de mon crime odieux.

— Qu'est-ce que c'est que ça ?

Je descendis de ma jument et me dirigeai d'un pas rapide vers un petit banc placé sous un arbre. Colin me rattrapa en trois enjambées et me fit pivoter sur les talons pour lui faire face. D'un coup sec, il tira sur la cape pour l'ouvrir et fixa mes vêtements, médusé.

— C'est du sang ? demanda-t-il platement.

Je tentai de me dégager, mais il me retint fermement.

— C'est du sang ? réitéra-t-il un peu plus brusquement.

— Je n'ai pas de comptes à vous rendre.

Insatisfait de ma réponse, il toucha ma chemise, puis porta ses doigts à son nez.

— Putain de merde ! Où avez-vous été blessée ?

— Je vais très bien... enfin, compte tenu des circonstances.

— Mais ?.... Ceci ?

— C'est... Je...

— Liam vous aurait-il blessée ?

Sa voix était dure. Il m'avait saisie par les épaules, ce qui raviva la douleur causée par la brûlure et m'arracha un cri.

— Désolé, s'empressa-t-il de dire en me relâchant.

Son regard se fit plus insistant.

— C'est Liam ?

— Non. Ce n'est pas votre frère. Ce n'est pas mon sang, non plus.

— Alors... ?

— C'est celui d'un salaud, laissai-je tomber.

Il me dévisagea un court instant, l'air de ne pas comprendre. Puis, sur son beau visage, se peignit l'horreur. Difficile de dire ce qui pouvait le rebuter. Le fait de penser que j'aie pu tuer un homme ou bien la raison qui m'aurait poussée à le faire ? Je n'en saurais rien pour le moment, car Liam revenait, livide. Il s'appuya contre le mur de pierre et glissa sa main dans ses cheveux, perdu dans ses réflexions.

— Demande aux hommes de creuser un trou, ordonna-t-il brusquement à Colin. Nous lui dirons une prière. Il n'y a plus rien à faire.

Une heure plus tard, Rodaidh avait rendu l'âme et était enterré à l'orée du bois. Un genou au sol, Liam termina une courte prière, se signa et se redressa. Silencieux, il prit l'épée du défunt, murmura quelques paroles, puis baisa la lame et la glissa dans son fourreau vide. Le paysan avait été dédommagé pour son « dérangement », et nous étions tous de retour sur nos selles.

Colin lança à Liam un pistolet qu'il s'empressa d'armer et d'accrocher à sa ceinture. Les Highlanders, en quête de vengeance, repartaient maintenant vers le manoir. Leur envie de remettre la main sur leur marchandise « volée » était décuplée. Et moi, je me voyais entraînée dans cette histoire bien malgré moi. Enfin, j'avais peut-être donné un petit coup de pouce au destin. Ce qui était fait était fait.

Je fermai momentanément les yeux et revis le gros visage porcin de lord Dunning, quelques secondes avant le coup fatal. L'horreur de mon geste me donna la nausée. Je respirai profondément pour la dissiper. J'avais tué. Si j'avais essayé de viser le cœur, j'aurais certainement échoué. Cet homme n'en avait jamais eu.

Mes pensées se tournèrent ensuite vers lady Catherine. J'étais sincèrement désolée pour elle, je l'avais trahie. Après tante Nellie, elle avait été ce qui pouvait se rapprocher le plus d'une mère pour moi. Je regardai vers le ciel où scintillaient les étoiles. « Oh ! maman ! Si tu n'étais pas partie si vite, je n'en serais certainement pas rendue là aujourd'hui. Je sais que toi et la petite Myrna veillez sur moi. Montrez-moi le chemin, j'en ai grandement besoin. Papa ne peut plus rien pour moi. Seulement vous, avec l'aide de Dieu. »

J'écrasai discrètement une larme sur ma joue et reniflai dans ma manche.

— Tenez, cela vous fera du bien.

Je sursautai. Colin me tendait une gourde de cuir que je pris. J'en avalai une bonne lampée et faillis m'étouffer. Le whisky me brûla la gorge, mais, peu après, une douce chaleur réconfortante envahit mon corps, apaisant mon âme momentanément.

— Je... je croyais que c'était de l'eau, dis-je, les yeux larmoyants.

— Pardonnez-moi, mademoiselle.

— Ça va...

Je le regardai de biais. Il fixait le pommeau de sa selle, l'air d'un gamin qui venait de faire une bêtise et qui attendait sa raclée. Je lui rendis sa gourde et le remerciai pour le whisky. Le groupe se mit en branle, et je suivis, encadrée des deux frères, prisonnière de mon destin.

— Nous ne ferions jamais de mal à une femme, fût-elle une *Sassenach*, reprit Colin après un moment.

— N'essayez pas de vous justifier. Vous voulez vos armes, moi, je veux... ma liberté.

— Vous l'aurez, nous avons conclu un marché. Je tiens toujours parole, dit Liam.

Colin ne cessait de m'observer, tandis que son frère s'absorbait derechef dans ses pensées.

— Depuis combien de temps êtes-vous en Ecosse ?.... J'oublie votre nom.

— Caitlin. Je ne vous l'avais pas donné, je crois. Nous avons quitté Belfast il y a environ deux ans, mon père, mes deux frères et moi.

— Et votre mère ?

Voilà que j'allais raconter ma vie à cet étranger. Curieusement, j'en avais envie. Depuis que j'étais au manoir Dunning, personne ne s'était vraiment intéressé à ma vie, à part lady Catherine.

— Elle est morte en mettant au monde ma petite sœur, Myrna. Et le bébé est mort à son tour deux jours plus tard, Dieu ait leurs âmes, dis-je en regardant le ciel. Je n'avais que sept ans. C'est ma tante Nellie qui m'a élevée. Elle est la sœur aînée de papa. Pauvre tante Nellie, soupirai-je, je ne lui ai pas rendu la tâche facile. Je suivais toujours mon frère Patrick dans ses pires frasques et revenais à la maison, la robe déchirée et pleine de boue. Elle me menaçait de m'habiller en garçon. Rien ne m'aurait fait plus plaisir, mais je me gardais bien de le lui avouer. Ce n'était pas facile de grimper aux arbres ou d'escalader des murets en robe. J'enviais mes frères d'être des garçons.

— Je vous trouve très bien en fille. Où sont vos frères, maintenant ?

— A Edimbourg, avec mon père. Mon père est maître-orfèvre. Il avait une boutique, autrefois, à Belfast. Il a un talent remarquable. Ses affaires étaient prospères, et ses clients payaient ses œuvres très cher. Mais mon père était catholique. A cause de la répression, ses clients se faisaient de moins en moins nombreux. Il a dû fermer sa boutique, car il ne pouvait plus payer le loyer. Il trouva bien un peu de travail, mais il n'arrivait plus à subvenir à nos besoins convenablement. Je ne lui en veux pas... Il a refusé de se convertir. Ma mère le lui avait fait promettre avant de mourir. Elle aurait préféré brûler en enfer plutôt que de le voir se convertir. C'est ce qui nous a conduits en Ecosse. Ici, ce n'est pas un crime d'être catholique. Enfin, je suppose...

— Pas encore, marmonna Colin. Mais que faisiez-vous au manoir Dunning ?

— Mon père m'y a placée quelques semaines après notre arrivée à Edimbourg, dis-je d'un air sombre. Il travaille maintenant dans un petit atelier d'orfèvrerie, chez Carmichael Goldsmith, pour un salaire de famine. Il loue une minuscule chambre dans le quartier de Cowgate. Lord Dunning était un des plus gros clients de Carmichael et il recherchait une dame de compagnie sachant lire pour servir son épouse malade. Mon père m'a proposée pour la place. Il me disait que j'y serais mieux logée et nourrie, et que j'y apprendrais les bonnes manières. Et puis aussi qu'on m'y traiterait bien, ajoutai-je sur un ton sarcastique.

— Il s'est trompé sur ce dernier point, si je ne m'abuse, rétorqua Liam.

Je sursautai. Apparemment, il n'avait pas manqué un seul mot de notre entretien. Il me regarda tristement, puis reprit :

— Votre père ne prenait jamais de vos nouvelles ? Un père digne de ce nom ne laisserait pas sa fille dans un endroit aussi... Pourtant, la réputation de Dunning est plutôt bien établie à Edimbourg. Votre père croyait-il que les bijoux commandés étaient tous destinés à parer l'unique gorge de son épouse ? Nom de Dieu !

— Ce que mon père savait ou ne savait pas ne vous concerne pas, je vous ferai remarquer. Il voulait mon bien...

Je baissai les yeux en rougissant. Je n'avais pas eu de ses nouvelles depuis plus d'un an. J'en avais le cœur brisé. Dans mes périodes les plus noires, je me disais qu'il s'était bien débarrassé du lourd fardeau qu'était l'éducation d'une jeune fille de dix-sept ans. Puis, après, je me persuadais qu'il n'avait pas eu le choix, n'ayant plus d'épouse. Tante Nellie était restée en Irlande. Elle n'avait pu se résoudre à quitter son pays, sa terre sacrée habitée par les fées, les petits lutins malins et la tribu de Dana. Dans le fond de mon cœur, j'en voulais terriblement à mon père. En vérité, je me sentais abandonnée, trahie. Mais cela, Liam n'avait pas à le savoir.

— Ce que j'ai vu ce soir, mademoiselle Caitlin, c'était la première fois ? Je parle de la gifle.

Je restai muette.

— Donc, si je comprends bien, vous avez tué cet homme parce qu'il vous a frappée pour la première fois ce soir ?

— Je n'ai pas à expliquer mes gestes devant vous. Surtout pas devant vous !

Colin sursauta comme s'il avait été piqué par une guêpe.

— Vous avez tué lord Dunning ? s'écria-t-il.

Je tirai sur les rênes de Bonnie, l'obligeant à s'arrêter, et leur fis face.

— Oui, je l'ai tué ! éructai-je brusquement. Vous voyez ce sang ? Bien sûr que vous l'avez vu, c'est assez difficile de le manquer ! Eh bien, c'est le sien, c'est le sang de ce sale porc ! Alors, qu'en dites-vous ? Cela ne devrait pas vous choquer outre mesure. Pour vous, les Highlanders, égorger un homme n'est qu'un simple exercice, sans plus !

Les deux frères se consultèrent du regard, puis haussèrent les épaules. Les autres hommes s'étaient arrêtés et me dévisageaient, sidérés. Je serrai les dents, luttant contre les larmes, et m'apprêtai à faire demi-tour. A bien y penser, ils pouvaient se débrouiller tout seuls. J'étais vraiment à bout de nerfs. J'avais besoin d'un bon repas et d'un bon lit. Je n'avais pas envie de me justifier, encore moins de raconter ma sordide histoire de meurtre à des inconnus. J'avais surtout besoin d'oublier...

Liam retint fermement Bonnie par la bride. Il ne disait mot, se contentant de me dévisager bizarrement, ce qui accentua mon embarras. Ensuite, lentement, il relâcha ma monture et s'adressa à moi d'une voix grave :

— Je vous jure que vous n'irez pas très loin, seule, dans ce coin de pays avec la Garde à vos trousses.

Indécise, je leur jetai un regard mauvais à tour de rôle. Il avait certainement raison, mais, d'un autre côté, qu'est-ce qui me garantissait qu'ils me protégeraient ? Qu'ils respecteraient l'entente ? Les chevaux renâclaient, impatients de reprendre le chemin. De tous les maux, je me devais de choisir le moindre. Du moins, j'espérais que c'était le moindre. J'ordonnai donc à Bonnie d'avancer.

Plus un mot ne fut prononcé. Colin me jetait des regards furtifs et Liam se concentrait sur la route. Moi, je fermai les yeux et laissai Bonnie me conduire. Nous parcourûmes encore quelques kilomètres en silence. En quête d'un peu de réconfort, je fouillai dans la poche de ma jupe. Elle contenait toute ma vie. J'en tâtai le contenu pour en faire un rapide inventaire mental. Il n'y avait même pas de quoi remplir un balluchon. Juste la petite savonnette, mon mouchoir brodé par tante Nellie, un petit nécessaire à repriser dans une pochette en chevreau, un vieux peigne en écaille auquel il manquait quelques dents, une branche d'aubépine tout effritée pour conjurer les mauvais sorts. Je commençais d'ailleurs à douter de l'efficacité de cette dernière. Il y avait aussi la broche de maman. Je la caressai du bout des doigts. Je connaissais par cœur le magnifique motif de dragons, d'origine celte, fait d'entrelacs compliqués. Mon père l'avait créée et offerte en cadeau de noces à ma mère. Après la mort de maman, il me l'avait donnée. C'était tout ce qui me restait d'elle, tout ce que je possédais.

Ballottée par les mouvements balancés de ma jument, je sentais une certaine langueur m'envahir. Le martèlement cadencé des sabots sur la chaussée résonnait comme une mélopée monotone dans ma tête. Mes yeux se refermaient d'eux-mêmes, lourds de fatigue. Puis, juste comme je sombrais dans une douce torpeur, une main qui s'empara de mon bras me fit tressaillir.

— Nous sommes arrivés, m'informa Liam.

Je pouvais en effet distinguer la sinistre silhouette du manoir entre les arbres. Les fenêtres étaient presque toutes illuminées. A l'heure qu'il était, le corps de Dunning devait certainement avoir été découvert. Un irrépressible frisson glacé me parcourut le dos.

— Je ne pourrai jamais retourner là-dedans, me lamentai-je. Vous m'aviez dit que...

— Il n'est pas question pour vous d'y entrer, Caitlin. Essayez seulement de penser aux endroits où pourrait se trouver notre cargaison.

Nerveuse, j'avais peine à réfléchir normalement. Où ?....

— Dans le cellier, peut-être, ou dans les caves. Le manoir est si grand et plein d'endroits secrets. Je ne sais pas... Attendez, il y a un passage souterrain qui mène à la chapelle. Il aurait été construit à l'époque de la chasse aux prêtres catholiques, pour les cacher, c'est Becky qui m'en a parlé. Personne n'a le droit d'y aller, sauf, bien entendu, Rupert. C'est là que lord Dunning garde ses objets de valeur.

— Donc vous ne savez pas où il se trouve ?

— Bien sûr que si, il y a une trappe sous l'autel. Je l'ai vue, mais je ne me suis jamais risquée à l'ouvrir.

— Et pour le cellier ?

— Dans la cuisine, par où nous sommes sortis, juste à la droite du couloir qui mène au hall, il y a une petite porte. Elle donne sur un réduit sous un escalier. Le cellier se trouve être la porte à droite. Pour les caves, vous connaissez le chemin.

Liam sourit.

— Je me débrouillerai.

— Alors, je peux partir, maintenant ?

— Pour aller où, dites-moi ? Je vous ai promis de vous conduire là où vous le voudrez. Un endroit sûr.

— Mais quand ?

— Après. Pour le moment...

Il promena un regard circulaire autour de nous et grimaça. Apparemment, quelque chose le turlupinait.

— Pour le moment... quoi ?

— Hum... Nous avons un petit problème.

— Quoi ?

— Vous.

— Comment ça, moi ?

Je commençais à trouver ma situation inquiétante. Moi, un problème ? Et comment ces hommes avaient-ils l'habitude de régler les problèmes de ce genre ? Maintenant que je leur avais fait le plan sommaire de l'endroit, ils pouvaient bien se débarrasser de moi comme bon leur semblerait. Liam perçut mon trouble et jugea bon de s'expliquer pour me rassurer.

— Je ne peux pas vous laisser seule ici, c'est trop dangereux. Et j'ai besoin de tous mes hommes. Vous comprenez ?

— Vous voulez que j'aille avec vous ? demandai-je, estomaquée. Jamais ! Je peux très bien rester ici, seule...

Il me considéra, irrésolu. Je sentais la nervosité gagner les hommes. Lui-même me paraissait plus tendu.

— Vous croyez ?

— Bien sûr...

En fait, je n'en étais pas si certaine. Les bois étaient si noirs, emplis de ces sons étranges que font les personnages du monde des elfes. Mais allais-je raconter à ce grand malabar que les histoires de ma tante Nellie me faisaient peur ?

— Bon, restez près de ce rocher. Enfoncez votre jument pour que sa robe ne soit pas visible de la route. Je reviendrai vous chercher.

— Et si vous ne revenez pas ?

J'avais soudainement quelques appréhensions de me retrouver seule.

— Je reviendrai, ou bien alors ce sera Colin.

J'attendis. Le temps me parut interminablement long. Je voyais difficilement plus loin que le bout de mon nez, donc pas question pour moi de quitter mon poste. Les yeux fermés pour ne pas voir l'obscurité, je tentai de me laisser gagner par le sommeil qui, maintenant, me fuyait comme la peste. J'entendis des craquements, puis un juron. Croyant Liam déjà de retour, je me précipitai hors de ma cachette et me retrouvai nez à nez avec un des soldats de la Garde qui passait la nuit au manoir. L'homme poussa un cri d'épouvante en chœur avec moi. Mais il fut plus rapide pour recouvrer ses esprits. Il m'empoigna et me poussa devant lui. Son haleine empestait l'alcool. S'avisant que j'étais bien seule, il en parut soulagé.

— J'ai ordre d'intercepter quiconque se trouve dans les alentours du manoir. Vous vous expliquerez devant le maître des lieux. Pour le reste, je n'en ai rien à faire.

Son visage s'éclaira.

— Oh ! pardieu ! Si c'est pas la jolie bonniche ! C'est le fils du lord qui sera heureux de vous retrouver… Il vous cherche partout !

— Non… vous devez faire erreur, glapis-je en me dégageant brusquement. Je ne suis pas…

— Allons bon ! Et moi, je suis le roi Guillaume. C'est déjà bien assez qu'on me réveille pour me forcer à monter la garde alors que mon quart est terminé…

— Eh bien, vous voilà de nouveau au pays des rêves ! dit une voix près de nous.

Il y eut un bruit sourd. La prise du soldat sur mon bras mollit. Il s'écroula comme une masse à mes pieds. Je me mis à crier, mais une main me bâillonna aussitôt.

— *Tuch*[1] ! Pas un mot, murmura une voix. C'est moi, Colin. Liam m'a envoyé vous surveiller. Je vois qu'il a eu raison de le faire.

---

1. Chut !

Il fit rouler le corps du soldat assommé dans les fourrés et m'entraîna derrière lui dans les bois jusqu'à ce que nous fussions hors de vue de la route. Prise de panique, je tentai de me dégager. Il venait me chercher pour m'échanger contre leurs armes. Je le savais… Je savais que je ne pouvais pas leur faire confiance.

— Caitlin, arrêtez !

— Non ! Je ne veux pas retourner là-bas. Vous n'êtes que des salauds !

Comme il me secoua rudement, je stoppai net.

— Il n'est pas question pour vous de retourner au manoir.

— Mais alors ?

— Je suis venu vérifier si vous alliez bien, rien de plus.

Je restai muette un court moment.

— Désolée, hoquetai-je. Je…

— Vous avez eu peur, ça va. C'est normal. Il n'y a pas de quoi être embarrassée. Pleurez tout votre saoul, si cela vous chante…

Le cœur toujours en émoi, je me blottis contre son torse solide et sanglotai bêtement. Il se mit à caresser doucement mes cheveux, apaisa ma frayeur avec des mots doux dans la langue de mon pays. Sa main se faisait câline. Comme pour Bonnie, l'effet me calma.

— Vous avez besoin de sommeil, ma belle.

Pour toute réponse, je reniflai.

— Caitlin…

— J'ai faim, aussi, rechignai-je.

Il rit, faisant sautiller ma tête sur sa poitrine.

— Bon sang, femme ! Alors, soit ! Je vous dénicherai quelque chose à vous mettre sous la dent dès que les autres seront de retour.

— Ils ont trouvé ?

— Je ne sais pas. Ils se dirigeaient vers la chapelle lorsque Liam m'a donné l'ordre de venir vous tenir compagnie.

— Je suis désolée, vous auriez certainement préféré…

— Rien ne me faisait plus plaisir, si vous voulez savoir la vérité.

Je sentis ses mains me presser contre lui. Ses lèvres frôlèrent mon front. Je commençais à comprendre ce qu'il voulait insinuer et pensai qu'il serait préférable d'éclaircir la situation dès le début. Je le repoussai assez brusquement. Il n'était pas question qu'un homme me touche !

— Pardon, je ne voulais pas…

— Ah non ?

— Je vous le jure.

— Vraiment ?

— Mais oui, enfin…

— Enfin, bien sûr ! Mais qu'est-ce qui pourrait vous empêcher de profiter d'une pauvre femme sans défense dans les bois, sachant pertinemment qu'elle ne peut appeler à l'aide sans risquer de se retrouver attachée à une potence !

Il se gratta le front, un peu décontenancé.

— Rien. Mais je ne le ferai pas.

— Et pourquoi donc ?

— Parce que je suis un homme d'honneur.

Ces hommes connaissaient l'honneur ? Un rire nerveux me monta à la gorge. Je me contins, de peur de le froisser, ce qui aurait pu lui donner envie de passer à l'action.

— Colin, vous ne devez pas croire que je suis…

Il attendit la suite.

— Je ne suis pas…

— Quoi ?

— Eh bien… même si je ne suis qu'une simple servante, je ne suis pas… Il ne faut pas vous attendre à une gratitude autre que celle venant du fond de mon cœur.

— Je sais, dit-il succinctement.

— Vous savez quoi ?

— Que vous n'êtes pas… Je veux dire, que vous ne ferez pas…

— D'accord. Je voulais que ce soit très clair.

— C'est très clair. En fait, je crois qu'on ne m'a jamais expliqué aussi clairement une situation ! D'ailleurs, vous nous auriez déjà proposé vos… services en échange de votre vie, si cela avait été le cas.

Il éclata de rire. Vexée, je restai un instant interloquée, puis je pouffai de rire à mon tour. Nous nous laissâmes tomber sur la mousse couverte d'aiguilles de pin. Une douce odeur d'humus et de feuilles humides me monta à la tête. Il tendit son bras et me toucha. Je ne tentai plus de fuir. Il entoura mes épaules de chaleur, et je me pelotonnai contre lui, sous son aile. J'entendis Bonnie s'ébrouer non loin de nous et fermai les yeux. Je ne savais pour quelle raison, mais j'avais confiance en cet homme et en son frère. Peut-être parce que j'en avais besoin. Je me sentis bien, et mes yeux se refermèrent enfin. Je laissai la fatigue m'envahir, engourdir chaque parcelle de mon corps épuisé.

Une main me secouait vigoureusement. Je clignai des yeux, arrachée à mon sommeil.

— Allez, venez.

— ... Quoi ?

Je n'eus droit à aucune explication. La main m'aida à me relever. Des lambeaux de souvenirs me revinrent. Lord Dunning gisant dans son sang, le Highlander m'entraînant dans les cuisines, l'homme mort qu'une horde de sauvages enterrait sous les arbres, un *libera* sur les lèvres. Et Colin me réconfortant.

Je tentai de le suivre, mais mes jambes avaient du mal à tenir la cadence.

— Colin, ralentissez, je n'y arrive pas.

— Grimpez sur mon dos.

Il venait de s'accroupir. Je le heurtai de plein fouet.

— Grimpez, bon sang !

Un coup de feu me fit tressaillir. Je ne me le fis pas dire deux fois. Je grimpai sur son dos et passai mes bras autour de son cou. Mais qu'arrivait-il ? Les choses avaient-elles mal tourné ?

— Où allons-nous comme ça ?

— Plus tard. La Garde nous a repérés.

— Repérés ? Mais comment ?

— Plus tard, Caitlin.

J'entendis des hommes crier derrière nous. Mes bras se resserrèrent autour du cou de Colin, s'agrippèrent plus solidement à sa chemise. Il avança encore de quelques mètres. La route était à proximité, déserte.

— Mais où...

Il mit un doigt sur mes lèvres, m'enjoignant de me taire, ce que je fis. Le silence était retombé sur les bois. Je n'entendais que la respiration sifflante de Colin près de moi. Mais où étaient les autres ?

— Nous attendrons ici... quelques minutes... me chuchota-t-il à l'oreille.

Les minutes s'allongeaient. Et s'il était arrivé quelque chose à Liam ? L'ironie de ma pensée me fit sourciller. Je m'inquiétais du sort d'un barbare qui m'avait enlevée de force et... Et s'il m'avait aidée à me sortir de mon sale pétrin ? Mais pourquoi un homme tel que lui m'aurait-il sauvée ? Par pur altruisme ? Un sifflement strident résonna.

— Les voilà ! s'écria Colin en se redressant.

J'entendais le martèlement des sabots sur la chaussée. Un second sifflement. La horde de sauvages m'apparut dans le clair de lune qui inondait cette portion de la route. Pour mon plus grand bonheur, j'aperçus Bonnie qui les suivait au trot. Colin me poussa devant lui, me hissa sur ma jument, qui arrivait à ma hauteur. Un coup d'œil sur Liam qui me souriait me suffit pour constater qu'il allait bien et que sa petite expédition avait été un succès. Colin grimpa derrière moi, passa un bras autour de ma taille pour me plaquer contre son torse. Bonnie s'en plaignit, mais se remit au trot sitôt que l'ordre lui en fut donné.

— Vous pouvez vous rendormir tranquille, maintenant, je vous tiens. Il ne vous arrivera rien de fâcheux, cette nuit, je veillerai sur vous, ma belle. Nous rentrons.

— Nous rentrons ? Mais je croyais que...

— *Tuch !* Dormez.

J'ouvris un œil. Il faisait toujours nuit. Le feu crépitait et enluminait le mur de granit qui se dressait devant moi. Des ombres dansaient dessus. Elles se mouvaient langoureusement, se fondant les unes dans les autres, puis disparaissant. J'avais vaguement eu connaissance d'être allongée sur le sol. J'avais ouvert les yeux, croisant ceux de Colin. Sa voix chuchotante m'avait enjoint, dans une douceur bienveillante, de dormir. Rassurée, je m'étais laissée aller. Je tournai la tête dans la direction opposée, d'où me parvenait un léger ronflement. Tout près de moi, Colin dormait à même le sol, une jambe repliée, la tête couverte de son plaid. Sa main reposait sur ma couverture. J'avais la drôle d'impression qu'il marquait son territoire.

Un peu plus loin, appuyé contre un arbre, un homme nous tournait le dos. Il devait monter la garde. L'odeur du tabac flottait, suave et piquante. Cela me rappela mon enfance, lorsque mon père fumait sa pipe d'os au coin du feu, le soir, après une grosse journée de labeur et un bon repas. Un petit nuage de fumée apparut au-dessus de la tête de la vigie et se perdit dans la brume qui nous cerclait d'un halo lumineux.

J'entendais les grognements et les murmures incohérents des dormeurs. Puis il y avait ce crissement continu sur le sol, quelque part au-dessus de ma tête. Mon regard en chercha la cause. Liam était là, assis, le dos posé contre le roc. Les cheveux défaits, la barbe nimbée d'or, il me regardait fixement. Avec son petit coutelas, il raclait distraitement le sol. Il ne dit rien, continua de m'observer avec cette curieuse lueur dans les yeux. Je remuai et me soulevai sur un coude. Nous baignions dans un silence tranquille. Il baissa les paupières, quelques secondes seulement, puis les rouvrit. Il me sembla soudainement très triste. Je n'osai parler. Il soupira, déplia lentement son corps massif et se redressa. Je crus qu'il allait m'adresser la parole, ses lèvres s'entrouvrirent, mais rien n'en sortit. Il s'éloigna.

Avais-je fait quelque chose qui lui eût déplu ? Ou bien avait-il pris quelque funeste décision à mon sujet ? Je reposai ma tête sur ma couverture. Cet homme était énigmatique. Je sentais dans son regard quelque chose d'indéfinissable, de mystérieux. La part d'obscurité dans l'âme de cet homme m'attirait. Sa vie pourtant ne me concernait pas. Je laissai mes yeux se refermer. Je lui devais ma liberté relative, à Colin aussi. Demain, ils me conduiraient sur la côte occidentale d'Ecosse, comme promis. Je les remercierais et je prendrais un bateau pour l'Irlande. Voilà !

4

Les frères Macdonald

Le soleil réchauffait doucement mon visage. Je m'étirai, faisant sortir mes membres de sous la couverture. Peu habituée à dormir à la dure, je me sentais un peu courbatue, mais le temps superbe me fit tout oublier. Je me redressai sur mon séant et coulai un regard circulaire autour de moi. J'admirai la nature qui se réveillait lentement de ses longs mois de sommeil sous une neige qui l'avait abreuvée. Les arbres étaient couverts d'un épais brouillard verdâtre. La végétation semblait chanter une ode au printemps dans une symphonie explosive d'un camaïeu de verts, ponctuée de bleus et de pourpres.

Deux hommes discutaient tranquillement, assis sur une saillie rocheuse couverte de lichen. L'un d'eux, un grand rouquin à l'allure un peu rustaude, s'appelait Donald MacEanruigs. L'autre, nettement plus petit mais large comme deux, au visage ravagé par une barbe mal entretenue, se prénommait Niall. Liam œuvrait un peu plus loin autour d'une petite carriole remplie de caisses de bois avec un autre de ses hommes. Il l'avait appelé Simon. Ensuite, appuyé contre un arbre, occupé à vider un flacon de whisky bien tôt dans la journée, se trouvait Isaak. La veille, il avait clairement exprimé son désir de prendre un peu de bon temps avec moi. Je sentais que je devais me méfier de lui. Colin gravissait un sentier et arrivait probablement d'un ruisseau. Il s'ébrouait, l'eau dégoulinant sur ses épaules.

Je glissai mes doigts dans ma chevelure, et quelques croûtes de sang séché s'en détachèrent. Je les regardai avec dégoût. Je devais me trouver dans un bien triste état. Un bon bain ne serait pas de refus, mais compte tenu des circonstances, je devais remettre ce luxe à plus tard. Si j'en jugeais par l'allure de ces hommes, ils avaient pris la même décision que moi.

Colin me vit et vint vers moi, attrapant au passage une sacoche et une gourde qu'il déposa devant moi avant de se laisser choir. L'obscurité s'étant dissipée, une gêne s'était installée. L'évidence de ma situation précaire prenait toute sa place. Je me retrouvais perdue au milieu de nulle part, dans un pays qui m'était inconnu, encadrée d'hommes à l'allure tout aussi rude et sauvage que le paysage qui m'entourait.

— Vous avez bien dormi ?

Il m'observait du coin de l'œil, n'osant me dévisager de front.

— Je suppose, oui. Merci, Colin.

Pour tromper le sentiment d'embarras qui me nouait la gorge, je cherchai dans ma poche mon petit peigne d'écaille. Il s'était brisé en deux. J'esquissai une moue désolée et en extirpai un bout que je fis glisser dans ma tignasse ébouriffée. Comble de malchance, des dents se cassèrent.

— Oh ! zut !

— Tenez, fit-il en sortant un morceau de pain du sac.

De la nourriture ! Je le lui arrachai presque et mordis dedans avec avidité. La faim qui me tenaillait depuis la nuit dernière venait de se réveiller en sursaut, reléguant mes envies d'ablutions au second rang. La rudesse du geste surprit Colin. Il releva la tête, la main restée ouverte sur le vide. Ma bouchée à peine mastiquée passa de travers, manquant de m'étouffer. Une bonne claque entre les omoplates m'aida à la faire descendre.

Sa paume était posée à l'endroit où il m'avait frappée. Je sentais ses doigts écartés remuer doucement sur ma robe. Mes joues trahissaient mes émotions. Colin le remarqua et retira sa main, tout en se raclant la gorge. Il me présenta la gourde. Je me mouillai le gosier et refrénai les ardeurs de mon estomac. Bien décidée à ne pas me laisser emporter par le sentiment de gêne qui menaçait de me faire fuir, je redressai le buste et le fixai droit dans les yeux. Dans la pleine lumière du jour, je découvris la beauté virile de ses traits, sur lesquels s'affichait un air franc. Enhardi par mon regard qui le détaillait, il me dévisagea à son tour sans gêne et me sourit merveilleusement.

— Vous êtes... encore plus jolie que je ne l'avais imaginé.

Mes pommettes finirent de s'empourprer, accentuant mon embarras. Colin fit mine de ne pas s'en apercevoir, poussant son audace jusqu'à rire doucement. Il prit la mèche de mes cheveux dans laquelle était resté fiché le vestige de mon peigne. Il l'en retira en grimaçant.

— Il y a un ruisseau un peu plus bas. Vous pouvez y aller pour vous nettoyer.

Ses yeux se posèrent ensuite sur mon corsage. Le sang séché avait moulé ma chemise sur ma poitrine, rendant le tissu raide et inconfortable. Il n'y avait plus grand-chose à faire avec, j'en avais bien peur. La tache indélébile m'accusait de ma faute. Il me faudrait trouver un autre vêtement bientôt. Son regard s'attardait plus longtemps que ne le permettait la bienséance. Cela me rappela que, toujours d'après Becky, ces hommes n'en possédaient point. Par pudeur, je mis une main sur l'encolure de mon corsage. Comme un enfant pris en défaut, il bafouilla quelques excuses et se détourna.

— Je peux vous offrir ma chemise, si vous voulez. Elle est assez propre.

Surprise par sa proposition quelque peu indécente, je ris. Il se vexa.

— Je vous en fais cadeau de bon cœur, Caitlin, sérieusement.

Je le regardai, amusée.

— Vraiment ? Vous me donneriez votre chemise ?

— Vraiment.

— En échange de quoi ?

D'un buisson de genêts en bourgeons s'échappa un roitelet. Colin plissa le front dans une attitude réfléchie et compassée.

— Hum... Un baiser. Cela devrait me suffire. Si le prix est trop élevé...

— Vous me donneriez votre chemise pour un seul baiser ?

— Je serais prêt à vous offrir bien plus...

Il haussa un sourcil. Un sourire éloquent se dessina sur sa bouche. Je sentis mes joues rosir de nouveau et piquai du nez. Il me rendit mon peigne cassé, en me frôlant intentionnellement la main au passage.

— Attendez, j'ai peut-être quelque chose pour vous.

Il s'éloigna vers la carriole. Je le vis grimper dedans, fouiller dans une caisse, puis en redescendre.

— Tenez, c'est pour vous.

Il me tendait un peigne en nacre magnifiquement ouvragé.

— Oh ! Colin... Je ne peux pas, c'est trop beau.

— Allez, prenez-le. Les hommes ne savent pas trop quoi faire de ces babioles, alors...

— Mais vos épouses ?

Il reprit sa place devant moi, plongeant son regard gris dans le mien.

— Je n'ai pas d'épouse, Caitlin. Pas encore.

— Une petite amie, alors ?

— Non plus. Je vous l'offre, le vôtre ne vaut plus grand-chose. Acceptez-le.

— En échange de quoi ?

Il rit franchement.

— C'est un cadeau. Je n'exige rien en retour. Mais si vous tenez tant à marchander... enfin, je ne refuserai aucune forme de remerciement de votre part.

J'admirai le merveilleux peigne aux reflets opalescents miroitant au soleil. C'était la première fois que je recevais un aussi beau présent de la part d'un homme. Je le fis glisser dans mes cheveux.

— Merci.

— Et pour la chemise ?

— Merci, mais... non, merci. J'attendrai d'en trouver une à ma taille.

— Si vous me permettiez d'en évaluer le gabarit, je pourrais peut-être vous en dénicher une.

— Colin ! m'écriai-je, offusquée devant sa hardiesse déplacée. Etes-vous toujours si impudent avec les femmes ?

— Non. Pas toujours.

Son sourire désarmant me ramena à de meilleures dispositions. On l'appela, ce qui déclencha chez lui un grognement.

— Mangez, il y a du fromage et des pommes dans la sacoche. Nous devons repartir bientôt, car la Garde peut se montrer d'un moment à l'autre avec du renfort.

L'angoisse momentanément envolée revint d'un coup, ramenant avec elle la dure réalité. Colin, qui avait mis un genou au sol pour se relever, arrêta son mouvement.

— Soyez sans crainte, tout se passera très bien, Caitlin, dit-il pour me rassurer, vous serez en sécurité d'ici un jour ou deux.

Je haussai les épaules en soupirant. Il ajouta, comme pour donner plus de poids à son affirmation :

— J'y veillerai personnellement, je vous en donne ma parole.

Je le croyais. Il avait fait la promesse de me protéger pendant mon sommeil, et il l'avait tenue. Il alla rejoindre son frère qui l'attendait près de la carriole. Un bref moment, je croisai le regard bleu insondable de Liam, qui se détourna. Je feignis l'indifférence, plantai mes dents dans le quignon de pain et me remis en devoir de nettoyer ma chevelure avec le peigne. Peut-être ferais-je mieux d'aller au ruisseau.

Penchée au-dessus de l'eau, je tordais ma chevelure. Elle sentait bon la lavande. Je la lissai de mes mains et passai mes doigts dedans pour la démêler. Un mouvement fugace dans l'eau courante, accompagné d'un petit « plop », attira mon attention. Je me penchai de nouveau. « Plop, plop. » Une petite grenouille. Je souris, il y avait des lunes que je n'avais fait la chasse à ces petites bestioles gluantes. Tout à mes souvenirs, je tendis un doigt pour la caresser. Cela la fit bondir sur les galets. Pour la suivre, je m'aventurai sur une grosse pierre qui émergeait du courant.

— Hé ! petite grenou...

— Nous partons, hâtez-vous, Caitlin...

— Ahhhh !

Je me redressai subitement, le cœur battant. Mon pied glissa sur la pierre où je prenais appui et je me retrouvai assise dans le ruisseau, trempée jusqu'aux aisselles. Le choc subit de l'eau glacée m'arracha un second cri.

— Non, mais ! Vous auriez pu m'avertir de votre présence ! Bon sang ! Vous vous amusez toujours à faire peur aux gens comme ça ? Bon sang ! Vous avez failli me tuer...

— Pardon, je ne pensais pas...

Je foudroyai Liam d'un regard assassin, puis regardai ma robe, dépitée. Elle était complètement trempée, et c'était tout ce que j'avais à me mettre sur le dos.

— O Seigneur ! Voyez dans quel état je suis, maintenant !

Il me dévisageait d'un air benêt, les bras ballants de chaque côté de son corps.

— Qu'avez-vous à me fixer ainsi ? éructai-je.

Il ne manquait plus qu'il se mette à rire pour m'exaspérer. Ce qu'il fit pour mon plus grand malheur. Ses traits s'étaient d'abord contorsionnés, tiraillés par une pensée et une autre, puis transformés en un sourire ténu. Ses épaules s'étaient mises à sautiller légèrement. Puis, n'y tenant visiblement plus, il avait éclaté de rire. Moi, j'avais plutôt envie de pleurer et de lui tordre le cou.

— Espèce de... Grrr ! Arrêtez de vous moquer de moi !

Il me tendit la main pour m'aider à me redresser. Je la regardai un moment, avec l'idée de lui faire goûter à la température de l'eau.

— Je vous demande pardon, Caitlin. Je suis confus... Vraiment.

Je pris la main tendue et tirai violemment dessus. Liam bascula pour se retrouver à genoux dans le ruisseau, sur moi.

— Pardon, fis-je platement, un sourire narquois accroché aux lèvres.

Il ne souriait plus. Son visage, qui ne se trouvait plus qu'à quelques centimètres du mien, restait figé par la surprise. Je fus troublée par ces magnifiques yeux, d'un bleu si intense. J'en découvrais maintenant toute la profondeur. J'y vis une fugace lueur de désir, l'ombre de la tristesse. Puis le regard se déroba prestement et s'abaissa. Je le surpris à lorgner dans mon corsage qui me collait à la peau. Je posai ma main libre dessus. En définitive, ils avaient tous cette manie… Mal à l'aise, il détourna légèrement les yeux.

— Voilà une bonne réplique, dit-il. Vous êtes une femme plutôt surprenante, Caitlin Dunn.

— Et vous, Liam… Macdonald. C'est bien cela, n'est-ce pas ?

— Oui. Vous avez une bonne mémoire.

Vraiment une énigme que cet homme. Tantôt sa froideur me glaçait, me disait qu'il aurait voulu me voir disparaître. Tantôt je le sentais presque frémir, un indicible trouble s'emparant de lui lorsqu'il me regardait… comme en ce moment.

— Vous êtes un homme plutôt intrigant, monsieur Macdonald.

— Intrigant ? Hum… intéressant. C'est la première fois qu'on m'affuble de ce qualificatif.

— Qu'a-t-on dit de vous jusqu'à aujourd'hui ?

Il se redressa lentement, m'aidant également avec une prudence mesurée. Son kilt dégoulinait sur ses jambes à demi nues. Moi, mes jupes me donnaient l'impression d'être une éponge bien imbibée, aussi lourde qu'une grosse vache.

— J'ai souvent entendu les termes de « sauvage », d'« égoïste », de « possessif ». Parfois aussi, à l'occasion, « charmant »… ajouta-t-il avec un sourire, mais jamais « intrigant ».

Il tenait toujours ma main dans la sienne, bien serrée.

— Peut-être ne vous a-t-on jamais vu dans votre ensemble. La somme de vos défauts et de vos qualités… Pour ma part, je n'ai pas encore eu le temps de vous détailler avec autant de mots.

Il sourit.

— En prendrez-vous le temps ?

J'hésitai. Que voulait-il dire ? Il se reprit :

— Peut-être que…

Il baissa les yeux sur ma tenue toute dégoulinante et laissa son explication en suspens.

— Il faudrait vous trouver quelques vêtements de rechange.

— Dans vos marchandises, n'y aurait-il pas une petite robe ou quelque chose comme ça ?

Il fit non de la tête et, comme s'il venait de prendre note qu'il tenait toujours ma main, il la libéra sur-le-champ.

— Seulement quelques babioles, des rubans. C'est tout.

Je pinçai les lèvres, résignée à voyager toute trempée. Je m'engageai dans le sentier en maugréant.

— Caitlin.

— Quoi ? grognai-je rudement en me retournant vers lui.

— Où voulez-vous aller ?

— Aller ?.... Ah oui ! Sur la côte ouest. Un endroit où se trouve un port de mer. Est-ce sur votre chemin ? Je l'espère, sinon cela vous fera un bon détour et j'en serais désolée.

— C'est un petit détour, mais je vous l'avais promis. J'enverrai mes hommes avec la marchandise vers le nord. Je vous conduirai à Glasgow. Cela vous convient-il ?

— Glasgow ? Il y a des bateaux en partance pour l'Irlande ?

— Des bateaux ? Bien sûr qu'il y en a.

Je relevai l'ourlet de ma jupe et le tordis en jurant. Le trajet n'allait pas être des plus agréables dans ces conditions.

Et il ne le fut pas. Le soleil, si radieux à mon réveil, s'était caché pour ne se dévoiler qu'en fin de journée. Ma robe avait mis près de quatre heures pour sécher suffisamment. Ma peau s'était irritée sous les aisselles et autour de l'encolure. Mes jupes, qui n'avaient cessé de coller à mes cuisses, avaient entravé mes mouvements.

Je clignai des yeux, aveuglée par le soleil couchant. Nous avions louvoyé entre les arbres le long d'une petite rivière jusqu'au loch Lomond pour déboucher sur un paysage à couper le souffle. Au sud, le Ben Lomond dominait par sa taille, au nord, les pics des Ben More, Oss et Lui contrastaient avec le pourpre du ciel qui se fondait dans celui des collines. Leurs crêtes enneigées se miroitaient dans le long et sombre ruban bleu qui s'étendait à perte de vue, insondable, impénétrable, comme le regard de Liam qui venait sans cesse me hanter depuis l'épisode du ruisseau.

Nous empruntâmes ensuite un sentier étroit et fangeux qui longeait le loch. La carriole ne cessait de s'enliser dans de profondes ornières. Cela rendait les hommes grincheux, car ils devaient constamment s'arrêter pour la dégager, et l'opération nous retardait considérablement. Je chevauchais en compagnie du grand rouquin,

Donald MacEanruigs, qui ne cachait pas son intérêt pour ma personne avec une arrogance toute courtoise. Il me servait de guide, me montrait les repères géographiques, me nommait les sommets et les vallées. Liam et Colin étaient très peu loquaces. Ils me semblaient même plutôt nerveux. Nous étions en territoire Campbell, m'avait expliqué Donald. J'en déduisis qu'ils ne devaient pas très bien s'entendre avec les gens de ce clan.

— La Garde, annonça brusquement un des hommes.

Je levai les yeux droit devant moi. Plusieurs silhouettes de cavaliers se profilaient sur la route. Je pus reconnaître distinctement les basques des uniformes militaires rouges qui flottaient sur les croupes des chevaux. Mon cœur s'emballa et mes doigts resserrèrent convulsivement les rênes. Liam et Colin, qui conféraient à voix basse dans mon dos, se turent immédiatement.

Je crus le temps arrêté. La caravane avait ralenti, les hommes s'étaient retournés vers leur chef, dans l'attente de nouvelles directives. Liam décrocha son pistolet et le glissa discrètement sous les plis de son plaid. Rapidement, il prit connaissance des possibilités qui s'offraient à nous. Rien que des bois d'un côté, et le loch de l'autre. Restait la retraite, mais, vu l'état de la route, elle n'offrirait aucune chance de fuir assez rapidement.

— Ils sont trop nombreux et il est trop tard pour fuir sans les alarmer. Nous les aurons à nos trousses et, à moins d'abandonner la marchandise, nous ne pourrons aller bien loin. Nous sommes coincés. Nous devons prendre le risque de les croiser sans éveiller de soupçons. Donald, va devant et assure-toi qu'ils ouvrent la caisse qui contient les babioles en premier lieu. Peut-être s'en contenteront-ils. Vous connaissez les règles. Pas de sang, sauf si c'est réellement nécessaire.

Il fit ensuite avancer sa monture vers moi. Sa jambe frôla la mienne. Je le sentais tendu. Il me dévisagea, l'air inquiet.

— Caitlin, ne dites rien, ne les regardez même pas. S'ils vous posent des questions, laissez-moi répondre à votre place.

Il referma ma cape sur les taches de sang diluées. Sur le brun du tissu, elles avaient pris une teinte noirâtre, les rendant impossibles à identifier. Mais dans le beige des rayures et sur la chemise, le cramoisi chamarré de marron ne mentait pas.

— Et cachez-leur surtout ça.

La Garde nous croisa dans un cliquetis de métal et un martèlement de sabots sur le sol visqueux. Quelques soldats semblaient somnoler, nous ignorant complètement. D'autres nous toisaient franchement. J'évitai leurs regards. Aucune parole ne fut échangée. Après le passage du dernier cavalier, je me détendis quelque peu. Ce fut de courte durée.

Le mouvement de la cavalerie stoppa brusquement dans un brouhaha de grognements et de piaffements. Puis un homme nous interpella en criant :

— Eh ! Vous, là-bas ! Arrêtez, au nom du roi !

Je me tendis et croisai le regard de Liam.

— Pas un mot.

Je hochai la tête. Il jeta un regard derrière nous et aperçut le capitaine et deux autres soldats qui venaient.

— Eh, vous, Macdonald ! reprit le capitaine. Vos caisses, nous voulons les inspecter.

Les soldats s'approchèrent de la carriole. Liam les rejoignit, Colin se rapprocha de moi, sa main, comme celle des autres Highlanders, sur la crosse de son pistolet dissimulé dans son plaid. Le détachement était composé de seize hommes armés et entraînés. Nos chances de nous en sortir me paraissaient bien minces. Nous n'étions que sept, et je doutais de leur être d'un grand secours. S'ils trouvaient les armes, Liam et ses hommes seraient à coup sûr mis aux arrêts et moi... Ils ne tarderaient certainement pas à découvrir mon identité et, du même coup, mon méfait.

— Pourquoi ne fuyez-vous pas ? Séparez-vous dans les bois, chuchotai-je à Colin.

— Pas question. Nous n'abandonnerons pas notre cargaison après tout le mal que nous nous sommes donné. Non, pas question.

— Bon sang ! Ils vont vous arrêter !

— Ils devront travailler dur pour ça.

— Mais, Colin, ils sont deux fois plus nombreux, c'est ridicule !

Il sourit, sans quitter les soldats des yeux. Une drôle de lueur brillait dans son regard. Un étrange mélange de folie, de lucidité et d'amusement. Pour lui, la mort ne semblait qu'une banale conséquence qu'il fallait affronter si on voulait jouer gros. Qui ne risquait rien n'avait rien, quoi !

— Vous êtes fous, soufflai-je.

Un faible ricanement accueillit ma remarque. Je devais agir, faire diversion. Feindre une attaque d'apoplexie, une crise de nerfs, un malaise quelconque. J'observai le capitaine. Il avait l'œil vif et un visage de fouine. Il ne me paraissait pas le genre de poisson à mordre à n'importe quel hameçon, à moins d'être bien appâté.

Peut-être que… Une idée fit son chemin. Je donnai un coup de pied dans la cheville de Colin.

— Ça va aller, ils ne vous feront rien, je ne le permettrai pas, me chuchota-t-il, interprétant mal mon geste.

— Je veux votre coutelas.

Il me fit des yeux ronds.

— Vous voulez rire ?

— En ai-je l'air ?

— Que voulez-vous faire de mon *sgian dhu*[1] ?

— Je n'ai rien pour me défendre, si jamais…

Il me lança un regard hésitant.

— Savez-vous vous en servir ?

La stupidité de sa question me fit sourire.

— Si je n'avais pas su me servir d'une arme, je ne serais pas ici, avec vous, Colin.

— Hum…

Benoîtement, il porta sa main à sa botte et en retira le *sgian dhu*, qu'il fit ensuite discrètement glisser dans ma main.

— Caitlin, en dernier recours…

— Je sais. Ne vous inquiétez pas.

Je refermai les doigts sur la lame, tranchante comme celle d'un rasoir. La douleur me fit monter les larmes aux yeux. L'attention de Colin était tout absorbée par ce qui se passait à l'avant. Liam faisait ouvrir une des caisses. Lentement, je me laissai glisser en bas de ma monture. Je priai Dieu que cela fonctionne. Dans le cas contraire, la corde m'attendait assurément.

— Caitlin…

Colin tenta de me rattraper par le bras, je l'esquivai de justesse.

— Mais que faites-vous, bordel de merde ? gronda-t-il sourdement.

— Je ne me sens pas très bien…

— Remontez sur votre cheval, ce n'est pas le moment…

Attiré par notre petit échange, le capitaine leva la tête vers nous. Liam blêmit en me voyant venir vers eux. Colin jurait derrière moi.

— Caitlin… Putain de merde !

Brusquement, je me mis à tousser et à cracher dans ma main. Liam me dévisageait maintenant d'un air complètement affolé. Je

1. Petit coutelas que les Ecossais portaient glissé dans leur chaussette. Prononcer : *skin dou*.

trébuchai sur une pierre. Le capitaine vint à ma rescousse en m'aidant à me relever. Je toussai de nouveau et crachai en geignant.

— Caitlin, nom de Dieu !

Liam bouscula le soldat qui me dévisageait, sidéré.

— Mais cette femme est malade, constata avec horreur le capitaine.

— Avez-vous un peu d'eau ? demandai-je faiblement. Nous n'avons plus que de l'eau-de-vie... et ma bouche est si sèche...

Elle l'était, en effet, et mes tremblements n'étaient pas feints. Liam se figea net devant ma main tendue, gluante de sang et de salive.

— De l'eau ? bafouilla le capitaine. De quoi souffrez-vous donc ?

Je fis un pas en avant et m'accrochai de ma main ensanglantée à sa veste.

— De l'eau... s'il vous plaît.

— Mais cette femme souffre de phtisie, ma foi ! Ne me touchez pas !

Il me repoussa brutalement de son pied. Je tombai dans la boue en toussant et en crachant sur ses bottes. Liam n'avait pas bougé d'un poil, me fixant, la bouche ouverte de stupeur. Le capitaine, très nerveux, essuyait frénétiquement sa veste avec un mouchoir.

— MacBain ! cria-t-il sans me quitter des yeux.

— Oui, monsieur.

— Qu'avez-vous trouvé dans la caisse ?

— Rien que des livres, des colifichets et autres trucs sans importance, monsieur.

— Bon...

Le capitaine me toisa avec dédain et recula d'un pas.

— Je crois que nous pouvons les laisser partir. De la pacotille de bohémiens.

— Oui, monsieur.

Le mouchoir passa devant mes yeux et atterrit dans la boue, sous mon nez. Je le ramassai et le tendis au capitaine.

— Votre mouchoir, monsieur.

Il hocha la tête, le regard horrifié, et le repoussa avec une exclamation de dégoût.

— Non, gardez-le, je... vous l'offre.

Sur ce, il fit volte-face et retourna vers le reste de son détachement, qui attendait à quelques mètres de nous. Je souris dans le morceau de tissu qui fleurait bon l'eau de violette. A ma grande surprise, les choses avaient été plus faciles que je ne l'avais cru.

Une solide poigne me força à me redresser. Colin, rouge de colère, prit ma main et l'examina. Personne ne parla.

— Bordel de... Mais vous êtes folle ?

Je repris vivement possession de ma main blessée et enroulai le mouchoir autour. Je commençais à entendre des murmures autour de moi.

— Si vous le dites, alors je dois l'être, répliquai-je en le regardant droit dans les yeux. Mais la Garde est partie, nous sommes toujours vivants, et vous avez toujours votre foutue cargaison d'armes.

Je lui rendis son coutelas et tournai les talons pour rejoindre mon cheval qui broutait tranquillement sur le bord du sentier. Les imbéciles ! Une main me retint par l'épaule. Je me retournai d'un coup, ulcérée d'avoir été si cavalièrement remerciée.

— Et si vous croyez que...

Liam me dévisageait, la figure aussi pâle et sale que sa chemise. La fureur crispait ses doigts dans ma chair. Je relevai le menton. Stoïque, je me dégageai.

— Ne contrevenez plus jamais à mes ordres. Plus jamais !

Dans un souffle rauque, il avait détaché ses mots avec une netteté telle qu'ils en devinrent menaçants, et la froideur de son ton m'atteignit plus que je ne l'aurais cru. Son sombre regard me fouetta. Ma colère monta d'un cran. Je redressai les épaules et lui fis front, résolue à ne pas m'en laisser imposer. L'envie de le gifler me démangeait. Je me contins, choisis d'employer les mots, qui, je le savais, pouvaient blesser tout autant, sinon plus. Je coulai un regard noir vers Colin pour lui indiquer qu'il n'échappait pas à mon emportement.

— Soyez-en assurés, lançai-je avec acrimonie, je n'en aurai guère l'occasion, messieurs Macdonald. Vous me conduirez au port de mer le plus proche. Il me tarde de revenir chez moi. J'ai déjà séjourné trop longtemps dans ce pays de malheur.

Je n'eus le temps, avant de remonter en selle, que de remarquer la mâchoire de Liam se contractant. Les hommes n'osaient pas bouger. Je me demandai subitement s'ils respiraient encore. Tous les regards étaient maintenant fixés sur moi. J'essuyai une dernière traînée de sang sur mon menton et les toisai de haut.

— Bande de... O Seigneur ! Allez donc tous vous faire foutre !

Au bord des larmes, je me détournai et éperonnai Bonnie.

La nuit était tombée depuis plus d'une heure. Je m'étais réfugiée sous un pin isolé et harcelais une araignée sur sa toile avec une brindille. Depuis ma prestation théâtrale mal accueillie, j'avais évité d'adresser la parole à Liam et à Colin, y compris de croiser leurs regards. Je me sentais profondément humiliée et blessée. Pouvaient-ils seulement reconnaître que j'avais possiblement sauvé leur misérable peau ? Bien sûr, la mienne avait été ma première préoccupation, mais tout de même ! Tous des brutes ingrates !

Je me grattai sous une aisselle échauffée et tirai sur mon corselet qui frottait dessus. La brûlure qui marquait mon épaule se mit à élancer de plus belle. Je délaçai mon corsage et le desserrai pour réduire la friction causée par l'étoffe de ma chemise. Je me reniflai le dessous des bras et esquissai une moue de dégoût. Pouah ! Il ne manquerait plus que j'attrape des bestioles. Ces rustres devaient en abriter des colonies entières. Tout compte fait, ces Highlanders n'étaient que des sauvages sans éducation et sans manières.

Un éclat de rire me parvint d'en bas du promontoire où je me trouvais. Je pouvais apercevoir la lueur des flammes entre les branches du taillis d'aulnes qui m'en séparait. J'eus un léger pincement au cœur. Au fond, j'aurais bien aimé me trouver là, avec eux, aussi grossiers fussent-ils, à écouter leurs histoires, question d'oublier un peu la mienne. J'aurais préféré être à proximité du feu, pour tuer l'humidité de la rosée qui commençait à imprégner mes vêtements. Peut-être aussi... sentir la chaleur de solides bras, réconfortants et protecteurs, autour de mes épaules. Je me mis à grelotter et doutai que ma seule couverture suffît à me tenir au chaud cette nuit. Mais je ne pouvais aller les rejoindre sans perdre la face. Epuisée et fourbue par la longue route parcourue, j'arriverais probablement à m'endormir assez rapidement.

Percevant un mouvement dans mon dos, je me retournai brusquement, déchirant du même coup la toile de mon araignée. Une silhouette se découpait sur le ciel étoilé. Elle s'accroupit devant moi, silencieuse. J'attendis. J'avais reconnu Colin aux reflets argentés de sa chevelure. Ceux de Liam étaient dorés.

— Allez-vous passer la nuit ici ? C'est un peu froid, ne trouvez-vous pas ?

— Cela vous préoccuperait-il ? répondis-je en teintant ma réplique de sarcasme.

Il ne dit rien. Je pouvais voir son profil se pencher, ensuite se relever. Il tomba finalement sur ses genoux.

— Si je vous disais que oui, qu'en penseriez-vous ?

Ce fut à mon tour de ne savoir que répondre.

— Ce qui vous arrive m'importe, continua-t-il. Caitlin, je veux que vous sachiez que... Enfin, je voulais m'excuser. Et vous remercier.

Un rire de dérision s'échappa de ma gorge.

— C'est la peur qui m'a fait réagir ainsi, continua-t-il doucement.

— Ah ! vraiment ! Et la peur de quoi, dites-moi ?

— J'ai eu peur pour vous.

Il se rapprocha jusqu'à me frôler.

— J'en ai vu d'autres. Je n'ai pas grandi dans la ouate, vous savez.

— C'est que votre geste était si... inattendu. Pourquoi avez-vous fait cela ?

— Ne vous méprenez pas sur mes intentions. Si elles servaient tout le monde, c'est mon sort qui m'importait... avant tout !

Je marquai une pause. J'avais insisté sur les derniers mots, pour qu'il comprenne bien que j'attendais simplement d'eux le respect de leur promesse. J'avais accompli ma part du marché. Je pouvais l'entendre respirer, tant il était près de moi.

— Vous avez votre précieuse cargaison, et moi, j'ai toujours une chance de m'en sortir.

— Cette idée de phtisie, elle vous est venue comme ça, ou bien... ?

Je ne pus m'empêcher de rire.

— Mon frère et moi utilisions ce subterfuge lorsque nous volions sur les étals du marché. Quand les marchands réussissaient à nous mettre la main dessus, ils nous laissaient bien volontiers leur marchandise, la croyant désormais contaminée par la tuberculose. Elle est si contagieuse. Pour une pomme ou bien un chou, se risquerait-on à la contracter ?

— Ma mère est morte de cette maladie, Caitlin. Alors vous comprendrez que lorsque nous vous avons vue cracher du sang... Un instant, j'ai réellement cru...

— Oh ! Je ne savais pas, je suis désolée.

— Et comment va votre main ?

Je regardai la tache claire formée par mon bandage et refermai mes doigts dessus.

— Ça peut aller. L'entaille n'est pas si profonde. D'ailleurs, j'ai pris soin de blesser ma main gauche. Je suis droitière.

Il prit ma main et l'ouvrit. Ses doigts se faisaient légers sur le tissu.

— Vous avez froid, votre main est glacée.

— Je...

Il m'attira contre lui pour m'enlacer.

— Colin...

— *Tuch*...

D'un geste doux, il appuya ma tête dans le creux de son épaule et posa sa joue velue contre mon front. Sa chaleur m'enveloppa comme un douillet et épais manteau de laine. Je ne pus m'empêcher de me presser contre lui et de me repaître de cette chaleur qui me manquait tant. L'émotion m'étreignit le cœur et me serra la gorge. Je me mordis la lèvre pour contenir un sanglot. Puis mes yeux s'emplirent de larmes. Elles venaient sans que je puisse les endiguer. Le voulais-je seulement ? Elles roulaient et mouillaient mes joues et sa chemise, qui dégageait une âcre odeur de fumée et un parfum plus musqué. Une odeur mâle. Elles me vidaient de toute cette tristesse que j'avais refoulée depuis ce jour où on m'avait volé mon bien le plus précieux. Mon innocence. Je ressentais brusquement le besoin d'ouvrir les vannes, de laisser couler le torrent dans lequel s'était noyée mon enfance. Il m'offrait les bras que j'avais tant de fois cherchés, la nuit, dans mes cauchemars, sans jamais les trouver. Ceux de mon père.

Colin me serrait contre lui. Sa barbe caressait mon visage, douce broussaille imprégnée d'odeur de whisky. Comme un chaton en quête d'affection, je me frottai contre sa joue.

— Caitlin, devez-vous vraiment partir ?

— Il n'y a qu'une corde pour moi, ici. Je n'ai pas d'autre choix.

— Si vous veniez avec moi, dans ma vallée... Je saurais vous en protéger.

Sa voix ténue avait pincé une corde à mon cœur. Il m'offrait le gîte, sa protection, et assurément beaucoup plus. Je vibrai devant l'offre tentante...

— Vous ne le pourriez qu'un temps, Colin. Vous le savez. Les gens parlent. On finirait par savoir. Je ne peux pas me cacher le reste de mes jours.

Il prit mon visage et le leva vers le sien. L'obscurité m'empêchait de bien voir son regard, mais j'en ressentais tout le poids.

— Caitlin, vous ne pouvez vous cacher le reste de vos jours en Irlande non plus. Qu'allez-vous y faire ? Votre père est ici, et vos frères...

— Il me reste un peu de famille là-bas.

— Restez avec moi, ici. Ma belle Irlandaise... Restez...

Sa bouche chercha la mienne, s'en empara, l'explora. La sensation était agréable, voire troublante. Je le laissai faire. Je me moquais totalement de ce qu'il pouvait penser de moi, de mon comportement peu vertueux. J'avais tant besoin de tendresse.

Des gestes de l'amour, je n'avais connu que des faux-semblants. Des attouchements désagréables, dénués de tout sentiment, parfois même violents. J'en avais aussi subi les cruelles conséquences. Celles qui vous faisaient porter le deuil de votre enfance. Mais je savais qu'il pouvait y avoir autre chose que de la perversité dans les yeux d'un homme. Un autre désir qu'une simple étreinte charnelle. Je l'avais vu chez mon père. Il avait aimé ma mère. Soudainement, j'avais faim de cet amour-là. Celui du cœur, celui qui soulageait l'esprit et qui sauvait l'âme. Celui qui ne jugeait pas. J'en avais besoin, comme j'avais besoin de respirer.

Je m'accrochai à la chemise de Colin, me blottis dans ses bras, consentante et fébrile. Encouragé par mon geste, il s'aventura à poser une main sur mon corsage défait. Il embrassa mes joues baignées de ces larmes chargées de tant de douleur et s'en abreuva. Ma peine coulait sur ses lèvres. Il murmurait mon nom, qui, telle une brise, venait caresser mes oreilles. Une vague de frissons me cambra le dos. Certaines des images qui défilaient dans ma tête me firent rougir.

Mortifiée, je me surpris à penser à Liam. Je le revoyais dans l'eau du ruisseau, le kilt tout dégoulinant. Lorsque son regard s'était posé sur moi, j'avais ressenti un délicieux frisson, comme en ce moment. J'avais cru qu'il allait m'embrasser, mais il ne l'avait pas fait. J'en avais été à la fois soulagée et déçue. J'aurais été incapable de le repousser.

Déchirée, je repoussai légèrement Colin. Il résista, me retenant plus fermement contre lui.

— Non, Colin... Ce n'est pas bien.

— Pourquoi ? Je vous veux comme je n'ai jamais voulu aucune autre femme, Caitlin. Soyez à moi...

Ses lèvres me cherchèrent de nouveau. Je les esquivai en me détournant. Il s'immobilisa, figé par une frustration mal contenue. Son souffle saccadé me chatouillait la joue. J'avais une telle envie de m'abandonner à lui. Certes, Colin était très séduisant, drôle et prévenant, mais je venais de me rendre compte que c'était avec Liam que je voulais être. Il valait mieux me retirer tout de suite. Colin interpréta mal mon refus.

— Je suis désolé, dit-il après un moment. Je n'aurais pas dû. Vous avez besoin de temps, après ce qui s'est passé au manoir.

L'ombre du gibet assombrit le fragile petit bonheur que je venais de vivre. Je fermai les yeux. Il fallait absolument que je quitte l'Ecosse. Rester ne serait que m'accorder un sursis. Et suivre Colin dans sa vallée reviendrait à le faire monter avec moi sur l'échafaud. Je ne le voulais pas.

Il se mit à me caresser les cheveux, puis il me souleva et nous descendîmes le sentier jusqu'au feu. Les hommes se retournèrent à notre arrivée. J'ignorai les regards de convoitise et les remarques peu flatteuses lancées à notre endroit. Je fis mine de ne pas voir l'expression froide et réprobatrice de Liam, bien qu'elle me lacérât le cœur. Je me lovai dans la chaleur de Colin et fermai les yeux sur le monde cruel qui m'entourait.

— Dormez, ma belle. Je veillerai encore sur vous cette nuit. Vous n'avez pas à vous inquiéter.

— Merci.

Le cœur battant la chamade, en sueur, j'ouvris les yeux. Je devais faire un cauchemar. Quelque chose de lourd retenait ma jambe, que je n'arrivais pas à bouger. Je glissai ma main hors de ma cape. Le froid était cinglant. Je tâtai l'objet qui pressait mon membre engourdi. Mes doigts rencontrèrent une surface duveteuse et tiède. Elle se mit à bouger et remonta sur ma cuisse. Je réprimai un cri de stupeur, puis me rendis compte qu'il s'agissait de la jambe d'un homme. Rouge jusqu'à la racine des cheveux, je tournai la tête pour savoir qui en était le propriétaire. Liam dormait, son plaid lui servant de couverture. Mais que faisait-il là ? A la lueur des faibles flammes, je pouvais nettement distinguer le contour de son visage. Sa mâchoire anguleuse et son nez droit et étroit lui donnaient un air aristocratique. Sa bouche était bien dessinée, ses lèvres, pleines et sensuelles...

Je me surpris à avoir des idées concupiscentes. Doucement, je reposai ma main sur sa cuisse. Le contact de sa peau était doux et réconfortant. Comment pouvait-il avoir si chaud ? La nuit était glaciale. Colin remua faiblement dans mon dos. Les deux frères formaient un rempart pour me garder à l'abri. En effet, je baignais dans une douce tiédeur sous ma cape. Refoulant les sensations que la promiscuité de nos corps me procurait, je refermai les yeux.

Je me sentis brusquement propulsée dans les airs, hors de mes rêves. Le cri de frayeur qui s'apprêtait à franchir mes lèvres s'étouffa dans la paume d'une main plaquée sur ma bouche. Les yeux écarquillés par la stupeur, je tentai de percer l'obscurité pour voir qui me portait. Colin souffla à mon oreille de me taire. On rôdait autour du campement. Il me déposa affolée près de la carriole. Les hommes étaient tous debout, l'épée dans une main, un long poignard dans l'autre, et formaient un cercle autour de moi. Mon cœur se débattait dans ma poitrine, qu'il menaçait de faire éclater.

Je vis une ombre traverser le sentier qui menait au promontoire. Une autre qui bondissait d'un arbre à un autre. Nous étions attaqués. J'esquissai un geste pour me redresser. Liam, que je voyais de dos, se retourna vivement, me vrillant d'un regard mauvais. Resserrant ma cape sous mon menton, je me fis la plus petite possible.

— Restez où vous êtes, mademoiselle. Cette fois-ci, je vous ferai remarquer que nous n'avons pas affaire à la Garde. Que je ne vous reprenne pas à me désobéir, les conséquences seraient tout autres. Couchez-vous sur le sol, vous ferez une moins grande cible.

— Une moins grande cible ?... balbutiai-je.

La terreur m'envahissait peu à peu alors que je comprenais ce qu'il voulait dire. Je balayai les bois du regard, cherchant les assaillants que je savais embusqués. Combien étaient-ils ? Un craquement retentit, le bois d'une des caisses explosa près de moi. Je criai d'effarement et me couchai sur le sol, enfonçant bien mes ongles dans la terre humide qui pénétrait dans mes narines. Si ce n'était pas la Garde, alors, à qui avions-nous affaire ?

Un terrible silence avait suivi la détonation. Je tournai la tête de côté. Liam et ses hommes, qui n'avaient pas bronché, formaient un mur autour de leur précieux butin, dont je faisais désormais partie. Le ciel commençait à pâlir. La cime des arbres se découpait nettement contre les derniers lambeaux de nuit qui persistaient. Je vis un mouvement, fugace, derrière un buisson. Quelque chose brilla momentanément. Une lame ? L'objet s'immobilisa et prit position. C'est alors que je compris qu'il s'agissait d'un pistolet.

— Là-bas ! criai-je.

Un second coup de feu, qui heureusement ne fit pas mouche, donna le signal de l'assaut. Les hommes se ruèrent, telles des bêtes déchaînées, vers les bois d'où sortaient les attaquants à l'aspect tout aussi bestial. Les yeux fermés, je fourrai le nez dans ma cape et serrai les dents, une prière sur les lèvres. Le vacarme du combat me plongea dans une peur viscérale qui me tordait les boyaux. Puis, me sentant happée et tirée sans ménagement, je me mis à hurler. A l'odeur pestilentielle de mon assaillant, je savais qu'il ne s'agissait ni de Liam ni de Colin. L'homme me traîna derrière lui dans les bois.

J'eus le temps de voir les visages déformés par la rage des deux frères Macdonald se mettant à notre poursuite. Elle prit fin abruptement en haut du promontoire où je m'étais réfugiée un peu plus tôt, sous l'aile protectrice de Colin.

Je servais en quelque sorte de bouclier. Les deux frères se statufièrent devant la lame du long poignard qui risquait de me transpercer l'estomac.

— Les armes contre la fille, Macdonald ! rugit mon agresseur.

— Battez-vous donc comme un homme, Campbell, siffla Colin. Vous voulez la cargaison, venez la chercher. Lâchez la fille.

Un rire cynique m'écorcha les oreilles.

— Les armes contre la fille. C'est ma dernière offre. Arrêtez vos hommes. Je ne discute pas.

J'écarquillai les yeux et ouvris la bouche. Seul un faible râle en sortit. Puis, lorsque la pointe d'acier se retira de ma cuisse, je me sentis mollir. L'homme me retint, m'évitant de m'effondrer à ses pieds. Cherchant mon air, je levai les yeux vers les deux hommes qui nous faisaient face. Le sang semblait s'être retiré de leurs visages. Un bref moment, je crus entendre des corbeaux. J'expirai bruyamment et finalement gémis de douleur. Livide, le regard fixé sur moi, Liam émit un sifflement strident.

— Je ne rigole pas, Macdonald. Elle est plutôt mignonne. L'abîmer me fait mal au cœur, je dois l'admettre, mais les affaires m'y obligent. Elle s'en remettra si vous vous décidez rapidement.

— Prenez-les, cracha hargneusement Liam.

Un petit rire cynique accueillit la soumission. L'homme me brusqua, me forçant à me redresser. Je me retrouvai le nez dans l'étoffe grossière de son plaid, plus sombre que celui des Macdonald. Une broche brillait faiblement. Je la fixai un moment pour tromper ma douleur. Une tête de sanglier. *Ne obliviscaris*[1]. Une devise ? Le froid d'une lame sur ma gorge me rappela à l'ordre. Liam et Colin reculèrent d'un pas. Le silence était revenu dans les bois.

— Alex ! gueula Campbell.

Un cri lui répondit.

— Ces messieurs nous offrent leur marchandise à bon marché. Emparez-vous de la carriole.

Je vis des ombres sortir des bois, s'élancer prestement vers les caisses, vérifier rapidement l'arrimage à la carriole, puis y atteler une bête. Personne ne fit rien pour les en empêcher. A cause de

1. N'oublie pas.

moi, Liam perdait sa précieuse cargaison d'armes. Je le regardai. Il ne m'avait pas quittée des yeux. Je voulus lui dire que j'étais désolée, mais je n'y arrivais pas. La douleur ne m'arracha qu'un faible râle.

Ensuite, tout sembla se précipiter. Une fois la carriole tirée à notre hauteur, Campbell m'y fit grimper de force. Je m'affalai sur les caisses, un goût métallique de sang emplissant ma bouche et me donnant la nausée. Tout se mit à trembler. Nous nous mettions en route. Les mouvements de la voiture accentuaient la douleur dans ma cuisse. Je la tâtai, sentant mes jupes coller à ma peau. Une brûlure sur mon cou me rappela brusquement que l'acier d'une lame y était posé. On allait m'égorger... Le salaud ne respectait pas l'entente.

J'entendis crier mon nom. Je commençais à me sentir très mal. La carriole louvoyait toujours entre les arbres, et les branches me griffaient et m'agrippaient. Un corbeau croassa. Tout s'embrouillait dans ma tête, et mes oreilles bourdonnaient. Je tentai de garder mes yeux ouverts. Je me sentis poussée violemment dans le dos, puis je basculai dans le néant.

La douleur me paralysait. J'ouvris lentement les yeux et vis d'abord une mosaïque iridescente. Des violets se dégradaient dans les tons de roses et de bleus dans les branches qui constituaient un dais au-dessus de moi. Cela me rappela les rosaces colorées des belles cathédrales, à la différence que celle-ci, immense, bougeait et murmurait doucement.

J'esquissai un mouvement sur le côté, mais restai clouée sur place en laissant échapper un cri étouffé. Des coups de feu détonaient encore dans les sous-bois non loin de moi. Une odeur de poudre, de mousse et de pin flottait tout autour, emplissant mes narines et mes poumons, piquant mes yeux et ma gorge. Les cris des hommes résonnèrent, ensuite j'entendis le vacarme d'une horde de chevaux qui s'éloignait. Restait maintenant le silence que seule ma respiration saccadée venait briser.

J'étais affolée. S'étaient-ils mis à leur poursuite, m'abandonnant seule ici ? Ou, pire, avaient-ils tous été tués ? Je gémis de peur et de cette douleur devenue insupportable. Oh ! mon Dieu ! J'allais mourir ici ! Non, pas ici ! Mon père ne saurait jamais la vérité... Je poussai un cri à fendre l'âme.

Une main chaude se posa sur ma joue et se mit à caresser doucement mes cheveux. Puis des mots de réconfort effleurèrent mes oreilles. Je haletai, exhalant ma peur dans une vapeur qui mouillait mon visage.

— Ça va aller, Caitlin, *fan sàmhach*, *fan sàmhach*[1].

La voix chaude et douce de Liam coulait dans mes oreilles. Elle ne possédait plus rien de la froideur habituelle. Pourtant, j'avais causé la perte du fruit de longs mois de travail et de beaucoup d'argent. Je continuai de fixer la mosaïque mouvante au-dessus de moi. Il continuait de me caresser les cheveux d'une main, tandis que de l'autre il me libérait de ma cape. Avec d'infinies précautions, il se mit à tâter mon cou.

Lentement, il fit glisser ses doigts sur ma peau, suivit l'entaille en maugréant. Il souleva légèrement ma jupe. Je m'agitai furieusement lorsque sa main effleura ma jambe, remontant jusqu'à ma cuisse. Il m'immobilisa et termina son examen médical. Il laissa échapper un horrible juron qui en disait long sur son diagnostic.

— Je crois que, cette fois-ci, c'est votre sang qui tache vos vêtements, *mo maiseag*[2]. Ce fils de pute…

Colin nous rejoignit, essoufflé.

— Ils sont partis. Ils ont frappé Isaak, mais rien de grave. Nous avons jugé bon de les laisser partir. Il n'était pas question de perdre un autre homme.

La silhouette de Colin se pencha au-dessus de moi.

— Ça va, Caitlin ? me demanda-t-il.

— Non, ça ne va pas du tout ! m'énervai-je.

— Merde, marmonna-t-il.

Liam glissa un bras sous mes genoux, puis l'autre dans mon dos et me souleva légèrement du sol. La douleur me transperça telle une lance enflammée, et une vague de nausée me souleva de nouveau l'estomac.

— Je… je crois que je vais être malade…

Il n'eut que le temps de me reposer au sol. Je me tournai de côté pour vomir un filet de bile. Un affreux goût amer se répandit dans ma bouche.

Après le dernier spasme de protestation de mon estomac, je retombai sur le dos en grimaçant, les yeux fermés. Le froid me mordait cruellement, me faisant claquer des dents. Liam me recouvrit de la lourde cape de laine.

— Je ne veux pas mourir ici… râlai-je.

1. Reste calme.
2. Ma jolie.

— Vous ne mourrez pas, Caitlin, me répondit Colin. En revanche, vous devez être soignée.

— Je suis... désolée... j'étais restée au sol, comme vous me l'aviez demandé.

— Ce n'est pas votre faute, dit Liam.

— Je crois bien que ma... semaine est... foutue, dis-je avec une pointe d'ironie.

Je ne pus réprimer un fou rire qui me fit souffrir de plus belle.

— Vous avez un bien curieux sens de l'humour.

— Il le faut bien... ma situation est déjà assez triste comme ça...

Liam grommela des paroles inintelligibles, puis il s'assit à côté de moi dans un craquement de feuilles et d'aiguilles de pin sèches. Il retroussa ma jupe de nouveau et s'empara de ma chemise, de laquelle il déchira prestement une bande de tissu. De mon autre jambe, je tentai de le repousser.

— Calmez-vous. Je dois vous faire un pansement. Vous perdez votre sang. Désolé pour la chemise.

— Elle était déjà foutue, fis-je ironiquement remarquer.

Quelque peu rassérénée, je pris deux profondes inspirations, puis grimaçai lorsqu'il se mit à palper ma cuisse.

— J'ai mal...

— Hum...

Liam termina adroitement le pansement improvisé.

— Je crois que ça va aller pour le moment, vous avez eu de la chance, vous savez.

— Ouais, c'est vraiment mon jour de chance...

J'étais couchée sur un lit de mousse, sous un arbre. A chacun de mes mouvements, une douleur fulgurante m'arrachait un gémissement, comme si la lame se trouvait toujours fichée dans mes chairs. Consternée, j'étais consciente que je ne pourrais pas me rendre sur la côte pour prendre mon bateau. Etendue sur le dos, je laissai errer mon regard autour de moi.

Une brume épaisse s'était levée et nous enrobait, formant un écran opaque devant la forêt et les montagnes. Le ciel s'était couvert. J'étais courbatue et exténuée. Mes cheveux collaient à mes joues humides. Je cherchai les hommes des yeux. Ils étaient en plein conciliabule tout près des chevaux harnachés. J'eus la vague impression que nous étions sur le point de partir.

Frissonnante, je me hissai sur un coude. Ma gorge était sèche et je déglutis douloureusement. Les hommes parurent s'apercevoir enfin de ma présence. Colin vint vers moi. Liam le suivit du coin de l'œil, l'air imperturbable, comme à son habitude. Nos regards se croisèrent quelques secondes, puis il se détourna. Finalement, il devait m'en vouloir. Il était sûrement pressé de se défaire de ma présence, rendue encombrante. J'étais leur corbeau de malheur. On allait me mettre sur le premier navire, probablement sans se soucier de sa destination, et je me retrouverais sur le vieux continent, ou, pire, aux colonies.

— Comment vous sentez-vous ? demanda Colin.

— J'aimerais avoir de l'eau, murmurai-je d'une voix éraillée.

Il alla chercher la gourde et revint quelques minutes plus tard. L'eau coula entre mes lèvres, fraîche et désaltérante. Il examina la longue estafilade sur mon cou.

— La peau est à peine entamée, mais il s'en est fallu de peu pour que l'artère ne soit sectionnée.

Ses doigts s'attardaient sur ma peau moite. Je frissonnai. J'observai Liam de nouveau à travers mes cils. Il nous lorgnait de loin.

— Colin... Votre frère, il est fâché contre moi ?

— Liam ?

Il jeta un coup d'œil par-dessus son épaule.

— Non. Ne vous en faites pas. Il est comme ça depuis...

La fin de sa phrase resta en suspens. Ma curiosité en fut attisée.

— Depuis quoi ?

— Je vous raconterai une autre fois. Nous devons partir, et il faut nettoyer votre plaie avant.

Il me regarda, hésitant un instant.

— Vous permettez que je le fasse ?

J'opinai de la tête, résignée. Il appela Liam et lui demanda d'apporter la gourde de whisky. Il retira le pansement, lentement, avec délicatesse, puis examina la plaie en grimaçant.

— Il va falloir verser de l'alcool dessus, ma belle, dit-il en hochant la tête. L'entaille n'est pas très large, mais il m'est impossible d'en évaluer la profondeur. De plus, je doute que ce damné Campbell ait pris la peine d'essuyer sa lame avant de vous blesser.

Liam vint porter la gourde et prit mes mains entre les siennes.

— Respirez un bon coup.

La brûlure fut fulgurante. Je criai et enfonçai mes ongles dans les paumes de Liam, qui ne broncha pas. J'étais en feu. L'odeur âcre du whisky me monta à la tête. J'étais sur le point de tourner de l'œil lorsque Colin me mit une compresse d'eau froide sur la nuque. Le brouillard autour de nous semblait s'immiscer sournoisement dans mon cerveau, m'interdisant toute pensée cohérente. Mon corps rompu et endolori flottait. J'eus vaguement conscience de mains qui s'affairaient à refaire mon pansement.

Les yeux fermés, j'oubliai ma pudeur et me laissai aller à la douleur, qui prenait maintenant tout l'espace dans mon esprit et dans mon corps. Elle avait quelque chose de doublement cruel. Elle m'en rappelait une autre, assez récente, tout aussi lancinante pour le corps, mais ô combien plus déchirante pour l'âme ! Dieu me punissait, j'en étais persuadée. Je savais depuis le moment où j'avais pris cette terrible décision, irrévocable, une froide nuit de janvier, que j'en paierais le prix, toute ma vie durant.

— Tenez, buvez, me dit Liam un peu plus tard en me tendant la gourde. Vous le méritez bien.

J'en bus deux bonnes rasades. Plus pour engourdir ma souffrance de l'esprit que celle de mon corps.

— Vous êtes forte, femme.

Un rire cynique emplit ma gorge.

— Ai-je le choix ?

Il me dévisagea, un sourire falot se dessinant sur ses lèvres.

— Non, pas vraiment.

Son sourire s'effaça pour faire place à une moue de dégoût. Sa voix se fit plus grave.

— Ce que cet homme vous a fait est impardonnable. Je n'ai pu m'empêcher de voir… les bleus…

— Les bleus ?

— Sur vos cuisses. Caitlin, c'est Dunning qui vous a fait cela ?

Je baissai les yeux, ne pouvant supporter son regard plus longtemps.

— Pendant combien de temps avez-vous enduré ce monstre ?

— Je ne veux pas en parler, s'il vous plaît.

— Hum… Nous avons tous des compartiments sombres dans notre esprit. Des endroits où nous enfouissons nos pires cauchemars. Je sais.

— Vous ne pouvez pas savoir ce que j'ai enduré. Vous ne connaissez rien de ma vie.

— Peut-être pas. Cependant, je connais le mal de l'âme, celui qui vous habite. Alors je sais. C'est tout.

Le silence se fit, pesant. Je relevai la tête. Il savait… quoi ? Le mal de l'âme ? La souffrance ? Son expression s'était métamorphosée. Il paraissait maintenant si triste. D'un geste lent, il caressa le duvet doré qui lui mangeait une partie du visage. Je me pris à regarder ses mains. Elles étaient larges et râpeuses, couvertes d'écorchures. Elles témoignaient d'une vie de rude labeur. Elles pouvaient se faire violentes, impitoyables, je n'en doutais pas, pourtant leur toucher avait été si doux sur ma peau.

Il se dégageait de cet homme une force tranquille, mais, en même temps, une rage contenue qu'une simple petite étincelle ferait exploser. Qui était-il vraiment ? Parfois, il était d'une froideur terrible, et, à d'autres moments, comme celui-ci, il pouvait être d'une douceur désarmante. Tout ce que je savais de lui, c'était qu'il était contrebandier, ce qui à proprement parler ne faisait pas de lui un homme très recommandable. Pourtant, hormis sa taille, il n'avait rien de l'air terrifiant qu'on se serait attendu à rencontrer chez un bandit. N'ayant plus rien à perdre, je lui avais aveuglément confié ma vie. Je ne le regrettais pas.

— Vous viendrez avec nous à Glencoe. Dans votre état, il n'est plus question pour vous d'aller ailleurs.

Je ne dis rien, ayant anticipé cette éventualité.

— C'est encore loin, votre vallée ? demandai-je en m'adossant contre l'arbre derrière nous.

Il leva les yeux vers moi, puis mit ses bras autour de ses jambes repliées avant de poser son menton sur ses genoux.

— Il nous reste encore quelques kilomètres à parcourir.

Il m'observa avec circonspection avant de reprendre :

— Vous n'êtes jamais venue dans les Highlands, n'est-ce pas ?

— Non.

— C'est très différent de la vie en ville. Ici, il n'y a pas ce va-et-vient trépidant et harassant qui vous pousse dans le dos. Cette lutte acharnée pour un petit bout d'espace à soi. Ce besoin constant d'une bonne bouffée d'air frais dans les poumons. Cela dit, au manoir, vous étiez à la campagne… Mais il n'y a pas de manoir à Carnoch.

— Carnoch, c'est votre village ?

— Oui, dit-il en perdant son regard dans les braises du feu mourant.

— Il est grand ?

La réponse se fit attendre.

— Non.

— Il y en a d'autres ?

— Non.

— Et votre famille ?

Son regard se durcit. Bizarrement, j'avais l'impression d'avoir ouvert un des sombres compartiments dont il m'avait parlé et pensai qu'il valait mieux ne pas trop fouiller dedans.

— J'ai une sœur, Sàra, et mon frère, Colin. Ils sont tout ce qui me reste, hormis quelques oncles, tantes et cousins.

Il déboucha la gourde de whisky et se préparait à s'en servir une bonne rasade, lorsqu'il retint son geste pour me l'offrir.

— Merci, mais je crois que, si j'en avale une gorgée de plus, je tombe comme une pierre.

Je l'observai tandis qu'il s'en versait dans le gosier. Le liquide à l'arôme fortement tourbé coula le long de son menton. Il l'essuya du revers de sa manche.

— Qui est ce Campbell qui nous a attaqués ?

J'avais posé la question du bout des lèvres. Son visage se rembrunit. Il mit un moment avant de répondre d'une voix grave.

— Ewen Campbell, un fils de pute. Un homme brisé.

— Un homme brisé ?

— Un homme sans clan. Un homme banni. Lui et ses hommes sillonnent les Highlands et mettent la main sur tout ce qu'ils peuvent. Pour eux, la vie n'a de valeur que pour être marchandée. Ils vendent leur âme au diable pour une bouchée de pain.

Sa main se posa sur la mienne. Plus un effleurement qu'un véritable toucher.

— Ne vous en faites pas pour la cargaison volée. Elle est toujours remplaçable, tandis que vous…

Il lança un caillou dans le feu, ce qui provoqua une gerbe d'étincelles. Son visage se ferma, énigmatique.

— Je ne resterai que quelques jours, déclarai-je, gênée. Le temps de me trouver un endroit où aller. Je ne veux pas déranger…

— Vous resterez le temps qu'il faudra pour que votre blessure guérisse, Caitlin. Avez-vous d'autre famille ou des amis en Ecosse, à part votre père et vos frères ?

— Non.

— Alors, où voudriez-vous aller ? La Garde ne manquera pas de vous chercher chez votre père. Vous ne pouvez y retourner.

Il me dévisagea, impassible.

— Il me reste toujours l'Irlande.

— Pas avant que vous ne soyez complètement rétablie. C'est hors de question. Vous verrez, Caitlin, Carnoch est un très petit village, mais vous vous y plairez. Nous sommes en reconstruction. La vallée de Glencoe a déjà été très prospère. Plusieurs villages y étaient établis, mais des événements se sont produits… Tout a changé depuis.

Nous ne sommes plus que l'ombre d'un clan aujourd'hui. Un jour, peut-être redeviendrons-nous le clan que nous avons jadis été.

Il respirait calmement, mais je le savais tendu. Cet homme semblait avoir beaucoup souffert. Un événement terrible avait dû se produire dans cette vallée.

Quelques minutes plus tard, on me hissa sur le cheval de Liam. Il me retint fermement contre lui.

— Laissez-moi vous conduire, murmura-t-il dans mes cheveux. Vous n'arriverez pas à tenir en selle, seule.

Le cheval avait dû faire une embardée, car je me réveillai en sursaut. Abrutie par la fièvre, je me demandai si la brume était bien réelle ou bien si ma vue faiblissait. Le bras de Liam m'enserrait si fort que je respirais avec difficulté. Je basculai la tête vers l'arrière pour pouvoir respirer plus librement et me butai à un mur de granit. Liam se pencha sur moi. Sa peau velue me caressa le front. Il me marmonna quelque chose, puis ses doigts frôlèrent ma joue.

J'essayais de garder mes yeux ouverts, mais en vain. Pressée contre son torse, je me laissai ballotter par les mouvements de la monture, qui évoquaient des gestes érotiques. Je gémis et frissonnai. Une flamme s'alluma dans le creux de mon ventre, répandant sa douce chaleur à travers tout mon corps, atténuant les sueurs froides de la fièvre. La pression des doigts qui enserraient ma taille s'accentua, j'ondulai doucement sous la caresse de cette main et frémis de plaisir. Le visage enfoui dans le cou de l'homme, j'effleurai sa peau moite du bout de mes lèvres. Ses cuisses se contractèrent sous les miennes, puis sa respiration s'accéléra.

Une vague de volupté me submergea. Tout était à la fois délicieux et étrange. Je ne sentais plus la douleur. L'homme posa ses lèvres sur mon front, laissant sa marque brûlante sur moi. Je voulus lever les yeux vers lui, sonder son regard si mystérieux. Qu'y aurais-je vu ? Son implacable froideur ou bien cette lueur de désir que j'avais entrevue, hier ? Ah ! mes paupières restaient soudées. Je ne saurais jamais…

5

Glencoe

Je dus dormir une bonne heure ou deux. Lorsque j'ouvris les yeux, la brume s'était dissipée, faisant place à un paysage majestueux. Des collines verdoyantes s'étiraient devant nous, sillonnées par une rivière qui coulait en cascades furieuses. La vallée était ceinte par de sombres falaises abruptes et des crêtes escarpées.

Nous suivîmes le chemin tortueux qui descendait dans la vallée. Je ne pus m'empêcher d'avoir la chair de poule.

— Voici Glencoe, m'annonça Liam sur un ton solennel.

— Glencoe... répétai-je, comme hypnotisée.

Je sentis un frisson me parcourir l'échine. Un nœud se forma au creux de mon estomac, et je fus prise d'un profond malaise. J'avais la sensation que nous allions être avalés par ces massifs rocheux qui se dressaient de chaque côté. C'était un spectacle d'une beauté sauvage, à la fois magnifique et sinistre.

Nous chevauchâmes encore longtemps. Les mouvements du cheval m'empêchaient d'oublier ma blessure. Liam en était conscient. Il me répéta encore une fois que nous arrivions, qu'on allait s'occuper de moi, que je m'en remettrais rapidement. Cette dernière tentative pour me réconforter eut malheureusement l'effet contraire. Il arrêta sa monture sur le bord d'un petit loch et se tourna vers Colin et ses hommes. D'un simple geste, il leur fit signe de continuer leur chemin, prétextant mon besoin de repos avant de franchir les derniers kilomètres nous séparant de Carnoch.

— Partez devant et prévenez Sàra de notre retour. Colin, explique-lui pour Caitlin. Et préviens Effie.

Colin se renfrogna. A contrecœur, il obéit néanmoins à son aîné.

Il éperonna sa bête, puis, après un dernier regard vers moi, disparut avec le reste de la troupe dans un nuage de poussière.

Le ciel était gris et menaçant, et l'air chargé d'humidité. Ma chemise collait à ma peau moite et brûlante. La fièvre m'abrutissait. Je me retournai légèrement pour regarder derrière nous, par-dessus l'épaule de Liam, frôlant sa joue râpeuse au passage. Il baissa les yeux vers moi.

— Cette vallée est comme un fort. Elle ne possède que deux entrées. Rannoch Moor à l'est, par où nous venons d'entrer, et le loch Leven à l'extrémité ouest. Seuls ceux qui connaissent bien les montagnes qui la ceinturent osent s'y aventurer. Comme tu peux le constater, elles sont si escarpées que personne ne se risquerait à prendre notre vallée par là. Ça, c'est le loch Achtriochtan, dit-il en me désignant le plan d'eau dans lequel les montagnes se réfléchissaient.

« Glencoe... Glencoe... » Ce nom résonnait dans mon cerveau embrumé, comme un rappel à quelque chose qui ne me revenait pas depuis qu'il me l'avait cité.

Il remit sa monture au pas. Nous nous approchâmes d'un énorme rocher entouré de buissons, là où la combe formait un coude.

— Signal Rock. C'est d'ici que les messages étaient envoyés. C'est une sorte de point de ralliement, puisqu'il se trouve être le point central de tous les villages. Il nous sert toujours de poste d'observation.

Nous passâmes tout près de quelques ruines noircies d'anciens cottages, dont certaines n'étaient plus qu'un carré de pierres à travers lesquelles poussaient l'herbe et les fleurs sauvages. Vestiges de ce qui avait certainement jadis été un petit village. Quelque chose de terrible s'était produit ici. Liam dut lire dans mes pensées. Il s'arrêta devant une des ruines, dont un seul des quatre murs subsistait encore.

— C'était mon cottage, murmura-t-il. Le village d'Achnacone se dressait ici. Voilà tout ce qu'il en reste.

Je me doutais que son histoire n'était pas heureuse. Je lui jetai un bref regard et allais lui demander ce qui s'était passé lorsqu'il reprit :

— Comment te sens-tu ?

D'une main leste, il m'effleura le front et secoua sa tête en guise de désapprobation.

— Un peu étourdie...

— Tu es fiévreuse. Sàra et la vieille Effie veilleront sur toi.

— La vieille Effie ?

— Elle est notre guérisseuse. On dit qu'elle est une *bean-sith*[1].

— Tu crois à ces histoires ? demandai-je, intriguée.

— Non. Effie n'est qu'une bonne vieille femme inoffensive qui a beaucoup de connaissances en herboristerie. Mais ça amuse les gens de penser qu'elle pourrait être une *bean-sith*.

La partie de la vallée où nous nous trouvions maintenant était beaucoup plus large que la précédente, la végétation y était plus luxuriante, et l'herbe, plus grasse. Des colonnes de fumée étaient visibles, plus en aval, vers l'ouest. Plusieurs cottages de pierre s'agloméraient pour former un hameau, là où la rivière s'élargissait.

— C'est Carnoch ? demandai-je.

— Oui.

Il éperonna sa monture. Nous franchîmes au trot les quelques kilomètres qui nous séparaient du village. Des moutons paissaient tranquillement sur les collines. Les habitants s'étaient rassemblés autour de Colin, qui étreignait une jeune femme blonde. Ce devait être Sàra. Elle accourut à notre rencontre. Ses cheveux étaient du même blond miel que ceux de Colin, et son regard, du même gris clair.

— Liam ! Liam, *mo bhràthair*[2] ! cria-t-elle, le visage rougi d'excitation.

Liam sauta au sol et attrapa sa sœur, la faisant tournoyer autour de lui dans un tourbillon de jupes et de plaid.

— *Ciamar a tha thu, Sàra*[3] *?*

— *Thag mi gu math, a Liam*[4]. Vous avez été bien longs ! Vous auriez dû être de retour il y a cinq jours déjà. J'étais inquiète pour vous deux, gronda-t-elle.

— Bah ! Tu t'es fait du sang d'encre pour rien, sœurette. Nous avons eu quelques petits problèmes, et puis le bateau avait du retard. La mer était mauvaise. Nous avons dû attendre quelques jours de plus à Arbroath, expliqua Liam.

— Heureusement qu'on trouve quelques distractions autour de la ville, n'est-ce pas, Liam ? le taquina Colin en lui administrant un coup de coude dans les côtes en riant.

Liam sourit un peu niaisement en rougissant.

1. Fée.
2. Mon frère.
3. Comment ça va, Sàra ?
4. Je vais bien, Liam.

— Cesse tes âneries, Colin ! rétorqua Sàra.

Elle se tourna vers moi et me dévisagea dubitativement, comme tous les autres habitants, d'ailleurs.

— Tu es Caitlin, je suppose ?

— Oui, balbutiai-je timidement.

— *Fàilte, is mise Sàra*[1].

J'inclinai poliment la tête.

— Tu es blessée, m'a dit mon frère.

Elle m'examina d'un œil circonspect quelques instants, puis tira sur la manche de Liam.

— Emmène-la chez moi, je m'en occupe. J'aurai aussi besoin d'un lit.

Je me laissai glisser dans les bras de Liam, puis nous précédâmes Sàra jusque dans son cottage. Il me déposa sur un matelas et me tapota la joue.

— Ça va aller, *mo maiseag*, murmura-t-il.

Je lui souris faiblement en guise de réponse. Il se tourna vers sa sœur et lui déposa un baiser sur le front.

— *Teich ! A-mach à seo*[2] *!* fit-elle en le repoussant vers la porte.

Je fermai les yeux, incapable de les garder ouverts plus longtemps. Une réconfortante odeur de ragoût me chatouilla les narines et me donna des crampes d'estomac, ce qui me rappela que j'étais toujours vivante. Je pouvais enfin dormir…

Il faisait sombre dans la pièce. Une bouilloire d'eau fumait sur une grille posée sur le feu. J'avais peine à maintenir les paupières ouvertes. Sàra allait et venait dans la chaumière en me jetant des regards par-dessus son épaule, à la dérobée. D'une grande armoire, elle sortit un carré de lin propre qu'elle déchira en bandelettes. Liam m'avait réveillée. Penché sur moi, il me fixait de ses yeux bleus. Je frissonnais de fièvre. Il me prit dans ses bras et me déposa sur un autre lit, le dos bien calé sur un oreiller.

— Ça va aller, Caitlin.

— J'ai si mal… murmurai-je.

— Je sais.

Il me versa un peu d'eau dans la bouche, humidifiant mes lèvres gercées et ma gorge sèche, qui brûlait. « Glencoe… le massacre de Glencoe… » Je me souvenais maintenant. Un frisson

1. Bienvenue, je suis Sàra.

2. Ouste ! Sors d'ici !

glacé me parcourut le dos. Les ruines calcinées... Le scandale du massacre de Glencoe, l'extermination d'un clan, les Macdonald de MacIain, la pire race de voleurs de bétail. Une plaie pour l'Ecosse et l'Angleterre. Ces foutus Highlanders qui s'entre-tuaient, qui soutenaient un roi catholique en exil. Il fallait donner un exemple aux autres clans séditieux et rayer de la carte des Highlands ce clan, ce nid dans lequel proliférait la pire vermine du royaume britannique.

Je ne savais pas grand-chose de ce carnage, hormis ce que mes frères avaient entendu raconter dans les tavernes et les cafés. A Edimbourg, cet événement était sur toutes les lèvres. Scandale ! criaient les jacobites. Bien fait ! criaient les irréductibles partisans de la maison de Nassau. Le sujet ne laissait personne indifférent. Liam et les siens étaient des survivants du massacre de cette sinistre vallée, la vallée de Glencoe, la vallée des larmes.

Les yeux bleus, si bleus, me fixaient toujours, me fouillaient, me perçaient jusqu'à l'âme. Sa main se posa sur ma joue. Inutile de le nier plus longtemps, cet homme m'attirait comme un aimant. Il avait éveillé quelque chose en moi, peut-être seulement une attraction physique ou un fantasme onirique... Néanmoins, tout mon corps vibrait lorsque je le regardais, lorsqu'il me touchait.

La porte s'ouvrit, et une petite silhouette frêle et voûtée apparut dans l'embrasure, en contre-jour. Elle s'approcha de moi, son visage ridé comme une vieille pomme desséchée. Elle me sourit, découvrant une bouche édentée. Ce devait être la vieille Effie. La *bean-sith* retroussa ma jupe, et, de ses doigts noueux, retira mes bandages souillés. Elle examina la plaie en grimaçant.

— *Fuich*[1] *!* fit-elle. Ma petite, il va falloir drainer cette plaie avant que le mal ne te bouffe en entier !

— Drainer ?.... murmurai-je.

Je savais ce que drainer une plaie purulente voulait dire. J'entendais encore les cris de mon frère Mathew dans notre logis de Belfast. Une lame anglaise lui avait sectionné la main gauche lors de la bataille d'Aughrim. La gangrène s'étant installée, on avait dû amputer son bras, juste sous le coude. Un bras pour le roi Jacques II. Il ne s'était pas envolé avec les « oies sauvages[2] » jusqu'en France pour suivre notre roi défait et envoyé en exil.

---

1. Exclamation de dégoût.

2. Surnom donné aux soldats irlandais qui ont suivi le roi Jacques II d'Écosse en France.

Les doigts d'Effie me palpaient. Elle marmonnait des incohérences, tâtait ma plaie, m'arrachant quelques faibles gémissements. Ses vieilles mains s'immobilisèrent sur mon ventre. Elle se tut, me dévisagea un court instant. Son regard perçant fouillait le mien. Une onde de panique me submergea. Elle savait... Elle voyait. Les mains de cette sorcière voyaient. Elle les retira rapidement, comme si nos esprits avaient communiqué dans une autre dimension.

— Vous avez mal, petite ?

— Oui...

— Il y a des blessures beaucoup plus profondes que celle-ci, vous savez, dit-elle en désignant ma plaie.

Elle me fixait de ses petits yeux mobiles perdus sous ses lourdes paupières.

— Je sais.

Elle hocha la tête. Cette femme lisait en moi comme dans un livre. Un frisson fit dresser les poils de mes bras. Une *bean-sith*.

— Allons, bon. Retenez-la, elle aura certainement envie de danser, et ce n'est pas le moment, ordonna-t-elle en s'adressant à Liam.

Il emprisonna ma jambe entre ses genoux. Ses grandes mains chaudes et réconfortantes enserrèrent les miennes, les retenant prisonnières dans une poigne de fer. Et ses yeux de la couleur de l'eau des lochs d'Ecosse me fixaient. Les doigts de la *bean-sith* pressaient les lèvres tuméfiées de ma plaie. Un liquide brunâtre, sanguinolent et visqueux, s'en écoula. Mes yeux se révulsèrent.

J'entendis un cri s'échapper de ma gorge. Le visage blême de Sàra apparut fugacement derrière celui de Liam. Le temps de reprendre mon souffle, une brûlure embrasa ma cuisse et s'étendit à tout mon corps. Une odeur âcre et boisée d'alcool me fit tourner la tête. Les mains de Liam me retenaient comme une ancre. Tremblante, haletante, je me laissai retomber sur l'oreiller après qu'on eut refait mon bandage.

— Ça va aller, *mo maiseag*.

Vidée de toute mon énergie, je fermai les yeux. La douleur s'estompait un peu. Je glissai dans un sommeil agité, peuplé de guerriers celtes aux yeux bleus et de fées au visage fripé.

Le claquement sourd d'une porte qu'on ferme me réveilla en sursaut. La chandelle vacilla dans le courant d'air qui s'était engouffré en même temps que Sàra. Elle déposa un panier d'osier sur un petit buffet, en sortit une belle miche de pain, puis se tourna vers moi.

— Tu dois avoir faim.

— Oui, un peu, répondis-je, la voix rauque.

Il faisait toujours sombre dans la chaumière. La lueur des flammes dans l'âtre faisait danser des ombres inquiétantes sur les murs fraîchement chaulés. Sàra me tendit un bol de ragoût de mouton et une tranche de pain. Elle approcha un banc près du lit, puis s'y assit en soupirant. Elle m'observait d'un air grave tandis que j'avalais goulûment la nourriture. Elle avait un joli minois tout rond sur lequel on pouvait distinguer ses moindres pensées au fil de la progression de ses expressions.

— Tu viens d'Arbroath ? demanda-t-elle à brûle-pourpoint.

— Non, Edimbourg.

— Edimbourg ? s'exclama-t-elle en sourcillant. Mes frères ne m'avaient pas dit qu'ils allaient à Edimbourg.

— Non, j'ai rencontré Liam au manoir Dunning.

— Au manoir Dunning ? Mais que faisait-il là-bas ?

— C'est là qu'il a été arrêté avec son chargement. Il y avait été emprisonné. Il devait être transféré à Dundee dès le lendemain.

— Ah !

Elle plissa le nez avec perplexité.

— Et tu l'as aidé à s'échapper ?

— Non, il s'est évadé par ses propres moyens.

— Que faisais-tu avec lui, alors ?

Elle fronça les sourcils et inclina légèrement la tête de côté, attendant ma réponse.

— Il… il m'a emmenée. C'est tout.

— Pourquoi ?

La discussion commençait à prendre des allures d'interrogatoire. Je m'agitai sur le matelas. Je ne pouvais tout de même pas lui raconter tout ce qui s'était passé cette nuit-là. Et pourquoi était-ce à moi d'expliquer les gestes de son frère ?

— Ton frère serait plus en mesure de te raconter sa petite cavalcade. Pour ma part, je ne resterai ici que le temps de me remettre de ma blessure. Ensuite, je crois que je rentrerai en Irlande.

Elle me dévisagea avec un évident scepticisme. Ses mains rougies par le labeur trituraient nerveusement sa jupe.

— Liam ne t'a pas amenée ici pour réchauffer sa couche ?

J'écarquillai les yeux, la mâchoire pendante.

— Quoi ?

— Eh bien, je croyais qu'il t'avait… Que tu étais… Enfin, tu sais bien ce que je veux dire. Colin a fait allusion à certains divertissements à Arbroath…

Je pris un certain temps avant de comprendre ce qu'elle voulait insinuer. Je pouffai de rire.

— Tu croyais qu'il m'avait ramassée dans un... bordel ?

Elle rougit.

— L'idée m'a effleuré l'esprit, je l'avoue.

— Ton frère m'a emmenée avec lui par... générosité, Sàra, dis-je en riant. S'il avait eu des arrière-pensées, il a pris soin de ne pas m'en faire part.

— Je suis désolée, je ne voulais pas te vexer.

Je trouvai l'idée trop drôle pour en être blessée.

— Tu étais dans la merde ?

Elle ne mâchait vraiment pas ses mots.

— Si on veut, soupirai-je.

— Les marques sur ton visage et tes cuisses...

Je détournai le regard et ne relevai pas la remarque indiscrète.

— Enfin, mon frère devait avoir ses raisons. Mais je sais qu'il ne m'en dira rien. Il est très... renfermé.

— J'ai cru remarquer.

Son regard se perdit dans les flammes du feu de tourbe.

— Il n'a pas toujours été ainsi, tu sais. Seulement depuis le massacre. Tu en as certainement entendu parler.

— Hum... fis-je.

— Nous y avons perdu notre père et notre sœur, Ginny. Liam... son épouse Anna et son fils. Il t'en a parlé ?

Trop estomaquée pour répondre, je secouai la tête.

— Depuis, il s'est fermé comme une tombe avec ses fantômes. Nous avons bien essayé de l'en sortir. Ce n'est pas sain, tu sais, de vivre ainsi. Mais il persiste, et plus rien ne le fait rire. Quant aux femmes...

Elle haussa les épaules nonchalamment.

— Puisque tu n'es pas sa petite amie, je peux bien te le dire. Elles le laissent indifférent, je suppose. Elles ne sont ni plus ni moins que des passades. Je crois qu'Anna est toujours dans son cœur et l'empêche d'aimer de nouveau. Il y a peut-être Meghan, mais, si tu veux mon avis, ce n'est pas une femme pour lui.

Pour s'expliquer plus clairement, elle pointa un doigt sur sa poitrine, un autre tapotait sa tempe.

— Tu sais, tout ici, et rien là-dedans.

Elle marqua une pause et m'observa, dubitative, le nez plissé.

— Tu es certaine de n'avoir rien à voir avec lui ?

— Euh... oui. C'est tout juste s'il m'adresse la parole.

— Hum...

Son regard de petite sœur me détailla avec minutie.

— Enfin, j'ai cru un moment qu'il y avait quelque chose entre vous, mais si tu le dis...

Le soleil filtrait doucement à travers le panneau de jute qui couvrait la fenêtre. Le cottage était plongé dans la pénombre. Je tournai la tête pour embrasser la pièce du regard. J'étais seule. La fièvre étant tombée, mes idées étaient plus claires ce matin. Depuis combien de temps étais-je ici ? Trois, quatre jours ? Je ne savais plus très bien. Mon esprit, trop préoccupé à s'isoler du monde qui m'entourait, n'avait enregistré que quelques bribes dans l'espace et dans le temps, constituant un casse-tête impossible à reformer. Sàra et Effie s'étaient occupées à me nourrir, à nettoyer mes plaies et à changer mes bandages. Liam et Colin étaient venus prendre de mes nouvelles tous les jours. Quelquefois, ce dernier s'attardait pour me faire un brin de conversation, ne manquant pas une occasion de me frôler.

La plupart du temps, je dormais. Sommeil parfois sans rêves, mais parfois aussi perturbé par de terribles cauchemars. Je m'en extirpais en criant, secouée par Sàra qui me dévisageait, les yeux agrandis de stupeur, mais je n'arrivais plus à m'en souvenir. Peut-être était-ce mieux ainsi.

Je me redressai sur un coude, puis sur mon séant, dans le lit imprégné d'un mélange d'odeur mâle et de pin. Avec émoi, j'avais reconnu celle de Liam. Mon corps ankylosé répondant difficilement, je bougeais au ralenti. Malgré le feu qui brûlait dans l'âtre, le contact du sol frais sous la plante de mes pieds me donna des frissons, mais cela me fit du bien.

La chaumière était petite, mais bien tenue. Quelques bancs de bois usés avaient été poussés contre le mur. Une table et des chaises trônaient au centre de la pièce. Près de la porte se dressait la grande armoire qui devait servir de garde-manger et, sous la fenêtre, se trouvait le comptoir à boucherie. Sur le petit buffet, Sàra gardait le pain et le fromage sous une serviette de lin, et, au-dessus, la vaisselle était soigneusement alignée et empilée sur des étagères. Un paravent natté dissimulait le lit de Sàra.

Tout n'était que tranquillité et silence. Rien à voir avec le logis que j'avais partagé avec mes frères, mon père et tante Nellie. A Belfast, la vie était frénétique. Une ville grouillante de gens, riches et pauvres, seigneurs et mendiants. J'avais grandi dans la cacophonie d'une ville portuaire qui dormait très peu. Pendant le jour circulaient les marchands, les artisans et les gens ordinaires. La nuit, ils laissaient la place aux marins, aux dockers et aux femmes de petite vie.

Je fermai les yeux un moment, me remémorant le dédale des rues et des ruelles. Un monde labyrinthique dans lequel mon frère Patrick et moi partions à l'aventure. Il y avait aussi le port où mouillaient des bateaux par dizaines et le marché avec ses étals de poisson, de viande et d'autres marchandises qui jalonnaient la chaussée de la place, rendue humide par les embruns lorsque le vent venait de la mer. Le goût de l'air salé, toujours présent. Mais aussi les odeurs nauséabondes qui flottaient en permanence dans les ruelles jonchées de détritus et dans lesquelles la boue retenait nos chaussures prisonnières. Lorsqu'on s'y aventurait, on gardait toujours l'œil ouvert pour éviter de mettre le pied dans des immondices ou pour ne pas en recevoir sur la tête.

Je souris à l'évocation d'un souvenir cocasse. Je suivais, en courant, mon frère Patrick dans une de ces nombreuses ruelles que nous connaissions comme le fond de notre poche. Il venait de voler quelques pommes de terre au marchand de légumes. Soudain, il s'était arrêté abruptement devant moi, ses cheveux dégoulinant. Ses épaules étaient couvertes de matières assez... répugnantes. Il avait mis quelques secondes à comprendre, et moi aussi d'ailleurs. Puis son visage ahuri avait affiché une expression des plus hilarantes. Je m'étais tordue de rire, incapable de m'arrêter, ce qui avait mis mon frère dans une rage folle. Ce jour-là, si ses yeux avaient été des pistolets, il m'aurait tuée sur-le-champ. Il refusa de m'adresser la parole pendant trois jours d'affilée, menaçant de me faire subir le même sort si je lui en reparlais. Je n'avais pas osé.

Je me redressai lentement et me retins au dossier d'une chaise, attendant que mon étourdissement passe. Je m'habillai avec lenteur. Ma blessure était très douloureuse et limitait mes mouvements. Sàra m'avait offert une nouvelle chemise d'un beau jaune safran, brodée de fleurs bleues autour de l'encolure.

A l'extérieur, le soleil était magnifique. Je voulais prendre un peu d'air frais, car la fumée de tourbe m'étouffait et rendait mes yeux larmoyants. Je mis mon châle sur mes épaules et me glissai hors du cottage. Le contact de l'astre solaire sur mon visage était apaisant et doux. Je m'y abandonnai quelques instants avant de me diriger vers un taillis de bouleaux qui couronnait un tertre herbeux. Un peu plus loin, près de la rivière Coe, sur un rectangle de pierres sèches de la hauteur d'un homme, les habitants étaient occupés à ériger la toiture d'un nouveau cottage.

Je me couchai dans l'herbe fraîche à l'ombre des bouleaux. Deux bergeronnettes au ventre jaune vif se faisaient la cour au-dessus de moi. Le mâle, avec sa gorge noire, taquinait la femelle en piaillant constamment et se déplaçait sans arrêt autour d'elle avec d'incessants hochements de queue. Peut-être était-ce une danse destinée à la subjuguer.

Arrachée à mes supputations par un hennissement, je me relevai et plissai les yeux, éblouie par le rayonnement. Un cavalier, monté à cru sur un superbe alezan, tenait la main d'une créature flamboyante. Les boucles fauves aux reflets cuivrés de l'homme volaient librement sur ses épaules. Liam se penchait sur la longue et fine silhouette de la femme, comme pour lui parler dans l'oreille, à moins qu'il ne l'embrassât. La femme allongea un bras pour lui replacer une mèche qui lui tombait dans les yeux, en profitant pour lui caresser la joue. Qui était-elle ? Sa petite amie ? Mon cœur se fêla.

La femme farfouilla dans le panier qu'elle portait au bras et en sortit une pomme qu'elle lui tendit. Il éclata de rire, la prit et croqua dedans à pleines dents. Je ne me sentais plus très bien et désirais être ailleurs. Je voulus me sauver, retourner chez Sàra, mais je restai là, immobile. Liam donna du talon dans les flancs de la bête, qui leva la tête en renâclant. La créature flamboyante s'écarta. Le cavalier fit pivoter sa monture et partit au galop après un salut de la main. La femme l'observa quelques instants, fit volte-face, puis se dirigea vers les collines.

Liam tentait de maîtriser son alezan, qui me paraissait belliqueux. Je repliai lentement mes genoux et posai mon menton dessus pour admirer les deux créatures s'apprivoisant. Il était pieds nus et ne portait que son plaid, retenu par une large ceinture de cuir à la taille. Sa peau cuivrée luisait de sueur. L'alezan fit une embardée, et je poussai un cri qui retint l'attention du cavalier. Il se tourna vers moi et immobilisa à grand-peine la bête récalcitrante. Il me dévisagea un court instant, la main en visière au-dessus de ses yeux. Me reconnaissant, il me sourit, toutes dents étincelantes.

Mon cœur s'affola. Liam descendit du cheval et, le tirant par la bride, il vint à ma rencontre. La brise soulevait impudiquement les pans de son kilt, découvrant des cuisses musclées. Je détournai le regard pour éviter qu'il ne voie mon trouble. Il s'assit, frôlant mon genou. Son odeur se répandit autour de moi.

— Bonjour. Je constate avec plaisir que tu vas mieux, dit-il en effleurant mon front. Tu dors depuis quatre jours, *mo maiseag*.

Il m'offrit de croquer dans son fruit. Je refusai poliment, le regardant prendre une bouchée de la pomme.

— Oui, répondis-je en souriant faiblement. Je crois que je vais m'en sortir.

— Tu en doutais ? Tu baisses toujours les bras aussi rapidement, femme ?

— Non, rétorquai-je, piquée. Je ne baisse jamais les bras, Macdonald.

Il me sourit, l'air narquois. Des ridules se creusaient au coin de ses yeux. Il devait être plus près de la trentaine que de la vingtaine.

— Le contraire m'aurait surpris. Le sang des Gaëls coule en toi, cela saute aux yeux.

— Je veux te remercier pour tout ce que Colin et toi avez fait pour moi, dis-je en tortillant nerveusement un brin d'herbe autour de mon index.

Il ne répondit pas, se contentant de hocher la tête, mais un éclair traversa ses yeux. Il se détourna légèrement, comme s'il en était conscient, et prit un autre morceau de fruit. Nous nous étions mis à nous tutoyer tout naturellement. Une forme d'intimité, réservée, s'était imposée d'elle-même, mais la relation s'arrêtait là. Amicale mais platonique. Je comprenais maintenant qu'il ne pouvait en être autrement, car son cœur était déjà pris. Parfois, je me demandais si les regards brûlants que j'avais surpris à quelques rares occasions lors de notre fuite n'avaient pas été le fruit de mon imagination, contrairement à ceux de Colin... Peut-être avais-je cherché à les interpréter ainsi.

— Je voulais te remercier pour le lit, il est confortable. Je te le rendrai bientôt, car ma cuisse semble vouloir se rétablir assez rapidement.

Ma remarque le fit tiquer.

— Parfois, je me demande si je ne dors pas mieux sur le sol, dit-il en riant. Avec la vie que je mène, je dois souvent dormir là où je me trouve, que ce soit dans les bois, les bruyères ou sur le roc. Le corps s'habitue et s'adapte.

— Et quel genre de vie as-tu, justement, mis à part la contrebande ? demandai-je, curieuse.

— La même que la plupart des Highlanders, je suppose. Il n'y a pas si longtemps, le bétail prenait tout notre temps.

— Voleur de bétail ?

Il se tourna vers moi en sourcillant, puis m'offrit un merveilleux sourire. Etait-il identique à celui qu'il réservait à la belle rouquine ?

— Oui, à l'occasion. Il y a aussi la pêche et la chasse, puis l'entraînement au combat.

— Tu es bon pêcheur ?

— Bah ! Pour la pêche, ça peut aller, mais je préfère la chasse et le silence qu'elle impose. J'aime me retirer dans les montagnes. Puis j'adore admirer les bêtes avant de les abattre. Tu sais, elles savent qu'elles seront sacrifiées. Le regard d'un cerf avant de s'effondrer est assez étrange. L'espace d'un instant, juste avant que l'on décoche la flèche, il s'établit une sorte de communion entre les esprits. C'est très troublant.

Il fixa distraitement le trognon de sa pomme pendant un moment, puis le lança dans les hautes herbes.

— Le cerf rouge n'est pas toujours facile à prendre. Je dois le chasser à terrain découvert, sur la lande. Un peu comme un fauve s'approchant de sa proie, je dois tenir compte de la direction du vent, afin que l'animal ne perçoive pas mon odeur. C'est parfois éprouvant et décevant, mais lorsque la flèche fait tomber une belle bête... Alors là...

Il frappa sa poitrine de son poing et sourit de satisfaction en expirant bruyamment.

— Tu as déjà chassé, Caitlin ?

— Des rats et autres petites vermines de cet acabit, rien de plus.

Il rit.

— Pas fameux pour un ragoût. Il faudrait que je t'y emmène, un de ces jours... Euh... eh bien, lorsque tu iras mieux.

— Lorsque j'irai mieux... répétai-je un peu vaguement. Oh ! Liam, j'aimerais bien, mais...

Je le fixai dans un silence embarrassant. Seigneur, qu'il était beau ! Son sourire s'évapora.

— Tu es si pressée de partir ?

— Tu sais très bien que je ne peux pas rester ici.

Il dévia son regard vers la verte vallée qui s'ouvrait devant nous et se tut. Ses doigts se mirent à farfouiller dans l'herbe, ne sachant quoi faire d'autre.

— Parle-moi de ton Irlande.

— Que veux-tu savoir ?

— Eh bien, je ne sais pas trop… C'est montagneux ou bien plat comme les basses terres d'Ecosse ? Que faisais-tu de tes journées ? Tu y as abandonné… un fiancé ?

Je souris. Il évitait toujours de me regarder.

— Cela fait beaucoup de questions en même temps. On appelle l'Irlande l'île Emeraude. Nous avons des montagnes, mais on y trouve surtout des collines vertes comme des joyaux au soleil. Enfin, celles que j'ai pu voir l'étaient. Nous voyagions très peu, tu sais. Je n'ai guère vu plus loin que la côte d'Antrim et la Chaussée des Géants. Tu connais ?

— Non.

— Ce sont de gros blocs de pierre accolés les uns aux autres, tous de formes identiques, mais de hauteurs différentes. Un peu comme des marches d'escalier. Papa m'a raconté leur légende.

— Et… ?

— On dit que le guerrier celte Fionn MacCool aurait construit une route reliant Antrim à Staffa. Je dois t'avouer que je ne sais pas où se trouve Staffa.

— Dans les Hébrides, m'informa-t-il en étirant ses jambes devant lui.

— Donc, là, vivait Finn Gall, son ennemi juré. C'était lui aussi un redoutable guerrier. Après avoir été instruit de ce que MacCool avait fait, Gall aurait déchiqueté le chemin en quarante mille blocs de pierre. La Chaussée des Géants serait ce qu'il en reste.

— Savais-tu que Fionn MacCool avait déjà habité ma vallée ?

J'ouvris de grands yeux.

— Ici, nous l'appelons Fionn MacCumhail. Ou parfois Fingal.

— Plutôt étonnant.

— Pas tant que ça. Ton Irlande et mon Ecosse sont liées par le sang d'une même race. Nous parlons votre langue, même si le dialecte est légèrement différent. Nous combattons les mêmes ennemis et adorons les mêmes dieux. Je porte moi-même un prénom irlandais. C'était celui du grand-père maternel de mon père. La mère de mon père était une Irlandaise d'Antrim. Elle avait débarqué ici en 1644, avec l'armée du terrible vieux Alasdair MacColla Macdonald, qui était venue prêter main-forte aux royalistes du marquis de Montrose contre les *Sassenachs*, lors de la guerre civile. Son mari était lieutenant dans cette armée. Il a été tué au cours de la bataille d'Inverlochy. Elle a rencontré mon grand-père peu après et serait venue habiter chez lui, ici.

Il roula sur le côté et s'appuya sur un coude pour mieux me regarder.

— Comment s'appelait-elle ?

— Roweena. C'est tout ce que je sais d'elle. Sauf peut-être qu'elle était originaire du Connaught.

— Le Connaught ? Après le début des hostilités avec les catholiques, mes oncles sont partis s'établir dans le Connaught, à l'ouest de l'île. Mon père tenait toujours boutique à cette époque. C'est pourquoi nous sommes restés à Belfast. Il aurait pu partir et s'installer là-bas, lui aussi, mais il n'y a guère que quelques petits villages de pêcheurs dans ce coin de pays. Mes oncles sont pêcheurs, mais mon père, la pêche… hum, ce n'est pas pour lui. Les poissons, il les fabrique magnifiquement en argent ou en or, avec des motifs compliqués.

— Mais toi, qu'aurais-tu aimé ?

Il me fixait de son regard si mystérieux.

— Moi ?

Je haussai les épaules.

— Je ne sais pas. Peut-être… enfin, je croyais que mon oncle Daniel m'aurait prise en charge. Il avait une fillette de deux ans. J'aurais fait une très bonne domestique. Je n'aurais demandé qu'à être nourrie et logée. Il en avait déjà parlé, mais papa a refusé, ne pouvant se résoudre à me laisser partir.

— Tu l'aurais souhaité ?

— Si je dis oui, parce que j'aurais préféré rester là-bas, serait-ce faire outrage au sentiment que je porte à mon père ?

— Je ne crois pas, Caitlin.

— J'aimais bien la petite Frances, elle avait les cheveux blonds comme le blé de juillet et tout en belles boucles.

Liam risqua une main sur une de mes mèches et l'enroula pensivement autour de son index.

— Tu… aimerais avoir des enfants ?

Je restai sans voix. Mon cœur stoppa net, et je sentis mon sang se retirer complètement de mon visage.

— Des enfants ?….

— Oui, tu sais, ces petites choses qui pleurent et qui crient lorsqu'elles ont faim. Et qu'on embrasse le soir en les mettant au lit.

J'eus soudainement très mal au ventre. Comme un vide impossible à remplir. Un enfant… Je le regardai et vis qu'il ressentait sensiblement la même chose. Mais un homme, eût-il été un père, pouvait-il comprendre ?

— Si Dieu me donne le droit de fonder une famille…

Je m'étranglai, n'arrivant pas à répondre. Lui resta silencieux, noyé dans ses propres sentiments. Il relâcha ma mèche, qui retomba mollement sur ma poitrine.

— Il reste une question à laquelle tu n'as pas répondu.

— Oh… le fiancé ?

J'éclatai d'un rire qui sonnait faux.

— Si se fiancer à huit ans compte, alors oui, j'ai laissé un fiancé esseulé derrière moi en Irlande. Il s'appelait Christopher Stephens, et il avait neuf ans. C'était un jeune homme assez charmant, catholique et très espiègle. Je crois bien qu'il m'a oubliée depuis.

— T'oublier ? Vraiment ? Il aurait alors été aveugle ou bien idiot.

Il allongea un bras pour renvoyer d'une chiquenaude une bestiole qui venait de se poser sur ma jupe et frôla le dos de ma main au passage. Puis, dans un soupir, il roula sur le dos. Un silence embarrassant nous enveloppa. Je me tortillai un peu sur mon postérieur pour changer de position et me clarifiai la gorge.

— Il est superbe, dis-je en montrant du doigt le cheval qui broutait non loin de nous.

— C'est pour John.

— John ?

— John MacIain Macdonald. Le chef du clan et laird de Glencoe. Il est le fils du grand Alasdair MacIain.

Son air s'assombrit.

— Tu sais ce qui s'est passé ici, n'est-ce pas, Caitlin ?

— Un peu. Lorsque je suis arrivée à Edimbourg, en octobre 1692, les gens ne parlaient que de cela.

— Octobre… murmura-t-il en fixant un point invisible. C'est à cette époque qu'Alasdair Og, le fils cadet de MacIain, s'est décidé à revenir dans la vallée. John avait obtenu le pardon du roi en août.

— Pourquoi devait-il obtenir le pardon du roi ? Il était la victime, non ?

— Il avait dû renouveler son serment de loyauté envers Guillaume. Comme son père l'avait fait avant lui.

— Si son père avait signé le serment d'allégeance, de quoi a-t-il été puni, alors ?

— Il avait quelques jours de retard sur la date d'échéance. Les Campbell et quelques *Sassenachs* qui voulaient voir MacIain tomber en avaient profité. Quelqu'un avait déclaré le serment non valide et l'aurait impunément mis de côté. Pourtant, nous avions des lettres de protection signées de la main du gouverneur Hill dans nos poches. Elles devaient assurer notre sauvegarde, le temps que MacIain aille expliquer devant le conseil privé du roi la raison de son retard à la signature du serment.

— Les soldats ne les avaient pas vues ?

— Nous leur faisions confiance, Caitlin. Nous n'avions pas cru nécessaire de montrer ces lettres. Lorsque les deux détachements du régiment d'Argyle, sous les ordres de Robert Campbell de Glenlyon et de Thomas Drummond, sont descendus dans la vallée, ils nous ont affirmé que Fort William était surpeuplé. Nous étions tenus par la Couronne de leur donner asile jusqu'à ce qu'ils reçoivent d'autres directives. C'était un prétexte. Ils étaient cent vingt hommes. Nous les avions nourris et logés. Nous leur avions donné notre meilleur whisky et une place au chaud près de nos feux. Ils ont violé le principe sacré de l'hospitalité gaélique.

Il s'arrêta quelques instants et tourna les yeux vers moi. Son visage affichait une expression froide et indéchiffrable, puis, reportant son regard dans le vague, il reprit son récit d'une voix morne.

— Ces salauds nous ont trahis. Ils sont restés ici près de quinze jours. Ils ont abusé de notre hospitalité pendant tout ce temps, dans le seul dessein de nous abattre comme des chiens. Ils voulaient nous exterminer jusqu'au dernier, hommes, femmes et enfants inclus.

Je blêmis. A Edimbourg, je n'avais prêté qu'une oreille distraite au récit du massacre. Ma vie à cette époque était déjà assez bouleversée. Je me remettais difficilement de la perte de mon frère aîné, Michael, mort pour la couronne des Stuart. Il avait donné sa vie en combattant aux côtés des jacobites irlandais, dans la bataille de la rivière Boyne, en 1690. Puis ce fut Mathew qui perdit sa main à Aughrim, un an plus tard. Nous avions payé un large tribut pour la cause des Stuart, mais Jacques II ne remonta pas sur le trône d'Irlande, d'Ecosse et d'Angleterre. Les catholiques avaient perdu et étaient persécutés. Nous étions partis avant qu'il ne soit trop tard.

Des questions me brûlaient les lèvres. Sa femme, Anna, son fils… Je préférais attendre qu'il m'en parle. Il ne lui restait plus que sa sœur et son frère. Pouvait-on se remettre d'une telle tragédie ? Je savais que non. J'aurais voulu le toucher, le consoler, mais je m'en abstins, une autre devait certainement s'occuper avec brio de panser son âme.

Il passa une main sur son visage, l'immobilisa sur son front, puis la laissa retomber mollement dans l'herbe. Il reprit plus calmement :

— Tous ceux qui ont survécu ici ont perdu un être cher dans ce massacre. Pour certains, c'était un père, un fils ou un frère, pour d'autres, une mère, une sœur, un cousin... une épouse. Ils ont abattu trente-huit membres du clan, dont le chef MacIain. S'ils n'ont pas réussi à tous nous exterminer, c'est probablement grâce au mauvais temps. Une tempête sévissait la nuit du massacre. Ceux qui l'ont pu ont fui dans les montagnes. Les soldats étaient à nos portes, baïonnette à la main. Les femmes et les enfants étaient en tenue de nuit. Plusieurs étaient pieds nus. Ils avaient été tirés du lit et sortaient en n'emportant que leurs vies et ce qu'ils avaient sur le dos. Nous avons dû parcourir plusieurs kilomètres dans les montagnes, avant de pouvoir nous arrêter dans une grotte. Certains sont tombés en chemin. Nous ne pouvions plus rien pour eux.

Il marqua une pause, hésitant.

— J'avais une femme et un fils, Caitlin.

J'effleurai sa main, qui reposait, inerte, près de ma cuisse. Il réagit en la prenant et en la serrant, puis il caressa ma paume du bout de ses doigts. Nos regards se croisèrent. Le sien était empreint de douleur et de colère.

— Ils sont morts de froid. Je n'ai rien pu faire pour eux. Mon fils... Coll, il n'avait que quatre ans. Il est mort dans mes bras.

— Liam, je suis désolée...

Il ferma les yeux et soupira. Il m'avait ouvert un des sombres compartiments de son esprit et avait partagé ses souvenirs avec moi. Mais je ne pouvais lui parler des miens. C'était encore trop douloureux.

— Nous avions caché nos armes, dit-il ironiquement. Le serment d'allégeance nous interdisait de posséder des armes destinées à d'autres usages que la chasse. Donc nous avions placé nos mousquets, nos claymores et nos haches de Lochaber sous des monticules de tourbe dans les collines, sous la neige. Et puis, même si nous les avions eues, elles ne nous auraient probablement été d'aucune utilité. Ils tiraient les hommes du lit et les abattaient aussitôt d'une balle dans la tête.

Il fit une pause, puis entrecroisa ses doigts avec les miens. J'espérais qu'il ne les libérerait jamais plus.

— Dans ma vie, j'ai vu beaucoup de violence, elle fait partie du quotidien, dans les Highlands. J'ai vu des bains de sang et des carnages bien pires en nombre de vies perdues. Mais c'était la guerre.

Que ce soit un affrontement contre un autre clan ou contre les *Sassenachs*, c'est du pareil au même. Des hommes se battent contre d'autres hommes, dans le but ultime de défendre une cause ou ce qui leur est cher, au péril de leur vie et avec honneur. Ce qui est arrivé ici n'avait rien à voir avec la guerre. C'était un acte de vengeance et de représailles injustifié. La vengeance des Campbell sur les Macdonald sous le grand sceau du roi. Ils se servirent du retard de MacIain pour assouvir leur soif de sang. Les Campbell voulaient extirper Glencoe des Highlands, de l'Ecosse. Ah ! Les bâtards ! Mais nous sommes toujours vivants !

— Pourquoi les clans étaient-ils tenus de signer un serment d'allégeance en premier lieu ? En tant qu'Ecossais, vous êtes des sujets du roi ?

Il esquissa un sourire amer.

— De quel roi ? Jacques ou Guillaume ? C'est ce dont Guillaume le Protestant voulait s'assurer. Après la cuisante défaite des *Sassenachs*, à la bataille de Killiecrankie, on avait tenté de rallier les clans jacobites sous la bannière de la maison de Nassau. Le comte de Breadalbane…

Il grimaça.

— Bâtard de Campbell ! pesta-t-il avant de continuer. Il a rassemblé, aux ruines du château d'Achallader, les chefs des clans qui soutenaient la cause des Stuart. Le fin renard a tenté de dresser les chefs les uns contre les autres. Sa langue de serpent sifflait des promesses, qu'il ne pouvait remplir ni autoriser, pour acheter l'allégeance des clans, les fameux « Articles privés ». Malheureusement pour lui, sa réputation de magouilleur le précédait. Il a échoué. Personne ne pouvait faire confiance à cette anguille visqueuse. Le conseil privé du roi a donc émis une proclamation obligeant tous les chefs à prêter allégeance sous serment à la couronne des *Sassenachs*. De cette façon, il espérait étouffer dans l'œuf toute autre forme de rébellion de la part des jacobites.

— MacIain était jacobite ?

— Jacobite n'est qu'un mot, Caitlin. Disons que nous refusons de nous soumettre à un roi *sassenach*, et hollandais de surcroît. Marie, son épouse, était peut-être écossaise de sang, mais, malgré son amour pour son pays, elle était du côté des *Sassenachs*, et protestante par-dessus le marché. Nous voulons restaurer les Stuart sur le trône. C'est une question d'honneur. Nous sommes highlanders. Notre sang est celui de l'Ecosse, et celui de notre roi doit l'être aussi.

— Mais vous avez prêté allégeance…

Il émit un petit rire rauque.

— Il faut bien sauver notre peau.

— C'est pourquoi MacIain aurait attendu si longtemps avant d'aller signer le serment à son tour ?

Il acquiesça.

— MacIain était un homme dur et obstiné, mais il aimait profondément son peuple. Nous nous tournions vers lui comme vers un père. Résigné, mais convaincu qu'il n'y avait plus d'autre choix, il est parti pour Fort William deux jours avant la date d'échéance, qui était le 1er janvier. Les Cameron, les Macdonald de Keppoch avaient signé, alors… A Fort William, le colonel Hill lui apprit qu'il n'avait pas légalement le droit d'enregistrer son serment. Il l'envoya donc à Inveraray, en Argyle, où le shérif, sir Colin Campbell d'Ardkinglass, était en position de le faire. La neige ayant rendu les chemins impraticables et, ayant été retenu quelques heures de plus par la compagnie de grenadiers de Drummond à Bracaldine, il arriva finalement à Inveraray avec deux jours de retard. Il dut ensuite attendre trois jours avant que le shérif ne rentre de son congé du nouvel an, passé avec sa famille. Le serment fut officiellement enregistré le 6 janvier. MacIain revint à Glencoe, soulagé. Il avait donné à Campbell les deux lettres que Hill lui avait remises avant de quitter Fort William. La première attestait qu'il s'était bel et bien présenté pour prêter serment avant la date fatidique, mais qu'il s'était rendu au mauvais endroit. Une « brebis égarée ». La deuxième était une lettre de protection contre toute forme de représailles contre lui ou son clan. Je crois que cette lettre aurait été égarée… ajouta-t-il avec une pointe d'ironie dans la voix.

— Mais quelles étaient les sanctions si on dépassait la date ?

— Le clan était proscrit et devait subir la punition la plus cruelle inscrite dans les livres de loi : la punition « par le feu et l'épée ».

— Et c'est ce qu'ils ont fait… murmurai-je, abasourdie.

Liam fronça les sourcils et se frotta les yeux comme pour effacer d'horribles visions.

— Les Campbell s'en sont servis, rectifia-t-il. Breadalbane s'en est servi. Glenlyon aussi, le salaud d'ivrogne. Son cerveau n'est plus qu'une éponge imbibée de whisky. Cet homme s'est ruiné à jouer et à boire. Il est laird de Glenlyon, mais ne possède plus rien, à part son domaine de Chesthill. Le reste de sa vallée est tombé entre les mains du marquis Murray d'Atholl, leur ennemi juré. Les fils de Glenlyon doivent maintenant leurs fermages au marquis.

— Alors, pourquoi les Campbell vous en veulent-ils tant ?

Il se hissa sur les coudes et fit se chevaucher ses jambes. Un fin sourire courba ses lèvres.

— Parce que nous sommes des Macdonald, dit-il succinctement.

— Et encore ?

— Parce que nous avions commis des raids sur les terres de Glenlyon et de Breadalbane. Parce que nous sommes catholiques, et eux, protestants. Parce que nous méprisons chacun le suzerain de l'autre. C'est difficile de mettre le doigt sur une raison en particulier. Cette haine a été nourrie pendant plusieurs siècles d'histoire sanglante entre nos deux clans. Les Campbell ont oublié qu'ils étaient highlanders, qu'ils avaient autrefois défendu les intérêts de notre patrie contre les *Sassenachs.* Aujourd'hui, ils sont les yeux et les oreilles du gouvernement parmi nous. Ils vivent et s'habillent comme les *Sassenachs.* Et ça, nous ne l'acceptons pas.

Je réfléchis quelques secondes.

— Tout cela est un peu compliqué, je dois l'avouer, commentai-je.

— Nous ne sommes pas des hommes compliqués, *mo maiseag,* déclara-t-il sur un ton qui se voulait moqueur. C'est vrai, en revanche, que notre histoire peut te sembler un peu tordue. Ici, chaque clan fait ses propres affaires et ne se mêle de celles des autres que lorsqu'il en va de ses intérêts. Mais les *Sassenachs* s'obstinent à vouloir s'occuper des nôtres. Ils nous méprisent. Depuis des siècles, ils essaient de nous mettre sous leur joug, mais nous ne sommes ni des esclaves ni des bêtes de somme, ou des « barbares sauvages » comme ils se plaisent à nous appeler. Ici, dans les Highlands, la vie est rude, peut-être primitive de leur point de vue, mais c'est celle que nos ancêtres ont menée, et elle nous plaît. Nos manières ne sont pas raffinées, certes, mais cela fait-il de nous des brutes sans savoir-vivre pour autant ? Ce qui les terrifie, c'est notre ardeur à défendre nos biens les plus chers. Mais c'est cette force guerrière qui fait que nous sommes toujours là. Ils nous ont volé notre roi, ils veulent nous enlever notre religion, finalement je crois qu'ils aspirent à faire de nous des bâtards de *Sassenachs,* comme eux. Ils peuvent nous dépouiller de nos biens, de nos terres et même de notre identité, ils n'auront jamais notre âme. Nous resterons highlanders jusque dans l'exil. Tu comprends, Caitlin ?

— Oui… murmurai-je en pensant à cette horrible nuit au manoir Dunning.

Ils pouvaient « tout » prendre sauf notre âme… Elle était la seule chose qui me restait, et j'avais refusé de me la laisser prendre.

Un lourd silence s'abattit sur nous comme une chape de plomb. Chacun s'abîmait dans ses propres peines, ses propres souvenirs. Le cri strident d'un faucon retentit. Le rapace guettait sa proie dans la vallée. Liam passa sa main dans ses cheveux et observa distraitement l'oiseau qui décrivait des grands cercles dans le bleu du ciel. Il reprit la parole :

— Plusieurs ne sont pas revenus, préférant rester dans les clans qui les avaient recueillis. John s'est fait restituer ses terres après avoir promis de signer le serment et de ne pas tenter des actes de représailles. Son frère, Alasdair, et son épouse, Sarah, qui se trouve être la nièce de Glenlyon, sont encore au loin, pour le moment. En Lochaber avec les Macdonald de Keppoch.

— Et toi, pourquoi es-tu rentré au pays ?

Il haussa les épaules et plongea son regard dans le mien.

— Je ne sais pas, je ne me suis jamais posé la question, dit-il avec hésitation. Parce que c'est chez moi, ici. C'est la terre qui m'a vu naître. C'est celle de mon père, du père de mon père, et ainsi de suite. Peut-être aussi pour être plus près de ceux que j'ai perdus et qui sont à jamais disparus. Mon père et ma sœur, Ginny, sont morts ce matin-là. Ils ont tué mon père d'une balle à la tête. Ginny, elle... Ils l'ont violée. Elle a réussi à fuir, mais n'a pas eu la force de se rendre jusqu'à la grotte... Elle était enceinte de six mois et a fait une fausse couche en route. Elle est morte au bout de son sang...

Il ferma les yeux.

— Elle n'aurait pas dû se trouver ici. Son mari, Adam Cameron, était parti pour Edimbourg. Elle avait profité d'un redoux pour venir, malgré son état... Elle n'aurait pas dû... Elle n'avait qu'un an de moins que moi. Nous étions très proches.

J'avais arraché toute l'herbe devant moi en écoutant ce récit accablant. Liam s'était recouché sur le dos, les mains derrière la nuque, les yeux fermés. Mon regard se posa au-delà du village, vers l'est, là où la vallée était déserte, pendant que j'essayais d'imaginer à quoi elle ressemblait avant le massacre. Archaïques chaumières en pierre, aux toits de bruyère séchée, encastrées dans les flancs des collines et disséminées un peu partout ; ici et là sortaient des cheminées des colonnes de fumée de tourbe. Combien de Macdonald avaient vécu dans cette vallée à cette époque ? Combien y vivaient aujourd'hui ?

Des cris retentirent au loin. Le visage blême de Liam se figea. Nous nous redressâmes vivement. Le poignard à la main, il m'agrippa par un bras et me fit passer derrière lui à une vitesse fulgurante. Je pouvais entendre son cœur tellement il battait fort. A ce moment, je remarquai la longue cicatrice qui parcourait son dos en une courbe très nette. Elle partait de son épaule droite et descendait jusqu'au flanc droit.

J'effleurai le renflement blanc du bout du doigt. Il tressaillit et se retourna. La tension avait maintenant disparu de son visage. Il glissa son poignard dans sa ceinture.

— Killiecrankie, dit-il tout bonnement. Ça, c'est une autre histoire. Viens, c'est Sàra qui a crié. Colin lui a glissé un poisson dans le dos.

Nous descendîmes la colline à la rencontre des deux plaisantins qui se couraient après en brandissant les poissons.

— S'ils continuent ainsi, nous n'aurons plus qu'à pêcher nous-mêmes notre dîner, ronchonna-t-il.

Je pouffai de rire.

Colin versa un dernier *dram* de whisky à chacun. J'essuyai mes yeux mouillés de larmes heureuses. Les épaules de Sàra étaient encore secouées par les derniers spasmes d'un fou rire bienfaisant. Nous avions terminé notre repas, et les deux frères venaient de raconter un épisode cocasse de leur escapade à Arbroath.

Le dîner avait été agréable. Le poisson grillé s'était avéré délicieux, et j'avais fait honneur à la cuisine de Sàra, qui, je devais l'admettre, était une cuisinière émérite. M'étant contentée d'écouter les discussions animées des deux frères et de leur sœur, j'avais pu constater les liens précieux qui les unissaient. Je les enviais. Qu'était-il advenu de ma propre famille ? Mes frères, mon père, les reverrais-je jamais un jour ? Je chassais mon pincement au cœur d'un éclat de rire dès que Colin racontait une blague. Il me couvait de son regard, qui s'illuminait chaque fois que je riais.

Liam s'amusait avec retenue. Comme s'il lui était douloureux d'être heureux. Parfois, je le surprenais, l'air songeur, les yeux perdus dans les vapeurs de son whisky qu'il ingurgitait en assez grande quantité. Sàra se moquait de ses frères. Ils ne s'en froissaient pas, l'encourageaient même dans sa façon d'être. C'est qu'elle avait la langue bien pendue ! Elle avait l'habitude d'avoir toujours le dernier mot. Rebelle, provocante, sans pour autant être vulgaire, elle exerçait un charme irrésistible que son joli minois était loin de rompre.

La soirée tirait à sa fin. Mes bâillements, que je tentais vainement de camoufler derrière ma main, opéraient leur magie soporifique sur mes compagnons. La conversation avait perdu de son intensité.

J'avais croisé mes bras sur la table et posé mon menton par-dessus. Sàra écrasait des miettes de pain, les envoyant d'une pichenette dans le visage de Colin, qui ne semblait rien remarquer. Il avait la tête ailleurs.

— Tu as repris en charge l'étalon de John, Liam ? demanda-t-il en s'étirant langoureusement sur sa chaise. Je t'ai vu à l'œuvre aujourd'hui. Pas mal !

— Il sera prêt dans quelques jours, c'est une bonne bête. Un peu têtue, mais j'ai vu pire.

Il fit un clin d'œil à sa sœur, qui lui répondit par une grimace.

— J'ai vu John ce matin, il m'a annoncé qu'Alasdair reviendrait dans la vallée avant l'hiver avec Sarah. Elle attend leur premier enfant et veut qu'il soit élevé à Carnoch.

— Il est temps ! s'exclama Sàra. Elle ne peut tout de même pas se culpabiliser toute sa vie pour ce que son bâtard d'oncle a fait. Elle était une Campbell, c'est vrai, mais elle est Macdonald aujourd'hui. Lundie ne s'est pas gêné pour lui tirer dessus.

— Son oncle n'a rien fait pour la protéger ? m'étonnai-je.

— Ah ! Au contraire, il a tout tenté, intervint Colin. Il voulait la ramener à Cambuslay, chez son père, mais elle a refusé. Alasdair était parti à la recherche de John. Elle s'apprêtait à le rejoindre lorsque l'enseigne Lundie l'a interpellée. Il lui a dit qu'il avait pour ordre de ne laisser aucun Macdonald vivant. Il a tiré, le salaud. Il lui a tiré dessus, sous les yeux ahuris de son oncle. Elle a été épargnée de justesse, Campbell lui avait envoyé la crosse de son mousquet dans les jambes.

— En parlant des Campbell, siffla Sàra entre ses dents, Calum dit en avoir vu un rôder dans le coin.

Liam s'agita sur sa chaise. Ses jointures blanchirent sur son gobelet de whisky, qu'il vida d'un trait.

— Quand ?

— Il y a deux jours…

— Deux jours ! Et tu ne m'en as rien dit ? répliqua-t-il avec un ton de reproche.

La main de Colin chercha la mienne. Ce geste, qui n'échappa pas à Liam, sembla même attiser sa colère.

— Qui était-ce ? Ewen ? demanda-t-il d'une voix blanche.

— Calum n'a pas pu voir qui exactement. L'homme était trop loin pour qu'il distingue son visage, mais assez près pour qu'il reconnaisse ses couleurs.

— Ce fumier a le culot de venir nous relancer jusqu'ici ! Il était seul ?

Sàra se redressa pour ramasser les assiettes avec un certain agacement.

— Probablement pas, un Campbell ne se risquerait certainement pas seul dans nos montagnes.

— John est-il au courant ?

— Je ne sais pas.

Liam se redressa à son tour pour faire face à sa sœur.

— Ecoute, Liam, dit-elle en mettant ses poings sur les hanches. J'ai oublié, je suis dé-so-lée. L'homme n'a pas été revu depuis. J'étais trop heureuse de vous retrouver, cela m'est sorti de la tête.

— Ouais, tu as l'esprit ailleurs depuis quelque temps, petite sœur. Je crois qu'il y a plusieurs choses « anodines » que tu as omis de me dire, Sàra. Il n'y a pas que Campbell qui soit venu rôder par ici durant notre absence.

— Quoi encore ?

Elle le défia du regard en levant fièrement son menton vers lui.

— Thomas MacSorley est venu te voir. Tu n'oserais tout de même pas le nier ?

Elle devint livide, et sa mâchoire retomba.

— Laisse-la tranquille, Liam, intervint Colin. Elle n'est plus une enfant !

— Je sais très bien qu'elle n'est plus une enfant, nom de Dieu, Colin ! s'écria Liam en jetant un œil mauvais à son frère. Thomas MacSorley est un coureur de jupons de la pire espèce. Crois-moi, j'ai assez cavalé avec lui pour savoir de quoi je parle. Et ce n'est pas parce qu'il est *gillie*[1] au service des Cameron de Glen Nevis qu'il est recommandable.

— Nous n'avons rien fait de mal, Liam Macdonald, rétorqua Sàra, qui avait soudainement retrouvé la parole.

— Pas pour le moment, peut-être, mais, connaissant Tom, il ne tardera certainement pas à accélérer les choses. Ce n'est pas un homme très patient, et je peux ajouter qu'il n'est pas du genre très sédentaire, si tu vois ce que je veux dire.

— Et si c'était moi qui décidais d'accélérer les choses ? menaça-t-elle. J'ai vingt-deux ans, bon sang ! Si j'ai envie d'avoir un homme dans mon lit, tu ne m'en empêcheras pas ! Est-ce que je me mêle de savoir qui réchauffe le tien ?

1. Homme au service d'un chef de clan.

— Tiens ta langue avant qu'elle ne soit trop tranchante, femme ! s'écria-t-il d'une voix menaçante. Que fais-tu de ta vertu ?

— Que fais-tu de celle de la belle Meghan Henderson ? Elle te tourne autour comme une chatte en chaleur. Et ne me dis pas qu'elle ne t'a pas offert ses dernières faveurs.

— Ce n'est pas la même chose, et tu le sais très bien, Sàra. Tu es ma sœur et je ne te laisserai pas te déshonorer avec Tom MacSorley. Il n'est pas pour toi, il te brisera le cœur.

Il était furieux. Je me levai à mon tour, lentement, l'estomac serré par de soudaines crampes, puis sortis de la chaumière. Je ne tenais pas à me retrouver au beau milieu d'une dispute familiale. Je ne voulais pas non plus avoir plus de détails sur cette Meghan, probablement la créature flamboyante de cet après-midi. Je m'assis sur le banc près de la porte, en attendant que l'orage passe.

— Vaut mieux quitter l'arène lorsque les lions sortent de leurs cages.

Les paroles de Colin, qui m'avait suivie jusqu'à l'extérieur, me firent sursauter. Il s'assit à côté de moi. Nous pouvions entendre la dispute qui allait bon train.

— Comment va ta cuisse ?

— Ça peut aller, je crois.

Son bras frôlait le mien.

— Sàra a la langue bien pendue. Elle sait ce qui fait sortir Liam de ses gonds.

— J'ai cru remarquer, en effet.

— Depuis que notre père est mort, il couve notre sœur comme un œuf de caille.

— Il est l'aîné. Il doit se sentir responsable.

— Je sais, soupira-t-il. Mais Sàra a raison, il n'a plus à intervenir dans ses choix. A l'heure qu'il est, elle devrait être mariée et avoir trois ou quatre gosses. Liam est trop sévère. Pour Tom, cependant, je dois admettre qu'il a raison. C'est une parfaite fripouille. Liam le connaît très bien. Autrefois, ils commettaient ensemble des raids sur les terres des Campbell. Puis, lorsque Liam a rencontré Anna, Tom tenta de la lui prendre. Anna avait tranché en choisissant mon frère. Je crois que Tom ne l'a jamais digéré. Il avait même été jusqu'à lui offrir sa sœur Màiri en guise de compensation. Geste plutôt ignoble, à mon avis. Mais Tom est ce qu'il est. Il convoite, il prend sans détour et fait rarement quartier. C'est pourquoi il est si redoutable lors des attaques. On le craint comme la peste. Je suis du même avis que Liam, mais Sàra est têtue comme une mule. Elle continuera de fréquenter cet homme, juste pour le narguer. Elle doit se rendre à l'évidence par elle-même, et cela, Liam ne le comprend pas.

Quelques timides étoiles brillaient dans le ciel. La lune formait un croissant diffus derrière un rideau brumeux. L'humidité rendait l'air frisquet encore plus cru. La main de Colin caressa furtivement le dos de la mienne. Mal à l'aise, je me levai pour effectuer quelques pas. Depuis notre arrivée dans la vallée, il ne m'avait plus fait d'avances. Ses visites avaient été amicales, sans plus. Avec un certain soulagement, j'avais cru qu'il avait abandonné l'idée de me garder avec lui, ici. Non qu'il me répugnât, loin de là. J'avais pour Colin une attirance réelle, mais son frère m'attirait tout autant, sinon… enfin, d'une manière différente. La situation devenait des plus délicates.

— Tu as toujours l'intention de retourner en Irlande ? demanda-t-il dans mon dos.

Je fis volte-face. Il m'observait, les yeux mi-clos.

— La Garde me recherche, Colin, ils savent que Liam est un Macdonald, ils finiront bien par faire le lien. Je ne voudrais pas voir les dragons débarquer ici à cause de moi.

— Ces putains de *Sassenachs* ! pesta-t-il.

Ses doigts effleurèrent mon bras.

— Tu as besoin de quelqu'un pour te protéger, Caitlin. Je pourrais…

Ses doigts se refermèrent sur les miens. Il porta ma main à sa bouche et appuya ses lèvres dessus.

— Colin… j'apprécie ce que vous faites pour moi, toi et ton frère, mais je ne veux pas que vous soyez mêlés à cette histoire.

— C'est un peu tard pour cela, tu ne crois pas ?

Il passa son bras autour de ma taille et m'attira vers lui.

— Colin…

Sa bouche explorait déjà mon cou, s'attardait sur l'estafilade, qu'il embrassa longuement. Je ne pus réprimer le frisson qui parcourut voluptueusement ma colonne vertébrale. L'orage semblait s'être apaisé à l'intérieur du cottage, mais, dans mon corps, il ne faisait que se lever et me secouait rudement.

— Ton cœur n'est-il pas libre ? A moins qu'il y ait un autre homme…

Il parcourait mon dos avec fébrilité.

— Non, le problème n'est pas là, et tu le sais très bien.

— Moi, je n'en vois aucun, Caitlin.

Sa bouche en voulait plus. Il remonta vers mon visage et m'embrassa profondément. Je ne fis rien pour le repousser, me laissant porter par cette ivresse nouvelle que me procuraient ses gestes empreints d'une tendresse inconnue pour moi. Il s'écarta et prit une mèche de mes cheveux entre ses doigts pour la caresser. Son regard fouillait le mien comme pour trouver d'avance la réponse aux questions qu'il n'avait pas encore posées. Sa voix se fit basse, caressante.

— Je serais prêt à accepter toutes les conséquences pour te garder ici, avec moi. J'ai volé, j'ai tué et j'ai déjà connu la potence. Je prendrais ce risque de nouveau. Pour toi, Caitlin.

Il déglutit et passa machinalement son doigt sur son cou, là où la corde avait dû se trouver.

— C'est une étrange sensation que d'avoir une corde autour du cou, juste après avoir vu un homme se faire pendre.

— Je ne voudrais pas qu'on te la repasse à cause de moi.

— Tu en vaudrais la peine, murmura-t-il en glissant ses doigts sur ma joue.

— Ma place n'est pas ici, le sang a déjà trop coulé dans votre vallée...

La porte s'ouvrit brusquement. La main de Colin s'immobilisa sur mon visage et tressaillit. Liam se figea, et ses yeux rétrécirent en nous apercevant. Colin nargua son frère quelques instants. Doucement, il se détacha de moi, se détourna, puis s'éloigna dans l'obscurité. Je restai immobile, le cœur battant. Le regard de Liam me brûlait. Mortifiée, mais encore grisée par les baisers de Colin, je dus fermer les paupières pour apaiser le feu qui parcourait ma peau. Lorsque je les rouvris, Liam avait disparu.

6

Le *ceilidh*[1]

A l'aube, je fus sortie de mon sommeil par une joyeuse chorale d'oisillons qui devaient nicher non loin de la fenêtre. Je glissai hors de mon propre nid, chaud et douillet, m'habillai, puis sortis du cottage en silence pour ne pas réveiller Sàra.

De ses rayons diffus, le soleil chassait la nuit, qui allait se réfugier derrière les montagnes. Une fine brume voilait la vallée et les collines en contrefort. Je ne pouvais que vaguement distinguer la silhouette des pics enneigés au-dessus de moi. D'un pas encore hésitant, je me dirigeai vers la rivière pour mes ablutions matinales. La lacération dans ma cuisse s'était refermée. Si l'infection s'était résorbée, en revanche, la douleur persistait et rendait mes déplacements encore difficiles. Je l'endurais néanmoins avec stoïcisme. Il fallait me rétablir le plus rapidement possible.

Le village dormait. Je n'avais pas encore officiellement rencontré les habitants, qui semblaient m'éviter, sinon m'ignorer. Peut-être me voyaient-ils comme une *Sassenach.* Les étrangers n'étaient certainement pas les bienvenus ici, mais je ne pouvais pas leur en tenir rigueur. Ma présence n'était tolérée que parce que Liam et Colin l'avaient imposée et qu'elle était passagère. J'en étais pleinement consciente.

Carnoch se composait d'une vingtaine de cottages entourés de potagers et de basses-cours. Les potagers étaient encore vides puisque les semailles ne faisaient que débuter. Derrière ces chaumières, s'étiraient de longs rubans noirs de terre labourée que l'avoine, le blé et le maïs doreraient pendant la belle saison. Des rangs de lin

1. Fête organisée lorsque des visiteurs se présentent. Prononcer : *kéli.*

les bordaient. Plus loin, derrière l'écurie entourée d'un grand enclos, se trouvaient deux bâtiments, le plus grand étant probablement la grange où le grain était stocké. Des tonneaux vides étaient empilés contre le mur du deuxième, certainement la brasserie et la distillerie. Un vieil alambic en cuivre bosselé et couvert de vert-de-gris faisait office d'enseigne à l'entrée.

Je reconnus Bonnie qui broutait dans l'enclos avec quelques poneys des Highlands. Ceux-ci étaient un peu plus petits que les chevaux utilisés par les gens du Sud, mais, grâce à leur robustesse, ils étaient mieux adaptés au climat rigoureux qui sévissait ici.

En me sentant approcher, Bonnie fit frémir ses naseaux de plaisir.

— Ça va, ma douce ? lui dis-je dans l'oreille en lui caressant le chanfrein.

« Douce » était un euphémisme, car elle avait un caractère assez belliqueux. Elle n'hésitait pas à mordre quiconque l'approchait. Bizarrement, je fus la seule personne à faire exception à la règle.

La jument se mit à fouiner dans mes jupes, cherchant sa gâterie quotidienne.

— Désolée, Bonnie, je n'ai rien pour toi aujourd'hui.

Elle fouilla ma main vide, retroussant ses babines mouillées.

— Tu te plais ici ? lui dis-je en riant.

Elle s'ébroua bruyamment pour me montrer son mécontentement. A l'idée qu'il me faudrait un jour me séparer d'elle, mon cœur se serra. Je ne pouvais pas l'emmener avec moi en Irlande, elle était ma monnaie d'échange.

— Oh ! Bonnie ! soupirai-je tristement, tu me manqueras…

Des éclats de voix qui venaient de l'écurie m'interrompirent. Curieuse, je m'y dirigeai en boitillant et me réfugiai derrière la porte entrouverte. Ainsi, tout le monde ne dormait pas. Je me figeai en reconnaissant la voix de Liam. Il me semblait plutôt d'humeur exécrable. Apparemment, il n'avait pas encore digéré sa dispute avec sa sœur.

— … Tu sais ce qu'en pense John ! Tu dois t'en éloigner, ne t'en amourache pas.

— M'en éloigner ? Je ne le veux pas, Liam. Quoi qu'en dise John, ou même toi.

Je tressaillis. Les deux frères se disputaient. La bienséance me disait de ne pas écouter, de m'éloigner d'ici, mais c'était plus fort que moi. Je soupçonnais que j'étais le sujet litigieux de leurs histoires de famille.

— Colin, tu sais qu'elle ne peut pas rester ici, c'est trop dangereux pour le clan.

— J'irai ailleurs. Inverness, Glasgow. Les îles, même. Je ne veux pas qu'elle parte.

— Ne sois pas si stupide. Elle est recherchée pour meurtre, nom de Dieu ! Tu seras accusé de complicité, le clan pourrait être proscrit de nouveau. C'est ce que tu veux ?

Il y eut un silence pendant lequel j'entendis mon cœur battre follement. Il n'y avait aucun doute, j'étais en cause. Colin voulait me garder avec lui, on le lui refusait.

— Dis-moi qu'elle t'est indifférente, Liam, et je la laisse partir. Mais ne me mens pas. Je te connais trop bien, j'ai vu la façon dont tu la regardais.

— Tu n'en sais rien...

Ces mots avaient été lancés sans grande conviction. Un éclat de rire teinté de sarcasme me fit sursauter. Ainsi, je n'avais pas imaginé cette étrange lueur dans le regard de Liam. Colin aussi l'avait remarquée.

— Vraiment ?

Un lourd silence s'abattit. Puis Colin poursuivit :

— Tu la veux autant que moi, avoue. Depuis Anna, je n'avais jamais vu tes yeux briller ainsi.

— Tu sais très bien qu'il n'y aura plus aucune autre femme dans ma vie depuis qu'Anna est...

— Morte ?.... Et Meghan ? Qu'en est-il d'elle ? Tu ne me feras tout de même pas croire que ta relation avec elle est tout ce qu'il y a de plus innocent ! Elle a de quoi donner des envies intempérantes à n'importe quel homme qui l'approche.

— Laisse Meghan en dehors de ça.

— Alors, ne t'interpose pas entre nous !

— Colin, réfléchis.

— C'est déjà fait. D'ailleurs, je sais que je l'intéresse.

— Elle est fragile. Ne profite pas de sa situation, tu n'as pas le droit !

— Fragile... peut-être bien. C'est pourquoi je veux être près d'elle. Elle a besoin de protection.

— Il ne s'agit pas de protection, Colin, bon sang ! Nous la lui procurons déjà...

— Provisoirement. Qu'en sera-t-il après sa guérison, lorsqu'elle devra repartir ?

Un cheval s'ébroua, et deux hirondelles revenant au nid me frôlèrent dans un piaillement menaçant. Je reculai pour les éviter, manquant perdre l'équilibre, puis retins mon souffle.

— Nous nous assurerons qu'elle est en de bonnes mains. Nous ne pouvons rien de plus.

— Moi, je veux lui offrir plus, Liam.

— Mais sais-tu seulement ce qu'elle veut, elle ? Après ce qu'elle a vécu au manoir, elle n'est peut-être pas prête à accepter…

— Je suis patient.

— Nom de Dieu, Colin ! Tu ne la connais pas !

— Suffisamment pour savoir qu'elle me plaît ! Cette femme est loin d'être sotte. Ce qu'elle a imaginé pour sauver notre cargaison d'armes n'en est-il pas un exemple ? Toi, qu'as-tu fait pour l'en remercier ? Rien !

— Tais-toi, Colin !

Je fermai les yeux, honteuse. Je déchirais ces deux frères qui n'avaient qu'eux-mêmes pour se soutenir. Le silence se prolongeant, je m'apprêtais à repartir lorsque la voix de Colin vibra de nouveau.

— J'irai voir John. Je lui expliquerai.

— Il refusera, ne te fais pas d'illusions. Je…

J'entendis des pas traîner sur le sol.

— Quoi ? Lui aurais-tu déjà demandé la même chose ?

— Cesse de dire des balivernes.

— Le lui as-tu demandé, Liam ? insista Colin en colère.

Mes tempes m'élançaient douloureusement. Je me retins au loquet, attendant la réponse de Liam. Elle ne vint pas. La gorge sèche, je déglutis. Je n'aurais pas dû être ici. Le cœur lourd, je retournai vers Bonnie, qui piétinait le sol boueux, espérant certainement que je viendrais la chercher pour faire une promenade.

La main pleine de foin, j'entrepris de l'étriller. Je l'avais négligée depuis trop longtemps. Je travaillais machinalement, la tête ailleurs. Les derniers échos de la conversation me torturaient sans cesse l'esprit. J'étais prise au piège dans un triangle…

— Tu es plutôt matinale ce matin, dit une voix derrière moi.

Je sursautai dans un cri et me retournai. L'étrille improvisée m'échappa des mains. Je ne fis aucun geste pour la récupérer, paralysée par le regard bleu de Liam.

— *Tha mi duilich*[1], dit-il un peu timidement en lissant ses cheveux humides. Je ne voulais pas te faire peur.

1. Excuse-moi.

— On dirait que c'est une habitude chez toi.

Je lui souris avec embarras. Je jetai un œil vers l'écurie. Colin n'était visible nulle part.

— Je croyais que tout le monde dormait, mentis-je, un peu gênée. Tu es plutôt matinal, toi aussi.

— Je veux aller m'assurer que le troupeau de bétail est complet. Si un Campbell rôde, des bêtes peuvent disparaître.

Il émit un sifflement. Son étalon noir, qui broutait un peu plus loin, dressa la tête et accourut au trot. Liam lui passa la bride.

— Tout doux, tout doux, Stoirm[1].

— C'est son nom ? demandai-je, surprise.

— Oui, je l'ai trouvé en pleine nuit lors d'une tempête dans les Lowlands. Il était complètement affolé. Cela m'a pris deux bonnes heures avant de réussir à le calmer.

— Quand j'étais petite, mon père me donnait parfois ce surnom, dis-je pensivement. Il me disait que, lorsque j'étais en colère, mes yeux prenaient la couleur de la mer déchaînée et qu'avec mes cheveux toujours en broussaille je ressemblais à une tempête noire, *Stoirm Dubh.*

Liam se tourna vers moi et retroussa le coin de sa lèvre.

— Je n'ai pas encore eu l'occasion de le constater, dit-il en riant.

— Je suis certaine que tu n'y tiens pas, fis-je observer en riant à mon tour.

— Non, peut-être pas. Tu... veux venir avec moi ?

Il me dévisageait avec circonspection.

— A moins que ta blessure ne t'en empêche. C'est peut-être un peu trop tôt.

— J'aimerais bien voir ta vallée. Nous n'avons qu'à y aller doucement.

Liam sella les deux chevaux, plaça quelques victuailles dans les sacoches, puis m'aida à monter sur Bonnie avant d'enfourcher Stoirm.

La brume se dissipait lentement, mais le ciel restait désespérément gris. Nous chevauchâmes vers l'ouest. Après avoir longé le loch Achtriochtan, nous entrâmes dans le col de Glencoe, passage étroit au pied de ce que Liam appelait « Les Trois Sœurs ». Se dressant sur le côté sud de la vallée, elles étaient composées de trois pics rocheux, l'Aonach Dubh, le Gearr Aonach et le Beinn Fhada. Du

---

1. Tempête.

côté nord, les spectaculaires crêtes en dent de scie de l'Aonach Eagach nous surplombaient.

Les pâturages s'étendaient de part et d'autre de la rivière Coe, qui coulait dans son lit sinueux à travers le roc, tel un serpent argenté. J'avais l'étrange impression d'être plongée dans un pays fantastique aux vieilles légendes celtes, m'attendant à voir surgir un héros de guerre mythique ou une *bean-sith* de derrière un rocher.

Les vaches aux longues cornes et au sombre pelage paissaient un peu partout, éparpillées sur les collines verdoyantes d'herbe grasse. Parmi elles s'étaient regroupés une poignée de moutons. Liam ramena quelques bêtes qui s'étaient aventurées un peu trop loin, puis poussa le troupeau plus bas, vers l'est, jusqu'au loch.

Nous trouvâmes un agnelet couché sur le flanc, tout gonflé, les pattes raides. Liam l'examina en hochant tristement la tête, attacha une corde à ses pattes de derrière et le suspendit à son troussequin.

— Malheureusement, chaque printemps nous en perdons quelques-uns. C'est le troisième, cette année. Ces bêtes sont si stupides. Au moindre signe de danger, elles se sauvent toutes dans la même direction, sautant les unes par-dessus les autres. Les petits n'ont pas beaucoup de chances, dans ces conditions.

Nous fîmes halte sous un bouquet de pins pour prendre le petit déjeuner. Il me désigna un endroit pour m'installer. Puis, assis sur une saillie granitique, il répandit le contenu frugal d'une des sacoches.

Tout était étrangement silencieux et désert. Je me sentis soudainement très mal de me retrouver seule avec lui. Si l'envie lui prenait…

— Alors, tu te plais ici ?

— Euh… oui… la vallée est magnifique.

Il releva la tête, m'offrit un sourire satisfait, puis se remit à couper du pain avec son poignard.

— J'aime cet endroit. Enfant, j'y venais souvent. Je grimpais dans un de ces pins, m'expliqua-t-il en me désignant un vieil arbre tout tordu avec la pointe de la lame. Je m'y réfugiais pour épier les animaux qui s'abreuvaient au loch. Je pouvais passer des heures à les regarder.

— Aurais-tu l'esprit rêveur ?

— Rêveur ? Je ne sais pas. Pour l'être, faudrait-il que j'aie des rêves ?

— Tu n'en as pas ? Pourtant, tout le monde en a.

Il fixait le loch, perdu dans ses pensées.

— J'en ai eu, c'est vrai. Mais…

Il éluda finalement la question d'un sursaut d'épaules et me tendit une tranche de pain trempée dans de la mélasse.

— Bon… fis-je dans un soupir. Alors, que fais-tu en dehors de la chasse et de la… rapine ?

Il étira une jambe devant lui en pouffant d'un petit rire rauque.

— Je suis apprenti à la distillerie. Allan Macdonald est notre maître distillateur. Sa vue se détériore considérablement, alors il m'apprend les rudiments du métier. Pour le moment, il contrôle les opérations. Toutefois, même aveugle, il pourrait arriver à fabriquer son meilleur whisky.

— Du travail honnête, donc.

— Si on veut, répondit-il en riant. Le marché du whisky, comme le reste, possède ses petits à-côtés.

Je laissai échapper une exclamation d'exaspération.

— Seigneur !

— Ne t'en fais pas pour mon âme, *mo maiseag*, elle n'est pas encore complètement perdue.

— Je crois que ce n'est qu'une question de temps.

— A moins qu'on ne me la sauve…

Il mordit dans son pain et le mastiqua lentement, me fixant dans les yeux. Je subissais son examen en m'efforçant de rester impassible malgré les émotions qui affluaient en moi. Une lueur d'amusement traversa son regard.

— Et qui te sauvera de la damnation éternelle ? demandai-je pour reprendre contenance.

— Une âme pure, je suppose.

J'éclatai de rire.

— Encore faudrait-il en trouver une. Si tu veux mon avis, l'humanité est totalement corrompue.

— Alors, mon âme est perdue, conclut-il dans un rire franc. Je peux donc tranquillement retourner lever du bétail sur les terres d'Argyle.

— Ces bêtes, m'enquis-je en montrant le troupeau du doigt, elles sont toutes volées ?

— Non, quelques-unes seulement. C'est pourquoi le troupeau n'est pas très important aujourd'hui. L'élevage prend beaucoup de temps et exige beaucoup d'attention. Il y a quelques années, nous avions plus de mille têtes de bétail, moutons et chevaux. Fort William a tout confisqué pour son usage personnel ou pour la revente, puis ils ont brûlé ce qu'ils ne pouvaient emporter, dit-il d'une voix froide en me montrant de la tête des ruines calcinées non loin de nous. Lorsque nous avons récupéré nos terres, nos enfants se mouraient de faim. Si nous avons réussi à reconstruire nos maisons, c'est grâce à la précieuse générosité d'autres clans. Au nom de la survie, nous avons dû ravaler notre fierté.

Il se tourna vers moi, un sourire en coin.

— Nous nous permettons quand même quelques petits larcins à l'occasion, histoire de garder la main.

— Vous êtes incorrigibles, le taquinai-je en riant.

Il rit à son tour et m'offrit une gourde d'eau. Nos regards s'accrochèrent pendant un moment. Un malaise nous enveloppa. Puis, reportant son attention sur le loch, il prit une gorgée d'eau.

— J'ai parlé hier avec John MacIain pour lui expliquer ta situation, commença-t-il en surveillant une guêpe qui s'approchait dangereusement de ses doigts tachés de mélasse.

Il la chassa d'un geste sec et s'essuya la main sur son kilt.

— N'entre pas qui veut dans la vallée. Il faut l'autorisation de MacIain. Il accepte que tu restes ici le temps de te remettre complètement.

Ma dernière bouchée resta coincée dans ma gorge.

— Que lui as-tu dit au juste ? bafouillai-je avec difficulté.

— Tout, Caitlin. Je ne peux pas mentir à John. Ne t'inquiète pas pour ça.

Il m'observa quelques instants en silence, puis tendit la main pour décoller une mèche de mes cheveux qui me barrait la joue. Ses doigts s'attardèrent plus longtemps que nécessaire sur ma peau. Il ouvrit la bouche pour dire quelque chose, puis hésita.

— Cependant, il y a une condition.

Je déglutis en attendant la suite.

— A la moindre enquête de la Couronne, à la moindre incursion de la Garde dans Glencoe, tu devras partir. Tu comprends ?

Pour toute réponse, je hochai la tête, incapable d'articuler un seul mot. J'étais une menace pour eux, et il me le faisait clairement savoir. Je repensai à la soirée précédente, à Colin et au regard que Liam nous avait lancé en nous découvrant enlacés. Croyait-il que je tentais de séduire son frère pour me faire une place ici ? Je m'adossai au tronc d'arbre rugueux et fermai les yeux.

L'odeur résineuse des pins me chatouilla les narines. A la seule pensée de devoir quitter cet endroit, mon estomac se nouait. Voilà une semaine aujourd'hui que j'avais quitté précipitamment le manoir avec cet homme. J'avais bêtement cru, même si la trame en était fragile, que nous avions tissé des liens. Je me faisais des illusions, il avait une femme dans sa vie : Meghan. Et puis, quand bien même Colin voulait me garder avec lui, cette situation était inconcevable. Comment vivre avec un homme quand on recherche le regard d'un autre ?

Dorénavant, il me faudrait garder mes distances avec les deux frères Macdonald. Je le regardai du coin de l'œil terminer son fromage. Il avait été un mari et un père. Probablement prospère avant le massacre, il n'avait plus rien et vivait avec ses fantômes. C'était un voleur de bétail, un contrebandier et un guerrier, avec une maîtresse pour le satisfaire. Je ne faisais pas partie du tableau. Je devais donc m'effacer.

— John t'invite ce soir à le rencontrer. Il y aura un *ceilidh* donné en l'honneur des fiançailles de Ronald MacEanruigs et de Maureen Stewart.

— Je ne sais pas, Liam...

— Tu as besoin de te divertir un peu pour remettre de la couleur sur tes joues.

Un léger crachin se mit à tomber. Liam se redressa, puis me tendit une de ses grandes mains fortes et calleuses, pourtant si douces au toucher. Je n'osai lui demander s'il allait être de la fête.

— Viens, rentrons avant d'être trempés.

Il me retint contre lui, ce qui accentua mon trouble.

— Rien ne t'arrivera tant que tu seras ici, Caitlin, malgré ce que John a dit, déclara-t-il d'une voix grave.

Alors que ses yeux bleus fouillaient les miens, mon cœur s'emballa, et je me sentis ramollir.

— Tu ne peux pas désobéir aux ordres de ton chef, Liam. Qu'arriverait-il alors ?

— Je serais banni du clan et condamné à errer sur les landes comme une âme perdue.

Il se mit à rire, découvrant une belle rangée de dents blanches.

— John est mon cousin, je pourrais éventuellement le convaincre de me reprendre.

— Et s'il refusait ?

— Alors, je serais un homme brisé.

A présent, il ne souriait plus. Ma main était toujours emprisonnée dans la sienne. Sa mâchoire se contracta.

— Ça ne se passera pas ainsi, Liam Macdonald. Tu en as déjà assez fait pour moi. Je prendrai un bateau pour l'Irlande dès que possible.

— Tu tiens vraiment à retourner là-bas ?

— Ai-je le choix ? La seule chose qui m'attend, en Ecosse, c'est une corde. Je ne tiens pas à m'y balancer.

Il hésita, puis me rendit ma main et rangea le reste du petit déjeuner dans la sacoche.

Liam chevauchait devant moi, son plaid rabattu par-dessus sa tête. La laine du tartan était tissée si serré qu'elle en était presque imperméable. Le crachin s'était maintenant mué en pluie fine. Ma cape était trempée, et l'eau me dégoulinait dans le dos. De retour au village, Liam disparut dans l'écurie avec les chevaux. Sàra m'accueillit avec des galettes d'avoine et du thé fort, arrosé d'une larme de whisky.

— Bon sang ! Où étais-tu ? Tu vas attraper la mort ! s'écria-t-elle. Déshabille-toi. J'ai mis de l'eau à chauffer. Tu pourras prendre un bon bain avant la fête, ta plaie est assez bien cicatrisée.

Je passai derrière le paravent pour retirer mes vêtements trempés tandis que Sàra vidait l'eau dans un baquet doublé d'un vieux drap.

— Je t'abandonne une heure ou deux, je dois me rendre aux cuisines du laird pour aider aux préparatifs du dîner, dit-elle, enjouée. Il y a bien longtemps que nous n'avons pas fêté. Des hommes du clan Cameron seront ici...

Elle me fit un clin d'œil plein de sous-entendus.

— Je te présenterai aux femmes du clan.

— Peut-être, Sàra... hésitai-je. J'ai l'impression que les gens m'évitent.

— Tu es une *ban-choigreach*[1], pas une *Sassenach.* Les gens apprendront à te connaître. Nous nous méfions des étrangers depuis que...

Son visage s'assombrit. Elle me tendit une serviette de lin, puis balaya l'air avec sa main dans un geste nonchalant.

— Je t'ai préparé une jupe et un corselet propres pour ce soir, dit-elle sur un ton plus jovial en pointant du doigt les vêtements étalés sur le lit.

— Je t'en remercie, mais ce n'était pas nécessaire, Sàra. Je crois que je vais rester ici...

Elle me considéra quelques instants en silence.

— Tu dois rencontrer le laird, John MacIain. Ne t'en fais pas pour ça, déclara-t-elle en haussant les épaules. C'est un homme

1. Etrangère.

bon. Il n'a pas le tempérament enflammé de son père, mais il en a la sagesse. Il ne peut tout de même pas te refuser l'hospitalité après ce que tu as traversé. Ce n'est pas comme si tu avais toute la Garde à tes trousses.

Je blêmis.

— Donc, lorsque je serai de retour, je veux te voir prête, et n'oublie pas de te pincer les joues. Elles sont un peu pâlottes.

Comme une toupie, elle pivota sur elle-même. Elle s'immobilisa sur le seuil et se retourna, un sourire moqueur sur les lèvres.

— Mets le loquet, ajouta-t-elle en gloussant. Mes frères ont la fâcheuse manie d'entrer à l'improviste.

Elle sortit dans un froufrou de jupes. Je frissonnai dans l'air frais qui s'était engouffré dans le cottage.

Pour le moment, je voulais profiter pleinement du bain, un luxe rare. Je me laissai glisser dans la tiédeur de l'eau et tentai de chasser mes sinistres pensées.

La pluie avait cessé et le soleil pointait timidement à travers les nuages qui s'attardaient au-dessus de Glencoe. J'avais enfilé la jupe de laine d'un beau vert mousse et un corps de robe en camelot ocre brodé de petites feuilles vertes, sur laquelle je piquai la broche de ma mère. J'attendais le retour de Sàra en séchant mes cheveux avec la serviette lorsqu'on frappa à la porte, que j'avais oublié de déverrouiller.

— On t'a mise en quarantaine, Sàra ?

Un rustaud barbu et large comme un taureau me dévisageait, les yeux écarquillés. Il ne portait pas les couleurs des Macdonald.

— Qui êtes-vous ? demanda l'homme, visiblement dérouté.

— C'est une invitée, Tom, tu la laisses tranquille.

Thomas MacSorley se retourna en souriant vers Colin.

— Ton invitée, Macdonald ? Où l'as-tu dénichée, celle-là ?

— Tu ne devrais pas tourner autour du cottage de Sàra, Liam te pèlera la peau s'il te voit ici.

— Liam ? s'esclaffa-t-il avant de se tourner de nouveau vers moi.

Son regard me détailla sans vergogne.

— Peut-être sera-t-il trop occupé à autre chose ce soir pour s'apercevoir que je suis ici. A moins qu'elle ne soit à toi, Colin ?

— Je ne suis à personne, rétorquai-je, les joues en feu.

— Ah ! elle a la langue presque aussi bien pendue que Sàra ! s'écria-t-il en plissant ses yeux couleur ambre sous ses sourcils broussailleux. Plutôt intéressante, la petite…

— Sàra aide aux cuisines du laird, annonçai-je en le dévisageant avec une indifférence feinte.

— Je t'aurai prévenu, Tom, dit Colin. Liam est furieux contre toi. Si tu séduis Sàra...

— Sàra sait ce qu'elle veut et ce qu'elle fait, rétorqua rudement Tom. Si elle me veut dans son lit, Liam n'a rien à y redire. S'il veut me voir, je suis disposé à le recevoir chez moi. Je lui ferai servir mon meilleur *usquebaugh*[1] et la mignonne Maìri aussi, s'il le désire. Elle saura le ramener à la raison sans qu'on ait à dégainer nos poignards, et tout sera bien vite oublié.

Il s'inclina impétueusement devant moi en souriant, puis pivota sur ses talons en faisant voler son plaid autour de lui.

— Prends garde, Colin, elle m'a l'air plutôt farouche, celle-là ! cria-t-il en partant.

Je regardai bouche bée l'arrogant personnage s'éloigner.

— Je me demande bien ce qu'elle lui trouve, grommela Colin, qui observait Thomas, lui aussi.

Il se tourna vers moi, un peu gêné.

— C'était Thomas MacSorley de Glen Nevis.

— Je l'avais deviné, dis-je en riant. Il est très... coloré.

— En effet. Liam apprécie sa compagnie et son ardeur au combat, mais il n'apprécierait probablement pas de l'avoir comme beau-frère. Tom a tendance à bondir très vite d'un lit à un autre. Sàra s'en apercevra bien assez tôt.

— Et toi, tu ne t'inquiètes pas pour elle ?

— Pour Sàra ?

Il pouffa d'un rire rauque.

— Tu ne la connais pas encore. Je doute qu'un homme parvienne à lui briser le cœur un jour. C'est elle qui tient les rênes. Liam est trop dur avec elle. Je sais qu'il veut son bien, mais Sàra...

— Tu parles de moi, mon frère ?

Sàra glissa une main sous le kilt de Colin et lui pinça une cuisse.

— *Och ! Boisceall*[2] *!* cria-t-il en grimaçant. Sàra, as-tu fini de me pincer ? Nous ne sommes plus des gosses ! A bien y réfléchir, Tom est probablement le seul homme qui te convienne !

Elle esquissa un mouvement pour recommencer, mais Colin lui saisit le poignet et le lui tordit légèrement.

— Ne t'avise pas de réessayer !

---

1. Whisky. Prononcer : *uchkebéha*.
2. Sauvagesse.

Sàra lui sourit insolemment en redressant ses épaules.

Bien que modeste, la maison de John MacIain Macdonald était plus spacieuse que celles du village. La toiture était couverte d'ardoises, et les murs en pierre étaient percés de fenêtres à carreaux en verre. Un luxe en comparaison des simples trous fermés par une peau de bête ou une toile huilée, pour la plupart des cottages.

Les préparatifs allaient bon train. Des hommes roulaient des barillets de bière et de whisky, des femmes dressaient les tables montées sur des tréteaux tandis que de jeunes enfants s'amusaient à sauter pieds nus dans les flaques d'eau, en riant et en criant avec vivacité.

Sàra retoucha les rubans qu'elle avait accrochés à mes tresses, puis me donna une petite tape d'encouragement dans le dos.

— Voilà, tu es fin prête pour être présentée au laird, déclara-t-elle, tandis que son regard fut capté par une présence derrière moi.

Elle afficha un sourire radieux et s'excusa pour aller rejoindre Thomas MacSorley, me laissant seule avec Colin.

— Finalement, je me demande si ce n'est pas Tom qu'il faudrait protéger, grommela-t-il en se frottant la cuisse.

Il observa sa sœur qui se pressait contre l'homme, puis se tourna vers moi en faisant la grimace. Timidement, il écarta une mèche de cheveux qui me tombait dans les yeux.

— Viens, John doit être à l'intérieur avec son épouse Eiblin.

Il me prit la main et m'entraîna à sa suite, louvoyant entre les gens qui se regroupaient devant la maison du laird. John était debout au centre de la pièce, entouré de quelques hommes du clan. Son épouse était malheureusement invisible. Colin surprit mon regard étonné en apercevant le chef du clan.

— John n'a que trente-cinq ans.

— Ah ! fis-je platement.

Il me poussa légèrement dans le dos et se pencha vers moi pour me chuchoter à l'oreille.

— Si tu as besoin de moi, je serai à l'extérieur. Il ne mord pas, Caitlin, ajouta-t-il en riant.

Je lui décochai un regard furibond.

L'apparence du laird m'avait totalement prise de court. Bizarrement, je m'étais attendue à rencontrer un vieil homme barbu à l'allure peu avenante d'un maquignon. Malgré tout, sa stature était celle d'un chef de guerre highlander. Grand et solide, il avait les jambes moulées dans un pantalon taillé dans le tartan du clan et portait une chemise safran. Un plaid jeté par-dessus son épaule gauche était retenu par une superbe broche sertie de pierres grenat.

Parsemés de mèches blanches et retenus sur la nuque par un ruban rouge, ses cheveux noirs comme la nuit encadraient un visage jeune et viril à l'expression accueillante.

Un béret de laine bleu le coiffait. Il était piqué de trois plumes d'aigle blanches, privilège du chef, ses hommes de main n'en portant qu'une seule. Elles étaient retenues par l'écusson en argent, propre au clan des Macdonald et qui représentait un gantelet brandissant une croix latine au-dessus d'une couronne. Autour était inscrite la devise : *Per mare, per terras*[1].

Je m'approchai timidement du groupe d'hommes qui discutaient entre eux. En m'apercevant, John renvoya ses *gillies* d'un geste de la main. Un sourire chaleureux se dessina sur ses lèvres.

— Vous êtes bien Caitlin Dunn, la femme que Liam a ramenée avec lui ? demanda-t-il d'une voix basse.

— Oui, monsieur MacIain, bredouillai-je.

— Je préfère que vous m'appeliez John. MacIain était réservé à mon père.

Il me jaugea, fronçant ses sourcils noirs au-dessus de ses yeux chaleureux.

— Liam m'a raconté ce qui vous est arrivé, commença-t-il en me faisant signe de le suivre vers le fond de la pièce.

Il m'indiqua une chaise, puis il s'assit devant moi.

— Vous allez mieux, à ce que je vois, fit-il remarquer.

— Oui...

— C'est bien. On vous traite bien ?

— Oui...

— Hum... Liam vous a raconté ce qui s'est passé ici, je crois ?

— Oui...

— Donc vous comprenez notre situation précaire ? Je ne peux me permettre de mettre la vie de mes gens en péril. Ils ont eu leur lot de misères.

— Oui...

— Hum...

Il s'appuya contre le dos de sa chaise, croisa ses chevilles et caressa doucement le bois de l'accoudoir. Son ton était calme, amical mais autoritaire. Je m'agitai nerveusement sur mon siège.

— Liam se porte garant de vos actes pendant votre séjour ici.

1. Par mer, par terre.

— Je suis consciente des tracas que je vous cause, monsieur, mais c'est bien malgré moi. Je partirai dès que je le pourrai, dis-je d'une voix tremblante. J'ai contraint Liam à m'emmener avec lui.

John se mit à rire.

— Personne ne peut contraindre Liam à faire ce qu'il ne veut pas, Caitlin, déclara-t-il. Pas même moi, et Dieu sait combien j'ai essayé de l'empêcher d'effectuer ses petites transactions sur les côtes d'Arbroath. Ses motivations sont louables, or les conséquences pourraient être désastreuses s'il se faisait prendre. Il est parfaitement conscient du fait qu'il pourrait être banni du clan s'il lui portait préjudice.

Mon pouls s'accéléra, et je déglutis.

— J'aime Liam comme un frère, nous sommes cousins par le sang maternel. Nous avons grandi ensemble, nous avons combattu à Killiecrankie côte à côte. Son père, Duncan, était *Am Bladier*[1] au service de MacIain. Je lui fais entièrement confiance, mais la sécurité du clan est prioritaire. Si la Couronne pousse son enquête jusqu'ici, vous devrez partir.

— Je comprends parfaitement.

— Vous comptez retourner en Irlande ?

J'acquiesçai.

— Il vous reste de la famille là-bas, je présume ?

— Une tante, peut-être deux, précisai-je. Trois oncles. Je n'ai pas eu de nouvelles d'eux depuis deux ans. Ils sont ma seule famille. Les autres ont quitté Belfast pour la France ou bien l'Irlande du Sud après la défaite des Stuart.

Le front soucieux, le laird frotta son menton fraîchement rasé en pianotant doucement sur l'accoudoir de la chaise, de son autre main.

— Je suis désolé de ce qui vous arrive, dit-il sincèrement.

John Macdonald dut sentir mon trouble, car il me prit la main, l'air bienveillant.

— Quel âge avez-vous, Caitlin ?

— Dix-neuf ans, répondis-je en tentant de dissimuler mon malaise.

— C'est encore très jeune. Votre père vit à Edimbourg ?

— Avec mes deux frères, mais je ne peux pas y retourner, expliquai-je.

---

1. Le porte-parole du chef. Il transmettait les messages oralement ou par écrit et faisait les proclamations.

— Manifestement pas, admit-il en se levant.

Je compris avec soulagement que l'entretien était terminé et me redressai à mon tour.

— Je ne vous retiendrai pas plus longtemps, dit-il en rajustant son plaid. Pour le moment, vous êtes la bienvenue. Vous pouvez aller rejoindre vos amis, *feashar math*[1], Caitlin.

— Merci, fis-je en m'inclinant de nouveau.

Direct et concis, son message était clair. Je tournai les talons et me dirigeai vers la sortie. Une bonne bouffée d'air me ferait du bien, je commençais à trouver qu'il faisait un peu chaud dans la maison du laird. Ma situation était précaire et ne tenait que par un fil.

Une poigne de fer m'immobilisa à mi-chemin vers la porte et me fit pirouetter.

— Vous semblez perturbée, ma jolie.

Un jeune homme aux traits grossiers et aux cheveux bronze me dévisageait d'un air amusé. Je reconnus Isaak, un des Highlanders présents au moment de notre fuite du manoir. Il avait été blessé lors de l'escarmouche avec Campbell.

— Je voulais vous féliciter pour le courage dont vous avez fait preuve devant les *Sassenachs*.

— Merci, je...

— Liam vous a-t-il remerciée personnellement ? Je me propose de le faire à sa place, s'il ne l'a pas déjà fait. C'est vrai que ma sœur Meg le harasse un peu...

Le frère de Meghan ? Je dégageai mon bras d'un geste sec et restai un moment ébahie. L'aspect grotesque de son visage n'avait rien de commun avec la délicatesse des traits de celui de Meghan. Son front bas, sous une tignasse aussi flamboyante que celle de la Créature, s'avançait au-dessus d'un regard doré, margoulin, profondément enfoncé sous des arcades sourcilières proéminentes. Le nez, assurément cassé, semblait avoir été brutalement aplati au centre de ce visage. Sa bouche était probablement ce qu'il avait de moins caricatural. Elle était bien dessinée, mais paraissait perpétuellement tordue dans un sordide rictus.

Je jetai un coup d'œil autour de moi, espérant apercevoir Colin. Il restait désespérément invisible. Je remarquai Donald MacEanruigs qui me souriait avec insolence devant mon désarroi évident. Sans me donner la peine de répondre au grossier personnage,

1. Bonne soirée !

j'esquissai un geste vers la porte, lorsque, devinant mes intentions, Isaak me bloqua le chemin.

— Je me passerai volontiers de vos remerciements, monsieur. Lorsque je voudrai une compagnie aussi grossière que la vôtre, j'irai la chercher dans une étable. Je vous prierai maintenant de me laisser sortir.

— Oh ! fit-il en sourcillant d'un air effronté. Je savais que Liam aimait les femmes de caractère, mais avec de l'esprit en prime, voilà qui est doublement intéressant.

— Insinuez-vous par là, monsieur, que votre sœur est sotte ?

— Meghan est ce qu'elle est, dit-il un peu sèchement, mais vous...

Il lorgna irrévérencieusement vers mon postérieur avec un sourire qui en disait long sur ses pensées.

— On ne peut pas dire que vos charmes se limitent à vos...

— Qui êtes-vous donc pour m'insulter ainsi ?

Quelques regards se tournèrent vers nous. Donald fit un pas, puis s'arrêta, décidant d'attendre la suite avec intérêt. Isaak, qui l'avait remarqué, préféra s'en tenir là. Il ébaucha une petite révérence et remit de l'ordre dans sa tignasse hirsute. Son regard me déshabilla de la tête aux pieds, me faisant rougir jusqu'à la racine des cheveux.

— Isaak Henderson, pour vous servir, madame.

Je respirai profondément pour mieux maîtriser mes émotions. Les relents d'alcool de son haleine me forcèrent à reculer d'un pas.

— S'il vous plaît, monsieur Henderson, laissez-moi passer, ordonnai-je sur un ton plus calme mais froid.

L'homme fit un pas de côté en haussant les épaules.

— Je ne vous retiens pas, ma jolie. A bientôt, j'espère, dit-il sur un ton plein de sous-entendus. Si jamais vous avez besoin de mes services, vous me trouverez... à l'étable.

Je m'efforçai de ne pas courir pour sortir. Une fois dehors, je m'assis sur le premier banc disponible, puis inspirai un grand coup. « Quel mufle ! » pensai-je en frottant ma cuisse endolorie. En me hâtant, je dus aggraver la blessure. J'espérai que la plaie ne s'était pas rouverte, cela ne ferait qu'en retarder la guérison.

Une petite main tapotant doucement sur ma jupe me tira de mes préoccupations. Un charmant garçonnet me souriait timidement, en me tendant un gobelet en corne rempli de vin. Je le pris avec plaisir.

— *Tapadh leat*[1], lui dis-je. Quel est ton nom ?

1. Merci.

— Robin. Et vous ?

— Moi, je m'appelle Caitlin.

— Etes-vous une *Sassenach* ? demanda-t-il, inquiet.

— Non, Robin, répondis-je en souriant, je suis irlandaise.

Il sembla soulagé et s'assit à côté de moi.

— Alors, je peux vous parler. Ma mère ne veut pas qu'on parle aux *Sassenachs*. Elle dit qu'ils sont tous des sauvages.

Je trouvai assez ironique l'idée que les Anglais pensent la même chose des Highlanders.

— Quel âge as-tu, Robin ?

L'enfant se mit à compter sur ses doigts en fronçant les sourcils, puis leva les mains en tendant sept doigts.

— Tu m'as l'air très fort pour ton âge, tu seras bientôt presque aussi fort que ton père.

— Je n'ai plus de père, annonça l'enfant d'un air grave.

Je me mordis la lèvre.

— Je suis désolée, petit, m'excusai-je. Tu as une famille ?

— Oh oui ! J'ai une maman, un grand frère, Calum, et deux sœurs, Morag et Eilidh. Mon grand frère est un homme maintenant. Il dit qu'il va tous les tuer, les *Sassenachs*.

— Ah ! vraiment ? fis-je, étonnée. Et quel âge a ton frère pour avoir de pareilles idées ?

— Je crois qu'il doit avoir… quinze ou seize ans, dit-il en plissant le nez. Calum dit qu'il est un homme maintenant, car il est aussi grand qu'eux. Il peut se battre avec la grande épée, ajouta-t-il en mimant un coup d'attaque. Quand je serai plus grand, je me battrai avec une grande épée, moi aussi.

— Oui, peut-être, dis-je en repensant à mes propres frères.

Je revis mon frère aîné, Michael, brandissant fièrement l'épée que papa venait de lui offrir en criant : « Pour l'Irlande ! ». C'était juste avant son départ pour Boyne. Il n'en revint jamais.

— Tu as encore quelques années devant toi, Robin, ajoutai-je en lui caressant la nuque. Est-ce que quelqu'un t'a donné ce gobelet pour moi ?

— Non ! Je l'ai versé moi-même sans en gaspiller une seule goutte, annonça-t-il en bombant fièrement le torse. Vous n'aviez rien à boire, alors j'ai pensé que vous aviez peut-être un peu soif.

— Oh ! Je vois que tu es très perspicace. C'est très gentil de ta part. Je t'en remercie ; en effet, j'avais très soif, conclus-je avant de prendre une gorgée.

Le garçon sourit béatement et se redressa, satisfait de lui-même.

— Je vais aller retrouver ma maman maintenant. Vous venez avec moi ?

Robin tira sur mes jupes, me forçant à le suivre. Je me dis que je pouvais bien glisser un compliment ou deux à la mère de l'enfant sur ses bonnes manières.

Je suivis Robin jusqu'aux cuisines du laird. Il y régnait une telle cohue que je pensai rebrousser chemin lorsqu'une petite femme rondelette, à l'épaisse chevelure brune remontée en chignon sous un mouchoir, s'avança vers nous en tançant vertement le petit garçon, qui chercha refuge derrière mes jupes.

Lorsqu'elle m'aperçut, la femme écarquilla des yeux ronds et resta bouche bée, laissant ses prochaines réprimandes en suspens. Je repoussai l'enfant vers sa mère.

— Je vous ramène votre fils, dis-je prudemment. Il a eu la gentillesse de m'offrir à boire. C'est un petit garçon très prévenant. Vous devez être très fière de lui.

La femme déplaça son regard vers son fils, qui lui souriait de toutes ses dents, d'un air espiègle.

— Je… Eh bien… En effet, je suis très fière de mon petit Robin, balbutia-t-elle. Mais je lui avais demandé de surveiller les porcelets et il a tout bonnement disparu, ajouta-t-elle en toisant son fils d'un air irrité. Tu m'obéis maintenant, mon petit, le menaça-t-elle. Heureux pour toi que les porcelets ne soient pas brûlés. Maintenant, va porter les paniers de petits pains sur la table du laird et tâche de ne pas les laisser tomber.

Sur ce, Robin m'adressa son plus beau sourire et s'éloigna en redressant fièrement le buste, les bras chargés des paniers qui tanguaient dangereusement. La mère le regarda filer d'un œil attendri et cacha quelques mèches rebelles sous son mouchoir avant de se tourner vers moi.

— Je suis désolée de m'être emportée devant vous, madame. Parfois, ce chenapan me met hors de moi… Il ne reste jamais en place et moi, je ne peux pas toujours le suivre. Il y a tant à faire aux cuisines ! J'avais chargé ses sœurs de le surveiller, mais je crains qu'elles se soient déchargées de leur tâche, soupira-t-elle. Je suis Geillis Macdonnell, vous êtes… ?

— Caitlin Dunn, répondis-je. Je ne voudrais pas vous retarder dans votre travail, ajoutai-je en jetant un coup d'œil aux carcasses qui rôtissaient dans l'âtre. Peut-être pourrais-je vous aider un peu ?

— Oh non ! madame ! s'écria-t-elle. Sàra m'a dit que vous étiez parmi nous pour vous remettre d'une blessure. Asseyez-vous ici plutôt, dit-elle en tapotant le siège d'une chaise près de la porte. Peut-être avez-vous faim ? Je vous apporte un petit quelque chose avant que ces goinfres affamés ne dévorent tous mes délicieux rôtis.

Elle tourna aussitôt les talons sans attendre une réponse de ma part et s'éloigna en se dandinant.

Je m'assis donc. J'avais effectivement très faim. L'odeur des viandes rôties et des pâtisseries ayant réveillé mes papilles, je me mis à saliver. Les femmes s'attardaient à remplir les plats que des adolescents emportaient à l'extérieur pour les déposer sur les tables.

Geillis revint au bout de quelques minutes avec une assiette garnie. Je la remerciai chaleureusement. Elle s'apprêtait à retourner à ses fourneaux lorsqu'un grand jouvenceau à la barbe naissante fit son entrée avec fracas.

— Calum Macdonnell, gronda Geillis en tirant l'oreille de l'adolescent qui grimaçait en poussant des cris de protestation, où étais-tu ? J'avais besoin de toi ici, et tu le savais, mais, évidemment, tu as laissé les autres faire tout le travail à ta place, encore une fois !

— Aïe ! se plaignit-il en se frottant l'oreille. Je suis allé voir le cheval que Liam entraîne pour le laird, expliqua-t-il. Je suis désolé, *mamaidh,* je n'ai pas vu le temps passer. Je doublerai mes corvées demain si tu veux.

Geillis le fixait, les poings sur les hanches et les lèvres pincées.

— Nous verrons, déclara-t-elle. Pour le moment, il y a encore du pain sur la planche. Va me chercher de l'eau pour la cuisine et, cette fois, tâche de ne pas t'attarder en chemin.

Calum prit deux seaux de bois et se retourna pour sortir. C'est à ce moment-là qu'il m'aperçut. Son expression se figea, puis se transforma en moue de dédain.

— C'est la *Sassenach* ! s'écria-t-il. Qu'est-ce qu'elle fait ici ?

Il était pétrifié et me foudroyait du regard.

— *Bi modhail, a Chaluim*[1] *!* La dame s'appelle Caitlin et elle est l'invitée des Macdonald.

— Le laird accepte qu'une vipère de *Sassenach* vienne déverser son venin chez nous ! ajouta-t-il sur un ton hargneux.

Je restai interdite quelques instants, puis me redressai pour faire face au grand insolent qui me toisait froidement.

— Je vous remercie de l'accueil si courtois que vous m'accordez, Calum.

— C'est… euh…

---

1. Sois poli, Calum !

Le garçon bafouillait, le visage cramoisi. Il me jeta un dernier regard sombre et sortit sans demander son reste. Consternée, Geillis se frottait les mains nerveusement.

— Je suis profondément ennuyée, dit-elle, embarrassée. Il aura droit à une bonne correction, vous en avez ma parole.

— Non, laissez... ce n'est pas grave, la rassurai-je.

— Il a tellement changé depuis... que son père est mort. Il nourrit une haine sans borne vis-à-vis des *Sassenachs*, cela le perdra, murmura-t-elle, des larmes dans la voix. Il a vu son père se faire tuer. Son meilleur ami aussi. Il s'était caché derrière un rocher et il a tout vu avant de s'enfuir vers les montagnes. Il en a fait des cauchemars pendant des mois...

Geillis s'essuya les yeux avec le coin de son tablier.

— Je peux comprendre. Avec le temps, il apprendra à agir avec plus de discernement, dis-je platement pour tenter de la consoler, incertaine de ce que j'avançais.

Lorsque les tables furent prêtes, le laird proposa un toast en l'honneur des fiancés et invita tous les convives à se servir, ce que tout le monde fit avec empressement.

Liam n'était pas là. J'en fus profondément déçue. Peut-être était-il retenu par un travail quelconque ou n'aimait-il tout simplement pas les fêtes ? J'aperçus cependant Sàra qui parlait avec une femme à la chevelure rouge flamboyante. Meghan ! Je ne tenais pas vraiment à faire sa connaissance. Je voulus m'éclipser, mais ne fus pas assez rapide. Colin, qui m'avait repérée, venait vers moi. Il m'entraîna vers les deux femmes avec empressement et me présenta à Meghan Henderson. Elle devait avoir à peu près le même âge que moi. Elle était très belle avec son teint d'albâtre et ses grands yeux de chat vert émeraude.

Aussitôt, j'eus une antipathie profonde à son égard et aussi l'étrange impression que ce sentiment était partagé. Grande avec des mouvements lents et empreints de grâce, elle ressemblait à une *maighdeann-mhara*[1]. Elle me toisait avec morgue, me détaillant sans gêne. « Non, nous ne nous entendrons jamais », pensai-je avec une pointe d'ironie.

Un couinement strident retentit soudain dans mes oreilles. Un joueur de cornemuse s'était mis à jouer un *ceol beag*[2], accompagné

1. Sirène.
2. Pièce de musique légère.

d'un violon qui suivait le rythme, entraînant plusieurs danseurs autour d'un feu au centre de la place. Sàra bondit devant, entraînant Colin avec elle dans sa foulée. Brusquement, je me sentis transportée dans mon Irlande natale, au milieu des fêtes foraines de Belfast. Je fermai les yeux, plongeant dans mes souvenirs d'enfance, des gigues et des branles que nous dansions lors de la Saint-Patrick ou de la Beltane. Mes pulsations faisaient écho aux vibrations de la musique qui m'enrobait et qui se glissait dans mes veines. Un grand frisson me parcourut, il y avait si longtemps que je n'avais pas entendu cette musique. Peut-être que l'Irlande me rappelait à elle...

Lorsque j'ouvris les yeux, je le vis enfin, derrière le rideau de flammes et de danseurs survoltés qui nous séparaient. Mon cœur s'arrêta un instant, puis repartit dans une course folle.

Liam était accompagné de Thomas et de quelques hommes que je ne connaissais pas. Il portait lui aussi un béret bleu piqué d'une plume d'aigle, et ses sombres cheveux attachés sur la nuque par un lacet de cuir lançaient de chauds reflets cuivrés. Une branche de bruyère garnissait son écusson. Il avait échangé ses bottes de cuir pour des brogues lacés autour de ses jambes gainées de bas retenus par des jarretières rouges sous les genoux. Je remarquai que Meghan l'avait vu, elle aussi. Elle ne le quittait pas des yeux et lui lançait des sourires mielleux chaque fois qu'il regardait vers nous.

Meghan s'excusa et s'empressa de le retrouver. L'estomac crispé, je l'observai se pâmant devant lui, roulant des yeux et gloussant comme une dinde chaque fois qu'il lui parlait dans l'oreille. J'en éprouvais un étrange malaise, comme un nœud dans la poitrine qui m'empêchait de respirer. Elle l'entraîna parmi les danseurs dans une virevolte de longues langues de feu.

Quelques hommes se risquèrent à me demander à danser. Je dus refuser poliment, ma blessure ne me le permettant pas. Je buvais donc tranquillement mon vin en battant la mesure du pied. Les danseurs virevoltaient sur des rythmes endiablés, dans un incessant tourbillon coloré de plaids. Je ne pouvais m'empêcher de suivre Liam et Meghan du coin de l'œil. Elle avait certainement déjà partagé sa couche. Aucun homme digne de ce nom ne pouvait rester de glace devant cette beauté séraphique. Qu'étais-je, comparée à elle ? Petite, un peu rondelette des hanches et des cuisses. Certes, je plaisais, mais je n'étais pas le genre de femme à faire rêver un homme. Les voir ensemble m'anéantissait. Le soleil s'était couché derrière le Meall Mor, entraînant le jour avec lui. La nuit reprenait ses droits et laissait les esprits avinés se débrider. Sàra ne cessait de remplir mon gobelet de vin. Thomas, qui l'avait rejointe, lui disait des choses qui la faisaient rire. Comme Colin leur jeta un regard réprobateur, elle grimaça, éclata d'un rire rauque et se fondit avec Thomas dans la mêlée de danseurs exaltés. La fête se déroulait allègrement. Les effets de l'alcool commençaient à se faire sentir.

Colin mit son bras autour de ma taille et m'attira à lui. Meghan replaça une mèche des cheveux de Liam en se pressant contre lui et lui caressa une pommette, rapprochant ses lèvres des siennes jusqu'à les frôler. Inconsciemment, je me collais toujours plus près de Colin chaque fois que Liam touchait ou souriait à la belle rouquine. Je surpris son regard à travers les flammes. Son visage ténébreux était enluminé, les ombres creusant les contours de la forte ossature. La main de Colin se pressait dans mon dos, qu'il caressait machinalement. Il était tendu contre moi, son souffle tiède se perdant dans mes cheveux. J'étais trop lasse et trop engourdie par le vin pour bouger et le laissais faire malgré moi.

Meghan se pressait contre Liam, dont le regard perdu sous l'ombrage de ses sourcils m'échappait. Il se détourna vers la belle qui se pendait à son bras, m'offrant son profil aristocratique.

« Tu tiens vraiment à retourner là-bas ? » Ses paroles résonnaient encore dans ma tête. Non, je ne le souhaitais pas, mais je n'avais plus le choix. Il me faudrait partir le plus tôt possible pour l'Irlande. Colin me pressait contre lui, caressant mon dos et mes hanches avec insistance.

— Allez, viens... dit-il d'une voix chuchotante. Il y a un banc libre là-bas, tu devrais laisser reposer ta jambe.

— Peut-être ferais-je mieux de rentrer.

— Déjà ?

Il caressa ma joue du bout de son doigt, puis mon cou.

— Colin, il ne faut pas... murmurai-je en fermant les yeux.

— Pourquoi, bon sang ? Tu pourrais rester avec moi... Je ne laisserai personne te faire de mal, Caitlin...

— J'ai un peu trop bu... Je dois rentrer. La tête me tourne, balbutiai-je dans une vaine tentative pour m'écarter.

Je regardai de nouveau vers Liam et Meghan. Il me fixait d'un œil froid, réprobateur, la mâchoire contractée. D'évidence, il n'approuvait pas mon comportement. Moi, la meurtrière, je m'affichais ouvertement avec son frère. Je mettais en péril la sécurité relative de son clan. La jeune femme, ayant perdu momentanément son attention, suivit son regard et m'aperçut. Son visage se rembrunit. Son regard s'étrécit, me condamna d'emblée, me fusilla sans ambages.

Je compris que je venais de m'en faire une ennemie coriace. Elle mit alors ses bras autour du cou de Liam, puis, ne me quittant pas du coin de l'œil, elle l'embrassa à pleine bouche. Dégoûtée, je détournai les yeux. Le fauve marquait son territoire. Un doigt sous mon menton me ramena vers mon compagnon. Colin jeta un œil vers le tableau qu'il venait de me forcer à quitter. Son regard revint vers moi, un peu sombre.

— Meghan... est très aguichante. Hum... provocante serait plus juste. Les hommes y résistent difficilement.

— Je le constate, dis-je, un peu trop froidement.

Il accapara mon regard, m'empêchant de me détourner de nouveau. Etourdie par l'alcool, je posai ma tête sur sa poitrine. Colin était envahi par un ardent désir que je ne partageais pas.

— Viens, murmura-t-il.

Il me dirigea vers le banc en question, sous une des fenêtres des cuisines. Les odeurs de grillade traînaient encore. Le tintamarre de la vaisselle et le caquètement des femmes se mêlaient aux bruits de la fête. Il me poussa doucement sur le banc. Je posai mon dos contre le mur derrière moi, fermant les yeux pour tenter de freiner le tournis.

— Caitlin.

Colin s'était agenouillé devant moi, les mains sur mes genoux.

— Hum...

Je gardai les paupières fermées, me retenant au banc, qui tournait toujours. Ses mains remontèrent le long de mes cuisses, frôlant ma blessure au passage. La douleur me fit tressaillir. Gêné, il s'excusa et prit mes mains pour les embrasser.

— Ma belle Irlandaise...

— Oh ! Colin... non, il ne faut pas.

— *Tuch*... Caitlin... Sois à moi...

— Je ne peux pas. Je t'aime bien, Colin, mais...

— Tu m'aimes bien, mais tu ne m'aimes pas. C'est cela ? Peut-être qu'avec le temps...

Je le regardai, attristée. Ses yeux à demi entrouverts auscultaient les miens. Mon rythme cardiaque se mit au diapason de la musique endiablée qui m'ensorcelait. Le visage de Colin dansait devant moi. La fatigue et l'alcool ne faisaient pas bon ménage. Je me sentis soudain comme la dernière des traînées. Je prenais les caresses et les baisers de Colin, comme une vulgaire voleuse. Je ne lui offrais rien en retour. Je désirais Liam et je laissais Colin me séduire. Je devais mettre un terme à cette triste comédie. Je tentai de m'en écarter, mais il me ramena à lui.

— Colin... Je...

De sa bouche, il étouffa toute protestation.

— Je crois qu'il serait préférable que tu te mettes au lit, Caitlin, entendis-je murmurer froidement derrière Colin.

Je me crispai sur-le-champ. Colin me relâcha quelque peu, sans pour autant me libérer totalement de son étreinte. Il ne se retourna même pas, me fixant avec insistance. Je vis son regard se durcir. Liam nous contemplait d'un air dégoûté, sa rouquine toujours suspendue à son bras comme un trophée de chasse. Elle dardait sur moi des éclairs émeraude avec une fureur à peine dissimulée, tandis que sa jolie bouche m'offrait un sourire angélique.

— Doux Jésus ! La pauvre, je crois qu'elle a un peu trop bu, dit-elle innocemment.

— Elle a à peine bu, rétorqua Colin pour me défendre. Elle est fatiguée, c'est tout.

Il s'était tourné vers elle en gardant une main possessive sur ma taille. Elle s'exclama d'une voix aiguë :

— A peine ? Sàra lui a rempli son gobelet toute la soirée. Moi qui croyais que les gitans savaient boire...

Outrée, j'ouvris toute grande la bouche pour répliquer, mais mon esprit se perdit dans les brumes de l'alcool. Je ne réussis qu'à bafouiller quelques protestations. Je posai alors un regard inquisiteur sur Liam, qui, de toute évidence, était très mal à l'aise. Meghan feignit de ne pas s'en rendre compte et, ignorant mon air ahuri, elle reprit d'une voix mielleuse :

— Je suis sûre que Colin ne demande qu'à la mettre au lit. N'est-ce pas, Colin ? C'est vrai qu'elle est assez mignonne...

— Sàra ira avec toi, trancha Liam en s'adressant directement à moi.

Puis, se tournant vers Colin, il ajouta :

— J'ai à te parler.

— Moi, je n'en ai pas envie, pas ce soir.

— Colin, il le faut.

— Laisse Colin border... comment s'appelle-t-elle déjà ? Ah, oui ! Caitlin. Tu lui parleras demain, susurra Meghan.

Elle se pressait langoureusement contre lui, me souriant avec affectation. Elle glissa une main dans l'encolure de sa chemise, posa la tête sur son épaule, l'air de dire : « Il est à moi ! Gare à toi si tu y touches ! »

— Ça suffit, Meg !

— Allons, Liam... tu m'as manqué. Tu ne te débarrasseras pas de moi ce soir, je t'attends depuis ton retour d'Arbroath...

Liam lui jeta un bref regard où je pus lire de l'exaspération.

— Tu sais que j'ai été très occupé.

— En effet, oui.

Elle coula vers moi un regard chargé de haine, comme si j'étais la cause de la négligence de Liam à son endroit.

— Mais ce soir, c'est la fête et...

— Meghan, tu devrais aller retrouver les femmes à la cuisine, ordonna-t-il.

— Pourquoi ? rechigna-t-elle. Elles sont bien assez nombreuses pour nettoyer et ranger.

Frustrée d'être si cavalièrement écartée, elle revint à la charge, déversant son fiel sur moi.

— Dites donc ! Dans quelle auberge l'avez-vous trouvée ? Elle doit être drôlement douée pour que tu acceptes de l'emmener avec toi, Liam chéri. Et de l'échanger contre vos armes, non mais... J'espère au moins que toi...

— Tais-toi, Meghan ! rugit soudainement Colin.

Il s'était redressé d'un coup, la transperçant d'un regard mauvais. Je mis ma main sur son bras pour l'empêcher de faire un esclandre. Mais l'odieuse créature, qui n'avait pas encore dit son dernier mot, déroula encore plus sa langue de vipère.

— Liam ! Ne me dis pas que tu as couché avec cette... enfin, cette gueuse ?

Les traits de Liam se figèrent. Il prit la main qui jouait dans sa toison et la retira brusquement. Elle afficha une expression horrifiée.

— Liam !

J'étais au bord des larmes. Elle poussait son petit jeu trop loin.

— Tu te tais, Meghan Henderson.

Il avait sifflé ses mots entre ses dents. Promptement, il repoussa la belle rouquine. La situation devenait de plus en plus grotesque.

— Raccompagne-moi, Colin, s'il te plaît... dis-je tout bas.

Il esquissait un mouvement pour m'aider à me relever lorsque le martèlement des sabots d'un cheval au galop me délivra de cette situation devenue trop embarrassante. Des cris s'élevèrent, la musique s'évanouit, ne laissant qu'un terrible silence retomber sur les danseurs figés sur place. Le cheval ahanait bruyamment, tandis que le cavalier aboya quelque chose que je ne compris pas. Une lourde masse tomba de la monture avec un bruit sourd, juste aux pieds du laird, qui, alarmé par les cris, s'était avancé. Nous nous approchâmes du tas inerte qui gisait sur le sol.

Mon visage se vida de son sang. Je hoquetai de surprise en apercevant la veste rouge des soldats de la Couronne. L'homme était étendu sur le dos, les yeux ouverts sur le vide, la bouche tordue dans un rictus morbide. Sa gorge, ouverte d'une oreille à l'autre, formait une sombre plaie béante qui tranchait sur la pâleur cadavérique de sa peau marbrée. Je me retins à deux mains au bras de Colin.

Ma tête tournait de plus en plus, et je vacillais sur mes jambes déjà chancelantes. Soudain, un autre visage se superposa à celui du soldat. Je revoyais lord Dunning dans sa chemise ensanglantée.

— Oh ! mon Dieu !.... Oh ! mon Dieu !.... balbutiai-je, nauséeuse. Ils m'ont retrouvée…

Colin se tourna vers moi, l'air inquiet. Je sentis ses doigts me retenir. Mes oreilles bourdonnaient, ma vue se brouillait. Je voyais la corde du gibet, elle se resserrait autour de mon cou… J'étouffais, la trappe s'ouvrait sous mes pieds…

— Oh ! mon Dieu !.... répétai-je inlassablement.

Mes jambes se dérobèrent sous moi. Tout s'obscurcit, et je tombai dans de profondes ténèbres.

Je me sentais doucement ballottée. Etais-je sur le navire qui m'emportait vers l'Irlande ? Non, plutôt dans un tombereau me menant vers la mort. J'ouvris un œil. J'étais dans les bras d'un homme. Il faisait trop noir pour que je distingue ses traits. « Qu'est-ce que je fais ici ?.... Que s'est-il passé ? » Brusquement, la vision du corps ensanglanté du soldat refit surface… L'ombre comminatoire du gibet émergea des brumes de mon esprit un peu gris et se redessina devant mes yeux. La nausée m'assaillit de nouveau.

— Colin… gémis-je en réprimant un haut-le-cœur. Je ne me sens pas… très bien. Dépose-moi… finis-je par articuler, la bouche pâteuse.

Il me déposa sans douceur sur l'herbe et se planta devant moi sans rien dire. Je me mis péniblement sur les genoux et me penchai vers l'avant, attendant que le malaise passe. Je grimaçai à cause de la douleur insistante dans ma cuisse. Ma gorge se resserra. Je ne pus retenir plus longtemps mes sanglots.

— Oh ! mon Dieu ! m'écriai-je en me balançant d'avant en arrière. Oh ! mon Dieu ! j'ai cru que c'était…

Les mots restèrent coincés dans ma gorge. Je me laissai retomber dans l'herbe humide de rosée, puis enfouis mon visage dans mes jupes pour pleurer à chaudes larmes. Des bras m'enlacèrent et m'attirèrent contre un torse solide et chaud. Je me calai dans le creux d'une épaule réconfortante, puis je reconnus son odeur. Ce mélange d'essence masculine et de pin, celle dans laquelle je dormais depuis mon arrivée à Glencoe...

— Liam... hoquetai-je entre deux sanglots.

— *Tuch !* fit-il. Ce n'était probablement qu'un déserteur.

— Peut-être pas... Et il n'était peut-être pas s-s-seul. Liam, ils m'ont retrouvée...

Me berçant doucement, il caressait mes cheveux tandis que mes sanglots s'espaçaient. Sa grande main plaquée dans mon dos descendit peu à peu dans le creux de mes reins et s'y attarda, provoquant une vague de frissons. L'autre folâtrait doucement dans mes cheveux. Puis il s'écarta légèrement de moi. Je pouvais à peine le voir, mais je percevais son souffle chaud sur ma bouche. A sa respiration saccadée, je savais qu'il contenait à grand-peine ses émotions.

— Nous ferons en sorte qu'ils ne te retrouvent pas.

Il tressaillit sous mes doigts qui effleuraient ses joues. Puis je caressai sa mâchoire anguleuse et large qui se contractait sous la peau. Je gravais ses traits dans mon esprit, telle une aveugle.

— Liam... Je vais quitter la vallée demain. Je ne veux pas mettre ton clan dans l'embarras.

Sa main pressa plus fortement mon bassin contre lui. Pendant un moment, j'eus la vague impression qu'il tremblait.

— Non, Caitlin, tu n'es pas assez remise... Attends encore un peu, nous enquêterons...

— Ils reviendront. Je dois partir...

— Ne dis plus rien, *a ghràidh*[1], murmura-t-il.

Sa main quitta ma nuque pour emprisonner mon menton. D'un doigt, il décrivit le contour de ma bouche, puis il l'effleura avec ses lèvres. Cette caresse fugace m'embrasa en entier, provoquant en moi des sensations inconnues. Il enfouit ensuite son visage dans mes cheveux en gémissant faiblement.

— Caitlin, je ne pouvais pas le laisser faire... Colin... Je ne peux pas accepter qu'il te fasse la cour. C'est trop dur. Mais, moi, je n'y arrive pas. Tout simplement à cause d'elle...

Son souffle me réchauffait. Je me tournai lentement vers lui, le cherchant, puis nos lèvres se frôlèrent encore. Après un léger

---

1. Mon amour, ma chérie. Prononcer : *a grâ.*

mouvement de recul, une hésitation, sa bouche brûlante écrasa violemment la mienne avec avidité. Nos langues se goûtèrent, mêlant le goût âpre tourbé et vanillé du whisky aux notes de cannelle et de muscade du vin. Nos souffles se confondaient.

Il gémit doucement. Ses mains parcoururent mon dos et mes flancs, puis elles remontèrent vers ma poitrine, qu'il emprisonna, et il me repoussa dans l'herbe. Je fondais littéralement sous lui. Mon esprit s'abîmait dans une cohue de pensées contradictoires. Quelques minutes plus tôt, il faisait les yeux doux à la belle Meghan et me toisait. A présent, il m'étreignait dans ses bras tremblants, son corps ne pouvant nier son désir pour moi. Peut-être était-il de ces hommes qui, même avec une femme dans leur lit, ne pouvaient résister à l'envie d'en séduire une autre sous leur plaid. « Ne me fais pas cela, Liam... Ne brise pas mon cœur... » lui hurlai-je dans ma tête.

Pourtant, je le laissai faire. Sa bouche parcourait mon cou et descendait vers mes seins avec appétence. Elle farfouillait sous l'étoffe qu'il venait d'écarter. Je haletai de désir. Ses boucles libérées de sa queue-de-cheval retombaient sur mon visage. Elles dégageaient une suave odeur de savon et de fumée.

— *A ghràidh*, j'ai tant envie de toi. Ce que tu sens bon, ce que tu es douce...

— Liam...

Il m'étouffa d'un autre baiser.

J'avais aussi envie de lui, cependant, je le voulais entier. Je ne supporterais pas de le partager. J'avais déjà assez souffert.

— Liam... Et Meghan ?

— Elle est partie...

— Et demain, qu'arrivera-t-il demain ? Je ne suis pas ce qu'elle a prétendu, tu le sais. Je ne suis pas de celles qui se donnent pour une seule nuit, Liam.

Mon argument dut le toucher, car il s'immobilisa immédiatement. Contre toute attente, il s'arracha à moi avec violence, me laissant pantelante de fièvre. Brusquement, il se redressa, sa respiration n'étant plus qu'un râle irrégulier.

Je tentai de le retenir par le col de sa chemise, mais il m'échappa. Je me redressai à mon tour, les joues en feu sous le coup de l'émotion, ébranlée. Je le distinguais, le dos tourné, à quelques pas de moi.

— Liam...

A peine eus-je le temps de faire un pas vers lui qu'il fit volte-face et attrapa la main que je lui tendais. Ses yeux brillaient dans l'obscurité, mais je ne pus discerner l'expression de son visage.

— Ainsi, c'était tout ce que tu voulais de moi ? Une nuit !

Il lâcha ma main comme s'il s'y était brûlé. Elle resta un court moment suspendue dans le vide, puis retomba lourdement dans mes jupes.

— Oh ! Caitlin... gémit-il en mettant sa tête entre ses mains. Non, ce n'est pas cela. C'est plus... compliqué.

Je revis la belle Meghan suspendue à son bras. Quelle sotte j'étais ! Comment un homme pouvait-il se passer d'une telle beauté dans son lit, aussi stupide fût-elle !

— Je comprends, dis-je lentement. Ton cœur n'est pas libre, et moi... Qui suis-je, moi, sinon celle qui ne peut t'apporter que le malheur !

— Tu ne comprends pas. Caitlin, je te désire, mais...

— Tout est très clair.

Pourtant, au contraire, tout se mélangeait dans mon esprit aviné. Je devais attendre pour remettre de l'ordre dans ma tête. Demain, je me réveillerais et découvrirais que tout cela n'était qu'un rêve.

— Raccompagne-moi, dis-je d'une voix lasse en tournant les talons.

7

Le vent tourne

Le lendemain matin, je fus tirée d'un sommeil houleux par des éclats de voix. Un œil s'ouvrit péniblement, puis l'autre. Ma tête était sur le point de se fendre et mon estomac se retournait à chacun de mes mouvements.

Les voix se firent plus fortes. Intriguée, je me traînai jusqu'à la fenêtre et soulevai discrètement un coin du pan de jute qui faisait office de rideau. Trois Highlanders armés jusqu'aux dents attendaient sur leurs chevaux tandis que Liam et Colin se querellaient. Je ne pouvais comprendre leurs paroles, mais, d'après la fureur qui se lisait sur leurs visages, un événement grave s'était produit.

Comme ses trois compagnons, Liam portait un baudrier à épée en travers de sa poitrine. Un long poignard pendait à sa ceinture, et deux pistolets y étaient accrochés. Un frisson me parcourut le dos. Ces hommes semblaient partir pour la guerre.

A quelques reprises, j'entendis des mots grossiers, puis Sàra s'interposa entre les deux frères, les forçant à se calmer. Encore une fois, j'eus la vague impression d'être la source de cette violente dispute. Il était plus que temps d'y mettre un terme. Je courus, me pris les pieds sur le seuil, puis me retins de justesse au chambranle de la porte pour ne pas m'étaler de tout mon long sur le sol. Colin et Sàra se retournèrent d'un coup, stupéfaits.

— Cela suffit ! fis-je.

Liam posa son regard bleu désespérément imperturbable sur moi. Soudain, je ressentis la brûlure de ses baisers sur ma peau. Je me sentis rougir et perdis contenance. Il se détourna et, d'un bond leste, enfourcha Stoirm. Les quatre guerriers éperonnèrent leurs montures, puis s'éloignèrent dans un cliquetis d'armes et de harnais, emportant avec eux le nuage de poussière qui se soulevait.

La mine de Colin s'assombrit. Le regard triste, il me dévisagea quelques instants, puis, haussant les épaules en un geste d'impuissance, il tourna les talons et s'éloigna. Sàra gardait obstinément les yeux rivés sur la pointe de ses pieds. J'allais demander ce qui s'était passé lorsqu'elle me devança en y mettant toute la causticité dont elle était capable.

— Tu ferais mieux de retourner à l'intérieur, Caitlin.

Ce que je fis sans attendre. Je refermai doucement la porte derrière moi. Une fois entrée, je me pris la tête entre les mains pour l'empêcher d'éclater tellement elle élançait. Je pressentais l'orage à l'horizon. Rien de bon pour améliorer mon cas. J'entrepris, à la hâte, de me débarbouiller, de m'habiller et de remettre un peu d'ordre dans mes cheveux en évitant de penser à Liam et aux événements de la veille, mais peine perdue. Assise sur le bord du lit, j'attendis, dans le silence de la chaumière.

Sàra prit tout son temps. Elle entra en claquant la porte et se mit, visiblement irritée, à arpenter la pièce en tortillant une mèche de cheveux autour de son doigt. Elle me jeta quelques coups d'œil, un mélange de colère et de tristesse, qui me donnèrent froid dans le dos. Manifestement, elle tentait de trouver un moyen d'aborder le sujet qui la démangeait.

— Liam est parti !

Je tressaillis sous la morsure du ton. Elle marchait toujours de long en large avec nervosité en me lançant des œillades menaçantes et hostiles.

— Il ne sait pas quand il va rentrer. Les hommes pensent que le soldat tué hier était un déserteur de Fort William. Angus a affirmé que l'homme était seul. L'état lamentable de son uniforme et sa barbe de quelques jours appuieraient ses dires. Mais Liam ne veut pas prendre de risque. Il a organisé une brigade pour vérifier si d'autres soldats se seraient cachés dans les collines.

Elle fit une pause et se planta devant moi, les mains sur les hanches, l'air affligé.

— Il a aussi dit qu'il devait réfléchir avant de revenir.

— Réfléchir ? répétai-je. Mais à quoi ? Pourquoi ?

— Ah ! ça, il s'est bien gardé de nous le dire ! Cependant, il a ordonné à Colin de se tenir loin de toi. Ça, tu dois bien te douter pourquoi !

Ses lèvres pincées en un pli amer s'étirèrent soudainement en un rictus qui avait tout du sourire sarcastique.

— Quoi ? C'est ridicule ! m'écriai-je, interloquée.

— Ah ! vraiment ? Tu as ensorcelé mes frères, et, maintenant, ils sont à couteaux tirés.

— Mais je n'ai rien fait du tout ! me défendis-je en me redressant.

La colère me gagnait peu à peu. Comment pouvait-elle penser une pareille sottise ? Je n'avais rien fait… enfin, pas vraiment… Bon, peut-être un peu, mais c'était bien malgré moi !

— Tu n'as rien fait ? fulmina-t-elle. Oh ! J'ai bien vu ton petit jeu, hier soir ! En fait, tout le village l'a vu. Tu minaudais devant Colin, c'était évident. Liam, lui, te dévore littéralement des yeux, ça aussi, c'est assez clair. Hier, après que tu as tourné de l'œil, ils se sont querellés à cause de toi. C'était assez pathétique, crois-moi. On aurait dit deux enfants se disputant leur jouet favori. J'avais honte, je n'avais jamais vu mes frères se disputer ainsi. Tu avais déjà gagné le cœur de Liam, ce qui n'est pas peu dire. Plusieurs s'y sont déjà essayées avant toi, sans succès, mais ce n'était pas assez ! Ah non ! Il te les fallait tous les deux ! Voilà le résultat, tu peux en être fière.

Je me laissai retomber sur le lit, déconcertée. Tout cela était complètement absurde. J'avais gagné le cœur de Liam ? Qu'en savait-elle ?

— Liam croyait pouvoir me mettre dans son lit, Sàra, rétorquai-je sur un ton acide. Peut-être suis-je coupable d'avoir si faiblement tenté de dissuader Colin, mais je peux t'assurer que je n'ai rien fait pour séduire Liam. La plupart du temps, il se montrait froid et distant avec moi. Il était clair que ma présence ici le dérangeait. Je suis vraiment peinée de voir les embrouilles que je cause, bien malgré moi. Je peux t'assurer qu'elles seront réglées d'ici peu.

Sàra s'assit sur une chaise devant moi et se mit à pianoter nerveusement sur ses genoux. Son expression s'était radoucie un peu, mais son ton resta néanmoins grave.

— Je t'aime bien, Caitlin, commença-t-elle. J'espère que tu es sincère, car tu es en train de détruire tout ce qui me reste de ma famille. Je demande réparation.

Elle se redressa, fit quelques pas vers la porte et se tourna de nouveau vers moi.

— J'allais oublier, dit-elle en sortant une dague de sa poche. Liam m'a laissé cela pour toi. Comme tu sais, des Campbell rôdent dans les parages.

Elle lança l'arme, qui retomba avec un lourd bruit métallique sur la table.

— J'ai cru comprendre que tu savais t'en servir, ajouta-t-elle.

Ses dernières paroles, aussi tranchantes que la lame de la dague elle-même, m'atteignirent en plein cœur.

Elle sortit avec fracas, me laissant seule avec mon désarroi, écrasée par un poids énorme. Tout allait trop vite, je devais trouver un endroit pour réfléchir... Je ramassai mon châle et m'apprêtai à partir. En passant devant la dague, je l'observai avec dégoût et la pris dans ma main. Comment Sàra avait-elle su ? La colère me gagna. Liam avait tout raconté, il m'avait menti. Qui d'autre savait ?

J'étais atterrée. L'objet était froid et lourd. Avec l'âge, la patine avait presque effacé sur la poignée en ivoire l'inscription qui y était gravée : « Que Dieu te protège. » La lame était étroite, presque un stylet, mais tranchante comme celle d'un rasoir. L'arme était délicate, mais mortelle... Je l'emballai dans mon mouchoir, la glissai dans ma ceinture et sortis.

Il était temps pour moi de me remettre à chevaucher Bonnie. Je la sellai et me mis lentement en route vers le loch Achtriochtan, le seul endroit de la vallée connu de moi, où je pouvais me retirer tranquille. Bien qu'il m'eût été assez difficile de me perdre en suivant la rivière Coe... En effet, la vallée était plutôt étroite, et les montagnes qui la bordaient, assez escarpées. Il n'était pas question pour moi d'en escalader une. Je retrouvai la petite pinède où nous étions venus la veille, Liam et moi. Je glissai en bas de ma jument et l'attachai à un arbre.

— Ah ! cette foutue blessure ! rechignai-je tout haut.

Que serait-il arrivé si je n'avais pas été blessée ? Je serais certainement en route pour Belfast. Et si j'étais retournée chez mon père ? La justice de la Couronne n'aurait pas tardé à me débusquer. On m'aurait enfermée dans une cellule sombre et infecte du lugubre Tolbooth d'Edimbourg, en attendant que le gibet soit installé sur la place publique, puis on m'aurait pendue haut et court sous une kyrielle d'injures crachées au visage par la populace. Peut-être aurais-je aperçu les traits de mon père, triste et honteux dans la foule hurlante. Non, c'était vraiment le dernier endroit, où aller. Il était clair aussi que je ne pouvais pas plus rester ici.

Mon estomac se noua. J'allais devoir quitter Liam. Comment pouvait-on tomber amoureuse en si peu de temps ? Une semaine ! Ça ne pouvait être de l'amour. Tante Nellie m'avait déjà dit qu'une femme apprenait à apprécier son mari avec le temps. « L'amour est le fruit du mariage », m'avait-elle déclaré. Mais alors, qu'était-ce ?

Je ne savais presque rien de cet homme. De nature assez taciturne, peu enclin aux excès et à la fantaisie, il était pourtant intensément attirant. Lorsqu'il me frôlait, mon cœur s'emballait, et quand ses yeux d'un bleu si profond me pénétraient, je perdais contenance. S'il m'avait demandé de le suivre en enfer, je l'aurais fait.

Malheureusement, tout n'était pas si simple... Ses regards froids, que j'avais bêtement interprétés comme étant de la colère à mon égard, n'avaient en fait été que de la jalousie envers son frère. Et cette jalousie, je l'avais nourrie malgré moi en m'étant rapprochée de Colin. Maintenant, je me retrouvais au beau milieu d'une dispute familiale. Délibérément ? Je savais que je n'aurais pas dû laisser Colin s'amouracher de moi. Mais il avait réveillé en moi ce goût du bonheur que j'avais laissé dormir depuis cette horrible nuit de janvier. Ensuite, Liam s'était déclaré à son tour. Cependant, il était pris dans un dilemme, il y avait toujours cette damnée Meghan. La situation prenait désormais les allures d'un chassé-croisé ambigu, et j'avais provoqué une querelle. Comment pourrais-je regarder Colin en face, maintenant ?

Sàra avait raison. Je devais réparer mes torts et la seule façon était de trouver un bateau pour l'Irlande. Je priai que ce fût avant le retour de Liam, avant que mes sentiments pour lui ne deviennent trop profonds. Sinon, comment trouverais-je la force de partir ?

Les yeux fermés, je humai l'odeur réconfortante des pins qui flottait autour de moi. Je retirai mes chaussures et laissai mes orteils s'étirer, s'enfouir dans les aiguilles qui me piquaient la plante des pieds. « Ne seras-tu jamais heureuse, Caitlin ? » pensai-je. Sitôt qu'une miette de bonheur tombait devant moi, le vent du malheur l'emportait, la faisant disparaître. On me l'arrachait toujours des mains avant même que j'aie la chance d'y goûter. A peine pouvais-je l'effleurer. Pourquoi me refusait-on le droit d'aimer et d'être aimée ? Mon cœur criait à tue-tête son besoin de paix et d'amour.

Le soleil était à son zénith, et mon estomac, faisant fi de mes états d'âme, manifesta sa faim. Bonnie attendait tranquillement à l'ombre d'un arbre, cherchant quelques brindilles à grignoter. Dans ma hâte de fuir, j'avais oublié d'emporter à manger, et les derniers centilitres d'alcool étaient digérés. Il était temps de rentrer...

Sàra vidait la baratte avec une grosse cuillère de corne ébréchée. Elle me salua sèchement, m'informa qu'un ragoût de mouton mijotait et se remit à la tâche sans plus de considération envers moi.

J'hésitai. Qu'y avait-il à dire ? Quelques plates excuses ne changeraient rien à la situation. Sauf peut-être à me déculpabiliser un peu. Sans un mot, j'entrai dans le cottage et m'étendis sur le lit, cherchant du réconfort dans l'odeur musquée des draps, comme s'il s'agissait des bras de Liam. Je voulais tant être réchauffée par sa chaleur, consolée par ses douces paroles.

Sàra m'avait suivie de près avec un bol de beurre bien frais. En le déposant avec grand bruit sur la table, elle m'extirpa de mes sombres réflexions. Elle me lança un bref regard, puis servit deux assiettées de ragoût.

— Viens manger, Caitlin, tu n'as rien avalé depuis ce matin.

Sa mine affligée en disait long sur ses états d'âme. Je n'étais pas près de rentrer dans ses bonnes grâces. Elle tira une chaise, m'indiquant du doigt la place où m'asseoir.

— Viens, ça va refroidir.

J'obéis. J'avalai le ragoût sans vraiment y goûter, en silence. Elle prit une miche de pain et en coupa une tranche.

— Il faut mettre les choses au clair, annonça-t-elle de but en blanc.

Elle beurra la tranche de pain et la déposa devant moi avant d'en couper une autre pour elle.

— Ce qui s'est passé n'est pas ta faute, enfin, pas totalement. J'ai paniqué quand j'ai vu mes frères se quereller. Ils n'ont pas l'habitude...

— Je suis désolée, tout rentrera dans l'ordre bientôt, je vais trouver un bateau le plus tôt possible.

Elle écarquilla les yeux et redressa vivement la tête.

— Non, tu ne peux pas partir ! Liam nous a fait promettre, à moi et à Colin, de veiller sur toi jusqu'à son retour. Tu ne dois pas partir...

— Je ne peux pas rester ici, Sàra, tu le sais très bien, fis-je observer. Je ne veux pas être la cause d'une querelle entre Liam et Colin.

Elle touillait dans son assiette. Ses sourcils finement dessinés se froncèrent légèrement lorsqu'elle leva ses yeux gris vers moi. J'étirai le bras, pris la tartine et mordis dedans.

— Liam est très différent depuis son retour d'Arbroath, déclara-t-elle. Il est plus distant, plus préoccupé.

Elle se mit à fixer la miche de pain par-dessus son verre de bière, sans vraiment la voir.

— Depuis la mort d'Anna, il n'a jamais eu de femmes dans sa vie. Dans son lit peut-être, mais celles-là... dit-elle en haussant les épaules. Mais cela ne nous regarde pas. Il a été anéanti par la mort de sa femme et de son fils. Depuis, il s'est enfermé dans un monde bien à lui, et aucune femme n'avait réussi à y entrer ou à l'en faire sortir, jusqu'à ce que... enfin. Depuis que tu es ici, Liam rit. Cela peut te sembler banal, mais pas pour moi. Si une femme peut arriver à rendre à mon frère ne serait-ce qu'une parcelle de bonheur, je tiens à ce qu'elle fasse partie de sa vie. Tu n'y es pas obligée, tu sais, quoique, connaissant Liam... je doute qu'il te laisse jamais repartir. Tu as remué quelque chose en lui, et c'est ça qui le dérange. C'est pour ça qu'il est parti. Il doit faire le point sur sa vie. Caitlin... Tu dois me croire, Liam est tombé amoureux de toi. Mais malheureusement... Colin aussi.

Son visage était grave. Elle piqua dans un morceau de mouton et le mit dans sa bouche. J'étais désarçonnée. Elle me poussait littéralement dans le lit de son frère. Pour son bonheur. Et le mien ? Et celui de Colin ? Puis il y avait d'autres obstacles. Meghan... En plus, j'étais une hors-la-loi, recherchée pour meurtre, ce qui n'était pas rien.

Attendre son retour, le pouvais-je ? Le voulais-je vraiment ? J'étais blessée. Mon corps, avec les soins qu'on me prodiguait, guérissait rapidement. Mais il en allait tout autrement de mon âme. J'avais été battue, violée, et c'était le moindre de mes malheurs. J'avais besoin de temps pour guérir de ces blessures-là. J'avais deviné que Liam voulait de moi, mais peut-être n'était-ce que comme un homme qui voulait bien d'une femme, parfois. Attirance purement sexuelle et sans conséquences. Etreinte fugace entre des draps qui se refroidissaient trop rapidement.

Je ne voulais pas être meurtrie de nouveau. C'en était plus qu'assez. Et moi aussi, si je me trompais... ? Si je n'aimais pas vraiment cet homme, si je ne faisais que porter sur lui une sorte d'obsession charnelle que la promiscuité de nos corps durant quelques jours aurait éveillée en moi ? Si j'étais attirée par lui pour la simple raison qu'il m'avait tirée d'un sale pétrin ?.... Un personnage utopique, un peu comme s'il avait été un de ces héros celtes, matérialisé devant moi pour m'arracher aux griffes d'un terrible dragon. Une idole, quoi !

Elle mastiquait laborieusement pendant que j'émiettais nerveusement ma tranche de pain.

— Je dois savoir quels sont tes sentiments pour mon frère. Liam, je veux dire...

Un amoncellement de miettes s'accumulait devant moi.

— Je ne sais pas, hésitai-je. Il m'attire, c'est vrai, mais pourquoi ? Je ne pourrais te le dire exactement.

— Mais encore ? Toutes les femmes sont attirées par lui, je te ferai remarquer ! s'écria-t-elle.

— C'est plus compliqué que tu ne le crois, Sàra, m'indignai-je en redressant vivement la tête. Je ne peux pas répondre à cette question, parce que je ne le sais tout simplement pas. Peut-on aimer aussi vite ? Je me suis déjà posé la question, figure-toi. Mon cœur s'emballe au son de sa voix. Ses yeux… je me noierais dedans. Et… Oh ! Sàra ! Est-ce de l'amour ? Dis-le-moi, car moi, je ne sais plus…

Sàra me sourit, visiblement soulagée. Moi, j'étais terriblement troublée, incapable de prononcer un mot de plus.

— Termine ton repas, dit-elle simplement.

Trois jours s'étaient écoulés depuis le départ de Liam. Trois journées à lessiver, à cuisiner et à préparer les potagers pour la belle saison. Les corvées quotidiennes occupaient mon esprit, qui menaçait de sombrer dans une âpre mélancolie.

Sàra avait retrouvé sa bonne humeur. Colin, pour sa part, était resté invisible, ce qui accentua davantage mon sentiment de culpabilité vis-à-vis de lui. Pour cette raison, je n'avais pas abandonné mon projet de retourner en Irlande. Jamais je ne pourrais accepter d'être la cause de la destruction de liens fraternels. J'aimais trop Colin pour le faire souffrir impunément. Sàra, curieusement, ne semblait plus s'en préoccuper outre mesure.

Le petit matin s'annonçait beau et frais. Une pile de vêtements avait été sortie pour le reprisage. Je léchai mon fil et le tendis, prête à l'enfiler dans le chas de l'aiguille d'argent, quand quelqu'un frappa à la porte. Meghan passa sa belle tête flamboyante dans l'entrebâillement et nous sourit mielleusement.

Elle partait faire une cueillette pour Effie et me proposait de l'accompagner. Je me méfiai. Pourquoi recherchait-elle ma compagnie ? Elle afficha une mine contrite et s'excusa pour son comportement déplacé de l'autre soir. Elle m'assura qu'elle voulait se reprendre. Sceptique, j'hésitai. Sàra insista pour que j'accepte. J'avais une tête de déterrée, disait-elle. Une promenade me ferait le plus grand bien. Meghan attendait, son panier sous son bras. Une étrange petite lueur allumait son regard. « Sois vigilante, Caitlin », me répétai-je. Elle n'irait tout de même pas jusqu'à me pousser en bas d'une falaise !

Nous nous dirigeâmes vers les collines, au pied du Pap de Glencoe. Les eaux de la rivière Coe cascadaient furieusement, courant dans leur lit rocailleux pour ensuite aller se fondre avec celles, plus sombres et plus calmes, du loch Leven. Un geai qui cajolait sur une branche de cerisier prit son envol à grand bruit lors de notre passage dans le petit sentier. Meghan chantonnait gaiement. Après avoir traversé un sous-bois, nous débouchâmes sur la lande qui offrait une vue imprenable sur le loch. Les pentes enflammées par la bruyère étaient parsemées de magnifiques massifs de rhododendrons en fleur.

Meghan furetait sous les arbustes à la recherche de quelques spécimens de plantes. Le vent soulevait doucement ses jupes, découvrant indécemment ses pâles et fins mollets éclaboussés par le soleil. Elle était vraiment très belle, et elle le savait. Elle était de celles qui se servaient de leur beauté comme d'un appât pour attirer les hommes qu'elles convoitaient. Liam faisait partie de ceux-là, et je savais qu'elle ne lâcherait pas prise aussi facilement. Sauf, peut-être, s'il ne mordait pas.

Elle revint vers moi avec quelques tiges auxquelles pendaient des racines souillées de terre. Elle les secoua et les déposa dans le panier après en avoir retiré un balluchon de victuailles. La nourriture déballée, nous nous assîmes dans l'herbe avec une galette d'avoine et une gourde de bière.

Intriguée, je lorgnai dans le panier, qui contenait déjà de la surette, des violettes des bois et de la benoîte des montagnes.

— Tu t'y connais beaucoup en plantes médicinales ?

— Pas beaucoup, seules celles qu'Effie m'a appris à reconnaître. Je ne pourrais cependant pas te dire à quoi elles servent. Je ne m'intéresse pas beaucoup au sujet, dit-elle avec indifférence.

— Qu'est-ce qui t'intéresse, alors ? demandai-je, curieuse.

Meghan plissa les yeux et le nez, l'air de réfléchir. Une mèche de cheveux s'échappant de sous son mouchoir, elle la replaça et haussa les épaules.

— La vie et ses plaisirs, je crois, répondit-elle un sourire mutin sur les lèvres.

— Les plaisirs sont éphémères, tu sais, fis-je observer en mordant dans une des galettes. Il doit bien y avoir autre chose qui te tient à cœur ? Ne songes-tu pas à te marier et à avoir des enfants ?

Son sourire se relâcha. Ses grands yeux émeraude m'évaluaient.

— Peut-être… Liam voudra certainement en ravoir.

Je me mordis la lèvre. Quelle imbécile je faisais ! Il n'avait pas rompu avec elle. Il réfléchissait simplement pour savoir qui il mettrait dans sa chaumière.

— Il t'en a parlé ?

— Des enfants ? Non. Nous avons bien d'autres choses à faire pour le moment. De toute manière, ils arrivent sans prévenir.

Je ne relevai pas la remarque et détournai mon regard vers le loch. Des bateaux mouillaient au large d'un petit port sur la rive sud. Les taches blanches des voilures éclatantes sous le soleil mouchetaient la surface bleue de l'eau. Je mis ma main en visière pour mieux les voir, flottant à l'horizon.

— Je ne savais pas qu'il y avait un port près d'ici ! dis-je sur un ton faussement détaché.

— Ballachulish. Il y a des ports un peu partout, car nos routes sont impraticables pour les convois de marchandises. La pluie les détrempe. De toute façon, les *Sassenachs* préfèrent la voie de l'eau à celle de la terre, ils risquent moins de se faire attaquer par les Highlanders. Nos chemins servent plutôt au bétail. Ballachulish est une ville des Stewart, mais son port dessert une bonne partie de cette région.

Elle m'offrit un morceau de bœuf salé et de fromage avant de reprendre, en m'observant du coin de l'œil :

— Les bateaux qui mouillent ici viennent d'aussi loin que l'Irlande. D'autres descendent la côte jusqu'en Angleterre ou viennent des Hébrides. Alors, quand pars-tu ?

Nos regards se croisèrent un moment. Sa bouche esquissa une moue cynique et ses yeux se refermèrent légèrement, accentuant leur aspect félin. Le cœur battant, je reportai mon attention de nouveau sur le loch qui scintillait. Ballachulish… C'était là-bas que je devais aller. Je savais que je pouvais compter sur Meghan pour m'indiquer le chemin. J'étais certaine qu'elle irait même jusqu'à payer mon voyage pour me faire disparaître du paysage. Je compris alors pourquoi elle m'avait conviée à cette promenade.

Un lourd silence pesa sur nous tandis que nous terminions notre repas. Le regard de Meghan me brûlait le dos. Curieusement, mon désir de traverser la mer s'amenuisait à l'idée qu'elle jubilait de me voir repartir. Je frissonnai à la pensée de Liam partageant la couche de cette femme. Toutes mes bonnes intentions faiblissaient. Au plus profond de moi, je voulais rester, mais une menace planait toujours au-dessus de ma tête comme la lame affûtée de la Veuve[1]. La Garde pouvait débarquer ici n'importe quand.

J'avalai la dernière bouchée de ma deuxième galette d'avoine. Elle me laissa un goût amer dans la bouche, que je rinçai avec la bière.

— Tu as d'autres frères et sœurs, mis à part Isaak ? demandai-je à brûle-pourpoint.

Je l'observai en train d'émietter machinalement sa galette non entamée, l'éparpillant dans l'herbe, tout en fixant le large, le regard vide. La galette lui échappa des mains et se perdit dans l'herbe. Elle emballa le reste des denrées dans le balluchon avec des gestes plus hésitants.

— Non. La mère d'Isaak est morte en couches alors qu'il n'avait qu'un an. L'enfant était trop gros. Son père, qui était aussi le mien, s'est alors remarié avec ma mère. Elle est morte lorsque j'avais deux ans environ. On m'a raconté qu'elle serait morte de consomption. Je n'ai aucun souvenir d'elle. Notre père, lui, est mort piétiné par un troupeau de vaches lors d'un raid dans le Glenlyon, il y a dix ans. On nous a placés chez Effie, une parente éloignée de ma mère. Elle n'a pas dû trouver facile d'élever deux enfants, n'en ayant jamais eu elle-même. Mais elle est très bonne pour moi. Je sais que je devrais l'aider un peu plus, mais les travaux ménagers me rebutent tellement... Elle ne m'y oblige pas. Mais, j'aime bien parcourir les collines pour trouver les plantes qu'elle fait sécher. Ici, c'est mon endroit préféré. La vue y est magnifique.

Elle ferma les yeux un instant, offrant son visage à la caresse de la brise qui apportait les effluves salins de la mer.

— Parfois, je rêve d'embarquer sur un de ces navires et de partir pour des pays inconnus comme les îles du Sud ou le Nouveau Monde. Je n'ai jamais voyagé, contrairement aux fils de MacIain et à leurs cousins. Les femmes doivent rester sagement dans leurs villages, à attendre que leurs hommes reviennent honorer leur couche.

Elle tourna son regard de précieuse vers moi.

— Moi, je n'aime pas attendre.

Je terminai ma gourde de bière, puis la plaçai dans le panier.

— Tu pars toujours seule lors de tes promenades ? Il y a un Campbell qui rôde dans les collines de Glencoe. Tu devrais être

1. Terme utilisé pour désigner la guillotine écossaise, ancêtre de celle qui fut employée en France à partir de 1792.

plus prudente et te faire accompagner par un des hommes du clan. Ton frère devrait venir avec toi.

Meghan rougit violemment et se détourna, visiblement troublée.

— Je sais me défendre, bafouilla-t-elle en secouant ses jupes couvertes de miettes. J'ai déjà blessé un homme qui tentait de me prendre de force.

Son regard s'assombrit. Fronçant les sourcils, elle fixait ses mains effilées aux ongles trop propres et parfaitement taillés.

— C'était lors du massacre, commença-t-elle. Nous vivions, Effie, mon frère et moi, à Achtriochtan, le village le plus reculé dans la vallée. Il était situé près du loch. C'était le village des bardes.

Elle se déplaça pour prendre appui sur un bras et but une gorgée de bière.

— Tu savais qu'Effie avait un don de voyance ?

— Non, fis-je en levant un sourcil avec étonnement.

— Elle avait vu ce qui allait arriver... Elle savait, mais s'était tue. C'était trop terrible pour être vrai. Elle se disait qu'elle s'était trompée, qu'elle avait mal interprété sa vision.

— Le massacre... elle l'avait prédit ? Sans en parler à personne ?

— A moi seulement, dit-elle en arrachant un brin d'herbe. Elle m'avait fait jurer de ne pas le répéter. Ce dont je me suis bien gardée, car un des soldats de Campbell, John Mackinlay, me faisait la cour. Jamais je n'aurais imaginé...

Elle s'interrompit brusquement et se mordit la lèvre inférieure en fermant les yeux.

— Il était si gentil... reprit-elle d'une voix rauque. C'est grâce à lui qu'Effie et moi sommes encore en vie aujourd'hui. Un soldat était entré dans notre chaumière, nous dormions encore. Mon frère n'était pas rentré cette nuit-là. Il avait joué aux cartes chez un ami. Enfin, le soldat m'avait empoignée par ma chemise de nuit et m'avait traînée jusqu'à la table... Depuis que les hommes de Campbell séjournaient dans Glencoe, je gardais toujours une dague sur moi. J'ai blessé le soldat au bras, et, sur ces entrefaites, John est entré dans la chaumière et a assommé le soldat avec un banc, par-derrière...

— John Mackinlay ?

— Oui, murmura-t-elle tristement. Il m'a aidée à fuir avec Effie...

Elle soupira, lança le brin d'herbe au loin, puis en arracha un second.

— Je ne sais pas ce qu'il est advenu de lui depuis. Il a probablement été tué sur le continent, dans une des batailles contre les

Français. J'y repense souvent, je l'aimais bien. Effie et moi avons fui vers l'est, par le col de Glencoe, ensuite nous avons grimpé jusqu'au Coire Gabhail, une vallée perdue dans les replis des Trois Sœurs. C'est là que le clan cachait les bêtes volées. Nous n'avions pas d'autre issue. Les murs que forment nos montagnes et qui étaient notre forteresse étaient devenus ceux de notre prison. Quelques hommes d'Achtriochtan avaient réussi à passer par Aonach Dubh et avaient descendu le Lairig Gartain jusqu'à Dalness, dans le Glen Etive, mais, pour les femmes et les enfants, le trajet était trop périlleux, sinon impossible. Effie est très forte. J'ai bien cru qu'elle ne s'en sortirait jamais. Il faisait si froid... Et les cris, les tirs de mousquet, les chiens qui jappaient, les officiers qui gueulaient des ordres... Je les entends encore parfois la nuit.

Elle secoua vigoureusement sa crinière de feu et se frotta énergiquement les bras.

— Après quelques heures seulement, Glencoe n'était plus qu'une rivière boueuse de sang sous un écran de fumée. Nous avons été hébergés chez des Macdonald de Dalness. Les hommes du clan ont dû vivre cachés dans des grottes, éparpillés dans les montagnes jusqu'à la fin de l'été, attendant que les soldats reviennent terminer leur œuvre de destruction. Ils vivaient comme des bêtes sauvages, se nourrissant comme ils pouvaient. Ils n'étaient plus que l'ombre d'eux-mêmes. Liam s'était réfugié avec Alasdair dans une grotte du Meall Mor. Ils n'en sont sortis que tard à l'automne, avant les grands froids. Nous, les femmes et les enfants, vivions entassés dans les chaumières de ceux qui nous avaient secourus.

Le regard perçant, elle me dévisagea d'un air condescendant.

— Liam a besoin d'une femme qui le comprenne, qui sache ce qu'il a enduré. Tu saisis ?

— Qu'est-ce qui te fait croire que tu es cette femme ? Que Liam voudra bien de toi ?

Elle redressa fièrement ses épaules, sa poitrine pleine moulée par l'étoffe de son corsage.

— Les hommes sont de vaillants guerriers sur un champ de bataille. Mais dans un lit, c'est la femme qui tient les rênes. Le sexe est une arme très persuasive. Je sais que je lui plais. Mon miroir est le regard que cet homme pose sur moi, et le désir que je suscite m'indique son appréciation.

— La beauté ne suffit pas à garder un homme dans son lit, Meghan. Les hommes se lassent rapidement des femmes sans esprit.

Elle me foudroya d'un éclair émeraude, les lèvres pincées.

— Pourquoi es-tu venue ici ? lança-t-elle de but en blanc.

— Cela ne te regarde pas, grommelai-je en détournant les yeux.

— Peut-être que si, car c'est ta faute si Liam est parti. Tout le monde le sait. Prends Colin, laisse-moi Liam, trancha-t-elle durement. De toute façon, tu dois repartir bientôt. Et puis ne crois pas que Liam oserait s'afficher avec... une fille à soldats !

Le sang me monta aux joues. Elle sourit vicieusement en voyant mon expression outrée.

— Oh ! Je suis confuse... C'est que le bruit court. Je croyais...

— Eh bien, tu te trompes royalement ! Liam m'a seulement sortie du pétrin et je ne me vois pas dans l'obligation de t'en donner les menus détails, rétorquai-je d'une voix tremblante de colère.

— Cela aurait-il un rapport avec le manoir Dunning ?

Livide, je me redressai brusquement, ramassai le panier et pivotai en faisant voler mes jupes autour de moi pour me diriger vers le sentier par lequel nous étions venues. Si tout le village n'était pas encore mis au fait de la raison de mon séjour ici, il n'allait certainement pas tarder à l'être. Cette vipère à la langue bien fourchue allait s'en assurer.

Meghan courut sur mes talons, m'attrapa par le bras et me força à me retourner pour lui faire face. Elle recula aussitôt d'un pas sous la menace muette de mon regard.

— Si tu veux Liam, Meghan Henderson, tu devras user un peu plus de ta cervelle... si tu y arrives. Liam n'est pas un homme stupide qui tombera amoureux d'une femme simplement pour sa beauté. Si tu le connais aussi bien que tu le prétends, tu devrais déjà le savoir. Je ne ferai rien pour l'en empêcher, car il est maître de ses choix. En revanche, si c'est moi qu'il choisit, je m'attends à ce que tu l'acceptes.

Sous le coup de la colère, j'avais parlé sans réfléchir. Je savais que jamais je ne connaîtrais le nom de l'élue. A son retour, je serais déjà loin. Mais je n'avais pu m'empêcher de la contrarier.

— Tu es une sorcière, Caitlin Dunn ! cria-t-elle, l'air révulsé. Tu débarques ici et tu nous voles nos hommes ! s'écria-t-elle en mettant ses poings sur sa taille fine. Petite traînée, va ! Mon frère avait bien raison, tu n'es qu'une femme de chambre pour messieurs !

Ses mots m'écorchaient. Avant de succomber à l'envie d'abîmer son beau visage empourpré, je tournai les talons et repris le sentier. L'abcès était crevé. Les cartes étaient données, le jeu commençait. Je savais qu'elle ne jouerait pas loyalement. Meghan était habituée à obtenir ce qu'elle voulait quand elle le voulait. Elle tricherait certainement, je n'y pouvais rien. Liam voudrait-il d'une enfant gâtée, prétentieuse et paresseuse par-dessus le marché, même si elle était Vénus personnifiée ? D'un autre côté, elle était une femme du clan, elle était de leur sang, et l'ombre du gibet ne se dressait pas au-dessus d'elle.

Nous descendîmes jusqu'à la rivière Coe, qui grondait dans les sous-bois tapissés de mousse et de fougères verdoyantes. J'attendis en silence qu'elle ait terminé de ramasser une bonne quantité de cresson dans l'eau tourbillonnante, puis nous reprîmes le chemin du retour en évitant de nous regarder.

Je broyais encore du noir lorsque j'entrai dans le cottage. Plongée dans mes pensées, je ne vis pas Colin assis avec sa sœur devant une bouteille de whisky. Il me dévisageait, impassible. Je restai sans voix pendant un bon moment, cramoisie.

— Bon-bon-jour.

Son visage resta de marbre ; seul un léger tic de sa mâchoire trahissait ses émotions. Sàra se redressa et vint vers moi. Elle posa sa main sur mon bras, le pressa doucement en soupirant. La tristesse se lisait sur ses traits. Elle hocha la tête, puis sortit.

Les mots me manquaient. Je restai debout à fixer Colin, tortillant nerveusement le bout de ma tresse entre mon pouce et mon index. Ses beaux yeux gris se détournèrent, et sa voix basse brisa le silence et la tension insoutenable qui étaient retombés sur nous.

— La brigade est revenue, dit-il sur un ton neutre. Sans Liam.

Mon cœur se serra, et je me mordis la lèvre pour m'empêcher de lui demander pourquoi. Je devinais facilement qu'il n'en menait pas plus large que moi.

— Le soldat qu'Angus a tué était bel et bien un déserteur. Voilà pour la première bonne nouvelle. La deuxième est qu'il n'y a eu aucun mandat d'arrêt émis contre toi. Tu es libre d'aller et venir comme bon te semble en Ecosse.

Je le regardai en écarquillant les yeux, incrédule. Je n'avais certainement pas dû bien comprendre.

— Libre ? balbutiai-je avec peine. Tu veux dire que lord Dunning n'est pas mort ? Il m'avait pourtant bien l'air…

Les mots restèrent coincés dans ma gorge, et je mis ma main sur ma bouche comme pour m'empêcher d'en dire davantage. Ce n'était pas possible, j'aurais pourtant juré qu'il était bien mort !

— Pour ça ! Il a bel et bien été tué, dit-il après avoir vidé son verre cul sec.

D'une main tremblante, il se versa un autre *dram* de whisky et prit le verre. Je fixai le liquide ambré qu'il faisait tourbillonner furieusement, signe indubitable de sa grande colère. Puis le mouvement stoppa net, mais le whisky continua sa course folle. Colin contempla d'un œil vague l'eau-de-vie imbibant la laine de son kilt. Enfin, dans un soupir, il déposa son verre sur la table et essuya ses doigts sur sa manche avant de reprendre :

— Ce n'est pas ta tête qui a été mise à prix pour ce meurtre, murmura-t-il froidement.

Ses yeux gris clair avaient pris la teinte d'un ciel orageux. Il se redressa, lissa inutilement son kilt fripé, puis se dirigea vers l'âtre en me tournant le dos. Je ne pouvais voir l'expression de son visage, mais au ton de sa voix je pus deviner que la prochaine nouvelle ne serait pas très bonne. La lumière commençait à se faire dans mon esprit. Je pris appui sur le dossier de la chaise, l'estomac dans un étau.

— C'est Liam, annonça-t-il lentement pour être bien certain que j'avais compris.

Mes jambes mollirent, et je crispai mes doigts sur le bois poli par l'usure. Je fermai les yeux et me mordis la lèvre de nouveau. Un goût de sang me resta sur la langue. Je dus blêmir, car Colin me poussa doucement vers la chaise pour m'y asseoir.

— Oh ! mon Dieu ! Qu'est-ce que j'ai fait ! criai-je en martelant ma poitrine de mes poings.

Je distinguais le visage défait de Colin à travers mon voile de larmes. Ils ne me le pardonneraient jamais ! Pour sauver ma misérable peau, j'avais fait de Liam un hors-la-loi, un présumé meurtrier.

Colin s'accroupit devant moi, puis me prit fermement les poignets.

— Caitlin, tu sais ce que cela veut dire, n'est-ce pas ?

— Oui, balbutiai-je. S'ils le prennent… Oh, non !

La vision horrifiante de Liam au bout d'une corde me donna froid dans le dos.

— Le clan pourrait être proscrit de nouveau. Tu sais… les lettres de feu et d'épée.

Mes yeux s'agrandirent d'effroi. Je n'avais pas prévu cette éventualité. Ils seraient poursuivis et peut-être même tués à cause de moi. Mes sanglots redoublèrent. Colin me regardait toujours aussi durement et me secoua sans ménagement.

— Ecoute-moi bien, Caitlin, reprit-il d'une voix tranchante. Tu dois me dire exactement ce qui s'est passé cette nuit-là. C'est très important, tu comprends ?

— Ce qui s'est passé ? hoquetai-je. Tout ?

Il me relâcha brusquement, retourna vers l'âtre pour s'y adosser. Sa haute silhouette massive se découpait devant les flammes. Il était pâle et sa mâchoire crispée se contractait comme celle de son frère lorsqu'il faisait un effort pour contenir ses émotions.

— Tout ! trancha-t-il.

Il attendit patiemment que je me calme et que je lui raconte tous les détails de cette terrible nuit. Je n'avais plus vraiment le choix.

— J'allais me coucher, commençai-je en reniflant. Lord Dunning m'avait forcée à le suivre dans sa chambre, mais, auparavant, il devait descendre dans le hall voir un prisonnier. C'était Liam. Il... il était solidement ligoté et escorté de trois soldats. Liam est resté stoïque et muet durant toute l'entrevue. Cela a rendu lord Dunning furieux. Il l'a fait enfermer dans un cachot. Le lendemain, Liam devait être conduit dans une prison... je ne me souviens plus laquelle...

— Ce n'est pas important, continue.

— Ensuite, lord Dunning m'a traînée jusqu'à sa chambre...

Je fis une pause et déglutis péniblement. Je fermai les yeux et revis toute la scène. La chambre faiblement éclairée par le feu qui brûlait dans l'âtre, lord Dunning retirant son justaucorps taché, ses petits yeux luisant d'avidité. J'entrai dans un état second.

— Il... il m'avait coincée contre le mur... Il était trop lourd... Je n'arrivais pas à me dégager... Il me touchait, me disait des choses obscènes...

Je sentais encore son haleine avinée sur mon visage, son odeur répugnante et ses mains qui... Mes bras se refermèrent instinctivement sur ma poitrine comme pour me protéger.

— A un moment donné, j'ai réussi à me dégager, mais il m'a rattrapée. Il m'a frappée et m'a poussée sur le bureau... Et là, il m'a brûlée avec son sceau... J'ai perdu connaissance...

L'odeur de chair brûlée me revint et me donna la nausée.

— Lorsque je suis revenue à moi, il était sur moi... Il... il... Oh ! Colin ! Je ne voulais pas... je devais l'arrêter...

Je secouai la tête pour chasser les images qui m'assaillaient : lord Dunning qui me labourait le ventre, sa perruque poudrée de travers encadrant son gros visage porcin tout luisant de sueur et bavant au-dessus de moi. Colin avait pris mes mains et les serrait doucement dans les siennes.

— Ce n'était pas la première fois qu'il me violait, murmurai-je. Mais cette fois-là... c'était trop. J'avais si mal... Il fallait que je l'arrête. Il y avait une petite dague sur le bureau... Je l'ai frappé au cou, il est retombé sur moi. Le sang... Tout ce sang...

— Ça va, Caitlin. C'est terminé... Je suis désolé de te contraindre à me raconter tout cela.

Je m'arrêtai soudainement. De grosses larmes roulaient sur mes joues. Je me sentais salie, humiliée, honteuse. Un silence troublant emplit la pièce. Je fixai mes pieds nus, souillés de terre, sans rien ajouter. Colin se racla la gorge d'un air gêné.

— Tu n'as frappé qu'une seule fois ?

— Oui, je crois... répondis-je en fronçant les sourcils, perplexe.

— Tu en es certaine ? insista-t-il.

— Oui, j'en suis certaine.

— Et après, qu'as-tu fait ? Je dois le savoir.

— Euh... Après, je suis sortie de la chambre. Je devais me sauver... quitter le manoir le plus vite possible. C'est à ce moment-là que j'ai croisé Liam qui remontait des caves. Il avait réussi à s'échapper. Il m'a forcée à le suivre et... la suite, tu la connais.

Colin tira sa chaise devant moi et s'assit en se frottant les yeux, l'air accablé et les traits tendus. Le silence s'éternisait. Puis il leva les yeux vers moi.

— Quelqu'un est passé derrière toi, Caitlin, déclara-t-il.

— Que veux-tu dire ?

Je ne comprenais pas. Il reprit son verre de whisky, le porta à ses lèvres, hésita un moment en m'observant par-dessus le liquide ambré, puis le vida d'un trait.

— Le corps de Dunning a été retrouvé... charcuté.

— Quoi ? m'écriai-je. Ce n'est pas moi qui...

— Je te crois, Caitlin, je te crois, me rassura-t-il en posant sa main sur mon bras.

Il se troubla à la vue de ses doigts s'attardant sur l'étoffe salie de ma chemise. Il les retira brusquement comme s'il s'était brûlé, se versa un troisième *dram* de whisky et me le tendit. Je le refusai d'un geste de la tête. Il déposa le verre devant lui sur la table.

— Ils disent que c'est Liam qui l'aurait sauvagement massacré. Simon, Angus et Niall ont vérifié les sources. Un avis de recherche a été crié sur la place du marché de Fort William et sur celle de

Ballachulish. Il n'y a plus aucun doute. Liam est accusé d'avoir tué lord Dunning de façon barbare et de t'avoir enlevée par la suite.

Je le regardai, abasourdie. J'avais l'impression de rêver. Tout cela était complètement ridicule...

— Ecoute, Caitlin, de toute évidence, quelqu'un est passé après toi dans la chambre et s'est acharné sur le corps pour rendre le crime encore plus odieux. Peut-être que cette personne croyait vraiment Liam coupable puisqu'il s'était évadé. Comme tu as aussi disparu, ils ont dû en déduire... enfin. Qui se trouvait au manoir cette nuit-là ?

— Lady Catherine, Winston Dunning, le fils du lord. Le lieutenant Peterson et quelques soldats de la Garde. Rupert, le gardien du manoir. Millie, la femme de chambre, et Becky, la cuisinière. Le palefrenier était chez son frère. Lord Dunning gardait très peu de personnel.

— Avant de sortir, as-tu croisé quelqu'un d'autre dans le manoir, hormis mon frère ?

Je secouai négativement la tête, en reniflant bruyamment.

— Non. Seule la garde semblait encore éveillée. J'ai vu la sentinelle faire le tour du manoir. Elle était passablement éméchée, ce soir-là.

— Hum, j'avais remarqué. Est-ce qu'ils connaissaient l'identité de Liam ?

— Eh bien, ils ont associé le tartan de son plaid aux Macdonald.

Il hocha la tête, impuissant. La consternation remplaça la colère sur son visage blafard.

— Ils ne tarderont certainement pas à rappliquer. Ils l'ont reconnu sur la route venant ici. Avec ta petite mise en scène, tu as certainement attisé leur curiosité. Ils feront le rapprochement tôt ou tard. Merde ! marmonna-t-il en vidant son troisième whisky.

Soudain, je ressentis tout le poids de la situation, qui prenait des proportions inattendues. Une crampe me vrilla l'estomac, me forçant à me plier en deux. Il n'était plus question pour moi de retourner en Irlande. Je ne pouvais pas abandonner Liam et son clan aux prises avec un problème dont j'étais la seule et unique responsable. Je devais me rendre au manoir pour connaître la vérité. De toute évidence, quelqu'un cherchait à nuire aux Macdonald et je ne pouvais pas le laisser faire. S'il le fallait, je me rendrais aux autorités d'Edimbourg...

— Je ne sais plus quoi dire... Je suis sincèrement désolée.

Les paroles étaient inutiles, je le savais bien. Ce qui était était, pas moyen de revenir en arrière. J'aurais tellement voulu être ailleurs, n'avoir jamais rencontré Liam, n'avoir jamais été envoyée au manoir, n'avoir jamais mis les pieds en Ecosse. Pensées futiles et dérisoires, car la réalité était là, comme un glaive enfoncé dans la chair. La douleur comprimait ma poitrine, mon cœur battait si fort qu'il était sur le point d'exploser. Colin tenait sa tête entre ses mains.

— Est-ce que Sàra est au courant ?

— Oui, je ne pouvais pas la tenir dans l'ignorance. Mis à part Angus, Niall et Simon, personne d'autre ne le sait. Cependant, il faudra que j'en parle à John.

— Liam... Il ne reviendra pas ? demandai-je d'une voix tremblante.

Il me dévisagea un instant, une mèche dorée lui retombant dans les yeux. Pendant un bref moment, je me dis que j'aurais pu vraiment tomber amoureuse de cet homme s'il n'y avait pas eu Liam. Les deux frères possédaient des qualités de cœur identiques et, parfois, ils avaient ce même regard qui me transperçait jusqu'à l'âme. Comme maintenant. Je fermai les yeux et roulai ma lèvre entre mes dents.

— Caitlin, commença-t-il doucement, nous devons parler franchement.

Il s'interrompit, se redressa et se mit à arpenter nerveusement la pièce, les mains dans le dos. Je savais que le moment était venu de remettre les pendules à l'heure.

— Le soir du *ceilidh*...

— Je sais, Colin, je te dois des explications, des excuses...

Il se tourna vers moi, les traits de son visage durcis par la douleur.

— Je t'aime, Colin, mais...

— Mais c'est Liam que tu désires, coupa-t-il sur un ton cassant. Je l'ai senti dès le début, cependant, je me refusais à le voir. Oh ! Caitlin ! J'avais tant espéré, tant voulu que tu te presses contre moi pour toujours.

— Je t'apprécie beaucoup, Colin. Tu m'es très cher.

— Très cher... Ouais.

Du bout de son index, il caressa ma joue humide, puis dessina le contour de mes lèvres. Une seconde crampe me tordit le ventre et je réprimai un gémissement de douleur en fermant les yeux. Lorsque je les rouvris, Colin était accroupi devant moi et prenait mes mains dans les siennes pour les porter à ses lèvres. Des sueurs froides me coulaient dans le dos.

— J'aime mon frère, Caitlin, murmura-t-il en déposant un baiser dans ma paume moite. Je ne le trahirai jamais, dussé-je le payer de ma vie. Je sais qu'il ferait la même chose pour moi. D'ailleurs, ma vie, je la lui dois déjà.

— Pourquoi ?

Il passa un doigt sous le col de sa chemise et frissonna légèrement.

— Tu te souviens, je t'ai raconté qu'on m'avait passé la corde au cou.

— Oui, balbutiai-je en me remémorant ce soir sous les étoiles où il m'avait demandé de rester avec lui dans la vallée.

— C'était à l'issue d'un vol de bétail qui avait mal tourné. Si Liam n'était pas revenu avec les hommes du clan, ma vie se serait terminée au bout d'une corde de chanvre comme pour le pauvre Dougall Macmichael. Lui a eu la malchance de passer avant moi parce qu'il n'arrêtait pas de crier des injures aux hommes de Bracaldine. Doug et moi avions été retardés par un veau qui refusait de suivre le troupeau, probablement parce que sa mère était restée avec les bêtes que nous n'avions pas eu le temps de prendre. Doug voulait absolument avoir la bête, et les hommes de Bracaldine nous avaient encerclés.

Il déglutit.

— C'est terrible, dis-je en serrant sa main qui tenait toujours la mienne.

Il secoua la tête en soupirant.

— Ce n'est guère plus qu'un mauvais souvenir. Mais, aujourd'hui, c'est Liam qui a la corde autour du cou, dit-il d'une voix rauque. Je ne peux pas les laisser faire... et je...

Mon estomac se contracta douloureusement une nouvelle fois. Colin s'en aperçut.

— Ça ne va pas, Caitlin ?

— Ça va, mentis-je en serrant les dents. Un malaise passager...

Ses yeux gris sondèrent les miens. D'une main hésitante, il repoussa une mèche qui s'était échappée de ma tresse.

— Souris-moi, Caitlin. J'aime voir ta fossette se creuser dans ta joue lorsque tu souris.

Je m'exécutai pour lui faire plaisir. Son doigt glissa sur ma peau et fit le tour de la petite dépression, trait héréditaire que ma mère m'avait légué.

— Bon Dieu ! Je dois me résigner à t'aimer comme une sœur, grommela-t-il en fronçant les sourcils.

Il grogna et glissa sa main sous ma nuque pour m'attirer à lui. Ses lèvres se posèrent doucement sur les miennes. Un baiser tendre et tiède. Il s'écarta lentement en m'observant, hésita quelques instants, puis se redressa.

— Ne crois pas que ce qui arrive à Liam est ta faute, Caitlin. Personne ne pouvait savoir comment les choses tourneraient. Et si Liam l'avait su, il aurait probablement fait la même chose. Il reviendra, tu dois l'attendre, il nous l'a clairement fait comprendre avant de partir.

— Mais c'était avant que...

— Il reviendra, Caitlin... Tu dois l'attendre, trancha-t-il.

Il me jeta un dernier regard douloureux, puis sortit. Je me noyai dans mes larmes, qui coulaient maintenant sur mes joues.

— Oh ! mon Dieu ! Ayez pitié ! murmurai-je.

Les crampes reprirent de plus belle et me tenaillaient l'estomac, me forçant à me plier en deux. Au début, j'avais cru qu'elles étaient le fruit de la nervosité et de l'angoisse, mais, vu leur violence, je me doutais qu'il s'agissait d'autre chose. Une vague de nausée me souleva, je n'eus que le temps de me rendre à la cuvette pour vomir.

De légers picotements m'engourdissaient les mains et les jambes. Je me dirigeais vers la porte quand une autre crampe me paralysa à mi-chemin. La douleur se dissipa peu à peu, je sortis et me rendis jusqu'au ruisseau en titubant. J'étais trempée de sueurs provoquées par les contractions qui me transperçaient comme des coups d'épée.

Je ne comprenais pas ce qui m'arrivait, mon esprit s'embrouillait, tout devenait confus. Je trébuchai sur une pierre, perdis pied, marchai sur l'ourlet de mon jupon, puis, empêtrée dans mes jupes, je m'étalai la tête la première dans le ruisseau glacé. L'effet frigorifique de l'eau me redonna un peu de lucidité. J'en bus quelques gorgées et me laissai rouler sur le dos. Une nouvelle vague de nausée me força à serrer les dents, en vain. Je rendis le reste de mon déjeuner.

Assise dans l'herbe, encore secouée par les derniers spasmes de mon estomac, je tentai de reprendre un peu mes esprits. Un aliment avait dû provoquer cette intoxication, puisque cela me semblait bien en être une. Cependant, mon état de torpeur et l'étrange sensation d'engourdissement qui m'envahissait me disaient que c'était autre chose... Pour le moment, je n'étais pas en mesure d'y réfléchir clairement.

Je retournai péniblement au cottage en vacillant, la bouche pâteuse. Sàra m'y attendait, inquiète. Elle lâcha un cri de stupéfaction devant mon état pitoyable et s'empressa de m'aider à me débarrasser de mes vêtements mouillés.

— Par tous les saints, Caitlin ! s'écria-t-elle. Qu'as-tu fait ?

— Je... je ne me sens pas très bien.

— Tu es pâle à faire peur ! Pourquoi es-tu trempée ?

— Je suis tombée dans le ruisseau...

— Dans le ruisseau ? répéta-t-elle, perplexe.

— J'ai été malade... Probablement quelque chose que j'ai mangé... Je vais m'étendre, ça devrait passer.

— Qu'as-tu mangé ?

— Du bœuf salé et des galettes d'avoine que Meghan avait apportés...

Je me rappelai que ces dernières avaient un goût assez particulier et que Meghan n'y avait pas touché. Elle n'aurait jamais fait une chose pareille ? Elle avait dit qu'elle ne connaissait rien aux plantes médicinales ! Le doute s'emparait de moi. Cette dangereuse lueur qui avait embrasé son si magnifique regard avant de partir... Je devais user de trop d'efforts pour réfléchir et laissai le sommeil me gagner.

8

Les secrets

Le deuxième jour au matin, le grondement sourd de la pluie sur le chaume de la toiture m'extirpa du sommeil. Il pleuvait des cordes, et l'humidité de l'air traversait mes draps, me faisant frissonner. Malgré ce désagrément, je me sentais beaucoup mieux, et une faim de loup tenaillait mes entrailles. Je me redressai sur mon séant et m'étirai.

Sàra, qui s'affairait à pétrir sa pâte, releva la tête en me voyant bouger. Une odeur appétissante de pain frais flottait déjà dans l'air, et deux belles miches dorées à souhait refroidissaient sur une claie.

— Je vois que tu sembles aller mieux, dit-elle avec entrain.

— En effet, j'ai faim, cela doit être de bon augure, répondis-je en souriant.

Elle me regarda du coin de l'œil.

— Voilà qui est bien. Allez, sors de ce lit et viens manger. Oh ! j'allais oublier : Meghan est passée plus tôt ce matin.

— Meghan ? Que voulait-elle ?

— Elle voulait savoir si tu étais assez bien pour retourner avec elle en promenade.

— Vraiment ? Par un temps pareil ? demandai-je en levant un sourcil incrédule.

— C'est qu'il faisait très beau à ce moment-là.

— Ah bon ! fis-je platement.

Elle en avait, du culot ! Elle venait plutôt vérifier si le dosage de ses herbes était bon. Deux jours au lit à rendre mes tripes, je crois qu'il l'était, en effet !

Je me levai, puis me débarbouillai avant d'enfiler mes vêtements, nettoyés et soigneusement pliés sur un banc. Sàra finit de former sa miche et me coupa une belle tranche de pain que je tartinai de fromage. J'enfournai un reste d'omelette et terminai mon copieux petit déjeuner avec des fraises sauvages accompagnées de crème fraîche.

Elle refusa mon aide pour la journée, insistant sur le fait que je devais reprendre des forces. Elle me suggéra de prendre un peu l'air pour redonner de la couleur à ma mine terreuse. Les nuages s'étaient rapidement dissipés, et le soleil était radieux. Je commençais à m'habituer à ces orages qui cessaient aussi subitement qu'ils avaient commencé.

La vallée baignait dans une douce lumière d'un pur vert émeraude. Quelques nuages s'attardaient encore autour des pics rocheux. L'eau laissée par l'orage s'évaporait, créant une brume au-dessus des chaumières.

Les villageois s'affairaient à leurs tâches quotidiennes sur leurs lots respectifs. Une nouvelle habitation était encore en construction. Manifestement, le village prenait forme. Cependant, il manquait toujours une chapelle, car il n'y avait pas de prêtre à Glencoe. Pour les offices religieux, les gens devaient avoir recours aux prêtres qui parcouraient les vallées, à la recherche de brebis égarées à remettre dans le droit chemin. Entre-temps, les bébés étaient ondoyés par le père, dès la naissance, et les vœux du mariage, prononcés sous serment. Mais lorsqu'un prêtre se présentait, on retenait ses services pour s'assurer que Dieu reconnaîtrait véritablement ces saints sacrements. Ces prêtres vagabonds ne devaient certainement pas chômer.

Mon attention fut attirée par des cris d'enfants qui couraient derrière une flopée de canards tentant d'échapper à une multitude de menottes menaçantes. Le petit Robin m'aperçut et accourut vers moi, le visage rougi par sa cavalcade.

— Madame Caitlin ! madame Caitlin ! cria-t-il. J'ai quelque chose à vous montrer.

Il arriva à ma hauteur, tout essoufflé, et tira sur ma jupe avec vigueur.

— Venez ! Ma chienne a eu ses bébés, et je voudrais vous les montrer.

Il partit au trot, me forçant à le suivre jusque dans l'écurie. La chienne avait mis bas dans une stalle vide, sur une vieille chemise déchirée étendue sur la paille. Cinq petites boules de poils se tortillaient sur son flanc, cherchant à téter. Robin s'accroupit, caressa la tête de sa chienne et prit un des chiots dans ses mains. Il était blanc avec une tache noire sur l'œil gauche, et couinait et gigotait entre les doigts de l'enfant.

— C'est Suil Dubh[1], mon préféré, m'annonça-t-il fièrement. Lui, c'est Reul Geal[2], dit-il en me désignant un autre chiot tout noir avec une tache blanche étoilée sur son dos.

L'un d'eux restait à l'écart, l'air moins vigoureux.

— Et celui-là ? demandai-je en le montrant du doigt.

— Ah, lui ! C'est Gòrach[3]. Il ne sait pas comment téter. C'est le seul nom que je lui aie trouvé, dit-il en grimaçant, les yeux plissés. Elle, c'est la seule chienne de la portée, Banrigh Beag[4]. C'est la préférée de Morag.

Il déposa Suil Dubh avec les autres, puis souleva un chiot entièrement noir qu'il me tendit en souriant.

— Lui, c'est Seamrag[5] ! Il est tout noir comme vos cheveux. Il est pour vous !

J'approchai la petite boule ébène de mon visage et enfouis mon nez dans sa robe. Sa truffe noire mouillée et tiède me chatouillait la joue. L'enfant m'observait, l'air heureux.

— J'ai choisi son nom pour vous rappeler l'Irlande. Ça ne doit pas être facile de quitter son pays, dit Robin gravement. Je me souviens d'avoir pleuré beaucoup quand nous sommes partis vivre ailleurs, mais, maintenant, nous sommes revenus. Pas dans nos vraies maisons, car les *Sassenachs* les avaient toutes brûlées. Nous en avons une nouvelle.

Robin reprit son chiot préféré et le mit dans sa chemise, sur son ventre, puis sa bouille se plissa de plaisir.

— Vous avez déjà mis un chiot dans votre chemise ? demanda-t-il en ricanant. Ça chatouille partout et c'est tout doux. Essayez, vous verrez, ajouta-t-il en opinant frénétiquement de la tête, les yeux tout ronds.

— Je crois que je suis un peu trop vieille pour mettre des chiots dans mes chemises, ris-je. Je suis touchée que tu aies pensé à moi, mon petit Robin. Il est très mignon, mais je ne sais pas si je pourrai le garder.

L'air surpris, le garçonnet ébaucha une moue qui marqua sa déception.

— Pourquoi, vous ne l'aimez pas ?

---

1. Œil Noir.
2. Etoile Blanche.
3. Stupide.
4. Petite Reine.
5. Prononcer : *shamrock* ; trèfle à quatre feuilles.

— Oh si ! Je l'adore, même ! J'ai toujours voulu avoir un chien lorsque j'étais petite. Mais c'est que je n'habite pas vraiment ici, vois-tu. Je ne suis qu'une invitée, et je devrai bientôt retourner chez moi.

— Dans votre pays, l'Irlande ? demanda-t-il, étonné.

— Non, pas en Irlande, à Edimbourg.

Il me dévisagea, dubitatif. Le chiot bougeait de plus belle dans sa chemise sans qu'il paraisse s'en apercevoir.

— Votre maison n'est pas en Irlande ?

— Plus maintenant. Moi aussi, j'ai dû quitter ma maison pour partir vivre ailleurs. Désormais, mon père habite Edimbourg.

Il réfléchit quelques instants, puis haussa nonchalamment les épaules.

— Ah bon ! dit-il simplement en délivrant l'animal prisonnier de l'étoffe. Vous pouvez l'emmener avec vous, si vous le désirez. Il aimera certainement vivre à Edimbourg. Il s'y fera des amis.

— Peut-être, dis-je en lui caressant la tête. Je verrai. Il est encore très petit et il a encore besoin de sa maman, comme toi.

J'enviais l'insouciance et la naïveté de l'enfant. Son jeune âge lui avait permis d'oublier, d'une certaine façon, les terribles épreuves qu'il avait vécues après le massacre. Et si ce n'était pas le cas, du moins les conséquences ne semblaient pas l'avoir détruit irrévocablement, contrairement à son frère Calum.

— C'est beau, l'Irlande ?

— Je n'ai pas vu grand-chose de mon pays, Robin, dis-je pensivement. J'habitais dans une grande ville où il n'y avait pas de belles collines vertes ni de landes couvertes de bruyère pour courir. Mes frères et moi devions jouer dans des ruelles sales et puantes. Je m'y suis quand même bien amusée avec mon frère Patrick. Nous avons fait plusieurs bêtises ensemble.

— Des grosses ? demanda Robin, soudain très intéressé.

— Quelques-unes, oui. Un jour, nous avons réussi à nous introduire dans le pigeonnier du procureur de la ville. Patrick et moi voulions rapporter quelques pigeons à la maison pour changer de l'éternel bouillon fait avec les os de mouton que le propriétaire de notre logis nous donnait par charité. Il faisait très chaud, et l'odeur dans le pigeonnier était insupportable. Nous avons donc laissé quelques volets ouverts pour aérer, le temps de chasser nos pigeons en question. Un chat s'est glissé à notre insu par une des fenêtres. Après quelques minutes de chasse, nous avions un rival de taille. Le chat était plus agile que nous pour grimper aux poutres. Il faisait un vacarme infernal. Des plumes volaient partout et les oiseaux étaient devenus fous de peur. Tout ce boucan a fini par alarmer la cuisinière du procureur. Elle nous a surpris, mon frère et moi, au moment où nous attrapions notre troisième bête.

Je fis une pause et revis en pensée le visage rouge de fureur de l'énorme femme, et je pouffai de rire.

— Nous avons eu la correction de notre vie, continuai-je en riant. Le chat, lui, a pris la fuite sans que la cuisinière s'en aperçoive, et Patrick et moi avons été déclarés coupables du carnage. Il y avait eu onze victimes en tout. Nous avons donc eu droit à la ceinture en cuir de mon père. Autant de coups que de victimes pour moi, et le double pour mon frère parce qu'il était le plus vieux.

— Aïe ! fit Robin en plissant le nez. Vous avez dû avoir mal pendant plusieurs jours.

— Patrick a été deux jours sans pouvoir s'asseoir normalement, car il avait reçu les coups sur ses fesses nues. Moi, j'ai eu plus de chance. Mon père m'avait permis de conserver un jupon, de peur que j'en garde des cicatrices.

— Vous n'avez pas eu vos pigeons pour le dîner ?

— Ah ! ça non ! Nous n'avons même pas eu droit à notre dîner. Je crois que c'est le procureur qui les a mangés, dis-je en mettant mon nez dans la fourrure chaude de Seamrag, qui dormait paisiblement dans le creux de mon bras.

Le chiot sentait bon le foin. Je le replaçai auprès de sa mère, qui lui administra quelques coups de langue.

— Moi aussi, j'ai déjà fait des bêtises, marmonna Robin d'un air coupable. Je peux vous en raconter une si vous voulez.

— Je me doutais bien que tu n'étais pas toujours très sage, dis-je en lui faisant un clin d'œil. Raconte-moi ton secret.

— D'accord, ajouta le petit garçon en redressant les épaules. Vous ne le direz à personne, promis ?

Je m'adossai aux planches grossièrement équarries de la stalle.

— Promis ! Vas-y, je t'écoute.

— C'est une très grosse bêtise, déclara Robin en insistant fortement sur le « très ». Je crois que maman ne m'aimerait plus si jamais elle venait à l'apprendre.

Robin replia ses genoux et y appuya son menton.

— J'ai perdu le *sgian dhu* de papa. Maman y tenait énormément et elle voulait que personne n'y touche. Moi, j'ai voulu le lui emprunter pour un petit moment seulement. Je voulais graver un cœur dans un morceau de bois pour ensuite le lui offrir à l'occasion de la *Hogmanay*[1]. Je m'étais caché dans mon repaire secret. Le bois était difficile à travailler, et je devais forcer pour arriver à l'entailler. La pointe de la lame a ripé sur le bois, le couteau m'a échappé et est tombé dans le ruisseau. Je peux le voir briller quand il fait soleil, mais l'eau est trop profonde à cet endroit. Je ne sais pas nager et, si je me noie, maman sera très en colère contre moi, en plus de découvrir que c'est moi qui ai pris le couteau. Je n'ose pas demander à quelqu'un d'aller le chercher, car alors elle saura la vérité.

Il dit sa dernière phrase dans un murmure, les larmes aux yeux.

— Tu peux me montrer où tu l'as perdu ?

Il hocha la tête.

— Il s'y trouve encore ?

— Oui, je l'ai aperçu la semaine dernière. J'ai tenté de le récupérer avec une branche, mais je n'y suis pas arrivé.

— Je pourrais peut-être le récupérer pour toi, dis-je doucement.

Les yeux de l'enfant s'agrandirent d'espoir. Le ravissement remplaça l'affliction sur son petit visage tout rond.

— Vous feriez ça pour moi ? demanda-t-il, incrédule.

— Eh bien, je peux essayer. Montre-moi l'endroit, et je verrai ce que je peux faire.

Le garçon se redressa aussitôt et tira sur mes jupes. Manifestement, c'était devenu une habitude chez lui. Nous laissâmes les chiots sous la protection bienveillante de leur mère, puis nous nous faufilâmes hors de l'écurie.

Le repaire de Robin était en fait un simple rocher derrière lequel il se dissimulait probablement pour faire quelques bêtises, à l'abri des regards. Ou bien pour se cacher lorsqu'il voulait se soustraire à une corvée quelconque.

— C'est ici ! s'écria Robin en me désignant un point dans le ruisseau.

L'eau y était claire, mais plusieurs plantes aquatiques y poussaient, escamotant le lit rocailleux et tout ce qui y reposait. Etendue sur la berge, je scrutai le fond en écartant la végétation, mais n'y vis rien.

— Tu es certain que c'est le bon endroit ?

— Oh oui ! J'étais assis sur cette grosse pierre. Le couteau est parti comme ça et il est tombé juste là, expliqua-t-il en joignant le geste à la parole.

1. Réveillon du jour de l'an.

Je réfléchis quelques instants à l'endroit où le *sgian dhu* aurait pu tomber. Ma manche retroussée jusqu'à l'épaule, je plongeai mon bras dans l'eau glacée et explorai le fond à tâtons.

— Je crois bien que je devrai retrousser mes jupes et me mouiller les mollets, marmonnai-je. C'est trop profond, je n'y arrive pas.

Je grimaçai sous la morsure de l'eau, qui montait au-dessus du genou. Robin m'observait avec une lueur d'espoir dans le regard. Les galets polis par la caresse constante de l'eau étaient doux sous mes orteils. Je marchai lentement, sondant aveuglément le fond avec mes pieds. Des crampes commençaient à me tordre les muscles lorsque je sentis quelque chose m'entailler le gros orteil. Un éclat métallique brilla entre les pierres et quelques brins d'herbe qui ondulaient au gré du courant. Je plongeai mon bras dans les remous et en retirai le précieux *sgian dhu.*

— Voilà ! m'écriai-je victorieusement en lui tendant l'arme précieuse. Elle était bien aiguisée.

Je sortis de l'eau en boitillant. Robin m'étreignit de toutes ses forces, puis serra le souvenir de son père sur son cœur.

— *Mòran taing*[1] *!* répéta-t-il pour la énième fois. Je vais le remettre à sa place sans que personne me voie.

— J'aimerais que tu me promettes de ne plus y toucher sans la permission de ta mère, le grondai-je gentiment.

— Je vous le promets, madame Caitlin. Juré sur la tête de… mon frère Calum, que j'aime beaucoup.

Il embrassa le petit coutelas et le leva devant lui, la lame pointée vers sa poitrine.

— Et si je venais à rompre ma promesse, je veux que mon cœur soit transpercé par cette même lame qui est témoin de mon serment.

Je regardai, un peu ébahie, ce petit bout d'homme. Il allait, sans le moindre doute, faire honneur à sa race. Je pouvais être certaine qu'il ne retoucherait plus au *sgian dhu.*

Soudain, un mouvement attira mon attention un peu plus haut sur la pente. Des ombres se mouvaient entre les arbres d'un bosquet. Une crinière flamboyante envoyait des éclairs rouge orangé à travers le feuillage vert sombre. Meghan ! La seconde silhouette, plus haute et massive, se profila. Je plissai les yeux pour mieux l'apercevoir. Un homme retenait Meghan par un bras et se penchait vers elle. Je restai un peu perplexe. Meghan voyait-elle un autre

1. Merci beaucoup !

homme ? Ce dernier s'éloigna, sa chevelure bronze brillant sous les rayons du soleil... Ce n'était que son frère Isaak...

Je repoussai Robin sans ménagement derrière le petit rocher et m'y cachai à mon tour.

— Qu'est-ce qu'il y a ? s'écria Robin, éberlué.

— *Bi sàmhach*[1] *!* chuchotai-je en mettant un doigt sur mes lèvres.

Je risquai un œil de l'autre côté du massif de granit. Je préférais que Meghan ne me voie pas. J'observai la silhouette gracile de la jeune femme pendant qu'elle s'éloignait du bosquet. Elle semblait bouleversée. Elle trébucha, renversa le contenu de son panier, s'arrêta pour le ramasser, puis reprit son chemin d'un pas hâtif.

Robin tira sur ma jupe en grommelant quelque chose. Je me composai un air détendu et lui tendis la main pour l'aider à se relever.

— Allez, viens, Meghan est passée par ici, tu n'aurais pas voulu qu'elle apprenne notre petit secret, n'est-ce pas ?

— Oh non ! s'écria-t-il en secouant énergiquement la tête.

Je ne revis Meghan que deux jours plus tard. Je rentrais d'une promenade à pied et remontais le sentier qui menait au cottage de Sàra lorsque j'aperçus la vieille Effie qui travaillait dans son jardin. Elle s'appliquait à mettre des oignons en terre. Son visage tout plissé s'illumina lorsqu'elle m'aperçut.

— Ah ! bonjour, ma petite, s'écria-t-elle avec un sourire de gnome. Vous semblez aller beaucoup mieux.

— Beaucoup, c'est vrai. Je voulais vous remercier de vos bons soins...

— Bah ! Ce n'est rien, dit-elle en balayant l'air de sa main noueuse, noire de terre. J'ai reçu ce don de Dieu, ce serait péché de ne pas m'en servir.

— Je peux vous aider ? demandai-je en me disant que, de toute façon, je n'avais rien de mieux à faire.

— Eh bien, j'ai déjà semé mes navets et mes laitues, il me reste les choux et quelques oignons, si vous voulez bien. Meghan est encore partie, Dieu seul sait où. J'accepte volontiers, mes vieux os me font souffrir.

— Elle ne participe pas aux corvées ?

— Meghan, dit-elle, songeuse, n'aime pas les tâches ménagères. Néanmoins, elle accepte d'aller quérir les plantes dont j'ai besoin en

1. Sois silencieux.

montagne. Je suis un peu trop gâteuse pour grimper dans les rochers.

Effie creusait des trous avec une cuillère en bois noircie et y jetait des bulbes qu'elle enterrait ensuite. Elle se redressa légèrement et plissa les yeux en évaluant la position du soleil.

— Elle est partie très tôt ce matin avec Isaak et n'a pas déjeuné. Elle devrait être de retour bientôt.

La vieille femme se tourna vers moi et essuya, en y laissant une traînée de boue, une goutte de sueur qui perlait sur son front.

— Avez-vous déjeuné, Caitlin ?

— Euh… non, je n'en ai pas eu le temps, marmonnai-je.

— Ah ! jeunesse ! Toujours aussi pressée ! s'écria-t-elle en me donnant la cuillère en bois et le sac d'oignons. Plantez-moi ce qui reste et je vous prépare un bol de soupe. Venez me rejoindre dès que vous aurez fini.

L'intérieur de la chaumière d'Effie avait toutes les allures d'un repaire de sorcière. Une multitude d'étagères chargées de bocaux de tout acabit, remplis de poudres, d'herbes et de racines, remplissait la cuisine. Une forte odeur de romarin fraîchement broyé embaumait l'atmosphère.

Je m'assis devant un bol de soupe à l'orge fumante et l'engloutis sous l'œil amusé de la femme.

— Tenez, dit-elle en m'offrant un scone à la cannelle tout frais. Votre malaise m'a l'air en bonne voie de guérison.

Je croquais avec avidité dans la pâtisserie fondante lorsque mon œil fut attiré par un gros livre relié de cuir noir, élimé et tout racorni. Effie suivit mon regard, prit l'ouvrage et le posa devant elle.

— On dirait un vieux grimoire.

— En quelque sorte. C'est un recueil ancien de recettes, avec des détails sur les vertus médicinales des plantes et de quelques charmes.

— Comme des philtres ? demandai-je en levant un sourcil intrigué.

— En auriez-vous besoin d'un ? se moqua-t-elle, un sourire en coin.

Je caressai le cuir du bout des doigts.

— Je peux ?

— Bien sûr.

Elle poussa le livre devant moi. La patine du temps avait rendu illisible la typographie sur la couverture, et la tranche, jadis dorée, était terne et usée. La reliure s'ouvrit dans un craquement de papier sec et cassant. Une écriture fine et régulière courait sur les pages jaunies. Je tentai de lire quelques lignes, mais je me rendis compte que le texte était écrit dans une langue incompréhensible pour moi.

— Il me vient d'une tante qui était religieuse dans un couvent du Poitou, en France. Il m'est très précieux, mais mes yeux usés n'y voient plus très clair.

— Vous parlez français ?

— Très peu. Les fils Macdonald et leurs cousins m'ont traduit quelques parties. Eux parlent couramment le français.

— Vraiment ? Je ne savais pas que Liam parlait français. Il a eu droit à des études plus poussées ?

— Oui, ils sont allés au King's College d'Aberdeen et ont passé quelque temps en France.

Je souris en essayant d'imaginer ces géants highlanders à l'allure plutôt rustique dans un cadre aussi raffiné qu'une université ou même une cour royale.

— Mon frère aîné a eu droit à quelques années d'études, lorsque les affaires de mon père étaient prospères, avant qu'il ne perde tout. Ensuite, Michael nous a montré à lire, à mes deux autres frères et à moi. Je lui en serai toujours reconnaissante, dis-je, plongée dans mes pensées.

— Où sont-ils aujourd'hui ?

— Michael est mort. Patrick, Mathew et mon père sont à Edimbourg. Et vous, avez-vous de la famille ? demandai-je avec indiscrétion, pour changer de sujet.

Le cœur déjà retourné, je n'avais pas vraiment envie de lui raconter mon histoire aujourd'hui. Le visage ridé de la vieille femme se rembrunit. Elle tripota le coin de la nappe en lin usée.

— J'ai été mariée autrefois, il y a bien longtemps. J'avais dix-sept ans à l'époque. C'était un Stewart d'Appin. Douglas Stewart d'Ardshiel. Un homme magnifique et un fier guerrier... Notre mariage a été de très courte durée : Douglas a été tué dans la bataille d'Inverlochy un an plus tard. Par la suite, j'ai erré d'un clan à l'autre, offrant mes services de sage-femme et de guérisseuse en échange d'un gîte et d'un couvert. Je ne me suis jamais remariée.

Il m'était difficile d'imaginer cette vieille femme voûtée, les articulations tordues et la peau fripée, en jeune femme de dix-sept ans, fraîche comme une rose dans les bras d'un fougueux guerrier.

Des éclats de voix nous indiquèrent l'arrivée de Meghan et de son frère. Isaak apparut dans l'embrasure, deux grouses pendaient à sa ceinture. Il me vit et me sourit du coin de la bouche. Effie lui jeta un regard courroucé.

— En voilà une heure pour venir déjeuner ! Où est ta sœur ? Ma soupe ne mijotera pas pour vos beaux yeux toute la journée.

— Elle ne veut pas manger, elle m'a fait la tête toute la journée. Vaut mieux éviter de lui parler.

Il s'avança avec désinvolture, me toisa et s'assit devant son bol fumant.

— Qu'a-t-elle ? demandai-je.

Il haussa mollement les épaules. Son regard dur et froid quitta momentanément sa cuillère pour dévier vers moi. J'en eus des frissons. Me rendait-il responsable du malheur de sa sœur ?

— Vous n'avez qu'à le lui demander.

Effie nous observait sans parler. Un silence de plomb s'abattit sur nous. Isaak ne leva plus les yeux, s'empressant de finir sa soupe, puis il se redressa et sortit. Effie me fit un air mi-figue, mi-raisin.

— Quelque chose ne va pas, soupira-t-elle. D'habitude, ce garçon ne cesse de palabrer pendant les repas. Il est très attaché à sa sœur. Pour qu'il soit autant bouleversé…

Elle fit une pause, puis marmonna d'un air plutôt gêné :

— Je ne sais pas ce qu'il y a entre vous et Liam, ça ne me regarde pas. Mais Meg lui tourne autour depuis quelque temps, et Liam n'est pas pour elle. J'ai bien tenté de l'en dissuader, mais… lorsque Meg veut quelque chose… Elle a appris assez tôt à manipuler son entourage pour son propre plaisir. Lorsque je l'ai prise en charge, c'était déjà une petite peste qui croyait pouvoir tout obtenir avec un simple battement de cils. J'aurais dû être plus ferme avec elle, je le regrette. Aujourd'hui, il est trop tard. Meg est ce qu'elle est. Cependant, elle ne pourra jamais avoir Liam. Dût-elle en mourir de chagrin.

Sur ce, elle se leva pour indiquer que le sujet était clos.

Plus tard, j'aidai Effie à soigner son jardin sous l'œil scrutateur d'Isaak qui nettoyait ses pistolets, à l'ombre d'un cerisier. Meghan était assise sur un banc, près de la chaumière, nous ignorant totalement. Perdue dans ses pensées, elle piochait machinalement dans le sol avec son talon. Manifestement, quelque chose la préoccupait. « Elle ne pourra jamais avoir Liam… » Mais qu'avait voulu dire Effie ?

— … les oignons ?

Je tressautai, extirpée de mes interrogations par la voix d'Effie.

— Les oignons ?

— Vous avez terminé les oignons ?

— Euh, oui…

Effie suivit mon regard, et sa mine se rembrunit.

— J'aimerais bien savoir ce qui la chiffonne. A moi, elle n'avouera rien. Isaak sait certainement quelque chose, mais lui non plus ne me dira rien. Il adore sa sœur et la couve un peu trop à mon goût.

J'avais ma petite idée, mais me gardai bien de lui en parler.

La jeune femme tourna vers nous sa mine grise et ses yeux cernés. Une pointe de compassion perça timidement mon amertume et ma jalousie à son égard. Je me demandais si Liam ne l'avait tout simplement pas congédiée avant de partir, après l'avoir sermonnée sur son comportement grossier envers moi.

— Meg, dit Effie en se redressant, j'aimerais que tu ailles à Ballachulish me chercher quelques mètres de jute, de la cire d'abeille et des simples chez Murdo.

— Pas aujourd'hui, Effie, rechigna Meghan.

— Ça ne peut plus attendre, cela fait trois jours que je te le demande, je n'ai plus de cire pour mes pommades. Isaak t'accompagnera.

Elle se tourna ensuite vers moi avec un air plein de sous-entendus.

— Peut-être que Caitlin pourrait aussi vous accompagner ?

C'était un ordre plus qu'une suggestion. Je n'avais pas tellement envie de suivre ces deux-là jusqu'à Ballachulish, mais Effie semblait si inquiète. Elle avait tant fait pour moi, je ne pouvais lui refuser ce petit service. Je devais admettre également que l'attitude de Meghan piquait vivement ma curiosité.

J'attendais les Henderson sur la route en compagnie de Donald MacEanruigs, qui, heureusement pour moi, s'était joint à nous. Il avait des documents à porter chez un notable de la place pour le chef MacIain. Pour passer le temps, il me faisait gentiment la conversation en me racontant une partie de chasse plutôt mouvementée :

— ... je vous jure qu'il faisait deux fois ma taille et que ses yeux étaient rouges comme les braises de l'enfer. Un vrai démon, cette bête, je vous dis !

— Et vous l'avez tué de vos seules mains nues ?

Il me présenta ses armes en question, paumes levées vers le haut.

— Regardez, là. Il m'a ouvert la main jusqu'à l'os. J'avais bien cru la perdre, mais Dieu a récompensé ma bravoure. J'ai toujours mes deux mains.

— Hum… en effet, fis-je avec scepticisme. Et votre tête est toujours aussi pleine d'histoires farfelues, comme je peux le constater.

— Vous ne me croyez pas ? s'offusqua-t-il. Demandez à Liam, il vous le confirmera, il était présent. En parlant du loup, ce cher Liam n'est toujours pas rentré, vous aurait-il abandonnée ?

— Il est libre de faire ce qu'il veut. Nous ne sommes liés d'aucune façon.

Il retroussa le coin de sa bouche.

— Vous m'en voyez ravi. Alors peut-être aurai-je ma chance. A moins que Colin…

— Dois-je vous rappeler que je suis juste de passage dans cette vallée ? répondis-je avec une pointe d'agacement. Et puis un homme aussi courageux que vous l'êtes ne doit avoir que l'embarras du choix pour une demoiselle.

Il rit, repoussa d'un doigt son béret qui lui retombait sur les yeux.

— La chasse n'a pas été bonne ces derniers jours. Les belles biches s'effarouchent facilement lorsque je les approche. Pourquoi, dites-moi ? Vous auriez une idée de ce qui les fait fuir ?

— Hum… Probable que le chasseur se fait trop… fougueux. Il faut y aller doucement.

Il éclata d'un rire franc, les yeux pétillants.

— Doucement ? Avec une biche telle que vous, je ne répondrais plus de moi si jamais l'envie vous venait de m'accorder…

— Monsieur MacEanruigs ! Vraiment !

Il haussa les épaules, l'air goguenard.

— Je voulais simplement vous faire part de mes sentiments.

— Si telle est votre façon de courtiser les dames, je doute que vous trouviez chaussure à votre pied de sitôt !

— Je vous déplais à ce point ?

Son regard gris acier, qui me déshabillait sans scrupule, semblait cependant dépourvu de toute malice.

— Enfin…

J'hésitai devant son sourire enfantin, qui me paraissait sincère. Bah ! Qu'une autre lui donne la leçon d'humilité qu'il méritait. Pour l'instant, je supposais qu'il me servait de garde du corps. Après tout, il ne devait pas être si mauvais garçon, puisque Liam le tenait en grande estime. Hormis ses propos parfois déplacés, il avait toujours été très courtois envers moi. Je l'aimais bien.

L'arrivée des Henderson m'évita d'avoir à lui répondre. Voilà que j'étais en route pour Ballachulish en agréable compagnie. Je chevauchais entre les regards noirs de Meghan et la mine sombre de son frère. Je constatais que la sobriété de ce dernier n'atténuait en rien son trop-plein d'arrogance.

Nous longions les battures rocailleuses du loch Leven, et les chevaux allaient au pas. Une brise tiède, venant du sud-ouest, portait les effluves de la mer qui emplissaient mes poumons. Quelques bécasses picoraient allègrement dans les amoncellements d'algues agglutinées sur les pierres jaillissant de la surface de l'eau. Donald ralentit son allure et me fit signe d'arrêter. Meghan et son frère, qui suivaient, firent halte à leur tour.

— Vous voyez cette île au large ? me demanda-t-il en fixant un massif rocheux qui émergeait des eaux du loch. C'est Eilean Munde[1]. C'est là que reposent pour l'éternité les membres de notre clan.

Il tourna vers moi un regard sombre. Son plaid gonflé par le vent ajoutait à sa taille déjà imposante. Il avait attaché ses cheveux d'un beau roux clair sur sa nuque et portait l'écusson des Macdonald piqué sur son béret bleu. Deux pistolets se balançaient à sa ceinture, à proximité d'un long poignard. Ses yeux se plissaient, aveuglés par la réflexion des rayons du soleil sur la surface de l'eau. Un héron passa sans se presser au-dessus de nous.

— Liam vous a raconté ce qui s'est passé ?

— Oui, votre clan a beaucoup souffert.

— Hum… Je crois que nous ne nous en remettrons jamais. Nous n'étions pas un grand clan comme Glengarry, Keppoch ou Lochiel, mais on nous craignait comme la peste. MacIain était respecté ou méprisé, mais il ne laissait personne indifférent. Vous saviez qu'il mesurait plus de deux mètres et une main ? Il était immense. Avec sa crinière, sa barbe et sa moustache roulée à la française, blanches comme neige, il ne passait pas inaperçu. Il était l'ennemi le plus coriace de Campbell de Breadalbane, ce fumier de vieux renard… Il voulait sa tête à tout prix, il l'a eue. En revanche, il n'a pas réussi à avoir celle de ses fils.

— Je n'ai pas toute la journée, s'énerva Meghan, qui n'avait encore rien dit jusqu'ici. Tu causeras avec la dame plus tard, Donald, moi, j'ai autre chose à faire.

Elle s'agitait sur sa selle. Son teint était pâle à faire peur.

— Tu vas bien, Meghan ? lui demanda Donald.

Son regard le foudroya. Elle lui annonça sur un ton mordant qu'elle allait très bien, sans m'en convaincre pour autant.

---

1. L'île de Munde.

— Décidément, je ne comprendrai jamais rien aux états d'âme des femmes, soupira Donald en haussant les épaules. *Fuich !*

Il éperonna sa monture et prit les devants avec Isaak, me laissant seule un moment avec elle.

— Ecoute, Meghan, commençai-je, nous ne nous cacherons pas notre inimitié. Mais si c'est ma présence qui te met dans cet état, je peux toujours retourner à Carnoch.

J'avais très envie de la planter là et de revenir dans la vallée, mais, en pensant à Effie, je m'efforçai d'être aimable avec l'intrigante, espérant gagner un peu de sa confiance. Une mèche de cheveux en travers de sa joue, elle fixait le pommeau de sa selle. Elle leva son visage un instant vers moi, m'offrant une mine déconfite tandis qu'elle frottait convulsivement ses mains l'une contre l'autre. De toute évidence, quelque chose la rongeait, et Effie comptait sur moi pour tenter de le découvrir. Cela s'annonçait difficile.

— Ce n'est pas toi… Je ne peux pas en parler, tu ne comprendrais pas.

— Tu peux toujours essayer.

Elle hocha la tête en détournant son visage vers Eilean Munde et prit une profonde respiration.

— Comment pourrais-tu me comprendre, Caitlin ? Tu ne connais rien de ma vie. De toute façon, personne ne peut rien pour moi.

Elle fit pivoter sa monture, qui partit au galop rejoindre notre escorte sur la route.

Je n'aimais pas particulièrement Meghan, mais quelque chose dans son regard me toucha. Sa détresse n'était pas feinte, je le sentais. L'absence prolongée de Liam en était-elle la cause ? Le retard de mon départ, qu'inconsciemment je repoussais ? Cela m'était impossible à dire.

Ballachulish était un petit village animé, gardien de l'embouchure du loch Leven, où les eaux de ce dernier se confondaient avec celles du loch Linnhe. Plusieurs navires mouillaient dans le port, qui grouillait d'activité. Des dockers chargeaient des caisses d'ardoises provenant des carrières situées dans les montagnes derrière nous et déchargeaient des marchandises diverses, nécessaires aux habitants de la région.

J'eus un pincement au cœur en les observant. C'eût été si facile de m'embarquer immédiatement… Je sentis le regard de Meghan dans mon dos et me retournai. Ses yeux passèrent de moi aux navires, puis revinrent se poser sur moi. Un sourire vicieux se dessina sur ses lèvres.

— Tu cherches toujours un navire pour l'Irlande, Caitlin ? nargua-t-elle.

Je feignis l'indifférence.

— Le *Blue Dolphin* est à l'arrimage. Il va certainement repartir avec un plein chargement d'ardoises pour descendre la côte ouest vers le sud. Peut-être ira-t-il jusqu'en Irlande ?

Son regard m'évaluait.

— Tu veux peut-être que je vérifie pour toi ?

Je jetai un coup d'œil vers Donald qui discutait avec un petit homme rougeaud à quelques mètres derrière nous. Isaak se tenait un peu en retrait. Ni l'un ni l'autre ne portait attention à nous.

Elle me regardait toujours avec ce petit air condescendant qui m'irritait. Je n'arrivais pas à admettre que Liam pût être attiré par une telle vipère. J'eus une envie irrésistible de lui clouer le bec, une fois pour toutes.

— Ce ne sera pas nécessaire, répondis-je sur un ton désinvolte. Je ne pars pas pour l'Irlande.

Je me déculpabilisai de ma méchanceté gratuite en me disant que c'était la vérité. Toutefois, je ne lui précisai pas que mon intention était tout de même de quitter la vallée. Son visage pâlit et ses yeux s'agrandirent de surprise. Sa bouche s'ouvrit et se referma aussitôt dans un claquement de dents. Dans une tornade de jupes, elle fit volte-face, puis se dirigea vers les hommes. Voilà qui était bien fait !

Donald avait rempli sa mission, nous avions terminé les courses d'Effie et nous nous dirigions vers le marché pour y acheter quelques denrées fraîches avant de repartir, lorsque nous nous fîmes cavalièrement bousculer par un groupe d'hommes qui sortaient d'une taverne en titubant et en riant grassement. Un des soûlards se retourna pour s'excuser ou bien m'engueuler, ce que je ne saurai jamais, car ses mots restèrent en suspens dans sa bouche ouverte. J'en fis tout autant devant le regard noir d'Ewen Campbell.

La surprise passée, une lueur d'amusement éclaira les yeux de l'ivrogne. Il esquissa un geste vers moi, mais fut brutalement bloqué par Donald, qui le repoussa violemment contre les trois hommes derrière lui. En moins de deux, je me retrouvais avec Meghan derrière notre garde du corps qui s'apprêtait à dégainer son poignard. Isaak avait déjà le sien à la main et le brandissait devant lui quand un cri de sa sœur l'arrêta. Campbell, tenant à peine sur ses jambes, se redressa et rajusta le plaid sombre qui lui drapait l'épaule gauche en toisant froidement Donald.

J'entendis les crissements des poignards qui sortaient de leur fourreau. La réflexion du soleil sur l'acier m'éblouit. Les comparses de Campbell avaient dégainé à leur tour. Des badauds nous observaient, attendant visiblement avec une excitation grandissante que le sang coule. Un silence terrible nous enroba, pendant lequel les adversaires se jaugèrent.

— Que fais-tu ici, Campbell ? gronda Donald, tendu comme un arc.

Je me tournai légèrement vers Meghan, dont le teint était maintenant cadavérique. Ses yeux étaient rivés sur l'homme et ses lèvres tremblaient.

— J'avais des choses à régler, MacEanruigs, nous sommes en terre d'Appin ici, et je n'ai pas de comptes à te rendre ni d'ordres à recevoir de toi ou des tiens.

L'homme me jeta un bref coup d'œil.

— Alors, la petite dame s'est remise...

— Ta gueule, Campbell. Retourne en Glenlyon avant que je ne puisse plus retenir mon poignard de te trouer la peau.

— Laisse-le-moi, dit Isaak dans un murmure. J'ai quelques petits comptes à régler avec lui.

Le coupe-jarret, semblant trouver la menace plutôt drôle, rit avec raucité, puis posa ses yeux sur Meghan qui s'était réfugiée derrière son frère. Campbell la fixa intensément quelques instants. J'entendis Meghan hoqueter. Dans un geste sans équivoque, il passa sa langue sur ses lèvres qui s'étiraient lentement en un sourire insolent. Isaak bondit, mais, malgré l'état d'ivresse avancé de Campbell, ce dernier réussit à l'esquiver avec une agilité surprenante. Un de ses sbires empoigna Isaak par le bras et le lui tordit dans le dos, le forçant à lâcher son arme.

— Hé ! Henderson, ne me cherche pas, siffla Campbell en pointant son poignard sur sa gorge. Pense un peu à ta jolie sœur. Hum... Ce serait dommage... Quel spectacle horrible tu lui offrirais si tu me forçais à t'ouvrir la gorge, ici ! Cependant, je me demande si elle te pleurerait très longtemps.

Son regard se rétrécit et se reporta sur Donald, qui ne quittait pas les poignards des yeux.

— On se promène en très agréable compagnie, MacEanruigs ?

— Je coupe la main qui touche à un seul de leurs cheveux, grommela Donald, qui commençait à s'impatienter.

Le sourire qui flottait sur les lèvres de Campbell s'élargit, découvrant une dent ébréchée, probablement lors d'une rixe. Il éclata de rire. Meghan hoqueta, se retint à mon bras en tremblant. Il nous regarda de nouveau, l'œil lubrique.

— La main, tu dis ? Allez, MacEanruigs, il faudrait que tu me les coupes toutes les deux !

Il repoussa brusquement Isaak, repartit de nouveau d'un rire mauvais, puis fit signe à ses hommes de rengainer leurs poignards.

— Henderson, n'oublie pas ce que je t'ai dit.

Ce dernier, pâle comme neige, regarda sa sœur qui tremblait à mes côtés.

— Bonne journée, MacEanruigs, mesdames.

Il inclina légèrement la tête, puis les quatre hommes se fondirent dans la foule en riant aux éclats, visiblement satisfaits de leur sortie bien réussie. Donald resta planté là, marmonnant des grossièretés en gaélique aux curieux qui s'attardaient.

— Sale chien vicieux... J'aimerais le voir embroché sur mon claymore, celui-là. Que peut-il bien faire par ici ? Il n'a rien à foutre chez les Stewart, il faudra que j'en parle à John.

Ses muscles se détendirent, et il se tourna vers moi.

— C'est le neveu du laird de Glenlyon. Le même sang coule dans leurs veines. Allez, venez, il faut rentrer.

Meghan titubait. Je la retins par le bras lorsqu'elle trébucha sur une pierre. D'un mouvement sec, elle se dégagea et reprit sa route derrière son frère.

Le chemin du retour se fit au trot, Donald semblait plutôt pressé de retourner à Glencoe. Lorsque nous nous fûmes engagés dans la vallée, j'eus l'étrange impression que Meghan ne suivait plus. Je me retournai sur ma monture et la vis arrêtée à l'embouchure de la Coe, sur le bord du loch. Je mis Bonnie au galop pour rejoindre Donald et Isaak qui ralentirent l'allure. Ce dernier s'apprêtait à rebrousser chemin quand il aperçut Meghan plus loin derrière nous.

— Non, je vais y aller, je crois qu'elle a besoin de parler... expliquai-je.

Isaak hésita, et Donald était visiblement nerveux de nous laisser seules avec les Campbell à quelques kilomètres seulement.

— Ça va aller, le rassurai-je. Nous ne serons pas longues, et puis le village n'est pas loin.

— Je reste ici, vous n'aurez qu'à crier si jamais vous avez besoin de moi. Isaak, file chez MacIain l'avertir de la présence de Campbell à Ballachulish.

Il sauta en bas de son cheval et s'assit sur le bord de la rivière, un brin d'herbe entre les dents.

Je rebroussai chemin, stoppant Bonnie à quelques mètres de Meghan qui pleurait à chaudes larmes. Elle sursauta lorsque je m'assis près d'elle.

— Que fais-tu ici ? maugréa-t-elle en s'essuyant les yeux.

— Je pourrais te poser la même question.

Meghan se redressa et ramassa quelques galets sur la grève, qu'elle lança dans l'eau noire du loch, qui avait maintenant presque entièrement avalé les battures. Les cercles concentriques brisaient la surface, se fondant les uns dans les autres.

— Peut-être pourrions-nous faire une trêve, Meghan ?

Elle lança un autre galet avec force en évitant de me regarder.

— Pour quoi faire ?

— Parler. Tu en as de toute évidence besoin.

— Et pourquoi te raconterais-je mes problèmes ?

— Je peux peut-être t'aider.

Un rire de dérision s'échappa de sa gorge. Il fut bref. J'attendis en silence, car je savais qu'elle parlerait. Sa jupe bouffait dans la brise marine. Elle se tourna vers moi, ses cheveux léchant la peau blanche de son visage comme des flammes dansantes. Son attitude avait changé, et cela ne me rassura pas.

— Tu as raison, dit-elle finalement d'une voix plus posée. J'ai un problème. Ça fait plus d'une lune que je n'ai pas saigné.

Je la dévisageai fixement, bouche bée.

— Tu veux dire que tu es... enceinte ? demandai-je, abasourdie.

— Tu comprends très vite, Caitlin ! railla-t-elle, caustique.

Un mois... Mais qui en était le père ? Soudain, je sentis le glaive de l'évidence s'enfoncer en moi.

— Tu es bien certaine d'être enceinte ?

— Pour en être certaine, je le suis ! J'en ai tous les symptômes.

— Effie doit connaître des herbes, des méthodes...

— Effie ? Tu n'y penses pas ? coupa-t-elle en levant les bras au ciel. Jamais, mais au grand jamais contre la volonté de Dieu ! Elle est sage-femme, pas faiseuse d'anges.

— Quelqu'un d'un autre clan peut-être ?

— Non. Puis qui te dit que j'ai envie de me défaire de cet enfant ?

— Mais, Meghan...

Je me sentis tout à coup d'une telle stupidité ! D'évidence, elle tenait à le garder. Le problème n'était pas là.

— Le père ? Tu veux épouser le père ? demandai-je, en proie à une angoisse sourde.

Je réalisai brusquement que je ne voulais plus partir. Elle me dévisagea d'un air perplexe.

— Tu sais qui en est le père, n'est-ce pas, Caitlin ?

— C'est... Je...

Je ne voulais pas le savoir. Elle avait certainement pu coucher avec d'autres hommes. Seul Liam pouvait me confirmer ce que j'appréhendais. Je m'abstins de tout autre commentaire. Elle resta silencieuse un bon moment, assise en face de moi, un sourire méchant sur ses lèvres. Sa question renfermait une certaine forme de menace.

— Sait-il que tu attends un enfant ?

— Qu'il le sache ou non ne fait pas une grande différence. Lorsqu'il le saura, il devra prendre ses responsabilités. Le chef l'exigera.

Différentes expressions modifiaient successivement ses traits. Ses doigts fouillaient de manière spasmodique les gravillons qui formaient la berge. Son regard félin se leva lentement et elle braqua sur moi deux magnifiques émeraudes étincelantes, captives d'un visage de marbre froid.

— Liam m'épousera.

Je reçus ces derniers mots comme un coup de poing dans l'estomac. Le souffle me manqua. Je ne voulais pas l'entendre. Non, elle mentait, ça ne pouvait être vrai ! Elle me racontait cette histoire pour me forcer à partir. « Mais n'était-ce pas ce que tu projetais, Caitlin ? » me répétai-je. Oui... Non... Au fond, j'espérais que Liam arriverait avant mon départ. Qu'il me demanderait de rester. Qu'il me dirait... qu'il m'aimait. Seigneur, oui !

Comme dans un mauvais rêve, je me redressai, puis me dirigeai vers Bonnie d'un pas incertain. Je me tournai lentement vers Meghan. Elle s'était relevée et se tenait le ventre à deux mains, gonflant ses jupes pour imiter le renflement qui allait inévitablement bientôt déformer son ventre encore plat. Enhardie par mon abattement, elle reprit sur un ton cinglant :

— Et si tu crois que je te mens, demande-le-lui donc. Il te confirmera lui-même que j'ai partagé sa couche.

Elle partit d'un grand rire hystérique qui me raidit l'échine.

— Déçue, Caitlin ? Tu n'as plus de raisons de l'attendre maintenant, décréta-t-elle méchamment. Il n'est peut-être pas trop tard pour le *Blue Dolphin* !

Je posai mon front sur l'encolure chaude de ma jument et fermai les yeux pour endiguer mes larmes.

— Il est à moi ! cria-t-elle dans mon dos en y mettant toute la véhémence dont elle était capable. Retourne d'où tu viens, tu es une étrangère ici, nous n'avons pas besoin de toi. Liam n'a pas besoin de toi. Il m'a, moi ! Moi et l'enfant que je porte !

Ses paroles m'atteignaient comme autant de poignards dans le dos. Le sol se dérobait sous moi. Je me retins à ma selle pour ne pas m'effondrer et serrai les dents pour ne pas hurler.

Je remontai sur Bonnie en tremblant, partis au grand galop et remontai la vallée jusqu'au loch Achtriochtan sans ralentir l'allure, aveuglée par un rideau de larmes. Bonnie ahanait. Je me laissai finalement tomber sur le tapis d'aiguilles de pin dans la pinède.

La douleur était terrible, si terrible ! Je me sentais trahie. Colère, désespoir, haine, amertume… Je coulais dans un océan déchaîné, me noyais dans les émotions qui déferlaient en moi. J'entendais l'écho des paroles de Meghan qui revenaient inlassablement dans ma tête, et son rire qui martelait sans merci l'intérieur de mon crâne. Mon esprit tourbillonnait. Je tremblai convulsivement, en proie à une crise de larmes incontrôlable. Déchirée, je criai au ciel :

— Oh ! Liam… Comment as-tu pu ?

Je le revoyais, lors du *ceilidh,* faisant les yeux doux à Meghan. Puis, plus tard, dans l'obscurité, avec moi, ses lèvres sur ma bouche… Comment avais-je pu être aussi naïve ? Il me désirait, mais pour une simple aventure. Il avait déjà une femme dans son lit, il en voulait une autre sous son plaid, dans la bruyère. « Salaud d'Ecossais ! »

L'odeur du pin me souleva le cœur. Je me levai, puis allai m'asseoir sur le bord du loch. Il y avait maintenant neuf jours qu'il était parti pour « réfléchir ». Il pouvait bien méditer le reste de ses jours, si le cœur lui en disait, moi, je ne serais plus là à son retour. S'il croyait pouvoir me séquestrer ici pour assouvir ses bas instincts, il se trompait royalement !

Les larmes revinrent, n'en finissant plus de jaillir de la source intarissable. Je pleurai ma peine dans le loch, la laissant suivre le courant de la Coe, tout aussi troublé que mon cœur, jusqu'à ce qu'elle se fonde dans les eaux plus calmes et plus sereines du loch Leven.

Le soleil se couchait lentement derrière le Meall Mor. La vallée baignait maintenant dans une douce lueur orangée diffuse, et le loch s'était habillé d'une feuille d'or ondoyante. Bizarrement, je me sentais plus détendue. Je pouvais maintenant penser plus clairement. Qui étais-je pour juger Liam ? Je me rendais compte avec amertume que j'étais tombée amoureuse d'un homme qui avait eu une vie avant moi, et que je n'en faisais pas partie. Il était plus que temps pour moi de quitter cette vallée, je n'avais pas ma place ici. J'étais une étrangère. Il ne me restait plus qu'à réparer les torts que j'avais causés, à lui et à son clan.

Je retirai mes chaussures et baignai mes pieds dans l'or du loch. L'eau était glacée mais supportable. J'imbibai l'ourlet de ma jupe, pour m'éponger le front et la nuque, et m'aspergeai le visage et le cou. Les émotions de la journée m'avaient couverte de sueur. Je relâchai un peu les lacets de mon corsage pour me rafraîchir aussi la gorge. J'eus soudain une envie folle de patauger un peu avant de repartir. Je retroussai mes jupes et coinçai l'ourlet dans la ceinture, puis me glissai dans l'eau jusqu'aux cuisses en frissonnant.

Les galets étaient doux sous mes pieds, et les herbes me chatouillaient les chevilles et les mollets. Je fis quelques pas, regardant mon reflet et celui du ciel enflammé à l'arrière-plan, déformés par les plis de l'onde. Un léger toussotement suivi d'un sifflement me fit pivoter d'un coup.

Instinctivement, je mis la main sur ma chemise, couvrant ma poitrine. Isaak, qui se dressait sur un des rochers, me dévisageait d'un œil amusé. Cramoisie, je restai pétrifiée.

— Quel beau spectacle vous offrez ! déclara-t-il en frottant son menton mal rasé.

— Que faites-vous ici ? Vous m'avez suivie ?

Il descendit du promontoire et s'approcha du bord de l'eau, me coinçant entre lui et les profondeurs du loch. J'étais souverainement embarrassée. Depuis combien de temps avait-il été là, à m'observer ? Je ne l'avais pas entendu venir. Et puis que me voulait-il ? Les questions se bousculaient dans ma tête, tandis que je cherchais discrètement ma dague dans ma jupe.

— Alors, comment va votre... blessure ? Elle me semble assez bien guérie.

Il lorgna la cicatrice qui était visible juste en dessous du bouffant des jupes retroussées. Il souriait sournoisement, son regard dévoilant ses pensées concupiscentes. Je regagnai rapidement la berge, m'emparai de mes chaussures et me mis à courir vers Bonnie. Il me rattrapa sans trop de difficulté, me repoussa contre le tronc rugueux d'un pin et m'y cloua d'une main.

Affolée, je me remis à chercher ma dague. Avec soulagement, je la trouvai, mais je ne réussis pas à la sortir de ma poche, empêtrée dans les replis du tissu. J'empoignai néanmoins fermement le manche et gardai l'arme pointée vers l'intrus, bien cachée dans l'étoffe. Le sang me fouettait les tempes et je tentai tant bien que mal de contrôler mes tremblements.

Il attrapa un ruban de ma chemise et l'enroula autour de son index, lorgnant scandaleusement ma poitrine à demi couverte. Il dégageait une âcre odeur de transpiration et d'alcool.

— Ne me touchez pas, sifflai-je entre mes dents.

L'homme défia ma futile menace, tira plus fort sur le ruban, ce qui dénuda légèrement mon épaule gauche. Ses yeux emplis d'une lubricité bien affichée s'y attardèrent. Un sourire lascif était accroché sur ses lèvres. Il appuya son autre main sur le tronc, juste audessus de mon épaule dénudée, la frôlant intentionnellement au passage. La broche qui retenait son plaid aux teintes défraîchies brillait dans les derniers rayons du crépuscule, tout comme ses dents jaunies.

— Je suis venu poursuivre notre petit entretien de l'autre jour, vous savez, chez le laird... susurra-t-il. Et puis peut-être en profiterai-je pour...

— Ne me touchez pas, Isaak.

— Allons, Caitlin. Ne jouez pas à ce petit jeu avec moi. Nous savons tous les deux que c'est inutile. Vous deviez plutôt bien servir ce fumier de Dunning.

Son visage marqué par les singularités de la nature se pencha sur moi. Il affichait toujours ce sourire doucereux, et ses yeux brillaient de convoitise. Isaak tira de nouveau sur le ruban d'un coup sec, ce qui eut pour effet de découvrir un sein qu'il s'empressa de tripoter. Il respirait bruyamment et appuyait sa cuisse contre ma hanche. Je sentis son membre durci contre mon bas-ventre, ce qui accentua mon affolement.

— Soyez sage, et rien de fâcheux ne vous arrivera.

La peur, qui me prenait maintenant au ventre, rendait ma peau moite. Je jouai un peu du poignet dans ma poche. La dague se libéra. Je la levai lentement et l'appuyai sur la gorge de mon agresseur qui se statufia dans l'instant.

— Vous n'êtes pas sans savoir ce qui est arrivé à Dunning. Alors, je vous conseille de me laisser tranquille. Je n'hésiterai pas à user de cette lame, si vous m'y obligez.

Une larme de sueur me coula dans le dos. Même s'il n'était pas beaucoup plus grand que moi, Isaak était assez lourd, et je n'étais évidemment pas de taille à me mesurer à sa robustesse. Mais s'il persistait dans cette voie, je pouvais le blesser assez gravement pour le neutraliser. Au mieux pouvais-je le garder à distance respectable.

Son expression avide se mua en surprise. Puis ses yeux dorés se rétrécirent jusqu'à ne devenir que deux minces fentes. Il éclata d'un rire mauvais. L'instant d'après, je me retrouvai avec la lame froide et tranchante d'un long poignard pointée sur ma gorge. Je relâchai aussitôt ma dague et m'agrippai au tronc derrière moi, complètement terrifiée. Son regard luisant me transperça. Je déglutis sous la pression de la lame qui m'entailla légèrement la peau.

— Contrairement à ce que vous pouvez croire, nous, montagnards, n'avons pas pour habitude d'égorger les jolies femmes, même armées. Nous préférons de loin les prendre. Cependant, les femmes *sassenachs* ne sont pas particulièrement appréciées, ici. Heureux soit-il pour vous, votre beauté joue en votre faveur. Je peux comprendre que Liam ait risqué le fruit de deux mois de travail, sans parler de l'argent investi, pour vous sauver. J'espère que vous en valiez la peine. Mais, moi aussi, je veux ma part du seul butin qu'il ait ramené.

Il cracha par terre, tira sur l'encolure de sa chemise pour mettre une plaie en voie de cicatrisation à découvert. La lame d'un poignard lui avait traversé l'épaule.

— Vous voyez ceci ? J'ai failli y laisser ma peau, tout comme ce pauvre Rodaidh. Alors, je considère avoir droit à une petite compensation…

Il plaqua ses lèvres sur les miennes, sa langue fouillant ma bouche avidement et avec rudesse. Il exhalait une forte odeur de tabac et d'alcool. Un profond sentiment de dégoût m'envahit. Je lui mordis la langue, mais il me le fit regretter aussitôt.

Exalté par mon opposition tenace, il passa outre les préliminaires et me poussa brutalement sur le sol avant de me couvrir de son corps. Ses mains se mirent en devoir de relever mon jupon. Il m'empêchait de crier avec sa bouche. Les pierres qui pénétraient mes chairs me firent monter des larmes aux yeux. Je battis des jambes, sachant pertinemment que je n'arriverais qu'à gagner du temps et à l'exciter davantage.

— Diablesse de tous les enfers ! Vous n'avez certainement pas fait tant de chichis avec Liam.

— Otez vos sales pattes ! Je ne suis pas à Liam, ni à personne d'autre...

— Vous voulez rire ? Vous voulez me faire avaler que Liam ne s'est pas servi le soir du *ceilidh* ? Je l'ai vu partir avec vous dans ses bras. Je connais l'homme. Cessez de me mentir, petite garce.

Il avait réussi à m'écarter les cuisses. Je tentai de lui envoyer mon genou dans les bourses, mais il esquiva le coup en m'écrasant le bassin avec le sien. Une douleur me déchira la cuisse. Mes efforts pour le repousser avaient réveillé ma blessure, y compris celle enfouie au fond de mon cœur. On allait me violer une nouvelle fois. Je n'allais tout de même pas le laisser faire sans essayer de me défendre jusqu'au bout.

— Inutile de faire la difficile, ma poulette, je ne vous lâcherai que lorsque j'aurai eu ce que je veux...

Un coup de feu résonna. Isaak s'immobilisa sur-le-champ et cessa de respirer. L'espace d'un court instant, je crus qu'on lui avait tiré dessus. J'attendis. Son regard qui me braquait toujours restait fixe, sans même un battement de cils. La vie lui revint d'un coup. Il remua finalement, me libérant de son poids. Haletant, il scruta les alentours d'un air inquiet, les doigts crispés sur le manche de son poignard, qu'il avait saisi d'urgence. Des cris et des rires nous parvenaient du haut de la colline. Des hommes revenaient de la chasse. Isaak jura, se redressa et reporta sur moi ses yeux fiévreux de bête inassouvie et frustrée.

— Je vous demanderai d'éviter de raconter cet incident à Liam et à Colin. Votre réputation s'en trouverait irrémédiablement entachée. La petite putain de Dunning. On jase beaucoup sur votre compte, au village. Apprendre que vous usez de vos charmes pour attirer des hommes dans les collines ne ferait qu'ajouter foi à ce qu'on raconte déjà.

— Salaud ! Comment pouvez-vous... Liam ne vous croira jamais...

— Voulez-vous vous y risquer ? Expliquez-lui de quelle autre façon j'aurais pu voir la marque que vous portez à l'épaule gauche et... ce grain de beauté sur votre sein. Donc je vous conseille fortement de tenir votre langue, sinon je vous jure que nos chemins se recroiseront, et là, je prendrai le reste.

Il rengaina son poignard dans sa ceinture, rajusta son plaid, puis se prépara à repartir. L'homme grimpa le rocher et disparut dans les broussailles, me laissant pantoise.

— Cela ne risque pas de se produire, murmurai-je dans un sanglot.

J'attendis plusieurs longues minutes que mes tremblements s'atténuent avant de me relever. Je me dirigeai vers Bonnie sur des jambes flageolantes. Je ne pus réprimer mon besoin de me vider de toute ma terreur contenue et, n'arrivant plus à me contrôler, je m'effondrai en larmes dans les hautes herbes.

Le cottage était désert, c'était mieux ainsi. Je ne me sentais pas d'humeur à répondre aux questions de Sàra. Un chaudron de poule au pot était gardé au chaud, pendu à la crémaillère. Je m'en servis une portion et mangeai sans grand appétit. J'emballai quelques provisions dans un sac de toile et emplis une gourde d'eau que je cachai sous mon lit.

J'étais assise sur le sol devant les braises rougeoyantes dans l'âtre lorsque Sàra et Colin entrèrent. Ils me dévisagèrent avec surprise sans rien dire. Puis Colin marmonna et sortit. Sàra s'approcha de moi.

— Bonsoir, dis-je d'une voix lasse.

— Mais où étais-tu, par tous les saints ? s'écria-t-elle brusquement en mettant ses poings sur les hanches. Nous t'avons cherchée partout dans les collines, nous étions inquiets. Donald nous a raconté ce qui s'est passé aujourd'hui. Il a aussi dit que tu paraissais très bouleversée après une conversation avec Meghan.

Elle s'approcha de moi encore un peu, puis s'apprêtait à poursuivre lorsqu'elle afficha une mine stupéfaite.

— Tu as pleuré ? Qu'est-ce que Meg a bien pu te dire pour te bouleverser à ce point ?

Je me rembrunis et détournai les yeux vers les braises.

— Je préfère ne pas en parler.

— Bon... Si c'est ce que tu veux, marmonna-t-elle, un peu mal à l'aise.

Je repliai mes genoux sous mon menton. Les émotions remontaient à la surface, menaçant de briser le calme que je tentais désespérément de conserver.

— Je vois que tu as mangé, dit Sàra en rangeant la vaisselle.

— Oui, merci.

Mon estomac se serra. J'eus l'impression soudaine d'être la pire des ingrates. On m'avait accueillie ici sans me poser de questions. On m'avait soignée, nourrie, logée, et on s'était inquiété de mon bien-être. Et moi, qu'offrais-je en retour ? Rien. Je n'avais rien à leur offrir à part ma profonde gratitude. Maintenant, voilà que je me préparais à me sauver comme une vulgaire voleuse avec leur générosité sous mon bras. Une profonde tristesse m'envahit.

— Tu veux faire une partie d'échecs ? demanda timidement Sàra.

Je me tournai vers elle. Pourquoi pas ? De toute façon, il était un peu tôt pour aller dormir.

9

Le cœur a ses raisons...

La lune filtrait à travers les fissures de la toiture de la vieille grange qui me servait de gîte pour la nuit. Grelottante, enroulée dans ma cape sur le sol humide, je regrettais la chaleur et le confort de mon lit. « Il faudra que tu t'y fasses, la prison sera certainement bien pire. »

Je m'étais levée avant l'aube, n'ayant somnolé que quelques heures. Sans bruit, j'avais enfilé mes vêtements et ma cape, puis j'avais précieusement rassemblé mes quelques possessions et mon sac à provisions. Je m'étais enfuie dans la grisaille brumeuse et fraîche des petits matins highlanders, en catimini, sans un adieu.

Ne connaissant pas le territoire, j'avais choisi de prendre le chemin par lequel nous étions arrivés, donc de passer par la porte de l'est, le Rannoch Moor. Au pied de l'imposant Buachaille Etive Mor, la montagne de forme conique qu'ils appelaient le « Grand Berger » et qui gardait l'entrée de la vallée depuis des millénaires, je m'étais tournée une dernière fois vers la vallée. J'y laissais une partie de moi-même, mon cœur, en l'occurrence. Ainsi allait la vie. En descendant vers le sud, la providence avait eu la bonté de placer quelques paysans sur ma route pour m'indiquer la bonne voie à suivre vers Dundee.

Je me trouvais présentement dans les environs du loch Earn. La tension du voyage m'avait épuisée. J'avais déniché, à la tombée de la nuit, cette vieille grange abandonnée. Après avoir frugalement dîné de harengs séchés et de galettes d'avoine, je m'étais couchée sur la terre battue, dans un recoin. Il me fallait ménager mes provisions, n'ayant que la broche de maman et ma monture comme monnaie d'échange. J'espérais bien pouvoir tenir jusqu'au manoir.

Réflexion faite, ma première journée s'était assez bien passée, et je souhaitais prendre quelques heures de sommeil avant de poursuivre ma route, à l'aube. Elle était encore longue…

Je remerciai le ciel pour ma bonne fortune et fermai les yeux. Avant de sombrer dans le sommeil, mes dernières pensées furent pour Glencoe, et ses sinistres et sombres montagnes que je ne reverrais plus. Sàra, Colin… et Liam… « Mon Dieu, veillez sur eux ! »

Le soleil était déjà haut lorsque je me réveillai le lendemain. Je pestai contre moi-même d'avoir dormi si longtemps. Je pris juste le temps de grignoter un peu de fromage et un morceau de pain, de me débarbouiller au ruisseau, et je me remis en route pour le village de Lochearnhead.

J'entrai dans la première auberge que je croisai pour demander mon chemin. Un homme maigrelet au visage raviné, que je pris pour l'aubergiste, me toisa avec curiosité.

— Je peux vous aider, ma petite dame ? me demanda-t-il en versant un *dram* de whisky dans un verre ébréché qu'il poussa devant un homme à l'allure peu recommandable.

— Euh… j'aimerais connaître le chemin le plus rapide pour Dundee.

Je lorgnai vers le client, qui siffla son verre cul sec avant de le reposer bruyamment sur la table.

— Dundee ? Vous êtes sur le bon chemin si vous continuez vers l'est. Vous ne pouvez pas vous tromper.

Il remplit de nouveau le verre de l'homme, qui grognassait et me détailla ensuite d'un œil circonspect.

— Vous n'êtes pas d'ici, n'est-ce pas ?

— Non… Je visitais des amis, répondis-je un peu nerveusement.

— Ouais… Une jolie dame comme vous ne devrait pas voyager seule.

L'individu vida son verre une seconde fois et claqua la langue avec satisfaction. Je sentis son regard posé sur moi et évitai de le croiser, concentrant mon attention sur l'aubergiste.

— J'ai des amis qui m'accompagnent, mentis-je en souriant faiblement. Ils m'attendent sur la route. Je vous remercie pour le renseignement, monsieur, bonne journée.

— Bonne chance, ma petite dame, répondit-il en versant un troisième whisky au client.

Bon sang ! Cet homme devait avoir un estomac d'acier ! En me retournant pour sortir, je croisai le regard vitreux de l'ivrogne, qui me dévisageait avec un intérêt marqué. Son nez rouge témoignait d'une affection immodérée pour la bouteille. L'homme ventripotent me sourit, me dévoilant ses dents pourries en m'examinant de la tête aux pieds de manière insolente.

— J'ai la berlue… ou bien vous êtes la fille que Campbell… eh ben ! Par tous les saints… vous êtes pas morte ? articula l'homme avec peine.

Je fus prise de court quelques secondes. Il se leva et vint plus près en vacillant. Je retins ma respiration. Des relents de transpiration, d'urine et d'alcool émanaient de lui.

— Hé ! Stewie ! Viens par ici ! interpella le ruffian. Viens voir ce qu'on a !

Je reculai précipitamment d'un pas lorsqu'un deuxième homme que je n'avais pas remarqué, affalé à l'autre bout de la table, releva la tête en ronchonnant des grossièretés. En m'apercevant, il ouvrit plus grand ses yeux injectés de sang et passa sa langue sur ses lèvres desséchées.

— T'as trouvé une jolie poulette, Owen… Ouais… Tu m'en garderas un morceau, hein ?

Stewie laissa sa tête retomber lourdement.

— Eh ! mon vieux ! reprit Owen. Tu la reconnais pas ?

Son comparse leva la tête une deuxième fois pour m'observer plus attentivement, mais sans résultat.

— La fille qui était avec les Macdonald, tu te souviens ? C'est grâce à elle que ce sacré Ewen a obtenu la cargaison d'Arbroath.

Stewie me reluqua avec un intérêt plus marqué cette fois, puis son visage s'éclaira.

— Ouais… Je me souviens maintenant. Je croyais bien qu'il lui avait réglé son compte. Eh ben, c'est qu'elle est toujours en vie, celle-là ! C'est une sorcière ! Pour sûr, elle doit être une sorcière !

Stewie se redressa et s'approcha de moi à son tour en titubant. Sa taille était impressionnante. Je reculai encore d'un pas et jetai un regard inquiet autour de moi. L'aubergiste était occupé à ramasser les vestiges d'une apparente beuverie qui avait dû se terminer aux petites heures et à laquelle ces deux charmants messieurs avaient certainement pris part.

— Qu'est-ce qu'elle fait ici, la gueuse ? reprit Stewie.

— Ben, j'sais pas, elle demandait son chemin pour Dundee, répondit le gros.

— Dundee ?

Le grand sourcilla et me sourit malicieusement.

— On pourrait l'escorter, n'est-ce pas, Owen ? Elle va peut-être chercher des renseignements pour un nouvel arrivage.

— Ou peut-être bien qu'elle est venue espionner pour le compte des Macdonald. Il doit vouloir récupérer ses...

— Désolée, messieurs, mais on m'attend, annonçai-je en faisant demi-tour.

Je m'élançai vers la porte, mais le grand Stewie me rattrapa en deux enjambées et me retint fermement par le bras. Il semblait avoir retrouvé tout son aplomb et me fixait durement.

— C'est ça, hein, petite garce ! T'espionnes pour les Macdonald ?

J'écarquillai les yeux, sidérée.

— N-non, bégayai-je en tentant de me dégager. (La poigne de sa main menaçait de me briser les os.) Je retourne chez moi, lâchez-moi ! Je n'en ai rien à faire de vos histoires...

— Tu te fous de nous ? Macdonald ne laisserait jamais une jolie petite femme comme toi partir seule. Il se cache dans le coin, ce salopard, c'est ça, hein ? Il t'envoie pour nous espionner ? Hé ! Owen ! Je crois que Macdonald cherche à se venger. Faudrait peut-être avertir Ewen. Faudrait peut-être aussi lui amener cette charmante dame. Il aurait certainement quelques questions à lui poser.

Le ton commençait à monter, et l'aubergiste, qui avait suivi la scène, décida alors de s'en mêler, à mon plus grand soulagement.

— Stewie, lâche la petite dame, ordonna-t-il.

— Doug, te mêle pas de ça, rétorqua le grand.

— Fais pas l'idiot, faudrait peut-être mieux lâcher la fille, renchérit le gros Owen, qui tanguait dangereusement. Si elle dit vrai, on va avoir de gros problèmes avec les Macdonald, et Ewen sera pas enchanté, pigé ?

Stewie me dévisagea en plissant ses yeux noirs, luisants, hésita, puis me relâcha brusquement. Mon cœur battait furieusement dans mes tempes. Je sortis de l'auberge en courant et quittai le village au galop.

Je ne ralentis l'allure que quelques kilomètres plus loin. Mon cœur, lui, continuait de galoper et je dus prendre quelques grandes respirations pour me calmer. Je l'avais échappé belle. Je commençais à douter de la pertinence de partir seule. J'aurais peut-être mieux fait d'attendre le retour de Liam pour qu'il me raccompagne jusqu'à Edimbourg. Non... Il n'aurait jamais voulu que je retourne là-bas. J'avais choisi la seule option possible. Et puis revoir Liam m'aurait été trop douloureux. Le seul fait de penser à lui me déchirait. Je resserrai ma cape autour de moi. C'était mieux ainsi, pensai-je avec amertume.

La brume s'épaississait autour du loch Earn et une fine bruine collait mes cheveux sur mon visage. La route était déserte. Les seules âmes que je croisais étaient des bovidés qui me dévisageaient avec un air désintéressé en ruminant leur pâture.

Je traversai Crieff un peu après midi et m'arrêtai quelques kilomètres plus loin dans un sous-bois, à l'abri des regards, pour casser la croûte d'un quignon de pain, avec du saucisson sec, le tout arrosé de bière.

Le temps était moins maussade. Des trous entre les nuages laissaient entrevoir un coin de ciel bleu. Ayant mis ma cape à sécher sur une branche, je m'étendis sur un lit de feuilles mortes pour me reposer et réfléchir.

Si je poussais Bonnie à presser le pas, je pourrais peut-être arriver aux alentours de Dundee avant la nuit, mais je devrais attendre à demain pour me rendre au manoir. Je ne m'étais pas vraiment préparée à ce que j'y découvrirais. Quelqu'un avait pris un malin plaisir à mutiler le cadavre de lord Dunning. Ce geste horrible avait-il été commis dans le but précis de rendre le crime encore plus barbare, ou bien était-ce seulement l'assouvissement d'une vengeance personnelle ?

Pendant un moment, je me mis à soupçonner Winston. C'était un homme assez secret, mais je me doutais de ses penchants pour... enfin, disons pour la gent masculine. Pour ma part, cela m'était bien égal, je pouvais partir en balade à cheval avec lui l'esprit tranquille, mais son père ne voyait pas la situation du même œil. Je plissai le nez tout en examinant la possibilité qu'il fût le coupable. Hum... Non. Malgré les humiliations répétées que son père lui avait fait subir, je jugeai Winston bien trop lâche pour commettre un tel acte.

Rupert ? Certes, Rupert n'aimait pas lord Dunning, lui non plus, mais il était stupide, et je ne lui trouvais aucune raison valable pour perpétrer un tel crime. Il adorait trop régner en roi et maître sur la domesticité pour risquer sa situation. Oublions lady Catherine ; restaient les domestiques. Je connaissais bien Becky Cromarty, la cuisinière... Non, impossible ! Elle avait une peur terrible de tout ce qui touchait à la mort, de près ou de loin. Millie la soubrette ? Je ne la connaissais pas beaucoup. Elle n'était entrée au service des Dunning que deux mois avant le terrible événement. Le palefrenier ? Tant qu'Archie traitait les chevaux du manoir aux petits oignons, lord Dunning lui fichait la paix. D'ailleurs, ni lui ni son fils Andrew n'avaient été présents cette nuit-là. Pauvre Andrew, je me rendis compte que je n'avais eu aucune pensée pour lui depuis ma fuite. Il devait se ronger les sangs. Enfin...

Le mystère restait entier, mais je savais que quelque chose m'échappait. Trop préoccupée par mon enquête personnelle, je ne portai pas attention aux hennissements nerveux de Bonnie derrière moi. Soudain, le contact dur et froid d'un pistolet sur ma tempe me ramena brutalement à la réalité.

Mon assaillant, qui se tenait derrière moi, me força à me relever en passant un bras autour de ma taille, me maintenant fermement contre lui pour que je ne voie pas son visage.

— Tout doux, ma jolie, me chuchota-t-il dans l'oreille avec l'accent typique des Ecossais. Tu fais ce qu'on te demande, et il ne t'arrive rien, compris ?

— O-oui, bégayai-je, le cœur battant.

Deux autres hommes entrèrent dans mon champ de vision. Le premier était un gringalet au visage émacié, à moitié caché par une barbe broussailleuse dans laquelle étaient restés collés les vestiges assez peu ragoûtants de son dernier repas. Le deuxième, nettement plus jeune et dont le visage balafré portait encore les traces de l'adolescence, était beaucoup plus costaud. Il avait la beauté du diable et, sous ses mèches blondes hirsutes, deux yeux pers me fixaient avec une froideur qui me glaça le dos.

La panique s'emparant de moi, je tentai de me dégager de l'homme qui me retenait prisonnière. Celui-ci se mit à rire insolemment en appuyant son pistolet un peu plus fort sur ma tempe, ce qui eut sur moi un effet paralysant. Je déglutis.

Le grand blond s'approcha en m'évaluant.

— Si c'est mon argent que vous voulez, sifflai-je hardiment, eh bien, je suis désolée de vous apprendre que je n'ai pas un penny sur moi.

Le petit gringalet grommela quelque chose que je ne compris pas et se rua sur moi, le poignard à la main. Le plus grand le retint de justesse et l'envoya rouler dans les fougères.

— Buchanan ! beugla-t-il. En voilà des manières pour aborder les dames !

Buchanan se releva en pestant et me lança un regard hargneux. Le blond se retourna vers moi en souriant sournoisement, puis dégaina son poignard pour se curer méthodiquement les ongles.

— Vous avez le choix, dit-il. Soit vous me donnez ce que vous avez de votre plein gré, soit nous le prenons de force.

— Mais je vous ai dit que je n'avais rien sur moi ! m'énervai-je.

Je devais garder la tête froide. Buchanan n'avait rien de bien menaçant. En revanche, dans le cas de mon assaillant, son pistolet était un assez bon argument. Je respirai profondément en serrant les dents.

— Je devrai vérifier moi-même si vous mentez, et si oui...

Le jeune homme n'était qu'à quelques centimètres de moi. L'odeur qu'il dégageait me souleva le cœur. Il ferma à demi ses yeux clairs, puis retroussa un coin de sa bouche.

— ... peut-être en prendrai-je davantage...

Je fermai les yeux avec dégoût pendant que ses doigts fouillaient mes vêtements, s'attardant sur certaines parties de mon anatomie. Mon sang-froid se dissipait assez rapidement. La main de l'homme toucha ce qui devait être ma poche. Son visage s'éclaira d'un sourire victorieux. Il glissa son poignard dans sa ceinture, puis entreprit de retrousser mes jupes pour trouver le butin.

Je choisis alors ce moment pour exploser littéralement de rage. Je me mis à crier et à me débattre comme une hystérique. L'homme derrière moi tenta de me bâillonner avec sa main, que je mordis violemment, ce qui me laissa un goût de sang et d'autre chose, que je préférai ne pas identifier, sur la langue. Il se dégagea en proférant un énorme juron, me libérant ainsi momentanément de son emprise.

Le blond m'empoigna par le bras et m'attira brutalement vers lui. Je lui envoyai un magistral coup de genou dans les parties.

— Ne me touchez pas ! hurlai-je à l'homme qui gémissait maintenant de douleur, plié en deux devant moi.

Je détalai comme un lapin, puis filai à travers le sous-bois, trébuchant sur les racines et me cognant les orteils contre les pierres. Les hommes criaient derrière moi. J'entendis le claquement sec d'un coup de feu et le sifflement d'une balle au-dessus de ma tête.

Affolée, je louvoyai entre les arbres, hors d'haleine. J'entendis d'autres coups de feu, puis d'autres hommes qui criaient et couraient derrière moi. J'étais terrifiée. S'ils arrivaient à me mettre la main dessus, c'en était fini de moi.

Les branches fouettaient mon visage, et les ronces me lacéraient les mains et les chevilles. Je ne pensais plus. Seul l'instinct de survie me permettait de fonctionner. J'entendais les pas et le souffle de mon poursuivant se rapprocher.

Sautant par-dessus une rigole, j'atterris sur une pierre et glissai dans la boue. Je perdis pied et me retrouvai tête première dans une talle de fougères. J'étais prise au piège.

— S'il vous plaît, ne me...

Je m'interrompis brusquement, stupéfaite. Un dragon anglais me dévisageait, le visage rouge sous l'effort, appuyé sur la crosse de son mousquet planté dans le sol à quelques mètres de moi.

— J'espérais que vous... ne courriez pas ainsi... jusqu'à Perth, ahana le soldat à bout de souffle, sur un ton pincé.

Je le regardai, interdite.

— Nous avons entendu des cris et un coup de feu depuis la route, poursuivit mon sauveteur. Venez, ils ne vous feront plus aucun mal.

Le soldat me tendit la main. Je me relevai en tremblant et avançai prudemment vers le dragon, qui remettait de l'ordre dans son uniforme. Zut ! j'avais perdu une chaussure dans ma course. Je pestai bêtement devant cette perte et sur l'état de ma robe, oubliant pour un moment que j'avais été à un cheveu d'une situation bien pire. Je suivis le dragon à distance respectable jusqu'au chemin où attendaient quatre autres soldats d'humeur plutôt joyeuse.

Bonnie était retenue par les rênes, ma cape jetée en travers de sa selle. Il n'y avait plus aucune trace de mes agresseurs, mais je devinai le sort qui leur avait été réservé lorsqu'un des hommes essuya en riant sa lame rougie dans la mousse avec un sourire satisfait.

— Vous étiez en bien mauvaise posture, ma chère dame.

Un officier à la veste écarlate, bien empesée et galonnée d'or, me souriait poliment, ma chaussure à la main.

— Merci.

Gênée, j'essuyai mon pied souillé de boue dans l'herbe en évitant avec soin le regard inquisiteur du capitaine. Ma course débridée avait réveillé ma blessure, qui me faisait atrocement souffrir.

— Nous ne faisions que notre devoir, madame. Je peux connaître votre nom ?

Je relevai la tête. L'homme me tendait les rênes de ma monture. Son hausse-col de laiton bien poli étincelait tout autant que son sourire.

— Euh... Je m'appelle... Catherine O'Donnell.

Je trouvai préférable de décliner une fausse identité, et le nom d'une ancienne amie d'enfance m'était venu à l'esprit. J'enfourchai Bonnie et gratifiai l'officier d'un petit sourire embarrassé.

— Que faisiez-vous dans les bois avec ces malfrats ?

J'arquai un sourcil.

— Je me reposais… Ils m'ont surprise.

— Et où alliez-vous ainsi toute seule ?

— Vers… Dundee, répondis-je en déglutissant.

Je me devais d'être vigilante…

— Malheureusement, nous n'allons pas jusque-là. Nous vous escorterons jusqu'à Perth. De là, je vous suggère fortement de voyager en voiture jusqu'à Dundee.

Il inclina la tête avec une rigidité toute militaire.

— Capitaine George Turner du 11e régiment de la Garde royale de Sa Majesté. A votre service, madame. Vous devriez mettre un peu d'ordre dans votre tenue, ajouta-t-il en retirant une feuille morte de mes cheveux emmêlés.

Puis il reprit sur un ton plein de morgue :

— Les gens vont s'imaginer des choses à notre sujet… Enfin vous comprenez ce que je veux dire ?

— Oui… merci… bafouillai-je en rougissant violemment.

Lorsque tous les hommes furent remontés en selle, nous nous mîmes en route. Je chevauchais à côté du capitaine, me remettant lentement de mes émotions. Couverte de ma cape, je tentai de me soustraire aux regards des dragons qui nous suivaient en silence.

— Vous avez eu de la chance que nous soyons passés par là cet après-midi, dit le capitaine. Ces Ecossais… Ils sont d'une telle barbarie ! Il y en a au moins trois qui ne pourront plus assouvir leurs… bas instincts sur de jolies créatures comme vous.

Le capitaine Turner m'observait de biais. Et moi aussi. Plutôt grand et mince, des traits finement dessinés et une débauche de suffisance qui ne l'étouffait pas, il avait tout de l'arrogant petit aristocrate anglais.

— Catherine O'Donnell… A votre accent, irlandaise de naissance, je présume. Vous habitez Dundee ?

— Je… Non. J'habite Edimbourg, dis-je avec plus d'assurance.

— Edimbourg ? sourcilla le capitaine.

Ses grands yeux noisette me scrutaient avec scepticisme.

— Chez votre père ou votre mari ?

Je m'efforçai de parler d'une voix calme malgré l'angoisse qui me tordait l'estomac.

— Mon père et mes deux frères.

— Ils ne vous accompagnent pas lors de vos déplacements ?

— Je vais où je veux, quand je veux et avec qui je veux, monsieur, répondis-je sans chercher à masquer mon agacement.

— Je vois… C'est que vous êtes assez loin de chez vous, et, avec tous ces sauvages écossais… Je suis assez surpris que votre père vous ait laissée partir seule. Il doit certainement avoir entendu parler du meurtre sordide qui a été commis tout près de Dundee, il y a de cela un peu plus de deux semaines. Un lord a sauvagement été massacré dans son manoir par un de ces sales Highlanders. C'était d'une telle barbarie ! Il paraît qu'il était méconnaissable. Ils l'ont identifié par la bague qu'il portait au doigt. C'est curieux que le Highlander ne l'ait pas prise, ils ont pourtant l'habitude de voler tout ce qui leur tombe sous la main.

Mon sang se glaça dans mes veines, et je me figeai sur ma selle.

— Vous savez qui… a fait ça ? demandai-je, profondément troublée.

— Un certain Macdonald, mais nous ne savons pas de qui il s'agit exactement. L'enquête traîne un peu. Il était avec un groupe de comparses qui auraient réussi à s'enfuir. Ce barbare aurait kidnappé une servante du manoir. La pauvre, elle n'a pas dû avoir la même chance que vous, nuança-t-il en me regardant bizarrement.

Je ne savais pas si je devais rire ou pleurer de sa dernière remarque.

— Vous êtes pâle, je ne devrais pas vous raconter ces histoires d'horreur, me dit-il avec nonchalance. Je ne voulais pas vous effrayer.

Pourtant, il semblait y prendre un certain plaisir.

— Que faisiez-vous si loin d'Edimbourg, toute seule ?

Son ton était maintenant nettement plus froid.

— Cela ne vous regarde pas.

— Vraiment ?

Il haussa les épaules et balaya un insecte invisible du revers de la main.

— Cela reste à voir, déclara-t-il. Pour l'instant, vous êtes sous ma protection, jusqu'à ce que j'en décide autrement. Vous saviez que la femme enlevée au manoir était, elle aussi, irlandaise ? Elle avait une vingtaine d'années environ. Quel âge avez-vous, Catherine O'Donnell ?

Le capitaine rabattit rudement mon capuchon sur mes épaules et me força à le regarder.

— C'est vrai qu'un homme pourrait tuer pour de si beaux yeux… murmura-t-il. Au fait, une récompense est promise pour la tête de ce Highlander…

« Fumier, si tu crois que je vais le dénoncer ! » marmonnai-je dans ma tête. Je serrai mes lèvres pour les empêcher de trembler, m'efforçant tant bien que mal de garder une expression impavide. Comment pouvait-il savoir ? Le capitaine dut percevoir mon trouble, car il sourit avec une certaine satisfaction, puis me relâcha.

— Evidemment, vous ne connaissez pas de Highlander nommé Macdonald, n'est-ce pas ?

— Non, en effet.

Nous nous arrêtâmes dans les environs de Metven, près d'un ruisseau. J'avais demandé la permission au capitaine d'aller me soulager dans les bois.

— Peut-être devrais-je vous accompagner ? se moqua-t-il en riant. Il pourrait y avoir quelques bandits tapis derrière les arbres, attendant une belle proie à croquer.

Je le toisai froidement.

— Si j'ai besoin de votre aide, je vous appellerai, capitaine, rétorquai-je en tournant les talons.

Ma cape vola autour de moi, puis je m'enfonçai dans les bois en longeant le ruisseau jusqu'à n'être plus visible de la route. J'avais menti délibérément au capitaine Turner. J'avais plutôt besoin de me concentrer et de réfléchir à ce que je devais faire ensuite. Je ne pouvais rester avec le détachement des dragons jusqu'à Perth. De toute évidence, le capitaine se doutait de mon identité, peut-être avait-il eu ma description physique. Il allait certainement me cuisiner pour avoir plus de renseignements sur Liam. S'il croyait que j'allais le lui livrer sur un plateau d'argent, il se trompait amèrement.

Je m'assis au bord du ruisseau, trempant mes mains dans l'eau, les yeux clos. Il me faudrait trouver un moyen de leur fausser compagnie, car je commençais aussi à croire qu'il ne me laisserait pas partir aussi facilement une fois à Perth. Sans me le dire directement, il avait été assez explicite sur le sujet. J'étais sous « sa » protection jusqu'à ce qu'« il » en décide autrement.

Je me redressai et essuyai mes mains sur ma jupe sale. Le détachement prendrait probablement ses quartiers dans une auberge pour y passer la nuit. Peut-être qu'à ce moment… Je n'eus pas le temps d'échafauder mes plans de fuite.

Une grosse main se plaqua sur ma bouche, tandis que l'autre me retenait fermement contre un torse solide. Sur le coup, je crus que le capitaine m'avait suivie jusque-là, puis je me rendis compte avec horreur que l'homme qui m'entraînait sans ménagement avec une poigne de fer était beaucoup plus grand.

Je me débattis avec toute la force qui me restait, donnant des coups de talon dans les jambes du géant, qui resserra son étreinte.

— *Gabh air do shocair, a Chaitlin*[1], murmura une voix grave et familière dans mon oreille.

Tous mes muscles se relâchèrent, et je me mis à pleurer bêtement. Liam libéra ma bouche et me fit pivoter. Son visage était inexpressif, et son regard, froid et glaçant.

— Liam ?

— *Tuch*...

Il me saisit le poignet, jeta un coup d'œil rapide en direction de la route, où m'attendaient encore les dragons, puis m'entraîna à travers bois, me guidant entre les arbres et les rochers qui jaillissaient ici et là.

Nous courûmes pendant plusieurs longues minutes, après quoi nous rejoignîmes trois autres hommes du clan cachés derrière un gros rocher. Je haletai, cherchant mon souffle. Colin, Donald et Simon me dévisageaient avec un certain amusement. Je m'apprêtais à leur demander ce qu'ils trouvaient de si drôle lorsque Liam me souleva de terre pour m'envoyer en travers de l'encolure de Stoirm comme un vulgaire sac d'avoine, avant de grimper à son tour en me maintenant solidement en place. Les quatre cavaliers se mirent en route, coupant dans les bois et ignorant mes cris de protestation.

Le mouvement du cheval me broyait les côtes et j'avais du mal à respirer. J'enfonçai mes ongles dans la cuisse de mon ravisseur, à défaut de pouvoir le mordre. Il me prit un poignet et le tordit, m'arrachant une de ces grossièretés que j'avais apprises dans la vallée. « Tu ne perds rien pour attendre, espèce de salaud... » Comment pouvait-il me traiter ainsi ? Je fulminais, préparant mentalement toutes les invectives les plus viles que je me promettais de lui cracher à la figure dès que mes pieds pourraient enfin toucher le sol.

Après ce qui me sembla être une éternité, nous atteignîmes une petite chaumière abandonnée dans une clairière déserte. Liam stoppa net sa monture. Je dégringolai sur le sol, où j'atterris sur les fesses. Il fit signe aux autres de s'éloigner, ensuite il descendit à son tour.

Je tâtai mes côtes en jurant de plus belle, convaincue d'en avoir une ou deux de brisées. Après avoir constaté que je n'avais que des contusions, je me redressai et lui crachai enfin toute ma rage contenue au visage.

---

1. Calme-toi, Caitlin.

— Mais qu'est-ce qui t'a pris de me traiter de la sorte ? déclamai-je, ulcérée. Qui crois-tu donc être pour te permettre de m'humilier ainsi devant tes hommes ? Tu n'en avais pas le droit !

Avec un calme appliqué, Liam accrocha son baudrier à épée au pommeau de sa selle et se tourna vers moi. Les bras croisés sur la poitrine, me braquant de ce même regard froid qui ne l'avait pas quitté, il demeurait stoïque devant le flot de fiel que je déversais sur lui.

— Tu ne peux pas imaginer la journée que je viens de passer… Non, mais ! Regarde dans quel état je me trouve ! Je ne faisais pas une petite balade d'agrément, crois-moi !

— Tu me semblais en assez bonne compagnie, pourtant.

Son ton était cassant. Son flegme compassé se dissipait peu à peu.

— Les dragons m'ont sauvée d'une mort certaine, je te ferai remarquer. J'ai été attaquée par trois voyous, ils sont arrivés sur ces entrefaites et…

— Et tu as décidé de te balader avec le capitaine pour l'en remercier ? Ou bien lui donnais-tu quelques informations privilégiées en retour de son aide salutaire, maintenant que tu te sais disculpée de toute accusation ?

Ses paroles m'assommèrent. S'il n'avait pas été si grand, je lui aurais volontiers tordu le cou. Je le regardai, bouche bée, quelques instants. Il était maintenant blême de rage, et son regard sombre me transperçait comme une épée. J'avais bien envie de prendre celle qui pendait à sa selle et de lui faire sentir la morsure de l'acier.

— Salaud ! hurlai-je, bouillante de colère. Tu n'as pas le droit de dire de telles choses. Que sais-tu de mes intentions ? De ce que j'ai vécu depuis ton départ ? Tu n'es qu'un lâche, Liam. Mais pas moi…

La montagne de frustrations explosait en moi. Je lui en voulais amèrement de m'avoir enlevée de force, de m'avoir trompée, de m'avoir laissée seule, proie facile dans les griffes de Meghan. De m'avoir laissée être amoureuse de lui. De m'avoir laissée croire… Je tentai de le gifler, mais il attrapa mon bras et le tordit brutalement derrière mon dos.

— Pourquoi es-tu partie, Caitlin ? Pourquoi ne m'as-tu pas attendu ?

J'eus envie de rire de dérision, mais m'en abstins. Il me relâcha et me repoussa violemment. Je me retournai vivement pour lui faire face de nouveau en frottant mon bras meurtri. Je le fusillai du regard.

— T'attendre ! T'attendre ? Non, mais tu as du culot ! Tu me crois sotte à ce point, Macdonald ? Si tu penses que je vais accepter de devenir ta maîtresse, de réchauffer ta couche lorsque cette... foutue dinde sera trop grosse pour le faire ! Bon sang de bon sang... Je t'ai attendu assez longtemps pour me rendre compte combien j'avais été idiote de croire que tu aies pu avoir des sentiments... Et puis merde ! Qu'importe ce que j'ai pu croire ! Tu ne pensais tout de même pas que j'allais rester là à vous regarder, Meghan et toi, à vous câliner et à vous pavaner sous mes yeux, non ?

— Meghan ?

Il me fixait, incrédule.

— Mais qu'est-ce que Meghan a à voir avec nous ?

— Ne fais pas l'innocent, Liam. Espèce de coureur de jupons !

— Quoi ? Je pourrais te rafraîchir la mémoire sur tes propres manières – que je qualifierais de plutôt aguichantes – avec Colin, en plus, petite gueuse. Mon propre frère, Caitlin ! Te rends-tu compte ?

— Je ne te dois rien, Liam... Enfin, pas de cette façon... Je n'ai rien fait de mal avec ton frère. De plus, Colin s'est comporté en gentleman, contrairement à...

Il me saisit par les épaules et me serra, me causant une vive douleur. Je lui envoyai un superbe coup de pied dans les jambes.

— Lâche-moi, salaud d'Ecossais ! Tu me fais mal ! Je regrette amèrement cette nuit où je t'ai suivi aveuglément ! hurlai-je.

Liam me relâcha brusquement comme si j'avais été un tison ardent entre ses mains. Sa mâchoire se crispa et ses yeux s'étrécirent.

— Pas autant que moi, dit-il, de glace.

Je me figeai sur place, retenant mon souffle. La fureur qui m'avait habitée jusqu'ici se mua abruptement en crainte. J'inspirai profondément par les narines, puis fermai les yeux. L'image de Meghan semblait peinte en permanence sur l'écran de mes paupières. Les battements de mon cœur menaçaient de rompre ma poitrine. « Garde ton sang-froid... » me répétai-je. La voix de ma conscience manquait de poids et fut aspirée par l'extraordinaire tourbillon de colère et d'insatisfactions accumulées pendant les derniers jours. Mes paroles sortirent abruptement :

— Si ma présence te pèse autant, alors pourquoi m'as-tu suivie ? Pourquoi ne me laisses-tu pas partir ? C'est pourtant ce qui avait été convenu ! Je n'ai plus de raisons de rester dans ta vallée. Je n'avais plus rien à faire à Glencoe.

— Tu devais rester jusqu'à ce que tu sois guérie et attendre mon retour. C'est ce qui avait été convenu, si je me souviens bien. Colin et Sàra en avaient été avertis. Et puis...

— Cela ne tient plus. Je suis guérie et je retourne à Edimbourg. Tu ne m'en empêcheras pas.

Il blêmit.

— Ne fais pas cela, ne...

— Et pourquoi pas ? Cela réglera tous tes problèmes. Tu ne seras plus accusé de meurtre ! Et moi... je...

Je pris soudain conscience que j'allais me sacrifier pour le sauver, lui et son clan, cette stupide Meghan et Isaak inclus. Il y eut un terrible silence. Ma poitrine se comprimait, empêchant l'air d'entrer dans mes poumons. Il serra les poings, me tourna le dos, accompagnant son geste de quelques gros mots en gaélique, s'appuya sur le chambranle de la porte défoncée de la vieille chaumière et frappa violemment dedans.

Je tressaillis sous le choc de l'impact et retrouvai mon air d'un coup. Il se retourna en frottant ses jointures écorchées.

— Tu n'iras nulle part, dit-il d'une voix blanche.

— Pourquoi ? Tu n'en avais pas assez avec cette gourde de Meghan ? rétorquai-je acrimonieusement. Tu croyais peut-être que j'allais te remercier de ton aide en couchant avec toi ? Désolée, mais je ne suis pas ce genre de femme, même si... Seigneur ! Tu crois pouvoir te servir d'une femme à ta guise et ensuite en disposer comme bon te semble ? Eh bien, désolée, ça ne marchera pas avec moi, espèce de cochon lubrique !

— Cochon lubrique ?

— Et je suis polie...

— Cochon lubrique ? réitéra-t-il.

Il éclata d'un rire sonore qui finit de me mettre hors de moi. Je me jetai sur lui, toutes griffes dehors. Il ne me vit pas venir assez rapidement et je lui lacérai l'avant-bras.

— Va au diable, Liam Macdonald ! Va te...

Un sanglot m'étrangla. Il réussit à m'arrêter juste au moment où j'allais l'atteindre au visage. Ses traits exprimaient un mélange de colère amère et de douleur.

— Cela suffit, maintenant, dit-il avec rudesse.

— Tu n'avais pas le droit... Tu... tu t'es moqué de moi.

— Je ne me suis pas moqué de toi.

Je hurlai de rage, d'impuissance, de jalousie et de douleur.

— Menteur !

— C'est la vérité.

— Non, la vérité est que tu voulais te servir impunément de moi. Tu savais que Meghan est…

Je me mordis la langue. J'avais été à un cheveu de lui annoncer l'état de Meghan. Peut-être n'était-il pas au courant ?

— Meghan est quoi ?

Son air franchement intrigué corroborait mon pressentiment. Je croisai mes mains sur mon cœur, qui me faisait si mal. Liam me dévisageait, abasourdi et inquiet à la fois.

— Elle est…

Ce n'était pas à moi de dire la vérité. Heureusement, il prit les devants :

— Meghan n'est rien pour moi. Je croyais que tu l'avais compris le soir du *ceilidh*.

— Tu m'as déclaré qu'à cause d'elle tu ne pouvais pas me faire la cour. J'étais ivre, mais pas complètement perdue dans les limbes !

— A cause d'elle ? Mais je n'ai jamais dit pareille sottise !

— Si, tu l'as dit ! Tu ne voulais pas que Colin me fasse la cour. Toi, en revanche, tu n'y arrivais pas à cause d'elle !

Il me dévisageait, un peu perdu dans mes propos, puis il hocha la tête, comme s'il venait de se souvenir.

— Mais… il ne s'agissait pas de Meghan !

— De qui alors ?

— Anna.

Je restai un moment interdite.

— Anna ? Mais elle est morte !

— Tu ne comprendrais pas, Caitlin, dit-il en baissant les yeux.

Je le regardai, tout en cherchant à le décoder. Sa femme était morte depuis trois ans. Il l'aimait toujours. Ou bien n'arrivait-il pas à en aimer une autre ? Ou bien s'en empêchait-il ?

— Essaie toujours, je ne suis pas tout à fait stupide.

Il leva un regard douloureux vers moi.

— Caitlin, c'est difficile.

— D'accord, j'ai compris, dis-je en me détournant.

Ma vue se brouilla et ma poitrine, prise dans un étau, s'emplit de désarroi. Plus rien n'avait de sens.

— Je ne sais rien de toi, continua-t-il dans mon dos. Tout est allé trop vite… J'ai eu peur, Caitlin.

Je fis quelques pas vers la chaumière et pressai mon front contre la porte. Me retenant aux planches vermoulues, j'enfonçai mes ongles dedans comme pour puiser ma force dans l'âge du bois qui, après avoir subi les foudres de la nature, se tenait toujours debout, en un seul morceau.

— Et Meghan ? Il te semblait pourtant facile de lui faire la cour, à elle.

Je refusai de lui faire face, de peur de perdre tous mes moyens.

— Meghan… Je ne l'aime pas. C'est plus facile avec une femme que je n'aime pas.

— Je ne suis pas comme Meghan, je ne le serai jamais.

— Je sais.

— Pourquoi es-tu venu me chercher, alors ? Que veux-tu de moi, Liam ? Laisse-moi repartir… Je t'en prie… Va-t'en…

Je sentis sa présence toute proche. Son odeur réveilla en moi une pulsion qui me procura un grand frisson. Je fermai les yeux pour contenir mes larmes.

— Je ne peux pas te laisser repartir. Je n'y arrive pas.

Ses doigts effleurèrent mes cheveux. Il empoigna mes épaules de nouveau, mais plus doucement cette fois-ci.

— *Seall orm*[1], Caitlin.

Son toucher m'enflammait d'une passion dévorante. Je dus user de toutes mes forces pour ne pas me retourner et l'embrasser. Il accentua la pression sur mes épaules, m'attira à lui et me força à faire demi-tour. Je gardai désespérément les paupières baissées, de peur de me perdre à jamais dans le bleu de ses yeux.

— Caitlin, je ne te laisserai pas partir, sauf si c'est ce que tu veux, vraiment. Je ne pourrai te retenir de force. Regarde-moi, dis-moi ce que tu désires réellement.

Il releva mon menton. J'ouvris les yeux et rencontrai la profondeur de sa détresse. Son visage n'était qu'à quelques centimètres du mien. Je pouvais lire l'angoisse sur ses traits tendus, la peur dans son regard. Cet homme avait peur de ma réponse. Sa respiration était rapide et saccadée. Je le fixai quelques secondes, puis refermai les paupières en pleurant.

J'enfouis mon visage dans son épaule et m'accrochai à lui comme à une bouée dans la tourmente. La tension se relâcha subitement. Il m'enserra étroitement dans ses bras en caressant mes cheveux, murmura ces mots que je voulais entendre. Je me blottis dans son

1. Regarde-moi, Caitlin.

odeur, celle qui m'avait tant réconfortée après mes nombreux cauchemars.

— Ton père a raison, dit-il d'une voix basse.

Il s'écarta légèrement afin de mieux me voir.

— Mon père ? hoquetai-je.

— *Stoirm Dubh.* Tu es la tempête noire qui s'est abattue sur moi. Tu m'as secoué, *a ghràidh.* Tu as ébranlé les murs que j'avais érigés autour de moi. J'avais emmuré mon âme blessée, et tu l'as délivrée. Tu es mon vent d'Irlande, Caitlin...

Il m'embrassa tendrement. Ses lèvres étaient douces et chaudes. Je fondais dans ses bras, sous ses mains qui descendaient sur mes hanches, s'aventurant audacieusement.

— Caitlin... Je te veux tellement... reste avec moi, dans ma vallée.

Je glissai ma main dans l'encolure de sa chemise pour sentir le contact de sa peau brûlante sous mes doigts. Il gémit doucement en me repoussant contre la porte de la chaumière, m'emprisonnant entre son corps tendu et les vieilles planches pourries. La porte céda brusquement sous la pression, et nous nous retrouvâmes sur le sol de terre battue dans un nuage de poussière.

— Je t'ai fait mal ? demanda Liam en se redressant sur ses coudes, le regard fiévreux.

— Non...

Il m'écrasait de tout son poids. En vérité j'avais mal, très mal. Au corps et à l'âme. Mais c'était une douleur enivrante, grisante, qui allumait et alimentait le feu dans le creux de mon ventre.

Délicatement, il détacha ma cape qui m'étranglait et l'ouvrit, hésitant. Son regard s'abaissa sur ma poitrine qui suivait le rythme fou de ma respiration. Il y eut un moment de flottement, comme si le temps s'était arrêté, puis sa bouche se mit à explorer avidement mon cou et s'aventura avec une appétence débridée sur mes seins, tandis que ses mains tentaient de retrousser mes jupes emprisonnées sous lui. Mon pouls s'accélérait, suivant les mêmes pulsations que son cœur.

J'avais perdu l'innocence du corps, mais il me restait toujours l'innocence de l'âme et du cœur. C'était la seule chose que je pouvais donner à Liam.

Il se redressa subitement sur ses genoux, m'emprisonnant entre ses cuisses tendues pour retirer son poignard et ses pistolets, qu'il déposa à côté de nous. Son regard assoiffé coulait sur moi comme une caresse. Dans la pénombre de l'abri délabré, l'intensité des sensations dans nos corps était tangible et nous empêchait de respirer. Mon cœur battait dans mes tempes tandis qu'un léger picotement envahissait mon bas-ventre.

Je délaçai mon corselet et tirai fébrilement sur sa chemise pour la libérer de son plaid. Ses doigts vinrent à ma rescousse en détachant la broche qui retenait l'épaisse étoffe de laine drapée sur son épaule, puis il fit passer sa chemise par-dessus sa tête. Nous étions animés par une sorte d'impatience de goûter l'interdit. De mordre dans le fruit défendu, de nous en repaître comme si notre vie en dépendait.

Son torse était puissamment musclé et couvert d'une douce toison cuivrée dans laquelle je glissai mes doigts. Liam termina de dénouer les derniers rubans de ma blouse. Il hésita un instant. D'un geste lent et retenu, il la fit glisser sur mes épaules jusqu'à découvrir complètement ma poitrine. Du bout de ses doigts, il fit le tour des mamelons durcis et en prit un dans sa bouche, le mordillant et le suçant avec lenteur. Je plantai mes ongles dans ses cuisses en gémissant.

— Doux Seigneur… Liam !

Il libéra alors mes jupes empêtrées et glissa un genou entre mes jambes pour les écarter. Sa main glissa doucement jusqu'à la moiteur de mon sexe. Un rayon de lumière lui barrait le visage. Ses yeux mi-clos brillaient de convoitise.

Son autre main s'apprêtait à ouvrir les pans de son kilt quand elle retomba mollement.

— *Tha mi duilich, a ghràidh mo chridhe*[1], gémit-il en fermant les yeux.

Je me relevai sur un coude et le dévisageai, interdite.

— Pourquoi ? Tu ne veux plus de moi ?

— Oh, si ! Plus que tout… mais pas comme ça, pas ici.

— Pourquoi ? répétai-je, incrédule.

— Tu mérites mieux…

Son regard s'assombrit. Il esquissa un mouvement pour se mettre debout, mais je le retins en agrippant furieusement sa ceinture.

— Tu ne me feras pas ça, Liam Macdonald, grommelai-je entre mes dents. Tu me veux et je te veux, maintenant et ici. Tu veux sauvegarder mon honneur, peut-être ? Tu me crois encore vierge ? Je suis désolée, je n'ai même plus cela à t'offrir. Il ne me reste que mon cœur et mon âme. Lord Dunning m'a volé tout le reste.

---

1. Excuse-moi, amour de mon cœur.

— Je le savais depuis le début, *a ghràidh*. J'ai vu la façon dont cette ordure te regardait, j'ai vu tes blessures. Et puis on ne tue pas un homme pour une simple gifle. On le tue parce qu'il tente de voler l'âme de sa victime après avoir pris tout le reste.

Mes doigts glissèrent lentement sous l'ourlet de son kilt, puis remontèrent sur ses muscles fessiers bandés. Je le voulais. Je voulais connaître l'amour tendre et passionné de cet homme. Sans violence perverse, sans contrainte aucune. Sa mâchoire se contracta, et il ferma les yeux, tentant de contrôler sa respiration. Mes mains continuèrent leur chemin sur sa peau moite et brûlante jusqu'à son entrecuisse. Je voulais de cette passion qui faisait hurler le cœur de bonheur. Je le voulais avec lui, maintenant. Il tressaillit en laissant échapper un grognement sourd de satisfaction.

— Alors, prends-moi, Liam, murmurai-je d'une voix rauque. C'est à toi que je donne ce qui me reste, et à personne d'autre. Prends-le, fais-moi l'amour...

Il n'opposa aucune résistance lorsque je défis la boucle de sa ceinture, qui retomba lourdement sur le sol avec le plaid. Il écarta mes jambes d'un geste brusque et tomba pesamment sur moi, clouant mes poignets au sol. Entre ses cils, son regard me brûlait.

— Alors, tu seras à moi, Caitlin. Tu es à moi, tu m'entends ? Seulement à moi...

Je hochai la tête, pantelante de désir, me cambrant fortement tandis qu'il me pénétrait d'un violent coup de reins.

Il commença un mouvement de va-et-vient qui allait crescendo.

— *O mo rùin*[1] *!* murmurai-je. Je... t'aime...

Il goûta les mots sur mes lèvres, mordit dedans et les lapa de sa langue affamée. Chacun de ses gestes me soulevait sur une vague de plaisir encore plus vertigineuse que la précédente. Mes poignets, prisonniers de ses doigts, étaient endoloris. Son souffle bruyant, comme un râle de souffrance, balayait mon visage.

— Mon Dieu ! Liam ! criai-je entre deux spasmes.

Il renvoya sa tête vers l'arrière, les veines de son cou gonflées.

— *Mo chridh... Mo bheatha*[2]... râla-t-il dans un dernier cri de jouissance.

Mon cœur voulait exploser de bonheur. Je fermai les yeux de contentement, en nage et rompue. Les boucles de Liam me chatouillaient les épaules et les joues. Sa tête se posa sur mon cœur, et

1. Oh ! mon amour !

2. Mon cœur... Mon souffle...

nous restâmes soudés ainsi l'un à l'autre, comme un seul corps, immobile et repu.

C'est lui qui bougea le premier en mettant sa main sur ma poitrine.

— Caitlin Dunn, *an pòs thu mi*[1] ?

Ses paroles à peine audibles eurent sur mon cœur l'effet d'un ouragan. Mes lèvres se mirent à trembler, et les mots se coincèrent dans ma gorge. Voyant que ma réponse tardait, il se redressa sur un coude pour me regarder. Ses cheveux dénoués lui tombant dans les yeux et sa barbe de plusieurs jours lui donnaient un air patibulaire plutôt séduisant. Ses yeux brillaient encore de l'ivresse qu'apportent les jeux de l'amour. Il esquissa un sourire inquiet, m'embrassa sur l'épaule et se crispa à la vue du sceau de Dunning. Il grogna, puis le caressa, mais il ne fit aucun commentaire. Il savait, il n'avait rien à y ajouter.

— *A ghràidh mo chridhe ?*

— Tu veux vraiment me prendre pour épouse ? demandai-je, hésitante.

— Oui, femme. Je te veux en ce moment, je te voudrai demain et après-demain... Je te veux pour l'éternité. Si toi, tu veux bien de moi... ajouta-t-il sur un ton incertain.

Je pleurais et riais en même temps.

— Et si tu découvrais qu'en fait je ne suis qu'une vieille sorcière acariâtre ?

Il émit un rire rauque et roula sur le dos.

— Je saurai t'apprivoiser. Ça ne doit pas être tellement plus difficile que d'apprivoiser les chevaux.

— Liam Macdonald, grondai-je en me hissant sur lui.

— Alors, *a ghràidh* ?

Ses yeux fouillaient les miens dans l'espoir d'y trouver la réponse qui se faisait attendre.

— Oui, soufflai-je.

Un son éraillé s'échappa de sa gorge. Il m'embrassa tendrement et me serra contre lui.

— Il y a un prêtre à Keppoch, nous y serons dans deux jours.

— Deux jours ? Mais Sàra et...

Sa main se faufila dans ma chemise restée ouverte et y emprisonna un sein.

---

1. Veux-tu m'épouser ?

— Elle n'a rien à dire. J'ai besoin de toi pour réchauffer mon cœur… et mon lit. Je ne pourrai pas attendre plus longtemps.

La fraîcheur s'infiltrait à travers l'ouverture de la fenêtre sans vitre, et je m'assis pour remonter ma chemise. Liam posa sa grande main sur ma cuisse. Je m'appliquai à relacer mon corselet. Lui restait étendu sur le sol. Il aurait pu passer pour une de ces statues grecques que l'on voyait parfois dans les jardins des grandes demeures.

Stoirm s'ébroua de l'autre côté de la porte entrouverte. Mon cœur se serra au souvenir de Bonnie qui était restée sur la route avec les dragons anglais. Puis j'entendis de nouveau les paroles du capitaine Turner qui se moquait de moi, offrant de m'accompagner dans les bois au cas où je me ferais surprendre encore une fois… Je pouffai de rire.

— Qu'y a-t-il de si drôle ? questionna Liam, qui étalait maintenant son plaid sur le sol avant de s'y étendre.

— Je me demandais si les dragons m'attendaient toujours sur le bord de la route.

Il ramena les pans du plaid sur lui, puis boucla sa ceinture. Son visage s'assombrit.

— Cela m'a fait un choc de te voir partir avec ces fumiers de *Sassenachs*. Tu ne peux pas imaginer tout ce qui m'est passé par la tête. S'ils n'avaient touché qu'à un seul de tes cheveux… je les passais au fil de mon épée.

— Ils m'ont sauvé la vie, Liam, protestai-je.

— Et tu crois que le capitaine n'aurait rien exigé en guise de remerciement ? Tu es trop naïve, Caitlin.

Il entra les pans de sa chemise dans son kilt. Je ne relevai pas sa dernière remarque et remis un peu d'ordre dans mes cheveux en bataille.

— Où allais-tu vraiment, au fait ? demanda-t-il en piquant sa broche dans le plaid qui drapait son épaule gauche. Tu allais vraiment à Edimbourg ou bien… retournais-tu au manoir ?

Je fixai Liam, interloquée. Lorsque son regard croisa le mien, je me figeai. Il dut y trouver la réponse, car il pâlit, et ses lèvres se crispèrent.

— Je veux que tu me jures de ne jamais remettre les pieds au manoir, Caitlin, dit-il en détachant bien ses mots.

— Liam… Je ne peux pas accepter que tu sois accusé…

— Promets-moi ! cria-t-il en me serrant le poignet.

— Je ne peux pas…

— Si, tu peux, Caitlin. Tu vas me le promettre. Tu le dois. Ils se serviront de toi pour avoir ma tête. Je ne veux pas que tu te mêles de ça. C'est à moi de régler ce petit problème.

— Petit problème ? m'écriai-je. Si être accusé de meurtre n'est qu'un petit problème pour toi, alors dis-moi ce qui peut en être un gros !

— Te perdre de nouveau, rétorqua-t-il. Promets-moi, Caitlin !

En sondant le bleu si profond de ses yeux, je pus y lire la peur.

— Je promets, balbutiai-je à contrecœur, du bout des lèvres.

Son visage se radoucit, puis il me relâcha.

— Souviens-toi que, dans les Highlands, on ne trahit jamais une promesse.

Sur ces mots, il accrocha ses pistolets et son poignard à sa ceinture.

10

L'écho des batailles

Les trois hommes nous attendaient patiemment à l'autre bout de la clairière. S'ils n'avaient aucun doute quant à notre emploi du temps, ils eurent assez de tact pour n'en rien laisser paraître, sauf peut-être Colin, qui me dévisageait d'un air apitoyé. Nous remontâmes en selle, mais, cette fois-ci, je chevauchais assise devant Liam.

Nous prîmes la direction du nord, vers Dunkeld, puis nous nous arrêtâmes juste avant le col de Killiecrankie, sur le bord de la rivière Tummel. C'était là que nous devions passer la nuit.

Je descendis un petit sentier jusqu'à la rivière pour me débarbouiller. La poussière et la boue me collaient à la peau. Je m'assis sur un rocher et mis mes pieds à tremper dans l'eau fraîche. Je m'inquiétais un peu pour Colin, car, depuis notre départ, il était silencieux et avait évité mon regard tout au long du trajet. Peut-être était-il au courant des intentions de son frère ?

Un bruissement de feuilles et des craquements de branches sèches dans le buisson derrière moi me firent sursauter. Je portai instinctivement ma main à ma dague, perdue dans ma poche.

— Ce serait plus pratique si tu la portais à ta ceinture.

— Euh, quoi ? dis-je en me retournant brusquement, l'arme coincée dans la poche.

Le tissu finit par céder sous le tranchant, la lame pointant à travers l'étoffe. Liam l'extirpa avec délicatesse pour ne pas agrandir l'accroc dans ma jupe, qui avait déjà bien besoin d'être ravaudée.

— Mais, pour le moment, tu la porteras à ton mollet droit.

— Ah... Bon...

Il fouilla dans son *sporran*[1] et en ressortit une lanière de cuir qu'il employait pour attacher ses cheveux.

— Tu permets ?

Je retroussai mes jupes pour dégager mes jambes et lui tendis la droite. Il ajusta la dague juste sous mon genou en s'attardant volontairement sur le galbe de mon mollet. Je fermai momentanément les yeux au contact chaud de ses mains sur ma peau, me remémorant nos ébats fiévreux de l'après-midi.

— Cela devrait suffire pour le moment, le temps que je te fabrique un fourreau pour la porter à la ceinture. Comme ça, elle sera plus accessible en cas de besoin.

— Merci, je n'ai pas l'habitude de porter une arme sur moi.

— Ici, tu n'as pas le choix.

— J'ai cru le remarquer, en effet.

Il me sourit d'un air moqueur, retira sa chemise et s'aspergea d'eau à son tour. La longue cicatrice blanche tranchait sur le doré de la peau de son dos.

— Killiecrankie, c'est tout près d'ici, je crois ?

En arrivant, j'avais entendu les hommes en parler. Ils avaient évoqué quelques souvenirs de la cuisante défaite qu'ils avaient fait subir aux Anglais. Il se tourna vers moi en passant ses doigts dans ses boucles mouillées.

— Oui. Le champ de bataille se trouve à trois ou quatre kilomètres d'ici, au nord, de l'autre côté du col.

— La bataille, c'était il y a longtemps ?

Il hésita en me dévisageant d'un air grave, puis vint s'asseoir à côté de moi.

— Cela fera six ans en juillet.

— Tu devais être assez jeune à l'époque.

— J'avais vingt et un ans, marmonna-t-il en ôtant quelques brindilles accrochées à son kilt.

— Vingt et un ans… C'était l'âge de mon frère Michael lorsqu'il a été tué à Boyne.

Il me regarda pensivement.

— Pour mourir, c'est effectivement un peu jeune.

— Tu as eu peur de ne pas revenir ? demandai-je doucement en détressant lentement mes cheveux.

1. Sorte d'escarcelle, souvent en fourrure, portée sur le devant du kilt et retenue par une ceinture.

— Non, pas au début. C'était ma première bataille. La fièvre guerrière faisait bouillir mon sang. J'avais effectué de nombreux raids auparavant et essuyé ma lame rougie de sang bien plus d'une fois, mais la guerre… Je sus alors que c'était différent.

Il replia un genou, y appuya un coude tandis que son autre jambe pendait mollement dans le vide. Ses mollets étaient enveloppés dans des peaux de bêtes retenues par des lanières de cuir pour le protéger lors des longues chevauchées, et, comme la plupart des Highlanders par temps chaud, il ne portait pas de chaussures.

— En quoi est-ce si différent ? demandai-je en caressant la fine ligne sur son dos.

— Un raid, c'est un peu comme un jeu. Ce n'est pas vraiment une partie de plaisir, car la mort rôde autour de nous, mais l'excitation que nous procurent le défi et le danger, c'est… je ne sais pas… enivrant, je dirais.

Il se pencha légèrement vers l'avant pour poser son menton dans la paume de sa main. Je m'agenouillai derrière lui et commençai à lui masser doucement les épaules. Sa peau était fraîche et douce sous mes doigts.

— Et la guerre ?

— La guerre… C'est la mort qui regarde les hommes en face. Elle est là, attendant de planter ses griffes dans celui qui s'aventure trop près d'elle. Nous sentons son odeur, elle pénètre nos pores, s'insinue dans nos chairs et dévore tout, jusqu'à notre âme. Juste avant le combat, lorsque nous étions tous réunis avec nos clans respectifs sur les collines du Craig Eallaich, l'excitation qui nous gagnait nous donnait la chair de poule. La tension croissante dans les rangs des guerriers en attente était palpable. C'était un peu comme attendre son tour pour monter sur le gibet sans vraiment savoir qui pourrait en redescendre. Nos pensées se tournaient alors vers ceux que nous avions laissés chez nous en souhaitant pouvoir les serrer de nouveau dans nos bras à la fin des combats. Mais, en même temps, cette rage de combattre et d'anéantir nous poussait en avant. Se battre pour notre patrie, notre roi. Faire le sacrifice de notre sang pour notre race. Lorsque l'ennemi s'est montré, la peur s'est mêlée à l'excitation qui nous bouffait déjà les tripes. Là, je compris que ce n'était plus un jeu, *a ghràidh*.

Il fut secoué d'un frisson.

— Les *Sassenachs* étaient arrivés vers la fin de la journée. Nous les avions attendus tout l'après-midi. Nous avions observé les colonnes se déployant plus bas sur le terrain, à leur sortie du col. Plus de quatre mille vestes rouges couvraient les bruyères près de la rivière Garry. Nous n'étions que deux mille hommes environ, toutefois, nous avions l'avantage de notre position sur le terrain pour y être arrivés plus tôt.

Son regard se perdait dans l'eau qui tourbillonnait entre les pierres et la mousse. J'appuyai ma joue contre son épaule et fermai les yeux en essayant d'imaginer un champ de bataille. L'ennemi devant moi, s'étendant sur la plaine comme une vague prête à m'engloutir…

— Ils étaient tous là, les Macdonald de Sleat, de Clanrannald et de Glengarry. Les Maclean, Macneil, Macleod, Maclachlan, Grant, Fraser, Macmillan…

Ces hommes avaient tous été rassemblés sur les pentes, en dessous du Craig Eallaich, dans une mer de tartan et d'acier. Juste avant l'entrée en scène des soldats de Sa Majesté, qui obéissaient aux ordres du général Mackay, les Highlanders avaient écouté, le cœur gonflé de fierté, James Graham, vicomte de Dundee, discourir du haut de sa monture dans sa veste rouge, trois plumes piquées à son bonnet et un verre de clairet à la main. « Pour notre roi Jacques, pour Dieu et pour l'Ecosse ! » avait-il crié en terminant sa harangue sous les acclamations des hommes fébriles.

Liam interrompit son récit et ferma les yeux, en penchant sa tête vers l'arrière. Puis, en soupirant, il la tourna légèrement de côté, de façon que sa joue frôle ma main, et poursuivit :

— L'attaque a débuté un peu avant le coucher du soleil. Nous avons fondu sur eux tels des oiseaux de proie. Débarrassés de nos plaids, nous avons dévalé la pente, l'épée tendue droit devant, à demi cachés derrière nos targes[1] sous les salves des pelotons.

Je pouvais assez facilement imaginer l'effroi des soldats anglais en voyant cette marée d'hommes en chemise, portant des pourpoints de cuir cloutés, jambes et pieds nus, s'abattre sur eux en poussant leurs cris de guerre comme des bêtes féroces.

— Nous n'étions plus qu'à quelques mètres d'eux, continua-t-il lentement, comme s'il revivait maintenant toute la scène. Ils avaient déchargé leurs mousquets sur nous, l'homme à côté de moi était tombé. C'était Angus MacKean d'Inverrigan, mais je ne pouvais rien pour lui. Nous devions poursuivre notre descente en sautant par-dessus ceux qui tombaient. Je devais atteindre les *Sassenachs*, ne pas leur donner le temps de recharger. C'était là notre seule chance.

1. Petit bouclier rond en cuir clouté.

L'écart se réduisait rapidement... Les vestes rouges tentaient désespérément d'attacher leur baïonnette au canon de leur mousquet, mais il était déjà trop tard. Nous étions sur eux...

Il fit une pause. Ses muscles se tendaient sous mes doigts. Je posai mes lèvres sur sa peau moite et glissai mes bras autour de son torse, le serrant tout contre moi.

— *Fraoch Eilean*[1], murmura-t-il d'une voix rauque.

— *Fraoch Eilean ?* répétai-je en levant un sourcil.

— C'est notre cri de guerre. Chaque clan a le sien.

Il emprisonna mes mains dans les siennes sur sa poitrine. Je sentais son cœur battre.

— Ensuite, tout devint flou... comme si je me retrouvais dans la peau d'un autre homme. La rage de survivre s'était alors emparée de moi. Le délire des cornemuses nous poussait à aller de l'avant, étouffait les roulements des tambours de guerre *sassenachs*. Il donnait le rythme, faisait battre le sang dans nos veines et bénissait celui qui coulait. Le fracas du métal qui s'entrechoquait résonnait jusque dans nos os. C'était la confusion totale, une cacophonie terrifiante. Les exhortations des officiers empêchaient toute retraite. Exterminer à tout prix. Voilà notre mission. L'exaltation l'emportait sur la peur. Tuer était devenu notre credo. Ne pas faire de quartier. Entendre le battement de mon cœur dans mes oreilles me rassurait, me disait que j'étais toujours vivant. Or l'ennemi aussi l'était, et, pour ma sauvegarde, je devais le détruire... Question de survie. C'était vaincre ou mourir.

Je fis une moue de dégoût, la tête posée sur son épaule.

— Mackay nous avait donné en pâture une armée dont la majorité n'avait visiblement jamais croisé le fer avec l'ennemi. Certains sortaient de l'enfance, peut-être même étaient-ils encore puceaux. Ceux qui n'étaient pas tombés sous les coups de hache ou d'épée détalaient, poursuivis jusque dans les bois. Je n'avais jamais rien vu de tel, j'étais loin des raids sur les terres d'Argyle, où les escarmouches se soldaient, au pire, par un ou deux hommes morts et quelques égratignures... A Killiecrankie, je pataugeais dans le sang que la terre n'avait pas le temps de boire. « Survis, survis ! Pour ceux qui t'attendent, pour ton roi, pour ton pays... » Telles étaient les paroles que je me répétais inlassablement tandis que j'esquivais, en glissant sur l'herbe poisseuse, un coup d'épée ou que je bloquais la pointe létale, rougie et luisante d'une baïonnette qui plongeait sur

1. Ile de bruyères.

moi. Mon claymore s'abattait sans répit et sans pitié sur les assaillants aux visages terrifiés, noircis par la poudre, fendant les crânes, traversant les troncs jusqu'à l'aine, où l'acier restait bloqué dans l'os du bassin. Je le retirais dans un affreux grincement pour poursuivre le combat. La lame brillante dans les derniers rayons du soleil tournoyait, tranchait, empalait. Puis la mort s'est soudainement dressée devant moi. Un officier, épée à la main, m'est tombé dessus. Je n'ai pas eu le temps de me retourner, de riposter. J'ai hurlé de douleur sous la morsure de l'acier qui m'a nettement entaillé la peau du dos, de l'épaule à la hanche. Je suis tombé...

Je pouvais presque sentir la douleur sous mon doigt posé sur le cordon de chair boursouflé. La voix de Liam se fit plus ténue, hésitante, comme s'il cherchait dans son esprit des bribes, des lambeaux de souvenirs de cette bataille, désormais gravée pour toujours dans sa chair.

— Je n'avais jamais rien vu de tel, répéta-t-il en secouant lentement la tête comme pour chasser les terribles visions. La mort avait fait son œuvre. Le crépuscule descendait son rideau sur l'horreur de la scène. Je ne pouvais presque plus distinguer l'étendue du carnage, mais je pouvais la deviner, la sentir. Je trébuchais sur des membres tranchés, je butais sur des corps ouverts en deux et tombais dans cette bouillie de sang et de viscères, de têtes décollées qui portaient encore le masque de la peur et qui nous dévisageaient, sidérées par la violence inouïe de leur mort. Et cette odeur qui flottait... Je ne l'oublierai jamais, *a ghràidh*...

Il se tourna vers moi, m'entoura amoureusement de ses bras, ceux qui avaient brandi cette épée et fauché tant d'hommes, et me fit basculer doucement sur ses cuisses. Ses yeux assombris brillaient dans les dernières lueurs orangées du soleil couchant. Il plongea un regard douloureux dans le mien, puis, maintenant mes mains fermement dans les siennes, il les porta à ses lèvres.

— Ça, c'est la guerre, déclara-t-il solennellement. Un massacre, une boucherie dans laquelle on en vient à oublier la raison pour laquelle on y participe. Où le seul mot qui nous vient à l'esprit est « survivre ».

— Je comprends mieux pourquoi Mathew a toujours refusé de nous en parler. Il en est revenu manchot et s'est muré dans le silence.

— Moi-même, je ne l'avais jamais raconté à personne avant aujourd'hui. Colin m'a harcelé de questions auxquelles je ne répondais qu'évasivement. Juste assez pour satisfaire sa curiosité, mais pas assez pour le dégoûter. Père avait refusé de le laisser partir. Il s'était blessé lors d'une rixe et s'en remettait à grand-peine. Il venait tout juste d'avoir dix-huit ans. De toute façon, Glencoe avait besoin d'hommes pour surveiller les bêtes pendant notre absence. Les Campbell, qui ne participaient pas à la bataille, restaient une menace pour notre troupeau. Nous avions quitté la vallée en juin, après que la croix ardente eut traversé les collines, nous appelant à prendre les armes pour le roi Jacques sous les ordres de Dundee. Nous ne sommes revenus dans la vallée que lorsque les feuilles des arbres eurent peint les collines de rouge et d'orangé, en octobre. C'était le premier soulèvement jacobite, mais ce ne sera certainement pas le dernier, j'en mettrais ma main au feu. Dundee a bêtement été tué d'une balle perdue au moment de notre victoire sur la lande de Killiecrankie. Je crois bien que les chances de Jacques de reprendre son trône se sont éteintes avec lui, pour cette fois-là. Le colonel Alexander Cannon l'avait remplacé lorsque nous sommes descendus sur Dunkeld, où s'étaient barricadés les Caméroniens d'Angus. Nous étions emplis de cette exaltation qu'apporte la victoire, déterminés à en finir avec les *Sassenachs*. Mais la ville n'est pas un champ de bataille. Après trois heures de combats acharnés, ces fanatiques religieux qui ne se battaient que pour Dieu ont mis le feu à leurs propres demeures en enfermant les soldats highlanders à l'intérieur. Nous avons dû nous retirer. Trop de morts dans les rues, trop de pertes pour nos clans.

— Le gouvernement a-t-il commis des actes de représailles après le soulèvement ?

— Il avait commissionné Breadalbane de ramener la paix dans les Highlands, mais, comme je te l'ai déjà raconté, cette langue de serpent a plutôt essayé de nous acheter à Achallader en nous disant qu'il œuvrait pour les intérêts des Stuart.

Il grimaça.

— Qui aurait pu croire qu'un Campbell pût faire passer les intérêts d'autrui avant les siens ? L'affaire a avorté. Guillaume était trop occupé à guerroyer en Irlande pour s'inquiéter de ce qui se passait en Ecosse. Au printemps suivant, Thomas Buchanan, général-major de l'armée royaliste des Stuart, avait de nouveau réuni les chefs de clan avec l'aide du colonel Cannon, pour préparer un nouveau soulèvement. Alasdair Og, le fils de MacIain, s'y était impliqué avec quelques hommes de Glencoe. Malheureusement, le général Mackay, encore amer de sa cuisante défaite à Killiecrankie, avait réussi à tuer ce projet dans l'œuf.

— Et toi, y avais-tu participé ?

— Non... je me remettais de ma blessure. Il y avait aussi Anna, et Coll qui n'était encore qu'un bébé. Je ne pouvais pas partir de nouveau...

Il caressa ma joue et m'embrassa doucement. Ses doigts jouaient allègrement dans mes cheveux défaits.

— Le gouvernement a ensuite changé de tactique. Il a construit Fort William et y a placé une garnison sous les ordres du gouverneur John Hill pour maintenir l'ordre dans le Lochaber, siège de la plupart des clans jacobites. C'était plutôt de l'intimidation. Ils patrouillaient nos landes et nos eaux, nous les épiions et nous volions leurs trains de ravitaillement. Les soldats n'osaient pas s'aventurer très loin du fort. Finalement, excédé par le caractère séditieux de nos clans, le gouvernement a émis la proclamation d'indemnité qui assurait la protection aux clans signant le serment d'allégeance au roi *sassenach*. Nous étions en août 1691, tu connais la suite...

Il se tut. Le soleil s'était couché, et une flopée d'oies sauvages passa au-dessus de nous en direction du loch Tummel pour y passer la nuit, qui, lentement, nous enveloppait de son manteau de velours.

Liam m'attira plus étroitement contre lui. Son cœur cognait contre ma poitrine comme s'il voulait y entrer. Ma porte lui était grande ouverte. Il m'embrassa doucement au début, puis la fièvre s'empara de lui. Il me souleva et me plaça à califourchon sur ses cuisses. Sa bouche s'empara de la mienne avec avidité. Mes ongles s'enfonçaient dans la chair de son dos nu.

— Caitlin, *a ghràidh*, dans deux jours tu seras à moi...

— Je suis déjà à toi, Liam.

— Je ne veux pas d'un *handfast*[1] avec toi. Je te veux devant Dieu, tout de suite... Je t'aime, Caitlin... Je n'aurais jamais cru pouvoir aimer encore...

Il l'avait dit... Ses mots resteront gravés dans mon cœur, dans ma chair, comme marqués au fer rouge.

— Tu tiens mon cœur entre tes mains, *mo rùin*... Je t'aime aussi.

Il me serra contre lui, tout tremblant.

1. Promesse de mariage devant témoins, permettant à un couple de vivre comme des époux pendant un an ou jusqu'à ce qu'un mariage devant l'Eglise soit contracté. Aux yeux des lois écossaises, cette union était légale.

— Il faut aller dormir, murmura-t-il à contrecœur en s'écartant doucement. Nous avons encore une longue route, demain.

Nous nous installâmes pour la nuit au pied d'un mur de granit. Les hommes se relaieraient pour monter la garde. Roulée en boule dans ma cape, protégée par le corps de Liam, qui avait passé un bras par-dessus ma taille, je m'endormis avec le souvenir encore brûlant de ses lèvres et de ses mains sur ma peau.

Le lendemain, nous prîmes la route vers l'ouest dans les brumes matinales. Le soleil tentait timidement de percer le voile opaque qui s'attardait dans la vallée. Lorsque nous atteignîmes le loch Rannoch, les rayons, qui maintenant nous réchauffaient, m'obligèrent à retirer ma cape, sous laquelle je suffoquais.

Je partageais la selle de Liam depuis plusieurs heures. Il me retenait contre lui d'un bras protecteur ; sa chaleur et la pression de ses doigts qui caressaient doucement ma hanche étaient rassurantes. J'avais l'impression que plus rien dans ce monde cruel ne pouvait m'atteindre. Je pris alors pleinement conscience que j'allais épouser cet homme que je ne connaissais pas vraiment, mais que j'aimais assez pour suivre à l'autre bout du monde. Nos destins étaient maintenant inextricablement liés, *ad vitam æternam*.

Je remuai sur la selle pour changer de position. Les longues heures passées à me faire secouer par la monture commençaient à provoquer des courbatures. Liam resserra son étreinte. Ses lèvres effleurèrent mon cou, caresse suave qui me procura de petits frissons extatiques.

— Liam, murmurai-je, comment m'as-tu retrouvée ?

— Hum... Tu ne passes pas inaperçue, *a ghràidh*, je n'ai eu qu'à suivre ta trace. C'est au moment où tu ressortais des bois avec les dragons que je t'ai repérée. Il m'a fallu tout mon sang-froid pour ne pas tomber sur eux et t'arracher à leurs griffes. Je craignais que tu ne sois blessée.

Il grogna dans ma nuque et mordit délicatement le lobe de mon oreille.

— Nous vous suivions à travers les bois depuis un bon moment, attendant l'instant propice pour te reprendre. Tu mérites une bonne correction pour t'être sauvée ainsi. Les conséquences auraient pu être tragiques. J'espère que tu t'en rends compte.

— Tu t'en donneras à cœur joie à Keppoch, répondis-je en riant doucement. C'est encore loin ?

— Nous y serons avant la tombée de la nuit.

Nous approchions d'une petite bourgade, et des odeurs de viande rôtie me titillèrent les narines. Je n'en pouvais plus. Si nous ne nous arrêtions pas pour avaler un morceau, je ne répondais plus de rien. Nous n'avions rien mangé depuis notre départ, le matin, et, d'après la position du soleil, il devait bien être près de midi.

Repue, je vidai ma chope de bière et repoussai ma chaise pour m'étirer. J'avais besoin de me dégourdir un peu les jambes, et mon séant se plaignait. Colin était assis contre le mur de la taverne et paraissait somnoler. Simon terminait sa deuxième portion de saucisson et de chou bouilli. Donald, lui, était occupé à conter fleurette à la jeune servante assise sur ses genoux. Elle gloussait en faisant sautiller sa poitrine, qui, je le craignais, risquait de sortir de son corsage d'un moment à l'autre. A la manière dont Donald louchait, je devinais qu'il ne manquait rien du spectacle cocasse.

Je demandai au tavernier où trouver le petit coin et sortis en passant par la porte de derrière. Lorsque je revins quelques minutes plus tard, l'ambiance n'était plus aux grivoiseries. Donald se frottait la mâchoire, un filet de sang coulant de sa lèvre fendue. Il toisait un homme qui me tournait le dos, manifestement son assaillant. Colin, bien réveillé à présent, se tenait debout derrière Donald, la main sur le manche de son poignard. Je ne voyais Simon nulle part, et Liam devait être encore auprès des chevaux.

— Tu reposes tes sales pattes sur ma fille, salaud de Macdonald, et je te tranche la gorge, tonna l'homme devant moi.

Donald s'élança la tête la première dans l'estomac de son adversaire et l'envoya s'écraser sur une table qui céda sous leur poids. Les deux hommes se relevèrent, le combat était engagé. Les poings fusaient et frappaient de part et d'autre. Les clients qui avaient déserté leurs tables prenaient des paris.

Je jetai un coup d'œil inquiet à Colin, qui m'avait aperçue. A son regard, je compris que je devais rester à l'endroit où j'étais. Il ne bougeait pas, la main toujours sur son poignard, prêt à dégainer si les choses s'envenimaient.

La bagarre venait dangereusement dans ma direction. Je reculai jusqu'au mur. A ma droite se trouvait une table avec un pichet de bière abandonné par les clients qui s'étaient agglutinés pour savourer le spectacle. J'étais coincée.

Les deux hommes n'étaient plus qu'à quelques mètres de moi. Donald envoya un formidable crochet bien placé sur la mâchoire de son adversaire, qui pivota sur lui-même. J'eus à peine le temps d'enlever le pichet de bière, sur la table, que l'homme s'étalait de tout son poids et s'écroulait lourdement sur le sol.

Donald sourit et lui cracha encore quelques injures bien salées avant de tourner les talons. L'homme remua. Tenant fermement le pichet contre ma poitrine, je le vis qui s'apprêtait à se relever. L'odeur âcre de la bière me caressait les narines tandis que le liquide brun mousseux qui débordait me dégoulinait entre les doigts. L'homme accroupi se préparait visiblement à passer à l'attaque. Il grogna comme un vieux sanglier en rut, portant subrepticement sa main à son poignard. Colin dégaina lentement le sien, puis cria quelque chose à Donald, qui était en train de remettre son plaid et de sourire à la jeune fille.

La situation tournait au vinaigre. Je regardai de nouveau mon pichet et, l'instant d'après, l'agresseur était étendu sur le sol crasseux, inconscient, auréolé de morceaux de faïence dans une flaque de bière.

Il y eut un moment de silence que même les mouches n'osaient briser, puis, voyant que l'homme était bien assommé, les spectateurs relâchèrent leur souffle retenu dans une explosion d'hilarité générale.

Je restai pétrifiée, fixant bêtement la masse inerte et dégoulinante à mes pieds, prenant seulement conscience de ce que je venais de faire. Donald me dévisageait, les yeux écarquillés, interloqué. Colin se rua sur moi et m'empoigna par le bras. Il m'entraîna en direction de la sortie, parmi les clients qui reprenaient leurs places en riant et en me gratifiant de remarques plus ou moins malséantes et de claques sur le postérieur.

— Allez, viens, filons d'ici, grommela-t-il en lançant quelques pièces au tavernier.

Nous sortîmes sous les acclamations de certains, heureux d'avoir une anecdote bien croustillante à raconter pendant quelque temps.

Liam était en conversation avec Simon près des chevaux. Nous voyant arriver en catastrophe, il mit un pied à l'étrier, me passa un bras sous les aisselles et me hissa avec lui sur son étalon. Notre petite troupe détala au galop en soulevant un nuage de poussière ponctué de cris et de hurlements sauvages pour ne ralentir l'allure que quelques kilomètres plus loin. Colin et Donald riaient aux larmes sous les regards déconcertés de Liam et de Simon.

— Quelqu'un pourrait peut-être me dire ce qui se passe ? maugréa Liam, les sourcils froncés.

Colin raconta la scène à Liam entre deux fous rires.

— Si tu avais vu la tête de Donald ! Dire que c'est une femme qui a envoyé ce fumier de Menzie chez les anges parce que Donald n'a même pas été foutu de le faire… Ha ! ha !

Donald, qui commençait à trouver la situation moins drôle, s'arrêta de rire et lança un regard noir à Colin, littéralement plié en deux sur son cheval. Liam me força à me retourner pour le regarder. Il me dévisageait, sidéré.

— Tu as fait quoi ? s'écria-t-il, hors de lui.

Je rentrai la tête entre mes épaules.

— J'ai seulement laissé tomber le pichet sur la tête de l'homme, balbutiai-je. Il avait son poignard à la main et s'apprêtait à sauter sur…

— As-tu pensé un moment à ce qui aurait pu se produire si tu ne l'avais pas assommé ?

Je redressai promptement le buste et lui jetai un regard ulcéré.

— Parce que tu crois, peut-être, qu'on a le temps de réfléchir dans ces cas-là ? glapis-je.

Simon et Colin riaient toujours ; Donald grognait des grossièretés. Je soutins le regard irrité de Liam, puis une lueur amusée passa dans ses yeux.

— La prochaine fois, assure-toi de pouvoir protéger tes arrières au cas où tu manquerais ton coup, *a ghràidh,* déclara-t-il, un sourire en coin.

Il me pinça une fesse et explosa d'un rire rauque en éperonnant sa monture, qui repartit en direction des montagnes du Lochaber.

11

Pour le meilleur et pour le pire

Je secouai vivement le bras pour me débarrasser de la bestiole qui me dardait sans arrêt. A bout de patience, je me redressai brusquement dans le lit en poussant un juron étouffé et restai bouche bée devant une fillette qui me fixait avec de grands yeux apeurés.

— Oh ! fis-je, consternée. Je suis désolée, je ne voulais pas te faire peur.

La fillette secoua frénétiquement la tête, puis repoussa une mèche brune qui s'était échappée de son bonnet de lin. Elle devait avoir environ sept ou huit ans.

— On m'a envoyée vous prévenir que le petit déjeuner est servi, bredouilla-t-elle en rougissant. Si vous ne voulez pas descendre tout de suite, on vous gardera quelque chose aux cuisines.

Elle baissa les yeux et fixa le bout de ses chaussures en tortillant nerveusement ses mains et continua :

— Je suis navrée de vous avoir réveillée, madame.

— Ce n'est rien, dis-je en balayant l'air de ma main. Quel est ton nom ?

— Morag, madame. Morag Archibold.

— C'est un joli prénom, Morag, lui dis-je en souriant. Je vais descendre dès que je serai habillée.

La fillette esquissa une petite révérence.

— Màiri montera vous aider, madame, ajouta-t-elle avant de sortir en courant.

Je laissai pendre mes jambes sur le bord du lit et m'étirai en bâillant bruyamment. J'aurais bien dormi encore quelques heures de plus. Peu habituée aux longues chevauchées, j'avais l'impression d'avoir été broyée sous une meule à farine.

Les événements de la veille me revenaient lentement, repoussant le sommeil qui menaçait de me gagner de nouveau. Nous étions arrivés à Keppoch au moment où le soleil effleurait les montagnes et baignait la vallée de Spean dans une lumière dorée. Keppoch House, situé au confluent de la rivière Roy et de la Spean, était un manoir d'assez bonnes dimensions qui attestait d'un pouvoir certain de son propriétaire, Coll Macdonald, chef du clan des Macdonald de Keppoch dans le Lochaber. On le surnommait « Coll des vaches » pour son habileté à voler les troupeaux.

Lady Keppoch, une jeune dame assez charmante, m'avait accueillie chaleureusement et m'avait montré ma chambre sans tarder. Enfin un lit ! Après avoir avalé une collation et m'être débarbouillée sommairement, je m'étais glissée entre les draps, fourbue, souffrant à chacun de mes mouvements, puis un sommeil bien mérité m'avait emportée.

Je me levai en grimaçant et faisais le tour de la pièce d'un regard circulaire, à la recherche de mes vêtements, quand une jeune fille bien en chair entra, les bras chargés de serviettes, d'un bassin et d'un pichet rempli d'eau.

— Bonne journée, madame, dit-elle en posant le tout sur la commode.

Elle tira le rideau d'un coup sec, et la pièce fut inondée d'une lumière trop vive qui me fit cligner les yeux.

— Vous avez de la chance, le soleil brille pour vous, annonça-t-elle joyeusement en s'affairant autour de moi comme une petite abeille. Etes-vous nerveuse ?

— Nerveuse ? m'étonnai-je. Mais pourquoi ?

— Mais c'est le jour de votre mariage !

— Aujourd'hui ? bafouillai-je, encore un peu groggy.

La jeune fille me considéra un moment, visiblement mal à l'aise.

— Vous ne saviez pas ?

— Euh... Oui. Bien sûr. Je n'ai pas l'esprit tout à fait clair ce matin, répondis-je bêtement pour expliquer ma confusion.

— Si c'était moi qui devais épouser un homme tel que monsieur Liam, je vous assure que je n'aurais même pas fermé l'œil de la nuit.

Elle lorgna vers moi avec une pointe d'envie dans son regard.

— Bien des cœurs seront brisés à la fin de cette journée.

Elle m'aida à retirer ma chemise en grimaçant.

— Il faudra prendre un bon bain parfumé, aujourd'hui. Et aussi changer de robe, dit-elle en repoussant mon vêtement poussiéreux du bout de son pied.

— C'est que je n'ai rien d'autre à me mettre.

— Lady Keppoch vous trouvera une tenue plus appropriée pour la cérémonie. Pour le moment, nous devons nous dépêcher si vous ne voulez pas manger froid.

Lorsque j'entrai dans la salle à manger, les hommes se levèrent en me saluant poliment et attendirent que je prenne place aux côtés de la maîtresse de maison pour se rasseoir dans un grincement de chaises sur le parquet en bois. Je cherchai le regard de Liam. Il me sourit chaudement et inclina la tête dans un salut poli.

— Nous nous excusons d'avoir commencé sans vous, ma chère, fit lady Keppoch. Nous ne savions pas si vous descendriez pour le petit déjeuner.

— C'est moi qui m'excuse pour mon retard, bredouillai-je, légèrement embarrassée. Je me suis levée un peu tard, ce matin.

— Oh ! Mais vous êtes tout excusée, Caitlin, me rassura-t-elle en me tapotant la main. Vous avez une journée chargée devant vous, un peu plus de sommeil ne peut que vous être bénéfique.

Un pied se mit à me caresser doucement le mollet sous la table. Je jetai un coup d'œil à Liam, assis devant moi à la droite du chef. D'un air taquin, il me tendait un panier rempli de petits pains croustillants.

— Vous avez bien dormi, Caitlin ? me demanda Coll Macdonald.

L'homme aux yeux et aux cheveux noirs me dévisageait d'un regard évaluateur. Plus petit que Liam d'une bonne tête, il était néanmoins de constitution solide, et son teint basané pouvait laisser croire que du sang galicien se mêlait à celui de ses ancêtres du Nord. Somme toute, il était assez bel homme. Il n'était à la tête de son clan que depuis une douzaine d'années. Il avait dû interrompre prématurément ses études à l'université de Saint Andrews pour reprendre, très jeune, les rênes du pouvoir. Son père, Alexander Macdonald Glas, avait été assassiné.

— Très bien, répondis-je, un peu intimidée par toutes les paires d'yeux qui me fixaient autour de la table.

— Ainsi, c'est vous qui avez volé le cœur de Liam. Il m'a raconté que vos chemins se sont croisés sur la route de Dundee.

Je sentis la panique s'emparer de moi et je déglutis, ne sachant que répondre. Liam appuya doucement sur mon pied avec le sien et inclina légèrement la tête en guise d'acquiescement. Colin m'observait d'un air impassible.

— Euh… Oui, si on peut dire, dis-je, troublée.

— Au fait, Coll, as-tu des nouvelles d'Edimbourg ? demanda Liam pour changer de sujet, à mon grand soulagement.

— Oui, nous en avons reçu, il y a deux jours, par Alasdair Og, qui se trouve actuellement là-bas. Il a envoyé un messager. La commission d'enquête sur l'affaire Glencoe avance lentement. Le gouverneur John Hill a comparu avec Forbes, Farquhar et Kennedy, les soldats de Fort William, le 7 juin dernier. Le shérif Campbell d'Ardkinglass et le shérif-clerc Campbell de Dressalch auraient aussi comparu devant les membres de la commission pour expliquer la disparition du serment signé. John et Alasdair auront leur tour avec huit autres hommes du clan avant la fin de la semaine pour raconter les circonstances du... massacre.

— Et ce fils de pute de Glenlyon ? s'écria Colin d'une voix dure.

Il pianotait nerveusement sur la table un air qui réclamait vengeance. Simon, qui se curait irrévérencieusement les dents avec son ongle, leva la tête.

— Comme tu le sais, Colin, le régiment d'Argyle est à Namur sur le continent. Le roi ne le démobilisera certainement pas pour le simple plaisir de témoigner à la commission. Quant à moi, ils peuvent bien y rester. Que les Français les fauchent comme du blé mûr. Leur sang ne souillera pas nos terres.

— Ouais, reprit Colin avec une moue de dégoût. Cette commission est une vraie comédie. Le roi a plutôt bien choisi ses membres. Ogilvy et lord Murray sont dans ses bonnes grâces. Johnstone n'en veut qu'à la tête du ministre Dalrymple. Le marquis de Tweedale fait partie des conseillers du roi. Finalement, c'est à se demander quels intérêts ils défendent vraiment. Les nôtres ou bien ceux du roi. Ils vont s'assurer que le sale boulot bâclé par Glenlyon est bien terminé, ces bâtards !

Un grand silence et des raclements de gorge remplirent la pièce. Liam, dont le regard se noyait dans son whisky, y mit fin.

— Et le lieutenant-colonel Hamilton qui a filé à Dublin, ont-ils réussi à le faire revenir ? demanda-t-il à Coll, qui se resservait des œufs brouillés.

— Il ne répond pas à l'ordre. Des têtes vont tomber, Liam. Il le faut, l'opinion publique sur cette affaire est, disons... assez alarmante. Les choses bougent à Edimbourg. Les jacobites se rassemblent, le gouvernement s'énerve. On craint que toute cette affaire n'enflamme de nouveau le mouvement rebelle.

Il prit une gorgée de whisky en regardant attentivement les hommes qui ruminaient leur frustration autour de la table. Une servante entra, mais lady Keppoch la congédia aussitôt d'un geste de la main. Liam déposa bruyamment son gobelet et prit la parole :

— Des têtes tomberont peut-être, mais seront-elles les bonnes ? Je veux la tête de Breadalbane. C'est elle qui doit tomber. Nous savons tous que ce massacre n'était en fait qu'un règlement de comptes déguisé. Les Campbell voulaient la tête de MacIain. Ils l'ont eue. Mais ses fils sont toujours vivants. Pour le moment, l'eau est calme, mais elle ne dort pas. Breadalbane est un fin renard. Il attendra le bon moment pour nous exterminer complètement, dès qu'il le pourra, et à sa façon. C'est lui l'instigateur de toute cette affaire depuis le début. Ses lettres à Dalrymple le prouvent. Pour ce qui est de ce dernier, il a beaucoup d'ennemis dans le gouvernement. Plusieurs se serviront de cette occasion pour tenter de le faire tomber, mais le roublard a le bras long. Il s'en sortira certainement indemne ou, au pire, avec seulement quelques écorchures. Cependant, je crois qu'il nous laissera tranquilles. Certes, il veut faire disparaître les Highlanders de la surface de la terre ; mais c'est en nous envoyant sur leurs champs de bataille qu'il veut y parvenir. Quoi de mieux que de se débarrasser des indésirables en les employant pour une bonne cause ? Non, c'est Breadalbane que je veux, mais ce foutu fumier ne sera pas facile à avoir.

— Mais ces correspondances entre Breadalbane, Dalrymple et tous les officiers impliqués seront déposées comme preuves... risqua Donald, qui trempait un scone dans un bol de crème.

— Ces lettres seront interprétées selon le bon vouloir de la commission, coupa Liam sur un ton irrité. Nous ne tirerons rien de cette enquête. Elle ne servira que les ambitions politiques des participants. On veut protéger le roi à tout prix. Nous ne représentons rien pour eux, si ce n'est une affreuse tache de sang qu'ils veulent nettoyer le plus rapidement possible afin de pouvoir passer enfin à autre chose. Or c'est « notre » sang !

— Attendons de voir ce qui en sortira, Liam, dit Coll en posant sa main sur son bras pour le calmer. L'enquête n'est pas terminée.

— Si la tête de ce fumier de renard de Breadalbane ne tombe pas, je m'en charge personnellement, déclara Colin en se calant sur le dossier de sa chaise, un verre de whisky à la main.

Liam le foudroya du regard.

— Tu n'en feras rien, mon frère. Le sang a assez coulé. On ne touche pas à Campbell. S'il ne tombe pas, il faudra s'y faire. Et attendre.

Colin le dévisagea, incrédule.

— C'est toi qui dis ça ? Je ne puis y croire... ajouta-t-il en secouant la tête. Tu as perdu ta femme et ton fils, et tu es prêt à laisser ce salopard s'en tirer à bon compte ? Qu'as-tu fait du sang highlander qui coule dans tes veines, Liam ? Se serait-il changé en sang *sassenach* ?

Liam se redressa brusquement et pointa un doigt menaçant vers son frère, le visage en feu.

— N'ose jamais insinuer que je n'honore plus mon sang highlander, Colin Macdonald, rétorqua-t-il froidement. Se venger aveuglément ne nous apportera rien. Nos morts resteront sur Eilean Munde. Il faut penser à protéger ceux qui existent. Nous devons faire confiance au destin.

— Le destin, *fuich* ! Regarde ce qu'il nous a réservé !

Colin se renfrogna et me fixa froidement. Je détournai le regard en rougissant de honte. La tension était palpable entre les deux frères, et j'en connaissais la cause.

— Liam a raison, dit Simon. Il faut garder la tête froide. Un jour, peut-être aurons-nous l'occasion d'assouvir notre soif de vengeance sans risquer de faire couler inutilement le sang des nôtres. Il faudra être patient.

— Je ne peux pas vous promettre d'en être capable... marmonna Colin en se croisant les bras.

— John n'acceptera jamais que tu mettes le clan en danger, et tu le sais très bien, dit Liam sur un ton plus calme.

— D'autres le font...

Ses insinuations étaient très claires. Le visage de Liam devint blanc de rage. Mes doigts tremblaient sur mon verre de vin, que je reposai sur la table, de peur de le renverser. Un silence de plomb emplissait la pièce.

— Aurais-tu quelque chose à me reprocher, par hasard, Colin ? demanda-t-il d'une voix blanche. Aurais-je fait quelque chose que tu n'aurais pas fait toi-même, peut-être ?

Colin ne répondit pas, mais soutint le regard inquisiteur de son frère sans broncher. Avec tact, lady Keppoch toussota et se fit verser un verre de vin coupé.

— Bien, je crois que nous avons assez parlé politique, annonça-t-elle. Aujourd'hui devrait être jour de réjouissances, donc je propose de porter un toast à Liam et à Caitlin. Puisse Dieu leur accorder une longue vie de bonheur !

Tous levèrent leurs verres remplis à ras bord en s'écriant en chœur : « *Slàinte mhath !* » Tous, sauf Colin, qui ne me quittait pas de son regard gris attristé.

Je fus emportée dans un tourbillon étourdissant tout le reste de la journée. Liam avait pris des dispositions pour que le mariage soit célébré dans la petite chapelle de Keppoch. La célébration devait avoir lieu à six heures de l'après-midi, ce qui ne nous donnait pas beaucoup de temps pour les préparatifs.

Lady Keppoch avait eu l'amabilité de me faire porter une robe avant d'aller aux cuisines donner ses instructions pour le banquet du soir. La robe de soie bleu ciel était ravissante. Des rubans garnissaient le corsage, et les manches qui s'arrêtaient à la saignée du bras se terminaient par des engageantes à trois rangs de dentelle. Le décolleté très profond était bordé d'un double ruché qui dissimulait sensiblement la courbure des seins. La jupe ample était décorée à l'ourlet d'un falbala fait d'un large ruban ivoire.

Quand je me fus prélassée dans un délicieux bain chaud parfumé et séché les cheveux à la serviette, Màiri m'aida à enfiler ma chemise et à attacher le corset.

— Mais qu'est-ce que ces instruments de torture ? bougonnai-je en relâchant mon souffle.

— Dites-vous que c'est pour une bonne cause, madame, se moqua-t-elle en riant.

Je me retenais au montant du lit tandis qu'elle tirait sur les lacets, me comprimant la cage thoracique.

— On n'arrive pas à respirer avec ça !

— Les dames de la cour y arrivent, et elles les portent tous les jours. Vous pouvez bien souffrir quelques heures jusqu'à ce que monsieur Liam vous en libère, gloussa-t-elle.

Elle me fit un clin d'œil lourdement chargé de sous-entendus. Je passai la robe légèrement retouchée un peu plus tôt par la couturière du village. Màiri la laça. J'examinai le résultat dans la glace d'un air complaisant.

— Oh ! madame Caitlin ! Monsieur Liam croira qu'il a une vision, vous êtes ravissante.

Je tournai sur moi-même, faisant chuchoter la soie et m'examinant sous toutes les coutures. C'était vrai que j'étais belle. Etait-ce la petite fille qui avait jadis gambadé dans les sales ruelles de Belfast, couverte de boue et la robe en lambeaux, que je contemplais dans ce miroir ? Je souris à la créature qui me regardait d'un œil aussi étonné et enchanté que moi. S'il n'y avait eu ce maudit corset qui me tuait et entravait mes mouvements...

— Vous n'aimez pas ? s'inquiéta Màiri devant mon air perplexe.

— Si, si, la rassurai-je. Vous ne pourriez pas relâcher un tout petit peu le corset ?

— Ah, non ! C'est seulement pour quelques heures, madame.

— Bon, passons alors à la coiffure, rechignai-je, résignée.

Màiri avait des doigts de fée. En quelques minutes, mes cheveux furent remontés en chignon, autour duquel des fines tresses étaient piquetées de fleurs de bruyère blanche. Des mèches folles encadraient mon visage.

— Voilà, vous êtes fin prête pour vos noces, annonça-t-elle en se reculant pour mieux admirer son œuvre d'un œil satisfait.

— Oui... répondis-je, songeuse.

La nervosité commençait à me miner. Je me demandais si Liam était aussi nerveux que moi. « Ça va aller, Caitlin... Respire un bon coup et fonce. » Maman me disait toujours ça lorsque j'hésitais à faire quelque chose qui m'effrayait. Elle me manquait terriblement, j'aurais tant aimé qu'elle soit là, aujourd'hui. Et papa... Que dirait-il lorsqu'il apprendrait que sa fille unique s'était mariée avec un Highlander ? Mon père... j'avais tant besoin de lui. Il devait actuellement se ronger les sangs et se demander ce qui m'était arrivé...

On frappa discrètement à la porte. Màiri alla ouvrir. Lady Keppoch entra et fit le tour de ma personne, visiblement enchantée par ce qu'elle voyait.

— Vous êtes merveilleuse, Caitlin, murmura-t-elle, sous le charme.

— Merci pour la robe, elle est très belle.

— C'est un plaisir pour moi. Je dois avouer que je n'ai pas souvent eu l'occasion de la porter. Je l'avais acquise lors de mon dernier voyage à Paris. Elle est probablement démodée aujourd'hui, la cour de Versailles est tellement critique pour tout ce qui touche la mode. Mais je l'aime bien.

Elle lissa quelques plis dans la jupe, puis ajusta le corsage qui tirait sur un côté.

— Les corsets, vous savez... ajouta-t-elle en grimaçant.

— Oui, je sais, répondis-je en riant.

Je descendis lentement les marches dans un bruissement d'étoffe, en équilibre dans mes escarpins de soie assortis à la robe, me demandant comment j'allais tenir tout le reste de la soirée dans ces étaux. Colin et Donald m'attendaient en bas, dans le hall, pour m'escorter jusqu'à la chapelle. En m'apercevant, Colin se raidit. Son regard me parcourut de la tête aux pieds, puis, très pâle, il s'efforça de sourire.

— Dieu du ciel ! Le veinard ! souffla Donald. Je doute que Liam puisse attendre la fin des festivités pour… oumph !….

— Donald MacEanruigs ! gronda lady Keppoch en lui donnant un coup de coude dans les côtes.

— Je crains que Donald n'ait la langue un peu trop déliée avec les femmes, lady Keppoch, déclarai-je avec une pointe d'ironie.

Je narguai l'homme en question du regard, un sourire moqueur sur les lèvres.

— Cela doit vous causer certains ennuis à l'occasion, n'est-ce pas, MacEanruigs ?

Il me lança un regard furibond et sortit en grommelant. Ce n'était pas que je lui en voulais, mais je n'avais pu résister à l'envie de lui rendre la monnaie de sa pièce. Nous étions quittes ! Malgré son arrogance et son air suffisant, Donald était un bon diable, et je commençais à apprécier sa compagnie qui n'était jamais monotone. Je savais qu'au fond ses faux airs masquaient une certaine timidité et un manque de confiance en soi vis-à-vis de l'autre sexe. Un jour, il trouverait…

Colin se racla la gorge pour attirer mon attention.

— Liam m'a chargé de t'escorter jusqu'à l'autel… dit-il d'un air dépité.

Puis il se tourna vers lady Keppoch.

— Mais avant, si ma cousine Elizabeth veut bien, j'aimerais m'entretenir en privé avec la fiancée.

— Je dois aller aux cuisines avant de me rendre à la chapelle, dit-elle en posant une main sur le bras de Colin. Passez dans la bibliothèque, vous y serez plus tranquilles.

Elle tourna les talons et disparut dans le corridor.

Colin referma doucement la porte derrière nous et s'y adossa, la mine sombre.

— Bon Dieu… Qu'est-ce que tu es belle, Caitlin… souffla-t-il. Si Liam n'avait pas été mon frère, je me serais battu pour toi. Mais les choses étant ce qu'elles sont…

Il s'interrompit, la voix brisée par l'émotion, puis se dirigea vers la fenêtre en me tournant le dos.

— Je suis désolé pour ma réaction de ce matin. Liam venait de me faire part de ses intentions de t'épouser aujourd'hui, et je n'avais pas encore eu le temps d'encaisser le choc. Je ne te cacherai pas que ce mariage précipité me bouleverse, je ne m'y attendais pas… Pas si tôt… Cependant, je me dis que j'aurais certainement fait la même chose que lui si j'avais été dans ses souliers. Il n'a pas voulu prendre le risque que tu te défiles une seconde fois.

Il s'interrompit quelques instants, les yeux fixés vers le dehors, puis il baissa la tête pour contempler ses mains d'un air absent.

— Liam est arrivé à Carnoch le lendemain de ton départ.

Il se retourna pour observer ma réaction.

— Lorsque nous lui avons appris que tu avais disparu, il est entré dans une rage terrible. Pas besoin de te dire que Sàra et moi avons passé un mauvais quart d'heure. Nous étions supposés te retenir à Carnoch et te protéger…

— Je suis navrée, Colin. Vraiment, murmurai-je en froissant nerveusement ma jupe. Je devais partir… Je ne pouvais plus rester à attendre…

Il s'approcha lentement de moi et prit mes mains, qu'il porta sur son cœur.

— Ce matin-là, lorsque nous sommes partis à ta recherche, j'ai souhaité, l'espace d'un instant, qu'il ne te retrouve pas, qu'il soit arrivé trop tard.

Le visage grave, il baissa les yeux vers mes mains.

— D'une certaine façon, je me doutais bien qu'il te demanderait en mariage, sinon, pourquoi serait-il entré dans une colère aussi vive… mais je ne voulais pas y croire. J'espérais que… Oh ! Caitlin !

Son regard se leva de nouveau vers moi. Il porta une de mes mains à ses lèvres et l'ouvrit pour embrasser tendrement la paume.

— Colin, je…

— Chut, ne dis rien, Caitlin. Je n'ai qu'une requête à te faire avant que tu ne deviennes la femme de mon frère.

Mon pouls s'accéléra. Je savais que Colin était un gentleman, pourtant le regard qu'il posa sur moi à cet instant précis me fit douter de mon opinion à son sujet.

— Permets-moi de t'embrasser. Pas comme un frère, mais comme un homme. Tu ne lui appartiens pas encore.

— Colin… Je ne peux pas… Je ne crois pas que…

— Une dernière fois, ma belle Irlandaise. Je l'emporterai dans ma tombe. Je n'ai qu'une seule parole, et je la respecte. Je ne trahis pas ceux que j'aime.

— Mais Liam…

J'étais décontenancée.

— Dans moins d'une heure, tu lui appartiendras pour la vie.

Donne-moi une minute, une seule, et je ne t'importunerai plus jamais. Je te le jure sur la tombe de mon père.

Je ne répondis pas. Je restai sans voix devant cette demande inattendue. Colin n'attendit pas ma réponse. Il m'attira à lui, m'enlaça, puis posa doucement ses lèvres sur les miennes. Au début, le baiser fut doux et chaste, mais Colin ne put contenir le feu qui le consumait. Il me pressa contre lui avec force et m'obligea à entrouvrir les lèvres, explora ma bouche avec sa langue tandis que ses mains parcouraient mon dos en descendant toujours plus bas. Je tentai de me dégager, mais il me retint plus fermement contre lui.

Il s'écarta soudain, me laissant pantelante et ébranlée. Sa respiration était sifflante. Il me dévisagea quelques secondes, puis baissa les yeux.

— Je... je t'attends dehors...

Il tourna les talons et sortit. J'écrasai une larme qui coulait sur ma joue, du revers de ma main. Je le savais amer et terriblement déçu. Malgré ma profonde affection pour lui, je ne pouvais lui pardonner son geste, même si je le comprenais. Il n'avait pas le droit de ternir cette journée...

Mon entrée dans la chapelle fut accompagnée du couinement strident d'une cornemuse. Mon cœur battait la chamade, et mes jambes molles menaçaient de lâcher à tout moment. Je m'agrippai au bras de Colin, avançant lentement jusqu'à l'autel où m'attendait mon futur époux. J'étais totalement subjuguée par la vue de Liam. Un prince.

Il portait un justaucorps bleu nuit, coupé court, avec un parement ocre et garni de boutons dorés. Les manches de sa chemise en lin fin étaient terminées par de la dentelle qui dissimulait ses mains. Une cravate également en dentelle était nouée autour de son cou. Une broche d'argent qui luisait à la lueur des chandelles maintenait son plaid rabattu sur son épaule gauche. Il avait apprivoisé ses folles boucles fauves avec un large ruban de velours rouge. Seule une mèche rebelle pendait mollement sur son front et lui retombait près de l'œil.

Son *sgian dhu* dans sa chaussette, son poignard à sa ceinture, un *sporran* en peau de martre et son épée à double tranchant complétaient sa tenue d'apparat. Même à la cour de Versailles, il n'aurait pu passer inaperçu. Il était beau comme un dieu et j'en étais toute tremblante d'émoi.

La cérémonie fut relativement courte. Enfin, c'est ce qu'il m'a paru. A plusieurs reprises, je dus me retenir à son bras pour ne pas m'effondrer. Avais-je encore quelques appréhensions, quelques réticences ? Tout avait été si rapide… Non, je l'aimais. Cela, je ne pouvais en douter et, en ce moment même, mon cœur ne battait que pour lui. Mes yeux ne voyaient que lui.

Liam devait déployer un effort considérable pour paraître calme. Il m'aurait dupée, s'il n'avait pris mes mains glacées pour échanger nos vœux. Ses paumes étaient moites.

Quelques bribes de paroles arrivaient à se frayer un chemin dans mon cerveau engourdi.

— Moi, Liam Duncan Macdonald, je jure devant Dieu et devant les hommes de te prendre pour épouse, de t'aimer…

Mon esprit flottait, dansait et virevoltait avec allégresse. « Maman… peux-tu me voir d'où tu es… ? »

— … jusqu'à ce que la mort nous sépare…

Liam me souriait. Je ne pouvais me détacher de l'onde de son regard, si apaisante et réconfortante…

— … Caitlin…

Ses doigts pressèrent les miens, son expression se fit inquiète.

— Caitlin ?

Un étrange silence régnait dans la chapelle. J'eus vaguement conscience d'être le point de mire de tous les gens présents. Le prêtre fronçait légèrement les sourcils, semblant attendre quelque chose de moi. Je le regardai, cherchant à comprendre ce que je devais faire.

— Caitlin, les vœux…

La voix grave de Liam me fit dégringoler dans la réalité. Je repris mes esprits, redressai le buste et m'éclaircis la gorge.

— Moi, commençai-je, la voix chevrotante, tandis que Liam serrait mes mains plus fort, Caitlin Mary Fiona Dunn, je jure devant Dieu et devant les hommes de te prendre pour époux, de t'aimer, de te respecter, de te protéger et de te chérir, aujourd'hui et demain, pour le meilleur et pour le pire. Et ce, jusqu'à ce que la mort nous sépare…

Voilà qui était fait ! Le poids des mots que je venais de prononcer empêcha mon esprit de divaguer de nouveau. Je regardai nos mains jointes. « Pour le meilleur et pour le pire… » A la vie, à la mort… Liam fouilla dans son *sporran*, puis en ressortit une alliance en or finement travaillée. C'était un *claddagh*, un anneau symbolisant la fidélité en Irlande. Le prêtre le bénit sur le même ton monocorde, tandis que Liam me le passait au doigt.

— Je vous déclare maintenant unis devant Dieu, en tant que mari et femme.

Mon époux se pencha vers moi pour m'embrasser, éclipsant par ce geste le baiser de Colin qui hantait encore mes lèvres. Mes jambes choisirent cet instant précis pour flancher, et Liam me rattrapa de justesse.

— Hé ! Ça va ? demanda-t-il, inquiet.

— Oui... Je crois que le corset est trop serré, répondis-je niaisement en souriant.

— Hum... Evidemment... Le corset, se moqua-t-il en riant doucement, les yeux brillants.

La sortie se fit dans un tintamarre épouvantable. Les cornemuses jouaient à tue-tête et les hommes lançaient leurs cris de guerre en tirant au pistolet dans les airs. Rendu sur le parvis, Liam me souleva de terre et me fit tournoyer à bout de bras au-dessus de lui.

— *Fraoch Eilean !* cria-t-il à son tour. *'Sann agam-fin a tha thu 'nad bhean, a Chaitlin*[1] *!*

Il me reposa sur le sol et m'étreignit fougueusement.

— Et plus rien ni personne ne peut changer cela désormais, madame Macdonald.

Il me regarda longuement en silence. Le bleu de son justaucorps approfondissait celui de ses yeux, à moins que ce ne fût le contraire. Il me caressa la joue.

— J'ai cru avoir une vision lorsque je t'ai vue entrer dans la chapelle, *a ghràidh mo chridhe,* murmura-t-il dans le tumulte qui nous entourait. Une vision venue du ciel. Tu fais de moi le plus heureux des hommes.

Il m'étreignit de nouveau, puis s'écarta légèrement avant de continuer :

— *Tha gaol agam ort, mo bhean*[2].

La bruyante et joyeuse procession, qui chantait et dansait autour de nous, nous avait suivis jusqu'à Keppoch House, où les festivités débutèrent.

Le hall avait été aménagé de façon à pouvoir recevoir les convives assis autour de tables montées sur des tréteaux. Lady Keppoch s'époumonait à diriger les domestiques qui couraient à gauche et à

1. Tu es ma femme.
2. Je t'aime, ma femme.

droite, tandis que Coll nous servait tranquillement un *dram* de son meilleur whisky pour porter un toast à notre bonheur.

— *Slàinte !* s'exclamèrent-ils tous en levant leurs verres pour ensuite les siffler cul sec.

Coll pencha vers moi sa tête couronnée du bonnet bleu piqué des trois plumes d'aigle derrière l'écusson des Macdonald.

— Je ne sais pas ce que vous lui avez fait, madame, mais il y a bien longtemps que je n'ai pas vu Liam aussi heureux...

Il jeta un regard entendu à Liam avant de reprendre :

— C'est vrai que l'amour fait partie de ces choses inexplicables. Il tombe sur l'homme comme la foudre, puis avant même qu'il ait pu avoir le temps de se remettre du choc, le mal est fait... Il ne peut plus penser clairement.

Il se mit à rire en resservant un deuxième *dram* de son whisky à Liam et à lui-même. Moi, j'avais manqué m'étouffer en y trempant mes lèvres.

— Une femme, c'est un peu comme un bon *usquebaugh,* continua-t-il en levant son verre, il vous embrase le corps au simple contact des lèvres, il vous enivre et vous fait perdre la tête jusqu'au point où l'homme n'est plus un homme, mais plutôt une bête sauvage prête à toutes les pires barbaries pour s'en abreuver encore.

Il se pencha de nouveau vers moi, les yeux brillants sous ses épais sourcils légèrement froncés.

— Ménagez-le, je risque d'avoir besoin de lui à l'occasion. Il est un très bon voleur de bétail, mais seulement s'il a toute sa tête.

Je me tournai vers Liam et le dévisageai, l'air dubitatif.

— Je croyais que tu ne volais plus de bétail ?

Il haussa les épaules en grimaçant et vida son verre.

— Je ne refuse jamais de rendre service à un ami, dit-il pour toute excuse.

— Mais pourquoi volez-vous le bétail ? Pourquoi n'en faites-vous pas l'élevage, tout simplement, comme dans les Lowlands ? demandai-je, excédée.

— Nos troupeaux passent difficilement l'hiver ici. Il faut refaire un troupeau chaque printemps, expliqua Coll. Et puis je dois avouer que c'est bien plus amusant de voler le bétail que de l'élever. La richesse d'un clan se mesure souvent à la valeur de son troupeau. Voyez-vous, l'argent dans les Highlands est parfois bien futile. Nous ne faisons pas de commerce comme dans les Lowlands. Il n'y a presque rien à acheter, et nous nous contentons de peu. Le bétail est une raison de vivre et aussi une monnaie d'échange très prisée.

Et puis la vie sans ces vols serait plutôt morne. Ils entretiennent les bonnes relations entre voisins, ajouta-t-il, un sourire narquois flottant sur ses lèvres.

— Vous ne craignez pas de vous retrouver au bout d'une corde, un jour ?

Il éclata de rire.

— Vous savez, pour ce simple délit, plus de la moitié de l'Ecosse devrait se balancer au bout d'une corde. C'est la vie dans les Highlands ; même ces foutus Campbell qui ont vendu leur âme aux *Sassenachs* s'y adonnent. Si ce n'est pas la corde qui me tuera, ce sera forcément autre chose, alors aussi bien mourir heureux !

Il me détailla quelques instants, sans gêne, puis il regarda Liam du coin de l'œil.

— C'est vrai qu'il peut y avoir d'autres façons de mourir heureux, admit-il.

Je trempai de nouveau mes lèvres dans le whisky et grimaçai. Manifestement, cette eau de feu devait être très efficace pour nettoyer les plaies.

— Vous semblez prendre la pendaison à la légère, monsieur Macdonald, dis-je en l'observant d'un air perplexe.

— Appelez-moi Coll, s'il vous plaît, Caitlin.

— Coll, alors. Je ne suis pas certaine que Colin partage votre opinion. Il m'a raconté sa malheureuse aventure qui a, justement, bien failli se terminer au bout d'une corde...

Liam s'agita à mes côtés.

— Colin avait commis une imprudence, grommela-t-il. Il ne se serait jamais retrouvé dans cette situation s'il avait suivi les règles. La chance lui a souri cette fois-là. Elle ne se retrouvera pas toujours sur son chemin. Un homme ne risque pas sa vie pour un seul veau.

— Alors, qu'est-ce qui peut être assez digne pour mériter la vie d'un homme ? demandai-je soudain, curieuse.

— La couronne d'un roi, l'honneur d'un clan, de nobles convictions... entre autres.

Il me fixait intensément de son regard brûlant, puis ajouta :

— Une femme...

— Peut-être cette femme préférerait-elle vivre avec son homme en chair et bien vivant que de vivre avec son fantôme.

— Si elle a le sens de l'honneur, elle acceptera de vivre avec son fantôme.

— Si elle a le sens de l'honneur, elle acceptera de donner sa vie pour lui aussi, rétorquai-je vivement.

Ses yeux se rétrécirent. Je sentis qu'il était préférable de ne pas pousser cette petite conversation à double sens plus loin.

— Trêve de plaisanteries, Caitlin. J'aimerais vous mettre en garde sur quelques traits de caractère de Liam, me dit Coll, conscient, lui aussi, de la tension qui montait.

— Coll… n'ennuie pas ma femme avec tes histoires… l'avertit Liam en fronçant les sourcils.

— Il est habituellement d'humeur égale. En revanche, si vous le poussez à bout et qu'il sort de ses gonds, alors là, prenez garde, ma chère, il devient aussi dangereux qu'un taureau en rut.

— Vraiment ? fis-je en ouvrant de grands yeux vers Liam, qui soupira en haussant les épaules. Et que fait-on pour le mettre hors de lui ?

— Tu préfères ne pas le savoir, Caitlin, marmonna Liam en me confisquant mon verre de whisky. Tu devrais plutôt prendre un verre de vin, *a ghràidh,* ce poison a été distillé quatre fois.

Je lui souris mielleusement et posai un baiser sur sa joue.

— Si cela venait à se produire un jour, je saurai bien trouver un moyen pour t'apprivoiser et te rendre aussi doux qu'un agneau.

Je me tournai vers Coll.

— Je vous le laisse quelques minutes, Coll. Je vais me trouver un verre de vin, votre whisky risque de me brûler le cerveau.

J'observais le manège d'un cincle qui plongeait dans les rapides de la Roy pour se nourrir de larves d'insectes aquatiques, puis qui retournait sur les pierres hors de l'eau. J'avais trouvé un endroit plus calme, éloigné du brouhaha de la fête, pour me remettre de la discussion qui m'avait ébranlée un peu plus tôt. Mon regard se posa avec un mélange de joie et de crainte sur l'anneau étincelant qui ceignait maintenant mon doigt. Je me dis avec tristesse que les circonstances qui nous avaient unis seraient peut-être celles qui nous perdraient.

Liam ne voulait pas que je me mêle de cette affaire. Je me demandais bien comment il comptait s'en sortir. Il ne pouvait tout de même pas passer toute sa vie dans la crainte que quiconque rapporte sa tête. Croyait-il que j'accepterais de vivre avec cette corde enroulée autour de son cou, en ne sachant pas à quel moment la trappe s'ouvrirait sous ses pieds, le balançant dans le vide ? Croyait-il que je resterais assise à regarder cette corde lui entailler la chair, la brûler, l'étouffer jusqu'à ce qu'il expire son dernier souffle ? Moi aussi, j'avais mon honneur. Je refusais que mon homme soit injustement accusé et devienne un hors-la-loi, un « homme brisé », à cause de moi.

D'une gorgée, je vidai la moitié de mon verre et le calai dans l'herbe à côté de moi. Soudain, je fus consciente de la présence de Liam derrière moi, qui me surplombait de toute sa superbe.

— Quelque chose te trouble, *a ghràidh* ? murmura-t-il dans mon oreille en s'accroupissant dans mon dos.

En me retournant, je me trouvai nez à nez avec son beau visage soucieux. Depuis combien de temps m'observait-il ainsi ?

— Ou des regrets, alors, madame Macdonald ?

Je me redressai vivement sur mes genoux, puis empoignai l'encolure de son justaucorps en le regardant droit dans les yeux.

— Jamais, monsieur Macdonald, rétorquai-je avant de poser mes lèvres sur les siennes.

— J'ai eu peur pendant un moment, m'avoua-t-il en marmonnant. J'ai eu peur que tu ne te présentes pas à la chapelle, tu avais un peu de retard...

Il prit une gorgée dans mon verre et me le rendit.

— Comment as-tu pu penser une chose pareille ?

— Je veux que tu me promettes une chose, Caitlin. Ne me quitte jamais plus...

— Je tiendrai les promesses que je t'ai faites devant Dieu, Liam.

Je pris sa tête entre mes mains et plongeai dans le bleu de ses yeux.

— Je t'aime. Je ne te quitterai jamais, au bon vouloir de Dieu. Pour moi, les vœux du mariage sont sacrés. Pour le meilleur et pour le pire.

— Oui, pour le meilleur et pour le pire...

Il m'embrassa et enfouit son visage dans mon cou. Son étreinte me coupa le souffle. Sa tiède haleine légèrement avinée qui réchauffait ma nuque me fit frissonner.

— Tu as faim ? On nous attend, chuchota-t-il.

Le banquet dura trois longues heures. On se gava de rôts de grouse, de sanglier et de cerf, tandis que le vin, la bière et le whisky coulaient à flots. Une musique emplissait l'air et forçait progressivement les hôtes à se lever et à pousser les tables et les bancs pour danser. Bientôt, nous nous retrouvâmes acculés au mur pour laisser tout l'espace aux réjouissances.

La joie et les rires envahissaient la grand-salle et toutes les âmes qui s'y trouvaient. Enfin, presque toutes. J'entraperçus Colin. Il se tenait seul, près de l'entrée, et nous observait, Liam et moi. Puis son regard avait accroché le mien. L'espace d'un instant, le souvenir de son baiser revint me brûler les lèvres. Je fermai les yeux, souhaitant dissiper le malaise. Brusquement me revinrent à la mémoire ses mots réconfortants sur la butte, lors de notre fuite. Ses tendres baisers que je lui avais rendus avec fébrilité. Je me sentis soudainement très mal. Lorsque je rouvris les paupières, il était parti. Je ne le revis plus de la soirée.

Nous bûmes et dansâmes toute la nuit. Les « cœurs brisés » se consolèrent en dansant avec Liam, ce qu'il pouvait difficilement leur refuser. Pour ma part, j'étais sur le point de demander grâce à Donald avant de m'effondrer épuisée dans ses bras, lorsque mon mari tout neuf vint me délivrer. Je ne savais pas si c'était le vin ou bien le simple fait de me savoir unie avec lui, mais mes sens étaient aiguisés à l'excès. Chaque fois qu'il me touchait ou me frôlait, qu'il me murmurait des mots doux à l'oreille, il faisait naître en moi un plaisir charnel de moins en moins contrôlable. Les festivités battaient encore leur plein lorsque je l'entraînai à l'écart pour être enfin seule avec lui.

Nous sortîmes dans la fraîcheur de la nuit nous réfugier dans un hallier de saules, à l'abri des regards. Liam se laissa tomber sur l'herbe et j'atterris lourdement sur lui dans un bruissement d'étoffes soyeuses. La buée de ma respiration se mêlait à la sienne.

— Embrasse-moi, Liam, lui susurrai-je doucement en glissant mes mains à l'intérieur de son justaucorps, puis de sa chemise.

Il se tendit et gémit doucement. Sa peau était moite et sentait bon le savon.

— Hum…

A leur tour, ses mains se frayèrent un chemin sous mes jupes. Il m'embrassa et me releva de façon à m'asseoir à califourchon sur lui. Il retira son poignard et dénoua sa cravate de dentelle avant de retourner sous mes vêtements pour caresser mes cuisses. Ses doigts effleurèrent doucement la cicatrice gonflée.

— Bon Dieu, Caitlin… tu es si belle, murmura-t-il d'une voix rauque, les yeux mi-clos.

Je gémis doucement sous ses caresses, terriblement excitée. Allongée sur sa poitrine, j'écoutai battre son cœur et baisai l'endroit où je le savais caché. Nous pouvions entendre les cris et les rires étouffés par les murs de pierre du manoir.

— On pourrait nous surprendre, tu sais, gloussai-je.

— Oui, je sais, ricana-t-il en me caressant le dos.

Je me blottis davantage contre lui pour me protéger du froid de la nuit tombante.

— Qu'as-tu fait de toutes ces journées... quand tu es parti avec la brigade ? demandai-je à brûle-pourpoint.

Il soupira. Je me hissai un peu plus haut sur son torse pour le regarder dans les yeux.

— Nous sommes allés à Fort William vérifier si l'homme qu'Angus avait tué était vraiment un déserteur ou bien un éclaireur. Il fallait être prudent et ne pas trop poser de questions. J'avais peur pour toi, Caitlin, je croyais qu'ils t'avaient retracée...

— C'est alors que tu as appris que le scénario avait changé...

— Oui, dit-il succinctement d'une voix plus rude.

Il se tut, et je perçus son désir de ne pas pousser le sujet plus loin. Je respectai son choix... pour le moment.

— Je ne pourrai jamais t'offrir une vie comme à Keppoch House, Caitlin, dit-il, un peu mal à l'aise.

— Je sais, Liam, mais ce que tu m'offres a bien plus de valeur à mes yeux. J'ai désormais une famille et un toit. Moi, en revanche, je n'ai rien d'autre que moi-même...

— Ah ! *A ghràidh,* c'est déjà bien plus que tu ne crois. Tu me donnes une raison de vivre, de me battre.

Il resserra ses bras autour de moi, et ses lèvres effleurèrent ma tempe, là où battait mon pouls. Je me lovai dans la chaleur de sa chemise.

— Et peut-être des enfants, ajouta-t-il après un moment.

— Des enfants... murmurai-je.

Je fermai les yeux, tentant de garder une voix normale.

— Combien en veux-tu ?

— Bah ! Un par année pendant vingt ans devrait suffire.

Je redressai légèrement la tête pour le regarder dans les yeux.

— Oh ! Liam, tu n'es pas sérieux.

Je lui pinçai le ventre.

— Très sérieux, se moqua-t-il en riant tandis que je me relevais. Je veux qu'ils te ressemblent tous, je n'aurai jamais assez de toi. Allez, viens.

Nous entrâmes discrètement au manoir par une porte de derrière qui menait aux cuisines. Le couloir était sombre et silencieux, mais on pouvait entendre le chahut de la fête qui se poursuivait dans le hall. Liam me plaqua contre le mur, me gratifiant d'un rapide baiser.

— Attends-moi ici, je n'en ai pas pour longtemps.

Il disparut dans la cuisine, puis en ressortit quelques instants plus tard, les poches de son justaucorps gonflées. Je gloussai et le suivis dans la pénombre en titubant légèrement. Tout bien réfléchi, je conclus que j'avais pris un peu trop de vin.

J'entrai de plein fouet dans son dos lorsqu'il s'arrêta au bout du couloir. L'escalier se trouvait à notre gauche, et le hall, à droite. Une porte ouverte d'où nous parvenaient des éclats de voix nous séparait de l'escalier. Liam me fit signe de ne pas parler et me prit par la main. Juste au moment où nous nous apprêtions à passer devant la porte, une silhouette nous apparut dans l'embrasure. Je reconnus les trois plumes du chef de clan.

— Liam ! Nous te cherchions partout ! s'exclama Coll en donnant une tape amicale dans le dos de mon mari. Viens prendre un verre de cognac avec nous avant de…

Coll s'interrompit et plissa les yeux pour mieux percer l'obscurité. Liam tira sur ma main pour me faire sortir de l'ombre. Je souris, un peu gênée, dans la lueur des flambeaux qui faisait miroiter la soie de ma robe mouillée par la rosée, et replaçai maladroitement une mèche qui pendouillait lamentablement devant mes yeux rendus brillants par l'ivresse du vin et de l'amour.

— Oh ! je vois… dit-il, la bouche fendue jusqu'aux oreilles, je suppose que vous cherchez… votre chambre…

L'homme m'observa. Une lueur amusée éclairait son regard et je rougis.

— En effet, je crois qu'il y a bien mieux à faire que de boire un cognac et de parler politique, n'est-ce pas ? ajouta-t-il en plaisantant. Bon… eh bien, bonne nuit, Liam, Caitlin.

Il nous salua du bonnet et retourna dans la pièce. Nous reprîmes notre course en riant dans les couloirs sombres, comme deux fugitifs cherchant un refuge, puis, brusquement, il me repoussa contre une porte close et plaqua ses lèvres sur les miennes.

— C'est ici, haleta-t-il après s'être écarté.

La pièce n'était éclairée que par une lune gibbeuse filtrant faiblement à travers la fenêtre. Les rideaux de dentelle française qui la garnissaient se dessinaient sur les murs au-dessus du lit. Liam alluma une chandelle et tomba sur la couche en m'entraînant avec lui.

— La chambre nuptiale, madame Macdonald, me susurra-t-il dans l'oreille avant de passer sa langue chaude et humide sur le lobe de mon oreille. Ah ! Caitlin ! Ce que j'aime ton goût et ton odeur… un bouquet de fleurs sauvages… de la lavande.

Il se redressa sur ses genoux et retira son justaucorps, qu'il envoya voler sur une chaise. Il me fit rouler sur le ventre et commença à délacer ma robe.

— Tu as besoin d'aide ? gloussai-je.

— Je me débrouille assez bien tout seul, *a ghràidh,* laisse-moi faire.

Au bout de quelques minutes, ma robe avait rejoint son justaucorps. Il s'attaqua ensuite au corset qui me torturait. Liam pestait contre les boucles qui s'étaient resserrées sous la tension, et je ris dans l'édredon.

— Arrête de rire, tu bouges et je n'arrive pas à défaire ce foutu nœud, grommela-t-il. Pourquoi portez-vous cette chose ?

— Je me le demande bien, moi aussi. Peut-être que, dans vingt ans, après vingt grossesses, tu apprécieras de me voir toute comprimée dans cette « chose ».

— Je t'aimerai toujours telle que tu es, Caitlin, avec ou sans corset. Mais surtout sans corset, ajouta-t-il dans un rire rauque.

Il poussa un cri de victoire après avoir délacé le dernier cordon, puis la « chose » alla rejoindre la robe sur la chaise. Je soupirai de soulagement en tâtant mes côtes.

— J'en aurais une de brisée que je ne le saurais même pas.

Liam posa bruyamment son arsenal d'armements sur le parquet à côté du lit et retira le reste de ses somptueux habits, tandis que je m'attaquais à mes jupons de soie et à mes bas. Après plusieurs minutes de grognements et de contorsions, lorsque nous fûmes enfin libérés de tous nos vêtements et que la chaise eut disparu sous un amoncellement d'étoffes, nous roulâmes sur l'édredon, et Liam m'emprisonna sous son poids. Nous restâmes ainsi, peau contre peau, chacun écoutant le souffle de l'autre, s'imprégnant de sa chaleur et de son odeur. Après un long moment, Liam laissa échapper un soupir.

— Il me semble que j'attends ce moment depuis… si longtemps…

Sa main parcourait les courbes de mon corps, s'attardant sur certains endroits stratégiques, explorant le terrain avec fébrilité.

— Lorsque je mordais dans mon cuissot de cerf… Il était dodu et juteux à souhait…

Il s'emplit les mains de la chair de mes cuisses et grogna de satisfaction.

— Tu ne peux pas avoir idée de ce qui me passait par la tête…

— Liam !

— Divine créature… Elixir des dieux, repais-moi… Perds-moi. L'éternité en enfer pour une seule nuit avec toi. Oh ! Caitlin…

Je gloussai avec délices en me tortillant pour esquiver ses mains gourmandes.

— En définitive, tu es vraiment un cochon lubrique.

— Va te plaindre.

J'éclatai d'un rire enroué qui fut abruptement interrompu par un baiser.

— Liam ?

— Mmmoui…

— Je veux savoir… Pourquoi moi ?

Il se redressa sur un coude, puis me fixa gravement en traçant des sentiers invisibles sur mon ventre.

— Je ne sais pas, *a ghràidh*. Cette nuit-là, au manoir, lorsque je t'ai vue pour la première fois… j'ai ressenti quelque chose d'étrange. Puis, comme par enchantement, lors de ma fuite, tu t'es retrouvée devant moi une seconde fois. Pour une raison que j'ignore, je savais d'instinct que le destin t'avait placée sur mon chemin. Caitlin, je ne pouvais me résoudre à t'abandonner derrière moi. Surtout en sachant comment Dunning te traitait.

— Mais tu voulais te servir de moi pour récupérer ta marchandise ?

Il rit doucement.

— Tu crois vraiment que j'avais besoin de toi pour cela ? Il me fallait bien une excuse…

— Oh !

— Cependant, au début, j'avais bien cru agir par empathie. Du moins, c'est ce que je voulais croire. Ensuite, lorsque Campbell t'a frappée, j'ai eu peur de te perdre. Ce sentiment m'a effrayé. Je ne voulais plus d'attaches, tu comprends ? Je ne voulais plus aimer, c'était trop douloureux, mais, en même temps, pour la première fois depuis la mort d'Anna, je me rendais compte combien ma vie n'avait aucun sens. Tout était si confus…

Les ombres creusaient ses traits, et ses cheveux retombant sur son visage lui donnaient une allure sauvage. J'enroulai une de ses boucles autour de mon index. Il reprit d'une voix basse :

— Puis, la nuit du *ceilidh*, lorsque je t'ai vue contre Colin… Je voulais tuer, Caitlin. J'ai eu peur de moi-même. Je devais absolument m'éloigner pour réfléchir.

Il secoua la tête en fronçant les sourcils. Ses mâchoires se contractèrent, puis il roula sur le dos.

— Cette nuit-là, j'ai voulu te posséder. Te faire mienne à part entière, pour que tu saches à qui tu appartenais vraiment. Oh ! bon sang ! Ce que j'en brûlais d'envie ! Je m'en voulais tellement... Je n'avais pas le droit de te faire cela.

Il fit une pause, l'instant d'un soupir, et m'écrasa de nouveau de tout son poids. Sa peau était brûlante et irradiait la mienne.

— Sais-tu ce que c'est que de se rendre compte qu'on ne se connaît pas totalement soi-même ? De découvrir une facette de sa personnalité qui fait peur ? Je voulais tuer Colin, Caitlin. Mon frère ! Parce qu'il réussissait là où moi, j'échouais.

— Oh ! Liam, avec Colin, ce n'était qu'un terrible malentendu ! C'est ma faute...

— *Tuch !* Ça m'a ouvert les yeux : j'étais tombé amoureux de toi et je refusais de le voir.

Il prit ma main gauche et effleura mon alliance du bout de ses doigts, absorbé par ses pensées, et la baisa.

— Elle est très belle, dis-je en regardant l'anneau à mon tour.

— Je l'ai échangée contre l'alliance d'Anna... murmura-t-il, les yeux fixés sur le métal brillant.

— Oh !

— Je n'offense pas sa mémoire, je sais qu'Anna approuve. Oh ! Caitlin, je me suis longtemps refusé à aimer de nouveau, croyant trahir Anna ! C'était stupide, je le savais, puisqu'elle est morte ! Mais peut-être était-ce une excuse pour ne pas souffrir une autre fois.

— Alors, qu'est-ce qui t'a fait changer d'avis, pour moi ?

— L'ombre d'Anna ne se dressait pas derrière toi. Quand je suis parti, je ne pensais plus qu'à toi, je ne rêvais que de toi. J'ai compris. Anna te laissait toute la place, elle t'acceptait.

— Comment était-elle ? demandai-je, émue. Tu n'es pas obligé de m'en parler si tu ne veux pas...

— Non, ça va.

Il fit une pause pour m'embrasser avant de reprendre la parole :

— Que dire d'Anna ? Elle était blonde, un peu plus grande que toi. Elle souriait toujours. Un sourire d'ange, c'est ce qui m'avait attiré chez elle, je crois.

Il me raconta Anna, leur vie avant ce terrible matin de février. Je l'écoutai sans un mot, avec un léger pincement au cœur, me narrer ces brèves années de bonheur. Sa main posée contre ma joue me caressait distraitement. Cela sembla le délivrer d'un poids accablant.

— Elle était une mère merveilleuse. Malgré ses problèmes de santé, elle ne se plaignait jamais.

— Elle était malade ?

— Après la naissance de Coll, elle était tombée malade. Le médecin n'a jamais su de quoi elle souffrait. Effie lui fabriquait des remèdes, mais… enfin. La volonté des hommes ne peut rien contre celle de Dieu. A cause de sa grande faiblesse, elle n'a pas survécu au froid…

Ses mots s'étranglèrent dans sa gorge. Je baissai les yeux sur l'anneau à mon annulaire gauche. Il me sembla soudainement très lourd. Liam, qui sentit mon trouble, me prit le menton et me força à relever la tête. Nos regards se soudèrent.

— Je t'aime, *a ghràidh.* Tiens-le-toi pour dit et n'en doute jamais.

Il posa ses lèvres douces et chaudes sur les miennes. Son baiser était tendre. Ensuite, sa bouche descendit dans mon cou, puis se fit plus avide et gourmande. A mesure qu'elle m'explorait, elle me procurait des frissonnements exquis. Ses mains prirent alors possession de mon corps pantelant.

— Je t'aime, Caitlin Dunn Macdonald…

Beaucoup plus tard, Liam ronflait doucement contre moi, sa cuisse reposant sur mon ventre. Je n'arrivais pas à m'endormir. J'appréhendais mon retour à Glencoe. Est-ce qu'on m'accepterait dans le clan ? Qu'allait dire Sàra de ce mariage inattendu ? Dans le tourbillon des derniers jours, j'en étais venue à oublier la vraie raison qui m'avait fait fuir Glencoe. L'évidence d'un terrible et inévitable affrontement avec Meghan me tordit l'estomac. Elle était enceinte et assurait que Liam était le père de l'enfant. J'avais délibérément caché cette information à Liam. Il allait bientôt l'apprendre.

De plus, il me faudrait vivre avec les fantômes d'Anna et de Coll. Serais-je à la hauteur ? Et Liam… qu'allait-il advenir de lui ? Il était désormais un hors-la-loi. Est-ce que John MacIain allait le bannir ? Toutes ces questions sans réponse me paralysaient.

Je me blottis contre lui, lui volant un peu de sa chaleur. Il remua légèrement, son bras m'emprisonnant, et il m'attira plus étroitement contre son torse. J'allais devoir me tailler une place dans cette vallée, et cela ne serait pas facile. Mais j'aimais Liam. Pour lui, j'étais prête à franchir les flammes de l'enfer. Je fermai les yeux, laissant les paroles de ma mère refaire surface : « Respire un bon coup et fonce, Caitlin… »

TROISIÈME PARTIE

La douleur de l'âme pèse plus que la souffrance du corps.

PUBLILIUS SYRUS

12

Meghan

Ma nuit agitée avait marqué mes yeux de sombres cernes gonflés. N'ayant pas l'habitude de dormir avec quelqu'un depuis des années, je m'étais réveillée en sursaut au moindre mouvement de celui avec qui j'allais devoir désormais partager mon lit pour le restant de mes jours. Avec le temps, j'allais certainement m'y faire, mais il prenait tant d'espace... Cependant, je devais bien admettre que les risques de mourir gelée se réduisaient presque à néant.

Nous avions grignoté les provisions que Liam avait chapardées à la cuisine, la veille, en éparpillant des miettes dans les draps. Nous devions partir pour Glencoe le jour même.

Colin ne revint pas avec nous. Il préféra rester en Lochaber quelque temps pour lécher ses plaies comme un animal blessé. Il avait donné comme excuse qu'il voulait visiter un cousin à Achnacoichan. Liam n'avait pas insisté. Lui aussi avait remarqué son absence aux festivités du mariage. Peut-être était-ce mieux ainsi pour le moment.

On me trouva un cheval bien docile, Ròs-Muire. C'était un poney des Highlands, un peu obstiné mais très doux. Ayant une gueule de bois carabinée, Donald et Simon parlèrent donc très peu durant tout le trajet, qui se fit sans histoire.

Nous entrâmes dans la vallée sombre en début d'après-midi. Les nuages étaient lourds et s'accrochaient désespérément aux sommets avec un air menaçant. L'air chaud et humide collait ma chemise à ma peau. J'étais de retour à Carnoch.

En sortant de l'écurie, j'allai me rafraîchir à la rivière avant de m'asseoir sous un saule. Liam vint me rejoindre plus tard, après avoir installé les chevaux dans leurs stalles respectives, et il partagea mon silence avec un certain embarras.

Les pétales d'une marguerite que j'effeuillais distraitement tombaient mollement sur ma jupe. Je regardai, sans vraiment la voir, la tige dépouillée, puis la lançai dans le courant, la suivant des yeux jusqu'à ce que l'écume bouillonnante des cascades l'engloutisse. J'étais maintenant une des leurs, une Macdonald de Glencoe. J'en éprouvais une sensation étrange, comme si je n'avais pas réellement de place ici. Il me faudrait prouver que je n'étais plus une étrangère. La plupart des habitants avaient été gentils avec moi, mais je n'étais alors que de passage. Aujourd'hui, tout était différent. J'étais l'épouse de Liam, et personne ne le savait encore.

Lors du trajet, j'avais eu tout le loisir de cogiter sur la situation de Meghan. Et si elle n'était pas vraiment enceinte ? L'éventualité qu'elle ait inventé toute cette histoire pour m'atteindre, me briser et m'éloigner de Liam avait fait son chemin dans ma tête. Elle en était bien capable, je le savais. Aussi, elle pouvait avoir eu un amant pendant l'absence de Liam. Si elle était vraiment enceinte, n'importe qui d'autre pourrait être le père. Cependant, le bruit aurait couru sur ses agissements peu vertueux. Quoique, même si cette dernière option me paraissait peu probable, elle ne fût pas impossible. Sa réaction violente devant Ewen Campbell m'avait laissée songeuse...

— Tout ira bien, Caitlin, dit Liam, qui devinait mon tourment.

— J'ai peur... Je sais que je ne devrais pas, pourtant c'est plus fort que moi.

Il me prit la main.

— Personne n'est au courant du mariage, pas même John. J'avais l'intention de lui en parler à mon retour, mais tu étais partie, le temps pressait. Je devais te retrouver le plus rapidement possible avant de te perdre pour toujours.

— Il s'en est fallu de peu.

— Je sais...

— A quel moment as-tu décidé de m'épouser ?

Il ramassa une pierre près de lui, la soupesa et la lança dans les tourbillons de la Coe.

— Deux jours avant de revenir. J'étais à Invercreran, en Appin. Je suis tombé par hasard sur l'alliance d'Anna, que je gardais toujours dans mon *sporran*. C'est à ce moment que l'idée du mariage a surgi. Quelle façon plus merveilleuse y a-t-il de s'attacher une femme pour la vie ?

Un sourire falot se dessina sur ses lèvres. Il me regarda avec une mine perplexe.

— Tu crois que les âmes des morts peuvent communiquer avec nous ?

— Je ne sais pas... Pourquoi ?

— Cela faisait des mois que je n'avais pas sorti l'anneau de mon *sporran*. Alors que je me demandais comment faire pour te garder avec moi à Glencoe, j'ai mis la main dessus. Je crois qu'Anna a dicté mon geste. Elle a voulu me faire passer un message. C'est elle qui m'a ouvert les yeux.

Je frissonnai malgré moi en faisant tourner le bijou autour de mon doigt.

J'entrais dans la maison de Liam pour la première fois. Elle était un peu plus grande que celle de Sàra et possédait une petite chambre séparée de la pièce principale par des cloisons de roseaux tissés. Somme toute, elle était sobre mais propre. Liam alluma un feu dans l'âtre, où étaient accrochés des harengs séchés et des morceaux de viande faisandée ou fumée. Il plaça quelques blocs de tourbe près des flammes pour en retirer l'humidité, puis se redressa, légèrement mal à l'aise.

— Je sais que c'est dépouillé, marmonna-t-il. Nous n'étions pas ici la plupart du temps... Je demanderai à Malcolm de nous fabriquer un lit plus grand et deux fauteuils.

— Nous serons très bien, le rassurai-je, embarrassée à mon tour.

Je trouvais étrange que la maison de Liam et de Colin soit maintenant aussi la mienne... Oh ! Colin... J'oubliais que c'était aussi sa maison.

— Où ira Colin ? demandai-je du bout des lèvres en évitant de le regarder.

— Je crois qu'il ne reviendra pas de sitôt, Caitlin. Il a fait son choix, ce serait trop dur pour lui de rester à Carnoch, tu comprends ? Je sais que mon frère nourrissait des sentiments à ton égard. Je ne peux pas lui en vouloir. Mais il serait préférable qu'il se tienne éloigné pour quelque temps.

— Je suis désolée, je sais que vous étiez très proches, bafouillai-je.

Il haussa les épaules en soupirant.

— Les choses se replaceront d'elles-mêmes, avec le temps. Il trouvera quelqu'un...

Il se détourna et ouvrit la grande armoire.

— Si tu as besoin de quelque chose, tu n'as qu'à me le demander.

— Je ne sais trop ce dont je pourrais avoir besoin, je n'ai jamais eu à tenir une maison, dis-je, gênée. Tante Nellie s'en chargeait avec brio, en Irlande, puis ensuite, au manoir Dunning, je tenais compagnie à lady Catherine, et puis j'aidais aux cuisines à l'occasion. J'apprendrai… si tu es patient, ajoutai-je en souriant.

— Je suis certain que tu ne me laisseras pas mourir de faim, *a ghràidh.*

Il m'embrassa, puis hésita avant de poursuivre :

— Je dois passer voir Sàra et lui expliquer. Tu veux m'accompagner ?

— Euh, non… bredouillai-je. Je pense qu'il est préférable que tu y ailles seul.

— Mmmouais… Peut-être bien. Je passerai ensuite chez John, alors.

— Je ne bouge pas d'ici, *mo rùin,* le rassurai-je. Reviens vite.

Il me jeta un dernier regard rempli d'appréhension et sortit.

L'armoire servait à la fois de garde-manger, de lingerie et de fourre-tout. Je fis visuellement l'inventaire de ce qu'elle contenait. Nous avions donc : un sac de farine entamé, une demi-poche d'avoine à porridge, un pot de miel… qui laissait à désirer et que je retirai. Une mouche s'était figée dedans comme dans un galet d'ambre poli. Je devrais penser à demander du miel. Ensuite, nous avions une jarre de sel, des navets, quelques carottes… un peu mollasses, mais toujours bonnes à consommer, et un sac de haricots secs. Des jarres scellées sous la tablette inférieure contenaient du lard en saumure, un morceau de suif ranci qui alla rejoindre le miel. Ne pas oublier le suif. Cinq oignons, dont un était coiffé d'une belle touffe de verdure, et un peu de beurre complétaient les denrées alimentaires.

Dans le haut de l'armoire, je trouvai des chemises propres, des couvertures, des serviettes et des torchons, un plaid, deux savons dont un entamé, des chandelles et une pierre à feu. A noter : il manquait des chandelles et de l'huile de phoque pour la lampe. Et pour finir, une bible sous une boîte de bois remplie d'hameçons et de ficelle emmêlée.

Un coffret en bois, caché sous les chemises, attisa ma curiosité. Il avait été grossièrement taillé dans du pin et était maintenu fermé par une ficelle de chanvre que je dénouai. Il contenait deux mèches de cheveux blonds, retenues par des rubans rouges. La première était longue et soyeuse, l'autre, bouclée avec des reflets dorés.

Je remis rapidement les mèches dans le coffret et le replaçai à l'endroit où je l'avais trouvé, le cœur tout chamboulé, puis je fermai les yeux pour contenir mes larmes.

Ces cheveux, Liam les avait caressés et embrassés. C'était tout ce qu'il lui restait de ceux qu'il avait aimés. Je refermai doucement l'armoire avec l'impression d'avoir violé une partie de son âme qui ne m'appartenait pas et qui ne m'appartiendrait jamais. Un froid me parcourut l'échine et me fit frissonner. J'allais devoir vivre avec ces fantômes qui erraient dans cette vallée comme tant d'autres. Je ne voulais pas prendre la place d'Anna dans le cœur de Liam, ni vivre non plus dans son ombre.

Je respirai profondément et, d'un coup de tête, dissipai mes sombres pensées. Les manches retroussées, je me mis au travail. Avec mes maigres connaissances culinaires et les moyens du bord, je réussis néanmoins à cuisiner un ragoût de cerf. Pendant qu'il mijotait sur le feu, je me préparai à mettre le couvert. Liam ne tarderait plus à rentrer.

La porte s'ouvrit avec fracas. Je me retournai vivement, et l'assiette que je tenais à la main retomba bruyamment sur la table. Mon sang se figea. Meghan me dévisageait, éberluée, la bouche grande ouverte. Le sang se retira de son visage.

— Je... je...

— Tu cherches Liam, je présume ? dis-je après avoir recouvré mes esprits.

— Euh... Non, je l'ai vu chez le laird... bafouilla-t-elle.

— Alors, que fais-tu ici ? demandai-je, agacée.

— Je...

Son teint vira au gris. Elle se retint au chambranle de la porte. Manifestement, elle ne s'attendait pas à me trouver ici. Mon regard se posa sur le panier rempli de victuailles qu'elle portait au bras.

— C'est pour Liam ? questionnai-je en pointant son fardeau du doigt.

Elle baissa les yeux vers le panier, visiblement décontenancée, et le considéra quelques instants avant de répondre.

— Euh... Oui.

Le sang me fouettait les tempes, et je me mis à triturer les cordons de mon corselet pour dissimuler mes tremblements. Je n'avais pas encore eu le temps de me préparer à cette confrontation avec Meghan. Elle me prenait totalement de court.

— Entre, ne reste pas à la porte, lui dis-je sur un ton affecté. Liam ne devrait pas tarder.

Elle roula des yeux affolés, hésita, mais se décida tout de même. Son visage subissait une succession de métamorphoses, allant de l'incrédulité à la colère. Elle me foudroya finalement du regard. Ses joues avaient repris une teinte rosée qui virait maintenant au cramoisi.

— Que fais-tu ici ? glapit-elle. Pourquoi es-tu revenue, sorcière ?

— Parce que Liam m'y a contrainte... d'une certaine façon, rétorquai-je sèchement.

— Liam ? Je ne te crois pas...

Ses lèvres tremblaient. Elle examina la chaumière et s'arrêta sur la marmite qui mijotait sur le feu.

— Et pourquoi t'y aurait-il contrainte ?

Elle me toisa froidement de nouveau. Je lui retournai le même air de dédain, y ajoutant un peu de suffisance.

— Disons que certaines circonstances en ont décidé ainsi.

Elle porta une main sur son ventre ; elle semblait complètement désorientée. De nouvelles émotions se peignirent sur son beau visage, et ses grands yeux félins s'embuèrent.

— Pourquoi n'es-tu pas chez Sàra ?

— Parce que j'habite ici désormais.

— Je ne comprends pas, c'est le cottage de Liam ! Il ne quitterait jamais la vallée...

Malgré mon envie de la faire souffrir, je ne pouvais me résigner à lui dire la vérité. Ses jointures blanchissaient sur l'anse du panier qu'elle tenait toujours. Je tendis le bras pour l'en débarrasser. Un éclat brillant attira son attention. Ses yeux s'agrandirent de surprise, puis elle porta sa main à sa bouche pour réprimer un cri. Elle fixait avec un mélange de consternation et d'horreur l'alliance à mon doigt.

— Seigneur Dieu ! souffla-t-elle.

Le récipient tomba sur le sol en se vidant de son contenu. Meghan empoigna son ventre à deux mains et gémit douloureusement. Toute forme d'animosité ou d'agressivité avait complètement disparu de ses yeux, noyés désormais d'un profond désespoir.

— Liam ? demanda-t-elle succinctement.

Je fixai l'anneau, symbole de notre union devant Dieu.

— Oui.

Un petit cri étouffé résonna dans la pièce. Elle secoua frénétiquement sa belle crinière flamboyante en reculant d'un pas incertain. Sa bouche s'ouvrait, puis se refermait. Le masque de la haine déformait de nouveau ses traits.

— Sorcière ! sorcière ! Tu me le paieras, sale garce ! Je te le ferai payer, je te le jure sur la tête de mon enfant à naître.

Le visage inondé de larmes, elle me jeta un dernier regard désemparé et s'enfuit. Je tombai lourdement sur la chaise, l'esprit paralysé par le choc. Elle était indéniablement enceinte. Je le savais, maintenant. Bizarrement, ma victoire me laissait un goût amer dans la bouche. Qu'avais-je gagné de plus que je n'avais déjà ? Finalement, la loi du talion n'était pas aussi grisante que je l'avais cru.

Dorénavant, je devrais me méfier de Meghan. Au moment où elle m'avait craché sa menace au visage, l'espace de quelques secondes, j'avais cru entrevoir une lueur de folie meurtrière traversant ses yeux. Malgré cela, j'avais choisi de passer sous silence cette visite inopinée.

Contrairement à mes craintes, Sàra avait appris la nouvelle de notre mariage avec une joie non dissimulée. Elle m'avait aidée à remplir le garde-manger de denrées fraîches, puis m'enseigna les tâches nouvelles telles que le barattage du beurre, la fabrication du fromage, du *bannock*[1] et de la mouture d'avoine pour les gâteaux.

Le laird était parti pour Edimbourg rejoindre son frère Alasdair, avec plusieurs hommes du clan, afin de témoigner devant la commission d'enquête.

Liam travaillait à la construction du nouveau manoir de Glencoe, à l'embouchure de la rivière, sur le site de l'ancien village d'Invercoe. La demeure, construite en belles pierres sèches, aurait deux étages et posséderait des fenêtres en carreaux de verre. « Carnoch » avait été gravé dans le linteau de pierre au-dessus de la porte. Je le rejoignais tous les jours pour le déjeuner avec un panier bien garni que nous partagions tranquillement sous un arbre.

Lentement, une routine s'installait, et les gens du village ne semblaient pas faire grand cas de ma présence, désormais permanente, parmi eux. Liam étant un homme respecté dans la communauté, on me traitait avec déférence. J'étais tout simplement « madame Liam Macdonald de Glencoe ».

Nous passâmes donc les trois jours suivants à nous acquitter de nos tâches respectives pour nous retrouver le soir devant un bon dîner et ensuite nous blottir l'un contre l'autre, épuisés, dans le lit que Malcolm venait de nous livrer.

---

1. Pain indien.

Ce soir-là, Liam avait parlé très peu, contrairement à son habitude après une bonne journée de travail. Il m'observait d'un air soucieux faire la vaisselle. Certaine qu'il était simplement tracassé par une dispute avec un des hommes, je ne posai aucune question, mais m'informai tout de même s'il allait bien.

Il resta muet, épiant mes moindres gestes. L'inquiétude me gagna. C'était plus sérieux que je ne l'avais cru. Sa mâchoire se contracta, puis il baissa les yeux. Je m'approchai de lui et l'enlaçai par-derrière en appuyant mon menton sur son épaule. Son torse se raidit légèrement contre ma poitrine.

— Liam...

Il ne dit rien, se dégagea de mon étreinte, se leva et sortit. Je restai plantée là, à fixer la porte qui s'était refermée. Manifestement, l'heure était grave, et mon instinct me disait que j'avais quelque chose à voir avec son humeur morose.

J'avais passé le reste de la soirée à chercher ce que j'avais bien pu faire pour le bouleverser à ce point, mais n'arrivai pas à deviner. J'étais déjà au lit lorsque Liam vint me rejoindre. Son air sombre ne l'avait pas quitté ; toutefois, il semblait plus disposé à discuter. Sans ambages, il décida d'entrer dans le vif du sujet.

— Dis-moi, *a ghràidh,* qu'as-tu fait de la boîte qui se trouvait dans l'armoire ?

Je restai bouche bée. Sa voix était calme, mais cela ne me rassura pas.

— La boîte ?

— Tu sais très bien de quoi je parle.

Je ne comprenais pas pourquoi il me posait cette question.

— Je ne l'ai pas prise.

Le silence s'installa quelques secondes.

— Je te le jure, Liam, dis-je fermement.

— Tu savais ce qu'elle contenait, n'est-ce pas ?

Il restait immobile dans le lit, à fixer les poutres de la toiture.

— Oui, fis-je d'une voix falote. Je l'ai trouvée le jour de notre arrivée alors que je faisais l'inventaire de l'armoire...

Je me penchai sur lui, cherchant son regard.

— Liam, crois-tu que j'aurais pu me débarrasser de cette boîte volontairement ?

Il ne dit mot. Intriguée, je me levai et allai ouvrir l'armoire. Peut-être avait-elle été malencontreusement déplacée. Je fouillai sous les chemises, retournai les serviettes, glissai ma main sous les bas, entre les sacs et les jarres. La boîte avait effectivement disparu. Je me tournai vers lui, désemparée.

— Alors ? me demanda-t-il froidement.

— Elle n'est pas là. Liam... je ne l'ai pas prise, je te le jure.

Il s'était assis sur le bord du lit et m'observait attentivement. Il dut en arriver à la conclusion que je lui disais la vérité, car ses traits s'adoucirent.

— Liam ?

— Ça va, Caitlin, je te crois. Alors, comment expliquer sa disparition ?

— Tu l'auras égarée, risquai-je.

— Impossible. Je n'y touche jamais.

— Quelqu'un serait entré ici à notre insu ?

— Qui ? Et pourquoi prendre cette boîte ?

Je réfléchissais à la question. Qui voudrait des mèches de cheveux d'Anna et de Coll ? C'était absurde ! Je savais Liam profondément blessé. On lui avait arraché une partie de sa vie, il en avait gardé une relique. Quelqu'un l'avait profanée, volée. Cette personne devait abriter une âme aussi vile que celle du diable. Meghan ? La beauté n'avait-elle d'égale que la noirceur de l'âme ? Le désir de vengeance pervertissait et noyait la conscience dans le mal.

Le lendemain, je décidai de passer quelques heures à réviser le contenu de l'armoire. Il me manquait un mouchoir et deux chandelles, et les aiguilles que j'avais laissées sur la table restaient aussi introuvables. Deux jours plus tôt, j'avais fait un peu de ravaudage en attendant la fille de Geillis. Je devais lui raccourcir une robe. Morag ne s'étant pas présentée, j'avais oublié de ranger les aiguilles. Donc le coupable serait venu ce jour-là, pendant que j'aidais Sàra au potager.

Rien d'autre ne manquait ou n'avait été déplacé. Je m'apprêtais à refermer l'armoire lorsqu'un ruban noir accrocha mon regard. Il était coincé entre mes jupons et mes chemises de rechange. Je tirai dessus. Je poussai une exclamation de dégoût en faisant tomber sur le sol une petite chose desséchée qui y était attachée. Horrifiée, je fixai la patte d'oiseau, n'osant plus y toucher.

Un sentiment étrange s'empara de moi. Nul doute, quelqu'un était venu ici, à notre insu, avait violé notre intimité dans le but de faire le mal. Je refermai l'armoire, songeuse, m'y adossai et scrutai la pièce d'un regard circulaire. Mais que voulait Meghan ?

Le jeune Robin vint me rendre visite un peu avant midi. Il m'apportait du pain et des œufs frais de la part de sa mère.

— Vous aurez une maison pour Seamrag, fit-il observer joyeusement.

— Eh bien, il faudra que j'en parle à Liam, mais je crois bien qu'il n'y verra aucun inconvénient, le rassurai-je en lui tapotant doucement le crâne. Il fera certainement un bon chien de chasse. Pour le moment, il est encore trop petit.

Robin s'apprêtait à repartir lorsqu'il se retourna vers moi, le visage rayonnant.

— Maman a retrouvé le *sgian dhu* de papa, chuchota-t-il. Elle en est très heureuse. Ah oui ! J'oubliais... La vieille Effie demande si elle peut vous rendre une petite visite aujourd'hui.

— Effie ? dis-je avec appréhension. Elle t'a dit pourquoi elle voulait me voir ?

Il hocha la tête de gauche à droite.

— Bon, dis-lui que je serais heureuse de la voir.

Elle cogna à ma porte en début d'après-midi. Liam était parti pour Ballachulish acheter des denrées qui manquaient encore, telles que du lin pour les chemises, des épices, du thé... et des aiguilles. Il ne serait certainement pas de retour avant la fin de l'après-midi ; nous avions donc tout le temps de discuter devant une infusion d'herbes.

La vieille femme commença par me féliciter pour mon mariage. Elle me parla de jardinage, d'une nouvelle crème pour les gerçures, selon elle très efficace. Elle papota, me racontant les derniers ragots du village, la guérison soudaine du petit Allan, son impuissance à soulager la goutte du pauvre Munro, la grossesse de Kirsten. Son ton était très nerveux, l'inquiétude perçait. Je décidai de parler du sujet important : Meghan. Ses épaules se voûtèrent d'un coup.

— Je sais bien que votre mariage l'a déçue, déclara-t-elle en secouant sa bouille toute plissée, mais elle devra s'y faire. Elle ne pouvait pas épouser Liam. Elle n'aurait jamais pu...

Elle me jeta un regard légèrement embarrassé avant de continuer :

— Elle touche à peine à sa nourriture, son état se détériore de jour en jour, mais... Ecoutez, Caitlin. Je vous aime bien et je préfère vous avertir. Je l'ai surprise à quelques reprises à feuilleter mon grimoire. Je suis certaine qu'elle cherche à vous nuire.

Je repensai à la patte d'oiseau glissée entre mes vêtements. Devais-je lui en parler ? Et si ce n'était pas elle ? Je préférai attendre. Elle fouilla dans sa poche et en sortit un bouquet de millepertuis ficelé de rouge et le déposa sur la table, devant moi.

— C'est un charme destiné à contrer les mauvais sorts. Vous devez l'accrocher au-dessus de votre porte d'entrée.

Je considérai la vieille femme un moment, luttant contre une crainte qui m'assaillait sournoisement. Elle croyait vraiment Meghan capable de sorcellerie !

— Vous pensez qu'elle irait jusqu'à me jeter… des sorts ?

— Avec Meghan, tout est possible. Je sais qu'elle est enceinte.

Je restai coite et baissai les yeux. Effie s'aperçut de mon malaise.

— Vous le saviez, n'est-ce pas ? C'était ce qui la chiffonnait le jour où je lui avais demandé d'aller à Ballachulish faire des courses. Je l'ai découvert quelques jours plus tard. Les symptômes ne mentent pas. De toute façon, tout le monde sera informé de son déshonneur bien assez tôt. Elle a la taille si fine… Elle est désespérée, Caitlin. Elle tentera tout ce qui est en son pouvoir pour vous nuire et remettre la main sur Liam. Qu'il soit le père de l'enfant ou non – et je prie Dieu tous les jours que ce ne soit pas le cas –, c'est lui qu'elle voulait.

J'évitai d'approfondir le sujet.

— Votre livre parle-t-il des mauvais sorts ? Vous croyez vraiment qu'elle pourrait s'adonner à la sorcellerie ?

— Pas vraiment. Ce livre traite de médecine, pas de sorcellerie. Toutefois, Meghan peut se servir de certaines recettes qui pourraient avoir des conséquences fâcheuses sur quiconque les avalerait par mégarde.

Je me souvins, avec un frisson, des galettes d'avoine.

— Je suis désolée, reprit-elle devant mon air bouleversé.

Accablée, la vieille femme se frotta nerveusement le visage, puis ses mains retombèrent mollement sur sa jupe de tartan usée, paumes ouvertes.

— Où est Meghan en ce moment ? demandai-je un peu sèchement.

— Elle est partie avec Isaak, tôt ce matin, je ne sais pas où ils sont allés. Il ne la quitte plus d'une semelle depuis quelques jours. Je sens qu'ils trament quelque chose.

Isaak. Il m'avait aussi menacée, celui-là. J'avais plus qu'une bonne raison de m'inquiéter. Une angoisse paranoïaque m'envahissait insidieusement.

Je passai le reste de l'après-midi à analyser le problème. Je n'avais pas revu Meghan depuis son arrivée ici, en coup de vent, avec son panier sous son bras. Etait-elle vraiment l'auteur du charme maléfique que j'avais trouvé dans mes vêtements ? Je connaissais une façon de le savoir. Aux grands maux les grands remèdes ! J'accrochai le charme d'Effie au-dessus de la porte et sortis. Je devais me procurer une branche de sureau.

Les cheveux de Liam me dégoulinaient dessus. Je le repoussai doucement en gloussant. Il revint à la charge, me léchant l'oreille.

— Liam, tu mouilles le lit. Je n'arriverai plus à y dormir.

Il rit. Il avait retrouvé sa bonne humeur.

— Tant mieux.

Je me figeai brusquement devant une entaille à son avant-bras droit. Il ne l'avait pas le matin.

— Tu t'es blessé ? demandai-je d'une voix un peu tremblante.

« C'est absurde, Caitlin, tu sais bien que Liam ne s'adonnerait pas à la sorcellerie ! Encore moins pour te nuire ! » Je chassai cette idée saugrenue de mes pensées. Il étira son bras et regarda la blessure en haussant les épaules.

— Ce n'est rien. Un accident, expliqua-t-il simplement avant de reposer sa bouche avide sur mon cou.

Je ne pus m'empêcher, malgré tout, de repenser à ce que tante Nellie avait fait. Un jour, se doutant qu'une voisine malcommode lui avait jeté un sort pour la rendre malade, elle avait coupé une branche de sureau et l'avait soigneusement cachée dans sa poche. Cet arbre avait la propriété d'abriter l'âme des sorciers. Celui ou celle dont l'âme se cachait dans l'arbre blessé se retrouvait invariablement avec une coupure à la main ou au bras. Je n'avais cependant jamais su si la méthode fonctionnait réellement, mais rien ne coûtait d'essayer. Ce que j'avais fait.

— Comment t'es-tu blessé ? m'enquis-je nonchalamment.

Il s'interrompit quelques instants, puis fit descendre sa langue dans mon cou.

— C'est Isaak… Il coupait une corde que je tenais. Son poignard lui a glissé des mains.

— Isaak ?

— Oui, pourquoi ? demanda-t-il en remontant vers ma bouche. Tu crois peut-être qu'il l'a fait exprès ? Tu changerais d'avis si tu voyais la coupure qu'il s'est lui-même infligée par la même occasion.

La chair de poule me couvrit de la tête aux pieds. Isaak sorcier ? Et si c'était lui qui s'était introduit ici au lieu de Meghan ? Aurais-je pu me tromper sur toute la ligne ? Il voulait venger l'honneur perdu de sa sœur. Dans ce cas, je devais avertir Liam du danger qu'il courait. Mais comment lui en parler sans lui annoncer la grossesse de Meghan ? Je pensai cependant qu'il serait plus sage, en premier lieu, de m'enquérir des chances qu'il soit le père de l'enfant.

— Liam...

— Hum...

— Meghan... tu la voyais depuis longtemps ?

Il s'immobilisa juste au moment où il s'apprêtait à m'embrasser sur la bouche. Il me regarda, l'air de se demander si j'avais toute ma raison.

— Quoi ?

— J'ai demandé...

— J'ai très bien entendu, Caitlin, rétorqua-t-il, agacé. Qu'est-ce que cette question ?

— C'est une question comme une autre, répliquai-je, vexée.

Il roula sur le dos et passa ses doigts dans ses cheveux. La fraîcheur de la nuit effleura ma peau soudainement privée de sa chaleur. Il resta silencieux. Je ne voyais que son profil qui se découpait dans le clair de lune. Je ne pouvais distinguer son expression, mais, au son de sa respiration, je le devinais tendu. Il soupira de dépit.

— Cinq mois environ. Elle n'avait cessé de me tourner autour lors de la Hogmanay.

Je fermai les yeux et me mordis la lèvre.

— Et... tu as...

Il roula sur son flanc et me força à le regarder. Ses yeux luisaient dans l'obscurité.

— Couché avec elle ? termina-t-il sèchement pour moi.

Incapable de répondre, je hochai la tête.

— Que se passe-t-il, Caitlin ? Pourquoi tant d'interrogations ? Je ne comprends pas.

Je regrettais déjà mon attitude. Cramoisie, je lui tournai le dos. Il était préférable d'en rester là et de trouver un autre moyen de le mettre en garde. J'entendais sa respiration forte mais contrôlée derrière moi.

Apparemment bien décidé à reprendre là où il avait laissé, il glissa une main calleuse sous la couverture et me caressa avec une infinie douceur, puis embrassa tendrement la cicatrice rose et gonflée de mon épaule. Une question en appelait une autre. Mon esprit en était maintenant bombardé de toutes parts et demandait à être soulagé.

— Liam, commençai-je du bout des lèvres, que ressentais-tu pour elle ?

— Pourquoi veux-tu savoir, *a ghràidh mo chridhe* ? murmura-t-il en remontant sa main sur mon ventre.

— Je veux savoir, je dois savoir, répondis-je d'une voix rauque. Si je n'étais pas apparue dans ta vie, c'est probablement elle qui serait dans ton lit, ici, cette nuit. Réponds-moi.

Il me fit rouler sur le dos, me sonda comme pour trouver l'ombre d'une folie passagère, l'air indéchiffrable, et se laissa retomber sur le dos en grognant, le visage caché dans ses mains.

— Caitlin, nom de Dieu ! Pourquoi tiens-tu tant à ressasser le passé ?

— Ce passé n'est pas si lointain, je te ferai remarquer. Réponds-moi !

Il resta muet quelques secondes, comme s'il essayait de trouver la meilleure façon de formuler sa réponse, puis il se tourna vers moi en soupirant.

— Tu veux la vérité ? D'accord.

Soudain, un étrange malaise s'empara de moi, et je déglutis péniblement.

— Oui, j'ai fait l'amour avec Meghan, admit-il. Elle est très attirante, sexuellement parlant. De plus, elle s'est offerte d'elle-même. Je suis un homme normalement constitué, alors…

Ses paroles charcutèrent mon cœur comme des lames de rasoir. J'en voulais à Liam de me répondre, et si crûment. Pourquoi une partie de moi voulait-elle toujours écouter ce que je ne voulais pas entendre ? Parce qu'il le fallait, pour cesser de douter. La vérité, aussi dure pouvait-elle être, était préférable au terrible doute qui me rongeait les tripes. Liam s'éclaircit la gorge.

— Toutefois, mon attirance pour Meghan s'arrêtait là, trancha-t-il. C'était purement physique. Elle ne représentait rien pour moi. Ce qui n'a rien à voir avec toi.

— Et la dernière fois… que tu as fait… l'amour avec elle, c'était quand ?

— Bon sang, Caitlin ! Tu te fais du mal pour rien. Qu'est-ce que c'est que cette histoire ? Oublie Meghan…

— Je ne peux pas. Elle est enceinte et…

Liam se tétanisa. Les mots m'avaient échappé. Les yeux fermés, j'attendis sa réaction qui tardait. Il bougea légèrement, puis s'écarta finalement de moi.

— Tu le sais depuis longtemps ? demanda-t-il au bout d'un long moment.

— Je l'ai appris le jour précédant mon départ.

— C'est elle qui te l'a dit ?

— Oui. Avec un plaisir évident. Cependant, je crois que personne d'autre n'est encore au courant, sauf évidemment Effie et certainement Isaak.

Le lit tressauta. Je me risquai à ouvrir un œil. Il me tournait le dos, assis sur le bord du lit, la tête entre les mains. Mon cœur se serra. Je me sentis soudain très sotte. Je n'avais pas voulu qu'il l'apprenne de cette façon. J'aurais préféré qu'il l'apprenne d'une autre bouche que de la mienne.

— Elle t'a dit qu'il était de moi ?

— Oui.

Il hésita, spéculant.

— Elle pourrait t'avoir menti.

— Je sais, j'y ai pensé, mais je ne le crois plus. Elle est venue te rendre visite, le jour de notre retour du Lochaber. De toute évidence, elle ne s'attendait pas à me trouver ici. Elle était désespérée. J'ai su à ce moment-là qu'elle m'avait dit la vérité… sur sa grossesse. Reste à savoir pour le père.

— Nom de Dieu ! souffla-t-il.

— Liam, elle se dit enceinte d'un peu plus d'un mois. Tu crois que…

— Un mois… murmura-t-il faiblement. Un mois…

Il se frotta le visage avec ses mains. Lentement, il se redressa, ramassa sa chemise et l'enfila. Ma déclaration lui avait fait l'effet d'une douche glacée. Il continua sur un ton de reproche :

— Pourquoi avoir attendu jusqu'à aujourd'hui pour me l'annoncer, Caitlin ?

Il me regardait fixement, supputant ma réponse. Il devait deviner ma détresse, mais garda néanmoins ses distances. Son regard luisait, l'obscurité m'empêchant d'en évaluer l'intensité.

— Je pense qu'on tente de me jeter un mauvais sort… poursuivis-je. J'ai peur. Isaak pourrait s'en prendre à toi. Tu devrais être prudent avec lui. L'accident avec le couteau n'en était peut-être pas un.

— Sottises ! Pourquoi s'en prendrait-il à moi ? Qu'est-ce qui te fait croire une pareille chose ? C'est ridicule, Meghan n'est pas une sorcière.

— Liam, me défendis-je, j'ai trouvé un charme dans mes vêtements. Des objets ont disparu depuis quelques jours. Je suis certaine que c'est Meghan ou Isaak. Ils viennent ici lorsque nous sommes absents et...

— Tu les as égarés, me coupa-t-il sèchement.

— Comme tu as égaré la mèche de cheveux d'Anna ?

Il se tut, debout, le regard perdu dans les ténèbres. J'avais touché un point sensible. Les rayons de lune, qui filtraient à travers la fenêtre, s'accrochaient dans ses boucles mouillées et dans sa toison. Sa poitrine se soulevait à un rythme trop lent.

— Tu n'aurais jamais dû me cacher cela, lâcha-t-il durement. Tu savais Meghan enceinte, et tu ne me l'as pas dit. Nom de Dieu, Caitlin !

— Liam, je suis désolée... Je sais...

— J'ai besoin de réfléchir.

Il sortit, sans même un dernier regard vers moi.

Mortifiée, je pleurai ma honte sur l'oreiller déjà trempé. Il m'en voulait, mais je ne pouvais le lui reprocher. Il avait raison, je n'aurais jamais dû lui cacher l'état de Meghan. Peut-être ne l'aurait-il pas épousée malgré tout ? Je n'avais pas osé prendre ce risque. Liam était un homme intègre et juste, et l'honneur pour lui était une question de vie ou de mort. Qu'aurait-il choisi entre son amour pour moi et son devoir envers Meghan ? Je n'osais même pas y penser.

Il revint quelque temps plus tard. Le lit bougea, mais je restai immobile, retenant mon souffle et faisant semblant de dormir. Mais Liam n'était pas dupe. Il rompit le silence d'une voix basse.

— Bon, d'accord. Ce qui est « est ». Je ne peux plus rien.

Je n'osai parler et attendis sa décision.

— Caitlin, je ne peux pas affirmer avec exactitude être le père de cet enfant. Nous nous fréquentions à l'occasion. Rien de sérieux, je quittais souvent la vallée. Elle a seulement partagé mon lit à quelques reprises.

Mince consolation...

— Si elle est vraiment enceinte d'un mois, cela écarterait nos trois premiers mois de fréquentations. Par la suite, je suis parti pour l'île de Mull avec Simon. Nous y sommes restés trois semaines. La dernière fois aurait eu lieu… il y a un peu plus d'un mois, juste avant de repartir pour… Arbroath.

Je hoquetai bruyamment. Il extrapolait tout haut, sans égard pour mon cœur. J'aurais voulu fuir, ne pas l'entendre.

— Cependant, je ne me souviens plus vraiment de cette nuit-là… Nous avions bu, et… enfin.

Ma vue se brouillait tandis qu'il évaluait sa possible paternité.

— Je suppose que nous avons… Enfin, je m'en serais souvenu… Ces choses-là ne s'oublient pas…

— Arrête, Liam !

Il s'interrompit, mal à l'aise, se rendant compte de sa bêtise. Incapable de me contenir plus longtemps, j'éclatai en sanglots. Il m'attira à lui et posa sa joue sur mon front.

— Je t'aime, *a grhàidh*, tu le sais.

Un étrange couinement s'échappa de ma gorge en guise de réponse.

— Bon sang ! Caitlin… Je savais les femmes compliquées, mais là…

Liam prit mon menton qui tremblotait convulsivement et releva mon visage baigné de larmes. Doucement, il embrassa mes paupières gonflées.

— Je t'ai épousée parce que je t'aime. Rien ne changera cela. Tu comprends ? Ni Meghan ni l'enfant qu'elle porte. Je m'assurerai qu'ils ne manquent de rien. Meghan n'obtiendra rien de plus de moi. Pour l'enfant… je le considérerai comme étant le mien.

Sa voix était si tendre. Un nouveau couinement le fit rire. Il m'appela son petit porcelet, ce qui réussit à m'arracher un mince sourire.

— Maintenant, continua-t-il en me forçant à le regarder, j'aimerais savoir s'il y a autre chose que tu me caches et que je devrais savoir. Je ne peux pas vraiment t'en vouloir d'avoir tu la grossesse de Meghan, mais je souhaiterais que tu ne me dissimules plus rien.

Autre chose ? « Oh ! Liam. Il y a des secrets que je ne peux te révéler. » Je les refoulais dans mes sombres compartiments pour tenter de les oublier. Désormais, je savais qu'une femme ne peut oublier certains événements. Jamais.

— Est-ce que Meghan t'a menacée ?

Je hochai la tête.

— Elle devra s'en expliquer devant John. Et Isaak ? Je sais qu'il la surveille de près, à un point tel que, parfois, je me dis qu'il est obsédé par sa sœur et qu'il ferait la peau à quiconque oserait lui faire du mal… Hum… Ouais. Il t'aurait dit quelque chose pour te blesser ?

Un frisson me secoua. Liam le perçut et me serra plus fort.

— Si jamais ce bon à rien ose te toucher, il le paiera chèrement. Lui ou un autre, je tuerai l'homme qui posera une main sur toi, Caitlin. Tu n'as rien à craindre.

Il avait parlé bas, comme pour lui-même. Il couvrit mon visage de baisers. Sa main chercha la mienne, la trouva et la pressa contre ses lèvres.

— Toi, *a ghràidh mo chridhe,* tu es tout pour moi. *'S tus'a tha anail mo bheatha*[1], tu comprends ?

— Je crois, oui… murmurai-je tandis que son autre main explorait mon corps.

— *Tha thu mar m'anam dhomh*[2]…

Il m'observait, les yeux mi-clos. Brusquement, il prit mes poignets, écartela mes bras sur le matelas, m'y crucifiant sous son poids.

— Ne mets jamais ma parole en doute, Caitlin.

Je ne sus s'il avait simplement voulu me rassurer ou bien s'il s'agissait d'un avertissement. Il plaqua farouchement ses lèvres sur les miennes, forçant ma bouche. Du coup, j'oubliai Meghan et ma jalousie. Je me tortillai langoureusement sous son corps brûlant et cambrai fortement les reins en gémissant au moment où il me posséda.

Nous fûmes réveillés le lendemain aux petites heures par un vacarme épouvantable. Quelqu'un tapait contre la porte avec une telle ardeur que Liam sauta hors du lit et se précipita sans même prendre le temps de se couvrir. Je ne pouvais voir qui avait frappé, mais je reconnus Sàra lorsqu'elle hoqueta de surprise devant la nudité de son frère. Quelques minutes plus tard, il revint dans la chambre, le regard sombre, puis commença à s'habiller. Manifestement, un événement grave avait eu lieu.

Je l'interrogeai du regard, inquiète.

— Meghan. Elle n'est pas rentrée cette nuit. Effie est complètement affolée. Nous partons à sa recherche.

— Mon Dieu ! murmurai-je en imaginant déjà les pires scénarios.

Il se tourna vers moi, l'air abattu.

1. Tu es mon souffle de vie.
2. Tu es mon âme.

— Si tu penses la même chose que moi, Caitlin, prie pour elle.

Il m'embrassa, ramassa son pistolet et son poignard, et sortit dans l'aube brumeuse.

Pendant plus de quatre heures, les hommes battirent les collines, fouettèrent la bruyère, inspectèrent les grottes et sondèrent l'eau. La brume opaque rendait les recherches plus difficiles, et le territoire à couvrir était si vaste qu'il leur aurait fallu plus d'une semaine pour le quadriller. Pas de trace de la belle rouquine. Elle s'était tout simplement volatilisée. Effie était au désespoir.

Liam et quelques hommes revinrent prendre des renseignements sur les endroits où elle avait l'habitude d'aller. Personne ne pouvait répondre. Meghan partait toujours en solo. J'étais la seule à l'avoir suivie au moins une fois. Je dirigeai donc le groupe vers les collines, sous le mont du Sgòr na Ciche, que les villageois appelaient aussi le Pap de Glencoe, qui faisait face au loch Leven. Nous avions cherché pendant encore une bonne heure sans plus de résultats, lorsque Isaak se souvint brusquement d'une grotte située sur le versant nord.

Nous nous divisâmes en deux groupes. Le premier ratisserait les rives du loch vers l'est, le deuxième se rendrait à la grotte. Isaak nous y mena de pied ferme. Je l'observais tandis que nous montions un sentier escarpé. Il y avait du mépris et de la haine dans son regard. A maintes reprises, je sentis le poids des accusations qu'il portait implicitement contre nous. Je craignais qu'il ne nous attire plutôt dans un piège. Liam me suivait de près, me rattrapant lorsque je perdais pied sur une pierre descellée ou lorsque je glissais dans la gadoue des rigoles qui entrecoupaient le chemin.

La grotte était vide. Cependant, les vestiges d'un repas pris récemment jonchaient le sol. Meghan ? Possible. Mais il pouvait tout aussi bien s'agir de rôdeurs. Peut-être des Cameron qui se seraient aventurés jusqu'ici lors d'une sortie de chasse. Liam était tendu. Isaak ne cachait pas son animosité à son égard. Et si nous cherchions pour rien ? Meghan s'était probablement enfuie. J'en fis part à Liam. Il ne savait plus, hésitant à faire stopper les recherches.

— Si on se trompait, Caitlin. Si elle a réellement tenté de…

Il n'osait le dire, le penser était déjà péché.

— Je ne crois pas, elle est trop maligne pour en arriver à cette extrémité. Je suis certaine qu'elle s'est enfuie. Elle devait bien savoir que, tôt ou tard, je découvrirais ses manigances pour me faire peur et qu'elle devrait en payer le prix.

J'avais montré à Liam la patte d'oiseau. Un corbeau, m'avait-il affirmé. J'avais une peur injustifiée de ces oiseaux. Des oiseaux de malheur. Des messagers de la mort. J'avais jeté l'objet funeste dans les flammes et l'avais regardé brûler. Ensuite, j'avais porté les cendres à la rivière et les y avais englouties. Puis, comme pour m'assurer qu'elles n'émergeraient pas par enchantement des cascades, j'avais attendu plusieurs longues minutes sur la berge, les yeux rivés sur les tourbillons. Je me trouvais affreusement idiote, mais cela avait été plus fort que moi.

Liam ne croyait pas aux pouvoirs maléfiques. Que de la superstition, disait-il. Des croyances sur lesquelles les paysans réglaient leur quotidien. Les hommes créaient leurs propres malheurs, mais cherchaient à en rejeter la faute sur un objet ou bien quelqu'un, histoire de ne pas se sentir responsables.

Je regardai autour de la grotte, fouillant la brume, dans l'espoir de trouver un indice quelconque. Les hommes s'étaient regroupés et discutaient. Je fis quelques pas et me retrouvai au bord d'une paroi abrupte. De gros cailloux délogés par mes pieds tombèrent dans le vide, avalés par le tapis brumeux. Légèrement étourdie par le vertige, je me reculai d'un pas. Mon œil, dans le mouvement, avait capté un point coloré. Un point rouge. Je tâtai l'épaulement du mur pour m'assurer de sa solidité et m'y risquai sur-le-champ. Tout en bas, sur une branche, ondulait doucement un bout d'étoffe.

— Liam !

Mon cri fit écho. Un certain malaise m'indiquait que cette découverte n'était pas de bon augure. Une main me tira doucement par-derrière. Liam se pencha au-dessus du gouffre. Quand Isaak arriva derrière lui, mon cœur s'emballa.

Isaak se tourna vers moi, son œil mordoré me dardant. Un coin de sa bouche frémit, presque imperceptiblement. Je sus alors que l'idée de pousser Liam avait effleuré son esprit. Cet homme était dangereux. Liam se redressa, sans un mot. Il avait senti le danger le frôler. Par instinct, il avait posé sa main sur le manche de son poignard. Cependant, il n'eut pas à le dégainer. Pour cette fois.

Il fallut près d'une demi-heure pour atteindre le bout de chiffon écarlate. Lorsqu'on le récupéra, mes yeux s'agrandirent d'horreur en constatant qu'il était imbibé de sang. L'éclat vif du rouge indiquait qu'il était encore frais. Cette découverte écartait définitivement la thèse de la fuite. Simon avait relevé des marques sur le sol, près de l'endroit où il avait ramassé ce qui en fait était un mouchoir de tête. La terre avait été remuée, comme si on y avait traîné un objet lourd. Nous avions une piste, mais pas très rassurante.

Les traces de sang nous menèrent jusqu'au bord du loch. Elles avaient été répandues, çà et là, comme déposées bien en vue le long d'un sentier peu emprunté que les ronces s'appropriaient de plein droit. Ici, une empreinte de main s'étirant sur le tronc d'un bouleau blanc, là, une autre sur une saillie de pierre grise. J'en avais la chair de poule. La quantité de sang qui balisait le sentier était assez impressionnante. De larges flaques encore visqueuses étaient visibles à maints endroits sur le sol. Je frissonnai d'horreur. Si tout ce sang était celui de Meghan, il était certain que nous ne la retrouverions pas vivante. Aussi, il n'était plus question de croire qu'elle ait pu attenter à ses jours. Il s'agissait ici de meurtre. C'était l'évidence même.

Un vent frisquet fit bouffer mes jupes. Je frissonnai. L'eau calme du loch s'ornait seulement d'un léger friselis. Les mouettes criaient au-dessus d'un petit bateau de pêche qui émergea subitement des brumes. Les pêcheurs à bord reconnurent des hommes du groupe et leur firent un signe de la main. Ils étaient du clan Cameron de Glen Nevis, m'expliqua Liam. Leur territoire était adjacent au nôtre. Les relations étaient bonnes, et les présences, tolérées.

— Les traces s'arrêtent ici, dit Calum.

— Ici s'arrête la terre, mon garçon. Des traces de sang, dans l'eau, se diluent.

— Tu crois qu'elle s'est jetée à l'eau ?

— Réfléchis, si tu avais perdu autant de sang, aurais-tu eu la force de même te traîner jusqu'ici ? On l'y a portée, et, si tu veux mon avis, elle est dans le fond du loch.

Isaak marchait sur le bord de l'eau, tapant du pied avec rage dans les galets.

— Ils l'ont emmenée par bateau ! rugit-il soudainement. Là, regardez !

Un profond sillon creusait le sable et les gravillons. Une dernière trace de sang, comme une signature, teintait la plage, tout près. Je levai les yeux vers Liam, consternée. Il n'y avait plus aucun doute. On l'avait balancée dans les profondeurs du loch. Son corps ne devrait pas refaire surface dans les environs, on s'en était sûrement assuré.

Isaak ne tenait plus en place. Ses pas le portaient du sentier à l'endroit où sa sœur avait été hissée sur une embarcation. Il fit et refit le trajet, encore et encore, rageant, jurant et furetant sur le sol du bout de sa chaussure. Dans un dernier élan de frustration, il donna un coup de pied sur un bout de bois qui alla voler quelques mètres plus loin. Un objet cliqueta sur les galets. Il luisait faiblement. Isaak s'immobilisa et le ramassa. C'était une broche en laiton, identique à celles que les hommes portaient pour retenir leurs plaids. Il cracha, dégaina son poignard et le brandit bien haut, pointé vers le ciel.

— *Ifrinn*[1] *!* Enfant du diable, j'aurai ta peau, putain de Campbell !

Son cri se répercuta sur la surface de l'eau, résonna dans les collines, rebondit sur les parois rocheuses du Pap. Son verdict retomba dans la vallée, lourd de conséquences. Figés de stupeur, nous n'osions plus bouger, de crainte d'attirer sur nous la rage meurtrière qui s'était emparée d'Isaak. Il fendit l'air de sa lame et la planta avec violence dans le sable, là où l'embarcation avait quitté la terre ferme.

— L'enfer t'attend, Ewen Campbell !

Il s'immobilisa ainsi, à genoux, les deux mains soudées sur le manche de son poignard planté dans le sable rougi, les épaules secouées de sanglots.

J'étais assise dans la bruyère humide contre un affleurement de granit, perdue dans mes pensées. Liam se tenait à quelques mètres de moi, les bras croisés sur sa poitrine, le regard fixant le large du loch. Je savais que son esprit était ailleurs.

— Tu crois vraiment que c'est Campbell qui a tué Meghan ?

— Je ne sais pas, Caitlin…

Les mots s'étranglèrent dans sa gorge. Il se sentait probablement un peu responsable de la situation. Il vint me rejoindre et s'installa au sommet du bloc rocheux.

— C'est ce que semblent penser les autres.

— Tout porte à le croire. La broche appartient bien au clan Campbell. Mais rien n'indique qu'elle appartenait au tueur, ni à Ewen Campbell.

Je levai les yeux vers lui. Il avait appuyé un coude sur son genou fléchi et se frottait les yeux. Je pris sa main libre qui reposait sur sa cuisse.

— Liam, tu n'y es pour rien.

1. Enfer !

— Je sais, *a ghràidh,* je ne cesse de me le répéter, mais je m'en veux de ne pas lui avoir parlé avant. Je lui ai peut-être fait croire, sans vraiment le vouloir, que je… Je ne l'aimais pas, certes. Toutefois, elle ne méritait pas cela.

Il me lança un regard apitoyé, puis hocha la tête, impuissant.

— Je suis désolée pour l'enfant… murmurai-je doucement.

Il haussa les épaules, dégagea sa main et se releva.

— Rentrons.

— Je te suis dans une minute.

D'un pas lourd, il prit la direction du village. Je restai encore à contempler les eaux noires du Leven. Le brouillard s'était levé, mais le ciel, triste, était resté gris et pleurait quelques fines gouttelettes pour laver le sang sacrifié. Je me sentais peinée, moi aussi, mais je ne pleurais pas. Meghan disparue, ma vie devrait s'en trouver simplifiée. Pourtant, je n'arrivais pas à trouver la paix de l'esprit. Meghan rôdait toujours autour de mon bonheur, l'épiait, attendait le moment de bondir dessus pour me l'arracher. « Elle est morte, Caitlin ! » me répétai-je. Morte, peut-être, mais pas enterrée…

13

Edimbourg

Deux jours s'étaient écoulés avec mélancolie depuis l'annonce de la mort de Meghan. Isaak, la vengeance au cœur, avait disparu dans les collines. Effie traînait sa peine. La belle créature reposait maintenant dans le fond du loch, froide pour l'éternité. La troisième journée débutait sous un soleil radieux qui acheva de sécher les larmes. La vie reprenait ses droits.

Les hommes partaient pour la pêche aux harengs. Des bancs argentés avaient été aperçus ces derniers jours, zébrant la surface de l'eau noire du loch Leven. Liam avait rejoint les pêcheurs très tôt sur les bateaux. J'aidai les femmes du village à préparer les étals sur lesquels seraient disposés les poissons avant d'être nettoyés et suspendus aux poutres des chaumières. Là, ils sécheraient dans la fumée âcre des feux de tourbe.

Le matin même, Sàra m'avait offert un *arisaid*. C'était un tartan de laine, semblable à ceux des hommes, mais différent par ses couleurs moins vives et ses plus grands carreaux – le tartan traditionnel étant réservé aux hommes. La plupart des femmes portaient l'*arisaid* à la façon d'un châle ; les épouses des gentilshommes le portaient à l'ancienne, soit drapé autour du corps et maintenu sous le buste par une ceinture de cuir. Les pans qui retombaient dans le dos étaient ramenés par-dessus les épaules et retenus sur la poitrine par une broche d'argent ou de laiton sertie de pierreries ou d'ambre. La tenue était complétée par des manches de lin teintes en rouge et décorées de petites pièces métalliques. Je choisis de porter le mien comme un simple châle pour me protéger de la brise fraîche qui arrivait du nord-ouest.

Sàra était très patiente avec moi. Elle m'expliquait les us et coutumes des Highlands, que je me devais de connaître comme toute femme highlander digne de ce nom. Avant le massacre, tous les habitants de la vallée migraient dans des huttes sur les landes qui servaient de pâturages d'été, plus à l'est de la vallée, à l'entrée de Rannoch Moor, ou encore sur les pentes douces du Buachaille Etive Mor. Ils y arrivaient le lendemain de la fête de Beltane pour n'en revenir qu'après les festivités de la Samhain, à l'automne. Là-bas, les femmes passaient le plus clair de leur temps à fabriquer du fromage et du beurre, à filer la laine, à tisser, puis à fouler les tartans tandis que les hommes s'occupaient du bétail, chassaient et pêchaient entre deux raids sur les terres d'Argyle. Pour le moment, la petite communauté, qui était revenue dans la vallée depuis un peu plus de deux ans seulement, préférait rester à Carnoch pour reconstruire sa vie.

Le système des clans était copié sur le système féodal. A sa tête, il y avait le chef entouré de ses preneurs ou *tacksmen*, des hommes qu'il choisissait lui-même parmi les membres de sa famille. Chacun d'eux se voyait attribuer une partie du territoire du clan qu'il sous-louait, selon son bon vouloir, aux métayers du clan, considérés comme des gentilshommes et qui offraient leurs services de guerriers lorsque nécessaire. En retour, la protection de leur famille était assurée. Ces notables s'occupaient des affaires du chef et, en temps de guerre, devenaient ses officiers chargés de réunir les hommes du clan.

Le chef, lui, possédait un droit presque absolu sur son clan, soit le droit de juger et de condamner les siens ; en de très rares occasions, cela pouvait aller jusqu'à la peine de mort. Les clans ne reconnaissaient que leurs propres lois et se plaisaient à ignorer celles établies par la Couronne, ce qui ne manquait pas d'irriter les Ecossais du sud, les Lowlanders, qui vivaient plutôt selon les méthodes anglaises.

Cette vie simple, quoique rude, me plaisait. Néanmoins, il restait une ombre au tableau : Liam était recherché pour meurtre. John Macdonald avait eu la générosité de ne pas le bannir du clan, ce qui aurait fait de lui un « homme brisé ». Mais la largesse du chef avait ses limites, et l'éventualité d'une telle condamnation restait suspendue au-dessus de sa tête, telle l'épée de Damoclès. Je goûtais donc chaque minute de ce fragile bonheur qui m'était offert, en espérant qu'elle ne serait pas la dernière.

J'étais cependant loin de me douter que tout basculerait si vite. Les hommes étaient rentrés une heure plus tôt et apportaient le poisson dans des caisses de bois. J'étais en train d'enfiler ma cinquième cordée de harengs lorsque deux hommes arrivèrent sur leurs montures écumantes dans un nuage de poussière, aboyant des paroles que je ne compris pas. Sàra et Margaret, l'épouse de Simon, tournèrent vers moi des regards affolés.

— Un détachement de dragons se dirige vers la vallée, bafouilla Sàra d'une voix ténue, pâle à faire peur.

Mon sang ne fit qu'un tour. La panique s'empara de moi. Liam n'était visible nulle part.

— Il faut trouver Liam ! m'écriai-je en me redressant, faisant choir les poissons sur le sol à mes pieds.

— Cours chercher quelques provisions et les armes, Caitlin, m'ordonna-t-elle d'une voix autoritaire. Je vais seller les chevaux. Vous devrez vous cacher dans les montagnes, rejoins-moi à l'écurie.

— Mais il faut trouver Liam ! protestai-je.

— D'autres s'en chargeront ! cria-t-elle en me poussant dans le dos. Il n'y a pas de temps à perdre, les dragons seront ici dans quelques minutes. Ils ne doivent pas te trouver... Ils se serviront de toi pour avoir Liam. Allez, file !

Je détalai à toutes jambes en direction de notre maison. En quelques minutes, j'entassai des provisions dans une poche de jute et ramassai la lourde épée d'acier de Liam. Je dus laisser son mousquet espagnol, mes bras étant déjà trop chargés. Liam avait son poignard et son pistolet sur lui. Il ne s'en séparait que pour dormir, et encore...

Les chevaux étaient prêts. Sàra avait rajouté une couverture qu'elle avait attachée au troussequin de ma selle. Je lui lançai un regard désemparé. Liam n'était toujours pas là.

— S'ils le prennent... bredouillai-je, les lèvres tremblantes.

— Aie confiance en lui. Il n'est pas si facile à attraper, dit-elle pour tenter de me rassurer. Pars, Caitlin, il te rejoindra dès qu'il le pourra. Remonte la vallée jusqu'aux ruines d'Achnacone, puis suis le ruisseau qui descend le Gleann Leac. Va le plus loin possible. Liam saura te trouver, il pourrait te guider les yeux fermés. Emmène Stoirm, car mon frère passera probablement par le Meall Mor et ne pourra pas venir le chercher.

Elle serra mes mains dans les siennes.

— *Beannachd Dhé ort*[1], Caitlin.

1. Que Dieu te garde !

Le ciel se striait de rose et de violet, et les ombres s'allongeaient sur le sol. Je commençais à désespérer. Je dus me retenir à plusieurs reprises pour ne pas sortir de ma cachette et retourner au village. Je m'étais réfugiée dans une enclave creusée dans le roc, juste assez grande pour les deux chevaux et moi. J'y étais maintenant depuis plusieurs heures déjà. Les plus longues que j'eusse jamais vécues.

L'angoisse me rongeait les tripes. Je doutais que Liam me trouve jamais… s'il avait réussi à se faufiler entre les doigts des dragons.

Le dos contre le roc, de façon que personne ne puisse me surprendre, je gardais ma dague à portée de main. Une autre heure s'écoula encore. Je m'abreuvais à une petite source qui jaillissait d'une crevasse lorsque je sentis une présence derrière moi. Je me retournai vivement en pointant mon arme et me retrouvai nez à nez avec Liam, en nage et dans un piteux état.

— J'ai bien cru ne pas te retrouver avant la tombée de la nuit, haleta-t-il en me serrant contre lui.

— Où étais-tu ? éructai-je dans une explosion qui me délivra enfin de toute cette tension retenue. Voilà des heures que j'attends dans ce trou, ne sachant pas si… si…

Je lâchai un cri de rage et de détresse en lui martelant la poitrine de mes poings déchaînés.

— Calme-toi, rétorqua-t-il en retenant fermement mes poignets. Ça va, c'est fini maintenant.

— Ça va ? glapis-je. Mais ça ne va pas du tout ! J'ai eu peur, j'ai froid et…

— Tu crois peut-être que je me suis amusé à jouer à cache-cache avec les chèvres ? J'ai eu peur, moi aussi, figure-toi. Ces bâtards de *Sassenachs* me traquaient, j'ai dû monter plus haut dans la montagne pour ne pas être repéré.

— Ne me laisse plus jamais seule, hoquetai-je, les yeux pleins de larmes. Je ne supporte pas…

Liam étouffa ma plainte avec sa bouche, qui s'écrasa sur la mienne avec violence. Ses mains s'affairaient sur mes jupes qu'il tentait de retrousser. Il me souleva brusquement, une main sous chaque cuisse écartée, et me prit brutalement en appuyant mon dos contre le mur de pierre qui me meurtrissait. Ce fut rapide mais intense, chacun enfonçant ses doigts dans la chair de l'autre en gémissant comme une bête blessée, soudé, de peur que l'être aimé ne disparaisse à jamais. Après quelques minutes, nous nous affaissâmes sur le sol, fatigués et tremblants.

Cet élan sauvage avait évacué toutes mes angoisses des dernières heures. Seule une paix tranquille m'habitait. Liam avait enfoui sa tête entre mes seins qu'il caressait sous ma chemise entrouverte.

— Liam... murmurai-je après un moment.

— *Tuch ! Na can an còrr*[1], chuchota-t-il.

A la nuit tombée, nous prîmes la route pour un endroit plus sûr. Nous nous rendîmes dans le Coire Gabhail, une vallée suspendue entre les pics du Beinn Fhada et du Gearr Aonach. Le seul sentier pour y accéder était très abrupt et escarpé. Un seul tronc d'arbre suffisait à le bloquer.

Le ciel était clair, nous allions dormir sous un dais étoilé, mais, à cette altitude, la nuit était très froide. Je me blottis contre Liam sous la couverture. Nous avions mangé les provisions que j'avais réussi à prendre dans ma fuite. Demain, il faudrait chasser. Combien de temps allions-nous devoir nous cacher ? Soudain, la terrible éventualité que Liam fût désormais banni du clan m'atteignit en plein cœur. Nous serions condamnés à errer comme des chiens vagabonds sur les landes, ne vivant que de vols et de l'air du temps. Comme les hommes du clan Macgregor actuellement persécutés par la commission de feu et d'épée. Ma gorge se serra, et je ne pus réprimer un sanglot.

Liam effleura ma joue mouillée, m'attira plus étroitement contre lui et me dit dans l'oreille d'une voix chuchotante :

— Ne pleure pas, *a bhean ghaoil*[2].

— J'ai peur, Liam, bredouillai-je entre deux sanglots.

— C'est fini, Caitlin, ils ne viendront pas jusqu'ici.

— J'ai peur de ce qui va t'arriver, *mo rùin,* de ce qui va nous arriver, rétorquai-je sur un ton amer. John MacIain n'acceptera certainement pas de sitôt que nous reprenions notre place dans le village. Pas après que les dragons sont venus t'y chercher. Ils reviendront...

Il resta silencieux de longues minutes, puis il finit par reprendre la parole :

— J'y ai réfléchi, nous irons à Edimbourg. Je crois que le moment est venu que tu revoies ton père.

Je me retournai brusquement pour lui faire face et protestai violemment.

1. Chut ! Ne dis plus rien.
2. Mon épouse bien-aimée.

— Non ! Ma place est auprès de toi.

La clarté sélène creusait des ombres sur son visage. Il me regarda fixement.

— Ecoute-moi, Caitlin. Tu resteras quelque temps chez ton père. Tu ne peux pas vivre dans les bruyères avec moi. C'est trop dur et surtout trop dangereux.

— Je ne veux pas que tu me laisses, s'il devait t'arriver quelque chose...

— Nous n'avons pas le choix, il n'y a pas d'autre solution.

— Je veux t'aider, il doit bien y avoir un moyen ?

Ses traits se durcirent, et ses mots, inflexibles et menaçants, me figèrent dans la froidure de la nuit.

— Tu m'obéiras, Caitlin. Je t'ai fait promettre de ne pas t'en mêler. Tu respecteras cette promesse.

Je baissai les yeux, incapable de supporter son regard plus longtemps, et me recouchai contre lui. Je doutais de pouvoir tenir cette promesse.

Le lendemain, nous retournâmes au village chercher quelques effets personnels et fîmes nos adieux à ceux qui nous étaient chers. Donald MacEanruigs et Niall MacColl nous accompagnaient pour le voyage.

Je serrai les dents et éperonnai Ròs-Muire, qui se mit au galop. Les larmes coulaient sur mon visage tandis que nous nous éloignions de Carnoch, ne sachant si nous y retournerions un jour.

Après trois longues et pénibles journées à cheval, nous atteignîmes Edimbourg. Evitant d'emprunter la route, nous avions contourné les villages, privilégiant la lande déserte et les montagnes, dormant dans la bruyère humide et nous nourrissant de ce que nous pouvions trouver.

Liam restait taciturne et tendu. Donald, lui, faisait le fanfaron pour tenter de me dérider, ce qu'il arrivait à faire à l'occasion. Je commençais même à lui trouver quelques qualités. Je ne connaissais pas vraiment Niall MacColl. Je l'avais vu à quelques reprises avec Liam. A Carnoch, il était une des personnes au courant de l'affaire du manoir Dunning. Ce jeune homme de vingt-deux ans, à l'allure d'ours mal léché et à la tignasse hirsute, était très volubile. Plus petit que Liam et Donald, il était néanmoins trapu et fort comme un taureau. Je ne doutais pas qu'il puisse tenir facilement l'ennemi en respect.

J'étais donc en très bonne compagnie lorsque nous entrâmes dans la ville grouillante, à la tombée de la nuit. Nous nous faufilâmes dans le dédale des rues et des ruelles jusqu'à une taverne enfumée où nous nous restaurâmes de saucissons, de harengs marinés et de bière pour ensuite passer la nuit dans des chambres miteuses et infestées de petites créatures.

Les recherches pour dénicher la boutique où mon père travaillait s'amorcèrent tôt le lendemain matin. Nous descendîmes Cowgate et remontâmes le Royal Mile pour finalement trouver l'orfèvrerie sur Lawn Market.

Deux années s'étaient écoulées depuis ce sombre matin où mon père m'avait embrassée une dernière fois avant que je ne grimpe dans la voiture peinte aux armoiries des Dunning. Plus d'un an sans aucune lettre de lui. Au début, je lui écrivais tous les mois, mais, ne recevant plus aucune réponse, j'avais décidé de poser ma plume. Aujourd'hui, j'allais retrouver cet homme, et j'en ressentais un étrange malaise. Je n'étais plus la jeune fille naïve qu'il avait laissée partir avec une confiance aveugle. Bien de l'eau avait coulé sous les ponts, et je lui en voulais de m'avoir abandonnée aux griffes de ce vieux vicieux. Un flot de sentiments refoulés depuis trop longtemps refit soudain surface, me paralysant sur la chaussée poussiéreuse devant la porte du commerce. Liam perçut ma nervosité et me prit la main.

— Tu veux que j'entre avec toi ?

— Non, ça va aller, mentis-je. Ai-je l'air assez bien ? demandai-je en lissant ma jupe.

Je ne m'étais pas regardée dans un miroir depuis plusieurs jours, et le long voyage et le manque de sommeil avaient dû creuser des cernes sous mes yeux. Liam me sourit tendrement, puis déposa un doux baiser sur mon front.

— Tu es très belle, *a ghràidh.* Tu ne veux vraiment pas que je t'accompagne ?

— Non, je crois qu'il est plus sage que je voie mon père seule. Je dois lui expliquer, ensuite je viendrai te chercher.

J'entrai dans la boutique à l'enseigne de « Carmichael Fine Goldsmith ». Mes yeux prirent quelques secondes pour s'ajuster à la pénombre. Une odeur de poussière et de bois moisi flottait dans l'air suffocant de la pièce mal aérée. Avec un certain soulagement, je trouvai mon père occupé avec une cliente, ce qui me permit de l'observer un peu avant de l'aborder. Il semblait plus vieux que dans mes souvenirs. Ses cheveux, autrefois si noirs, étaient parsemés de fils argentés, et son dos s'était courbé sous le poids de la vie. Lorsque la cliente quitta finalement le comptoir pour sortir, je feignis d'examiner un croquis épinglé au mur. Je fus prise d'un vertige.

— Je peux vous aider, madame ?

Il leva les yeux vers moi en souriant, et son expression se figea. Nos regards se croisèrent, puis, en l'espace d'un instant, je retrouvai l'homme de mon enfance, celui qui me fredonnait des ballades au coin du feu pendant les longues nuits d'hiver, celui qui m'apportait des gâteaux au miel et aux amandes quand j'étais malade et qui me donnait trois baisers magiques sur le bout de mon nez lorsque je me faisais mal. Mon père.

— Caitlin... murmura-t-il d'une voix tremblante. C'est bien toi, ma petite Tempête noire ?

— Papa...

Les mots s'étranglèrent dans ma gorge serrée et mes yeux s'embuèrent. Je me jetai dans ses bras grands ouverts et laissai couler ma peine, lavant tous mes griefs contre lui. Je retrouvais enfin ma famille, mon sang. Plusieurs minutes s'écoulèrent avant qu'il ne se décide à parler. Il s'écarta légèrement pour m'examiner. Son regard brillait de joie, et ses mains, qui enserraient les miennes si fort, tremblaient.

— Ma fille, ma petite fille... souffla-t-il. J'ai cru ne plus jamais te revoir.

L'émotion l'étouffait. Il essuya ses larmes du revers de sa manche élimée.

— Je suis là, papa. Il y a beaucoup de choses que tu dois savoir. Deux ans... c'est long, tu sais.

— Deux ans... murmura-t-il en baissant les yeux sur mes mains.

Il vit alors l'anneau qui étincelait à mon doigt.

— C'est une alliance ? demanda-t-il faiblement en l'examinant de plus près.

Il relâcha mes mains abruptement et me dévisagea, l'air inquiet.

— Tu t'es mariée ?

— Oui, depuis deux semaines.

— Deux semaines ? s'écria-t-il en arquant les sourcils.

Il se renfrogna, puis me questionna d'un air abattu.

— Est-ce que tu y as été contrainte de quelque façon que ce soit ?

— Non, papa, le rassurai-je en souriant. Nous nous aimons, comme maman et toi.

Il reprit ma main et inspecta la bague d'un œil expert en la caressant du bout de son index.

— Un *claddagh*, et de bonne facture. C'est du travail d'artisan qualifié. Je peux savoir comment s'appelle celui qui m'a pris ma fille ? demanda-t-il un peu durement.

— Liam Macdonald.

— Macdonald ? s'écria-t-il, incrédule. Caitlin, tu as épousé ce... cet homme accusé d'avoir sauvagement tué lord Dunning ? Qu'as-tu fait, ma fille ?

— Ce n'est pas lui qui l'a tué, papa ! m'écriai-je à mon tour.

— Tu as cru ce qu'il t'a raconté ? Caitlin, tu as été trop naïve, cet homme a...

— Je sais ce qu'il a fait et ce qu'il n'a pas fait, papa ! Je le sais parce que...

Je m'interrompis et mis ma main sur ma bouche pour empêcher la terrible vérité d'en sortir. Devais-je la lui dire ? Comment me jugerait-il, moi, sa petite fille qu'il croyait si innocente et si candide ? Un mur se dressait brusquement, et je me demandais si j'aurais la force de le franchir.

— C'est compliqué...

La porte s'ouvrit, faisant pénétrer le tumulte de la rue en même temps qu'un client.

— Désolé, mais c'est fermé, déclara mon père à l'homme surpris.

— Mais je...

— Vous reviendrez demain, monsieur, aujourd'hui c'est fermé, trancha-t-il sur un ton qui ne laissait aucune place à la réplique.

Le client nous observa un moment et tourna les talons en maugréant. Une fois la porte refermée, mon père mit le verrou et s'immobilisa un instant devant la fenêtre, le regard dirigé vers l'extérieur.

— Avec qui es-tu venue ici ? demanda-t-il de but en blanc.

— Avec Liam et deux autres hommes de son clan.

Il continua d'observer ce qui attirait tant son attention à travers le verre crasseux.

— Où est-il en ce moment ?

— Il m'attend devant la boutique.

Il se tourna lentement vers moi, les yeux ronds comme des soucoupes.

— Tu veux dire que tu as épousé ce géant en jupe qui monte la garde devant ma porte ?

— Ce n'est pas une jupe, papa, et tu le sais très bien. Il y avait des Ecossais à Belfast, et tu ne nieras pas avoir remarqué que des Highlanders se promènent dans Edimbourg.

Il examina Liam encore quelques secondes avec ses yeux de père, puis revint vers moi.

— Il te traite bien, au moins ?

— Oui, papa, tu n'as pas à t'inquiéter. Je suis mieux que je ne l'ai jamais été depuis deux ans...

Les mots restèrent coincés dans ma gorge, et mon père leva vers moi un regard interrogateur.

— Je crois que nous avons beaucoup à nous dire, en effet, soupira-t-il. Je ferme la boutique. Carmichael est à Glasgow pour le reste de la semaine, il ne verra certainement pas d'inconvénient à ce que je ferme quelques heures pour retrouver ma fille.

Liam nous attendait dans l'ombre d'un portique, aux aguets. Donald et Niall s'étaient éclipsés, probablement pour déguster un *dram* de whisky et lorgner de jolies serveuses. Lorsque je fis les présentations, mon père toisa son gendre d'un œil suspicieux. Liam resta de marbre, se contentant de répondre aux questions par des « oui, monsieur » ou des « non, monsieur ». Après un certain temps, une lueur d'amusement alluma les regards des deux hommes qui se jaugeaient mutuellement. Je pus enfin respirer plus librement.

La taverne était bondée, et l'air y était irrespirable. Nous nous étions réfugiés dans une alcôve, à l'abri des indiscrets. Les yeux de Liam balayaient constamment la salle, dans la crainte que des soldats n'y fassent irruption. J'avais momentanément oublié un banal petit détail : il était recherché pour meurtre et, pour un individu en fuite, Edimbourg, siège de la Couronne en Ecosse, n'était certainement pas l'endroit le plus sûr pour se balader ou pour faire causette devant un bock de bière.

Lorsque la serveuse fut repartie, après avoir étalé toutes ses rondeurs sous le nez de Liam, je commençai le récit de ce que fut ma vie pendant ces deux dernières années, en omettant volontairement quelques détails que je jugeais un peu trop difficiles à supporter pour un père.

Liam m'écoutait, silencieusement adossé au mur. Je le savais tendu, même s'il affichait un certain flegme. Papa, en revanche, ployait sous l'accablement et la culpabilité d'avoir jeté sa fille unique en pâture à ce vieux porc lubrique de Dunning.

— J'ai agi sans réfléchir, papa... je ne voulais pas le tuer, mais il me faisait trop mal, je devais...

— Ça suffit ! rugit Kenneth Dunn. Je ne veux pas savoir ce qu'il t'a fait, c'est trop difficile...

Sa voix se brisa, et il tenta vainement de contenir ses larmes. Liam se détourna et se leva, prétextant, avec tact, devoir aller au petit coin. Un homme n'aime pas qu'un autre homme le voie pleurer.

— C'est Liam qui m'a sortie de cet enfer, continuai-je en fixant mon verre de bière à peine entamé. Il a réussi à s'échapper de sa cellule, puis nos chemins se sont croisés lors de notre fuite. Il m'a... emmenée avec lui. Je ne tenais pas à me retrouver à Tolbooth en attente d'être jugée... J'ai été blessée au cours de notre retour vers Glencoe. Sa sœur Sàra m'a hébergée jusqu'à ma guérison. Puis ce qui devait arriver arriva. Je l'aime, papa, et il me le rend.

— Lorsqu'on m'a appris la nouvelle de ton enlèvement, dit-il en séchant ses yeux, on m'a arraché le cœur. Pourquoi ne m'as-tu rien dit ? J'étais si inquiet. Je m'apprêtais à me rendre au manoir pour te rendre visite...

— Je t'écrivais, papa ! Tous les mois ! C'est toi qui ne me répondais pas...

— Mais je n'ai jamais cessé de t'écrire, ma fille !

Il prit une grande gorgée de bière et reposa bruyamment son bock sur la table. Je venais de comprendre.

— Alors... si tu m'écrivais toujours...

— Lord Dunning.

— Bon sang ! Il interceptait notre courrier. Il ne voulait pas que tu saches...

— Oh ! Caitlin, Seigneur Dieu ! Comment pourras-tu jamais me pardonner ?

Je pris ses mains dans les miennes. J'aimais les mains de mon père. Elles étaient râpeuses, parsemées de petites cloques d'eau et de multiples coupures, mais elles faisaient de si merveilleuses choses. Des mains d'artiste, habiles, précises, perfectionnistes. Enfant, je me surprenais souvent à penser que celles de Dieu devaient leur ressembler. Je l'embrassai doucement, avec tendresse.

— Papa, je t'aime. Je t'en ai voulu, c'est vrai. Dunning m'a volé une partie de ma vie, mais, désormais, j'ai Liam. Je ne sais pas ce que je serais devenue s'il n'avait pas croisé mon chemin.

Mon père baissa les yeux en reniflant. Son index caressait l'or qui ceignait mon doigt.

— Ce n'est pas que je porte foi à tout ce qu'on raconte, dit-il en hésitant, mais ces Highlanders ont parfois des allures de brutes.

Alors, imaginer ma petite fille dans les mains d'un de ces rustres... Mon inquiétude est plus que légitime.

— Oui, je dois l'admettre, répondis-je en souriant, tout en me remémorant ma première rencontre avec Liam, qui n'avait franchement pas été très sécurisante ! Mais je peux t'assurer qu'il est très bon avec moi.

— Donc, si Liam est accusé de ton méfait, ta situation ne s'en trouve pas vraiment améliorée. Tu es mariée avec lui !

— Je sais, murmurai-je tristement.

— Que comptez-vous faire ? Edimbourg n'est pas un bon endroit pour se cacher, tu en conviendras.

— Il veut que je reste avec toi le temps de trouver une solution à notre problème. Si tu veux bien, cela va de soi.

— C'est la moindre des choses que je puisse faire pour toi, ma fille. Je dormirai à l'atelier, vous prendrez ma chambre.

— Patrick et Mathew ?

— Je ne les vois plus beaucoup, tu sais, dit-il d'une voix lasse. Patrick est très occupé avec ses histoires de politique. Il court les salons et les tavernes bien fréquentés, et loge maintenant dans Marlin's Wynd. Son discours me laisse croire qu'il courtise les cercles jacobites.

Il prit une autre gorgée de bière en jetant un coup d'œil inquiet autour de nous.

— J'évite d'en parler avec lui, je ne veux pas lui faire du tort. Les jacobites ne sont pas très prisés par le gouvernement.

— Je sais.

— Quant à Mathew, c'est plutôt sa relation étroite avec la bouteille qui m'inquiète. La guerre ne l'a pas tué, mais je crains que la bouteille ne le fasse. Je ne le vois qu'à l'occasion, dans une de ces sinistres tavernes.

Ses yeux trahissaient une profonde tristesse.

— Et toi, papa, comment vas-tu ?

— Oh ! Moi ? Ça peut aller, ma puce. Carmichael me paie raisonnablement. Il apprécie mon travail. Ma chambre est confortable, bien qu'elle soit petite, mais ma logeuse, madame Hay, est une cuisinière hors pair. Je crois même qu'elle a un faible pour moi, ajouta-t-il en affichant un large sourire.

— Papa ! m'écriai-je en prenant un air faussement outré.

— Tu sais bien que personne ne prendra jamais la place de ta mère dans mon cœur, déclara-t-il avec une note de mélancolie dans la voix. Cependant, je dois t'avouer que les bienfaits d'une présence féminine me manquent parfois, tu comprends ?

La dame Hay en question était en effet très charmante, et ses talents culinaires indubitablement méritoires. Il me faudrait prendre note de quelques-unes de ses recettes avant de repartir, pensai-je en avalant ma dernière bouchée de son ragoût de bœuf aux oignons.

Elle avait accepté de nous loger, Liam et moi, à la seule condition que mon père consente à dormir dans le réduit qui tenait lieu de débarras. Papa avait raison, il lui avait tapé dans l'œil. Elle tournait autour de lui comme une araignée tissant sa toile autour de sa proie. Bientôt, mon père ne pourrait plus se passer de ce douillet cocon, et alors là... Je devinai cependant assez vite que mon père était plus que consentant et heureux de son sort.

Après le déjeuner, Liam sortit retrouver Donald et Niall pour les instruire des derniers événements et prendre soin des chevaux. Papa retourna à la boutique tandis que je restais dans la chambre pour me reposer. La maison de madame Hay était située sur Cowgate. C'était un petit bâtiment étroit à trois étages, coincé entre la boutique d'un tailleur et un hôtel particulier. La propriétaire occupait les deux premiers niveaux, et louait le troisième et les combles. Le loyer incluait les repas, le ménage et la lessive.

Madame Hay était veuve. Son mari, un marchand de vins prospère, avait été renversé par un carrosse, il y avait de cela environ cinq ans. C'était une jolie brunette avec de grands et pétillants yeux noisette. La nature l'avait dotée d'un physique agréable, et son corps pulpeux faisait encore tourner les yeux des hommes malgré ses quarante-deux ans.

Je n'arrivais pas à dormir, ayant perdu l'habitude du tintamarre constant de la ville. Je décidai donc de sortir, histoire de refaire connaissance avec l'agglomération où j'avais vécu peu de temps avant de partir pour le manoir Dunning.

Manoir Dunning... Ce nom me trottait dans la tête depuis notre départ de Glencoe. Quelques heures de voiture seulement me séparaient de la banlieue de Dundee. Liam m'avait formellement interdit d'y retourner, mais je n'étais pas obligée de le lui dire...

Je déambulai dans les rues étroites et sombres de la plus importante ville d'Ecosse. Ici, tout était disparate. L'élégance des lords habillés à la dernière mode de Versailles et l'austérité de ces ascètes protestants se frottaient aux tenues excentriques et aux rondeurs bien affichées des femmes de petite vertu, et les gueux crasseux s'adressaient sans gêne aux ladies de bonne famille. La gamme des odeurs y était tout aussi diversifiée. Je pouvais saliver, l'odorat excité par les délicieux arômes de pain frais ou de viandes rôties, puis, l'instant d'après, avoir l'estomac révulsé par les miasmes putrides émanant des déchets qui jonchaient la chaussée.

Une bande de voyous morveux en guenilles, pourchassés par un marchand vociférant des injures à faire rougir, me bousculèrent. Je faillis tomber à la renverse sur un étal de poissons malodorants lorsqu'une main me rattrapa de justesse. Rétablie, je me redressai pour remercier mon sauveteur et me retrouvai le nez dans un justaucorps écarlate garni de boutons et de brandebourgs dorés. La tenue des dragons anglais.

— Ah ! Quelle belle surprise, mademoiselle... euh, O'Donnell ! C'est bien votre nom, n'est-ce pas ? demanda le capitaine George Turner en inclinant la tête.

J'écarquillai les yeux de stupeur et me retins à la table en bois, de crainte que mes genoux ne se dérobent.

— Euh, oui... bégayai-je en déglutissant.

— Je me demandais bien où vous étiez passée. Mes hommes avaient ratissé les sous-bois, vous aviez disparu comme par enchantement. Nous étions inquiets, mais je constate avec le plus grand des plaisirs que vous vous portez à merveille.

— En effet, je... je m'étais aventurée un peu trop loin dans les bois, je me suis perdue.

— Perdue ? reprit le capitaine d'un air sceptique. Si vous le dites. L'important est que vous soyez saine et sauve. Je m'en serais voulu d'apprendre qu'il vous était arrivé malheur.

— Comme vous pouvez le constater, il ne manque aucun morceau, dis-je, un peu agacée. Maintenant, si vous voulez bien m'excuser, je dois rentrer avant que mon père ne s'inquiète. Ce fut un plaisir pour moi de vous revoir...

Comme je me préparais à détaler, il me happa le bras et me sourit sournoisement avant de reprendre, sur un ton doucereux :

— Laissez-moi vous raccompagner. Une jolie jeune femme telle que vous ne devrait pas se promener seule dans ces rues infestées de vermine et de gens de mauvaise vie.

Ses yeux noisette me parcoururent de la tête aux pieds. Je devais trouver un moyen quelconque de me débarrasser de lui.

— Je me débrouillerai assez bien toute seule, je vous remercie, rétorquai-je en m'apprêtant à partir.

Les doigts de l'homme se resserrèrent sur mon bras et m'attirèrent à lui brutalement. Il dégageait une forte odeur d'alcool. Je tentai furieusement de me dégager, en vain.

— Je ne suis pas un homme qui se laisse berner facilement, mademoiselle, lança-t-il d'une voix tendue. Je sais que vous me cachez quelque chose. Voyez-vous, avec les années, j'ai appris à lire sur les visages ce que les mots ne disent pas, et le vôtre, en plus d'être très agréable à regarder, est comme un livre ouvert.

— Lâchez-moi, sifflai-je entre mes dents. Je n'ai rien à vous dire et vous n'avez aucun droit sur moi.

Il me toisa avec morgue, puis me relâcha brusquement.

— C'est vrai, pour le moment, admit-il à contrecœur. Mais je sais qui vous êtes, mademoiselle Dunn.

Je blêmis.

— J'ai rendu votre jument à son propriétaire, continua-t-il avec fourberie. J'avais remarqué que vous correspondiez à la description qu'on m'avait faite de vous. Il n'y a pas beaucoup d'Irlandaises aux cheveux de nuit et aux yeux couleur de l'écume qui vagabondent sur les routes des Highlands. Ainsi, on vous aurait relâchée… ou bien vous êtes-vous tout simplement évadée ?

Soudain, sortant des nues, une petite voix haut perchée m'interpella en criant. C'était madame Hay qui trottinait en me faisant de grands signes avec ses bras.

— Madame Macdonald ! Madame Macdonald, on vous cherche partout ! Votre frère est là !

Mon sang se figea.

— Macdonald ? murmura Turner, visiblement surpris. Mais qu'est-ce que…

La petite causette était terminée. Je retroussai mes jupes et pris mes jambes à mon cou, le capitaine à mes trousses. Je filai dans le labyrinthe que formaient les venelles du quartier de Cowgate, n'arrivant pas à semer mon poursuivant. Alors qu'il allait me rattraper, le ciel vint à ma rescousse. J'entendis crier : « Gare à l'eau ! » puis quelqu'un beugla un énorme juron dans mon dos.

Je stoppai net et me retournai, haletante. Un tableau hilarant qui m'était vaguement familier s'offrait à moi. Le capitaine Turner dégoulinait, ses cheveux parsemés d'immondices de nature plus ou moins douteuse. Il bouillait de rage, son visage aussi cramoisi que sa veste. Tandis qu'il était occupé à échanger une kyrielle de grossièretés avec mon nouveau sauveteur, j'en profitai pour prendre la poudre d'escampette en riant.

Liam et Patrick avaient déjà fait connaissance et étaient plongés dans une discussion animée lorsque j'entrai chez madame Hay. Celle-ci me lança un regard inquiet. Je lui fis signe de ne rien dire. Elle acquiesça de la tête et retourna à la cuisine.

— Patrick ! m'écriai-je joyeusement en entrant dans le salon.

Mon frère fit volte-face, le visage illuminé. Nous nous étreignîmes et nous embrassâmes à profusion.

— Caitlin, mon petit boulet... s'exclama-t-il en s'écartant pour mieux me regarder.

Je lui donnai un coup de coude dans l'estomac.

— Ne m'appelle plus comme ça, Pat, grondai-je. Souviens-toi, c'est toi qui insistais pour que je te suive partout pour te seconder dans tes coups pendables. Si jamais l'affaire tournait mal, tu t'arrangeais pour que j'écope de la punition.

— Ouais, je sais.

Il me prit les mains et les porta à ses lèvres.

— Je suis si heureux de te revoir, Kitty. Je suis passé voir papa, cet après-midi, à la boutique. Il était transporté de joie. Il m'a appris que tu t'étais mariée.

Il se racla la gorge, un peu gêné.

— Il m'a aussi raconté pour le... manoir. Ça va ?

— Oui, ça peut aller, répondis-je en souriant faiblement. Je constate que tu as fait la connaissance de Liam.

— Effectivement, et en digne frère, je lui ai donné quelques bonnes recommandations.

Il fit une pause et m'offrit un de ses fameux sourires coquins.

— Je vois que tu tombes dans les grands formats, me chuchota-t-il. Tu auras beaucoup à faire avant de pouvoir le mettre dans ta poche, celui-là.

— Patrick, tu ne changeras donc jamais.

Je pouffai de rire.

— Ne te laisse pas démonter par les âneries de mon frère, Liam. Il a toujours eu la repartie assez facile.

— Eh bien, j'espère qu'il sait manier l'épée aussi bien que sa langue. Cela lui sera certainement plus utile dans les Highlands. Chez nous, les beaux esprits ne font pas de vieux os avec leurs seuls mots pour armure.

Je refermai la fenêtre de la chambre, car la pluie torrentielle qui nettoyait la ville trempait aussi le parquet, le rendant glissant. Je l'essuyai avec la serviette qui avait servi à me sécher les cheveux et revins dans le lit, où m'attendait Liam. Je me glissai à ses côtés et me blottis contre lui. Ses mains chaudes caressaient mon dos et ma nuque encore humides.

— J'aime bien ton frère, déclara Liam pensivement.

— Je crois bien que tu lui plais aussi.

Je suivis du bout de l'ongle le mince filet de poils qui partait de son nombril pour aller se perdre dans la douce toison qui couvrait sa poitrine. Son ventre se contracta en même temps qu'un grognement s'échappa de sa gorge.

— Ton père... Eh bien, je ne sais pas encore quoi en penser. Je ne me sens pas très à l'aise avec lui. Lorsque je t'ai embrassée, après le déjeuner, juste avant de partir, j'ai bien cru qu'il allait me sauter dessus. Tu es bien certaine de lui avoir dit que nous étions mari et femme ?

Je ris doucement.

— Que ferais-tu, toi, si un homme que tu ne connais pas, à l'allure peu recommandable, embrassait ta fille de la même façon devant toi ? lui demandai-je en repliant ma jambe sur la sienne.

Il fit mine de réfléchir quelques instants, puis me dit le plus sérieusement du monde :

— Bah ! Je crois que je lui donnerais la raclée de sa vie.

Un rire rauque fit tressauter légèrement le matelas, tandis qu'un doigt descendait langoureusement le long de mon flanc.

— Et si je savais qu'il avait les mêmes intentions que moi, en ce moment... Je crois bien que je le tuerais.

— Liam, gémis-je tandis que ses doigts m'exploraient. C'est un peu... expéditif... Oh !.... Tu ne trouves pas ?

J'ondulai doucement en fermant les yeux.

— Ah ! *A ghràidh mo chridhe,* c'est que tu ne connais pas mes désirs.

— Oh ! que si, je les connais ! pouffai-je en le repoussant doucement. Parfois, je me demande si tu n'as pas que cette idée en tête !

J'esquivai en riant la main baladeuse qui fourrageait sous les draps et me lovai tout contre lui. Liam redevint brusquement grave. Je pressentis une mauvaise nouvelle.

— Je pars demain, Caitlin, dit-il lentement en fuyant mon regard.

Les mots tombèrent comme un couperet. Je me redressai prestement pour me noyer dans ses yeux.

— Pas demain, non, c'est trop tôt, protestai-je dans un trémolo.

— Il le faut, c'est trop dangereux pour moi de rester ici. La ville grouille de soldats. Je te sais en sécurité, c'est ce qui compte pour le moment.

Je revis le visage du capitaine Turner. Je savais au fond de moi qu'il avait raison. Toutefois, l'idée de rester seule et de ne plus jamais le revoir me terrorisait.

— Je veux partir avec toi, Liam… l'implorai-je.

— Sois raisonnable, Caitlin, je ne peux pas t'emmener avec moi, nous en sommes déjà convenus. Tu seras mieux ici avec ton père. Patrick viendra avec moi et…

— Patrick ? Pourquoi ?

— Il peut peut-être m'aider. Je lui ai expliqué notre petit problème.

— Petit problème… grommelai-je. Combien de temps ?

— Je ne sais pas, *a ghràidh.* Deux semaines ? Peut-être plus… Le temps qu'il faudra.

— Je ne tiendrai jamais aussi longtemps !

— J'essaierai de venir à l'occasion ou bien j'enverrai quelqu'un prendre de tes nouvelles.

Je me laissai retomber sur l'oreiller et fermai les yeux, résignée. La pluie tambourinait violemment sur les carreaux de la fenêtre. Liam se pencha sur moi et m'embrassa doucement, avant de me regarder, l'air affligé.

— Je t'aime tant, je traverserais les flammes de l'enfer pour toi.

— Je t'y suivrais, *mo rùin.*

Lorsque je me réveillai le lendemain matin, le lit était vide et froid. Alors là, seulement, je pleurai jusqu'à ne plus avoir de larmes.

14

La promesse brisée

Cinq jours s'étaient déjà écoulés depuis le départ précipité de Liam. Je tentais tant bien que mal d'occuper le vide des longues heures à aider madame Hay – Edwina, comme elle m'obligea à l'appeler – aux tâches inhérentes à la bonne tenue de la maison.

Outre mon père, trois autres locataires vivaient là. Le premier, qui logeait sur le même étage que papa, était monsieur Robert Sinclair. C'était un petit homme dont la corpulence indiquait sans équivoque une certaine propension pour la bonne chère et les bons vins. D'une humeur joviale constante, il animait nos dîners en rapportant les derniers potins qui circulaient en ville. Monsieur Sinclair était banquier associé de profession. Sa chambrette n'était qu'un pied-à-terre à Edimbourg. Il possédait un domaine dans la vallée de la Tweed, près de Peebles, où résidaient son épouse et ses cinq enfants.

Le deuxième était étudiant à l'université d'Edimbourg. John Colin Macdiarmid, jeune homme timide de vingt ans, partageait très rarement notre table. Il préférait se terrer avec son plateau repas dans sa chambre, le nez plongé dans ses bouquins.

Je n'avais rencontré le troisième qu'une seule fois depuis mon arrivée ici. Philip Kerr, un homme d'âge mûr, souffrait d'un mal inconnu qui le clouait au lit depuis près de six mois. Un médecin venait deux fois par semaine pour le saigner et lui administrer d'autres traitements que je jugeais tout aussi barbares les uns que les autres et dont je doutais. Edwina m'avait confié que le médecin ne lui donnait que quelques jours, voire une semaine ou deux, tout au plus, à vivre.

Donc, comme tous les matins, après un copieux bol de porridge bien chaud, nous partîmes pour le marché, un panier sous mon bras. En femme d'affaires aguerrie, madame Hay inspectait scrupuleusement chaque denrée et marchandait tout avec opiniâtreté avant d'acheter. Ensuite, chargée de mon faix, nous nous dirigeâmes vers le quartier de Grassmarket, où Edwina se procurait ses herbes à tisane. Situé au pied du rocher où était érigé le château d'Edimbourg, Grassmarket offrait une vue imprenable sur la forteresse.

En approchant de cette partie de la ville, nous perçûmes un grondement sourd qui se changea peu à peu en un véritable tohu-bohu ponctué d'éclats de voix et de cris injurieux. J'interrogeai Edwina du regard.

— Ce doit être une exécution publique, lança-t-elle dans un sursaut d'épaules.

Voyant mon air ahuri, elle m'interrogea d'un ton surpris :

— Tu n'as jamais assisté à une exécution ?

— Euh... si, à Belfast, mais il y a de cela très longtemps, bredouillai-je. On avait tranché la tête d'un homme, j'en avais été malade, et papa m'avait interdit d'en voir d'autres.

— C'est vrai que c'est pas très joli à voir, continua-t-elle en esquissant une grimace de dégoût. Ils deviennent tout bleus, avec les yeux exorbités. Je me demande bien qui ils vont pendre aujourd'hui.

Le gibet était ceinturé d'une foule de curieux qui aboyait des injures et des grossièretés en levant furieusement les poings vers le malheureux qui montait sur les planches, flanqué de deux soldats. Le tambour roulait et rendait la scène encore plus sinistre. « Un Highlander... » L'homme, qui portait un plaid et une chemise crasseuse et déchirée, restait impassible sous les coups et gardait la tête haute. Edwina alla s'informer de l'identité du condamné et revint en trottinant.

— C'est un certain Reginald Macgregor. Il aurait tué deux hommes et volé deux cents têtes de bétail dans le Lanarkshire. Ces Macgregor sont de vrais voyous. Ils pillent et tuent tout ce qui se trouve sur leur chemin. Ils n'ont vraiment aucun respect pour quiconque, comme la plupart de ces Highland...

Elle s'étrangla sur son dernier mot et me regarda, déconcertée.

— Je suis désolée, Caitlin... Je ne voulais pas parler de monsieur Macdonald, s'empressa-t-elle de dire en cafouillant. Il est tellement gentil, il ne ferait certainement rien de tel...

— Non, certainement pas, répondis-je ironiquement. Allons chez monsieur Mylne chercher votre camomille et votre tilleul, je ne tiens pas à assister à ce spectacle morbide.

Je pivotai sur mes talons, puis contournai ce pandémonium en direction de l'herboristerie. Edwina trottinait sur mes talons, cramoisie et confuse.

Cet incident me poussa à retourner au manoir Dunning. Cette nuit-là, je fis de terribles cauchemars. Je revoyais le gibet à Grassmarket, tous ces gens criant et hurlant tandis qu'un homme se faisait passer une corde au cou. J'entendais le roulement du tambour qui s'accélérait pour enfin s'arrêter subitement lorsque le bourreau ouvrait la trappe sous les pieds du condamné. Je me réveillai en sursaut, le cœur battant et en nage : l'individu secoué de spasmes qui se balançait pathétiquement n'était nul autre que Liam.

Je me levai tôt, n'ayant pu fermer l'œil après mon mauvais rêve. La maison était encore silencieuse lorsque je descendis à la cuisine pour manger. Liam m'avait laissé quelques livres avant de partir avec une partie desquelles je m'étais acheté une nouvelle robe de laine d'un bleu se rapprochant de celui de la lavande que j'aimais tant. Elle mettait mon teint et la couleur de mes cheveux en valeur, comme me l'avait fait remarquer la vendeuse. Le reste de l'argent devait me servir à régler le loyer de la chambre. Il m'en restait juste assez pour me payer une place dans une diligence pour Dundee et revenir.

Je mis un bonnet sur ma tête et couvris ma robe de mon châle, puis sortis en laissant une note sur la table à l'intention de mon père, lui expliquant le pourquoi de mon départ. Je n'avais plus de raisons de lui mentir, aussi le rassurai-je en lui signalant mon retour dans trois jours au plus tard.

La journée s'annonçait chaude et humide, et mes jupons me collaient aux jambes tandis que je marchais d'un pas rapide sur Canongate. J'accélérai le pas en passant devant la prison du Tolbooth avec sa tour à horloge et ses sinistres piquets destinés à recevoir les têtes des exécutés. Je tournai dans Whitehorse Close, situé à l'autre bout de Canongate, et entrai dans le Whitehorse Inn. C'était ici que les diligences en provenance de Londres arrivaient.

La chance me souriait. Dans une heure environ, une voiture devait faire escale ici pour ensuite repartir en direction d'Aberdeen, en passant évidemment par Perth et Dundee. Deux places étaient encore disponibles.

Après quelques minutes seulement à me faire cahoter sur le siège inconfortable de la voiture, je regrettais amèrement les longues chevauchées sur les landes. Je me retrouvais coincée entre un jeune homme qui empestait l'alcool et dont le ronflement gardait tous les autres passagers éveillés, sauf lui, et une femme d'âge mûr avec un petit garçon morveux sur ses genoux. En face de moi étaient assis un prêtre tout rabougri et un élégant monsieur ventripotent qui me lorgnait sans arrêt de façon assez malséante.

Je fus soulagée de voir ce dernier descendre à Perth. Moins d'une heure plus tard, j'étais à Dundee. Je demandai au tenancier de l'auberge où nous descendîmes la direction à suivre pour le manoir et me mis en route. Ayant environ cinq ou six kilomètres à franchir, j'arrivai enfin devant le manoir en milieu d'après-midi.

Nerveuse, je m'adossai au grillage en fer de l'entrée. Le bâtiment de style Renaissance était flanqué d'une tourelle à chaque coin. La façade de pierre grise était parsemée de petites fenêtres à carreaux et le tout était joliment coiffé d'une toiture en ardoise. Construit par un certain Hector, premier lord Dunning, autour de 1568, il avait été endommagé par un incendie en 1657. Les tourelles dataient de la reconstruction. Le manoir était resté la propriété de la famille depuis quatre générations. C'était au tour de la cinquième : il venait de passer dans les mains de lord Winston Dunning.

J'étais de retour sur les lieux de mon crime, à l'endroit où le ciel m'était tombé dessus et où le sol s'était ouvert sous mes pieds. Je déglutis. Il était désormais trop tard pour reculer. De toute façon, je ne pourrais jamais vivre en sachant que je n'avais pas levé le petit doigt pour sauver la peau de Liam. Je pourrais toujours plaider la légitime défense... pensai-je avec sarcasme. Comme si mon témoignage pouvait faire le poids dans la balance de la justice contre un homme dont la famille avait été anoblie par le roi !

Je fis le tour par-derrière, jusqu'à la porte de la cuisine ouverte d'où sortait la voix tonitruante de Becky qui sermonnait le chien. Il avait probablement encore avalé un jambon ou bien un poulet rôti. Ce foutu Willie était rusé comme un renard. Si on avait le malheur d'oublier un morceau de viande sur la table, le chenapan s'en emparait dès qu'on avait le dos tourné.

J'entrai sans bruit dans la cuisine. Becky, qui était occupée à rouler sa pâte, ne leva pas les yeux et me montra une pile de carottes à côté d'elle.

— Tu veux bien m'éplucher ces carottes, Mill... Doux Seigneur Jésus ! s'écria-t-elle en se signant.

Elle était livide, et ses yeux ronds comme des soucoupes me fixaient avec stupeur. Elle porta sa main blanche de farine à sa bouche.

— Bonjour, Becky, bafouillai-je du bout de mes lèvres tremblantes en esquissant un faible sourire.

— Que fais-tu ici, mon enfant ? finit-elle par dire, une fois remise de sa surprise.

Elle vint vers moi en essuyant vigoureusement ses mains sur son tablier et m'étreignit avec force.

— Ma pauvre petite, ils t'ont laissée repartir ? Ah ! quand nous avons appris que ce... barbare t'avait enlevée... Oh ! j'ai prié notre bon Seigneur pour qu'il te protège, et je le remercie aujourd'hui de m'avoir entendue.

Elle s'écarta, puis m'examina avec attention.

— Tu m'as l'air bien. Il ne t'a pas... Enfin, tu sais ce que je veux dire ?

Elle me regardait d'un air gêné, le nez tout plissé et la bouche pincée.

— Je vais bien, Becky, ne t'en fais pas pour moi. On m'a très bien traitée, je t'assure. Je... j'aimerais savoir ce qui s'est passé ici après...

Je m'interrompis. Etais-je censée être au courant du meurtre de Dunning ? Becky me poussa vers une chaise sur laquelle je m'assis avec soulagement tant je tremblais. Elle me servit un verre de sirop d'orgeat et retourna à sa pâte avant de poursuivre :

— C'était terrible, ma petite, glapit-elle en roulant des yeux effarés. Monsieur Winston, je veux dire le nouveau lord Dunning, il était effrayant à voir. Son pauvre père affreusement massacré ! Il hurlait et criait des blasphèmes épouvantables. J'espère qu'il est allé à confesse depuis ! Il te cherchait partout. Et le pauvre Andrew qui reste inconsolable ! On a fouillé la maison de fond en comble et on en a déduit que le Montagnard t'avait enlevée.

Elle me dévisagea d'un air dubitatif.

— C'est bien ce qui est arrivé, n'est-ce pas ?

— Euh... en quelque sorte, répondis-je, mal à l'aise. Qui a trouvé lord Dunning ?

— C'est Winston, le pauvre garçon... Il en a été très ébranlé. Son père était dans un tel état !

Elle fixait le fond de sa croûte avec horreur comme si elle y voyait toute la scène.

— Il paraît qu'il était méconnaissable… Trouve-toi heureuse de n'avoir pas subi le même sort. Cet homme est un vrai démon.

— Et Winston, il est comment, maintenant ? demandai-je, la gorge sèche.

— Eh bien, il a hérité du titre et des propriétés. Il semble s'en remettre assez bien. Il sera heureux de te retrouver ; il a été très peiné par ton enlèvement.

— Vraiment ? interrogeai-je d'un ton soupçonneux.

— Oh oui ! reprit-elle en versant des cubes de viande et d'oignon sur sa pâte. Il était prêt à payer une forte récompense à quiconque te ramènerait ici.

— Une récompense ? dis-je en levant un sourcil incrédule.

— Il y a même un capitaine de la Garde de Dundee qui est venu ici cette semaine, prétextant t'avoir vue. Lord Winston était très fâché que ce soldat ne t'ait pas ramenée avec lui.

Mon cœur s'arrêta de battre, puis repartit à la course. Je me retins au rebord de la table, prise d'un vertige. Donc on me recherchait… pas officiellement, mais on avait quand même promis de l'argent pour me retrouver… Pourquoi ?

Je bus une gorgée du sirop et repris mon enquête après m'être éclairci la voix.

— Et lady Catherine ?

— Lady Catherine, je dirais qu'elle va assez bien.

Elle jeta un œil autour d'elle, inquiète, avant de continuer sur un ton de confidence :

— C'est bizarre, mais, depuis que son mari est mort, elle semble aller beaucoup mieux.

— Bizarre, en effet, répondis-je avec la même intonation.

Pas si bizarre que ça ! Cet homme devait la terroriser autant que moi. Je m'étais toujours demandé si elle n'avait pas feint d'être plus malade qu'elle ne l'était vraiment pour éviter que son sadique de mari ne la touche.

— Elle est toujours ici ?

— Bien sûr, elle doit être dans le jardin en ce moment. Depuis une semaine, elle s'y promène quotidiennement. Je t'assure qu'elle prend des forces ; elle n'a même plus besoin de canne pour marcher. Elle ne court pas encore, mais cela ne saurait tarder, ajouta-t-elle en gloussant.

Je restai songeuse, essayant de démêler les morceaux de ce casse-tête. Quelque chose clochait.

J'étais si absorbée dans mes pensées que je n'entendis pas, en provenance du couloir, les craquements du plancher qu'on foulait. Le hoquet de surprise de Becky m'extirpa de mes réflexions. Ses yeux passèrent de moi à quelqu'un derrière moi. Je me retournai pour voir qui attirait tant son attention.

Lord Winston Dunning se tenait dans l'embrasure de la porte, blême. Il me foudroyait du regard, tentant visiblement de se contrôler.

— Vous... vous ! siffla-t-il en m'attrapant par le poignet. Venez avec moi !

Il tira violemment sur mon bras. Je n'eus que le temps d'apercevoir l'expression ahurie de Becky avant d'être entraînée de force jusqu'à la bibliothèque. Winston me poussa brutalement dans un fauteuil en cuir et referma la porte avant de la verrouiller à double tour. Je déglutis en rentrant ma tête dans mes épaules. Manifestement, il n'était pas si heureux que cela de me voir.

Je l'entendais souffler derrière moi, tel un taureau prêt à charger. Recroquevillée, je serrai le châle autour de mes épaules.

— Ainsi, on revient sur les lieux du crime, ma chère ? s'écria-t-il d'une voix rauque, chargée de haine. Vous êtes plus sotte que je ne le croyais.

— Je... ne comprends pas...

Il vint se placer devant moi et s'assit sur le coin du bureau, les bras croisés sur la poitrine, en me toisant avec dédain.

— Vous ne comprenez pas ? Allons donc, ma belle ! Voyez-vous, chère Caitlin, reprit-il sur un ton doucereux, je vous ai vue sortir de la chambre de mon père, cette nuit-là.

Je me pétrifiai, et mes lèvres se mirent à trembler.

— J'étais à l'autre bout du couloir, caché dans l'ombre, à écouter... vos ébats, si je peux le dire ainsi. En sortant, vous êtes passée dans le clair de lune, en très piteux état, et vous m'aviez l'air plutôt pressée. J'avais des affaires à régler avec mon père, c'est pourquoi j'attendais qu'il ait terminé sa séance de culbutage. J'espère au moins que vous lui avez laissé le temps de terminer, ajouta-t-il avec un mauvais sourire en coin.

— Salaud ! m'écriai-je en me relevant, alors c'est vous qui avez...

— Tut ! tut ! tut ! C'est vous ! fulmina-t-il en pointant un doigt accusateur vers moi. C'est vous qui l'avez tué ! Je suis entré dans la chambre de mon père, voyant qu'il ne répondait pas. Vous avez fait du beau travail, Caitlin. Un seul coup et vlan ! fit-il en imitant le geste fatal porté au cou.

— Et vous avez fait le reste, ce qui n'est pas si mal non plus, d'après ce que j'ai entendu. Votre propre père, comment avez-vous pu ?

Maintenant, il souriait franchement. En d'autres circonstances, j'aurais pu le trouver assez séduisant, sinon sympathique. Mais pour le moment, il me dégoûtait. Il portait une perruque blonde, in-folio, en vogue à la cour de Louis XIV. Son justaucorps en soie rouge sombre était ouvert sur une veste de brocart gris. Son pantalon, attaché sous le genou, laissait paraître des mollets bien découpés, gainés de bas. Je détournai les yeux, intimidée par son air suffisant.

— Vous ne croyez tout de même pas que je m'abaisserais à faire de telles ignominies ? s'écria-t-il en levant les bras dans un froufrou de dentelles. Ha ! vous faites fausse route, ma chère. Quelqu'un d'autre s'en est chargé à ma place. C'est bizarre comme les circonstances peuvent parfois jouer en notre faveur au moment le plus inattendu, n'est-ce pas ?

Il se redressa, puis se dirigea vers les étagères couvertes de précieux volumes reliés en cuir. Il fit mine d'en choisir un, puis le remit à sa place. Il pivota sur lui-même, faisant virevolter ses basques, et mit une main sur sa hanche en prenant un air hautain.

— Vous savez très bien que ce n'est pas Liam qui l'a tué…

— Liam ! Ainsi, c'est comme ça qu'il s'appelle, railla-t-il en balayant l'air de sa main libre.

Il s'approcha de moi, d'une démarche maniérée. Je restai immobile, soutenant son regard prétentieux. Il s'arrêta devant moi et prit ma main gauche, où brillait mon alliance, pour l'approcher de ses yeux.

— Ce qu'on m'a rapporté à votre sujet est donc vrai. Vous êtes mariée à ce sauvage, dit-il avec un dégoût non dissimulé. Quel gaspillage !

Je retirai vivement ma main, puis reculai d'un pas en le bravant froidement.

— Sauvage ou pas, il sera toujours plus un homme que vous ne le serez jamais.

Winston pouffa d'un rire sardonique qui me donna froid dans le dos. Lorsqu'il se calma, il prit mon menton entre ses doigts et approcha son visage à quelques centimètres du mien, fixant avidement mes lèvres. Ses yeux bleu délavé me fouillaient.

— Vous ne me connaissez pas vraiment, ma douce Caitlin. Je vous aurais bien mise dans mon lit. Dieu, j'en mourais d'envie !

Mais j'aurais détruit la fausse image de moi-même que je m'efforçais tant de construire.

Il me relâcha brusquement pour retourner à son bureau, où il se rassit. Je le dévisageai, bouche bée. Il sourit en voyant mon air ébahi.

— Je dois avouer que j'en ai dupé plus d'un, et que cela m'a parfois joué de sales tours. Enfin, la comédie est désormais terminée, n'est-ce pas ?

— Pourquoi ? demandai-je, incrédule.

— Pourquoi, pourquoi, pourquoi ? Ha ! là est la question ! s'exclama-t-il en levant un doigt en l'air. La réponse est très simple. Pour ne pas être obligé de me marier. Mon père rêvait de posséder une plantation dans les colonies. Evidemment, il n'était plus question pour lui de traverser les océans, mère n'aurait jamais survécu à un tel voyage, et ses affaires ici ne lui permettaient pas de partir plus de quelques semaines. Il y avait donc ce cher petit Winston...

Son regard se perdit dans les motifs du précieux tapis d'Aubusson sous ses pieds.

— Il y a un peu plus de deux ans, l'occasion de réaliser son rêve s'est présentée. Lord Carlisle cherchait à marier sa fille unique, Emily. Cette mijaurée est tellement sotte qu'elle n'aurait certainement pas pu faire la différence entre ma queue et un saucisson !

J'ouvris grand les yeux devant cette remarque assez crue.

— Désolé pour vos chastes oreilles, dit-il en riant. De plus, j'aurais préféré embrasser un cheval que d'embrasser ce laideron. Elle est si maigre que la peau lui colle aux os. Elle louche, et ses dents sont si vilaines qu'elle doit les cacher derrière sa main lorsqu'elle sourit.

Il afficha une moue de dégoût.

— Donc il voulait que j'épouse la jeune Carlisle parce qu'elle apporterait en guise de dot des plantations dans les Bermudes. Mon père y avait vu le moyen de pouvoir exploiter ces terres. Très futé, le vieux renard, n'est-ce pas ? Il m'envoie aux Bermudes avec cette chipie, tandis que lui reste bien tranquillement ici, avec vous, à vous tripoter à sa guise.

— Alors vous avez feint d'être...

— Eh oui ! Vous êtes très perspicace, ma chère, fit-il observer en reprenant ses manières efféminées.

— Vous êtes ignoble, Winston Dunning.

— On m'appelle lord Dunning, dorénavant, je vous ferai remarquer.

— Votre titre, vous pouvez vous le mettre là où je pense, vous êtes aussi dégoûtant que votre père.

— Oh la la ! Quel grossier langage dans une si jolie bouche ! Ce sont les Macdonald qui vous ont appris à parler ainsi ?

— Laissez Liam en dehors de ça ! Il n'a rien à y voir.

— Désolé de vous décevoir, car c'est tout le contraire. Rappelez-vous, c'est lui qui est accusé du meurtre.

Mon estomac se noua. Cet homme était une ordure. Il avait délibérément fait porter les accusations sur Liam, sachant pertinemment que j'étais la coupable.

— Il n'est pas coupable, sifflai-je entre les dents. Si vous le saviez, pourquoi n'avez-vous pas dit que c'était moi ?

Son regard clair me déshabilla sans vergogne. Je croisai instinctivement les bras sur ma poitrine. Winston se déplaça lentement vers moi. Je me figeai sur place en fermant les yeux et serrai les dents. Il fit le tour de ma personne, avec une lenteur calculée, en effleurant mes épaules et ma nuque du bout de ses doigts. Je sentais son souffle sur ma peau. Il s'arrêta et murmura dans mon oreille, ses lèvres frôlant mon lobe :

— Je tenais à m'occuper de vous personnellement, ne l'aviez-vous pas deviné, douce Caitlin ?

Sa main fit le tour de ma taille en me maintenant fermement contre lui, puis, de l'autre main, il se mit à me masser un sein.

— J'aurais préféré vous prendre vierge ; cependant, je peux oublier ce petit détail. D'un autre côté, vous devez connaître quelques trucs plutôt excitants… Hum…

Il m'embrassa à la base du cou. Une vague de colère m'emporta. Je lui donnai un magistral coup de pied dans les jambes et me dégageai avec vivacité.

— Ne-me-tou-chez-pas ! criai-je en détachant bien les syllabes de chaque mot.

Winston grimaça de douleur en se frottant le tibia. Il me fixa d'un regard menaçant, puis se redressa, stoïque.

— Je suis patient, Caitlin. Je vous aurai dans mon lit, je vous en donne ma parole. Si ce n'est pas aujourd'hui, ce sera demain, sinon après-demain. J'ai déjà attendu deux longues années, alors qu'est-ce que quelques jours de plus ?

Il se dirigea vers le buffet et se versa un verre de bordeaux.

— Vous en voulez ? demanda-t-il en haussant les sourcils.

Je fis non de la tête en me retenant de pleurer.

— Il ne reste plus qu'à attendre, j'en ai bien peur.

Il fit rouler le vin dans le verre, le huma avant d'y tremper les lèvres.

— Quelle merveille ! s'écria-t-il en claquant la langue. Les Français n'ont pas leurs pareils pour les bons vins. Vous êtes certaine de ne pas vouloir y goûter ?

Voyant que je ne répondais pas, il haussa les épaules, puis s'adossa à l'étagère en m'observant d'un œil amusé.

— Vous n'aurez probablement pas l'occasion de boire un vin de cette qualité dans vos montagnes, fit-il observer en levant son verre. Au fait, comment se fait-il que vous ayez épousé ce... Highlander ? Il vous y a contrainte ? J'ai entendu dire qu'ils avaient cette manie de forcer les femmes à les épouser pour les mettre dans leur lit. C'est vrai ?

— Personne ne m'a forcée à faire quoi que ce soit, sifflai-je.

— Mais alors, dites-moi, peut-être aimez-vous le sexe brutal ? C'est aussi dans mes cordes.

— Mes raisons ne vous regardent en rien.

— Bah ! De toute façon, vous serez veuve bientôt...

Il reprit une gorgée tout en observant ma réaction par-dessus son verre. Je m'efforçai de me contenir en serrant les dents et les poings.

— Il viendra vous chercher, vous savez. Je l'attendrai avec un comité de bienvenue. Voyez-vous, Caitlin, vous êtes bien naïve, vous êtes tombée dans le piège.

Il tira sur le cordon d'appel. On frappa à la porte quelques minutes plus tard. Winston ôta le verrou et ouvrit pour laisser apparaître Rupert le Perfide, qui roula des yeux surpris en me voyant.

— Nous avons de la compagnie, Rupert. Faites préparer la chambre contiguë à la mienne pour... madame Macdonald. Ensuite, avertissez Becky de bien la boucler. Ma mère ne doit rien savoir de cette visite inopinée, cela la bouleverserait inutilement. Prévenez-moi lorsque ce sera prêt.

Rupert referma sa bouche et sortit en acquiesçant.

— Vous ne croyez tout de même pas que votre mère ne s'apercevra pas de ma présence ici ? lui demandai-je en tentant d'y mettre un peu d'assurance.

— Désolée, mais elle dort au premier dans l'aile est, et moi, au deuxième dans l'aile ouest. Je ne veux pas la déranger lorsque j'ai de la compagnie, vous comprenez ?

Il me sourit avec insolence avant de vider son verre et de le poser bruyamment sur le bureau.

— Bienvenue au manoir, ma chère Caitlin.

Je m'écroulai sur le lit et gémis de douleur. On m'arrachait le cœur. En croyant aider Liam, je l'attirais plutôt dans un ignoble piège qui le mènerait tout droit sur l'échafaud. Je lui passais moi-même la corde autour du cou. Je le tuais de mes propres mains... Mon Dieu ! « Liam, *mo rùin.* Qu'ai-je fait ? Pardonne-moi... » Je sanglotai dans l'oreiller, puis m'assoupis dans mes larmes.

Le bruit du verrou me réveilla. Winston entra avec un plateau et une bouteille de vin qu'il déposa sur le guéridon en marqueterie. Il avait ôté sa perruque et portait ses cheveux blonds sur la nuque, noués par un ruban de velours noir. Il avait aussi troqué son justaucorps pour une robe d'intérieur de satin damassé. On aurait dit un juriste de la Chambre des lords.

— Votre dîner, madame, annonça-t-il en s'inclinant. Rupert vous montera un bain dans une heure. Vous avez certainement besoin de vous rafraîchir après avoir voyagé dans une telle chaleur. Vous trouverez des vêtements propres dans l'armoire.

Il hésita un instant en m'observant d'un œil impassible, puis il esquissa un mouvement vers moi.

— Sortez, sifflai-je entre mes dents, en le fustigeant du regard.

Il accusa le coup et sortit en prenant soin de bien verrouiller derrière lui. Je me levai, attirée par l'odeur du faisan aux pommes de Becky. Pour réfléchir, je me devais de manger. Je remplis donc mon estomac, me concentrant sur chaque bouchée. Plus tard, une fois calmée, je pourrais méditer sur mon sort.

La pendule affichait onze heures quarante lorsque Rupert ressortit avec le dernier seau d'eau. Je prenais un certain plaisir à le voir effectuer des tâches qui, normalement, incombaient à la femme de chambre. Millie ne devait pas me savoir ici, Winston avait été très clair sur ce point. Donc la seule compagnie que j'aurais le... déplaisir d'avoir serait celle de Winston ou de Rupert, selon les circonstances.

J'avais mis une chemise de nuit propre dénichée dans le grand bahut où pendaient aussi quelques jolies robes de qualité. J'avais glissé ma dague sous mon oreiller. Je ne souhaitais pas avoir à l'utiliser, mais ma chambre était reliée par un passage secret avec celle de Winston... L'arme pourrait toujours servir de moyen de dissuasion, le cas échéant.

Epuisée et vidée de toute substance, je me glissai entre les draps et les tirai jusque sous mon menton en frissonnant. J'étais à la merci de cette ordure. Je ne pouvais rien faire, il me fallait attendre. Combien de temps prendrait Liam pour découvrir ma désobéissance et la trahison de ma promesse ? J'espérais qu'il ne viendrait jamais, qu'il m'abandonnerait à mon sort. Qu'il ne tomberait pas dans le piège.

J'étais dans l'obscurité totale, au bord d'un gouffre. Je sentais le vide devant moi, à mes pieds. Mon équilibre était précaire et je n'avais aucun moyen de me retenir, car mes poignets étaient liés. Soudain, surgissant de nulle part, quelqu'un me poussa dans le vide. Je m'agrippai aux draps trempés, pantelante, réveillée par mon propre cri.

L'aube pointait, grise et morne. J'attendis que mon rythme cardiaque ralentisse, puis sortis avec peine du lit. Ma nuit avait été très agitée et ponctuée de terribles cauchemars. J'y étais invariablement projetée dans des gouffres abyssaux, entourée d'ombres sans visage, le cœur battant la chamade. A quoi bon tenter de me rendormir maintenant ? Le jour se levait sur mon malheur. Impuissante, je devais y faire face.

Je collai ma joue brûlante contre un carreau de la fenêtre pour me rafraîchir. L'ouverture avait été condamnée par des clous bien enfoncés dans le cadre, rendant toute tentative de fuite impossible. De toute façon, si je m'y étais risquée, je n'aurais pas manqué de me rompre le cou. Je devais être à une bonne quinzaine de mètres du sol. Winston ne prenait pas de risques.

Une brume épaisse couvrait les prés verdoyants qui s'étendaient au loin et voilait les Sidlaw Hills. La fine bruine qui s'agglutinait sur le verre rendait le paysage encore plus flou. Je ne verrais pas lady Catherine dans les jardins aujourd'hui.

Winston n'apparut qu'à la fin de l'après-midi. Rupert m'avait apporté quelques livres pour tuer le temps, mais j'avais été incapable de me concentrer. Mes pensées allaient toujours vers Liam, caché dans les bruyères pour tenter de sauver sa peau, tandis que moi, je le livrais sur un plateau à la Couronne. J'étouffais sous le poids de ma culpabilité.

Mon geôlier était revêtu d'une tenue de chasse et de bottes maculées de boue qui souillaient le parquet de chêne. Il déposa un jeu d'échecs sur le guéridon, puis ouvrit une bouteille de sherry.

— Désolé d'avoir été si long, s'excusa-t-il d'un air narquois en me tendant un verre que j'acceptai.

— Vous auriez pris l'éternité que je ne m'en serais pas souciée.

— Vraiment ? C'est long, l'éternité, vous savez ?

Il s'assit dans un fauteuil baroque en velours vermillon et étira ses longues jambes devant lui. Je m'efforçais de garder un air impassible. Ses yeux bleus me sondaient méticuleusement, cherchant une faille dans ma carapace.

— Vous avez bien dormi ? Je vous ai entendue crier cette nuit.

— La sollicitude ne vous sied pas, lord Dunning, lui fis-je observer en trempant mes lèvres dans le liquide ambré.

Il ne releva pas la remarque, se contentant d'imiter mon geste.

— La chasse a été bonne ?

— Oui, nous avons réussi à abattre un énorme sanglier qui hantait les bois du domaine depuis le début du printemps. La bête avait déjà blessé deux hommes, il y a quelques semaines, dont un a dû être amputé d'une jambe.

Il grimaça.

— Ce n'était pas très joli à voir.

Il me sourit avant de reprendre sur un ton badin :

— Le capitaine Turner est en route avec six de ses dragons. Il devrait arriver ici dans une heure, environ. Peut-être voudriez-vous vous joindre à nous pour le dîner ?

Ma gorge se serra.

— Non, je n'y tiens pas particulièrement... répondis-je en me levant.

Je me dirigeai vers l'âtre éteint et aperçus mon reflet dans le miroir accroché au-dessus. Je ressemblais à une sorcière, avec mes cernes et mon teint blafard.

— Que comptez-vous faire de moi après que... Vous ne pourrez pas me tenir captive ici toute ma vie ?

— J'y ai réfléchi, déclara-t-il avant de reprendre une gorgée de sherry. Vous serez veuve, je suis célibataire et... relativement libre pour le moment. Evidemment, j'ai rompu toutes les négociations concernant le mariage avec la petite Caroline Winslow. Cette fille aurait tenu la Bible entre ses doigts et chanté des psaumes jusque dans notre lit. Toutefois, je dois penser à mon avenir. A vingt-neuf ans, il est grand temps que j'aie un héritier.

Je serrai les dents et observai son reflet, en angle dans le miroir.

— Vous m'épouserez, Caitlin.

J'écarquillai les yeux.

— Vous épouser ? Vous plaisantez ?

— Vous m'épouserez, réitéra-t-il.

Un rire de dérision emplit abruptement ma gorge et éclata dans la pièce.

— Non mais, lord Dunning, voyez-vous ça ! le raillai-je avec sarcasme. Vous, un membre de la Chambre des lords, épouser une vulgaire servante, meurtrière de surcroît ! Vous allez faire mourir votre mère de honte !

— Vous devriez savoir qu'aujourd'hui l'opinion d'autrui m'importe peu. Du moment que j'obtiens ce que je veux.

— Et si je refuse ?

— Je ne vous en donnerai pas le choix, dit-il d'une voix rauque. Votre frère... Patrick, je veux dire. Votre frère trempe dans des petites combines pas très... légales, vous comprenez ? De plus, vous auriez là l'occasion de retrouver... comment l'aviez-vous appelé ? Ah ! Stephen. L'auriez-vous déjà oublié ?

Je fermai les yeux, me retenant à grand-peine d'éclater en sanglots. Je ne devais surtout pas lui donner ce plaisir, il s'en délecterait.

— Il... il va bien ?

Il se redressa lentement en secouant ses jambes. D'un œil absent, il contempla les particules de boue séchée qui se détachaient de ses bottes et qui s'effritaient autour de ses pieds, puis il vint se placer derrière moi. Ses yeux croisèrent les miens dans la glace.

— Oui. C'est un petit garçon très robuste. Il babille déjà sans cesse.

— Où est-il ?

— Voyons, Caitlin, vous savez qu'il m'est impossible de vous dire où se trouve votre fils. Je peux toutefois vous assurer qu'il est en bonnes mains. Je le visite régulièrement. C'est tout de même mon frère. Je dois vous avouer qu'il est très attachant.

Mon cœur battait à se rompre. Je ressentais ce vide en moi, et cette souffrance qui l'emplissait. J'avais une terrible envie de prendre le petit corps tiède de Stephen et de le blottir contre mon sein. Sentir son souffle court et chaud sur ma peau. Humer son odeur de lait, mi-aigre, mi-sucrée. J'avais mal de lui. J'avais mal de ce que j'avais fait.

— Puis-je le voir ? Quelques minutes seulement, de loin...

— Désolé, pas pour le moment. En revanche, lorsque vous m'aurez épousé, vous pourrez le garder avec vous. Je le traiterai comme mon propre fils...

— Un lord n'épouse pas une simple servante, vous serez mis au ban de la société, couvert d'opprobre. Pensez à votre mère...

Son regard fixait ma nuque. Un frisson me parcourut le dos, et mes mains se crispèrent sur le manteau de la cheminée.

— Croyez-vous possible pour elle de connaître pire honte que celle qu'elle a déjà connue ? Un mari qui a couché avec la moitié des filles d'Edimbourg. Un fils déviant. Je dois avouer que j'en avais assez de jouer les mignons. On commençait à jaser dans les salons, et les demoiselles me fuyaient. Vous comprenez, un homme qui s'affiche avec des individus connus pour leurs goûts plutôt... enfin. Puis qui tente de glisser la main dans leurs corsages, avouez qu'il y a de quoi médire. Sans parler des tentatives de viol que j'ai dû subir !

Il éclata de rire, puis ses mains s'attardèrent sur mes hanches.

— Le rôle vous seyait pourtant bien, rétorquai-je.

Son regard froid me fixait de nouveau. Il affichait ce magnifique sourire qui, même sous son air innocent, se voulait malin. Ses mains remontèrent sur mon ventre crispé, puis emprisonnèrent mes seins sans douceur, m'attirant brutalement à lui. Ses lèvres frôlèrent mon oreille, et, d'une voix doucereuse, il chuchota :

— C'est que je suis bon comédien. Attendez de mieux me connaître, ma chère. Vous n'avez encore rien vu...

D'un geste sec et brutal, il tira sur l'encolure de ma robe, libérant une partie de ma poitrine, qu'il se mit à masser frénétiquement en m'embrassant dans le cou. Avec fureur, je tentai de me débattre. Il me fit pivoter et, en un rien de temps, je fus coincée entre l'âtre et son corps, qui ne cachait plus rien de son désir. Sa bouche s'écrasa sur la mienne avant que j'aie le temps de protester, et ses doigts, rapides et habiles, s'affairèrent à remonter mes jupes. Je lui mordis violemment la lèvre.

Il s'écarta brusquement en poussant un juron et porta une main à sa bouche, d'où s'écoulait un mince filet de sang. Ses yeux se rétrécirent en un regard comminatoire, et un sourire sadique se dessina sur son visage.

— Je vois pourquoi mon père vous appelait son chaton sauvage, persifla-t-il. C'est très excitant...

J'esquissai un mouvement pour le gifler. Il intercepta mon bras d'une poigne ferme, alors je lui crachai au visage. Son sourire s'effaça aussitôt. Il me relâcha, sortit son mouchoir et s'essuya en me défiant.

— Vous ne perdez rien pour attendre, je suis patient, me lança-t-il avant de faire volte-face pour sortir.

J'attendis quelques instants, puis repris mes esprits. Lentement, je laissai mes muscles se relaxer. Un goût de sang traînait sur ma langue. Je passai mes doigts sur mes lèvres comme pour effacer les dernières traces de l'agression. Ma poitrine se gonfla de rancœur et de haine. Une rage meurtrière m'assaillit. En hurlant, j'envoyai le jeu d'échecs s'écraser contre la porte qui venait de se refermer, faisant voler les pièces à travers la chambre, puis je tombai sur le lit, en larmes. « Echec et mat, Caitlin... »

Je vivais littéralement dans l'attente imminente de l'arrivée de Liam au manoir. Mes nuits ne me donnaient plus de repos, et je ne touchais plus aux plateaux repas que Rupert rapportait intacts en cuisine. Au terme de ma quatrième nuit, je n'en pouvais plus, mes nerfs me lâchèrent. Rupert venait de déposer une nouvelle fois mon petit déjeuner sur le guéridon.

— Rapportez-le ! m'écriai-je.

J'étais debout devant la fenêtre et me promenais de long en large en triturant nerveusement une mèche de mes cheveux ébouriffés.

— Lord Dunning m'a dit que...

— Au diable ce qu'a dit lord Dunning, qu'il aille se faire voir ! hurlai-je en envoyant le plateau et son contenu voler à travers la pièce.

Il me dévisagea, stupéfait.

— Je suppose que vous prenez un énorme plaisir à le voir me traiter de la sorte, n'est-ce pas, Rupert ? lui lançai-je, caustique.

Il ne répondit pas, s'affairant à ramasser les morceaux de vaisselle éparpillés un peu partout autour de lui. Je me mis à rire nerveusement.

— Vous faites pitié à voir, Rupert le Perfide. Un vrai lèche-bottes. Votre petit cœur desséché ne contient pas un gramme de bonté, persiflai-je amèrement.

— Vous n'êtes qu'une traînée sans importance, mademoiselle Caitlin, rétorqua-t-il, rouge de colère et le regard mauvais. Je me demande bien pourquoi lord Dunning se donne tant de mal pour vous. Il devrait vous livrer aux autorités et...

Je m'apprêtais à donner un nouveau coup de pied dans le plateau qu'il venait de ramasser lorsque Winston apparut sur le seuil de la porte.

— Que signifie tout ce vacarme ? rugit-il.

— Mademoiselle est de mauvais poil, ce matin, répondit Rupert.

Winston jeta un coup d'œil aux débris de porcelaine et de nourriture, puis fit signe au serviteur de sortir et referma la porte derrière lui. Il s'y adossa tout en m'observant silencieusement, les bras croisés et les yeux mi-clos.

Je repris mes allées et venues entre la fenêtre et le lit, d'un pas rapide, en lui jetant à l'occasion des œillades inquiètes.

— Vous êtes une vraie furie, ma chère.

— Arrêtez de m'appeler « ma chère », rétorquai-je en imitant sa voix traînante et son accent pincé.

— C'est vrai que « sauvageonne » vous conviendrait beaucoup mieux.

Je le foudroyai du regard, puis croisai mon reflet dans le miroir. Devant moi se tenait une inconnue amaigrie. Mes cheveux pendaient lamentablement sur ma chemise fripée, leur couleur tranchant sur mon teint cadavérique.

— Regardez ce que vous avez fait de moi, sifflai-je en me retournant vers Winston.

Il m'inspecta de la tête aux pieds et sourit, visiblement satisfait de ce qu'il voyait.

— C'est vrai que vous avez l'air un peu fatigué, mais, une fois tout cela oublié, vous reprendrez des forces et retrouverez toute votre grâce.

Il devait être occupé à s'habiller lorsqu'il était sorti de sa chambre en trombe, car un pan de sa chemise, restée ouverte, pendait en dehors de son pantalon. Il me fixait avec nonchalance et s'avançait vers moi.

Je reculai instinctivement d'un pas et me retrouvai dans le faisceau de lumière brillante qui traversait la fenêtre. Winston afficha un sourire béat en apercevant les courbes de mon corps. Dans le contre-jour, ma chemise ne cachait plus grand-chose de mes formes. Je me précipitai vers le lit pour me réfugier sous les draps.

— Vous êtes aussi belle que dans mes rêves les plus fous.

Planté au pied du lit, appuyé au montant d'acajou richement sculpté, il mit un genou sur le matelas.

— N'approchez pas ! glapis-je en tirant la couverture sur moi.

Il retira sa chemise. Sa poitrine, glabre et moite, se soulevait au rythme d'une respiration accélérée. Je reculai dans le fond du lit, terrorisée.

— Tout bien considéré, je crois avoir assez attendu.

Il grimpa sur le lit à quatre pattes et m'attrapa par une cheville au moment où je tentais de déguerpir. Je me retrouvai à moitié suspendue dans le vide sur le côté du lit et essayai de me redresser en me retenant au drap, mais je retombai en me frappant rudement la tête sur le sol.

Winston profita de ma mauvaise posture pour m'immobiliser sous ses cuisses, ensuite il glissa une main sous ma chemise pour me caresser. Cherchant un moyen de me dépêtrer, je réussis à me hisser sur le matelas et le frappai de mes poings. Il m'empoigna par la taille et me retourna comme une crêpe.

— Calmez-vous, Caitlin, je ne veux pas vous faire de mal.

Il était assis sur mes cuisses, rendant toute tentative de fuite inutile.

— S'il vous plaît, Winston, murmurai-je avec un sanglot. Pas ça...

Il respirait bruyamment, hésitant. Un trop court instant, je crus qu'il allait me libérer, mais ses mains se reposèrent sur moi, inclémentes. D'un geste brusque, il déchira ma chemise.

— Désolé, je ne peux plus attendre.

Par pudeur, je repliai mes bras sur moi, mais il retint mon geste en saisissant mes poignets et les maintint fermement au-dessus de ma tête. Son souffle rauque balayait mon visage et ses yeux bleus plongèrent dans les miens. J'en ressentis un profond malaise. Je haïssais cet homme au point de vouloir le tuer. Il me dégoûtait. Je gémis de douleur. Mon âme était déchirée. « Liam, où es-tu ? » Soudainement, j'avais envie qu'il fût là. J'avais tant besoin de lui.

Winston posa ses lèvres sur les miennes et m'embrassa fiévreusement, explorant ma bouche de sa langue.

— Vous me rendez fou... gémit-il en glissant ensuite sa langue dans mon cou, tandis que je me tortillais comme un asticot sous lui.

— Non, Winston... Je vous en prie, suppliai-je vainement.

Il prit un mamelon dans sa bouche et le mordilla sauvagement. Je me débattis comme une damnée, fouettée par la terreur sourde que la perspective d'être violée de nouveau faisait naître en moi. Malheureusement, je ne faisais pas le poids devant cet homme qui, excité par la résistance que je lui opposais, se déchaînait tout autant. Un court instant, il relâcha prise sur un de mes poignets pour ouvrir mes cuisses avec sa main, ce qui eut pour effet de décupler la fureur qui me dévorait. « Non ! Je ne peux pas trahir Liam jusqu'au bout ! » Je m'accrochai à cette dernière pensée et rassemblai mes forces restantes pour repousser cet homme.

— Non, assez ! hurlai-je en me débattant avec une violence dont je ne me croyais plus capable.

La dague que je tenais cachée sous l'oreiller me revint à l'esprit. Je tendis mon bras et fouillai frénétiquement à sa recherche. Winston m'attrapa le poignet de nouveau, comme je mettais la main sur l'arme. Il s'arrêta net en voyant la lame briller.

— Qu'est-ce que... ?

Sa surprise se transforma en incrédulité, puis carrément en méchanceté.

— Oh ! la garce !

Il me tordit le bras, me forçant à relâcher la dague, qui retomba lourdement. Il ramassa l'arme pour l'examiner.

— Ainsi, on récidive ? lança-t-il sur un ton hargneux.

Je ne répondis rien et détournai la tête. La pointe acérée de la lame, froide et meurtrière, glissant entre mes seins me fit tressaillir.

— Allez-y, salaud, tuez-moi ! Qu'attendez-vous ?

— Je n'ai pas encore eu ce que je voulais... murmura-t-il suavement en appuyant un peu plus fort.

Une larme de sang jaillit. Winston la recueillit du bout de son index et la porta à ses lèvres. Je grimaçai d'écœurement. Soudain, il me saisit par le cou et me redressa contre le montant du lit. La flamme qui luisait dans son regard me fit frémir de peur.

— Winston...

Il desserra légèrement son étreinte sans pour autant relâcher complètement sa prise. Je réussis à déglutir malgré la lame tranchante sur la peau moite de ma gorge.

— Nous allons terminer ce que nous avions commencé, douce Caitlin.

— Je vous tuerai un jour pour cela, Winston...

La porte s'ouvrit dans un boucan épouvantable. A la vitesse de l'éclair, Winston me saisit par le bras et me poussa hors du lit. Je me retrouvai debout, le dos contre son torse, son bras ceignant ma taille, et la pointe de ma dague légèrement enfoncée dans ma chair, sous mon menton. Liam se tenait planté devant nous, un pistolet à la main, le visage en feu.

— Relâchez ma femme, fumier ! dit-il avec un calme appliqué en esquissant un geste vers nous.

Une brûlure irradia ma mâchoire, et je sentis quelque chose de chaud couler dans mon cou.

— Vous ne voudriez pas que j'abîme votre jolie épouse, Macdonald ? railla Winston. J'en serais désolé moi-même, elle me plaît aussi, vous savez.

— Lâchez-la tout de suite, siffla Liam, de glace.

Mon agresseur s'agita et se tendit derrière moi.

— Je n'ai pas du tout l'intention de la libérer. Je ne faisais que m'y mettre quand vous nous avez interrompus. Peut-être voulez-vous y assister ? C'est qu'elle a un sacré joli petit cul, votre femme, nargua-t-il.

Liam restait impassible, gardant son arme pointée sur Winston, qui ne bronchait pas.

— Finalement, vous en avez mis, du temps, Macdonald ! Je commençais à croire que vous vous étiez déjà lassé d'elle.

J'étais complètement paralysée. Je tentai de croiser le regard de Liam, mais celui-ci m'évitait et ne quittait pas la dague des yeux.

— Liam...

— *Bi sàmhach*[1], Caitlin ! beugla-t-il à mon intention.

Son regard se promena sur ma chemise de nuit déchirée qui ne cachait plus grand-chose de mon anatomie. Une rage que je ne lui connaissais pas déforma ses traits tirés par le manque de sommeil. Avec ses vêtements tachés de sang et ses cheveux en broussaille qui lui retombaient pitoyablement sur les épaules, il avait plutôt l'allure bestiale d'un sauvage nordique sans pitié et assoiffé de sang.

— Lâchez-la, fils de pute, si c'est moi que vous voulez, je suis à vous, libérez-la auparavant, ordonna Liam avec calme mais dureté.

Il fit de nouveau un pas vers nous. La pointe froide de la dague s'appuya un peu plus fort sur ma peau.

— *Falbh ! Falbh ! Tha na còtaichean scàrlaid ann ! 'S e painntrich a th'ann*[2] *!* criai-je.

Liam tourna vers moi un regard surpris, puis, d'une voix sombre, me questionna :

— *Cò mheud saighdear*[3] *?*

— *A seachd*[4], répondis-je succinctement.

Las, il me dévisagea d'un air impuissant. Son doigt tremblait sur la détente du pistolet qu'il tenait toujours pointé sur la tête de mon agresseur, mais il n'appuya pas. Les risques de m'atteindre étaient trop grands. Winston s'énervait de plus en plus derrière moi. Notre échange en gaélique devait l'irriter.

— *Falbh, a Liam... Crochaidh iad coltach ri cù thu*[5] *!* l'implorai-je d'une voix éteinte, les yeux humides.

Le martèlement des bottes des soldats qui résonnaient dans l'escalier de pierre nous parvint comme une fatalité. Il était trop tard, désormais. Des perles de sueur coulaient sur les tempes de Liam, son visage se décomposa. Il poussa un cri de rage et de détresse qui m'arracha le cœur et fit tressaillir Winston.

1. Tais-toi.
2. Va-t'en ! Va-t'en ! Les Habits rouges sont ici, c'est un piège !
3. Combien de soldats ?
4. Sept.
5. Va-t'en, Liam... Ils te pendront comme un chien !

Le capitaine Turner braqua son canon luisant sur sa nuque. Liam abdiqua, baissant le bras. Les soldats le délestèrent de ses armes et le mirent aux fers sans qu'il offrît de résistance. Winston relâcha la pression et mit la dague dans sa ceinture.

— Voilà qui est plus sage, Macdonald. Je n'aurais pas apprécié d'avoir à nettoyer votre sang sur mon parquet, et encore moins celui de la belle Caitlin, railla-t-il.

Puis il s'adressa au capitaine Turner, qui me souriait cruellement.

— Il est à vous.

Liam me fixait, le regard vide de toute expression.

— *Carson*[1] ? me demanda-t-il tristement.

— *Air son a tha gaol agam ort, mo rùin*[2], murmurai-je. *Math mi, mo rùin*[3]...

Il hocha la tête et se détourna. Emportée dans un tourbillon d'émotions, j'étais incapable de me raccrocher à aucune d'elles. Comme un navire amputé de son ancre, je dérivais sur une mer déchaînée. On poussa Liam hors de la chambre dans un cliquetis de chaînes qui résonna dans tout mon corps.

— Noooon ! hurlai-je, déchirée.

Je tentai de me débattre une dernière fois pour le suivre. Winston me retint en enfonçant douloureusement ses doigts dans mon bras. Je me démenai comme une diablesse, hurlai et griffai avec une violence débridée. Enfin, il me délivra de son étreinte et me repoussa rudement contre le mur. Une gifle magistrale me fit pivoter sur mes talons. Ma tête heurta brutalement le chambranle. Je vis le mur blanc s'assombrir. J'entendais des cris, Liam qui m'appelait, et les soldats qui lui gueulaient après. Le mur tournait et tournait. Toute tentative pour ne pas m'effondrer fut réduite à néant. Je glissai lentement dans un faible râle, puis le mur devint noir.

---

1. Pourquoi ?
2. Parce que je t'aime, mon amour.
3. Pardonne-moi, mon amour.

15

Le prix d'une vie

Des ombres dansaient devant mes paupières. Mon esprit, enfin libéré par les derniers ressacs de mon désespoir, se ressaisissait peu à peu. Des sons ou plutôt des murmures tentaient de se frayer un chemin dans mon cerveau. J'ouvris mes yeux avec apathie. Lentement, mon corps reprenait vie. Je m'accrochais à ces filets de voix comme à une bouée.

Tandis que des silhouettes se définissaient, les chuchotements prenaient plus de force et se muaient en appels. Un visage familier se dessina progressivement devant moi, comme émergeant des brumes.

— ... Caitlin... C'est fini... me disait la voix.

Je clignai des yeux. Patrick me dévisageait, inquiet. Une vague frigorifiée finit de me réveiller complètement. Je toussotai, étouffée par l'eau qu'on m'avait jetée à la figure.

— Tu veux me noyer ? pestai-je en me redressant dans ma chemise trempée.

Mon frère me couvrit d'un drap.

— Est-ce que ça va, Caitlin ? Tu n'es pas blessée ? demanda-t-il doucement.

Le souvenir de l'arrestation de Liam rejaillit brusquement dans ma tête. Je lançai un regard désemparé à Patrick, le déséquilibrant en m'agrippant à lui à pleines mains.

— Où est Liam ? m'écriai-je.

— Ils l'ont emmené, Caitlin...

— Mon Dieu, non ! gémis-je. Où ?

— Je crains qu'il ne soit en route pour la prison du Tolbooth d'Edimbourg. Pour l'instant, on ne peut rien y faire.

Je laissai échapper une longue plainte. Patrick m'étreignit et me berça doucement en tentant de me réconforter, sachant que c'était en vain.

— Il faut t'habiller maintenant, nous rentrons chez nous.

Il me tendit ma robe et m'aida à me relever.

— Je t'attends dans le couloir, dit-il avant de sortir.

Donald et Niall tenaient Winston et Rupert en respect à la pointe de leurs poignards contre le mur du couloir. Je ramassai ma dague qui gisait sur le parquet et m'arrêtai devant Winston en le dévisageant froidement.

— Ce qui me retient de vous tuer, Winston Dunning, c'est l'espoir que je garde de pouvoir sortir Liam de là.

J'appuyai doucement l'arme sous la mâchoire tendue de l'homme, qui me lança un regard furibond.

— Cependant, je vous promets que si mon mari se balance un jour au bout d'une corde, je reviendrai vous tuer, car, à ce moment-là, cher Winston, je n'aurai plus rien à perdre.

— Je vous attendrai, rétorqua-t-il en souriant insolemment.

Donald lui envoya son poing à la figure dans un craquement d'os. Winston s'écroula lourdement sur le parquet.

— Qu'est-ce qu'on fait de celui-là ? demanda Niall en faisant tournoyer la pointe étincelante de son poignard devant les yeux terrifiés de Rupert. On le saigne ?

Je m'approchai du gardien du manoir et le fixai en souriant du coin des lèvres.

— Il n'en vaut pas la peine, Niall, mais j'ai bien envie de lui laisser un petit souvenir de moi.

Je retroussai légèrement mes jupes et lui administrai un violent coup de genou dans les parties. Se vidant de son air, Rupert se recroquevilla sur lui-même en gémissant.

Nous débouchâmes dans le hall sous le regard ébahi de lady Catherine qui rentrait de sa promenade quotidienne accompagnée d'une jeune fille que je n'avais jamais vue. Probablement celle qui devait me remplacer auprès d'elle. Mon estomac se serra, et je me raccrochai au bras de Patrick.

— Caitlin Dunn ? s'écria-t-elle avec surprise. Qu'est-ce que vous faites ici et qui sont ces Ecossais ?

— Lady Catherine, je...

Un fracas de porcelaine brisée nous fit sursauter. Millie me dévisageait, l'air affolé, livide, une théière en miettes à ses pieds.

— Tu es revenue ? Tu n'aurais pas dû... C'est un piège, Caitlin ! C'est un piège ! Va-t'en, ne reste pas ici. Si lord Dunning... Oh !

Elle s'interrompit brusquement en apercevant lady Catherine.

— De quoi parles-tu, Millie ? demanda cette dernière, curieuse.

La pauvre femme de chambre tortillait nerveusement les mains sur son tablier empesé, visiblement mal à l'aise.

— Euh... C'est que je ne peux pas le dire, madame... J'ai dû promettre au prix de ma vie.

Elle éclata soudainement en sanglots. Lady Catherine, déconcertée, nous regardait à tour de rôle sans comprendre.

— A qui avez-vous fait cette promesse, Millie ? demanda-t-elle sur un ton autoritaire.

— A... à lord Dunning, milady. Votre fils, je veux dire, sanglota-t-elle.

— Et où est mon fils en ce moment ?

— Il repose à l'étage, madame, répondit Donald. Je crains qu'il n'en ait pour un bon moment.

Pendant quelques secondes, elle considéra Donald qui lui souriait insolemment, puis elle s'assit dans un fauteuil et massa ses articulations tordues d'un air affligé. J'évitai ses yeux, que je savais posés sur moi, en fixant l'ourlet de sa robe.

— Peut-être serait-il temps que quelqu'un me mette au courant de ce qui se passe ici ? Un peu plus tôt, j'ai aperçu un détachement de la Garde quittant le domaine avec un autre Ecossais. Cela aurait-il quelque chose à voir avec toute cette histoire ?

— Oui, milady, répondis-je du bout des lèvres en gardant obstinément mes yeux baissés.

Je l'entendis soupirer d'agacement.

— Alors, éclairez-moi, mon enfant.

— Cet Ecossais est mon époux, milady. Il est faussement accusé du meurtre de votre... balbutiai-je.

— De mon mari ? Vous voulez dire que c'est cet individu qui vous a enlevée ?

— Il ne m'a pas enlevée, rectifiai-je. Enfin, si on veut. Mais j'étais consentante.

— Pourquoi ?

Je me décidai à la regarder. J'avais tant redouté cet instant, mais je n'avais plus le choix. Je devais lui raconter la vérité.

— Parce que c'est moi qui... l'ai tué.

Les pleurs de Millie redoublèrent et firent écho sur les murs froids du hall. Lady Catherine me fixait, bouche bée, chancelant sur son siège. Ma gorge était sèche. J'aurais donné n'importe quoi pour me trouver à mille lieues d'ici !

— Vous ? Pourtant Winston m'avait affirmé avoir vu cet Ecossais sortir de la chambre.

— C'est pourtant bien moi qu'il a vue cette nuit-là. Je suis désolée, milady, murmurai-je d'une voix étranglée. Il vous a menti. Il a manigancé toute cette mascarade pour…

Bon sang ! Comment lui expliquer ?

— C'est que lord Dunning me faisait des choses… je devais l'arrêter…

— N'en dites pas plus, mon enfant, fit-elle, ébranlée.

Elle posa ses yeux sur moi. C'était étrange de les voir si beaux, si chaleureux et si pleins de compassion chez cette femme, et si froids et si calculateurs chez son fils.

— Je me doutais bien de ce qui se passait. J'aurais aimé que vous m'en parliez de votre plein gré. Je ne voulais pas vous y forcer, Caitlin. Cet homme était un monstre. J'avais déjà goûté à ses pratiques, c'est pourquoi, lorsque je suis tombée malade…

Elle s'interrompit, le regard perdu dans le vide, et secoua la tête en fermant les paupières.

— Millie, que savez-vous de cette histoire ? demanda-t-elle en se tournant vers la jeune fille qui reniflait bruyamment. Pourquoi mon fils vous a-t-il fait promettre le silence ?

— Milady ! Je vous en supplie, lord Dunning m'a menacée de…

— Parlez ! trancha durement la douairière.

— Caitlin dit la vérité, bredouilla-t-elle. Cette nuit-là, j'étais avec un homme… Pardonnez-moi, milady.

Elle devint toute cramoisie et baissa la tête. L'atmosphère était tendue. La pauvre tournait constamment les yeux vers l'escalier, de peur de voir surgir Winston.

— Et ?

— J'étais avec Douglas, milady. Un des soldats qui étaient ici cette nuit-là. On est venu le chercher pour accomplir un travail particulier… Je ne peux pas le raconter, c'est trop horrible, glapit-elle, agitée.

— Continuez, Millie, ordonna solennellement lady Catherine.

Millie nous lançait des regards chargés de détresse.

— Douglas a fait… Mon Dieu ! Votre fils est venu le chercher dans ma chambre, lui ordonnant de le suivre. Il l'a chargé de la terrible besogne de rendre le crime plus odieux. Douglas est revenu me voir après, complètement bouleversé. Il m'a tout raconté.

Monsieur Winston l'avait menacé de me renvoyer et de l'accuser de vol s'il n'obtempérait pas. Il n'a pas eu le choix. Il… il l'a fait. Ensuite, il est parti. Je ne l'ai plus revu jusqu'à ce qu'on le retrouve noyé dans la Dighty. Pourtant, il savait nager comme un poisson, milady…

La servante se remit à pleurer. Lady Catherine était atterrée. Les trois hommes restèrent silencieux, mal à l'aise. Tout avait été dit.

Nous arrivâmes à Edimbourg vers la fin de la journée. J'avais chevauché Stoirm en silence. Donald et Niall retournèrent à l'auberge pour s'occuper des chevaux, et Patrick me raccompagna chez madame Hay. Je me réfugiai dans ma chambre, prostrée, refusant de voir quiconque. Je laissai à mon frère le soin d'expliquer la situation à papa.

La lune formait un halo dans l'air humide et frais de la nuit qui entrait par la fenêtre ouverte. Je me demandais si Liam pouvait l'apercevoir du fond de son cachot. J'en doutais. Les larmes brûlaient ma peau. Trois jours de jeûne et quatre nuits sans vrai sommeil avaient fini par avoir raison de mon corps et de mon esprit. Plus morte que vive, je passai sans cesse de l'hébétude au délire. Je retombai mollement sur le matelas, qui geignit sous le poids de ma chute. Le métal de l'anneau qui ceignait mon doigt était froid au toucher. « Pardonne-moi, *mo rùin,* pardonne-moi. » Je revis le regard de Liam juste avant qu'ils ne l'emmènent. Ce regard désespéré qui me brûla le cœur et me glaça le dos. Il avait été blessé jusqu'au plus profond de lui-même. Je l'avais trahi et, désormais, il croupissait sous le vieux Tolbooth d'Edimbourg, qu'on appelait ici « le cœur du Midlothian ».

Le choc de son arrestation étant passé, je tentais de me raccrocher à quelque chose de solide, mais je glissais toujours dans le vide. On allait juger Liam pour mon crime. On allait le condamner parce qu'il avait voulu me protéger. Je flottais dans un cauchemar sans fin. Epuisée, je me laissai envahir par le sommeil, souhaitant ne plus jamais me réveiller.

Mon souhait ne fut pas exaucé, ni le lendemain ni les autres matins à venir. Mon entourage entreprit de me tenir occupée de l'aube au crépuscule, espérant ainsi m'éviter de tomber dans un état de déprime profonde ou de prostration définitive.

Mon père se fit accorder une demi-journée de congé et décida qu'il était temps que je revoie mon frère Mathew. Par un bel après-midi ensoleillé, nous fîmes la tournée des tavernes et des estaminets enfumés, à la recherche de ce qui restait de mon frère. Nous le retrouvâmes au Walter's Land Inn, ironiquement sis dans le World's End Close[1].

J'eus un choc en voyant cet inconnu assis devant moi, qui ressemblait vaguement à mon frère, jadis. Mathew avait choisi d'engourdir ses souffrances dans le whisky. Il devait être deux heures de l'après-midi, et la chaleur était suffocante dans la taverne crasseuse et nauséabonde. Il somnolait tranquillement, adossé au mur, la bouche ouverte comme une invitation pour la multitude de mouches qui s'agglutinaient allègrement sur les tables poisseuses. J'étais assise devant une tasse de thé à la propreté douteuse et l'observais, attristée.

Il ouvrit un œil, le referma, puis ouvrit l'autre. Soudainement, comme piqué par une guêpe, il se réveilla complètement, me dévisageant, interdit.

— Kitty ? C'est bien toi ? marmonna-t-il avec peine en plissant ses yeux injectés de sang.

— Oui, c'est moi, Mathew.

— Kitty, Kitty ! Oh ! Ça fait un sacré bout de temps...

— Deux ans, Mat.

— Deux ans, murmura-t-il comme pour lui-même. Déjà ? Je perds la notion du temps, tu sais...

Il sourit, ce qui accentua les rides qui commençaient à creuser son visage amaigri.

— Tu as changé, Kitty. On dirait que tu es... Je ne sais pas... Tu es une femme maintenant.

Avec son moignon, il écarta une mèche brune, sale et emmêlée, qui lui retombait dans les yeux, puis entreprit de m'observer plus attentivement.

— Père m'a dit que tu t'étais mariée.

— Oui, soupirai-je en pensant que je risquais de devenir veuve bientôt.

— Un Ecossais, il paraît ?

— Liam Macdonald.

— Kitty Macdonald, annonça-t-il en souriant.

1. Ruelle de la Fin du monde.

Il porta son verre vide à ses lèvres et le reposa bruyamment en grommelant.

— Je porterais bien un toast à ta nouvelle vie, mais je crois que quelqu'un a vidé mon whisky pendant que je piquais mon petit roupillon.

Son regard s'assombrit. Il grimaça et se frotta les yeux avec ses doigts aux ongles noircis. Mon cœur se serra. Mon frère n'était plus qu'une épave. Il avait abandonné la vie et vivait son purgatoire en attendant que Dieu en décide autrement.

— Tu ne dois pas être très fière de moi, petite sœur, déclara-t-il avec dépit.

— Je ne te juge pas, Mathew.

— Moi, si ! Je ne supporte plus de voir mon reflet dans un miroir.

Il frotta son moignon en fronçant ses sourcils et leva son regard mordoré vers moi.

— Putain de vie ! Qu'a-t-elle à m'offrir, hein ? Je t'avais déjà dit que je voulais être médecin, avant... ?

— Non, répondis-je en ne masquant pas ma surprise.

— Un médecin manchot...

Il éclata d'un rire rauque. Sa voix était altérée par l'abus d'alcool.

— Tu pourrais faire bien d'autres choses, Mathew. Tu as toujours ta main droite et tu as la chance de pouvoir lire et écrire...

Il me jeta un œil noir.

— Regarde-moi bien, petite sœur. Regarde-moi et dis-moi : qui voudrait de ce que tu vois ?

En effet, l'étranger hargneux au visage hâve qui vacillait devant moi n'avait rien d'avenant. En revanche, je connaissais Mathew, celui des jours plus heureux.

— Tu dois te reprendre en main, Mat. Tu ne peux pas te laisser aller ainsi...

Je m'interrompis en prenant soudainement conscience de mon propre abattement. Je comprenais maintenant pourquoi papa avait tant insisté pour que je revoie mon frère. Il voulait que je constate les ravages du désespoir qui s'empare d'un corps pour le détruire à petit feu. Et que je voie le regard éteint de celui qui n'a plus le goût de respirer. Une vie réduite à rien, une bouteille de poison remplaçant peu à peu le sang qui coule dans les veines. Je fermai les yeux et pris une profonde inspiration.

— Mathew, je vois un homme qui a encore une vie devant lui s'il veut bien l'embrasser. Dieu t'a enlevé une main, certes, mais il te reste tellement encore...

— Je ne suis plus un homme, Kitty ! ronchonna-t-il. Je ne peux plus me battre comme un homme, et les femmes…

Ses traits se durcirent, une combinaison de frustration et de colère amère. Sa moue de dégoût se détendit et, d'un air perplexe, il brandit son bras charcuté devant mes yeux.

— Chère sœur, ton mari doit posséder tous ses morceaux, et d'après la description que m'en a faite père, il pourrait tuer un homme d'une seule main. Aurais-tu voulu d'un mari qui n'est plus que la moitié de lui-même ?

Je réfléchis longuement avant de formuler ma réponse. Si Liam avait subi le même sort à Killiecrankie, mon amour pour lui aurait-il été différent ? Une main en moins… qu'en aurais-je pensé ?

— Il y a plusieurs façons de mesurer un homme, commençai-je. On peut le mesurer à sa force physique et à son habileté au combat, à sa fortune et à son pouvoir sur le monde.

Je pris sa main restante et lui en caressai doucement la paume avant de reprendre :

— Mais on peut aussi le mesurer à sa force de caractère, à sa détermination et à son cœur. A toi de choisir ce à quoi tu préfères te mesurer, mon frère. Pour moi, ce sont les trois derniers critères qui ont fait pencher la balance pour Liam.

Il me dévisagea et considéra ma réponse en plissant les yeux. Ses doigts se refermèrent sur les miens.

— J'ai vu le regard des femmes sur moi, Kitty. Cela me blesse. Je sais ce qu'elles ressentent. Je les rebute.

— Mathew, ce qui les rebute n'est pas le fait qu'il te manque une main. Tu crois peut-être être le seul homme manchot en Ecosse ? Laisse ta bouteille de côté… Tu es très séduisant lorsque tu as le regard clair et le sourire radieux. Tu te souviens de Molly et d'Isobel ? Elles se pâmaient devant toi.

Il sourit tristement à l'évocation des deux sœurs Fitzpatrick, qui lui tournaient autour comme des mouches autour d'un pot de miel, à Belfast. Je m'étais toujours doutée que Mathew avait un faible pour la plus jeune des deux, Isobel. L'avait-il aimée ? S'étaient-ils promis l'un à l'autre ? Quoi qu'il en soit, leur idylle s'était brusquement terminée lors de notre exil en terre d'Ecosse.

— Retrouve-toi, Mat. Fais oublier ce que tu as perdu en te servant de ce que tu as. Un homme n'est plus un homme quand il n'a plus de cœur pour aimer et pardonner. Pardonne à la vie, elle te le rendra. Lorsqu'une fatalité frappe, deux choix très simples s'imposent. Soit on abandonne et on se laisse couler à pic, soit on prend une grande respiration et on fonce.

Mathew me contempla un moment, puis il me prit la main et rit doucement.

— Hum... Je crois entendre notre mère. J'espère que ce Macdonald sait ce qu'il tient entre ses mains, murmura-t-il. Si j'apprends qu'il ne te traite pas correctement, je lui casse les dents avec le poing qui me reste.

Son visage fatigué s'éclaira d'un sourire qui lui redonna un peu de son charme de naguère. Peut-être son âme abritait-elle encore une étincelle d'espoir ?

A mon retour chez madame Hay, un colis venant du manoir Dunning m'attendait. Je le posai sur ma table de chevet et n'y touchai pas pendant une bonne heure, de peur de m'y brûler. Je reconnus la fine écriture de lady Catherine. Que pouvait-il bien contenir ? Un cadeau quelconque pour me faire oublier la terrible ignominie de Winston ? De l'argent ? Une lettre contenant des aveux et de plates excuses ? Dans un nerveux va-et-vient, j'usai le parquet et mes méninges à deviner le contenu du mystérieux paquet. Finalement, n'y tenant plus, je le soupesai et le retournai pour l'examiner sous tous ses angles avant de me décider à l'ouvrir. Elle m'envoyait sa précieuse copie imprimée du *Macbeth* de Shakespeare que j'affectionnais tant, accompagnée d'un mot que je dépliai avec précaution.

Ma chère Caitlin,

Je ne pourrai jamais racheter les péchés que mon époux et mon fils, que Dieu leur pardonne, ont commis. Cependant, je peux tenter de réparer les torts qu'ils vous ont causés, à vous et à votre époux. Mon cœur de mère se déchire devant les faits.

J'ai convoqué Winston pour lui poser un ultimatum. Il devra décharger votre époux des accusations injustement portées contre lui sous peine de se voir refuser ses droits sur le domaine et peut-être même de se voir retirer complètement son héritage. Je lui laisse quelques heures pour prendre sa décision. C'est tout ce que je peux faire pour vous pour le moment. Je souhaite de tout cœur que Dieu lui montre la bonne voie.

Accrochez-vous à l'espoir, mon enfant, vous devriez en avoir des nouvelles d'ici quelques jours.

Affectueusement,

Lady Catherine Dunning

Je déposai lentement sur mes genoux la lettre qu'une larme venait de mouiller. Le sort de Liam reposait désormais entre les mains de Winston. Que pouvais-je espérer ? La vengeance ? La rédemption ? Difficile à dire. Je savais Winston cupide et avide de pouvoir ; toutefois, il était aussi très orgueilleux et rusé. Quelques jours à attendre... L'espoir, c'était tout ce qu'il me restait.

Deux autres jours s'écoulèrent encore après mes retrouvailles avec Mathew et la lettre de lady Catherine. Liam était toujours en prison, pourtant il n'avait pas encore comparu devant les assises. Tout n'était pas perdu.

Monsieur Kerr était décédé, la nuit précédente. Madame Hay attendait qu'on vienne chercher la dépouille du malheureux. Comme il n'y avait aucune famille pour le réclamer, elle dut se résigner à offrir son corps à l'université d'Edimbourg, où, disait-on, les étudiants en feraient bon usage. Je partis donc seule pour la prison du vieux Tolbooth avec le vain espoir qu'on me laisserait enfin voir Liam. Il y était déjà depuis plus d'une semaine.

Je louvoyais dans la cohue du matin sur Highstreet lorsque je faillis me faire renverser par une voiture. Le cocher me tança vertement, me reprochant mon manque d'attention. Je m'apprêtais à rétorquer quelques gros mots lorsqu'un visage apparut à la portière. Au début, je ne vis qu'une masse de boucles blondes, puis mon cœur s'arrêta net et mes yeux s'agrandirent avec horreur. Imperturbable, Winston Dunning m'observait de son regard de glace. Un frisson me parcourut l'échine. Puis la voiture s'ébranla et disparut au coin d'une rue.

Je pris quelques instants pour me remettre du choc. Que faisait Dunning à Edimbourg ? Etait-il venu lever les charges contre Liam pour qu'il puisse enfin obtenir son pardon ? Je fixais la façade de pierres noircies de la prison, lorsqu'une main se posa sur mon épaule, me tirant de ma morne rêverie.

— On nous refuse toujours de voir Liam, dit gravement Donald MacEanruigs. Ils se contentent de nous assurer qu'il est toujours en vie. Allez, venez.

Il me tira derrière lui pour m'éloigner de cette triste prison où croupissait Liam. Nous marchâmes en silence jusqu'à un promontoire qui surplombait le palais de Holyrood, un peu à l'écart des bruits et des odeurs pestilentielles qui emprisonnaient perpétuellement la ville.

Donald m'invita à m'asseoir sur un affleurement de pierre volcanique. La vue sur Edimbourg, les hameaux environnants et les eaux du Firth de Forth y était magnifique.

— Je pars demain pour Glencoe, dit-il de but en blanc.

— Demain ? Mais Liam... bafouillai-je, incrédule. Vous ne pouvez pas faire ça ! Vous n'avez pas le droit de l'abandonner ainsi !

— Nous ne savons pas s'il en sortira ni quand, ajouta-t-il en évitant mon regard.

— Quoi ! m'écriai-je, indignée. Vous tournez les talons lorsqu'il a le plus besoin de vous !

Je fulminais. Comment pouvaient-ils le laisser moisir dans ce trou à rats ?

— Nous ne l'abandonnons pas, Caitlin, se défendit-il. J'aime Liam comme un frère et, croyez-moi, ce qui lui arrive me déchire autant que vous. Mais nous ne pouvons plus rien faire pour le moment. Nous ne pouvons tout de même pas attaquer le Tolbooth pour le faire sortir !

J'éclatai en sanglots. Désemparé, Donald bredouilla quelques mots de réconfort et me prit maladroitement dans ses bras jusqu'à ce que je me calme. Je m'essuyai les yeux, un peu honteuse de m'être emportée si vivement.

— Je suis désolée, hoquetai-je en me reprenant. Je suis trop tendue ces jours-ci, j'espère tellement que Liam sera gracié...

— Je comprends, Caitlin. Nous reviendrons dans quelques jours. Liam sera certainement sorti d'ici là. Je dois informer John de ce qui se passe. Je dois aussi le mettre au courant des derniers développements de la commission d'enquête qui se tient à Holyrood.

— Quels sont-ils ? demandai-je, trop heureuse de changer de sujet.

— Bah ! Je ne me fais pas d'illusions sur le dénouement de toute cette affaire. Une adresse a été envoyée au roi, en Flandres. Le lieutenant-colonel Hamilton a finalement quitté l'Irlande et son état de contumax pour venir à Edimbourg, les poches bourrées de lettres de protection, cela va sans dire. Il a signé son témoignage. Je viens d'apprendre qu'il a obtenu un laissez-passer pour la Hollande, lui permettant de rejoindre les régiments du roi. Tout cela n'est qu'une farce, Caitlin. Comme nous nous en doutions, le roi a été exonéré de tout blâme. Le ministre d'Etat, Dalrymple, a été déclaré coupable d'avoir « excédé » les ordres du roi. Rien de plus. Comme si nous n'étions qu'un troupeau de moutons qu'on avait livré aux loups. Je doute cependant qu'il subisse une peine quelconque. Sir

Livingston, l'adjoint de Dalrymple, a été excusé, car, semble-t-il, il ne savait pas que le serment avait bel et bien été signé lorsqu'il envoya ses ordres d'exécution à Fort William, au gouverneur du Lochaber, John Hill. Pour ce qui est de ce dernier, il a été acquitté. Parmi tous les hommes appelés à se présenter devant le comité, il est probablement le seul qui paraisse sincèrement désolé de cette tragédie. Allez comprendre pourquoi, l'homme est un *Sassenach*. Enfin... Peut-être que ce protestant féru des Saintes Ecritures possède un peu plus de compassion que ses confrères.

Il s'arrêta, puis fit craquer nerveusement les articulations de ses doigts.

— Hamilton et Duncanson, qui ont planifié le massacre, ont été déclarés coupables ; or, encore là, aucune sanction n'a été prononcée contre eux. Restent les soldats qui n'ont pour ainsi dire pas comparu. Je doute qu'ils comparaissent jamais. Glenlyon et Drummond sont retenus prisonniers à Dixmude, en Flandres. Piètre consolation. Finalement, on considère toute cette histoire comme une grossière erreur de parcours, un malentendu. Même les jacobites s'en servent à leur avantage pour déshonorer le roi protestant et son gouvernement.

Il sortit un pamphlet tout froissé de son *sporran* et me le tendit. C'était une publication de l'Irlandais Charles Leslie, pamphlétaire et controversiste. Il tournait en dérision l'adresse au roi sur l'enquête de l'affaire Glencoe.

— Je suis désolée, bafouillai-je.

— Votre frère les distribue dans les cafés et les tavernes.

— Oh ! fis-je, surprise. Je savais que Patrick fréquentait les cercles jacobites, mais...

— Il *est* jacobite, Caitlin, et très actif au sein de l'organisation. Je ne veux pas mettre en doute leurs intentions. Moi-même, je donnerais ma vie pour remettre les Stuart sur le trône d'Ecosse. Nous avons tous des opinions différentes, mais nous n'aimons pas servir de sujet à controverse pour faire avancer la cause. Il y a d'autres moyens.

Il se tut, le regard fixé dans le vague sous ses sourcils froncés.

— Si seulement votre chef MacIain était parti à temps pour signer le serment, rien de tout cela ne serait arrivé.

J'observais distraitement le vol de deux cygnes chanteurs qui passaient au-dessus de nous pour aller se poser sur le loch situé un peu plus loin. Donald soupira et secoua sa crinière rousse.

— Il était têtu. C'est vrai que les clans avaient un délai raisonnable de quelques mois pour se conformer à la proclamation, mais les chefs avaient préféré attendre l'assentiment de Jacques. Duncan Menzie, qui était parti incognito pour Saint-Germain, en France, l'assurer de notre loyauté malgré tout, était revenu avec la réponse seulement une semaine avant la date limite. D'autres clans n'avaient pas encore signé le serment, tels les Stewart d'Appin et les Macdonald de Glengarry, mais les choses étant ce qu'elles sont, les Campbell, qui occupent un bon nombre de postes au gouvernement, avaient tout à gagner à se servir de nous comme exemple. Du même coup, ils assouvissaient une vengeance nourrie pendant des générations. On a délibérément fait disparaître l'enregistrement du serment, et les choses ont repris leur cours.

— Tout cela pour du vol de bétail...

Il se tourna vers moi en esquissant un demi-sourire.

— Pas seulement, rectifia-t-il. Quelquefois, les raids se terminaient en bains de sang. Le sang des Campbell a souvent rougi nos lames, toutefois des Macdonald ont souvent servi de pâture aux corbeaux sur les branches des vieux chênes à Finlarig et à Inveraray. Œil pour œil, dent pour dent ! Cette devise est gravée dans le granit de nos montagnes. Chacun des Campbell trempant dans cette affaire s'était certainement vu voler, à un moment ou à un autre, quelques bêtes ou autre chose.

— C'est une guerre sans issue, si je comprends bien.

Il fit une grimace et repoussa une mèche de cheveux du revers de la main.

— Je ne sais pas... hésita-t-il. Ils nous ont probablement porté le coup fatal. Il devient de plus en plus difficile de faire fi des lois *sassenachs* sans en subir les conséquences. Pour le moment, nous déployons notre énergie à assurer notre survie.

Il me fit un sourire sournois.

— Peut-être qu'un jour un Campbell se placera malencontreusement sur notre chemin.

Une brise tiède caressait mon visage. Je fermai les yeux. Manifestement, la vie tranquille des gens de Glencoe n'était qu'une apparence ; elle était en fait très compliquée. A la limite, je pouvais comprendre pourquoi les Lowlanders et les Anglais avaient si peur de ces hommes au tempérament belliqueux et indiscipliné, qui ne vivaient que d'après leurs propres lois et pour leurs seuls intérêts, mais en pensant à Liam et à ses compagnons highlanders, « sauvages » et « barbares » ne les qualifiaient pas tout à fait. Ils étaient plutôt fiers et orgueilleux, avec un sens de l'honneur qui les suivait jusque dans la mort. Jamais ces hommes ne se soumettraient au joug des Anglais, leur caractère rebelle ne le leur permettrait pas. Je pris conscience que, si Liam s'en sortait, notre vie serait tout sauf tranquille.

— Vous l'aimez vraiment, n'est-ce pas ? demanda Donald, qui m'observait avec circonspection.

— Oui, soufflai-je.

— Que croyiez-vous accomplir en retournant au manoir ?

— Je ne sais pas. Peut-être qu'en sachant la vérité j'espérais pouvoir le délivrer des accusations qui pesaient contre lui.

— Au prix de votre vie ?

Ses yeux gris acier me fixaient intensément.

— Au prix de ma vie, répondis-je d'une voix éraillée. Liam ne mérite pas de mourir pour ce que j'ai fait.

— Il ne me semble pas avoir la même opinion que vous sur ce sujet. Quelle chance étrange a eue Liam en croisant votre chemin !

Je le dévisageai sans comprendre. D'autres cygnes crièrent en passant au-dessus de nous, ensuite un curieux silence s'installa.

— Vous savez que j'étais un des hommes qui revenaient d'Arbroath, cette nuit-là. Liam s'était délibérément fait prendre par la Garde pour nous permettre de fuir avec la marchandise. Nous nous étions réfugiés dans les bois, mais les soldats s'étaient mis en devoir de les ratisser. Nous avions dû prendre la poudre d'escampette et abandonner les caisses aux mains des soldats. Je me demande si Liam savait que son destin l'attendait derrière les murs du manoir.

Je fixais le bout de mes pieds. Si tel était le cas, se serait-il laissé prendre ?

— Il a de la chance, vous savez. Si j'avais eu rendez-vous avec pareil destin, je vous assure que je n'aurais pas hésité un seul instant à donner ma vie pour pouvoir y goûter, ne serait-ce qu'un moment.

Une boule se formait dans ma gorge et m'empêchait de respirer. Il prit ma main et la serra doucement.

— Allons, Caitlin, je suis certain que Liam a envie d'y goûter plus longtemps. Il sortira de là. Venez, je vous raccompagne, dit-il en se relevant.

Le lendemain, vers la fin de l'avant-midi, on vint me porter un billet scellé. Au début, je crus qu'il venait de lady Catherine, mais je me ravisai. Le sceau était bien celui des Dunning, cependant l'écriture était différente. J'eus une sensation désagréable au creux de mon ventre.

Je fis attendre le porteur et me retirai dans ma chambre pour le lire. La calligraphie qui couvrait le papier parchemin était plus petite et traînante. Le message était bref et concis :

Ma décision n'est pas encore prise. J'ai un marché à vous proposer.

W. D.

Je me laissai retomber lourdement sur le lit. Il avait choisi la rédemption, mais, en usant de sa ruse, il arriverait aussi à se venger de l'humiliation que je lui avais fait subir. Je donnai ma réponse au messager qui attendait dans la rue, devant ma porte. On viendrait me chercher à dix heures précises.

La nervosité me gagnait tandis que j'attendais dans l'austère antichambre. Les murs en lambris de chêne étaient nus, à l'exception du tableau d'une certaine dame du siècle dernier. Ses yeux noirs, un peu trop rapprochés, me fixaient d'un air ennuyé, et leur couleur tranchait sur son teint d'un blanc laiteux. Son cou était étranglé par une volumineuse fraise de dentelle empesée qui reposait sur une robe noire sertie de pierreries et de perles. Etait-elle une des ladies Dunning précédentes ? Cette femme ne semblait pas heureuse.

Winston me faisait poireauter délibérément, j'en étais certaine. Peut-être m'observait-il par une lunette secrète, se délectant de mon trouble apparent. On était effectivement venu me chercher à dix heures précises. Le jeune garçon qui était venu me porter le message plus tôt dans la journée m'avait attendue dans l'entrée d'une échoppe en face de la maison. Je l'avais suivi discrètement, à distance respectable, jusque dans Riddle's Close, où se dressait la maison des Dunning à Edimbourg. C'était une belle demeure qui devait dater d'ailleurs de l'époque de la femme sur la toile.

Une porte s'ouvrit. Winston m'apparut dans une robe d'intérieur de soie pourpre, son éternel sourire insolent aux lèvres. Je me levai et le toisai froidement.

— Bonsoir, ma chère Caitlin, dit-il en se dirigeant lentement vers moi.

Je me déplaçai prudemment, moi aussi, pour maintenir une bonne distance entre nous.

— Je savais bien que nous nous retrouverions un jour…

— Je ne suis pas venue ici pour faire du bavardage de salon, Winston, rétorquai-je sur un ton acerbe, alors j'écoute ce que vous avez à me proposer.

— Mmmouais… bon, marmonna-t-il en décroisant ses bras de sur sa poitrine.

Des plis de sa robe, il sortit un rouleau de papier retenu par un ruban noir et le lança sur la petite table devant moi. Je regardai le cylindre rebondir puis s'immobiliser avec une certaine appréhension.

— Comme vous savez, ma mère m'a posé un ultimatum. Je décharge votre mari des accusations qui pèsent sur lui, sinon elle me retire mes droits de gérance sur les propriétés de mon père. J'y ai réfléchi longuement, comme vous avez pu le constater. J'avais fait le choix de refuser.

Il s'arrêta quelques instants pour juger de l'effet de ses dernières paroles sur moi. Je restai de marbre, au prix d'un effort considérable.

— Ma mère ne peut pas diriger le domaine et reprendre seule le commerce de laine de mon père. Toute cette paperasse, vous savez, dit-il en battant l'air de sa main. Elle ne s'y était jamais intéressée avant sa maladie, alors maintenant… Disons que ses menaces ne sont pas très lourdes de conséquences. Je sais qu'elle ne pourra pas me tenir écarté des affaires très longtemps.

Il inclina légèrement la tête de côté et m'observa, les yeux mi-clos.

— Et voilà que je vous ai revue, hier matin… Vous alliez à la prison, si je ne m'abuse ? Comment va-t-il ?

— Cela ne vous regarde pas, sifflai-je entre mes dents serrées.

— De toute façon, j'y suis allé cet après-midi. Votre mari ne semble pas aller très bien, je dois l'avouer. Toutefois, il n'est pas encore à l'article de la mort.

— Vous l'avez vu ? demandai-je en sentant mon pouls s'accélérer.

— Oui. Je ne lui ai pas parlé, cependant. Mais un bref coup d'œil à travers les barreaux de son cachot aura été suffisant. L'odeur, vous savez… dit-il en esquissant une moue de dégoût. Insupportable !

Je me laissai tomber dans le fauteuil derrière moi et fermai les paupières en essayant de chasser l'image de Liam affalé sur la paille infecte, grouillante de vermine, affamé et malade.

— Ils vous ont donné la date de son exécution ? demanda-t-il sur un ton badin.

— Son exécution ? bégayai-je, les yeux agrandis par l'horreur. Ils l'ont jugé ?

— Le 30 juillet, le gibet sera dressé. Un joli spectacle en perspective. Un homme tel que lui attirera indubitablement une foule considérable, ne pensez-vous pas ? Le meurtrier sanguinaire de mon père, un lord, fidèle sujet du roi.

— Le 30, mais c'est dans cinq jours ! m'écriai-je, estomaquée, en enfonçant mes ongles dans les bras du fauteuil.

— Vous savez compter, railla-t-il. Bon, revenons à nos moutons. Donc, lorsque je vous ai aperçue hier matin, j'ai brusquement ressenti le désir de vous revoir. Je crois avoir trouvé une solution qui pourrait nous satisfaire tous les deux.

Il poussa le rouleau de papier vers moi.

— J'ai préparé ce document qui disculpe Macdonald et je l'ai signé...

Je m'apprêtais à prendre la précieuse lettre lorsqu'il attrapa mon poignet. Il me fixa de ses yeux froids. Je ne pus réprimer un frisson de peur.

— Cependant, il y a deux conditions. Vous deviez bien vous en douter.

Je tirai brusquement sur mon bras pour me dégager de sa poigne de fer.

— Crachez le morceau, Dunning, éructai-je, énervée.

— Vous m'appartenez pour la nuit, Caitlin. Jusqu'à l'aube, je fais ce que je veux de vous.

— Vous êtes ignoble, Winston. Comment pouvez-vous... ?

Les mots restèrent coincés dans ma gorge sèche. Je pris le rouleau et retirai le ruban avant de le lisser sur mes genoux. Je reconnus sa calligraphie nerveuse qui couvrait la page. Il y expliquait qu'une erreur sur la personne se devait d'être corrigée, que le véritable meurtrier, un certain Walter Douglas, avait avoué son crime avant de se... noyer. Enfin, vérités et demi-vérités se tenaient. Le tout était bel et bien signé de sa main, et le sceau de la maison avait été appliqué au bas de la feuille.

J'enroulai le parchemin et le portai sur mon cœur. La vie de Liam était désormais entre mes mains. Dieu me pardonnerait ce que je me disposais à faire.

— Et la deuxième condition ?

— Vous renoncez définitivement à Stephen. Il m'appartient, désormais.

— Vous n'avez pas le droit...

— C'est à prendre ou à laisser, Caitlin. Je ne négocie pas.

Le document me paraissait soudainement si lourd. Je le serrai dans ma main, et maudis le jour où j'avais mis les pieds dans ce manoir. « Que ton âme brûle en enfer, Winston Dunning ! »

— Jusqu'à l'aube, pas une seconde de plus, dis-je lentement d'une voix rauque.

— Pas une seconde de plus. Marché conclu.

— Donnez-moi quelque chose à boire, murmurai-je, résignée, en glissant le rouleau dans ma poche.

Je repoussai le bras qui reposait lourdement sur mon ventre. Mon corps, mon être entier n'était qu'une plaie vive. Ma tête tournait encore un peu, et je constatai avec un certain soulagement que l'effet du cognac ne s'était pas encore complètement dissipé. Je me redressai lentement sur un coude dans l'immense lit à baldaquin. Nous approchions de l'heure où la nuit se battait avec l'aube.

L'homme bougea à peine en grommelant. Je retins mon souffle, de peur de le réveiller. Je n'aurais pas supporté d'être saillie comme une bête encore une fois. Tout ce que cet homme m'avait fait cette nuit dépassait mon imagination. Entre chaque séance, il m'avait attaché les poignets à la tête du lit pour se permettre quelques minutes de repos. J'avais mal partout. Je me tortillai pour desserrer mes liens, sans grand résultat. La corde qui me tailladait la peau ne fit que se resserrer.

Les chandelles s'étaient toutes consumées. Je ne pouvais voir que les contours du corps qui reposait, allongé à côté de moi. L'angle saillant d'une hanche, celui d'une épaule. Ses longues jambes étaient perdues dans un enchevêtrement de draps, et son visage était caché par ses cheveux blonds et lisses qui retombaient épars sur l'oreiller. Il ne possédait pas la stature ni les muscles d'acier de Liam. Son corps, quoique bien fait, avait une allure plutôt féline, élancée, avec une musculature et une souplesse qui pouvaient lui permettre de bondir avec agilité sur sa proie, sans faire de bruit, à une vitesse fulgurante.

Je détournai les yeux vers la fenêtre, cherchant désespérément les premières lueurs de l'aube qui tardait à venir, et mes pensées allèrent vers mon père. On avait dû me rechercher toute la nuit. Je ne m'étais pas permis de laisser de message, cette fois-ci. Personne ne devait savoir où je me trouvais. Je ne voulais pas qu'on sache que je m'étais vendue comme une vulgaire putain. Mon corps en échange de la vie de mon amour.

Une main se posa sur ma hanche, me fit tressaillir et descendit le long de ma cuisse.

— Ah ! ma déesse, mon Aphrodite ! susurra Winston dans mon cou. Vous avez dépassé mes espérances… Vous êtes pure volupté, délice du jardin d'Eden. Comment un homme pourrait-il se lasser de vous ?

Je me recroquevillai sur moi-même pour échapper à ses mains lascives qui reprenaient l'assaut.

— S'il vous plaît, Winston… hoquetai-je. N'en auriez-vous pas eu assez ?

— Jusqu'à l'aube, Caitlin, c'est le marché que nous avons passé, n'oubliez pas. Et je compte bien profiter de chaque instant qui me revient. Puis je crains de n'en avoir jamais assez. Dès que mes yeux se posent sur vous… Grands dieux !

Il me retourna brutalement sur le dos. La corde m'entailla un peu plus les poignets, et je grimaçai de douleur. Il défit mes liens.

— Sentez mon désir grandir, ma douce.

Il se saisit de ma main et la posa sur son sexe tendu et frémissant. Il la maintint dessus en gémissant.

— C'est plus fort que moi, je veux être en vous, remuer dans votre chaleur humide. Je veux me repaître de votre corps, de votre odeur. Je veux vous faire l'amour, encore et encore.

— Vous ne faites pas l'amour, espèce de chien ! rétorquai-je sur un ton acide. Vous me prenez comme un animal en rut. Vous ne savez pas ce qu'est l'amour.

— C'est vrai, concéda-t-il en me dévisageant avec convoitise, vous annihilez toute forme de civilité en moi. Seul l'instinct animal me dicte ma conduite. Néanmoins, je peux vous prouver que je suis aussi capable d'être tendre. Je ne voudrais surtout pas vous laisser un si piètre souvenir de moi.

Ses mains écartèrent doucement mais fermement mes cuisses. Je n'en pouvais plus. Pendant un moment, je souhaitai croupir au fond d'un cachot et pouvoir tout oublier au bout d'une corde. Je fermai mes yeux brûlants de fatigue.

J'entendais vaguement la voix de Winston qui susurrait. Je sentais ses mains sur moi, mais n'avais plus la force de le repousser. J'avais passé un marché pour la survie de Liam, je devais le respecter jusqu'au bout. Une sorte de langueur m'envahissait. Je voulais dormir… ne plus me réveiller. La voix de Winston murmurait toujours…

— Je vais vous faire l'amour, Caitlin… Je peux être doux et câlin, si c'est ce que vous aimez. Je peux vous faire oublier qui je suis et pourquoi vous êtes ici…

Ses doigts me prirent, et je tressaillis. « Oh ! Liam… Pardonne-moi. Je t'aime… » Je laissai mes larmes repentantes se déverser sur mes joues.

— Non… gémis-je en resserrant mes cuisses sur sa main qui m'explorait langoureusement.

Mon esprit flottait au-dessus de moi, séparé de ce corps qui n'était plus le mien, qui me trahissait, qui trahissait Liam. Mon état de torpeur avait eu raison de moi. J'avais cru être plus forte que Winston, mais il m'avait brisée. Il avait fait de moi sa putain, son esclave, comme son père. Si j'en avais eu la force, je l'aurais tué, lui aussi.

Que Dieu me pardonne. Une nuit pour une vie. Une âme pour une vie. Quelque chose en moi venait de se briser. Pourrais-je de nouveau regarder Liam dans les yeux et lui dire que je l'aimais sans sentir le poids de ma trahison ? Pourrais-je faire l'amour avec lui sans voir l'ombre d'un autre homme au-dessus de moi ? M'aimerait-il encore s'il savait le prix que j'avais payé pour sa liberté ? Trop tard…

Mes jambes s'écartèrent et je cambrai le dos en gémissant la douleur de mon âme violée tandis qu'il me prenait. Je me dégoûtais autant que je le haïssais. Une terrible douleur fit éclater ma poitrine, mon âme vola en éclats, je basculai dans le vide, dans un gouffre noir sans fond. Mon corps n'était plus qu'une vieille épave qui s'échouait sur le rivage, inerte, vide et abandonnée. Belzébuth, prince des démons, s'écroula sur moi, haletant, un sourire pervers de triomphe incurvant sa bouche.

— Je vous haïrai jusque dans la mort… murmurai-je dans un souffle.

— Je sais, mon amour.

— Vous le paierez de votre vie, un jour…

— Peut-être, mais vous ne pourrez jamais effacer de votre mémoire que vous m'avez appartenu, Caitlin. Ne serait-ce qu'un instant.

Je détournai mes yeux de son regard de braise. Il m'embrassa une dernière fois avant de rouler sur le côté.

— J'en garderai le souvenir jusqu'à mon dernier souffle.

— Et vous l'emporterez avec vous jusqu'en enfer, sifflai-je entre mes dents.

Il ne releva pas la remarque. Le ciel commençait à se strier de pourpre et de bleu.

— N'oubliez pas le petit Stephen. S'il devait m'arriver quelque chose, qui s'occuperait de lui ? Souvenez-vous-en.

— Ne mêlez pas mon fils à ça, salaud ! Il est innocent. Vous aviez promis...

Il sourit en me libérant.

— Partez, maintenant.

Je m'habillai, vérifiai le précieux rouleau si chèrement payé et sortis sans un dernier regard derrière moi.

Les rues étaient encore désertes à part quelques livreurs et marchands qui se dirigeaient tranquillement vers la place du marché afin de s'y installer avant la cohue matinale. Je restai quelques minutes dans l'ombre du portique, hébétée, l'esprit vide. Je vomis, mais l'amertume du reflux gastrique dans la bouche n'arrivait pas à masquer celle de ma trahison.

Le chemin qui me séparait de la prison me parut interminable. Le soldat en faction m'accueillit avec un air perplexe. Il parcourut des yeux le papier déroulé sur le bureau, puis, un sourire en coin, me détailla sans vergogne.

— Il est très tôt, madame, personne n'est disponible en ce moment pour traiter cette demande... Je suppose que vous venez tout juste de l'obtenir ? demanda-t-il sur un ton lourd de sous-entendus.

Il m'aurait giflée que le coup aurait été moins retentissant. Avec mes cheveux ébouriffés, mes lèvres gonflées et mes yeux hagards, il ne devait pas être très difficile de deviner comment j'avais obtenu ce document. J'évitai le regard équivoque du soldat.

— Cela prendra quelques jours avant que le pardon ne soit signé, s'il lui est accordé, dit-il en se grattant la tête. Peut-être trois ou quatre.

— Oui, je comprends...

Lasse, je retournai dans Cowgate. Chaque pas me faisait souffrir, dans mon corps et dans mon cœur. J'étais souillée, humiliée. Mes cuisses et mon ventre poisseux collaient à mes vêtements. Le goût amer du sexe traînait encore dans ma bouche pâteuse. Je devais désormais me concentrer sur Liam. Le doute m'assaillit. Dieu pouvait me pardonner, mais lui, me pardonnerait-il ? Il ne devait jamais savoir...

Ils étaient tous assis à la cuisine, les yeux cernés et rougis de fatigue, devant une tasse de thé fumante que madame Hay terminait de verser.

— Par tous les saints du ciel ! Ma fille ! Qu'est-ce qu'on t'a fait ? s'écria mon père, ahuri.

— Je veux prendre un bain, marmonnai-je avant de m'effondrer.

Je refusai de voir quiconque du reste de la journée et restai confinée dans ma chambre à broyer du noir. Ma peau était encore violacée de m'être frictionnée avec la brosse à plancher pour ôter toute trace de l'odeur de Winston. Mon bonheur plongeait et se noyait dans un loch glacé, glauque et obscur, que la lumière n'arrivait plus à percer. Je me sentais isolée de tout, dans un froid qui m'engourdissait. Je me couchai, épuisée, et m'abandonnai finalement au chagrin qui m'opprimait. Je pleurai longuement toutes les larmes de mon corps avant de sombrer enfin dans un sommeil sans rêve.

Murée dans mon mutisme, je ne donnai aucune explication quant à ma disparition. J'étais retombée dans un état de prostration profonde, ce qui inquiéta papa. Patrick était resté en retrait. Par respect ou par honte, il évitait de croiser mon regard. Il avait tout deviné... Depuis notre plus tendre enfance, nous avions cette capacité de communiquer sans les mots, lui et moi. Aujourd'hui, il vivait ma peine et ma douleur, en silence. Je savais qu'il comprenait. Si papa se doutait de quoi que ce soit, il ne m'en souffla mot.

Le lendemain, on me poussa sur le siège de la voiture de monsieur Sinclair, qui retournait passer quelques jours sur son domaine avec sa famille. Il m'avait gentiment offert de l'accompagner, prétextant que mon teint avait grandement besoin d'air pur et de soleil. Patrick s'assit à côté de moi, gardant ma main dans la sienne tout au long du trajet. D'une oreille distraite, j'écoutais les échanges entre mon frère et monsieur Sinclair à propos de l'élevage des chevaux, activité à laquelle s'adonnait ce dernier. Je regardais défiler, sans vraiment le voir, le paysage qui n'avait rien en commun avec les Highlands dont je me languissais tant.

Le petit manoir s'élevait sur le cours de la Tweed, au creux de douces collines verdoyantes, à quelques kilomètres de la bourgade de Peebles. Patrick vint me rejoindre sur un banc de pierre, sous le couvert d'un énorme saule. Les branches caressaient doucement les eaux moirées de la rivière qui coulait sous le chaud soleil de juillet.

Je devais admettre que l'air de la campagne m'était bénéfique, car mes idées se remettaient lentement en place.

Le feuillage frémissait dans la brise d'été, murmurant une douce mélopée qui accompagnait ma peine. Le soleil était à son zénith, et même l'ombre offrait peu de fraîcheur en cette journée de canicule. Patrick me salua en m'adressant un faible sourire et m'embrassa. Les effluves de son eau de toilette se joignaient aux relents des écuries, d'où, je le devinais, il arrivait. Il était très élégant aujourd'hui dans son costume de serge bleue parementé de beige et sa chemise de lin d'Irlande.

Patrick n'avait jamais été attiré par les détails vestimentaires extravagants, les dentelles et les teintes voyantes. Il avait toujours opté pour la sobriété et portait ses cheveux non poudrés, simplement retenus par un ruban sur la nuque. Je souris faiblement en essayant de l'imaginer avec une de ces volumineuses perruques que les nobles affectionnaient tant. Triste image qui me rappela brusquement Winston.

Je tirai sur l'encolure de ma robe. Il faisait si chaud ! L'humidité de l'air collait l'étoffe sur ma peau. Patrick retira son justaucorps en soufflant et le déposa entre nous. La chaleur l'accablait, lui aussi. Nous restâmes l'un près de l'autre, silencieux, à contempler les collines d'un émeraude affadi sous un ciel vaporeux. Le tableau évoquait en moi quelques souvenirs d'enfance, en Irlande. A mon plus grand étonnement, je me rendis compte que je pensais de moins en moins souvent à mon île natale. Je me demandais si Patrick s'en languissait. Il me paraissait heureux, mais il avait cette faculté d'être bien n'importe où, tant qu'il y trouvait à lire et écrire. Devant son silence persistant, je décidai d'engager la conversation.

— Tu te plais à Edimbourg ?

— Euh… Oui, assez.

J'attendis qu'il en dise un peu plus, mais en vain.

— Et ton cœur, a-t-il trouvé à aimer ?

Il haussa les épaules en émettant un bref ricanement.

— Non, il attend toujours. Serais-tu pressée de me voir marié ?

— Ce ne serait pas si mal d'avoir une belle-sœur à qui raconter toutes tes bêtises.

Ma tirade ne fit pas mouche. D'évidence, Patrick avait l'esprit occupé par autre chose. Je repoussai une de ses mèches derrière l'oreille, en caressant sa joue lisse au passage. Il ferma les yeux et retint ma main pour l'embrasser. Après l'avoir relâchée, il se tourna vers moi et me regarda droit dans les yeux.

— Père s'en veut pour tout ce qui t'arrive, Caitlin.
— Ce n'est pas sa faute, Patrick.
— Il regrette tellement de t'avoir placée chez les Dunning...
— Il ne pouvait pas savoir.
— Je sais, mais...
Je retirai mes chaussures et allongeai mes jambes devant moi. Je me devais de fournir des explications à Patrick. Il n'oserait jamais aborder le sujet qui le rongeait sans un signe de ma part lui certifiant que j'étais prête à l'écouter.
— Pose-moi ta question, Pat. Tu veux savoir ?
Il hésita en s'agitant sur le banc. Son épaule frôla la mienne. Je lissai un pli imaginaire sur ma jupe bleu lavande.
— Tu n'es pas obligée de m'en parler si tu ne veux pas. Père m'a répété ce que tu lui as raconté...
Il s'arrêta et baissa les yeux.
— Le reste, je peux l'imaginer. Encore heureux qu'il ne t'ait pas fait un... bâtard.
Je rougis violemment et détournai la tête avec brusquerie. L'émotion m'étreignit. Je ne pouvais pas lui parler de Stephen. Seulement quatre personnes partageaient mon terrible secret. Becky avait juré sur la Bible de ne jamais le révéler à personne. La sage-femme avait dû être grassement payée pour se taire. Winston, lui, s'était occupé de trouver une famille pour mon fils. Puis lord Dunning. Personne d'autre ne devait être au courant, sinon mon fils risquait d'en payer le prix.
Lorsque j'avais découvert que je portais le fruit des œuvres de Dunning, désespérée, j'en avais fait part à Becky. Elle m'avait suggéré de quitter le manoir avant qu'on ne découvre mon état. Pour aller où ? Mon père se serait empressé de me renvoyer en Irlande et de me placer dans l'ombre d'un couvent. On m'aurait retiré mon fils d'une façon ou d'une autre. Jamais ! J'avais donc décidé de rester, croyant qu'une solution se présenterait d'elle-même. J'espérais honteusement une fausse couche. Lord Dunning ne fut pas long à découvrir ma grossesse. Au début, il en avait été contrarié. Furieux, même.
Puis une idée avait germé. Sachant son fils d'une nature peu disposée à lui offrir un héritier, il y avait vu l'occasion de pallier cette lacune. Winston se marierait à une jeune noble peu courtisée. Ils élèveraient l'enfant que je portais et dont le sang assurerait la lignée des Dunning. Ainsi, les apparences seraient sauvées, et moi, je restais sous la main lubrique de ce vieux porc. Evidemment, cela ne

pouvait être possible que si j'accouchais d'un fils. Si une fille naissait, j'étais cavalièrement renvoyée chez mon père avec l'enfant. J'eus un fils.

Comme je n'avais pas pris beaucoup de poids, ma grossesse avait été assez facile à camoufler sous des chemises amples, des tabliers et les multiples jupons d'hiver. Becky racontait à qui voulait l'entendre que je volais la nourriture dans le garde-manger. Si les autres domestiques avaient eu des doutes, ils s'étaient bien gardés d'en parler. Lady Catherine n'y avait vu que du feu. Je me cachais toujours sous un épais châle, me plaignant constamment que le manoir était mal chauffé. Le dernier mois, prétextant la maladie, je me tins à l'écart dans ma chambre, n'en sortant que très peu. Au moment où le travail avait débuté, on m'avait conduite directement chez la sage-femme, incognito. Cette nuit-là fut la plus pénible de ma vie. Je n'avais pas encore officiellement donné mon accord au perfide projet de Dunning.

Pour sa bonne conscience, lord Dunning m'avait laissé le choix. Soit je leur abandonnais mon fils, qu'ils prenaient en charge, lui assurant un avenir brillant et un héritage plus qu'enviable : un titre de noblesse. Soit je le gardais et me retrouvais à la rue, célibataire avec une bouche à nourrir. Pour seul héritage, je n'avais que la misère et le titre de bâtard à lui offrir. Pour le bonheur de l'enfant, je pris la décision qui s'imposait. Je le savais désormais à l'abri de la misère... enfin, jusqu'à cette nuit où je commis l'irréparable.

Je m'aperçus qu'à force de tourner sur lui-même un des boutons du justaucorps, j'étais en train de l'arracher. Je le lâchai immédiatement. Patrick me fixait, l'air soucieux. Cramoisie, je m'épongeai le front avec le mouchoir que je gardais dans mon corsage, puis me détournai. Il saisit mon menton, s'appropriant mon regard fuyant.

— Je veux savoir, Caitlin. Où étais-tu, l'autre nuit ? Que s'est-il passé pour que tu sois bouleversée à ce point ?

J'hésitai. Il prit ma main et en caressa la paume du bout de ses doigts.

— Caitlin, ma petite sœur, nous avons toujours tout partagé lorsque nous étions enfants. Nos jeux, nos confidences et nos... punitions, ajouta-t-il en souriant tristement. Je suis certain que tes intentions étaient les meilleures. Je ne pourrais jamais juger tes actes sans d'abord juger les miens.

— J'ai passé un marché pour libérer Liam, avouai-je en baissant les yeux.

Le silence s'éternisait. La main de Patrick se tendit sous mes doigts, qu'il emprisonna finalement avec force dans les siens.

— Avec Winston Dunning ? demanda-t-il froidement.

— Oui…

Au son de sa respiration, je savais qu'il tentait de contrôler ses émotions.

— Il est à Edimbourg ?

— Je l'ai croisé par hasard sur Highstreet, il y a trois jours. Le lendemain, j'ai reçu un billet de sa main, m'invitant à le rencontrer…

— Le salaud ! grommela-t-il.

— Patrick, je n'avais pas le choix, rétorquai-je, les lèvres tremblantes.

Il se releva brusquement, me bousculant un peu dans son mouvement.

— Je veux te croire ! Si je comprends bien, tu avais le choix entre réchauffer ses draps ou voir Liam au bout d'une corde.

J'aurais pu ajouter : « Et sacrifier le bonheur de mon fils ». J'enfouis mon visage entre mes mains pour y cacher toute ma honte.

— Oui, soufflai-je entre mes doigts.

— Es-tu certaine qu'il remplira sa part du marché maintenant qu'il… ? Oh, bon Dieu ! Sale bâtard !

Il écrasa son poing sur la pierre érodée du banc et se mit à arpenter furieusement le carré d'herbe devant moi.

— J'avais le document signé de sa main avant de faire mon choix et je l'ai porté moi-même au Tolbooth. Liam devrait être gracié d'ici quelques jours…

Patrick s'agenouilla devant moi. De ses pouces, il essuya les grosses larmes qui roulaient sur mes joues. Une grande tristesse se dégageait de ses yeux noirs. Il avait les yeux de maman. Ce qu'elle me manquait…

— Pourquoi faut-il que ta vie soit un tel enfer, Kitty ? J'aurais tellement voulu que ce soit autrement pour toi.

Je posai doucement mes lèvres sur son front et l'étreignis sur mon cœur.

— Moi aussi, Pat, mais, pour garder Liam près de moi, j'étais prête à sacrifier beaucoup.

— J'espère seulement qu'il en vaut la peine.

— Oui, soufflai-je en fermant les yeux. Il est tout ce que j'ai.

Je passai le plus clair de mon temps à dormir et à manger pour reprendre mes forces. L'appétit, comme l'espoir, me revenait peu à peu, et lady Sinclair me gavait comme une oie. Il fallait mettre quelque chose sur ces membres décharnés, me disait-elle. Les hommes n'aimaient pas les femmes maigrelettes, ils voulaient de la chair autour des os. Elle arrivait même à me faire sourire. Vers le milieu de la troisième journée, nous prîmes le chemin du retour.

Sitôt arrivée à Edimbourg, j'envoyai Patrick à la prison chercher des nouvelles de Liam. Il revint moins d'une demi-heure plus tard, rougi par sa course, essoufflé.

— Il est sorti, Caitlin... ce matin, ahana-t-il en s'essuyant le front avec le revers de sa manche.

— Quoi ? m'écriai-je, abasourdie. Mais où est-il ? Edwina m'a affirmé que personne n'était venu aujourd'hui. Il faut le retrouver, Patrick...

Ma phrase resta en suspens. Un profond malaise m'envahit. Et s'il était retourné directement à Glencoe en m'abandonnant parce que je l'avais trahi ? A cette idée, j'étais totalement affolée, rongée par la peine et la culpabilité.

— Je vais faire le tour des tavernes et des auberges. Peut-être avait-il besoin d'un peu de temps avant de venir... Avec sa taille et son allure, il n'a pas dû passer inaperçu.

Patrick revint bredouille au terme de trois heures de recherches. Liam n'avait été vu nulle part. Stoirm était toujours à l'écurie de l'auberge, ce qui excluait la thèse d'un retour à Glencoe. Je pris cette nouvelle avec un certain soulagement. La nuit étant tombée, le mieux à faire pour le moment était d'attendre qu'il se manifeste.

Il était minuit passé. Tout le monde était couché depuis une bonne heure lorsque j'entendis un bruissement derrière la porte de la chambre, puis plus rien. Je tendis l'oreille. Le silence se prolongeait. C'était probablement monsieur Sinclair qui revenait de son domaine. Il avait décidé d'y rester quelques jours de plus pour trouver un bon étalon pour sa jument, qui était prête pour la saillie. J'allais souffler ma chandelle lorsque la porte pivota sur ses gonds avec un léger grincement.

Je portai ma main à ma bouche en lâchant un cri de stupeur. Liam se tenait dans l'embrasure de la porte, ses mains appuyées de part et d'autre sur le chambranle. Mon cœur fit un bond, et je blêmis. C'était Liam, mais, en même temps, ce n'était pas lui. L'homme qui me fixait froidement avait maigri, et ses joues creusées étaient mangées par une barbe dorée. Il avait un œil tuméfié, et son arcade sourcilière ainsi que sa lèvre inférieure étaient fendues, couvertes d'une croûte de sang séché. Ses vêtements, en piteux état et crasseux, pendaient lamentablement. A la lueur de la chandelle, il avait une allure terrifiante. Ma gorge se crispa, et je tendis la main pour le toucher, question de m'assurer que je ne rêvais pas.

— Liam... Qu'est-ce qu'on t'a fait ?

— Ne me touche pas, murmura-t-il âprement.

Ce que je lus dans son regard me tétanisa. Liam entra et referma la porte derrière lui avant de s'y adosser pour m'observer, l'œil hagard.

— Tu m'as trahi, Caitlin ! rugit-il soudainement.

Je clignai des yeux et tressaillis sous la morsure du ton, mais ne dis rien.

— Je te faisais confiance, nom de Dieu ! continua-t-il, hors de lui. Je t'avais fait promettre... Tu es retournée là-bas et tu as rompu ta promesse.

— Il le fallait... balbutiai-je en rentrant ma tête dans mes épaules.

Il se mit à tourner autour de moi en grognant et en respirant bruyamment comme un taureau enragé, puis il se planta devant moi, les traits décomposés par la fureur.

— Tu avais promis !

Son visage n'était qu'à quelques centimètres du mien, me fusillant de son regard fou. Le choc de la surprise passé, la colère commença à sourdre en moi et explosa comme une boule de feu. Je plissai les yeux et le défiai.

— Comment oses-tu me traiter de la sorte ? Crois-tu être le seul à avoir souffert ? Si je n'y étais pas retournée, tu serais encore dans les bruyères à l'heure qu'il est, Liam Macdonald.

— Ce n'était pas à toi d'aller là-bas.

— Et pourquoi pas ? C'était mon crime, ma faute, c'était à moi de remettre les choses à leur place. Tu n'avais pas à payer pour mon erreur.

— Lorsque je t'ai épousée, Caitlin, j'ai pris tes erreurs à ma charge. Tu es ma femme ! J'étais très conscient de ce que je faisais. C'est ma tête qui était mise à prix, rappelle-toi !

— Alors moi, je n'avais qu'à rester ici sans rien faire, à attendre de te voir te balancer sur Grassmarket ? m'écriai-je, révoltée, les mains sur les hanches. C'est bien ce que tu es en train de me dire ?

— Oui !

Je me jetai farouchement sur lui en empoignant sa chemise déchirée à pleines mains.

— Qui crois-tu avoir épousé, Liam ? Une mijaurée ? Devenir veuve prématurément ne faisait pas partie de mes projets, je devais tenter quelque chose, nous ne pouvions pas vivre de cette façon. Du moins, pas moi.

Il me repoussa violemment.

— Quand j'ai appris que j'écopais des accusations à ta place, j'ai flairé le piège. J'avais fait mon enquête sur Winston Dunning. Je savais que c'était un piège, Caitlin. Et toi, en me désobéissant, tu as plongé dedans la tête la première.

— Et tu ne m'en as pas parlé ? m'écriai-je, stupéfaite. Pourquoi ?

— Je voulais régler ce problème moi-même. Je ne voulais pas que tu revoies ce salaud...

Les mots s'étranglèrent dans sa gorge.

— Je voulais éviter...

Il y eut un silence rempli de ce terrible doute.

— Que veux-tu dire ? bafouillai-je, soudain inquiète de ce qu'il pouvait savoir.

Il resta un moment sans bouger ni parler, comme s'il n'avait pas entendu ma question. Son visage mobile exprimait toute une gamme d'émotions.

— Winston Dunning m'a rendu une petite visite, comme tu peux le constater, dit-il froidement en désignant ses plaies croûtées d'un doigt tremblant.

— Il m'a dit qu'il ne t'avait aperçu que de l'extérieur de ta cellule... je ne comprends pas.

— Oh ! Mais si ! Tu comprends très bien, *mo bhean*[1]. Il est venu hier matin m'annoncer lui-même que j'avais obtenu le pardon du roi. Que l'« erreur » avait été « réparée ».

Ses mâchoires se contractaient convulsivement. Son visage était en feu et ses yeux me poignardaient. Mon pouls s'accéléra. Je me pétrifiai devant son regard assassin.

— Figure-toi que je suis assez bien informé du marché que tu as passé avec ce fils de pute.

Mon sang ne fit qu'un tour. J'avais l'impression que le plancher se dérobait sous mes pieds et que je basculais dans le vide. « Non, mon Dieu, non ! » Mes oreilles se mirent à bourdonner, et je chancelai, me rattrapant au rebord de la table de chevet.

1. Ma femme.

— Liam…

— Tu t'es vendue comme une vulgaire putain à ce *Sassenach* ! aboya-t-il.

Toute la douleur et l'angoisse contenues dans sa poitrine et sa gorge explosèrent et m'atteignirent comme un coup d'épée. Mon cœur était saigné à blanc.

— J'aurais vendu mon âme au diable pour te sauver s'il l'avait fallu ! hurlai-je.

— C'est exactement ce que tu as fait ! Tu t'es vendue au diable !

Ses mots étaient des couteaux à la lame aiguisée par la haine et la frustration. Il avançait vers moi, me surplombant de toute sa taille. Je reculai et butai contre le mur. J'étais prise au piège. Soudainement, j'avais peur de cet homme que j'aimais. Il était hors de lui. Je ne doutais pas un seul instant qu'il pût facilement me tuer s'il le voulait. Les poils se hérissèrent sur mes bras.

— Tu ne comprends pas…

— Explique-moi ce que je ne comprends pas, Caitlin. Je me retrouve en prison parce que tu me désobéis, ensuite j'apprends que ma femme baise avec le pire des salopards que je connaisse.

Je secouai frénétiquement la tête. Il me repoussa brutalement contre le mur en m'y maintenant par les épaules.

— Non… gémis-je, les larmes aux yeux.

— Il m'a tout raconté… en détail. Tous les menus détails… Pendant plus d'une heure, j'ai dû écouter, enchaîné à ce putain de mur sans pouvoir tuer ce fumier. Est-ce que tu peux imaginer la douleur ? Peux-tu l'imaginer un seul instant ? Chaque scène qu'il me rapportait, chaque mot qu'il prononçait me traversaient le cœur comme des coups de poignard. Il me charcutait et s'en délectait. Je ne peux plus chasser ces images à jamais gravées dans ma tête. Ses mains… Ses mains te dessinaient, te caressaient. Il te prenait devant moi, Caitlin… Je le voyais sur toi, et ça me tuait…

Il frappa le mur juste au-dessus de mon épaule en hurlant de rage. J'étais complètement terrifiée.

— Je n'avais pas le choix, il me demandait de choisir entre ta vie et…

— Tu l'avais, Caitlin. J'aurais préféré être pendu plutôt que d'entendre le récit de ta folle nuit de débauche avec ce…

Je le giflai si fort que j'en eus mal à la main. Il en demeura sidéré et, incrédule, porta ses doigts à sa joue marquée.

— Comment oses-tu ? soufflai-je, profondément blessée. Crois-tu que j'y aie pris plaisir ? Peut-être aurais-tu préféré être pendu, mais moi, je n'y tenais pas, Liam. Je l'ai fait par amour pour toi ! J'aurais bien donné ma vie en échange de la tienne, mais il n'en voulait pas. Tu n'as aucune idée de ce que j'ai dû sacrifier pour sauver ta peau. Si j'ai pu supporter cela, alors tu peux supporter de vivre. Je ferai bien des choses pour toi, salaud de Macdonald, cependant, ne me demande pas de tresser la corde qui te pendra. Jamais !

Il plaqua ses lèvres crevassées sur les miennes et fouilla ma bouche de sa langue, sans douceur. Je tentai de le repousser, mais il redoubla d'ardeur et s'attaqua à ma chemise de nuit.

— Tu es à moi, Caitlin Macdonald, et je ne tolérerai pas qu'un autre homme te touche. Souviens-toi de la promesse que tu m'as faite devant l'autel, peut-être ne t'en souviens-tu pas ?

— Je l'ai tenue, je voulais te protéger... sanglotai-je, écrasée par la douleur.

— Pour vouloir en tenir une, tu en as trahi une autre ! vociféra-t-il. Que fais-tu de ton serment de fidélité ?

Je ne reconnaissais plus l'homme qui m'assaillait. Il n'y avait plus aucune douceur, ni aucune tendresse dans ses gestes. Son souffle chaud balayait mon visage. Il avait réussi à retrousser ma chemise jusqu'à ma taille et tentait maintenant d'écarter mes cuisses avec son genou. Je me débattais frénétiquement.

— Arrête, Liam ! Pas comme ça, je t'en prie...

— Pourquoi pas ? Tu es ma femme après tout ! Tu te vautres sur la couche de Dunning et tu me refuses mes droits conjugaux ? Combien veux-tu, Caitlin ? railla-t-il en me regardant d'un œil noir. Combien vaux-tu pour cette nuit ?

— Oh ! mon Dieu ! Liam, non ! gémis-je. Arrête !

Il réussit à ouvrir mes cuisses. Je ne faisais pas le poids devant ce colosse. Il pouvait m'écraser d'une seule main s'il le voulait. Mais il m'écrasait de ses mots et de sa haine, ce qui était bien plus douloureux.

— *Dùin do bheul a bhoireannaich*[1] *!* ordonna-t-il en ouvrant les pans de son kilt crasseux.

Brusquement, il me souleva et m'empala avec brutalité sur son sexe dressé, ceignant ma taille d'une poigne d'acier. Un son rauque s'échappa de sa gorge. De son autre main, il empoigna mes cheveux et tira violemment ma tête vers l'arrière. Je criai de douleur et de peur.

— Combien de fois t'a-t-il prise, Caitlin ? Quatre, cinq, six ?

1. Ferme-la, femme !

Je sanglotai, secouée de soubresauts à chacun de ses coups de reins.

— Tu as aimé ? râla-t-il en me fixant de ses yeux froids. Est-ce que tu as aimé ce qu'il t'a fait ? Ce qu'il t'a fait faire ?

— Liam... Non... Je t'en supplie...

Je plantai mes ongles rageusement dans ses épaules, le griffant au sang. Il grimaça, puis gémit, mais son regard ne me quitta pas.

— Tu as joui, Caitlin ? Réponds-moi, garce ! Ce fils de pute t'a-t-il fait jouir comme il me l'a si bien raconté ?

Ne pouvant plus supporter son regard haineux plus longtemps, je fermai les yeux. Il me cognait contre les boiseries qui meurtrissaient mon dos. Le visage convulsé, il éructait sa hargne entre ses dents.

— Réponds-moi !

— Non ! Arrête ! hurlai-je rageusement. Tu ne vaux pas mieux que lui...

Il me martelait de plus en plus fort. Une larme coula le long de sa joue livide, puis il émit un son qui ressemblait à un sanglot.

— C'est faux, *a ghràidh,* chuchota-t-il comme un enfant, la voix brisée par la douleur. Moi... je t'aime...

Tendu comme un arc, il poussa un cri bestial et bascula sa tête vers l'arrière. Haletant, les narines frémissantes, il explosa en moi, secoué de puissants spasmes en criant des choses incompréhensibles. Après quelques secondes, il relâcha son étreinte, et je glissai sur le sol, où je me recroquevillai sur moi-même, dégoûtée, meurtrie au plus profond de mon être.

Liam tomba à genoux devant moi, la tête baissée.

— *Maith mi, mo chridhe*[1], murmura-t-il après un moment. C'était plus fort que moi, je devais te posséder, savoir que tu étais toujours mienne. Je n'ai pas pu faire autrement...

— En me prenant de force ?

Je lui lançai un regard furibond et endiguai le fiel qui remontait dans ma gorge et sur ma langue, y laissant un goût amer. J'étais trop lasse à présent pour me battre. Les mots crachés à la figure ne généraient que des blessures, et attisaient le feu de la rage qui nous consumait et nous détruisait. Je n'en voulais plus. J'en avais assez.

Je me redressai légèrement et m'adossai contre le mur. Les joues de Liam luisaient de larmes à la lueur de la chandelle vacillante. Il leva lentement un regard contrit vers moi. Ma colère exacerbée par le tranchant de ses vitupérations et par l'ignominie de ses

1. Pardonne-moi, mon cœur.

gestes s'évanouit d'un seul coup. Mon esprit, qui sombrait maintenant dans l'asthénie, n'avait plus la force de lutter. Je devais laisser la fièvre de la hargne retomber, pour éviter que les bourrasques de la rancœur ne la soulèvent de nouveau. Puis fermer les yeux et réfléchir.

Des voix nous parvenaient de l'étage inférieur. Des bruits étouffés de pas, des portes qui se refermaient. Un chien jappa quelque part dans Cowgate, puis le souffle de Liam passa près de moi. J'avais mal.

Il avança une main sur le plancher. Elle s'immobilisa à quelques centimètres de mon pied. Je la regardai trembler et m'éloignai un peu, à peine. Elle battit alors en retraite dans un soupir, quittant cet espace que je voulais garder entre nous.

— Qu'est-ce que je suis pour toi, exactement ? demandai-je après un long moment.

Ses sourcils se froncèrent d'incompréhension.

— Tu es... ma femme !

— Mais encore ?

— Je ne comprends pas, balbutia-t-il, hésitant.

— Qu'attends-tu d'une épouse ? Qu'attends-tu de moi ? l'éclairai-je, énervée.

Il me dévisagea, incrédule.

— Mais rien !

— Tu n'attends rien de moi ? m'écriai-je, stupéfaite. Pourquoi m'as-tu épousée, alors ? Pour faire tes repas ? Réchauffer ton lit ? Décorer ta maison, peut-être ?

Il plissa les yeux, l'air complètement désorienté par mes propos.

— Tu peux m'expliquer où tu veux en venir ?

— Je vais te dire ce que tu es pour moi et ce que, moi, j'attends de toi, Liam Macdonald, commençai-je. Tu es mon port d'attache, mon ancre. Quand la tempête se déchaîne et m'emporte dans sa tourmente, j'ai besoin que tu me retiennes. Quand j'ai du chagrin, quand je suis troublée, j'ai besoin de ton épaule, de ta compassion. Nous sommes deux, c'est vrai, en revanche, nous ne devons faire qu'un... Pour le meilleur et pour le pire. Tu ne me protégeras pas en me tenant à l'écart. Je veux faire partie de ta vie à part entière. Vivre la même chose que toi. Faire partie de toi. Je... t'aime, Liam et...

Je m'interrompis pour retenir un sanglot et repris, les lèvres tremblantes :

— Et j'aimerais… que ce soit la même chose pour toi. Si tu n'es pas prêt à m'ouvrir toutes les portes de ton cœur, alors…

Un air affligé se peignit sur son visage.

— J'ai besoin de temps, Caitlin. Je ne sais plus où j'en suis. J'ai trop mal, et cela m'empêche de réfléchir. Quand j'ai ces visions de toi et… J'en deviens fou. Je ne pense qu'à tuer… lui, même toi… J'ai songé à te tuer, *a ghràidh mo chridhe…*

Ses épaules étaient secouées de sanglots. Je m'approchai de lui et posai ma main sur son bras. Il poussa un long gémissement et m'attira à lui, sur ses genoux. Ses doigts s'enfoncèrent dans mes cheveux, dans ma peau, me retenant comme on retient son dernier souffle. Il prit ma tête entre ses deux mains, cherchant mon regard, fouillant mon âme.

— Caitlin…

Ses yeux s'embuèrent et se refermèrent à demi. Je laissai le sel de mes larmes brûler ses lèvres, et il nicha son visage dans mon cou.

Nous restâmes accrochés l'un à l'autre sur le plancher pendant un bon moment, puis il s'écarta de moi.

— Je comprends ce que tu veux. Cependant… je ne suis pas en mesure de te le donner pour l'instant. Je ne sais pas quand… Je vais partir pour la France.

— Quoi ? m'exclamai-je, abasourdie. En France ? Mais pourquoi ?

— J'ai besoin de temps pour guérir, seul. Là-bas, je négocierai une transaction d'armes. On m'a fourni un laissez-passer sous une fausse identité.

— Liam, non, j'ai besoin de toi… Je ne veux pas être séparée de toi encore une fois ! m'écriai-je, affolée. Ne pars pas… Je t'en prie !

— Il le faut, *a ghràidh,* pour notre salut. Retourne à Carnoch, retourne chez toi.

Sa bouche émit une plainte qui se perdit dans mes cheveux.

— Je t'ai épousée parce que je t'aimais, mais, aujourd'hui, un sentiment étrange a pris place dans mon cœur. Je dois régler ça. Je ne veux pas te haïr, *a ghràidh,* tu comprends ?

Je suffoquai sous le poids de l'affliction, déchirée par cette nouvelle séparation.

— Je reviendrai, mon vent d'Irlande… Je te le promets.

Il se releva, me soulevant du même geste pour me déposer sur le lit. Mes mains accrochées à sa chemise le retenaient désespérément.

— Si tu as besoin d'argent, ou de quoi que ce soit, demande à Donald. Il saura trouver Colin.

Des pas accompagnés de voix résonnèrent dans les marches qui montaient à l'étage. Liam se tourna vers la porte, hésita un instant, puis il m'embrassa une dernière fois, longuement, tendrement. L'espace de quelques instants, je retrouvai dans ce corps brisé et tourmenté celui que j'aimais.

Il sortit, laissant s'engouffrer le vent, qui souffla la chandelle. Je restai seule encore une fois. Incapable de me contenir, mon cri de désespoir déchira le silence qui pesait déjà si lourd dans la chambre vide.

16

Les âmes repentantes

Après des adieux douloureux à Edwina et à mon père, Patrick et moi prîmes la route en direction de Glencoe. Je décidai d'arrêter dans les bruyères du Glen Dochart pour notre deuxième nuit. Nous trouvâmes un endroit tranquille près d'un loch, au pied d'un escarpement rocheux.

Patrick avait été très peu loquace. Je lui avais fait la tête tout au long de notre chevauchée. Je savais bien qu'il était consterné par la tournure inattendue des événements, mais c'était plus fort que moi. Pour diluer ma propre culpabilité, je l'accusais d'avoir contribué à la fuite de Liam en l'aidant à se procurer un laissez-passer pour la France. J'avais besoin de m'en prendre à quelqu'un, et mon pauvre frère était le seul sur qui je pouvais déverser mon acrimonie.

Le temps était couvert et humide. La poussière et mes vêtements trempés par la transpiration me collaient à la peau. Je descendis vers le cours d'un ruisseau pour me rafraîchir un peu, tandis que Patrick dessellait les chevaux. Le soleil s'était couché depuis plusieurs minutes, et le crépuscule nimbait le paysage d'or et de pourpre. Je m'assis entre deux rochers, où l'eau était peu profonde. Libérée de mon corselet, et mes jupes retroussées, j'y trempai mes jambes, et, prenant l'eau en coupe dans mes mains, je m'aspergeai la gorge et la nuque.

J'avais besoin d'être seule quelques instants pour réfléchir à ma nouvelle situation. Etendue sur la berge, je fixais une étoile qui clignotait faiblement dans la voûte iridescente. Ma vie allait-elle toujours être ainsi, avec Liam ? Allait-il perpétuellement courir se cacher au moindre obstacle entre nous ? Je ne doutais pas de ses sentiments, mais j'en avais assez qu'il fasse fi des miens. Sur près d'un mois et demi de mariage, nous n'avions passé que deux semaines ensemble.

Soudain, un cri me fit bondir sur ma dague, que je portais attachée à ma ceinture, dans un fourreau de cuir. Je ramassai prestement mon corselet sur le sol et me réfugiai dans l'ombre du plus gros des deux rochers. Des voix d'hommes portées par le vent léger faisaient écho sur les falaises derrière moi.

Le cœur battant, je contournai légèrement le rocher pour regarder plus bas, sur la colline. Ils étaient à une bonne trentaine de mètres de moi, en contrebas, près du loch. Cinq silhouettes se détachaient nettement sur la moire dorée de l'eau. Je ne pouvais voir leurs visages. Certains portaient le kilt, d'autres, la culotte ; toutefois, ils avaient tous un plaid drapé autour du corps. Des Ecossais. La conversation en anglais ponctuée de gaélique était très animée et, d'après le ton violent des éclats de voix, j'en déduisis qu'ils se disputaient.

Je me rhabillai à la hâte et ramassai le long poignard que j'avais ajouté à mon début d'arsenal avant de quitter Edimbourg. Patrick avait insisté pour que je prenne une deuxième arme sur moi. Lui-même s'était muni d'une épée courte à double tranchant, d'un poignard et d'un pistolet. Il en gardait un deuxième dans ses fontes. « Au cas où ! » disait-il. J'espérais seulement qu'il savait s'en servir. Je n'avais jamais vu Patrick se battre et je le voyais mal une épée à la main. Non pas qu'il fût chétif ou malhabile, loin de là. Patrick était assez bien charpenté avec son mètre quatre-vingts et ne s'en laissait pas imposer. Cependant, il avait toujours préféré se battre avec les mots plutôt qu'avec ses poings, contrairement à Michael et à Mathew. Mais dans les Highlands, nous étions loin des guerres politiques de salon et, ici, les mots étaient bien futiles devant l'acier des lames.

Des bribes de la querelle me parvinrent ; l'argent semblait en être la cause. Quelqu'un beugla une insulte en traitant un certain Campbell de « sale chien ». Je me plaquai au sol pour être moins visible, car un des hommes regardait dans ma direction. La dispute continua encore un peu, puis tout dégénéra très vite.

Deux des hommes agrippèrent un troisième par les bras et le maintinrent solidement. Les deux autres se mirent à le marteler de coups de poing au ventre et au visage. Je pouvais distinctement entendre les sons étouffés que faisaient les impacts sur la chair, et je tressaillais chaque fois. Les deux agresseurs s'arrêtèrent de frapper, puis le plus grand releva brusquement la tête affalée de la victime par les cheveux en lui disant quelque chose. Le pauvre homme se mit à l'injurier de plus belle :

— Va pourrir en enfer, Ewen Campbell ! Et maudits soient ta vallée et tous ceux qui y vivent !

Mon sang se glaça. On le frappa une nouvelle fois, puis le grincement du métal frottant sur du fer résonna sinistrement. On tirait une épée de son fourreau. Mes yeux s'agrandirent d'effroi devant la scène d'horreur qui se déroulait. La lame qui brillait dans les dernières lueurs du soir transperça le corps de l'homme, qui se cambra dans un cri horrible avant de s'effondrer aux pieds de ses bourreaux.

Le sang me fouettait les tempes. Je tentai de reprendre ma respiration momentanément coupée par le choc de l'atroce scène. Après un bref conciliabule, les assassins soulevèrent le cadavre et l'envoyèrent dans les eaux miroitantes du loch, sans aucune autre forme de considération, avant de prendre la poudre d'escampette.

Je dus rester couchée plusieurs longues minutes dans les bruyères, de peur d'être vue, ce qui me permit de me reprendre. Prudemment, je me redressai et grimpai la colline, les jambes à mon cou, butant sur les pierres dans l'obscurité grandissante.

Les chevaux broutaient paresseusement près d'un taillis, tandis que Patrick se reposait, la tête calée sur sa selle, les mains derrière la nuque.

— Patrick... haletai-je, hors d'haleine, en tombant à genoux près de lui. On ne peut pas rester ici... en bas... ils ont tué un homme... il faut partir, je les ai vus... s'ils reviennent...

— Holà ! petite sœur ! s'écria-t-il en se redressant. Calme-toi, je ne comprends pas un mot de ce que tu racontes.

J'inhalai une bonne goulée d'air et pris le bras de mon frère.

— J'ai vu un homme se faire tuer en bas, près du loch. Il faut partir, Patrick. S'ils reviennent et nous trouvent ici... Ils nous tueront aussi.

— De quoi parles-tu ? Quels hommes ?

— Je ne sais pas... Enfin peut-être, mais je ne suis pas certaine...

Je m'étranglai sur cette dernière phrase. Soudain, j'eus la nette sensation du métal froid d'un poignard sur ma gorge et revis le visage hargneux d'Ewen Campbell. Etait-ce bien de lui qu'il s'agissait ? Je portai ma main à mon cou et déglutis en frissonnant.

— Ils étaient cinq, continuai-je en tremblant. Ils se querellaient. Ensuite, quatre des hommes s'en sont pris au cinquième et l'ont passé au fil de l'épée.

— Où sont-ils, maintenant ?

— Partis, je crois, mais s'ils reviennent... Patrick, j'ai peur.

— Ils t'ont vue ?

— Non...

— Tu en es certaine ?

— Je crois, oui. J'étais cachée derrière un rocher, couchée sur le sol.

Il se frotta le menton pensivement.

— Il fera bientôt nuit noire, Caitlin. Le ciel se couvre, et nous ne verrons pas plus loin que le bout de notre nez. Ce serait trop dangereux de reprendre la route. Nous risquons déjà assez de nous perdre dans ces montagnes en plein jour...

Je me laissai retomber sur le dos à côté de lui. Il avait raison sur ce point. Je ne connaissais pas la région. Nous avancions à tâtons, demandant des informations aux rares habitants que nous croisions sur notre route. Voyager de nuit serait pure folie. Nous pourrions tout aussi bien nous retrouver en Angleterre à l'aube. Liam se guidait sur les étoiles, mais encore fallait-il savoir dans quelle direction aller.

Je me blottis contre mon frère, qui me serra dans ses bras.

— Ils ne reviendront pas, Caitlin, déclara-t-il pour me rassurer. On ne revient pas sur un lieu de crime...

Nous ne fermâmes pas l'œil de la nuit. Patrick gardait une main sur la crosse de son pistolet, et l'autre, sur mon épaule en un geste protecteur, tandis que moi, enroulée dans mon plaid, j'avais mon poignard sur mes genoux.

Ce fut ainsi que mon frère passa sa deuxième nuit dans les bruyères. Nous reprîmes la route dès l'aube, les yeux rouges de fatigue et nerveux, après avoir mangé quelques provisions qu'Edwina avait eu la gentillesse de nous préparer.

Nous passâmes Crianlarich peu après et bifurquâmes vers le nord. A partir de là, le paysage me parut vaguement plus familier.

Je croisai le regard de Patrick et, malgré son air rassuré, perçus son inquiétude. Il n'avait pas eu d'autre choix que de m'accompagner dans les Highlands. Donald et Niall étant partis, Liam disparu sur le continent, il lui revenait donc de faire le voyage avec moi jusqu'à Glencoe. Avec son costume à la coupe impeccable et ses belles bottes de cavalier, son allure de parfait gentleman anglais tranchait largement avec celle plus rustique des hommes de clan. Il appréhendait certainement l'accueil qu'on lui réserverait à Carnoch.

Nous arrivâmes à la porte est de la vallée après plusieurs longues heures de chevauchée.

— Nous y voilà, soufflai-je, émerveillée devant la majesté du paysage retrouvé.

Incertain, Patrick s'engagea sur l'étroit chemin qui franchissait le col de la vallée de Glencoe. Nous fîmes avancer nos montures au pas jusqu'au loch Achtriochtan. Un bref éclat lumineux retint mon attention plus bas, sur Signal Rock, puis un cri retentit et fit écho sur les flancs escarpés des montagnes. Deux silhouettes surgirent au tournant de la vallée ; des cavaliers venaient à notre rencontre.

La mâchoire crispée, Patrick marmonna quelques mots. Dans un nuage de poussière, les hommes approchaient au grand galop et nous rejoignirent en peu de temps.

Angus Macdonald et Ronald MacEanruigs se tenaient à une distance respectable, pistolets à la main. Ils me saluèrent poliment, puis toisèrent mon frère avec méfiance, gardant le canon de leur pistolet pointé sur ses jambes, ce qui le rendit visiblement nerveux.

— *Cò tha e*[1] ? demanda Angus en ne quittant pas l'intrus des yeux.

— *Is esan mo bhrathair*[2], Patrick, répondis-je en esquissant un petit sourire.

Angus et Ronald se regardèrent, puis, après un bref signe de tête de la part de ce dernier, les pistolets reprirent leur place, coincés dans les ceintures des deux hommes.

— *Càit'a bheil Liam*[3] ? demanda Ronald en me dévisageant d'un air interrogateur.

— *Chaidh e an Fhraing*[4], balbutiai-je, mal à l'aise.

— *Cuin'a tha e ri tilleadh*[5] ?

— *Chan eil fhios agam*[6], murmurai-je en baissant les yeux vers le pommeau de ma selle.

Perplexes, Angus et Ronald haussèrent les épaules, puis éperonnèrent leurs montures après avoir fait demi-tour. Nous franchîmes les derniers kilomètres nous séparant de Carnoch, escortés par les deux Highlanders.

— Notre comité de bienvenue ? me chuchota Patrick sur un ton plus détendu.

---

1. Qui est-il ?
2. C'est mon frère.
3. Où est Liam ?
4. Il est parti en France.
5. Quand revient-il ?
6. Je ne sais pas.

— Ne t'en fais pas, ils sont toujours un peu froids avec les étrangers.

Les colonnes de fumée étaient maintenant visibles. Un mois s'était écoulé depuis notre départ précipité vers les montagnes qui nous avait menés finalement jusqu'à Edimbourg. Aujourd'hui, je revenais le cœur lourd, désespérément seule. C'est à moi que revenait la tâche d'expliquer le départ de Liam pour la France.

La maison était poussiéreuse et sentait le renfermé. On avait barricadé les fenêtres avec des planches que je m'empressai de retirer. Avec un pincement au cœur, je vis les deux fauteuils que Liam avait commandés à Malcolm. On les avait livrés et placés près de l'âtre. Ils étaient de bonne facture, en chêne solide avec un haut dossier ouvragé. Mes doigts s'attardèrent sur un détail sculpté à même le bois, une petite branche de bruyère, emblème des Macdonald.

— Ils sont beaux, dit Patrick dans mon dos.

— Euh... Oui, en effet, bafouillai-je, émue. Liam les avait commandés avant de quitter la vallée.

Je réprimai un sanglot. Patrick m'attira vers lui et, relevant mon menton, me fixa d'un air affecté.

— Il reviendra, ma sœur. Comme un animal blessé, il est allé lécher ses plaies à l'abri des regards.

— Mais pourquoi si loin ?

— Je ne sais pas, mais tu dois être patiente, Kitty. Je ne le connais pas très bien, mais je sais qu'il tient à toi. Je l'ai su le jour où il a appris que tu te trouvais au manoir Dunning.

Il me sourit.

— Ce jour-là, j'ai compris pourquoi les Anglais traitaient les Highlanders de sauvages et de barbares. Il n'était pas dans mon intérêt de me placer sur son chemin.

Comme il déposait un baiser sur mon front, la porte s'ouvrit sur Sàra qui s'engouffra à l'intérieur en coup de vent. La surprise la tétanisa. Interdite, elle écarquilla des yeux ronds en nous découvrant enlacés.

— Seigneur Jésus ! s'exclama-t-elle en portant la main à sa bouche.

Je m'écartai de Patrick, un peu déconcertée. En voyant son trouble, je compris qu'elle avait interprété la scène à sa façon.

— Où est Liam ? interrogea-t-elle d'un ton sec et cassant.

Ses yeux passaient de moi à Patrick, qui semblait lui aussi embarrassé.

— Liam n'est pas revenu, il est...

— Qu'est-ce qu'on a fait de Liam ? coupa-t-elle, maintenant livide.

— Il a obtenu son pardon…

— Où est-il, alors ? Pourquoi n'est-il pas revenu, et puis, qui est cet homme ?

— Si tu me laissais placer un mot, je pourrais peut-être t'expliquer, m'énervai-je.

Elle me lança un regard noir et se dirigea vers un banc en toisant froidement mon frère.

— Pour commencer, je te présente mon frère, Patrick.

Sàra ouvrit ses grands yeux gris et resta bouche bée. Son teint vira brusquement au vermillon.

— Seigneur ! s'écria-t-elle dans un souffle. Un moment, j'ai cru que…

Elle s'interrompit, gênée, en observant mon frère du coin de l'œil.

— C'est que, quand je suis entrée, vous étiez en train de…

Ses doigts tortillaient nerveusement une mèche de ses cheveux dorés par le soleil.

— Je suis désolée, Caitlin, j'ai toujours tendance à sauter un peu trop vite aux conclusions.

Patrick paraissait se délecter de la scène.

— Ensuite, Liam a été libéré, il est parti… pour la France.

— Pour la France ? répéta-t-elle, incrédule. Pourquoi ?

— Il est allé traiter une affaire à Calais, s'interposa Patrick, qui n'avait rien dit jusqu'alors. Il sera de retour d'ici quelques semaines.

Il s'approcha d'elle en souriant et s'inclina.

— Maintenant que vous savez qui je suis, puis-je savoir à qui ai-je l'honneur ?

Sàra se leva vivement, baissant les yeux pour éviter le regard noir insistant de Patrick.

— Euh… Je suis Sàra, la sœur de Liam.

Mon frère lui prit la main et la porta à ses lèvres, en parfait homme du monde, et l'observa à travers ses cils.

— Sàra… enchanté, murmura-t-il.

Je raclai doucement ma gorge pour ramener Patrick à l'ordre. Il avait pris ce ton patelin que je lui connaissais lorsqu'il désirait retenir l'attention d'un cœur. Sàra retira lentement ses doigts restés emprisonnés plus longtemps que ne l'exigeait la bienséance.

— Euh… vous devez avoir faim, la route est longue… depuis Edimbourg. Je peux vous préparer à manger, si vous le désirez.

— Ce serait gentil, dit Patrick.

Le sourire de Sàra s'élargit ostensiblement. Puis, comme si elle venait de se rappeler mon existence, elle se tourna vers moi. Fidèle à sa nature, elle me mitrailla de questions sur mon séjour à Edimbourg, sur la libération inespérée de son frère et sur notre voyage du retour. Je répondais évasivement, évitant d'entrer dans les détails.

— Ton retour me rend si heureuse, Caitlin ! Et de savoir Liam enfin libéré, même s'il n'est pas encore avec nous, complète mon bonheur. Il faut fêter cela. Venez, je vous invite chez moi, tu m'aideras à préparer le lapin qu'Isaak m'a rapporté.

— Isaak est ici ?

— Depuis une semaine. Il m'apporte souvent un petit quelque chose lorsqu'il...

Elle s'interrompit, coulant un regard vers Patrick, qui ne l'avait pas quittée des yeux. Les joues rouges, elle bafouilla quelques mots et s'excusa de son impolitesse.

— Je parle trop, vous êtes fatigués et affamés. Pardonnez mon manque d'hospitalité. Je...

Je les regardai à tour de rôle et devinai que le séjour de Patrick risquait de se prolonger pour les beaux yeux de ma belle-sœur.

— Et si nous allions continuer cette conversation devant un bon ragoût de lapin ? dis-je pour couper court à cette séance de séduction.

La pluie battait les carreaux du nouveau manoir du chef du clan des Macdonald de Glencoe, John MacIain. Une réunion se tenait dans la salle du conseil. Patrick et moi y avions été conviés pour expliquer l'absence de Liam à Carnoch. Patrick s'en tint à la raison donnée à Sàra pour m'éviter toute humiliation. De toute façon, c'était la vérité, même si la raison principale différait.

John accorda l'asile à mon frère. En sa qualité de beau-frère, il était d'une certaine manière rattaché au clan et lui devait sa loyauté. J'en fus soulagée, car je ne tenais pas à ce qu'il retourne à Edimbourg, du moins pas avant que Liam ne revienne. Il logerait donc chez moi.

Ce détail étant réglé, les hommes se mirent à parler d'un nouveau problème qui venait de surgir dans le Lochaber. Il semblait qu'une bande de scélérats volaient les fermages des Cameron de Lochiel et des Macdonald de Keppoch. Deux *tacksmen* avaient été retrouvés assassinés, et un troisième était porté disparu depuis quelques jours. Personne n'était formel quant à l'identité de ces malfaiteurs, cependant on avança des noms, dont celui d'un certain Campbell, le chef. Ewen Campbell pour être plus précis.

Je m'agitai nerveusement sur mon banc, me demandant si l'homme que j'avais vu se faire tuer n'était pas ce troisième *tacksman*. Patrick devina mon trouble et me jeta un regard entendu.

— Crois-tu qu'il s'agit du meurtre au bord du loch ? me chuchota-t-il.

— Peut-être… devrais-je en parler ?

— A toi d'en décider, ma sœur. Es-tu sûre que c'était ce Campbell ?

— Il peut toujours y avoir plus d'un Ewen Campbell, je ne sais pas, hésitai-je.

— Vous savez quelque chose à propos de cette affaire, Caitlin ? murmura une autre voix dans mon oreille.

Je sursautai, manquant renverser le verre de bière devant moi. Donald, qui était assis à côté de moi, paraissait avoir suivi notre petit entretien. Il m'observa de biais.

— Vous avez revu cet homme ? Celui qui vous a blessée ? ajouta-t-il d'une voix plus forte.

Tous les regards étaient maintenant dirigés vers moi. Je restai figée.

— Euh… C'est que…

— Vous avez quelque chose à dire sur le sujet qui nous préoccupe, Caitlin ?

Le chef penchait ses trois plumes d'aigle vers moi avec intérêt.

— Peut-être, commençai-je nerveusement. C'est que, lors de mon retour ici, mon frère et moi avons passé la nuit près d'un loch dans le Glen Dochart, et j'y ai été témoin d'un meurtre.

Un murmure parcourut la salle remplie d'une bonne trentaine de Highlanders aux couleurs des Macdonald. John sourcilla, l'air intéressé par mon histoire.

— Poursuivez, m'encouragea-t-il.

— J'ai vu quatre hommes battre et en tuer un cinquième d'un coup d'épée sur la rive d'un loch. J'étais cachée derrière un rocher. Il faisait trop sombre, et je n'ai pas pu voir leurs visages ni distinguer la couleur de leurs plaids, mais j'ai clairement entendu ce qu'a crié le malheureux avant d'être… transpercé.

— Et ?

— Il a crié : « Va pourrir en enfer, Ewen Campbell, et maudits soient ta vallée et tous ceux qui y vivent. »

Un silence s'abattit sur l'assemblée. Aux mines qu'affichaient les hommes présents, je devinai que chacun y allait de sa propre conclusion. John Macdonald pianotait de ses longs doigts sur la table de chêne cirée.

— Si ce que vous avancez se révèle juste… la situation est assez délicate. Cet Ewen Campbell est le neveu du laird de Glenlyon, le capitaine Robert Campbell.

— Je ne peux pas le prouver, répondis-je, légèrement piquée, en revanche, je suis certaine de ce que j'ai vu et entendu.

Il frotta son menton en fronçant les sourcils d'un air perplexe.

— Nous pourrions aller vérifier, dans le Dochart, si un cadavre n'aurait pas été retrouvé, avança un des hommes.

— Ouais, c'est vrai ! renchérit un autre. C'était peut-être Allan Macdonald, celui qui a disparu avec les fermages d'Inverroy.

Une vague d'approbation déferla sur l'assemblée maintenant exaltée.

— Vous avez vu ce qu'ils ont fait du corps ? demanda Donald.

— Ils l'ont balancé dans le loch.

La rumeur fit rapidement le tour de la salle. Des hommes hochaient la tête, d'autres levaient un poing qui réclamait vengeance. L'excitation était à son comble. John se frotta les yeux ; il semblait préoccupé.

— Nous allons probablement avoir des difficultés à le retrouver. Il faudra que vous veniez avec nous pour identifier l'endroit.

Le lendemain, aux premières lueurs, je partis, flanquée de huit hommes armés jusqu'aux dents. Ne voyant pas d'un bon œil le fait de me laisser aller seule avec ces hommes à l'allure plus ou moins patibulaire, mon frère nous accompagna. Nous refîmes le trajet à l'envers dans une brume épaisse. Heureusement, elle se dissipa un peu avant notre arrivée à l'endroit où avait eu lieu le meurtre. Les hommes se divisèrent pour fouiller les berges et sonder le bord de l'eau. Depuis cinq jours, le cadavre devait avoir refait surface. Je m'abstins toutefois de participer aux recherches, préférant rester assise sous un arbre. La perspective de me retrouver face à face avec un cadavre gonflé, en état de putréfaction, ne me tentait guère.

Juste à l'heure où le soleil se couchait derrière le Ben Lui, on trouva le corps sous une vieille barque défoncée, à demi caché dans les hautes herbes aquatiques. C'était bien Allan Macdonald, *tacksman* d'Inverroy pour la maison de Keppoch. Son plaid cramoisi et sa dent centrale cassée en biseau permirent de l'identifier.

On l'enroula dans son plaid et on l'attacha sur un poney. Deux hommes iraient le porter à sa veuve. Nous reprîmes aussitôt le chemin du retour, ne souhaitant pas nous attarder plus longtemps sur les terres des Campbell. Ce ne fut donc qu'aux petites heures du matin, épuisée et fourbue, que je m'endormis.

Le temps coulait lentement. Entre les nuits passées à blasphémer ce Dieu qui me refusait le bonheur, les jours étaient consacrés aux champs à faucher ma rage avec l'avoine, au métier à tisser à entrelacer mon amertume avec la laine, et à la distillerie à broyer ma douleur avec l'orge. Par beau temps, mon cœur restait indéfectiblement à l'ombre de mon désespoir, je hurlais et criais ma peine en silence. Par mauvais temps, le ciel me répondait, se couvrant de tristesse et pleurant avec moi. Toutefois, ce n'était pas de sa compassion que j'avais besoin. C'était de Liam…

Et puis, le temps passant, je m'habituai à cette vie partagée avec un fantôme. Je soliloquais avec le souvenir d'un homme que j'avais aimé. Pourquoi je l'aimais ? Je ne le savais pas. Les émotions bouleversent, torturent, exigent et réduisent à l'esclavage, mais ne donnent jamais de raisons. La nuit, parfois, je me réveillais trempée de sueur, encore frémissante de la visite fugace de mon spectre. Au petit matin, la vie reprenait son cours…

J'avais décidé de consacrer cette journée aux menus travaux que mon absence prolongée avait retardés. Patrick était chargé de stocker des blocs de tourbe, la pile ayant diminué considérablement. Debout devant la grande armoire, je faisais l'inventaire des denrées périssables, essayant de ne pas penser à Liam. Son absence me pesait cruellement. J'arrivais assez bien à occuper mon esprit du matin au soir, car il y avait beaucoup à faire. Mais, lorsque je me couchais, mes bras n'étreignaient que le vide, et je m'endormais les yeux gonflés de larmes.

Patrick s'adaptait merveilleusement bien à la vie campagnarde. Il avait troqué sa belle chemise de lin fin pour une chemise en lin du pays, jaune safran, que je lui avais confectionnée avec l'aide de Sàra. Depuis quelques jours, les visites de cette dernière étaient de plus en plus fréquentes et, bizarrement, elles coïncidaient avec les retours de chasse ou des travaux communautaires auxquels Patrick participait de bon cœur. Mon petit doigt me disait que quelque chose se tramait. A plusieurs occasions, j'avais surpris le regard de mon frère qui s'attardait sur les formes de ma belle-sœur, ce qui lui valut, à maintes reprises, un discret coup de pied de ma part.

J'en étais à ranger les serviettes lorsque ma main heurta un objet dur. Je m'en saisis et le retirai de la pile. Je restai estomaquée. La boîte de Liam. Finalement, elle n'avait pas été volée, il l'avait égarée. Je caressai le couvercle de bois d'un doigt. L'idée de m'en débarrasser m'effleura. Il la croyait perdue. Non... Je ne pouvais faire cela. « Quelle honte, Caitlin ! Serais-tu jalouse d'une simple mèche de cheveux ? » C'était en effet complètement ridicule. Je la replaçai sous ses chemises, hésitai encore un moment, puis la repris.

Je retirai lentement le couvercle. Un cri de stupeur s'échappa de ma gorge. Je fixai avec un mélange de peur et d'horreur la longue mèche rousse.

— Seigneur ! Meghan...

D'une main tremblante, je la pris, la tins à bout de bras devant moi. Etaient-ce vraiment les cheveux de Meghan ? Que faisaient-ils là ? Un frisson me parcourut. Meghan était morte. Mais alors ?

Deux coups secs secouèrent la porte.

— Ahhh !

Je sursautai sur place. La mèche m'échappa, retombant à mes pieds. Je pivotai d'un coup, le cœur battant, et jetai un coup d'œil effaré en direction de la porte, m'attendant à voir apparaître la Créature.

— Caitlin ?

Une silhouette se tenait sur le seuil, haute et massive. Je me figeai.

— Caitlin ?

— Colin ? dis-je, un peu éberluée.

Il parcourut la pièce du regard, puis ses yeux gris se posèrent sur moi. Je n'avais pas revu Colin depuis le jour de mon mariage, lorsqu'il m'avait guidée vers l'autel. Promptement, je ramassai la mèche, la remis dans la boîte et la refermai. Il m'observait d'un œil curieux.

— Colin... repris-je, mal à l'aise, que fais-tu ici ?

Il hésita, fit quelques pas dans ma direction. Je cachai la boîte dans mon dos.

— Je... je suis venu te donner un peu d'argent, dit-il en sortant de son *sporran* un petit sac rempli de pièces.

Il le soupesa, faisant tinter la monnaie qu'il contenait, et me le tendit.

— Merci, bredouillai-je.

Nos mains se frôlèrent momentanément lorsque je pris le sac. Je reculai vivement, comme brûlée par un charbon ardent.

— Tout va bien ?

Je reculai encore d'un pas, heurtant l'armoire.

— Ou-oui...

Il ne dit mot, me scrutant les sourcils froncés.

— Tu n'as pas l'air d'aller, Caitlin. J'ai... appris pour Liam, déclara-t-il en mettant ses mains dans son dos.

Il pencha légèrement la tête de côté tout en m'observant avant de reprendre :

— C'est plutôt ingrat de sa part de laisser sa femme voyager seule et s'occuper des champs et de la maison... sans protection aucune.

— Je n'étais pas seule pour voyager, me défendis-je.

— Tu sais ce que je veux dire, Caitlin. Il aurait pu te raccompagner jusqu'ici avant de repartir. Je ne comprends pas très bien son attitude. Il n'a pas le droit de t'abandonner ainsi. A moins que quelque chose ne se soit passé à Edimbourg...

— Je ne veux pas en parler, rétorquai-je un peu trop abruptement, ce qui le fit sourciller.

Il s'approcha de moi, en me fouillant du regard. Je glissai discrètement la boîte entre deux sacs de fèves.

— Que s'est-il passé ? Il ne t'a pas traitée correctement ? Il t'a tenue pour responsable de son emprisonnement ?

Je sentis le feu me monter aux joues. Son regard se fit inquisiteur.

— Donald m'a raconté pour le manoir Dunning, cependant il ne m'a exposé que les faits... Est-ce que Liam te reprocherait injustement ton intention de le disculper ? Ton choix était pourtant très noble.

Je m'adossai aux étagères pour dissimuler mes tremblements. Il n'était plus qu'à quelques centimètres de moi.

— Colin, cela ne regarde que Liam et moi, tranchai-je un peu trop durement.

— Tant que tu es ma belle-sœur, je considère que ce qui te concerne me regarde aussi un peu. Je n'accepterai pas que Liam te fasse du mal, de quelque façon que ce soit. Je... tiens à toi et ne supporterai pas de te voir malheureuse à cause de lui.

Il effleura ma joue, s'empara d'une mèche et l'enroula autour d'un doigt.

— Beaucoup d'hommes te convoitent secrètement. S'il ne revient pas bientôt...

— Serais-tu en train d'insinuer que je mettrais quelqu'un d'autre dans mon lit, Colin Macdonald ? m'écriai-je, outrée.

— Non, ce n'est pas ce que je voulais dire, Caitlin, mais les hommes parlent. Eux peuvent tenter de le faire.

— Ce qui revient à dire la même chose ! Je ne suis pas encore veuve, que je sache. Mon frère Patrick est ici, si cela peut te rassurer, il veille sur moi.

Il baissa les yeux et relâcha la mèche, qui retomba sur mon épaule.

— Je suis désolé, je n'ai pas à m'en prendre à toi, alors que j'en veux à Liam.

Il avait l'air sincèrement navré. Je relâchai un peu ma colère, la déviant vers Liam qui me mettait dans une situation de plus en plus difficile.

— Liam avait un chargement d'armes à négocier là-bas. Il avait organisé son départ avant d'être arrêté.

— Je sais tout cela, dit-il en balayant du revers de la main mes tentatives d'explication. Mais un homme récemment marié, qui revient d'un long séjour dans une cellule crasseuse sous les pavés d'Edimbourg, ne devrait pas partir se balader outre-mer dès sa sortie à l'air libre.

— Liam prend ses propres décisions, et je n'y peux rien.

— Oui, je sais...

— Ecoute, Colin, je te remercie pour ta sollicitude, je vais assez bien, et Liam rentrera bientôt.

Je lui tournai le dos, feignant de reprendre mon inventaire pour lui faire comprendre que notre entretien était terminé. Je sentis sa main frôler mes cheveux. Il s'attarda, un peu trop longuement à mon goût.

— Colin...

— J'ai aussi appris, pour Meghan. C'est terrible.

Je fermai les yeux, serrant les mâchoires.

— Oui, très.

— On m'a dit qu'Ewen Campbell l'aurait... tuée.

— On le dit.

Sa main effleura la courbe de mon dos, ce qui me procura un frisson. Je pris une grande inspiration. Je devais me l'avouer, Colin me faisait toujours de l'effet. Il le savait et il en profitait. Je lui en voulais pour cela.

— D'une certaine façon, cela te sert, n'est-ce pas, Caitlin ?

Outrée, je me retournai vivement et me retrouvai directement sous son nez. Son souffle tiède me caressa le visage, un mélange de tabac et d'épices. Je me retins de respirer pour ne pas m'en enivrer.

— Je n'aimais pas Meghan, c'est vrai, Colin. Cependant, jamais je n'avais souhaité sa mort, d'autant qu'elle était enceinte. Alors, je t'interdis de me prêter des sentiments injus…

Il ne dit rien, se contentant de me fixer de ses yeux orageux. Ses traits se crispèrent en enregistrant la dernière information, qui m'avait échappé involontairement. J'avais oublié que personne n'avait été au fait de la grossesse de Meghan. Il était blême.

— Meghan était enceinte ?

Je baissai les yeux, détournant la tête. Il me retint par les épaules. La chaleur de ses grandes paumes traversa le tissu de ma chemise. N'ayant pas de réponse, il me secoua un peu rudement.

— Oui, répondis-je furieusement en le fixant.

Il me relâcha sur-le-champ et recula.

— Depuis… combien de temps ?

— Deux mois environ.

Un son étrange franchit ses lèvres pâlies.

— Bordel de merde ! Oh ! putain… ! Bon sang de bon sang !

— Colin ! m'offusquai-je brusquement devant sa grossière litanie de blasphèmes.

Son regard s'arrêta sur moi, interrogateur.

— Elle… a dit qui en était le père ?

Je le dévisageai un peu bizarrement.

— Tu n'en aurais pas une petite idée ?

Il respirait par saccades.

— Liam le savait ?

— Non… Enfin, pas avant la veille de sa mort.

— C'est toi qui le lui as appris ?

— Oui…

— Tu le savais avant de l'épouser, Caitlin ?

Son ton s'était soudainement durci. Ses paumes reprirent possession de mes épaules, mais avec brusquerie. Je me raidis devant son regard mauvais.

— Colin, laisse-moi…

— Réponds-moi.

— Oui, je le savais.

Son visage prit une expression bouleversée. Il ouvrit la bouche, mais resta muet. Seuls ses yeux racontaient sa douleur. Je me sentis affreusement lâche, traître. Meghan enceinte de Liam, il m'aurait eue pour lui. Liam aurait été tenu de prendre Meghan pour épouse, le chef l'aurait exigé.

— Pourquoi, Caitlin ?…

Il laissa sa question en suspens, refusant d'entendre la réponse. Ses mains se relâchèrent, remontèrent sur mon cou, emprisonnant mon visage.

— Je sais. N'en dis pas plus, poursuivit-il en fixant ma bouche.

Le souvenir d'un baiser volé vint brûler mes lèvres, comme un péché mortel. Je fermai les yeux. Comme un papillon, un effleurement interdit, une émotion cherchait à s'échapper. Je ne pouvais plus respirer.

— J'avais promis de ne plus t'importuner. Pardonne-moi, dit-il en s'écartant.

Un sanglot m'étouffa. Je ne pus que hocher la tête en guise d'acquiescement.

— Une dernière chose avant de partir.

— Quoi ? fis-je en rouvrant les yeux.

— Je pensais que tu aurais aimé savoir qu'un groupe d'hommes s'apprête à partir pour Keppoch et Achnacarry. Ils tiendront un conseil des clans pour décider des mesures à prendre contre Campbell et sa bande. John t'est reconnaissant de les avoir aidés à trouver le coupable.

— C'est bien malgré moi, je t'assure, répondis-je plus doucement. Tu pars avec eux ?

— Oui, la simple perspective de pouvoir mettre un Campbell en pièces… D'autant plus s'il se trouve vraiment être l'assassin de Meghan. Nous n'en ferons qu'une bouchée.

Un sourire malicieux étira ses lèvres. Il se dirigea vers la porte, puis s'immobilisa sur le seuil.

— Si tu as besoin d'autre chose, Caitlin, fais-moi signe. Sois prudente.

— Oui, merci, dis-je en lui souriant faiblement.

Il me rendit mon sourire et sortit.

Les hommes de Glencoe revinrent une semaine plus tard. Ils avaient décidé d'un plan pour mettre cette bande de loups hors d'état de nuire, mais il y avait un hic dans toute cette affaire : il existait au moins cinq Ewen Campbell connus dans tout le Glenlyon. Il fallait donc s'assurer d'appréhender le bon malfrat, sinon les conséquences pouvaient être désastreuses pour les clans en cause. On envoya donc des hommes dans les bruyères et dans les montagnes, pour attendre patiemment que l'homme en question commette une autre bévue et pour l'identifier formellement.

Pendant ce temps, je m'évertuais toujours à combler le vide de ma vie avec le quotidien. Mais ma tête était ailleurs. Je déplaçais des objets, oubliais où je les avais mis, les cherchais, les perdais. Depuis ce fameux jour où Colin était venu me voir, je ne savais plus où j'en étais. Parfois, je me surprenais à repenser à ses bras réconfortants autour de moi. A ses baisers si tendres, à ses mots doux... Mon cœur était tout chamboulé. Liam était absent depuis trop longtemps. Trois semaines déjà. Tous les matins, je marquais un des montants du lit d'une encoche, que je caressais le soir du bout des doigts dans l'obscurité, comme un rappel de celle qui se gravait dans mon cœur.

Je marchais depuis plus d'une heure. Le soleil rayonnait, brûlant ma peau. Une vague nausée persistait depuis le petit déjeuner. Ayant perdu l'appétit, je n'avais rien mangé. La nourriture me répugnait. Mon corps, même, était révolté par l'attitude de Liam.

Je cherchai un peu d'ombre sous le feuillage frémissant d'un bouleau. Les yeux perdus dans les collines, je pensai à ma vie ici. Elle n'avait plus de sens. Allais-je attendre Liam toute ma vie durant ? De savoir Colin de retour dans la vallée n'était pas pour me rendre la vie plus facile. Patrick avait remarqué mon changement d'attitude soudain depuis ce jour-là. Il n'avait pas osé m'en parler. Il s'était lié d'amitié avec mon beau-frère et s'entendait plutôt bien avec lui, mais il épiait ses moindres faits et gestes. Heureusement, Colin restait à sa place, comme promis. A mon plus grand soulagement.

Une brindille craqua près de moi. Je roulai de côté, sur le qui-vive. Une branche fouetta l'air, un buisson s'ébranla. Je plongeai la main vers mon poignard, le cœur en émoi. Campbell ? Un mouvement se fit entre les arbres. Je me relevai prestement, un cri sur les lèvres. J'attendis encore un moment. Plus rien.

La brise faisait onduler l'herbe grasse, tandis que deux mésanges remplissaient l'air de leurs chants. Malgré la tranquillité de la nature, je n'arrivais pas à m'apaiser. Je sentais un regard posé sur moi. On m'observait. Je fis prudemment quelques pas en direction de l'endroit où la branche avait fouetté l'air un peu plus tôt. L'herbe y avait été piétinée, là, derrière. Quelqu'un m'avait épiée. Un frisson de peur me secoua de la tête aux pieds. J'allais revenir sur mes pas quand mon œil accrocha un éclat lumineux. Je plissai les yeux, me penchant vers le sol. Mon cœur stoppa net. Mon miroir. Ainsi, je ne l'avais pas égaré. On me l'avait volé.

En proie à un horrible malaise, je jetai des coups d'œil affolés autour de moi. Qui me suivait ? Ce ne pouvait être cet Ewen

Campbell. Il n'aurait jamais poussé l'audace jusqu'à venir fureter dans ma maison. C'eût été trop dangereux. Isaak ? Peut-être. Il ne pouvait pas avoir si facilement oublié que j'étais la cause du malheur de sa sœur. Enfin… en partie.

Je regardai mon reflet dans le miroir que j'avais ramassé. Je n'y vis que l'ombre de moi-même. Je rebroussai chemin, me retournant fréquemment avec toujours cette impression d'être observée. Je retroussai mes jupes et pris mes jambes à mon cou.

A peine remise de mes émotions, je me rendis chez Sàra. Pour le moment, je bénissais la patience d'ange dont faisait preuve Margaret, l'épouse du meilleur ami de Liam. Elle était penchée sur mon tricot et tentait désespérément de m'aider. Je ne montrais vraiment aucune aptitude pour les travaux d'aiguille. Tante Nellie n'y voyait plus assez clair et n'avait donc pas intégré ces choses qu'une femme doit savoir dans son éducation. J'avais passé ma petite enfance à courir les ruelles avec mon frère au lieu de broder et de faire de la tapisserie, ce qui expliquait probablement mon goût plus marqué pour le grand air et l'aventure.

Je m'étais liée d'amitié avec quelques femmes du clan. Margaret m'était particulièrement attachée. Elle ne parlait pas l'anglais, comme bien des habitants, d'ailleurs, mais l'erse, qui découlait du gaélique irlandais. J'appris donc assez rapidement les subtiles différences entre nos dialectes.

Les femmes préparaient une layette pour Maud, l'épouse d'Angus, qui attendait son troisième enfant pour l'hiver prochain. On m'avait chargée de tricoter une simple écharpe. Après moult tentatives, je pensais qu'il serait plus sage de m'en tenir à la couture, puisque je n'arrivais pas à tricoter deux rangs sans me tromper.

— Tu ne tiens pas ta laine comme il faut, gronda-t-elle gentiment. Si tu la faisais passer au-dessus de ton index, comme ça, tu aurais beaucoup plus de facilité à l'enrouler autour de la pointe de ton aiguille.

— J'abandonne, Margaret, soupirai-je en déposant le tricot sur mes genoux. Donnez-moi plutôt du fil et une aiguille, c'est tout ce que j'arrive à manipuler sans faire trop d'erreurs. Je pourrais lui faire un bonnet…

— Tu manques de patience, me taquina Sàra.

— Crois-tu vraiment ? lui demandai-je avec un demi-sourire plein de sous-entendus. Moi, je me trouve plutôt patiente, dans ces circonstances.

— Euh, oui, en effet, bredouilla-t-elle en fronçant ses fins sourcils.

Je me levai pour me dégourdir un peu. Nous n'étions qu'à la fin de l'avant-midi, mais il faisait si sombre que nous dûmes allumer des bougies pour éclairer nos travaux. Le ciel d'Ecosse avait l'humeur changeante. Le soleil s'était enfui devant les noirs nuages qui menaçaient maintenant la vallée. Je m'adossai au chambranle de la porte laissée ouverte.

— Nous pourrions couper un peu d'avoine cet après-midi. Elle est sèche, et l'orage menace. Nous aurions probablement le temps d'en faire une bonne partie.

— Mmmoui... dit distraitement Sàra, qui coupait des tranches de pain et de fromage qu'elle disposait dans une assiette.

Elle tendit un morceau de fromage à la petite Leila, qui s'amusait à dérouler une pelote de laine aux pieds de Margaret, sa mère, et elle m'invita à m'asseoir pour le déjeuner. L'odeur d'un plat de harengs marinés me retourna l'estomac.

— Ça ne va pas ? Tu es toute pâle, s'inquiéta Sàra en me dévisageant d'un drôle d'air.

Je portai la main à ma bouche et pris une profonde inspiration.

— Oui, ça va aller, je crois que je ne supporte plus l'odeur des harengs.

— Tu as mangé, ce matin ? me demanda Margaret d'un air soucieux.

— Euh, non... avouai-je, un peu gênée.

Les deux femmes se lancèrent une œillade entendue.

— Le fromage te donne-t-il la nausée ?

Sàra me souriait curieusement. Je pris la tartine qu'elle me tendait.

— Mange alors. Tu ne peux tout de même pas aller travailler au champ avec l'estomac vide.

Le mouvement de va-et-vient répétitif de la faucille me rendait indolente, et je perdis l'équilibre. Une main solide vint à mon secours.

— Tiens, prends plutôt ça, dit Patrick en me présentant le fauchet. C'est moins éreintant.

— Merci. Vous êtes rentrés beaucoup plus tôt, aujourd'hui ! fis-je observer en me remettant à l'ouvrage.

— Oui, le troupeau de cerfs s'est déplacé plus à l'est sur Rannoch Moor et, avec l'orage qui menace, nous avons décidé qu'il était temps de rentrer. De toute façon, nous avions déjà tué un daguet et trois belles grouses bien dodues. J'en ai une pour toi, ajouta-t-il en affichant un large sourire.

— Tu ne penses qu'à manger, glouton ! lui lançai-je en frappant son ventre plat.

— Non, pas toujours, dit-il pensivement en lorgnant vers Sàra.

Elle était à genoux dans le champ, occupée à attacher un fagot d'épis d'avoine avec de la corde de chanvre.

— Mon grand frère serait-il amoureux ? le taquinai-je.

Son air s'assombrit, mais ses yeux ne quittèrent pas la silhouette qui ouvrageait un peu plus loin.

— Pour mon plus grand malheur... murmura-t-il, perdu dans sa vision.

— Pourquoi serait-ce un malheur, Pat ? Elle semble partager tes sentiments.

Il tourna vers moi son regard las.

— Je n'ai rien à lui offrir, Caitlin. J'ai une vie de bohème, à la limite, celle d'un hors-la-loi.

— Je ne comprends pas, que veux-tu dire ? Je te trouve plutôt élégant pour un bohémien. Du fin lainage d'Angleterre, du lin d'Irlande, du velours de France... Hum... permets-moi d'être sceptique.

— J'ai fait des choses dont je ne suis pas très fier, ma sœur.

Je le regardai en ouvrant de grands yeux ronds, affectant l'indignation.

— Mais qu'as-tu fait ? Tu as volé ? Tu as tué un homme ?

— Je suis sérieux, Caitlin. Je n'ai pas toujours gagné mon argent honnêtement.

Je me tus, fronçant les sourcils. Il hésita un instant, indécis, puis hocha la tête en baissant les yeux comme un enfant pris en faute.

— Je suis faussaire, Caitlin. Il faut bien vivre. Je suis habile avec la plume, alors... j'ai fabriqué des faux documents... Le laissez-passer de Liam...

Le laissez-passer de Liam ? Avais-je bien entendu ?

— Quoi ? m'écriai-je en reculant vivement. C'est toi qui le lui as fabriqué ? Mon propre frère ?

Je le dévisageai, ahurie, en secouant la tête.

— Comment as-tu...

Je m'interrompis en me rendant compte brusquement qu'on nous observait et repris en baissant le ton :

— Comment as-tu pu me faire ça, Patrick ?

Je fulminais, hésitant entre l'idée de lui envoyer mon poing à la figure, de lui tordre le cou ou bien de me sauver pour cacher les larmes qui jaillissaient. J'optai pour la fuite et m'éloignai en courant en direction des collines. Patrick se mit à ma poursuite et me rattrapa assez rapidement, me faisant pivoter pour lui faire face.

— Caitlin, écoute-moi.

Il me maintint fermement par les épaules et me força à le regarder à travers mes larmes.

— Laisse-moi, Patrick ! Va-t'en, tu... Ah ! Bon sang ! Liam m'avait dit que quelqu'un lui avait procuré ce papier, mais je n'aurais jamais imaginé que c'était toi !

— Il ne te l'a probablement pas révélé pour me protéger. Il savait que tu aurais été furieuse contre moi et que j'étais la seule personne sur qui tu pouvais vraiment compter. Je suis désolé, crois-moi, du plus profond de mon cœur. Je voulais vous aider. C'était pour vous donner une chance de fuir l'Ecosse avant qu'il ne soit pris. Je te le jure, si j'avais su... mais il était trop tard. Je le lui avais remis avant qu'il ne se fasse arrêter. Il l'aura mis en lieu sûr pour pouvoir le récupérer après... Caitlin, je suis désolé.

Son regard exprimait un profond désarroi et soutenait le mien en espérant un pardon.

— Oh ! Patrick...

Je nichai ma tête dans le creux de son épaule et sanglotai. Il m'étreignit très fort contre lui, le nez enfoui dans mes cheveux.

— Pardonne-moi, Caitlin, murmura-t-il. Je n'aurais jamais imaginé qu'il puisse s'en servir de cette façon.

— Dis-moi, Patrick, peut-on aimer et haïr à la fois ? Quelquefois, mon esprit ne sait plus faire la différence, comme si je ne pouvais plus l'aimer sans le haïr... et cela me fait si peur. Il y a des moments où je le hais tant que je voudrais le voir souffrir comme j'ai souffert pour ce qu'il m'a fait. Je me dis qu'il n'est qu'un lâche, un déserteur, un sale égoïste d'Ecossais. Ensuite, je me dis que si j'avais à subir encore tout cet enfer pour le ravoir près de moi, je le referais. Pourquoi l'amour doit-il faire si mal ?

— Je ne sais pas, ma sœur, je ne sais pas.

Après quelques minutes, je m'écartai et reniflai en essuyant mes yeux.

— Retourne au champ aider Sàra, la pluie ne devrait pas tarder à nous tomber dessus, il faut engranger pendant que c'est encore sec. Je vous rejoindrai plus tard. J'ai besoin d'être seule un moment.

— Tu es certaine que ça ira ?

— Oui, dis-je tristement.

Il repoussa une mèche de cheveux, m'embrassa sur le front et, après un regard hésitant, il tourna les talons pour redescendre la colline.

Je m'assis sous un chêne, m'adossai au tronc, puis parcourus des yeux la vallée qui s'étendait à mes pieds. D'où j'étais, je pouvais apercevoir le loch Leven. C'était un paysage à couper le souffle. Un tapis verdoyant grimpait de part et d'autre sur les flancs nus et se lovait dans les replis des escarpements des montagnes sombres. C'était l'écrin dans lequel était niché Carnoch. Je me demandais si Liam voyait sa vallée de la même manière que moi, après y être né et y avoir grandi, après l'avoir vue souffrir, brûlée et rasée, puis renaître de ses cendres. Probablement pas.

Je suivis le vol des mouettes, puis des cygnes. L'un d'eux s'attardait, sur le bord du loch. Où allaient-ils lorsqu'ils partaient ? Traversaient-ils la mer jusqu'au continent ? L'oiseau prit finalement son envol. « Va ! Porte mon cœur. Emporte mon amour. Traverse les eaux et voyage jusqu'à cette terre qui m'est inconnue. Porte mon cœur et va lui dire que je l'aime et que je n'en peux plus de l'attendre… »

Mon regard fut soudain attiré par un mouvement un peu plus haut au-dessus de moi. Je me redressai à la hâte et retirai ma dague de son étui. Une tache rouge sombre se déplaçait entre les arbres et surgit sur une corniche. Assurément, on me suivait.

— Mon Dieu ! soufflai-je en retombant sur mes genoux.

Mon cœur battait dans mes tempes. Je n'osai pas bouger, préférant rester à l'abri, sous l'écran des feuilles de mon arbre. La silhouette était trop loin pour que je puisse distinguer ses traits, cependant je reconnus sa belle crinière fauve bouclée qui balayait ses épaules. Avec sa taille de titan, je ne pouvais pas me tromper : c'était bien lui… Liam…

Je ne savais comment réagir, ne me sentant pas prête à l'affronter. Mon esprit, trop absorbé par sa déprime, n'avait pas eu la force de se construire un bouclier pour protéger mon cœur. J'étais démunie et vulnérable, mon cœur hésitait à aller vers lui…

Je redescendis la colline en tremblant. La pluie commençait à tomber. Arrivée aux abords du village, je me retournai. Il était toujours là, tel Zeus sur l'Olympe, son plaid battant dans le vent qui se levait.

— Oh ! Liam ! gémis-je.

Je courus jusqu'à la maison, fouettée par la pluie qui tombait maintenant en trombes sur la vallée et entrai avec fracas sous le regard stupéfait de Patrick. Je me laissai glisser le long de la porte jusqu'au sol en émettant une plainte lancinante.

— Qu'est-ce qui se passe ? cria Patrick en se ruant vers moi.

— Il est revenu, Liam... gémis-je.

— Oh ! Merci, Seigneur ! souffla-t-il en levant les yeux au ciel.

Plus tard, ce soir-là, après m'être séchée et rassasiée de la grouse que Patrick avait fait rôtir, je m'assis dans mon fauteuil près du feu qui brûlait dans l'âtre, nimbant la pièce d'une douce lumière. L'orage rugissait dehors depuis quelques heures déjà et je ne pouvais m'empêcher de penser à Liam. Avait-il un abri ? Avait-il mangé ? J'avais délibérément laissé un peu de viande...

— Je vais dormir à l'écurie.

Je sursautai au son de la voix de Patrick.

— Tiens, prends ça, dit-il en me tendant un *dram* de whisky. Vous avez besoin d'être seuls.

— Non, je ne veux pas ! m'écriai-je, affolée.

Mon frère me lança un regard dubitatif et vida son verre d'un trait.

— Caitlin, Liam est revenu. Je ne peux pas...

— Je sais, rétorquai-je avec agressivité. Pas cette nuit, c'est trop tôt. Je dois mettre de l'ordre dans mes idées. Il peut attendre encore...

L'air interrogateur, il s'agenouilla devant moi. Comment lui expliquer que j'avais peur de cet homme ? D'un autre côté, mon corps l'appelait un peu plus fort de jour en jour. De nuit en nuit. Tout se bousculait en moi. Une lutte incoercible entre l'esprit et le corps, le rêve et la réalité, le souvenir et l'inconnu. Je devais choisir...

— Combien de temps ? Vous n'avez pas assez souffert ? Bon Dieu, Caitlin, s'énerva-t-il, sois raisonnable ! Toutes les nuits, j'entends ta peine. Tu lui en as voulu de se sauver devant l'obstacle, mais que crois-tu faire en ce moment ? Tu fuis, ne vois-tu pas ? Tu fuis parce que tu sais que tu auras mal en le revoyant. Vous avez des choses à régler. Il est grand temps que tout cela se termine enfin !

Il prit mon menton dans sa main et releva mon visage vers lui.

— Ecoute ton cœur, ouvre-lui ta porte... Ce n'est pas seulement lui que tu puniras en le laissant dehors cette nuit, et tu le sais.

Mes lèvres tremblaient, et je fermai les yeux pour contenir mes larmes. Patrick se redressa, roula ses couvertures qui jonchaient sa paillasse de fortune, puis sortit dans la tempête. Le vent glacial qui s'engouffra à l'intérieur me fit frissonner, et je resserrai mon plaid sur mes épaules.

De guerre lasse, je me couchai, exténuée de lutter sans répit contre la tourmente. Même le ciel se mettait de la partie, il crachait, fouettait et rugissait. Mais je n'avais cure de son opinion. Je n'aspirais plus qu'à m'évader dans mes rêves, où alors, seulement là, je me sentirais vivante.

Ma chemise de nuit trempée et glacée me collait à la peau. L'orage sévissait toujours. Un cauchemar avait dû me réveiller, car mes doigts étaient crispés sur les draps, et mon rythme cardiaque, trop rapide. J'avais froid, si froid... Un éclair illumina la pièce d'une lumière blanche. Me drapant de mon plaid en grelottant, je m'extirpai de mon lit pour aller ajouter un autre bloc de tourbe dans le feu. Il faisait si froid...

Je restai pétrifiée sur le seuil de la porte de la chambre et émis un hoquet de surprise. Liam, qui s'était assoupi dans un des fauteuils, se redressa en portant instinctivement sa main à son poignard. Il me dévisagea d'un œil hagard, puis, me reconnaissant, il poussa un soupir en laissant retomber son arme sur le sol. Sa haute silhouette éclairée par les braises rougeoyantes semblait embrasée de l'intérieur. Son effort pour se contenir rendait sa respiration bruyante et saccadée, comme la mienne, d'ailleurs.

Après un moment d'incertitude, je fis quelques pas vers lui et m'immobilisai juste assez près de lui pour le toucher, mais assez loin pour pouvoir fuir s'il tentait de poser la main sur moi. J'évitai de le regarder dans les yeux et fixai à la place sa broche qui luisait à la lueur des braises.

— Tu es revenu...

— Oui. Je te l'avais promis.

Sa voix chaude et grave me fit frémir.

— Tu as l'air en forme... Tu as repris du poids, c'est bien.

Il ne répondit rien. Il était complètement trempé et dégoulinait sur le plancher.

— Ta transaction... elle a fonctionné comme tu le voulais ?

— Oui, c'est réglé.

Parler de banalités empêchait l'affrontement. Puis il esquissa un léger mouvement vers moi. Nos regards se croisèrent, et, soudain, tout bascula en moi. Les mots qui m'avaient lacéré le cœur. Les gestes qui m'avaient blessé le corps. Les pensées qui m'avaient rongée, petit à petit, jusqu'à ce que je ne sois plus qu'une coquille vide emportée et noyée par un flot de douleur… Tout cela, toute ma colère et mon ressentiment rejaillirent en moi et m'étouffèrent.

J'avais mal. Mon Dieu, que j'avais mal ! Ma poitrine se comprimait et je n'arrivais plus à respirer. Mon corps se mit à trembler convulsivement, je ne me contrôlais plus.

— Pourquoi ? criai-je en tombant à genoux. Pourquoi m'as-tu fait ça, Liam… ? Pourquoi m'as-tu abandonnée ? Je souffrais, moi aussi… Tu n'avais pas le droit, non, tu n'avais pas le droit… !

Je hurlai de douleur en frappant mes poings sur ses cuisses. Mon visage se perdit dans son tartan. Je sanglotais, secouée de soubresauts. Liam se baissa devant moi et emprisonna mon visage entre ses grandes mains en me dévisageant, les traits décomposés.

— *Gabh mo leisgeul, mo chridhe*[1], gémit-il.

Ses mains brûlaient mes joues mouillées. Il plongea son regard affligé dans le mien.

— Pourquoi ? Pourquoi, Liam ? Pourquoi m'as-tu abandonnée ? Je n'en pouvais plus de t'attendre… soufflai-je.

Il tremblait, lui aussi. Ses yeux se refermèrent pour dissimuler son trouble, mais ses traits étaient encore hantés par le tourment. Il poussa un long gémissement, un râle déchirant qui me serra le cœur, puis il m'attira brutalement à lui. Le martèlement dans sa poitrine faisait écho au mien et, lentement, nous nous mîmes au même rythme.

Immobiles sur le sol frais et mouillé, chacun s'imprégnait de la chaleur de l'autre, de son odeur, nos corps disant l'indicible. Le mur s'effritait entre nous. Un grand vide ne demandait qu'à être comblé, et mon cœur flancha.

Il s'écarta légèrement pour me regarder de nouveau, les yeux mouillés. Sa bouche me vola mes propres mots.

— Je t'aime… Je t'aime, *a ghràidh*. Dieu, que je t'aime !

— Liam, *mo rùin*…

Il étouffa mon cri du cœur sous ses lèvres assoiffées, et je fondis comme neige au soleil, me liquéfiant entre ses bras, dans ses mains qui refaisaient connaissance avec mon corps refroidi. Ses doigts brûlants comme une traînée de feu glissaient sur ma peau moite et me réchauffaient. Bientôt, je me consumai de l'intérieur tout autant que lui, pour lui.

Liam me souleva pour me porter jusqu'au lit, qui grinça sous notre poids. Nos mains impatientes s'acharnèrent sur les vêtements

1. Pardonne-moi, mon cœur.

trempés qui collaient à la peau. Ses gestes empressés mais doux rattrapaient le temps perdu. J'écartai les cuisses comme une invitation et poussai un gémissement de satisfaction lorsqu'il se coula en moi.

— Je serai ton port d'attache si tu es le mien, *a ghràidh,* murmura-t-il. Je serai ton ancre dans la tempête si tu es la mienne.

Il remuait lentement en moi, ses yeux pénétrant mon âme.

— Tu mettras ta tête sur mon épaule lorsque tu auras du chagrin. Je veux faire partie de toi, vivre en toi, aujourd'hui, demain et pour l'éternité.

Il accéléra le rythme, me pénétrant encore plus profondément tandis que je m'agrippais aux draps en cambrant les reins.

— Pour le meilleur et pour le pire, *a ghràidh,* râla-t-il en fermant les yeux.

— Pour le meilleur et pour le pire, répétai-je dans un souffle, le corps emporté par une vague de pures sensations. Oh ! Liam... Oui, je t'aime...

Nos cris et nos corps ne firent qu'un, s'accrochant l'un à l'autre, cherchant la rédemption de nos âmes dans l'assouvissement de notre chair. Nous retombâmes, haletants, sur les draps trempés, repus et enlacés, nos cheveux humides enchevêtrés reposant autour de nos têtes.

— *Tha gaol agam ort*[1], murmura-t-il près de mon oreille, quelques instants plus tard. Je ne peux pas vivre sans toi. Je suis comme un homme mort lorsque tu es loin de moi.

Il se redressa sur un coude pour me regarder, puis repoussa les mèches humides qui barraient mon visage.

— J'étais comme une épave sans toi, déclara-t-il d'une voix rauque. Mais j'ai eu le temps de réfléchir et j'ai compris...

— Qu'as-tu compris ?

Mes doigts parcouraient la toison qui couvrait sa poitrine et sentaient le battement de son cœur sous la peau.

— Que, lorsqu'on dérive, on s'accroche à la première bouée qui s'offre à soi. J'ai compris ton marché avec Dunning. Moi-même, j'aurais fait les pires ignominies pour sauver ta peau.

Il fit une pause pour entrecroiser nos doigts. Ses traits se durcirent.

— Je regrette aussi, Caitlin, tellement... Ce que je t'ai fait, ce que je t'ai dit... J'ai eu peur de ne plus te retrouver, ici, à mon retour. Ça m'aurait tué, mais, ça aussi, je l'aurais compris.

---

1. Je t'aime.

Je me blottis contre lui, frissonnante. Il remonta la couverture sur nous.

— Ne pars plus jamais, Liam, jamais sans moi.

Il effleura mon épaule de ses lèvres.

— Non, c'est promis.

Alors seulement, le corps assouvi et l'esprit apaisé, je pus m'abandonner au sommeil, sans rêve ni tourment.

QUATRIÈME PARTIE

La vengeance n'efface pas l'outrage.

CALDERÓN

17

Les hommes de clans

Lorsque j'ouvris l'œil, au petit matin, je me retrouvai emprisonnée sous le poids d'une jambe passée en travers de ma cuisse. J'avais presque oublié que Liam avait cette habitude d'envahir mon espace. Je me demandais si c'était un geste protecteur inconscient, de la possessivité ou bien tout simplement un besoin de contact corporel. Peut-être un peu des trois. Je caressai sa cuisse puissamment musclée du bout des doigts. Il émit un léger grognement et la remua un peu. Je relevai quelques mèches bouclées et contemplai longuement ce visage qui avait hanté tant de mes nuits. Ses lèvres pleines, joliment ourlées, semblaient sourire.

— A quoi rêves-tu, *mo rùin* ? murmurai-je.

Du bout de mon index, je dessinai le contour de sa mâchoire anguleuse, recouverte d'un chaume doré de quelques jours. Il ouvrit les yeux.

— Bonjour, chuchotai-je en lui souriant.

Il m'attira à lui et déposa un doux baiser sur ma bouche.

— Bonjour, tu as bien dormi ?

J'acquiesçai en soupirant.

Il m'observait à travers ses cils tandis que sa main remontait le long de mon flanc, happant au passage une mèche ébouriffée et l'enroulant autour de son doigt. Puis le silence... Un silence enveloppant rempli de tant de mots, de regrets, de cris et de pleurs. Puis son regard chargé de tant de souffrance, espérant le pardon.

Il se redressa et se frotta le visage pour effacer le sommeil qui traînait sur ses traits. Assis sur le bord du lit, il m'observait pardessus son épaule. Le soleil faisait luire la fine ligne blanche qui barrait son dos. Son regard me parcourut de la tête aux pieds, puis un mince sourire courba subrepticement ses lèvres.

Il ramassa ma chemise qui gisait en tas sur le sol et y enfouit son nez avant de me la rendre. Sa mine redevint grave. Il courba le dos, comme accablé par un poids quelconque.

— Je sais que tu m'en veux, Caitlin. Je ne peux pas effacer ces dernières semaines en une seule nuit, commença-t-il d'une voix rauque. Je suis resté trois jours à rôder dans les montagnes avant de me décider à venir. Je n'osais pas, j'avais peur que tu refuses de me revoir.

Je restai coite d'étonnement. Ainsi, c'était lui qui m'épiait dans les collines.

— Je t'observais depuis la corniche. Puis, hier, après ta petite... dispute avec Patrick, tu es venue te réfugier juste en dessous de moi. Tu étais si près... Je voulais que tu saches que j'étais bien de retour à Glencoe. Je désirais te donner un peu de temps, que tu te fasses à l'idée. Je n'ai pas voulu prendre le risque de voir ton expression en ouvrant la porte sur moi sans t'y attendre.

Je m'assis dans le lit et repliai mes genoux sous moi.

— C'est vrai que je t'en veux, Liam. Après que j'ai passé deux semaines d'enfer à t'imaginer au bout d'une corde, tu m'as... humiliée, puis abandonnée. Ensuite, j'ai dû traverser la moitié de l'Ecosse avec mon frère, qui ne connaît pas le pays plus que moi. Et puis trois autres semaines à me demander si je te reverrais un jour.

Je fis une pause pour détourner le regard.

— En te voyant hier, j'ai pensé te faire souffrir autant que j'avais souffert. J'avais si mal... L'idée de mettre le loquet sur la porte m'a même effleuré l'esprit.

— Pourtant, tu ne l'as pas fait, murmura-t-il en me caressant la joue.

Je baissai les yeux pour regarder l'alliance qui brillait à mon doigt.

— Non, je n'ai pas pu...

— Merci, murmura-t-il simplement.

— Seulement pour la sacrée frousse que tu m'as donnée, il y a deux jours, tu mériterais une bonne correction. Et puis pourquoi avoir pris mon miroir ?

— Ton miroir ?

Il plissa les yeux d'incompréhension.

— Bien oui, celui que j'ai l'habitude de poser sur la commode.

— Je ne suis pas venu ici avant hier soir, Caitlin. De quelle frousse parles-tu ?

— Sous le Meall Mor… Tu m'espionnais…

— Depuis mon arrivée, je suis resté de ce côté-ci de la vallée.

Il paraissait sincèrement perdu dans mes propos elliptiques. Et inquiet aussi. Je pâlis. Ce n'était pas lui…

— Caitlin, tu portes toujours ton poignard sur toi, n'est-ce pas ?

— Oui…

— Ce Campbell a-t-il été revu dans les environs ?

— Non, pas que je sache.

— Tu es certaine de ne pas avoir été « espionnée » par un cerf ou bien une chèvre, par hasard ?

Il rit.

— Une chèvre bien vaniteuse, peut-être. Elle a laissé tomber le miroir que je cherchais depuis deux jours.

Il se tut.

Nous trouvâmes Patrick paresseusement assis au soleil sur le banc, devant le cottage de Sàra, la panse bien remplie et un sourire béat aux lèvres. En nous apercevant, il me jeta un coup d'œil inquiet, puis soupira de soulagement en voyant mon air radieux. Sàra accueillit son frère avec effusion. Les deux hommes se toisèrent un peu froidement. Patrick en voulait à Liam de m'avoir abandonnée ; quant à Liam, il n'appréciait pas tellement de trouver mon frère si confortablement installé sur le seuil de la porte de sa sœur, comme s'il était maître chez lui. Pour ma part, tout m'était égal aujourd'hui, du moment que mon homme était près de moi.

Liam avait du temps à rattraper. Le garde-manger était pratiquement vide. Avec l'argent que Colin m'avait donné, j'avais pu faire le plein de denrées sèches et non périssables, mais Patrick étant plus grand gourmand que chasseur émérite, ma réserve de viande faisandée avait diminué considérablement. Le ciel étant clair, et le temps, frais, nous décidâmes donc de partir à la chasse.

La plaine de Rannoch Moor n'était qu'un bout de terre inculte, spongieux et désolé, situé entre Glencoe et Glenlyon. Il était parsemé, ici et là, de petits arbres tout rabougris et tordus par l'effort qu'ils mettaient à pousser dans le sol de granit lavé et usé par les vents et la pluie. Liam m'avait formellement interdit de m'aventurer en dehors des sentiers, car, sur cette lande, des tourbières traîtreusement dissimulées pouvaient être assez profondes pour engloutir un homme sur sa monture.

Liam s'affairait à dépecer un jeune cerf en morceaux pour transporter la viande. L'odeur du sang et de la chair fraîche me donna envie de vomir, et je me retournai pour réprimer une violente nausée.

— Ça ne va pas ? demanda-t-il en apercevant mon teint cireux.

— Ça va aller, mentis-je. Ça doit être la chaleur.

— Il ne fait même pas chaud, *a ghràidh* ! s'exclama-t-il dans un sursaut d'épaules.

La vue de ses bras tout dégoulinants du sang de la bête eut raison de mon estomac. Je courus derrière un buisson d'ajoncs pour rendre le peu de nourriture que j'avais réussi à avaler pour le déjeuner. Je posai mes mains sur mon ventre et m'assis près du petit loch noir. Je n'avais pas saigné depuis deux lunes. Le premier mois, je ne m'en étais pas inquiétée outre mesure, car j'étais captive au manoir Dunning. J'avais cru l'épuisement et l'inanition responsables. Mais depuis une semaine, j'avais des nausées. Rien de bien incommodant, sauf que l'odeur des harengs et maintenant celle du sang frais me retournaient complètement l'estomac.

Je m'aspergeai le visage d'eau froide et me rinçai la bouche. Liam emballait les plus grosses pièces de viande dans la peau du daguet qu'il attachait à la croupière de sa selle, et plaçait le reste dans les sacoches. Etendue dans l'herbe, je regardais distraitement un faucon tournoyer au-dessus de nous, puis piquer sur un pipit qui picorait dans une touffe de linaigrettes sur l'autre rive du loch. Je fermai les yeux. J'attendais un enfant et, Dieu merci, Liam était le père. J'aurais dû être folle de joie, mais je n'y arrivais pas. Non que je ne désire pas ce bébé, Dieu, non ! Je l'espérais, même. Malheureusement, le souvenir de Stephen jetait une ombre sur ma joie.

J'avais déjà un fils. Celui-là, je ne le connaîtrais jamais. Il avait été baptisé protestant, serait élevé selon les normes anglaises. Il honnirait les catholiques, les Ecossais, les Irlandais, ridiculiserait la langue de ses ancêtres et aussi leurs coutumes. Il serait tout ce qu'il n'aurait pas dû être, et un monde nous séparerait à jamais.

Une âcre odeur de fumée m'extirpa de mes mornes rêveries et me fit grimacer. Je me relevai précipitamment. Une colonne d'épaisse fumée noire s'élevait plus loin vers l'est, sur la plaine de Rannoch Moor. Liam l'avait vue et sentie, lui aussi, car il me lança un regard inquiet.

— On brûle une hutte dans les pâturages d'été, s'écria-t-il en rinçant à la hâte ses bras rougis et poisseux. Monte en selle, Caitlin, nous allons voir ce qui se passe.

Il s'essuya sur son plaid taché et décrocha son pistolet de sa ceinture avant de s'asseoir derrière moi. Après quelques minutes de galop, une scène désolante nous attendait. Une hutte de tourbe brûlait. Nous descendîmes de selle et contournâmes la bicoque enflammée. Mon sang se glaça. Un homme était étendu, face au sol dans une mare de sang, la gorge tranchée. Un peu plus loin, une femme gisait au pied d'une pile de blocs de tourbe fraîchement coupés et gémissait faiblement. J'accourus jusqu'à elle. Elle était encore consciente, mais je devinais qu'elle n'en avait plus pour très longtemps. Un poignard était planté au centre d'une tache de sang qui imbibait le corsage de sa robe. Je rabaissai ses jupes, qui étaient remontées jusqu'à sa taille, en me mordant rageusement la lèvre. Lorsqu'elle s'aperçut de ma présence, elle s'agrippa à mon bras et m'attira vers elle.

— Qu'est-ce qui s'est passé ? demandai-je doucement.

— Ils étaient huit… Ils m'ont violée… devant mon mari, puis ils l'ont tué…

Sa voix n'était plus qu'un souffle rauque et ses yeux se révulsaient. Je voyais bien qu'elle faisait des efforts surhumains pour tenter de me raconter les événements. Un filet de sang s'échappait de sa bouche qui se tordait dans un rictus de douleur.

— Qui a fait ça ? tonna Liam, qui s'agenouilla près de nous.

La femme tourna les yeux vers lui et tendit péniblement sa main ensanglantée vers son plaid pour le toucher.

— Vous êtes un homme de Glencoe… constata-t-elle faiblement.

— Oui. Qui a fait ça ? redemanda-t-il plus doucement.

— Campbell… Ewen Campbell, fils de John… neveu du laird…

Liam émit un sifflement et jura en baissant la tête.

— Qui êtes-vous ? demandai-je à la mourante.

Elle ferma les yeux. Sa voix faiblissait et j'avais de la difficulté à comprendre ses mots.

— Janet… Mon mari… Murdoch Macgregor… Il voulait… le dénoncer… pour les vols et les meurtres… des *tacksmen*…

Sa respiration devenait de plus en plus laborieuse. Je mis sa tête sur mes genoux et la berçai doucement jusqu'à son dernier souffle.

L'odeur acide de la tourbe qui séchait, mélangée à celle de la fumée et du sang, emplissait mes narines et ma gorge, laissant un goût âcre dans ma bouche, et me brûlait les yeux. Liam posa une dernière pierre sur les tombes improvisées tandis que je murmurais un court *libera*, puis nous nous mîmes en route pour Glencoe.

— C'est la preuve que les hommes du clan attendaient, marmonnai-je, les yeux dans le vague.

— De quoi parles-tu ?

— Trois *tacksmen* de Keppoch et de Lochiel ont été assassinés ces dernières semaines. J'ai été témoin de l'un des meurtres. J'ai vu Campbell en train de tuer froidement Allan Macdonald.

Il attrapa la bride de Ròs-Muire pour la forcer à s'arrêter et me regarda en face, sidéré.

— Quand ?

— Lors de mon retour, sur le bord du loch Iubhair.

— Tu as vu Campbell ? Tu es bien certaine que c'était lui ?

— Il faisait sombre, mais Macdonald a crié son nom avant de se faire embrocher. Il y a cinq Ewen Campbell dans le Glenlyon, il fallait être certain d'avoir affaire au bon. Je crois que nous avons notre réponse. Il ne peut y avoir qu'un seul Ewen, neveu du laird.

Liam secoua la tête, consterné.

— Il t'a vue ? demanda-t-il, soudainement inquiet.

— Non.

Il ferma momentanément ses yeux rougis par la fumée et soupira.

— Allez, viens, rentrons, dit-il en relâchant la bride de ma monture.

Il éperonna Stoirm et partit devant au galop.

Le soir même, les hommes du clan se réunirent. J'attendais sagement devant le feu, seule dans notre chaumière, enfilant un brin de laine rouge dans une aiguille pour assembler deux laizes de tartan afin d'en faire un plaid. Décidément, je n'aimais pas les travaux d'aiguille. J'aurais préféré être dans la salle du conseil et écouter palabrer les Highlanders, tranquillement assise dans mon coin. Mais... bon. Les femmes devaient rester à leur place.

Le vent s'était levé. Ses murmures lugubres dans la cheminée accompagnaient mes tristes sentiments. Le tonnerre grondait dans les montagnes. L'orage n'allait pas tarder à éclater, encore une fois. Foutu temps dans ces Highlands !

Un éclair déchira le ciel. Je piquai l'aiguille dans le grossier lainage qui avait été foulé la semaine dernière. Si je n'aimais pas coudre, en revanche, le foulage de la laine m'amusait, même si c'était éreintant. Les femmes se regroupaient devant de longues claies de bois sur lesquelles étaient étendues les laizes mouillées de lainages nouvellement tissés. En cadence, l'étoffe était « travaillée » avec les pieds nus contre les lattes. Le cœur allègre, les talons couverts d'ampoules, je suivais le rythme, scandant des airs joyeux avec ces femmes qui me considéraient désormais comme étant des leurs. J'avais trouvé une famille.

— Aïe !

Je regardai bêtement la goutte de sang qui perlait au bout de mon index et portai mon doigt à ma bouche. Vraiment, les aiguilles et moi… Une lumière blanche illumina la chaumière. Je levai la tête et perçus un mouvement dehors. Je jetai un coup d'œil à la fenêtre, mais la nuit était redevenue noire comme de l'encre. Probablement l'ombre du cerisier projetée par l'éclair. Je me penchai de nouveau sur mon ouvrage, plissant les yeux dans la faible lumière de la chandelle en suif qui émettait une odeur nauséabonde. Ici, les bougies en cire d'abeille à la délicate odeur de miel n'avaient pas leur place.

Incapable de me concentrer, je déposai le plaid à moitié terminé et me frottai les yeux. Que faisaient les hommes en ce moment ? Qu'avaient-ils décidé ? Les crimes perpétrés n'allaient pas rester impunis. Depuis le vol des armes et le meurtre de Meghan, les hommes de Glencoe ne tenaient plus en place. La soif de vengeance faisait bouillir leur sang guerrier. On fourbissait les armes, on coulait des plombs, on astiquait les mousquets. Le moment était mal choisi pour annoncer à Liam qu'il allait être père. Un profond malaise m'envahissait. Une guerre des clans allait être déclarée. C'était inévitable.

Le vent approuva ma conclusion dans un rugissement qui me donna la chair de poule. Le ciel l'appuya en se déchirant derechef. Mon cœur se figea, j'étais stupéfaite de frayeur. Une silhouette bien distincte venait de se découper dans la fenêtre. Doucement, le sang se remit à couler dans mes veines et l'air s'échappa de ma poitrine crispée. Je me levai, lentement, indifférente au plaid que je foulais de nouveau à mes pieds.

Je m'emparai de ma dague, hésitante, mais lui préférai le long poignard. Je me dirigeai vers la fenêtre où s'était fondue l'ombre dans la nuit. Le souffle court, le cœur battant la chamade, les jointures blanchies sur le manche de l'arme, j'attendais qu'un nouvel éclair zèbre le ciel.

— Allez… Allez… Montre-toi, murmurai-je pour me donner une certaine contenance.

En bon complice, le ciel s'éclaira. S'ensuivit un sourd grondement. Je hoquetai de peur. Elle était là, je l'avais vue. Une longue silhouette, cheveux volants, plaid battant. Une femme ? Le sang se retira de mon visage. Une *Banshee*. J'avais entendu parler de ces messagères de mauvais présages, mais je n'en avais encore jamais vu, ni souhaité en voir, non plus. On les disait attachées à un clan.

Elles venaient la nuit se lamenter, pour prévenir d'une mort certaine et prochaine.

Instinctivement, je m'étais éloignée de la fenêtre, de peur de la voir de nouveau. « Trop tard, Caitlin, une seule fois suffit. » J'avais vu la *Banshee,* mes jours étaient comptés. Je gémis. L'estomac crispé, je me réfugiais dans un coin, recroquevillée sur moi-même, lorsque la porte s'ouvrit toute grande. Je poussai un cri déchirant et brandis le poignard devant moi. Liam se statufia.

— Caitlin ?

Réalisant que mon mari était de retour, je laissai tomber l'arme maintenant inutile et cédai à la peur qui me dévorait le ventre. Les larmes affluèrent et inondèrent mes joues, tandis que mes mains, secouées de tremblements convulsifs, se crispèrent sur mon châle, le retenant avec acharnement.

La voix de Liam m'enveloppa et me berça doucement. Il mit ses bras autour de mes épaules et me conduisit jusqu'au fauteuil que j'avais quitté quelques minutes plus tôt.

— Caitlin, c'est moi. Bon sang, qu'as-tu ?

Son visage était pâle, ses yeux reflétaient l'inquiétude et l'incompréhension.

— La *Banshee,* réussis-je seulement à articuler.

Il fronça ses sombres sourcils. D'une main câline, il dégagea mon visage de mes cheveux. Sa bouche se posa sur mon front, tendre et douce.

— Il n'y a pas de *Banshee, a ghràidh,* qu'est-ce que cette histoire ?

Je secouai frénétiquement la tête, me retenant à sa chemise.

— Dehors, je l'ai vue, près du cerisier...

— Mais je viens tout juste d'arriver, il n'y avait personne, je t'assure.

— Je n'ai pas rêvé, Liam, me défendis-je, des larmes dans la voix.

Il attira ma tête contre sa poitrine. Les battements de son cœur m'apaisèrent.

— Tu auras confondu les ombres. Il n'y a pas de *Banshee,* ce ne sont que des histoires.

J'abdiquai, renonçant à le convaincre. Peut-être n'était-ce qu'une vision, une aberration due à la peur. Je le souhaitais ardemment. Je me blottis contre lui, dans sa chaleur, puis, fermant les yeux, j'acquiesçai silencieusement.

Le hennissement des chevaux et le cliquetis des harnais me réveillèrent. Les yeux encore fermés, je me retournai dans le lit et cherchai Liam d'une main, mais n'y rencontrai que le vide. Affolée, je me levai brusquement. Un groupe d'hommes devait partir dès l'aube pour Keppoch, pour ensuite continuer leur route jusqu'à Achnacarry, siège du clan des Cameron de Lochiel. Liam dirigerait le groupe. Mon Dieu ! il devait être parti... Je sortis de la chambre en courant.

Liam était assis au bout de la table et préparait des cartouches pour son pistolet avec les pages d'un vieux livre de prières protestant, probablement volé lors d'un raid. Il leva des yeux surpris vers moi.

— Tu voulais partir sans moi ! hurlai-je en le foudroyant du regard.

Il se redressa tranquillement et mit ses cartouches dans une cartouchière de cuir suspendue à sa ceinture.

— Ce n'est pas qu'une balade d'agrément, Caitlin, grommela-t-il.

— Je pars avec toi, que tu le veuilles ou non, annonçai-je, les poings sur les hanches.

Il fut sur moi en trois grandes enjambées.

— Tu ne peux pas venir, c'est une chasse à l'homme, tu ne comprends donc pas ?

— Je comprends très bien, Liam Macdonald, et je m'en moque totalement. Je ne passerai certainement pas ma vie à t'attendre !

Je le défiai du regard en soufflant rageusement. Il n'était pas question pour moi de rester seule encore une fois. Surtout avec ce mauvais pressentiment qui ne me quittait plus depuis quelques jours. On m'épiait, on me suivait. Je vivais avec une peur sourde au ventre.

— Je te jure sur la tombe de ma mère que, si tu pars sans moi, je ne serai plus là à ton retour.

Il me fixait d'un air imperturbable ; toutefois, sa mâchoire se contractait. Il tentait de se contenir, je le savais.

— Habille-toi et ne traîne pas, trancha-t-il froidement.

Les hommes étaient déjà tous en selle lorsque nous arrivâmes avec nos montures. J'eus droit à quelques regards désapprobateurs et à des remarques désobligeantes, mais je ne m'en souciai guère.

— Tu ne peux pas l'emmener avec toi ! dit Donald à Liam.

Il ne répondit rien, se contentant de vérifier ses sangles avant de monter en selle à son tour.

— Il serait préférable que tu restes ici, Caitlin, me dit poliment Ronald MacEanruigs.

— Elle vient avec moi, rétorqua finalement Liam sur un ton agacé. Elle saura suivre.

Il me jeta un regard qui en disait long. Isaak me fixait, un coin de sa bouche retroussé, comme au bord du précipice, ce terrible jour où Meghan avait disparu. Donald approcha sa monture de la mienne.

— Vous ne pouvez même pas tenir un pistolet, Caitlin, ce n'est pas raisonnable.

— Je ne sais pas tenir un pistolet, c'est vrai, répliquai-je en le toisant froidement, mais je sais me servir d'un poignard, Donald ! J'ai déjà tué un homme, je peux très bien en tuer un deuxième.

Les hommes me dévisagèrent, incrédules, puis Liam me fit passer devant lui en me faisant la tête. « Tu peux bien me faire la gueule si ça te chante, Liam Macdonald. Tu devras t'y habituer, je ne suis pas de celles qui restent sagement à la maison pendant que leur mari bat la campagne ! »

Sans un mot de plus, la brigade de six hommes s'ébranla. En plus de Liam et des deux frères MacEanruigs, il y avait Niall MacColl, Simon Macdonald et Isaak Henderson. L'allure alternait entre le pas et le trot, selon le terrain. D'humeur assez joyeuse, les hommes riaient et se racontaient des blagues dont quelques-unes me firent rougir jusqu'aux oreilles, tandis qu'une flasque de whisky circulait dans le groupe. Seul Liam, qui fermait la marche, était d'humeur taciturne.

Dans les environs d'Achindaul, nous dûmes faire un détour pour éviter de rencontrer un régiment de la Garde qui remontait vers Fort William, ce qui rendit les hommes un peu nerveux. Mis à part ce petit incident, le trajet se déroula sans encombre.

A Keppoch, je fus accueillie chaleureusement par Elizabeth Macdonald. On fit rôtir une carcasse de bœuf, puis la bière et le whisky coulèrent à flots. Je me dis que si les hommes comptaient s'enivrer à chaque escale, bientôt ils ne sauraient même plus pourquoi ils avaient quitté Carnoch. Je jugeai donc plus sage de me tenir à l'écart de la beuverie pour éviter les prises de bec entre Liam et ses hommes. L'alcool déliant les langues, les commentaires grivois ne tarderaient pas à fuser. Après avoir bavardé un moment avec Elizabeth, je me réfugiai dans notre chambre.

Je fus réveillée par le vacarme que fit mon cher mari en rentrant au beau milieu de la nuit. Il titubait et grommelait des jurons en se heurtant aux meubles dans l'obscurité.

— Mais tu es ivre ! m'écriai-je.

Je tendis la main vers le briquet à silex et allumai la chandelle sur la table de nuit. Liam était adossé à la commode et s'affairait à détacher sa ceinture en vacillant dangereusement.

— Je ne suis pas ivre, grogna-t-il.

— Mais si ! Tu es ivre. Tu as grand-peine à tenir debout.

La ceinture et tout ce qui pendait après retomba sur le plancher avec fracas, puis le plaid suivit. Il croisa ses bras sur sa poitrine et me dévisagea en tentant de se composer un air sérieux :

— Je te dis... que je nnne suis pas iiiivre, j'ai juste bu un peu, c'est tout.

Il retira sa chemise et l'envoya voler à l'autre bout de la pièce, comme à son habitude, ensuite il s'attaqua aux lacets de ses brogues. Là, je me dis qu'il aurait dû les enlever avant sa chemise, la vue d'un homme nu, habillé de ses seules chaussures, étant des plus hilarantes. Je pouffai de rire et, prise de pitié, je me levai pour l'aider et l'entraînai jusqu'au lit, où il s'écroula. Je soufflai la chandelle et me pelotonnai contre lui après avoir tiré les draps sur nous. J'eus peine à me rendormir. Dès qu'il toucha l'oreiller, il se mit à ronfler et à grogner comme un vieux porc fouinant dans son auge.

Aussi invraisemblable que cela puisse paraître, les hommes étaient tous debout aux premières lueurs de l'aurore. C'était moi qu'ils attendirent... Liam semblait mieux disposé à mon égard, mais son ton restait cassant. Je ne me laissai pas démonter pour autant et gardai ma bonne humeur.

Sept hommes s'étaient ajoutés à la brigade, dont Colin et Alasdair Og Macdonald, le cadet de John MacIain. Les deux frères se ressemblaient sur plusieurs points : les mêmes cheveux noirs, bien que ceux d'Alasdair ne fussent parsemés que de quelques fils argentés, et ce même regard chaleureux, mordoré. Cependant, Alasdair n'affichait pas l'air affable de John. Son visage balafré sous l'œil gauche indiquait plutôt un caractère de feu explosif. Malgré sa plus petite taille, ce devait être un féroce guerrier, un homme qu'il serait sage de ne pas provoquer inutilement.

Nous nous mîmes en route pour Achnacarry. Le siège des Cameron de Lochiel était érigé sur le bord de la rivière Arkaig, celle reliant le loch du même nom au loch Lochy. Ce chapelet de lochs du Glen Mor traversait les Highlands d'est en ouest, d'Inverness à Oban. Une vingtaine de kilomètres seulement séparaient les maisons des deux chefs de clan. Alors que Colin me jetait des regards fuyants et que Liam chevauchait aux côtés de son cousin Alasdair, moi, je tenais compagnie à Niall.

Le jeune homme paraissait plutôt nerveux comparativement aux autres, qui semblaient assez détendus. Il triturait le bord de son plaid sans arrêt.

— Quelque chose te tracasse, Niall ?

— Euh, non... Ou plutôt si, dit-il enfin.

— Alors ?

L'idée ridicule que cet homme à l'allure d'un ogre affamé puisse appréhender les confrontations imminentes avec la bande de loups de Campbell me fit sourire.

— C'est que je veux demander une jeune femme en mariage, bafouilla-t-il en rougissant légèrement.

Je restai sans voix pendant un moment.

— Ah oui ? m'étonnai-je.

Je voyais mal cet ours mal léché faire la cour à une jeune femme.

— Elle s'appelle Joan Macmartin et vit à Clunes. C'est à environ trois kilomètres d'Achnacarry. Je vais la voir ce soir et je voulais lui demander sa main... mais je ne sais pas trop comment faire. Vous comprenez ?

— Tu voudrais que je te conseille ? demandai-je, de plus en plus intriguée.

Il pratiquait une gymnastique faciale qui m'emplit d'un rire que je contins à grand-peine.

— C'est un peu ça, oui. Vous êtes une femme, vous pourriez peut-être me donner quelques indices sur ce qu'elle aimerait entendre.

Le pauvre était si cramoisi qu'il se distinguait à peine de son plaid. Je tentai de contrôler mon fou rire en toussotant. Ces Highlanders me surprendraient toujours... Je fis mine de réfléchir un peu.

— Est-ce que tu l'aimes ?

— Bien sûr ! Quelle question ! Je ne l'épouserais pas si je ne l'aimais pas.

— Evidemment. Bon, eh bien, tu pourrais toujours commencer par le lui dire. Les femmes aiment entendre qu'on les aime.

— C'est déjà fait.

— Alors, mets-y un peu de... poésie.

— De la poésie ?

Peut-être ne savait-il pas ce que c'était. Il avait certainement lancé plus souvent le cri de guerre des Macdonald en faisant tournoyer son claymore que récité des lignes de Henryson, Dunbar ou même Shakespeare. Il me jeta un regard perplexe, puis ses doigts se perdirent dans son épaisse barbe pour gratter son menton.

— Elle est jolie ?

— Comme une rose sous la rosée matinale, murmura-t-il rêveusement.

— Eh bien, voilà ! me récriai-je. Tu es poète, mon cher Niall.

Il me regarda, l'air incertain.

— Ton père n'est-il pas barde, par hasard ?

— Non, il était sellier et ferronnier à ses heures. Pourquoi vous me demandez ça ?

— Elle est jolie comme une rose sous la rosée du matin, c'est comme ça que tu la vois ?

— Bien oui... Un peu.

Il ne comprenait toujours pas.

— Dis-le-lui !

— Mais elle va me trouver... enfin, un homme ne dit pas ce genre de choses !

— Et pourquoi pas ? Je suis certaine qu'elle préférerait entendre ça plutôt que le récit d'un de tes combats sanglants. Ceux-là, tu pourras toujours les raconter à tes enfants au coin du feu, déclarai-je avec une pointe d'humour. Ouvre-lui ton cœur, et je te parie qu'elle t'aura répondu oui avant même que tu n'aies terminé de formuler ta demande.

— Vous croyez ?

— Je suis une femme, oui ou non ?

Il me considéra un moment comme s'il étudiait la question. Son regard s'éclaira, il me gratifia d'un merveilleux sourire qui transforma ses traits grossiers, puis son visage se rembrunit.

— Bon, va pour Joan, comment vais-je aborder son père, maintenant ? Vous avez peut-être une petite idée là-dessus ?

— Ah ! pour ça ! soupirai-je. Faudrait demander à un homme.

— Ouais...

La silhouette massive de la maison des Lochiel qui surgissait des brumes prenait plutôt, à mon avis, les apparences d'un château. Dans l'ouest des Highlands, le clan des Cameron était assez puissant. Sir Ewen Cameron de Lochiel, ou bien Eoghain Dubh[1], comme les hommes se plaisaient à l'appeler, venait de passer les rênes du pouvoir à son fils aîné, John. Il avait été l'un des chefs de clan les plus respectés et admirés par ses pairs ainsi qu'un des plus redoutés par ses ennemis, en particulier des Mackintosh contre lesquels son clan s'était querellé pendant trois siècles et demi pour des

1. Ewen le Noir.

bouts de terre. Le conflit s'était finalement réglé trente ans plus tôt, mais un autre avait vu le jour lorsque les Mackintosh, s'en prirent aux Macdonald de Keppoch, aux côtés desquels les Cameron s'étaient rangés en 1688. Il se termina par une commission par le feu et l'épée, forçant les hommes des clans en cause à vivre cachés dans les bruyères pendant un certain temps.

J'attendais patiemment Liam, assise à l'ombre d'un chêne, tandis que les hommes s'occupaient des chevaux à l'écurie. Il vint vers moi peu après notre arrivée.

— Il y aura un grand rassemblement ce soir, annonça-t-il sur un ton détaché.

Il se tenait debout devant moi, bien campé sur ses jambes écartées, les bras croisés sur sa poitrine, et observait le va-et-vient dans la cour. Je me levai pour lui faire face.

— Tu vas me bouder encore bien longtemps, Macdonald ? lançai-je abruptement.

— Je ne boude pas, bougonna-t-il.

— Alors, si tu ne boudes pas, pourquoi me fais-tu la tête depuis notre départ de Carnoch ? rétorquai-je, agacée.

Il me gratifia d'un regard mauvais et me tourna le dos.

— Tu n'as pas ta place dans cette expédition, les femmes ne doivent pas se mêler de ce genre de choses.

Je le contournai pour me planter devant lui, furibonde.

— La place des femmes, je suppose, est à la maison à s'occuper des tâches ennuyeuses et à vous attendre tandis que vous vous amusez ?

— Nous amuser ? s'écria-t-il en arquant un sourcil.

— Ce n'est pas ce que vous faites depuis... ?

— C'est une expédition exécutoire, Caitlin, me coupa-t-il, pas une partie de chasse. Nous voulons la peau de ces salauds. Je suis venu chercher la tête d'un Campbell, d'Ewen Campbell pour être plus précis. Je t'assure que ce sera loin d'être une partie de plaisir et... je m'inquiète pour toi.

Ses traits se radoucirent un peu et je pus lire dans ses yeux qu'il disait vrai.

— Liam, laisse-moi être seul juge de ce qui me convient. Je crois que j'en ai assez vu depuis quelque temps pour pouvoir supporter quelques escarmouches. Et puis, lorsque vous aurez capturé Campbell et que vous l'aurez remis aux autorités...

— Aux autorités ? Tu veux rire ? Tu n'as vraiment rien compris !

— Quoi, vous ne le remettrez pas dans les mains de la justice ?

Il me fit un demi-sourire.

— Si cela avait été dans nos intentions, les soldats auraient très bien pu s'en charger.

Je commençai à paniquer. S'ils tuaient cet homme, il y aurait certainement des représailles. Campbell était tout de même le neveu du laird de Glenlyon, même s'il était un salaud et un truand.

— Mais, Liam, m'écriai-je, on vous proscrira par la commission de feu et d'épée encore une fois pour cela ! C'est de la folie !

— Non. Coll et Eoghain Dubh ont un marché à proposer à ce vieux renard de Breadalbane qu'il ne pourra pas refuser.

Je sentis un frisson me parcourir l'échine. Je compris soudain qu'il s'agissait d'une exécution sommaire, sans aucune autre forme de procès.

— Bon, marmonnai-je, un peu décontenancée, il y a un endroit où je peux me débarbouiller ?

Le conseil des clans avait pris fin depuis près d'une heure, et la nuit était tombée. Assise dans un recoin du grand hall du château, j'observais les incessantes allées et venues des domestiques qui installaient des tables et des bancs autour de la salle tout en gardant un espace ouvert devant l'immense cheminée de pierre de taille. La bouche de l'âtre était si grande que j'aurais pu y pénétrer sans même avoir à me pencher. Au-dessus étaient accrochées les armoiries des Cameron de Lochiel et dans la pierre était gravée leur devise, *Aonaibh ri cheile*[1]. Les torches allumées dans les murs baignaient la pièce dans une douce lumière d'or.

N'apercevant Liam nulle part, je commençais à m'inquiéter. Je partis à sa recherche. La cour du château grouillait d'hommes en plaid aux couleurs de clans différents, dont certains m'étaient inconnus. Je me faufilai entre ces grands gaillards tout en muscles, aux allures peu recommandables, ayant droit à l'occasion à une réflexion de mauvais goût. Liam se trouvait près des écuries, en conversation avec un homme qui, d'après son tartan, était rattaché à la maison des Lochiel.

Je m'approchai d'un pas discret et attendis sur un muret de pierre qu'ils aient terminé leur entretien, ce qui ne prit guère que quelques minutes. M'ayant remarquée, l'interlocuteur de Liam s'arrêta de parler et me fixa avec insistance. Liam se retourna et me vit à son tour. Deux belles rangées de dents se mirent à scintiller à la lueur

1. S'unir.

vacillante des flambeaux de pin. Je sautai de mon siège improvisé tandis que les deux hommes venaient vers moi.

— Je suis désolée, je ne voulais pas vous interrompre, bredouillai-je.

— Tu ne nous interromps pas, Caitlin, dit Liam en me ceignant la taille d'un bras possessif.

— Alors, c'est vous, la selkie, murmura l'homme, comme subjugué par une vision quelconque.

— Selkie ? demandai-je, intriguée.

— C'est une vieille légende, *a ghràidh*. On dit que les phoques qui viennent sur la terre ferme peuvent, en retirant leur peau, prendre forme humaine et que tous ceux qui les croisent en tombent irrémédiablement amoureux. Mais, pour les garder, il faut cacher leur peau, sinon ils la reprennent et retournent à la mer pour ne plus jamais en revenir.

— Et qui raconte que je serais une selkie ? m'enquis-je, amusée.

— Le bruit court, madame Macdonald... Les Highlands sont vastes, mais le vent porte loin l'écho de nos montagnes.

— Ah ! Et que dit encore l'écho ?

Liam se racla la gorge pour couper court à notre petite conversation et me présenta Adam Cameron, neveu d'Ewen. Le veuf de sa sœur Ginny. L'homme s'inclina poliment et me sourit.

— Liam m'a dit que vous accompagniez la brigade. Vous n'avez pas froid aux yeux.

— Non, répondis-je, plus ou moins sûre de moi.

— Alors nous aurons certainement l'occasion de faire plus ample connaissance.

Le grand hall était maintenant plongé dans un tumulte assourdissant. On ne se lassait pas de remplir les cruches de bière et de vin, et les plats de viandes rôties me passaient sous le nez en une longue procession. Si un clan mesurait sa puissance à l'extravagance de ses agapes, alors celui-ci devait surclasser tous les autres. La seule vue de tous ces aliments remplissait mon estomac.

Les hommes parlaient fort et les femmes gloussaient. Je pus entrevoir les mains baladeuses de Donald MacEanruigs sur la robe d'une jolie créature brune aux yeux de biche, et Colin en plein conciliabule avec Alasdair. A la lueur des chandelles, leurs traits prenaient des allures terrifiantes. On aurait dit deux conspirateurs qui tramaient un crime crapuleux. Je n'étais probablement pas très loin de la vérité...

Niall, lui, n'avait d'yeux que pour sa charmante compagne, Joan. Elle était en fait assez mignonne avec sa bouche en cœur et ses belles boucles blondes qui lui retombaient jusqu'au creux des reins. Il susurrait des choses à l'oreille de la belle, qui roulait des yeux en rougissant. Niall avait probablement des talents de poète cachés !

— Tu ne manges pas beaucoup, *a ghràidh,* me chuchota une belle voix grave qui me tira de mes contemplations.

— Je n'ai pas très faim, me défendis-je.

— Tiens, mange ça. Si tu tiens à nous suivre, il faudra que tu te mettes un peu plus de nourriture dans l'estomac.

J'ouvris la bouche docilement et la refermai sur un morceau d'oie rôtie que je mastiquai longuement avant de l'avaler avec une rasade de vin.

— Je te trouve un peu pâle et amaigrie... Il faudra que j'y remédie !

Il me présenta un autre morceau que j'avalai en le mouillant encore de vin. Nous continuâmes ce manège, jusqu'à ce que mon estomac soit plein, et mon verre, vide.

— Hé ! Liam ! rugit une voix graveleuse qui venait de l'autre bout de la table. Arrête de la gaver, mon vieux, elle n'aura plus d'appétit pour...

Il s'interrompit et, ne trouvant pas le mot pour exprimer sa pensée, il se saisit d'un énorme saucisson qu'il brandit devant lui en déclenchant l'hilarité générale. Je me sentis rougir jusqu'à la racine des cheveux.

— T'inquiète pas pour moi, Finlay, répondit Liam. Elle a un appétit d'ogresse.

Je lui donnai un coup de pied sous la table, choquée.

— C'est pas juste ! cria une autre voix pâteuse. Il a droit à un bon lit douillet tandis que nous, on roupille sur la paille avec les poules et les truies.

— Arrête de chialer, Robbie, renchérit une autre voix, les truies ne veulent même pas de toi.

L'homme se courba sous l'avalanche de rires et de remarques plus crues les unes que les autres.

— Robbie ! cria Liam à son tour. Maintenant tu sais pourquoi j'ai emmené ma femme !

Je m'apprêtais à disparaître sous la table lorsque Liam me retint par le bras. Il me tendit mon verre et s'appropria une cruche de vin.

— Viens, *a ghràidh,* allons faire un tour, me murmura-t-il en se retenant de rire.

Nous n'avions pas fait trois mètres que la voix de Finlay rugit de nouveau :

— Hé ! Macdonald ! Où vas-tu comme ça ? Tu m'as l'air pas mal pressé !

Liam se retourna vers le fruste personnage en affichant son plus beau sourire.

— J'ai encore faim, mon vieux, tu nous excuseras.

Il n'eut nul besoin de me pousser dans le dos pour me faire sortir du hall. Je me sentais comme la dernière des catins qu'il aurait ramassée en chemin dans une auberge quelconque. Mes joues étaient en feu, et je le fusillai du regard. L'air frais de la nuit eut cependant pour effet de refroidir légèrement ma colère.

— Ne fais pas attention à eux, ils ne voulaient pas être méchants.

— Tu aurais pu, au moins, leur clouer le bec, à ces malotrus, m'indignai-je.

— Ils auraient continué de plus belle. La meilleure chose à faire, crois-moi, c'est de jouer leur jeu jusqu'à ce qu'ils se lassent.

Il me dévisagea, un sourire narquois sur les lèvres.

— Je ne te croyais pas si pudique, ma femme.

— Je ne suis pas particulièrement prude. En revanche, devant une cinquantaine d'hommes… admettons qu'il y a de quoi être un peu embarrassée.

— Et devant un seul ?

Il m'attira à lui et m'embrassa avec fougue.

— Viens avec moi, dit-il en me tirant derrière lui.

Je le suivis à l'aveuglette, sur ce que je crus être un sentier dans un bois. Le mince croissant de lune nous éclairait faiblement. Après une éternité passée à trébucher dans les ténèbres, nous nous arrêtâmes sur le bord de la rivière Arkaig. Les bruits de la bacchanale n'étaient plus qu'un grondement sourd. Liam déposa la cruche dans la crevasse d'un rocher, puis il déboucla sa ceinture et laissa glisser son plaid sur le sol.

— Que fais-tu ? demandai-je, interloquée. Nous avons une chambre, si je ne me trompe ?

— Je prends un bain, *a ghràidh mo chridhe.* Déshabille-toi.

— Pas ici ! Tu veux rire ? Avec tous ces hommes au château ?

Cependant, l'idée de prendre un bain de minuit me tentait énormément.

— Bientôt, ils ne sauront même plus où se trouve la sortie.

Il se glissa dans l'eau, où je le suivis en grelottant quelques instants plus tard. Heurtant une pierre qui jonchait le lit de la rivière, je me retrouvai sous l'eau glacée. Un bras de fer se referma sur moi et me ramena à la surface. Je poussai un cri que Liam étouffa avec sa bouche et me blottis contre lui pour lui voler un peu de sa chaleur. Mon corps s'habituait peu à peu à la température de l'eau, et je commençais à apprécier la sensation du courant qui caressait agréablement ma peau nue.

Nous restâmes ainsi enlacés jusqu'à ce que nos dents se mettent à claquer. Liam me transporta alors sur la berge, où nous nous emmitouflâmes sous son plaid avec la cruche de vin, tout grelottants et riant comme des adolescents. Nous étions déjà presque en septembre, et la nuit était particulièrement douce pour ce temps de l'année.

— Quand repartons-nous ?

— Demain matin. Nous retournons à Glencoe voir John.

— Mais pourquoi ?

— Nous allons lui faire un compte rendu de la décision qui a été prise.

— Et s'il n'est pas d'accord ?

— Il acceptera. Lochiel et Keppoch sont impliqués, et puis il y a le marché qu'on passera avec Breadalbane.

— Si Breadalbane refuse ?

— Les veuves des *tacksmen* tués iront devant le conseil privé du roi en brandissant les chemises ensanglantées de leurs époux sur des piques. Elles demanderont la commission par le feu et l'épée. Glenlyon sera proscrit. Breadalbane n'a pas le choix. Cette ordure d'Ewen Campbell a tué deux hommes de Lochiel et un de Keppoch, sans parler de Murdoch Macgregor et de son épouse. Il a volé plus de mille cinq cents livres sterling de fermages, ce qui représente une petite fortune. Breadalbane nous donne la tête de ce bâtard, ou bien c'est la proscription d'un *sept*[1] des Campbell. Et puisqu'il a toujours fait passer ses intérêts personnels avant tout…

— Les autres hommes de la bande ? Ils ne sont pas tous des Campbell !

— Des hommes brisés. Personne ne lèvera le petit doigt pour eux.

J'avais cessé de grelotter, mon corps s'étant réchauffé sous l'effet du vin et au contact de la peau de Liam.

— Eoghain Dubh est un homme très charmant, dis-je de but en blanc.

1. Branche liée à un clan.

J'avais été présentée à l'ancien chef un peu plus tôt, avant le banquet. L'homme, en effet, était très charismatique. Il n'était pas vraiment costaud ou grand. Sa force résidait surtout dans son caractère. Ewen Cameron était un homme plein d'esprit et, malgré sa soixantaine passée, il impressionnait toujours avec sa mine ténébreuse et ses yeux noirs brillants. Il avait le regard farouche d'un forban espagnol.

— Oui, surtout avec les jolies femmes, dit-il en riant. Malgré sa petite taille, c'était un vaillant soldat. Je t'assure que les *Sassenachs* le redoutaient. Il a déjà tué un officier anglais avec ses dents pour seule arme !

— Non ! m'exclamai-je, stupéfaite et horrifiée à la fois.

— C'était lors du soulèvement de Glencairn, vers 1654. Le général Monk a débarqué avec ses troupes anglaises à Inverlochy pour construire un fort dans le but bien précis de contrôler les clans du Lochaber. A ce moment-là, Cameron et les hommes de son clan s'étaient placés sous les ordres du comte de Glencairn, qui dirigeait les troupes royalistes contre Cromwell et ses troupes anglaises qui tentaient d'envahir l'est des Highlands. Lorsque Cameron a eu vent de la construction de ce fort, à peine à quelques kilomètres de son château de Torlundy, il était trop tard pour penser l'attaquer avec succès. Il infiltra donc la garnison avec des espions et attendit l'occasion rêvée pour passer à l'attaque. Un jour, une troupe de cent quarante soldats envoyée pour travailler à la coupe de bois de chauffage passa, et Cameron, avec trente-deux de ses meilleurs hommes, tomba sur eux. Après la première salve de mousqueterie, ils fondirent sur les *Sassenachs* avec leurs claymores et leurs targes. Les Anglais prirent rapidement la fuite. Séparé de ses hommes pendant le combat, Cameron s'était retrouvé face à face avec l'officier chargé du contingent. Enragé et honteux de l'attitude de ses hommes, ce dernier était déterminé à avoir la peau du Highlander. L'officier le dépassait par sa force et sa grandeur, mais Cameron était très agile. Le combat avait, semble-t-il, été très long et éreintant, et s'était terminé par un corps-à-corps dans le creux d'un fossé asséché où les deux hommes, épuisés, ne trouvaient presque plus la force de se battre. Pris sous le poids du *Sassenach* au-dessus de lui et confiné dans un espace si étroit qu'il ne pouvait même pas atteindre son poignard à sa ceinture, il a tout simplement mordu l'officier au cou et lui a tranché la gorge d'un coup de dents. Il assure que ce fut la plus délicieuse morsure de sa vie.

Je grimaçai de dégoût.

— *Fuich !*

— Adam m'a raconté la fin de l'histoire... Alors qu'Ewen était de passage à Londres pour se rendre à la cour de Whitehall, le barbier qui le rasait lui avait demandé s'il venait des Highlands, et Cameron de lui répondre oui et de s'enquérir s'il connaissait des gens de ces montagnes du nord. Le barbier, le rasoir sur la gorge de Cameron, aurait répondu : « Non et je n'en ai guère envie. Ce sont des sauvages. Le croiriez-vous ? L'un d'eux a déchiré de ses dents la gorge de mon père. Je regrette de ne pas avoir celle de ce salaud sous ma lame comme je tiens la vôtre, monsieur. »

Liam éclata de rire devant mon air ahuri.

— Cameron nourrit une haine féroce envers les *Sassenachs,* continua-t-il en resservant du vin dans mon verre, puis en buvant à même la cruche. Les Campbell s'en sont fait un ennemi malgré eux. La mère de Cameron est une Campbell. Il est né à Kilchurn Castle, dans le Glenorchy. Son père est mort dans une prison lorsque Cameron n'avait que six ans, et son grand-père, qui était chef du clan à ce moment, était trop vieux pour l'élever. Ewen a été élevé par ses tuteurs Macmartin, puis, à l'âge de douze ans, Archibald Campbell, le marquis d'Argyle, l'a pris en charge. Il croyait probablement s'en faire un allié de taille, puisque Ewen était éventuellement destiné à devenir le prochain chef du clan Cameron. Mais il a joué les mauvaises cartes, et son jeu s'est retourné contre lui. La guerre civile débutait. Argyle dirigeait l'armée des Covenanters, et Montrose, celle du roi. Cameron accompagna le comte d'Argyle lorsqu'il se rendit à Saint Andrews, où des prisonniers royalistes attendaient d'être condamnés. Il réussit, à l'insu de son gardien, à avoir un entretien avec quelques-uns de ces prisonniers, parmi lesquels se trouvaient des Cameron de son propre clan. Son grand-père, Allan, était royaliste. Cela eut sur lui un grand impact. Le lendemain, avec dégoût et horreur, il assista, accompagné d'Argyle, à l'exécution de ces prisonniers. Si cette démonstration avait été organisée dans le but de le dissuader de soutenir la cause royaliste et de le rallier à celle des Covenanters, ce fut sans succès. En effet, Ewen Cameron devint l'un des plus fervents royalistes qu'Argyle eut à affronter.

— Je dirais que c'est plutôt ironique. Campbell a dû s'en mordre les doigts pour le reste de ses jours.

— Jusqu'à la décollation de sa tête pour haute trahison au début de la Restauration, en 1660.

— Donc je doute que Breadalbane le reçoive amicalement.

— J'en doute, moi aussi.

Je bus une gorgée de vin et en renversai un peu sur moi. Liam observa la goutte sombre qui suivait les courbes de ma peau blanche à la clarté de la lune, puis, prenant mon verre, en versa encore sur ma gorge.

— Mais qu'est-ce que tu fais ?

Sa langue suivit le liquide tiède. L'odeur boisée et sucrée du vin me monta à la tête, et je frémis délicieusement sous cette caresse exquise.

— J'ai encore faim, *a ghràidh mo chridhe*...

18

L'homme est un loup pour l'homme[1]

Le léger mal de tête avec lequel je commençai ma journée ne tarda pas à empirer avec la longue chevauchée vers Carnoch. Je m'abritai sous mon plaid pour me protéger du léger crachin qui nous trempait jusqu'aux os.

La brigade se composait à présent de vingt-six guerriers armés de longs poignards, d'épées, de pistolets, de mousquets ainsi que de la redoutable hache de Lochaber munie de son crochet à désarçonner que certains privilégiaient tant. J'eus soudain la drôle d'impression de partir pour la guerre et me sentis plutôt démunie avec ma dague et mon poignard.

Une certaine fébrilité flottait dans les rangs. Je savais bien que les prochains jours, voire les semaines qui allaient suivre, ne seraient pas une partie de plaisir ; pourtant, à l'expression affichée par les hommes, c'était tout comme. Seul Liam ne semblait pas partager cette exaltation. Quelque chose le tracassait.

Se sentant observé, il se tourna vers moi et me regarda d'un œil goguenard.

— Est-ce que ta tête va mieux, *a ghràidh* ?

— Oui, mentis-je succinctement.

Il esquissa une moue sceptique et tendit la main pour me caresser la joue du bout d'un doigt.

— Alors, on remet ça ? demanda-t-il en riant.

— Liam ! m'offusquai-je en jetant un coup d'œil autour de nous.

— Remettre quoi ? dit une voix derrière nous.

1. *Homo homini lupus*, phrase de Plaute, reprise et illustrée par Bacon et Hobbes.

Je rabattis mon plaid sur mon visage cramoisi et laissai à Liam le soin de répondre à Adam Cameron qui arrivait à notre hauteur.

— Les bains de minuit.

Ensuite, il me regarda en haussant les épaules, l'air de dire : « Que voulais-tu que je lui réplique ? » Je lui tirai la langue, l'air menaçant, ce qui le fit sourire de plus belle. Par courtoisie, Adam feignit de ne pas avoir entendu et s'adressa directement à Liam.

— John Cameron aimerait avoir un entretien avec toi.

Liam se retourna sur sa selle pour situer l'homme en question, puis se tourna vers moi.

— Je ne serai pas long.

— Prends tout ton temps, elle est en bonnes mains, dit Adam.

— Attention, *Adhamh*[1], elle mord, l'avertit Liam en riant avant de partir vers la queue du convoi.

— Vous devez vraiment être une selkie, dit abruptement Adam après que Liam se fut éloigné.

— Pourquoi dites-vous ça ?

— Vous l'avez transformé. Oui, je crois que c'est le mot juste, dit-il en hochant la tête.

— Ah ? De quelle manière ?

— Après la perte de sa femme et de son fils, Liam est devenu très renfermé et solitaire. Il pouvait disparaître des jours, voire des semaines, dans ses montagnes. Je suppose qu'il préférait la compagnie des chats sauvages à celle des hommes. Cela faisait un bon bout de temps que je ne l'avais pas vu rire aussi franchement.

Il me tendit une flasque de whisky que je refusai poliment en grimaçant, puis il en avala une bonne lampée avant de poursuivre.

— C'est pour cette raison que je vous appelle la selkie. Liam a toujours cherché à éviter les femmes… enfin, celles qui voulaient un époux. Et voilà qu'un beau jour nous apprenons qu'il s'est marié avec une étrangère aux cheveux noirs comme la nuit. Vous l'avez certainement ensorcelé.

Il me considéra avec une convoitise non dissimulée.

— Vous avez vraiment toutes les caractéristiques d'une selkie. On dit d'elles qu'elles sont d'une beauté irrésistible.

Je piquai un fard, embarrassée, et détournai momentanément le regard.

— Je vous ai observés hier, vous et Liam, reprit-il. Il n'est vraiment plus le même homme. La façon dont il vous contemple est

1. Adam en gaélique.

éloquente. J'espère pour lui qu'il a bien caché votre peau de phoque.

— Vous ne croyez tout de même pas à ces légendes ? rétorquai-je, amusée.

Il me sourit.

— Les croyances et les légendes peuvent apporter de la couleur dans nos existences parfois mornes. Ne plus y croire serait comme marcher dans un jardin sans fleurs ou bien regarder un ciel de nuit sans étoiles.

— Hum... Vous connaissez Liam depuis longtemps ?

Il fit mine de réfléchir un instant en plissant les yeux.

— Huit ans, je crois. Je ne connaissais pas encore Ginny à ce moment-là. C'est lui qui me l'avait présentée... Liam et moi participions aux raids sur les terres d'Argyle et de Breadalbane. C'était déjà un sacré gaillard à l'époque. Il savait manier le claymore d'une seule main. Personne n'osait se mesurer à lui en combat singulier. Voler du bétail, pour lui, était un jeu d'enfant, mais, à dix-neuf ans, la vie n'a rien de sérieux, n'est-ce pas ?

— Cela dépend pour qui, dis-je.

Il me lorgna de biais, se rendant compte que je devais avoir à peu près le même âge que le jeune cheval fou qu'il tentait de me décrire, puis il se racla la gorge.

— Peut-être, hésita-t-il avant de reprendre son récit. Liam revenait du King's College d'Aberdeen, où il avait assez bien réussi, mais sa place était dans les montagnes et sur les landes, dans la bruyère, où les seules limites d'un homme sont celles de son corps.

Il décolla une mèche brune dégoulinante qui traversait sa joue, puis jeta un œil vers Liam, en arrière du cortège.

— Et voilà qu'un jour il s'est marié avec Anna.

Il se tut, me laissant sur mon appétit.

— Et puis ? demandai-je avec un calme composé.

— J'avais toujours pensé que Liam n'était pas fait pour le mariage. Son goût pour l'aventure et la liberté n'était pas très compatible avec les responsabilités inhérentes au mariage. Seulement, il était amoureux d'Anna... Je me demande s'il n'y aurait pas deux personnalités en lui.

Il me lança un regard légèrement embarrassé.

— Je suis désolé, je ne voulais pas...

— Monsieur Cameron, je ne pourrai jamais renier que Liam a vécu avant moi.

— Non, en effet. Maintenant, appelez-moi Adam, s'il vous plaît. Après tout, nous sommes apparentés.

— D'accord... Adam.

Adam me faisait un peu penser à mon frère Patrick par sa taille et par la finesse de ses mains, mais ses traits étaient plus larges et plus grossiers, sans pour autant être désagréables. Il ne devait pas avoir plus de trente-cinq ans.

— Vous avez l'intention de nous suivre jusqu'au bout ? demanda-t-il en sourcillant.

— Oui.

Il m'évalua quelques instants et haussa les épaules.

— Enfin, Liam doit savoir ce qu'il fait.

— Je n'attends pas que Liam me dise quoi faire, Adam, rétorquai-je, agacée. Je ne lui ai pas donné le choix.

— Oh ! Vous avez du culot et du caractère, Caitlin ! dit-il sur un ton amusé. Liam ne doit pas s'ennuyer avec vous.

Il jeta un coup d'œil au poignard qui dépassait de mon plaid mouillé.

— Vous savez vous défendre ?

Je lui souris avec ironie.

— Je crois bien.

— Liam dit que vous êtes arrivée d'Irlande depuis deux ans seulement, avec votre père et vos deux frères.

— Oui... Que vous a-t-il dit d'autre ? demandai-je, un peu décontenancée.

— Rien. Il est peu bavard à votre sujet. Je respecte son silence.

Il me tendit de nouveau la flasque de whisky. Cette fois-ci, je l'acceptai. Il ajouta sur un ton faussement désintéressé :

— De toute façon, ce n'est pas mes affaires.

— Et vous, Adam, m'enquis-je pour changer le cours de la conversation, que faites-vous au sein du clan des Cameron ?

— Je suis le *Fear Sporain*[1]. John Cameron et moi avons grandi ensemble, nous sommes comme des frères. Il me porte une confiance aveugle. Confiance que je ne trahirai jamais, d'ailleurs, au grand péril de ma vie. Comme j'ai des aptitudes à jongler avec les chiffres, John m'a confié les livres de la maison Lochiel à la mort du vieux Douglas MacVail, il y a un an. Avant cela, j'étais le *Gillecoise*[2] de sir Ewen Cameron.

1. Trésorier.

2. Garde du corps personnel.

— Pourquoi un trésorier participerait-il à une chasse à l'homme ?

Ròs-Muire fit une embardée en glissant dans la fange et je me raccrochai de justesse au pommeau de ma selle, évitant de tomber de ma monture. Adam reluqua mon corsage trempé qui moulait ma poitrine.

— Ça va ?

Je ramenai mon plaid sur mes épaules et le rassurai en marmonnant. Il me gratifia d'un sourire charmeur, puis répondit à ma question.

— C'est moi qui tiens les coffres. Je dois retrouver et rapporter l'argent qui a disparu. Pour ce qui est des biens en nature, nous pouvons mettre une croix dessus, mais l'argent sonnant doit bien se trouver quelque part. Presque tous les fermages de nos terres au sud de la rivière Spean ont disparu, ainsi qu'une partie de ceux du Glen Gloy.

Il s'interrompit avant de poursuivre, sur un ton morne :

— J'ai aussi mes raisons personnelles. Les Campbell m'ont ravi une partie de ma vie : Ginny et notre enfant à naître.

Son regard se durcit.

— A défaut de pouvoir m'en prendre au principal intéressé qui se trouve quelque part en France, son neveu fera tout aussi bien l'affaire.

— Mais il ne faisait pas partie du régiment d'Argyle, que je sache ! objectai-je, un peu scandalisée par sa façon d'analyser les choses.

— C'est la seule justice qui existe ici-bas, ma chère Caitlin. Et puis cet homme n'est pas tout à fait un innocent. Je ne crois pas que les siens le pleurent bien longtemps.

Obtenir la tête d'un Campbell représentait pour les hommes de Glencoe et pour d'autres une forme de vengeance acceptable, dans la mesure où on évitait toute forme de représailles si Breadalbane leur accordait sa bénédiction. Je frissonnai à la pensée du sort qui attendait cet homme, aussi mérité fût-il.

— Ginny doit vous manquer beaucoup.

— Oui, souffla l'homme tristement.

— Vous ne vous êtes jamais remarié ?

— Non… Toutefois, peut-être rencontrerai-je, moi aussi, ma selkie, un jour, murmura-t-il en me souriant.

Ralentis par l'état pitoyable des routes, nous atteignîmes Carnoch en début de soirée seulement. Transie après avoir passé une journée entière sous la pluie, j'étais heureuse de retrouver mon toit et la chaleur d'un bon feu. C'était probablement ma dernière nuit à l'abri des éléments de la nature avant longtemps. Nous devions repartir dès le lendemain pour le château de Finlarig, près de Killin, sur les rives du loch Tay en Breadalbane. Finlarig était la forteresse de sir Grey John Campbell, onzième laird et premier comte de Breadalbane. Après son neveu Archibald Campbell, présent duc d'Argyle, il était le plus puissant homme des Highlands.

Nous étions presque sur le pas de notre porte. Liam discutait avec Adam, qu'il avait invité à partager notre toit, lorsque je me tétanisai.

— Liam…

Les deux hommes se turent. Un long moment de silence s'écoula. Liam me poussa dans les bras d'Adam et arracha le clou enfoncé au centre de la porte.

— Mais qu'est-ce que c'est ? grogna-t-il.

Un corbeau enveloppé dans un mouchoir était empalé. Il le considéra un instant avec circonspection, puis, d'un coup de pied, il ouvrit la porte. Mes yeux ne quittaient pas la longue coulure de sang qui tachait le bois. Une main me tira à l'intérieur.

— Liam… gémis-je.

Il ignora mon appel, se dirigea vers l'âtre éteint et s'affaira à y allumer un feu. Lorsque les flammes se mirent à en lécher le cœur, il y jeta le volatile. Une écœurante odeur de chair brûlée nous enveloppa. Personne n'osa briser le silence sépulcral qui s'était soudain abattu. J'attendis, assise dans mon fauteuil, que le charme – c'en était un, il n'y avait aucun doute – ait entièrement brûlé. J'avais reconnu mon mouchoir qui avait disparu de l'armoire.

Liam était resté planté devant le feu, le regard perdu dans les flammes, songeur. Adam, mal à l'aise, se tenait un peu à l'écart et n'osait parler. Liam se tourna finalement vers moi.

— Aurais-tu une petite idée de qui pourrait nous avoir joué cette… mauvaise plaisanterie ?

Je secouai négativement la tête.

— Isaak s'est-il comporté convenablement pendant mon… absence ?

— Oui. Mais cela ne peut être lui, il faisait partie de la brigade.

Liam grogna, reportant son attention vers les flammes.

— Parmi les femmes, peut-être ? Aurais-tu ressenti quelque animosité de la part de l'une d'elles ?

— Non.

Il soupira en se frottant les yeux. Je me levai, allai vers la grande armoire, l'ouvris et farfouillai entre les sacs de fèves. J'en extirpai la boîte en bois et la lui tendis. Il me dévisagea, éberlué.

— Que fais-tu avec ça ?

— Je l'ai retrouvée alors que je faisais la liste des denrées manquantes, il y a quelques jours. Elle était cachée sous les serviettes. Elle…

Je lui enjoignis d'un geste de prendre la boîte. Il la fixait d'un œil vide, hésitant. Il la prit et l'ouvrit. Son visage devint blanc devant le contenu. Un son rauque s'échappa de sa gorge.

— Qu'est-ce que ça signifie ? réussit-il à dire après un long moment de silence.

Il secoua la tête et osa poser un doigt sur la mèche flamboyante. Il savait à qui appartenaient ces boucles de feu, mais n'osait le dire. La vérité était trop horrible à exprimer tout haut.

Le campement avait été érigé dans une clairière près de Killin. Un groupe de huit hommes, dont Alasdair Macdonald, qui représentait les intérêts de la maison Keppoch, John Cameron, dix-huitième chef de guerre du clan de Lochiel, et Adam étaient partis pour Finlarig afin d'obtenir un entretien avec ce vieux renard de Breadalbane. Ils étaient accompagnés de guerriers chargés d'assurer leur protection.

Un bœuf volé rôtissait sur un feu dont les flammes faisaient étinceler l'acier des poignards, les broches et les sourires des hommes. Des consignes très strictes avaient été données concernant le vol du bétail. On le tolérait dans le seul but de nourrir la brigade et non de l'enrichir.

Une certaine tension était palpable dans le camp. Les hommes attendaient avec nervosité la réponse venant de Finlarig. Liam était particulièrement silencieux. Cherchant un peu d'intimité, nous nous éloignâmes du campement vers les sous-bois pour trouver un endroit à l'abri des regards indiscrets. Nous suivîmes un sentier à moitié dissimulé par la végétation et débouchâmes sur un cercle de pierres.

Sur le coup, je restai estomaquée devant ces mystérieuses pierres dressées par une civilisation païenne ancienne dont nous ne savions pas grand-chose. Puis un flot de souvenirs m'envahit. Je posai mes mains à plat sur une des stèles de granit couvertes de mousse et de lichen ocre. Polie par le passage du temps, elle était douce. Je fermai les yeux et appuyai ma joue sur la pierre froide, laissant des images remonter en moi.

J'avais environ neuf ou dix ans. Tante Nellie m'avait permis de l'accompagner sur la côte d'Antrim, dans les environs de Carncastle, pour visiter sa sœur Deidre. Nellie disait d'elle qu'elle était une sorte de druidesse, une prêtresse. C'était un 30 avril, la nuit de Beltane. La fête du feu de Bélénus, dieu du Soleil chez les Celtes.

Derrière mes paupières, je revis soudain la silhouette d'un homme en longue robe blanche qui se découpait sur les flammes d'un feu allumé au centre d'un cercle de pierres comme celui-ci. Deidre m'avait donné la permission d'assister à la fête, sous la promesse solennelle que je reste cachée dans les hautes herbes. Captivée au plus haut point, je n'avais même pas pensé à bouger de mon poste d'observation.

Une voix caverneuse résonnait au-dessus de nous. Le druide avait levé les bras au ciel : « Nous sommes ici pour honorer Dana, déesse de la Terre, et Bélénus, dieu du Soleil. Nous les honorons et leur demandons de bénir et de raviver la lumière et la chaleur sur notre terre… » Je m'étais sentie vibrer au rythme de leurs incantations et de leurs chants qui s'élevaient dans la brume dorée. Etaient-ce les traits ataviques d'une civilisation lointaine coulant toujours dans mes veines qui se réveillaient ?

Je vivais un pur moment de magie. Les *bodhrans*[1] résonnaient tandis qu'on emmenait une jeune vierge voilée, destinée à l'accouplement rituel. Elle dansait et tournoyait en traçant des cercles autour d'un jeune homme coiffé de feuilles de chêne. Je ne compris la signification de ce rituel que bien plus tard, lorsque tante Nellie m'expliqua qu'à Beltane les païens célébraient le renouveau et la fertilité de la terre et des hommes.

J'ouvris les yeux, encore en transe. Liam m'observait à travers ses cils, appuyé contre la stèle voisine.

— A quoi pensais-tu ? demanda-t-il.

— Je me rappelais… un souvenir d'enfance. C'était à la fête de Beltane, dans un cercle de pierres comme celui-ci, sur la côte d'Antrim, en Irlande… murmurai-je, secouée d'un frisson.

— Tu souriais.

Il s'approcha de moi, et je me lovai contre son torse aussi solide que chaud. La fraîcheur de la nuit commençait à s'insinuer sous mon plaid. Une volute de musique s'éleva jusqu'à nous et nous

1. Instrument de percussion d'origine celte.

enroba. J'entendais la cornemuse qui se lamentait dans un *ceol mor*[1]. Les hommes préparaient leurs âmes pour le combat. Je fermai les yeux, emportée par cette vague qui me faisait vibrer et qui élevait mon esprit. Liam frémit contre moi, en proie aux mêmes émotions.

Le ciel se dégageait graduellement, et les étoiles apparaissaient au fur et à mesure que la nuit étendait son épais manteau autour de nous dans la vallée. Les lueurs du feu de notre campement étaient visibles entre les arbres, et une délicieuse odeur de bœuf rôti excitait nos narines.

— Pourquoi n'es-tu pas allé avec eux ? Alasdair semblait vouloir que tu les accompagnes, demandai-je à brûle-pourpoint.

— Je ne pouvais pas te laisser seule ici avec quinze hommes qui ont du whisky dans les veines. Et je ne pouvais pas t'emmener avec moi non plus.

— Comment allez-vous faire pour retrouver Campbell dans ces montagnes ?

— Nous l'attendrons. Il viendra à nous. Il devra bien rentrer chez lui, à Carnusvrachan, un jour ou l'autre.

— Cela peut être long.

— Nous avons tout le mois de septembre. Après, ils devront faire descendre leurs troupeaux des pâturages d'été pour les amener au marché de Crieff. Nous aurons mis la main dessus bien avant les grands froids.

— J'ai peur pour toi, Liam... murmurai-je dans sa chemise.

Il me força à le regarder et m'embrassa.

— Moi aussi, j'ai peur pour toi, *a ghràidh*. J'aurais préféré te voir bien à l'abri dans notre maison, mais... tant que nous ne saurons pas qui s'acharne à te faire peur, il est préférable que tu restes avec moi.

— De toute façon, je t'aurais forcé à m'emmener avec toi, Liam.

— Hum... Ouais. Tu as la tête dure, ajouta-t-il en souriant. C'est peut-être une des raisons pour lesquelles je t'aime. Nous brûlons du même feu, toi et moi.

Il glissa ses doigts dans ma longue chevelure noire dénouée et l'étala sur mes épaules, comme une cape.

— J'adore tes cheveux... On dirait un ciel de nuit constellé d'étoiles...

---

1. Grande musique pour la cornemuse, pièces militaires.

Puis sa main s'aventura sous mon plaid et descendit dangereusement bas dans l'encolure de mon corsage. Il tira légèrement dessus pour dénuder mon épaule, qu'il effleura de ses lèvres.

— Ta peau… Si blanche… comme la lune, douce comme la plus belle soie de Chine.

Je fermai les yeux et frissonnai sous la caresse de ses mots.

— Ah ! *A ghràidh gile mo chridhe*, susurra-t-il dans mon cou. Tu me rends si heureux que j'ai peine à respirer. Quand je te touche… mon corps tout entier s'embrase. Je me consume pour toi.

Sa main remonta sur mon cou et il frôla ma joue du bout des doigts.

— Dieu t'a mise sur mon chemin…

Il m'embrassa longuement en me caressant la nuque d'une main et en me retenant fermement contre lui de son autre bras.

— En France, j'ai cru devenir fou. J'ai bien failli foutre en l'air la transaction pour revenir plus tôt…

— Pourquoi faites-vous ces transactions ? demandai-je, pantelante sous ses doigts qui parcouraient mon dos.

— Ce ne sont certainement pas les *Sassenachs* qui nous fourniront des armes. Et puis le whisky qui croule sous les taxes devient une monnaie d'échange. A défaut de pouvoir le vendre en Ecosse à bon profit, nous le vendons sur le continent ou nous l'échangeons contre des armes.

— D'où vient tout ce whisky ? La distillerie de Glencoe n'en produit pas en si grande quantité, pourtant.

— D'un peu partout. Islay, Mull, Skye… De ceux qui sont prêts à nous en vendre à prix d'ami.

— Qui profite de ce trafic ?

— Le clan, dit-il en me ceignant la taille de ses grandes mains et en appuyant fortement mes hanches contre son bassin.

Je nouai mes bras autour de ses larges épaules et me levai sur la pointe des pieds pour l'embrasser, plongeant mon regard dans le sien.

— Et toi, peut-être ?

— Un peu, oui, admit-il.

Il retroussa un coin de sa bouche.

— Qu'en dit le chef, John ? murmurai-je en jouant dans sa crinière, sur sa nuque.

— Il ferme les yeux. Si je suis pris, je suis le seul à tomber.

— Personne ne te soutiendra ?

— Personne. Tu dois comprendre que le clan ne peut pas se permettre de subir encore des représailles de la part du gouvernement. On m'enverra probablement aux colonies dans une plantation quelconque. Tu pourrais venir m'y rejoindre, ajouta-t-il dans un rire rauque.

— Liam… fis-je, consternée. Ce n'est pas drôle. Pourquoi fais-tu cela alors ?

— Il faut bien survivre…

Il hésita à poursuivre et fronça les sourcils.

— Le chargement arrivera sur la côte est dans environ un mois.

— A Arbroath ?

— Non, nous sommes brûlés à Arbroath. Ce sera un peu plus au nord, dans la baie de Lunan, sur la pointe de Lang Craig. Un bateau de pêche partira des Flandres sous un pavillon hollandais pour tromper les *Sassenachs.*

— J'irai avec toi.

— Il faudra que je t'apprenne à manier les armes, *a ghràidh,* dit-il sur un ton moqueur.

— C'est ça, *mo rùin,* et je serai la femme la plus redoutable des Highlands !

— Nos enfants auront de belles histoires à raconter à nos petits-enfants au coin du feu, dit-il en riant.

Mon estomac se noua à l'idée du bébé qui était déjà en route. J'aurais tellement voulu le lui annoncer ; malheureusement, je savais qu'il m'aurait renvoyée sur-le-champ à Carnoch sous bonne escorte. Je devais donc attendre que toute cette histoire soit terminée, et je souhaitais que ce fût le plus tôt possible.

Trois heures plus tard, les hommes revinrent du château de Finlarig avec l'accord signé de la main de Breadalbane. La chasse était ouverte.

Nous nous mîmes en route pour le Glenlyon dès le lendemain matin en évitant soigneusement de passer par Killin. Il était assez difficile pour une bande de guerriers armés jusqu'aux dents, portant les couleurs des clans du Lochaber, de passer inaperçus dans une ville des Campbell. Après une demi-journée de chevauchée à travers les montagnes, nous montâmes notre nouveau campement dans les hauteurs du mont Carn Gorm, au-dessus de Carnusvrachan. Cameron envoya deux éclaireurs pour localiser Campbell. Il n'avait été vu nulle part depuis une semaine environ. Deux jours plus tard, nous tombâmes sur eux par hasard.

Nous étions en train de patrouiller du côté d'Inverar. Allan Cameron, Robbie MacLear et Isaak nous accompagnaient. Nous nous apprêtions à rebrousser chemin, bredouilles, lorsqu'un groupe de cavaliers fit irruption au détour du chemin. Prestement, Liam nous ordonna de nous mettre à l'abri sous le couvert de la forêt de pins qui bordait la route. La troupe nous passa sous le nez. Onze hommes, dont trois partageaient leur selle avec des « dames ». Liam décida de les suivre à distance respectable.

La bande fit halte dans une masure de pierre et de tourbe à demi enfouie sur le flanc de la colline. Cet abri d'été servait aux conducteurs de bétail lors des déplacements des troupeaux. Un mince filet de fumée s'échappait d'un trou au centre de la toiture de chaume. Ils allaient y passer la nuit. Deux hommes montaient la garde, trois autres flânaient autour des montures rassemblées près d'un arbre isolé. Un homme puisait de l'eau dans un puits, un autre s'occupait de vider le contenu des sacoches.

Bien dissimulé derrière un épais hallier de jeunes pins sylvestres enchevêtrés de ronces, Liam les observait d'un œil aiguisé. Il prit soin de couvrir de son plaid sa chemise qui éclatait au soleil. Si on nous repérait, il était certain que nous nous retrouverions en bien mauvaise posture. Ces hommes n'avaient rien de rassurant.

— Qu'as-tu l'intention de faire ?

Liam ne me répondit pas tout de suite, continuant de les épier. Puis il posa une main sur mon bras et me répondit dans un chuchotement.

— Rien.

— Mais...

— *Tuch !*

Il se livra encore un moment à l'examen minutieux de leurs faits et gestes. Les hommes détendus se préparaient à cuisiner leur repas du midi.

— Je ne comprends pas pourquoi...

— Il faut évaluer leur force. Savoir à qui nous aurons affaire.

— Ah !

Isaak tapa sur l'épaule de Liam.

— C'est bien la bande à Ewen Campbell. J'ai aussi reconnu quatre autres types, dont Alexander Grant et Archie Macgregor.

— Hum... Des durs à cuire. Il faudra user de ruse pour les attirer dans nos filets.

Liam passa une main dans ses cheveux et soupira. Toujours

accroupi, il rebroussa chemin, me tirant derrière lui. Nous nous réfugiâmes derrière un gros rocher.

— Caitlin, me dit-il tout bas, tu ne bouges pas d'ici. Je vais faire un tour de l'autre côté, histoire d'identifier les autres hommes. Cela ne devrait pas me prendre beaucoup de temps. Tu m'as bien compris ?

— Oui.

— Isaak, tu gardes un œil sur elle. S'il devait lui arriver quoi que ce soit...

Une ombre comminatoire assombrit son regard. Isaak comprit le message implicite, acquiesça de la tête et prit son poste à quelques mètres de moi, derrière un arbre. Liam s'enfonça dans la forêt, suivi de Robbie et d'Allan. Je m'adossai contre le roc, assise sur mes talons, et attendis.

Le soleil était chaud et ses rayons me dardaient cruellement. La transpiration trempait abondamment mon corsage. Je bougeai un peu pour détendre mes mollets, que les crampes commençaient à crisper douloureusement. Ayant perdu l'équilibre, je me rattrapai d'une main sur le roc et la retirai aussitôt avec un cri étouffé. Je fus saisie d'un haut-le-cœur en voyant l'écœurante limace noire, longue de plusieurs centimètres, écrabouillée. J'essuyai ma main gluante sur ma jupe, avec dégoût. Un ricanement me fit pivoter. Isaak me regardait avec amusement. Devant l'apparence inoffensive de la pauvre bestiole, il retourna à son poste. Bien certaine qu'il ne me verrait pas, je lui tirai la langue.

Soudain, un rire bien gras résonna. Je me figeai. Il fut suivi d'un commentaire désobligeant à l'adresse d'une des dames qui accompagnaient la troupe. Elle éclata de rire à son tour, gratifiant l'homme d'une réplique tout aussi crue. Je risquai un œil derrière le rocher. La dame venait de disparaître dans la chaumière avec un homme, et celui qui venait de parler s'approchait de nous. Isaak s'était redressé, son poignard à la main, bien tapi dans l'ombre de son arbre.

J'entendis des brindilles craquer, puis le clapotis d'un filet d'eau. Les yeux bien ronds, je retins mon souffle et me fis la plus petite possible derrière mon roc, contre lequel l'homme urinait. Isaak ne bougeait pas, se fondant dans le décor, à l'affût.

Le sang me fouettait les tempes. Un mouvement fugace dans l'herbe près de moi me fit tourner la tête. Un serpent se sauvait, ondulant avec vivacité entre les branches. Je ne pus retenir un cri de frayeur. Mortifiée, je mis une main sur ma bouche, mais trop tard.

L'homme venait abruptement d'interrompre son besoin naturel. Je jetai un regard désemparé vers Isaak, qui me fit signe de ne rien dire. Un lourd silence s'installa. Pendant un moment, je crus l'homme parti, mais je me ravisai assez vite en entendant un craquement et le cliquetis d'une arme qu'on chargeait. La peur au ventre, je reculai dans la direction opposée. L'ombre de l'homme m'apparut soudain sur le sol, grandissant lentement, avec une arme qui prolongeait son bras tendu. Puis je croisai son regard.

Il me dévisagea pendant un court instant avec surprise, et ses traits se détendirent peu à peu.

— Eh bien, ça alors ! Une biche égarée !

Je me relevai avec promptitude, prête à déguerpir. L'homme anticipa ma fuite, voulut l'entraver et trébucha sur une pierre. Je réussis à esquiver la main qui se refermait sur mon bras. En tombant, l'homme poussa un juron qui se termina dans un horrible gargouillis. Je regardai avec horreur le jet de sang gicler dans l'herbe. Isaak relâcha la tête de l'homme, qui retomba mollement dans la végétation rougie. Il me regarda froidement. A cet instant, je vis passer une inquiétante lueur dans ses yeux. Enfin, il se détourna, essuya sa lame sur le plaid du mort et le tira à l'abri des yeux indiscrets, derrière un bouquet de fougères.

— Vous cherchez à nous faire découvrir ? me chapitra-t-il vertement en revenant vers moi.

— N-n-non... Un serpent m'a fait peur...

Son regard en disait long sur l'opinion qu'il avait de moi. Je ne me gênai pas pour lui rendre la pareille. Depuis le début de notre folle équipée, Isaak s'était fait discret. A quelques reprises l'avais-je surpris à me dévisager durement, mais pas une seule fois il ne m'avait adressé la parole. Il me prit par le bras et me repoussa vers le rocher que j'avais quitté. Sur ces entrefaites, Liam revint. Ses yeux glissèrent de moi à Isaak, qui venait de s'écarter brusquement. Par réflexe, il se plaça entre nous.

— Elle a eu peur d'une vipère. Un des hommes de Campbell était à proximité, j'ai dû l'éliminer.

Ses explications terminées, Isaak vira sur ses talons et disparut dans l'ombre de la forêt. Liam se tourna alors vers moi, m'examina d'un coup d'œil rapide. Sans un mot, il m'entraîna derrière lui vers nos montures. Mieux valait ne pas traîner dans le coin.

— Ils sont arrivés du côté d'Inverar, dit Robbie.

Alasdair se gratta la tête en réfléchissant.

— Il faut les attirer dans un piège en dehors de leur territoire. Peut-être diviser le groupe en deux, si possible.

— Campbell a une sœur, lança un des hommes. Si nous la prenions en otage ?

— Elle est mariée ?

L'homme haussa les épaules, incapable de répondre.

— Si elle est mariée, on oublie ça. Finlay, Chambers et vous, les frères MacPhail, vous partirez à l'aube et vous me ramenez la fille, mais seulement si elle est célibataire. C'est Ewen Campbell que je veux, pas le clan en entier, c'est compris ? Gibbon, Sorley, MacLear et Colin, arrangez-vous pour faire courir le bruit que vous devez rejoindre un convoi de collecte de fermages qui traversera la forêt de Leanachan avant la fin de la semaine prochaine. Surveillez bien les mouvements des hommes de Campbell. Dès que vous sentez que ça bouge, je veux que Gibbon rapplique immédiatement à l'*Auberge du coq noir*. Nous prendrons les devants pour préparer le terrain.

Tout se mettait en branle. Colin et les trois autres hommes quittèrent le campement avant la fin de la soirée pour faire la tournée des tavernes et des auberges dans les environs d'Inverar. Les autres partirent à l'aube pour Carnusvrachan, où vivait la sœur de Campbell. Nous ne les revîmes que le lendemain soir à Achallader, accompagnés d'une grande brune bâillonnée et poings liés qui roulait des yeux terrifiés. J'eus pitié de cette pauvre fille qui payait pour les frasques de son frère.

On lui attribua la chambre située entre la nôtre et celle de John Cameron, en prenant soin de poster un homme devant sa porte et deux autres sous sa fenêtre. Nous nous restaurâmes d'un ragoût de mouton et de bière, ensuite je me retirai dans notre chambre, laissant Liam avec les hommes devant une bouteille de whisky pour mettre le piège au point.

Le mouvement du matelas miteux me réveilla. Liam enlevait ses bottes. Il se déshabilla, puis se glissa entre les draps après avoir accroché son poignard au montant du lit.

— Alors ? demandai-je, à moitié endormie, d'une voix éraillée.

— Mmmph... Quelques détails pour l'attaque surprise, rien de plus, grommela-t-il.

Il dégageait une forte odeur de whisky, mais ne paraissait pas ivre.

— Qu'allez-vous faire de moi pendant l'attaque ?

Il se tourna vers moi et me dévisagea.

— Tu resteras avec la fille et Niall.

— Et toi ?

— Moi, je dois conduire ce salaud dans nos griffes. Si tout se déroule comme prévu, il y aura une poursuite dans la forêt de Leanachan.

— Tu sers d'appât ? m'écriai-je en me redressant subitement sur mon séant.

Liam m'attira vers lui, m'embrassa et me sourit.

— Ne t'en fais pas, *a ghràidh,* j'ai l'habitude. Lors des raids, c'est moi qui détournais l'attention pendant que les autres faisaient sortir les bêtes des pâturages.

— Mais ce n'est pas un raid ! m'offusquai-je. Ces hommes seront armés jusqu'aux dents. Ce sont des tueurs !

— Mais nous aussi, Caitlin !

Je lui jetai un regard noir.

— Et la fille, qu'est-ce qu'on fait d'elle ? Je n'aime pas tellement cette idée d'enlèvement, Liam. Elle n'a rien à y voir.

— Je sais, grommela-t-il, malheureusement je n'y peux rien. Alasdair veut garder une carte de plus dans son jeu. Ewen n'est pas si bête. Il devinera bien, tôt ou tard, qu'il est tombé dans un piège. Détenir sa sœur est une solution de dernier recours pour lui mettre le grappin dessus. Aucun tort ne lui sera fait.

— Et si tout tourne mal ? rétorquai-je, soudainement affolée.

Il me regarda d'un air résigné, puis sa bouche s'incurva en un sourire moqueur.

— Nous n'avons plus qu'à prier, dit-il en glissant ses mains sous ma chemise de nuit.

Je tentai de le repousser. Mon esprit était trop tourmenté par des scénarios tous plus sinistres les uns que les autres pour pouvoir penser à autre chose. En revanche, Liam ne l'entendait pas ainsi. Il me fit basculer sur le côté et réussit à enserrer mes poignets après quelques instants de lutte.

— Tu me fais mal, Liam, arrête ! m'écriai-je.

— J'ai envie de toi, Caitlin, ne gesticule pas ainsi, tu veux bien ?

— Comment ça, « ne gesticule pas » ? le singeai-je. Je me rends compte que je peux devenir veuve avant la fin de la semaine, et toi, tu ne penses qu'à forniquer comme une bête en rut !

Son rire vibra sur ma poitrine qu'il écrasait.

— Et alors ?

Soudain, j'eus l'horrible pensée que l'enfant que je portais pourrait ne jamais connaître le visage de son père, ni sentir la chaleur de ses bras. Les larmes brouillèrent ma vue, et je me mis à pleurer sottement en détournant la tête. Liam me relâcha et me fixa d'un air surpris. Je portai instinctivement mes mains à mon ventre et me recroquevillai sur moi-même. Nous restâmes ainsi plusieurs minutes, Liam à m'observer, désemparé, et moi, à sangloter dans l'oreiller.

— Pourquoi pleures-tu, *a ghràidh* ? finit-il par me demander, un peu mal à l'aise. Tu crois que je me laisserai abattre par ce salaud de Campbell ? N'aurais-tu pas plus confiance en ton mari ?

Je me tournai vers lui. Il avait l'air sincèrement désolé. Je pus déceler dans son regard une note de tristesse.

— Non... enfin, je veux dire, oui. Ce n'est pas ça, hoquetai-je. Je crois que j'ai les nerfs à fleur de peau, ces jours-ci. Je suis désolée...

— Tu ne manges pas assez, tu as l'air épuisé et, par-dessus le marché, tu es soupe au lait. Je regrette de t'avoir autorisée à venir avec nous. Tu aurais dû rester à Carnoch. Tu ne tiendras pas le coup, Caitlin. Tu es en train de craquer !

— Non, éructai-je en lui jetant un regard furibond. Je ne suis pas en train de craquer ! C'est juste que... que... Mon Dieu ! Embrasse-moi, Liam...

J'avais été à deux doigts de lui dévoiler la vérité. Il m'embrassa avidement, avec violence, fouillant ma bouche de sa langue insatiable. Mon corps fut alors traversé d'une onde de plaisir. Constatant que je ne le repoussais plus, il retroussa ma chemise avec brusquerie.

— Tu n'as pas à avoir peur pour moi, murmura-t-il en prenant mon visage entre ses mains.

Son haleine chargée d'alcool m'enivra.

— Je sais, répondis-je en fermant les yeux, pantelante.

Je fis descendre mes doigts le long de son dos, effleurant les muscles qui saillaient sous sa peau brûlante. Il frémit sous ma caresse et gémit doucement. Sa barbe de plusieurs jours râpait délicieusement la peau tendre de mes seins.

— Caitlin, *a ghràidh,* tu as fait de moi ton esclave. Je ramperais dans les orties pour toi, je ferais les pires insanités pour toi...

Il se redressa légèrement et me força à le regarder. Ses cheveux caressaient la pointe durcie de mes seins, et j'ondulai doucement sous lui.

— Vois l'animal que je suis devenu, murmura-t-il, la voix étranglée.

— Prends-moi comme un animal alors, *mo rùin* ! m'écriai-je en l'implorant du regard.

Liam m'observa, les yeux mi-clos. Il se redressa complètement sur ses genoux, puis, d'une poigne d'acier, me retourna comme une crêpe sur le lit. Ses mains fermes glissèrent sous mon ventre et, d'un geste brusque, il souleva mon bassin. Je me retrouvai à mon tour à genoux, comme une jument prête pour la saillie. Son souffle haletant caressait mon dos, et ses mains brûlantes se frayèrent un chemin entre mes cuisses moites.

Je tremblai de plaisir et étouffai un gémissement, la tête dans l'oreiller. Il me posséda d'un seul coup. Je me retins aux draps sous ses assauts qui s'intensifiaient tandis qu'il allait et venait en moi. Bientôt, je déferlais sur la crête d'une vague de plaisir jusqu'à me retrouver engloutie dans une mer de sensations.

Ses doigts pénétraient mes chairs et guidaient les mouvements. Il émit un gémissement se rapprochant davantage d'un grognement bestial. Nous nous écroulâmes épuisés et vidés sur le lit. Son cœur tambourinait dans mon dos. Il empoigna mes cheveux et tira doucement ma tête vers l'arrière, m'obligeant à la tourner. Son regard intense me brûla.

— C'est bien ce que tu voulais, *a ghràidh mo chridhe* ? souffla-t-il doucement en me caressant la gorge.

— Oui, murmurai-je, à bout de souffle.

Il relâcha sa prise et enfouit son visage dans mon cou en se laissant retomber sur moi.

Au beau milieu de la nuit, je fus réveillée par un vacarme venant de la chambre voisine. Liam dormait et ronflait paisiblement à côté de moi. Je me glissai doucement hors du lit, mis ma chemise et m'enroulai dans mon plaid avant de sortir de la pièce. Manifestement, la captive ne dormait pas.

— Bryan... chuchotai-je.

Le corridor était plongé dans les ténèbres. L'homme de garde qui surveillait la sœur de Campbell ne me répondit pas. Je rasai le mur à l'aveuglette, m'attendant à buter contre Bryan endormi sur le plancher, mais je ne rencontrai que le vide. Le silence était revenu dans la pièce voisine. J'attendis encore quelques secondes et m'apprêtais à faire demi-tour lorsque j'entendis un cri étouffé. Mais où donc était passé Bryan ? La pauvre fille n'avait décidément pas l'air d'aller.

J'ouvris lentement la porte et restai estomaquée devant la scène. La pauvre était bâillonnée et tentait de se débattre vainement sous les assauts de Bryan. Je pus entrevoir le regard désespéré de la jeune fille sur le lit, à moitié dissimulée sous ses jupes retroussées jusqu'aux oreilles. L'homme qui me tournait le dos travaillait avec acharnement à la maintenir sous lui tandis qu'il essayait d'écarter les pans de son kilt.

Mon pouls s'accéléra. Ma tête tourna, et je sentis une vague d'écœurement me soulever l'estomac. La platine d'un pistolet négligemment posé sur le sol brillait à la lueur de la chandelle vacillante. Je le ramassai et le pointai sur l'agresseur en le tenant de mes deux mains.

— Lâche-la, espèce de fumier !

L'homme se redressa brusquement comme si une mouche l'avait piqué et fit volte-face, haletant bruyamment sa frayeur soudaine. Bryan MacAllen me dévisageait, interdit. Il relâcha lentement la fille, qui se réfugia dans un coin de la pièce, terrifiée.

— Holà ! Tout doux, madame Macdonald… bafouilla le jeune homme, les mains en avant de lui, en ne quittant pas l'arme des yeux.

Je n'avais jamais tenu un pistolet auparavant et j'en tremblais tellement que j'avais de la difficulté à garder l'arme pointée sur la poitrine de l'homme. Malgré moi, je visais plutôt son entrejambe, et Bryan en était parfaitement conscient.

— Je voulais m'amuser un peu, c'est tout… Je ne lui aurais fait aucun mal, dit-il avec un air benêt.

— Aucun mal ? Vous amuser ? explosai-je, hors de moi. Pour vous, violer une fille, c'est s'amuser un peu ?

— Ben, c'est rien qu'une Campbell !

En le foudroyant du regard, je fis un pas vers l'ordure qui commençait à trouver la situation plutôt déplaisante. L'homme recula et se retrouva le dos au mur.

— Il n'y a vraiment rien d'amusant dans le fait de se faire violer, MacAllen. Croyez-moi, je sais de quoi je parle ! criai-je.

— Vous n'allez pas me tirer dessus pour ça, bégaya-t-il, soudainement inquiet pour sa virilité.

— Je me demande bien ce qui m'en empêche.

Les traits de Bryan semblèrent se détendre, il avait aperçu quelque chose derrière moi.

— Dépose le pistolet, Caitlin, m'ordonna une voix grave dans mon dos.

Je tressaillis, manquant par la même occasion d'appuyer sur la détente, ce qui aurait probablement mis fin à la carrière de trousseur de jupons de Bryan.

— Il essayait de violer la fille Campbell, déclarai-je avec véhémence.

— C'est fini maintenant. Dépose l'arme avant qu'il n'arrive un accident.

— Ce ne serait pas un accident, il l'aurait bien mérité...

— Caitlin...

J'entrevis l'ombre vacillante de Liam sur le mur. Sa main glissa doucement sur mon bras, me forçant à abaisser le pistolet, qu'il m'extirpa ensuite des mains. Visiblement soulagé, Bryan sortit de la chambre sans demander son reste. Je m'effondrai dans les bras de Liam et me mis à sangloter en tremblant de tous mes membres.

— Il voulait la... violer... répétai-je inlassablement.

— *Tuch !* Il ne l'a pas fait, Caitlin, je vais m'en occuper.

Le soleil inondait la pièce. Je frottai mes yeux fatigués et jetai un coup d'œil circulaire. Déjà debout, Liam avait quitté la chambre. Des éclats de voix m'avaient sortie d'un sommeil agité. J'avais l'impression qu'une cavalerie m'était passée sur le corps pendant la nuit. Les événements de la veille me revinrent soudain à l'esprit comme un boulet de canon. Je refermai les yeux et déglutis péniblement.

Pour détourner mon attention, j'écoutai les voix qui me parvenaient de la salle commune, au rez-de-chaussée de l'auberge. Je ne comprenais pas les mots, toutefois je reconnus la voix de Liam qui tonnait. De toute évidence, l'atmosphère n'était pas très détendue.

Je me levai pour faire mes ablutions et m'habillai sans me presser. Mon regard se posa par hasard sur le pistolet de Liam, qui était resté sur la table avec son arsenal. « Tu as été à deux doigts de tuer un homme, Caitlin... » Je devrais sans plus tarder apprendre à garder mon sang-froid et aussi à me servir d'un pistolet...

Bryan MacAllen était un homme de Keppoch. Je ne le connaissais pas particulièrement, mais il avait toujours été gentil et courtois avec moi. Désormais, je le considérais sous un angle nouveau et me demandais si les hommes de Glencoe, Liam y compris, avaient déjà commis de tels actes de sauvagerie.

Mes doigts effleurèrent la platine brillante en laiton poli. Je n'avais aucune expérience des armes, mais je pouvais constater que celle-ci était de bonne facture. La crosse en noyer noirci était incrustée de fils d'or représentant un serpent.

La porte grinça légèrement sur ses gonds. Je me retournai en relâchant prestement le pistolet. Liam portait un plateau qui croulait sous un monticule de nourriture.

— Ça va mieux ? demanda-t-il, hésitant.

— Un peu.

Il tentait de se recomposer un air détendu. Je devinai assez facilement le sujet de la dispute qu'il venait d'avoir avec ses hommes quelques instants plus tôt et lui en étais reconnaissante. Il déposa le petit déjeuner sur la table et m'attira doucement vers lui.

— Tu vas manger, *a ghràidh,* me sermonna-t-il gentiment. Tu as une tête de déterrée, et il ne te reste plus que la peau sur les os.

Il souleva un de mes bras et prit mon poignet dans sa main en faisant mine de l'examiner comme si je n'étais qu'un spécimen destiné à être vendu au marché.

— Tu ne passeras pas l'hiver si tu ne prends pas un peu de poids.

— Liam ! m'écriai-je en retirant mon bras.

— Je suis sérieux, Caitlin. L'hiver est rude ici, il va falloir te remplumer un peu.

Il me tendit un quignon de pain et un morceau de fromage.

— Je veux que tu avales tout jusqu'à la dernière miette, compris ?

— Bon, ça va, ronchonnai-je en regardant la nourriture, sans appétit.

Je n'avais pas de nausées matinales proprement dites, mais la vue des aliments me répugnait tout simplement. Je me forçai à avaler une partie des victuailles en lui promettant de manger le reste pendant la matinée.

— Je t'ai entendu te disputer avec les hommes, déclarai-je prudemment en enfournant un morceau de jambon froid.

— J'avais des choses à régler avec Alasdair, dit-il plus froidement.

— C'était à propos de Bryan ?

Il ne répondit pas. Son expression resta indéchiffrable. Manifestement, il ne voulait pas en discuter.

Nous passâmes le reste de la journée à nous occuper comme nous le pouvions. Mes pensées allèrent souvent vers Catriòna, qui était restée séquestrée dans sa chambre, n'ayant pour seule visite que l'homme chargé de lui apporter ses repas. J'avais demandé qu'on me donne la permission d'aller lui parler un peu, histoire de la désennuyer, seulement ma requête fut refusée. Il ne fallait pas pactiser avec l'ennemi.

Le lendemain après-midi, Liam et moi étions partis nous promener du côté des ruines du château d'Achallader, une des propriétés de Breadalbane. Les hommes de Glencoe, de Keppoch et d'Appin l'avaient incendié à leur retour après le premier soulèvement jacobite de Killiecrankie, en 1689. Il n'en restait plus qu'un squelette de pierres noircies, adouci par l'usure du temps, enveloppé dans un manteau de mousse et de lichen.

— Pourquoi l'avez-vous brûlé ? demandai-je en effeuillant une marguerite.

Je laissais retomber les pétales sur la poitrine de Liam, qui était étendu près de moi, la tête posée confortablement sur mes cuisses. Il ouvrit un œil pour me regarder, puis le referma aussitôt.

— Nous en avions reçu l'ordre. Le colonel Cannon craignait que le général Mackay ne s'en serve comme garnison.

Il me sourit sournoisement.

— Nous l'aurions probablement brûlé quand même.

— Le contraire m'aurait surprise, marmonnai-je.

Je glissai mes doigts dans sa crinière qui prenait de chauds reflets cuivrés au soleil. Il grogna doucement sous la caresse et leva son regard bleu vers moi.

— Ce même jour, nous avons effectué le plus important raid jamais réalisé dans le Glenlyon. Toute la vallée, de Fortin-gall au loch Lyon, y est passée. Glencoe a pris Chesthill, le domaine du laird, Keppoch s'est occupé de celui de son frère, Cambuslay, tandis que Robert Stewart s'est chargé de la partie ouest de la vallée.

— Pourquoi ? Vous aviez déjà gagné la bataille, et les Campbell n'y avaient même pas participé. Pourquoi vous en prendre à eux ?

— Nous étions en octobre. Absents de chez nous depuis le début de l'été, nous n'avions pu nous occuper de nos bêtes et de nos champs. Nous sommes des soldats, et les maigres soldes ne suffisent pas à compenser les pertes dues à la campagne d'été. C'est notre façon de nous procurer le nécessaire pour passer l'hiver.

Je fronçai les sourcils.

— Il ne faut pas se demander pourquoi les Campbell s'en prennent à vous…

Son regard s'assombrit, et il fixa ma marguerite dépouillée.

— Tu crois que, d'une certaine façon, nous avons été les artisans de notre propre malheur ?

— Je… Ce n'est pas exactement ce que je voulais dire, Liam.

— Ne t'en fais pas. Je me suis déjà posé la question, murmura-t-il en caressant distraitement ma cheville. Je ne peux pas reculer la pendule. Ce que nous avons fait ne peut plus être changé et, quand bien même nous n'aurions pas dévasté la vallée, je doute que cela aurait changé quoi que ce soit au sort de notre clan. Depuis plus de mille ans, nos ancêtres ont vécu ainsi, et ceux des Campbell aussi. C'est dans notre sang, *mo chridh*. Je crois bien que c'est terminé. Il faut trouver autre chose. Le commerce peut-être ? Mais ici, dans les Highlands, il n'y a que le bétail. C'est notre principale source de revenus, les montagnes ne se prêtant pas à la culture comme dans les Lowlands. Je ne sais plus… alors, pour le moment, je fais un peu de contrebande.

— Un cercle vicieux… murmurai-je en faisant tomber le dernier pétale dans son cou.

Une brise tiède venant du sud-ouest faisait onduler l'herbe et les massifs de bruyères. Je fermai les yeux, abandonnant mon visage à sa douce caresse avant d'aborder un autre sujet qui me tracassait depuis la veille. Liam mâchait un brin d'herbe, les paupières closes. Ses boucles cuivrées auréolaient son visage doré par le soleil. Je posai ma paume sur sa joue tiède.

— Liam…

— Mmmoui… répondit-il paresseusement.

— Je veux que tu me montres à me servir d'un pistolet, annonçai-je du bout des lèvres.

Les muscles de sa mâchoire se crispèrent sous ma main. Il ouvrit lentement les yeux et me dévisagea, sidéré.

— Tu plaisantes ?

— Pas du tout, rétorquai-je. Je veux que tu m'apprennes à charger une arme et à tirer…

— Ce n'est pas un jouet ni le genre d'arme dont une femme devrait se servir ! Tu n'arriveras jamais à viser le cœur d'un homme, tout au plus parviendras-tu à lui tirer dans une cuisse, ce qui ne l'empêchera pas de riposter. Si tu ne te tires pas dans ton propre pied !

— Je veux essayer tout de même.

Il se redressa, frotta son menton fraîchement rasé et se tourna vers moi.

— J'espère que je n'aurai pas à le regretter, grommela-t-il.

Il décrocha son pistolet de sa ceinture et me le tendit par le canon. Je pris l'arme entre mes mains, la soupesai et la manipulai maladroitement. Elle était très lourde. Liam m'observait, assis en tailleur, les coudes appuyés sur ses genoux.

La platine étincelait au soleil, Je remarquai alors une inscription, juste en dessous du chien.

— Lamarre ? dis-je en plissant les yeux. C'est le nom de l'ancien propriétaire ?

Liam pouffa de rire.

— Non, c'est la signature de l'arquebusier, Jacques Lamarre. Je l'ai fait venir de Paris, il y a deux ans.

— Ah bon ! Peux-tu me dire par quoi commencer ?

— Eh bien, tu ne pointes jamais une arme vers quelqu'un, à moins d'avoir l'intention de lui trouer la peau, dit-il en éloignant le bout du canon braqué sur lui. Le pistolet est chargé, Caitlin.

Je blêmis.

— Tu tiens l'arme bien calée dans le creux de ta main, comme ça, dit-il en la plaçant dans ma main. Tu retires le cran d'arrêt, tu mets le chien au cran de l'armé, tu vises, puis tu appuies sur la détente.

— C'est un jeu d'enfant ! m'étonnai-je.

— Si on veut, mais le but de l'exercice est de bien viser et de contrôler le contrecoup. Tu veux essayer ?

— Je peux ?

Il se releva et me tendit la main pour m'aider à me mettre debout, puis il m'entraîna jusqu'à un muret de pierres à demi écroulé. Il me prit l'arme des mains et me montra la position à prendre.

— Tu t'appuies sur le muret, comme ça. Tiens bien l'arme entre tes deux mains en gardant un doigt sur la détente. Tu n'arriveras pas à contrôler le pistolet d'une seule main. Tu vises le mur, là-bas, et tu appuies sur la détente.

Il me rendit le pistolet et je me positionnai, comme il me l'avait enseigné, en tremblant légèrement.

— Je dois t'avertir que l'arme recule au tir. Tiens tes bras bien tendus devant toi et ne relâche pas la tension, sinon tu risques de te blesser.

Il sourit en voyant ma mine indécise.

— Tu es certaine de vouloir essayer ?

— Oui, rétorquai-je, piquée au vif.

Je repris ma position et fermai momentanément les yeux pour prendre une grande inspiration, car je tremblais et mon pouls s'accélérait. Enfin, j'appuyai sur la détente.

Ce fut comme un coup de tonnerre. Le choc se propagea au reste de mon corps, et je fus propulsée vers l'arrière. Liam me retint de sa poigne d'acier pour m'éviter de basculer sur le dos. Un nuage de poudre se dissipait lentement. Je toussotai et essuyai mes yeux qui picotaient.

— Ça va ?

— Je ne sens plus mes bras, marmonnai-je, encore sous le choc.

— Tu veux réessayer ? se moqua-t-il en riant. Ce n'était pas mal pour une première fois. Peut-être qu'au prochain coup tu réussiras à toucher le mur.

Je lui décochai un regard noir.

— Montre-moi comment le recharger, et ça ira pour aujourd'hui.

Je lui rendis son pistolet en frottant mes épaules, qui élançaient. Liam fouilla dans sa cartouchière et en retira une cartouche de papier.

— Bon, d'accord, dit-il en plaçant l'arme dans sa main gauche. Pour commencer, tu ouvres le bassinet, ici, ensuite tu le nettoies avec ton pouce. Tu prends la cartouche entre tes dents pour la déchirer et tu verses un peu de poudre dans le bassinet avant de le refermer. Juste un peu, pour qu'il ne t'explose pas au visage.

Il joignit le geste à la parole avec des mouvements rapides et précis.

— Par la suite, tu le tiens à la verticale et tu verses le reste de la poudre à l'intérieur du canon avant d'y mettre la balle et l'emballage. Tu bourres la charge avec la baguette. Et voilà, madame, votre arme est prête.

— Mais on a le temps de se faire tuer au moins une bonne dizaine de fois !

Liam porta la main à son poignard.

— C'est pourquoi tu ne dois jamais oublier ta dague, dit-il en me souriant de toutes ses dents. Cette arme-là est infaillible.

Soudain, Niall et Donald surgirent au galop de l'autre côté du mur à demi écroulé du château, pistolets à la main.

— Qu'est-ce qui se passe ? C'est toi qui as tiré ? cria Donald en sautant de sa monture.

— Euh, non, dit simplement Liam en raccrochant son pistolet à sa ceinture. C'est ma femme.

J'éclatai de rire devant l'air ahuri des deux hommes.

— Ta femme ? s'écria Donald, incrédule.

— Oui, MacEanruigs, répondis-je avec nonchalance. J'ai remédié à certaines lacunes concernant mes connaissances des armes à feu.

L'homme soupira en levant les yeux au ciel.

— Depuis hier, les hommes se sont mis à vous appeler *Banaibhistear Dubh*[1], parce que vous avez osé défier MacAllen avec son propre pistolet. Je crois bien que le nom vous ira comme un gant, ma chère.

Nous éclatâmes tous de rire.

1. Furie noire.

19

Morte la bête, mort le venin

J'avais passé le reste de l'après-midi sur une petite colline qui surplombait les ruines tandis que les hommes jouaient une partie de shinty. Je me demandai ce qui pouvait tant les attirer dans ce jeu violent, un participant pouvant très bien se faire briser un os de la jambe par un coup de bâton. Niall vint me rejoindre et s'assit près de moi pour observer les joueurs frappant dans la balle de cuir avec leurs longs bâtons recourbés.

— Tu as abandonné ? demandai-je en lui souriant.

Il me montra les ecchymoses sur ses tibias en grimaçant.

— Je n'ai jamais vraiment été très doué. Je préfère les dés et les cartes.

— C'est vrai que les mauvais coups aux cartes ne laissent pas de marques sur la peau, mais plutôt dans le pécule.

Il éclata d'un rire gras.

— Je me débrouille assez bien aux cartes, madame Macdonald, déclara-t-il en lissant sa barbe.

Il se gratta la gorge et tourna vers moi ses yeux pétillants.

— Je voulais vous remercier pour vos bons conseils, dit-il de but en blanc.

Ses joues rosirent légèrement.

— Ma Joan n'a pas pu refuser ma demande en mariage. Vous aviez raison pour la... poésie. Elle roucoulait comme une colombe dans mes bras.

Je lui souris, enchantée de son succès.

— Et pour le père Macmartin ? Est-ce que tu l'as fait roucouler lui aussi ?

Il prit un air abattu.

— Ah ! lui ! Je n'ai pas eu le courage de l'affronter... Je m'arrêterai à Clunes, en revenant de Leanachan. Peut-être que la nouvelle de la prise de Campbell le mettra d'humeur à m'accorder la main de sa fille.

— Pourquoi ne te l'accorderait-il pas ? Tu me sembles un bon garçon, Niall.

— Je vous remercie, madame, mais j'ai mes défauts comme tout le monde... C'est que vous ne connaissez pas le père Macmartin. Joan est sa seule fille et, depuis qu'il est veuf, il garde un œil jaloux sur elle. Il faudrait peut-être que je lui présente ma tante Maggie.

Il éclata de rire, de nouveau.

— Elle n'en ferait qu'une bouchée. Ha ! ha ! Mais, avec elle, il aurait la panse bien remplie et moi, j'aurais ma Joan pour moi tout seul.

— Elle est très jolie, fis-je observer.

— Oui... dit-il pensivement.

Les cris des hommes s'intensifièrent et notre attention se porta de nouveau sur la partie qui se déroulait un peu plus bas.

— Vous connaissez l'histoire de cette colline ? me demanda soudain Niall en étirant ses jambes meurtries devant lui.

— Non.

— On l'appelle la Uaigh a'Choigrich, la Tombe de l'étranger. C'est une vieille histoire. Elle date de l'époque de Duncan le Noir, il y a de cela plus de cinquante ans. Chef des Campbell de Glenorchy, il venait d'évincer les Macgregor de Balloch sur le loch Tay et voulait s'approprier Achallader, qui appartenait à ce moment-là aux Fletcher, pour y construire un autre château. Comme tout bon Campbell, il était rusé et vicieux, et ne reculait devant aucun subterfuge pour arriver à ses fins. Un jour qu'il se promenait dans la région, il envoya un de ses servants en avant pour faire paître son cheval dans le champ de maïs que vous voyez là-bas. Le pauvre homme fit ce qu'on lui demanda, mais, ne parlant pas un mot de gaélique, il ne comprit pas les avertissements du seigneur Fletcher lorsque celui-ci le menaça de lui tirer dessus s'il n'enlevait pas la bête de son champ. Fletcher tira et le tua. Duncan le Noir arriva sur ces entrefaites et affecta une certaine consternation devant le corps de son servant. Puis il annonça à Fletcher que sa vie serait certainement en danger lorsque la Couronne aurait vent de ce qu'il venait de faire. Il lui conseilla donc de fuir en France, mais le seigneur craignait que ses terres ne lui soient confisquées par la Couronne et que sa famille ne soit dépouillée. Duncan le rassura en lui proposant une entente. Fletcher lui vendrait les terres en question et, une fois le pardon accordé, il pourrait en reprendre possession. L'homme signa l'accord et partit pour la France, l'esprit tranquille. Toutefois, lorsque le pardon du roi lui fut finalement accordé, Duncan ne lui restitua jamais Achallader ni ne lui paya la somme due. La colline s'appelle le Tombeau de l'étranger, car c'est ici que le servant anglais aurait été enterré.

— C'est terrible ! m'écriai-je.

Nous dînâmes de jambon et de navets bouillis généreusement arrosés de bière. Les plaisanteries allaient bon train et me firent sourire. Manifestement, je commençais à me sentir à l'aise avec tous ces hommes autour de moi. Malgré quelques regards licencieux que je surprenais à l'occasion, ils me traitaient avec respect et se tenaient à distance.

Je tendis le bras pour attraper un morceau de pain et grimaçai en ressentant la douleur dans mon épaule. Liam veillait à ce que mon assiette soit bien nettoyée.

— Ton épaule te fait mal ?

Il était assis devant moi et m'observait tandis que j'imbibais le pain avec le reste du bouillon. Je lui écrasai le pied de mon talon, le faisant grimacer à son tour.

— Pourquoi as-tu accepté de me montrer à tirer ? demandai-je en mâchant un premier morceau de pain.

— Si tu commences à prendre goût à menacer tous les hommes de la brigade avec leur pistolet à chaque écart de conduite de leur part, je préférerais au moins que tu saches t'en servir.

— Je n'aurais pas tiré, tu le sais très bien, rétorquai-je.

Il se pencha légèrement vers moi, en haussant un sourcil.

— Vraiment ?

— Enfin… je ne crois pas, bafouillai-je.

J'avalai ma dernière bouchée et la fis descendre avec une gorgée de bière. Je pris une bonne inspiration et le fixai droit dans les yeux.

— Liam, il y a une chose que je voudrais savoir… débutai-je en pianotant de nervosité sur la table. Est-ce que tu as déjà… ?

Je m'interrompis, mal à l'aise, puis repris devant son regard interrogateur.

— Est-ce que tu as déjà violé une femme ? bredouillai-je.

Ses yeux bleus s'assombrirent et me dévisagèrent, médusés.

— Comment peux-tu me poser cette question, *a ghràidh* ?

— Oublie ça, je n'aurais pas dû…

— C'est fait, déclara-t-il durement. Il est trop tard.

— C'est que Bryan avait l'air d'un gentil garçon et tout... alors, lorsque je l'ai surpris... Je ne sais plus quoi penser, pour lui, ce n'était qu'un... divertissement, sans plus. J'imagine que, lors des raids, les hommes devaient se servir à souhait avant de revenir avec le butin.

Il resta étrangement muet et vida son *dram* de whisky en me lorgnant par-dessus son verre. Ma gorge se serra. Je m'apprêtais à m'en aller, de peur d'entendre sa réponse, quand il me retint fermement par le bras.

— Non, dit-il succinctement en me fixant froidement.

— Non, quoi ? bégayai-je d'une petite voix.

— Je réponds « non » à ta question.

Je baissai les yeux, subitement honteuse, mais, en même temps, soulagée.

— Oh ! J'aurais pu, *a ghràidh*... des douzaines de fois. J'ai vu des femmes se faire violer devant moi. J'ai même un peu honte de te dire que parfois j'en étais assez excité et que ce n'était pas l'envie qui me manquait... Alors, je pensais à mes sœurs. Je me disais que si c'étaient elles qui avaient été devant moi à se faire prendre de force... C'était assez pour m'en faire passer l'envie, je t'assure.

Je ne répondis rien devant son aveu. Il faisait tourner son verre vide entre ses doigts.

— Qu'aurais-tu fait si je t'avais répondu oui ?

— J'aurais pris ton pistolet, rétorquai-je, sarcastique.

Il me sourit, nous versa à chacun un *dram* de whisky et leva son verre.

— *Air do shlàinte, Ban-abhistar Dubh*[1] !

Gibbon arriva à l'auberge sur sa monture écumante peu après le dîner. Les forbans avaient mordu à l'hameçon. Colin et les deux autres hommes tentaient de retarder leur départ de quelques heures encore, ce qui nous laissait une nuit d'avance sur eux. Je n'aimais pas voyager dans le noir. Je me demandais d'ailleurs comment ces Highlanders arrivaient à ne pas se perdre dans ces montagnes, qui, pour moi, se ressemblaient toutes. Un sixième sens devait les guider.

Liam chevauchait devant moi avec la fille Campbell. Dans le clair de lune, je distinguais la frêle silhouette de Catriòna qui se balançait

1. A ta santé, Furie noire.

au rythme des mouvements de sa monture. Bizarrement, elle ne montrait aucune résistance et obéissait docilement aux ordres. Son regard, que j'avais croisé lors de notre départ, était vide et inexpressif. Je ne pus y lire ni la peur ni la colère. Comme si elle se moquait totalement de ce qui pouvait lui arriver.

Nous arrivâmes aux abords du loch Treig après plusieurs heures de chevauchée. Epuisée, je piquais dangereusement du nez. Un kilomètre de plus, et je me retrouverais immanquablement sous les sabots de Ròs-Muire. Liam me prit avec lui sur sa selle. Je jetai un dernier coup d'œil au superbe spectacle du loch s'allongeant à perte de vue, étroitement suspendu entre les falaises abruptes et escarpées. L'eau frémissante scintillait de mille feux. Ce fut l'ultime chose dont je me souvins avant de pénétrer dans la passe de Leachacan, dernière étape avant d'arriver à la forêt du même nom.

Le soleil s'était levé depuis déjà bien longtemps lorsqu'une joute oratoire entre deux geais me réveilla. J'étais couchée sur un lit de mousse fleurant bon la terre humide, enveloppée dans ma cape en laine. A part Niall qui me tournait le dos, il n'y avait personne en vue, et tout était silencieux.

Je m'étirai paresseusement sur ma couche rudimentaire, puis me levai. Niall, qui était chargé de veiller sur moi, m'offrit des galettes d'avoine arrosées d'eau et me conduisit jusqu'à l'endroit où les hommes attendaient patiemment le retour de l'équipe de Colin et des *Faolean*[1], comme ils appelaient maintenant la bande de Campbell.

Le piège était tendu. Avec deux compagnons, Liam était parti attendre plus loin sur la route. C'était à eux d'attirer les Loups jusqu'à nous. Une corde solidement attachée à un arbre coupait le chemin et devait servir, une fois tendue, à désarçonner les cavaliers qui s'engageraient sur ce chemin. Les hommes attendraient dissimulés dans les fougères et les buissons jusqu'au moment de passer à l'attaque.

Adam Cameron était occupé à donner des ordres pour faire tendre une deuxième corde plus loin, lorsqu'il m'aperçut.

— Vous avez bien dormi ? demanda-t-il en affichant son sourire charmeur.

— Comme un bébé. Je ne me souviens même pas d'être descendue de cheval.

1. Loups.

Il se racla la gorge et jeta un œil autour de nous avant de me regarder de nouveau. Ses traits étaient tirés et ses yeux rougis par le manque de sommeil, mais il ne semblait pas nerveux.

— Vous ne pourrez pas rester ici, Caitlin, c'est trop dangereux.

J'avais prévu qu'on me mettrait à l'écart du combat et ne sourcillai donc pas, attendant la suite des instructions.

— Il y a une petite hutte à environ un kilomètre. Vous y resterez avec mademoiselle Campbell sous la garde de Niall. Il semble que Liam ne fasse confiance à personne d'autre pour assurer votre protection.

— Il est très gentil. Où est la fille, maintenant ?

— Elle y est déjà.

— Liam…

Il hésita, puis, devinant mon trouble, tenta vainement de me rassurer.

— Liam est un excellent guerrier, Caitlin. Il sait manier l'épée comme s'il était né avec.

Je ne répondis pas, les mots restant coincés dans ma gorge.

Le soleil déclinait lorsqu'on me conduisit à la hutte en question, invisible de la route. Après avoir emprunté un sentier qui devait autrefois servir d'entrée principale, nous débouchâmes sur une clairière au centre de laquelle se dressait une chaumière en torchis, au toit de chaume défoncé, probablement une ancienne fermette. Un vieux soc de bois et de fer rouillé était à demi enfoui sous la végétation qui reprenait ses droits.

Niall me fit passer devant lui. L'intérieur de la masure était plongé dans la pénombre que seule une chandelle éclairait. Catriòna, assise sur un banc dans un coin, les bras croisés sur ses genoux, leva les yeux vers nous. Elle sursauta légèrement en m'apercevant, mais replongea aussitôt dans sa léthargie. L'homme chargé de la surveiller s'en alla et Niall, après s'être assuré que nous n'avions besoin de rien, sortit à son tour pour monter la garde.

Je m'assis dans l'angle opposé et me mis à observer la jeune fille. Je me rendis compte alors qu'elle était assez jeune, seize ans environ, guère plus. Elle tourna de nouveau ses yeux noirs à peine bridés vers moi et me dévisagea d'un air las. Ses traits délicats me rappelèrent vaguement Meghan. Elle avait la même taille élancée et bougeait ses bras d'un même mouvement lent et gracieux. Je lui souris timidement.

— Je m'appelle Caitlin Macdonald, annonçai-je doucement.

Elle ne dit rien et continua de me dévisager.

— Vous êtes Catriòna Campbell, la sœur de…

— Vous allez le tuer ?

Son ton était froid et dur. Je restai sans voix devant la nature de sa question, ne sachant pas vraiment quoi dire. Je ne pouvais tout de même pas lui avouer que son frère était condamné d'avance et que Breadalbane l'avait sacrifié pour la sauvegarde de leur clan. Je me levai pour faire les cent pas. Elle me suivait des yeux, attendant visiblement une réponse.

— Vous allez le tuer ? réitéra-t-elle.

— Je… je ne sais pas.

— Vous me prenez pour une imbécile, peut-être ? lança-t-elle hargneusement en me défiant du regard.

J'écarquillai les yeux, abasourdie. Décidément, la soirée s'annonçait des moins ennuyeuses. Finalement, la jolie brunette n'avait pas la langue dans sa poche.

— Je suis désolée, mais je ne peux pas prévoir ce qui va se passer là-bas…

— Vous lui avez tendu un piège. Vous savez, je ne suis pas sotte, contrairement à ce que certains de vos hommes semblent penser des femmes Campbell.

— Je ne vous crois pas sotte, Catriòna, c'est seulement que je ne peux vraiment pas vous répondre.

— Mon frère sait-il que vous m'avez enlevée ?

Son expression changea subitement, la hargne cédant la place à la peur.

— Je ne sais pas…

Elle resta silencieuse un bon moment. Son front se plissa, puis elle frotta doucement ses tempes du bout de ses doigts. Ils étaient longs et effilés comme ceux de Meghan, mais ses ongles à elle étaient rongés jusqu'à la chair, et sa peau était rendue calleuse par les travaux ménagers. Elle soupira et hocha la tête. Sa longue tresse lui balaya les reins.

— Il ne doit pas savoir que je suis ici, murmura-t-elle.

— Il n'est pas en mon pouvoir d'empêcher votre frère de savoir où vous êtes, vous comprenez ?

— Le piège que vous lui avez tendu, il est sûr ? Ils vont le prendre, vous croyez ?

— Je suis vraiment désolée pour votre frère, mais il a fait des choses… Les clans lésés veulent obtenir réparation.

— Je sais ce qu'il a fait, rétorqua-t-elle vivement en se redressant. Il a tué, volé et violé. Je connais très bien Ewen et je sais de quoi il est capable.

— Alors, vous comprenez pourquoi ils veulent le prendre.

— Ils veulent sa peau, n'est-ce pas ? Ils vont le tuer ? Dites-moi la vérité, je veux savoir à quoi m'en tenir, s'il vous plaît, Caitlin...

Ses yeux s'emplirent de larmes, et je détournai le regard, émue à mon tour. Qu'allais-je lui répondre ?

— Dites-le-moi ! implora-t-elle un peu plus fort.

La tension montait. Elle me toisait froidement, les bras croisés sur sa poitrine.

— Je crois que c'est ce qu'ils veulent, murmurai-je lentement.

Mes mains tremblaient. J'aurais tant voulu être ailleurs. Comment dire à une personne qu'on va tuer un être qu'elle chérit ? Elle laissa échapper un soupir et se rassit, la tête entre les mains. J'aurais voulu la consoler, mais je m'en sentais incapable.

— Je n'y peux rien, je suis tellement navrée pour vous, bafouillai-je.

— Navrée ? Pourquoi ? Vous ne comprenez pas, non, bien sûr, vous ne savez pas...

— Savoir quoi ?

— Vous avez une arme ?

— Oui, mais je ne peux pas vous la donner. Si vous tentez de fuir, ils ne seront pas tendres avec vous...

— Non, détrompez-vous, je ne veux pas partir. Si vos hommes ne tuent pas Ewen, je m'en chargerai moi-même.

Je restai estomaquée. J'avais certainement mal entendu.

— Je ne comprends pas.

— Je veux le voir mort. Tuez-le, ce salaud, siffla-t-elle entre ses dents.

La haine déformait maintenant son visage mouillé de larmes.

— Vous voulez qu'ils tuent votre frère ?

— Ewen n'est plus mon frère... plus dans mon cœur. Je l'ai tué dans ma tête le jour de mes quatorze ans... Il m'a... Il...

Elle éclata en sanglots. Je m'approchai d'elle et la pris dans mes bras. Niall se montra dans l'embrasure de la porte, inquiet. Je lui fis signe que tout allait bien, et il retourna à son poste. Je chuchotai des mots doux pour tenter de consoler la malheureuse.

Après quelques instants, ses pleurs s'espacèrent, puis elle se calma. Je lui tendis mon mouchoir pour qu'elle s'essuie les yeux.

— Il ne doit pas me retrouver, Caitlin. Je ne veux pas retourner avec lui, c'est un monstre.

— Mais pourquoi ?

Manifestement, quelque chose m'échappait. L'otage ne voulait pas être délivré.

— Il me… vend.

— Que voulez-vous dire ? Comme domestique ?

Elle secoua la tête en reniflant.

— Non, à des hommes. Ils me forcent à faire des choses…

Je la dévisageai, horrifiée.

— Votre frère vous force à vous prostituer ? Sa propre sœur ?

Elle ne répondit pas et garda les yeux fixés sur le bout de ses chaussures.

— Est-ce que j'ai bien compris, Catriòna ?

La jeune fille acquiesça de la tête.

— Il est mon demi-frère. Sa mère est morte lorsqu'il était enfant. Notre père s'est remarié avec ma mère… qui est morte il y a six ans. C'était une délivrance pour elle. Notre père était un ivrogne. Il la battait et, lorsqu'elle n'était pas là pour recevoir les coups, c'est moi qui les encaissais. Ewen agit comme son père, sauf que lui le fait par plaisir. Notre père est mort un an après maman lors d'un raid commis par les hommes du Lochaber…

Elle leva ses yeux noirs brillants vers moi.

— Je ne leur en veux pas, c'était un accident. Ils ne voulaient pas le tuer, il était tellement ivre qu'il est tombé de son cheval et s'est empalé sur son propre poignard. Ewen ne l'entend pas ainsi, il veut se venger. C'est pourquoi il s'en est pris aux *tacksmen*. Il vole l'argent pour racheter le bout de terre qui nous appartenait, que notre oncle Robert a perdu, et qui est aux mains des pires ennemis de Breadalbane. Un affront contre le clan… Je n'en suis pas très fière, vous savez… J'honore mon nom, mais, parfois, c'est très difficile de supporter ce que certains des miens font au nom des Campbell. Nous ne sommes pas tous comme ça. Vous êtes de Glencoe, je suppose ?

— Oui, mon mari est un homme du clan.

Elle détourna les yeux.

— J'ai été atterrée lorsque j'ai appris ce que mon oncle Robert avait fait… Il a déshonoré le nom des Campbell. Nous sommes maudits. Tout le monde sait que même deux ennemis jurés n'enfreindraient pas les règles de l'hospitalité, or il l'a fait. Ce sont les *Sassenachs* qui ont empoisonné son esprit déjà rongé par le whisky. Je ne peux plus retourner là-bas… Je ne veux plus retourner dans le Glenlyon…

— Mais qu'allez-vous faire ?

Elle agrippa mon bras et me supplia du regard.

— Emmenez-moi avec vous, je ferai une bonne domestique, je cuisine et je sais tenir une maison…

— Catriòna, l'interrompis-je, je ne peux pas vous prendre avec moi… Cependant, je peux essayer de vous dénicher autre chose.

— Il ne faut pas que mon frère me trouve ici, je préférerais mourir plutôt que de retourner avec lui. Je jure que je me tuerai…

Elle était livide. Mon cœur se serra. Je ne pouvais pas rester ici à ne rien faire. Je me rappelai le jour où Ewen m'avait échangée contre le chargement d'armes. Le coup de poignard gratuit, la lame sur mon cou. Cet homme était vraiment une ordure. Il ne fallait en aucun cas qu'il puisse mettre la main sur sa sœur. Je devais retourner sur les lieux de l'embuscade pour demander à Adam qu'on emmène Catriòna loin d'ici.

La large silhouette de Niall se découpait à l'extérieur dans le crépuscule. Il ne me laisserait certainement pas partir… Je devais trouver quelque chose.

— Ecoutez-moi bien, Catriòna, chuchotai-je en la regardant droit dans les yeux. Vous allez m'aider à sortir d'ici, je dois parler à quelqu'un.

Elle hocha la tête.

— Niall a l'ordre de me protéger. Je vais lui dire que vous devez aller vous soulager dans les bois. Moi, pendant ce temps, je me faufile hors d'ici discrètement. Ça va ?

— Oui.

Elle se releva et secoua ses jupes en me souriant faiblement.

— Niall est un bon garçon, il ne vous fera aucun mal.

Catriòna baissa les yeux.

— Je voulais vous remercier pour l'autre nuit… murmura-t-elle timidement.

— Ce n'est rien, répondis-je en lui effleurant la main.

J'avançais à tâtons entre les arbres, commençant sérieusement à me demander si je ne m'étais pas trompée de direction en sortant de la hutte. Pendant que Niall avait accompagné Catriòna sans rechigner jusqu'au bord du bois, je m'étais évanouie dans la nature. Je crus enfin voir un bout de ciel violacé entre les cimes au-dessus de moi, puis le chemin se profila devant moi. J'en fus soulagée.

Lorsque j'arrivai sur les lieux, tout était silencieux. La corde était posée en travers du chemin, entre les arbres, prête à être tendue, mais il n'y avait personne. Brusquement, un bras me happa et m'envoya rouler dans les fougères. Mon agresseur était par-dessus moi et mit une main sur ma bouche.

— Mais qu'est-ce que vous foutez ici, bordel ! siffla-t-il.

Je ne pouvais voir à qui j'avais affaire, néanmoins, au timbre de la voix, je devinai qu'il s'agissait d'Alasdair Macdonald.

— Il faut que je vous parle de Catriòna.

— Ce n'est vraiment pas le moment de faire la conversation, Caitlin, gronda-t-il. Vous allez me faire le plaisir de retourner là-bas.

— Où est Adam ? Je dois lui dire pour Catriòna. Il faut l'emmener loin d'ici...

— Il est un peu tard pour ça, ma belle. Stuart MacPhail vient de nous avertir qu'ils sont arrivés. C'est une question de minutes maintenant. Bordel de merde, Caitlin ! pesta-t-il, hors de lui. Liam va me faire la peau s'il apprend que vous êtes venue ici. Où est cet idiot de Niall ?

— Ce n'est pas sa faute, je l'ai trompé, rétorquai-je, irritée. Vous n'avez pas à vous en prendre à lui.

— Bon, écoutez-moi bien, je ne vous le répéterai pas deux fois. Vous vous enfoncez dans les bois, le plus loin possible. Cherchez un abri, un tronc d'arbre, un rocher, n'importe quoi, et dissimulez-vous.

— Mais je ne vois pas plus loin que le bout de mon nez ! protestai-je.

— Ce n'est pas le moment de faire l'enfant, rétorqua-t-il en me poussant dans le dos. Vous avez une arme ?

— Mon poignard et ma dague.

— Bon. Pour l'amour de Dieu, filez !

Je tournai les talons et m'enfonçai promptement dans les ténèbres sur plusieurs dizaines de mètres avant de trouver un gros tronc couvert de mousse derrière lequel je m'accroupis en me faisant la plus petite possible. Je n'eus pas à attendre longtemps. J'entendais déjà le martèlement des sabots qui approchaient au grand galop. Mon pouls s'accéléra, et, ma poitrine se comprimant de plus en plus, j'avais de la difficulté à respirer. Puis le sinistre chuintement des épées qu'on retire des fourreaux envahit la forêt...

Tout à coup, un cri effroyable me pétrifia au moment où les chevaux passaient tout près de moi et se dispersaient dans les bois. Une deuxième horde s'approchait à vive allure. Ensuite, ce fut le chaos.

J'entendais le son étouffé des corps qui retombaient lourdement sur le sol et le hennissement des chevaux.

— *Bas orra*[1] *!* cria une voix suivie aussitôt par des hurlements sauvages.

Mon sang ne fit qu'un tour, l'assaut était donné. Je portai machinalement ma main à mon poignard. Le sang me fouettait les tempes, j'étais paralysée par la terreur.

Le choc des épées assourdissait les cris et les gémissements. Tout se fondait, devenait chaotique et irréel. Pendant plusieurs longues minutes, je restai immobile, accroupie dans mon repaire, priant pour la sauvegarde de la vie de Liam et de nos hommes.

Un mouvement attira mon attention, un craquement de brindilles, puis une silhouette surgit tout près à ma gauche, comme sortie de nulle part. Je poussai un cri de surprise. La silhouette arrêta sa course et se tourna dans ma direction. Impossible de dire si l'homme était des nôtres, et je ne tenais pas particulièrement à savoir s'il appartenait à la bande des Loups. Il venait vers ma cachette, il m'avait flairée. La lame de son épée luisait.

Je me redressai lentement, le dos collé au tronc, la pointe de mon poignard en avant. Mon cœur battait à se rompre. L'individu traversa un rayon de lune. Il ne portait pas le plaid coloré des Macdonald ni des Cameron. Ses couleurs étaient sombres comme celles des Campbell…

Je me précipitai hors de ma cachette à toutes jambes, me faufilant entre les arbres du mieux que je pouvais, l'homme à mes trousses. Mes poumons étaient en feu. Je butais contre les racines et les pierres invisibles, mes jupes entravaient ma course, et les branches qui me fouettaient la peau me ralentissaient. La végétation devenait plus dense, me retenant et se refermant sur moi. Je perdais du terrain.

Au bruit des pas de mon poursuivant, je sus qu'il me rattrapait. Désespérée, je voulais crier, mais n'en avais plus la force. Soudain, une masse s'abattit sur moi, et je fus projetée durement sur le sol, perdant momentanément le souffle. Le poids de l'homme m'écrasait.

Une écœurante odeur de laine mouillée, de transpiration et de whisky me monta au nez. Je me débattis comme une forcenée en hurlant. L'homme bâillonna ma bouche de sa main, que je mordis

1. La mort sur eux !

violemment. Il jura entre ses dents et enserra alors ma gorge avec ses doigts, qui eurent tôt fait de m'étouffer.

— Vous, vous la fermez, sale pute, ou je vous tranche la gorge.

Je sentais sa respiration saccadée sur mon visage. Les nerfs à vif, il se redressa et m'empoigna brutalement par le bras pour me mettre debout, puis, d'un seul coup, il me fit pivoter. Je ne pouvais distinguer parfaitement ses traits, malheureusement son profil et sa silhouette m'étaient familiers. Il prit mon menton et releva brusquement mon visage dans la clarté de la lune filtrée par le feuillage.

— Eh bien, ça alors ! Si c'est pas la petite gueuse de Macdonald ! Alors, on se remet de ses blessures ?

— Ewen Campbell, soufflai-je avec horreur.

— Je vois que vous vous souvenez de moi, ma beauté. Je savais bien que Liam se réservait les plus beaux morceaux. Cependant, je dois avouer qu'il est vraiment stupide de les emmener guerroyer avec lui. Il doit vraiment être en manque, railla-t-il d'une voix rauque.

Prise par la fièvre de la poursuite, j'en avais complètement oublié mon poignard, que je tenais toujours fermement dans ma main droite. J'esquissai un mouvement, mais Ewen vit la lame luire dans le noir et me tordit rudement le bras dans le dos, me forçant à lâcher prise. Mon arme alla se perdre dans les feuilles mortes.

— Putain de garce ! siffla-t-il entre ses dents.

Je laissai échapper un gémissement de douleur qui le fit rire. Il jeta un coup d'œil furtif autour de nous avant de poser son regard sur moi.

— Où est Catriòna ?

— Je ne sais pas, balbutiai-je en tremblant.

— Vous mentez, je sais qu'elle est ici quelque part. Ça sentait le piège à plein nez. Je me doutais que quelque chose clochait. Pourquoi des hommes du Lochaber viendraient-ils dans le Glenlyon parler d'un convoi de taxes ?

— Eh bien, vous êtes vraiment idiot d'être tombé dedans si vous le saviez, lui crachai-je au visage.

Je reçus une gifle qui me fit perdre pied, mais Ewen me retint en broyant mon bras.

— Je suis venu chercher Catriòna. On m'avait averti qu'elle avait été enlevée par des hommes portant vos couleurs. Si vous croyez que je vais laisser ma sœur se faire souiller par ces fumiers de Macdonald...

— Pourquoi ? Parce que vous n'en tireriez pas profit ?

Un silence de mort s'abattit sur nous, et je déglutis.

— Où est-elle ? demanda-t-il d'une voix blanche. Vous savez où ils l'ont planquée, vous lui avez parlé.

Il tordit mon bras plus violemment dans mon dos, faisant craquer l'articulation de mon épaule.

— Je ne sais plus, gémis-je, les larmes aux yeux. Je ne sais plus, il faisait trop noir.

— Je crois avoir une idée, murmura-t-il en me relâchant brusquement. Je connais assez bien cette forêt.

Il rengaina son épée et ramassa mon poignard, qu'il pointa sur ma poitrine.

— Marchez devant. Un cri, et je vous transperce, dit-il en appuyant la lame sur ma peau. Est-ce assez clair ?

La vision du sang de Meghan me revint d'un coup. Il ne se gênerait pas pour faire couler le mien, pour sûr ! Puis je revis la silhouette de la *Banshee*... sinistre annonce d'une mort prochaine.

— Oui...

Il me poussa devant lui en m'indiquant la direction à prendre. Le vacarme de la bataille s'estompait derrière nous. Nous avançâmes longtemps dans les profondeurs des bois obscurs. Il avait l'air de savoir où il allait, et moi, j'avais le mauvais pressentiment de le savoir aussi.

Cela se confirma lorsque nous atteignîmes la lisière de la clairière, avec la sombre silhouette de la hutte qui s'y profilait. Niall se tenait dans l'embrasure de la porte, et, tout à coup, je regrettai avec amertume d'être partie. Il devait se ronger les sangs, se demandant où j'étais et ne pouvant de toute évidence pas partir à ma recherche.

Ewen m'empoigna par le bras et me tira derrière lui en contournant la chaumière de façon que Niall ne puisse nous apercevoir. Ensuite, nous rasâmes les murs jusqu'au coin qui donnait sur la façade. Je sentis la pointe du poignard m'écorcher cruellement la peau de la nuque en rappel à l'avertissement. Ewen me fit face et posa son index en travers de ses lèvres, m'indiquant de me taire.

Il glissa mon poignard dans sa ceinture et décrocha son pistolet. Mon cœur s'affola subitement. Il arma le chien, puis tendit l'arme devant lui. Me traînant derrière lui, il contourna lentement le coin de la hutte.

— Nooon !

J'entendis ma voix crier. La détonation retentit dans la clairière. Je n'eus que le temps de voir l'expression ahurie de Niall se figer.

Son corps glissa lentement le long du mur jusqu'au sol, laissant une traînée sombre sur la chaux blanche.

— Espèce de salaud ! hurlai-je en me débattant.

Ewen m'assena un violent coup de genou dans l'estomac. Je retombai à genoux, pliée en deux, la bouche ouverte, cherchant mon souffle. Catriòna apparut dans l'embrasure de la porte et poussa un horrible cri devant la scène.

— *Dùin do beul*[1] *!* beugla-t-il à son intention.

Il la repoussa à l'intérieur et revint vers moi. Je m'étais effondrée dans l'herbe, paralysée par la douleur qui me vrillait les entrailles. Je ne voyais que ses bottes et n'avais ni la force ni le désir de regarder plus haut. Je fermai les yeux en tentant de reprendre mon souffle.

— Relevez-vous, sale garce ! cria-t-il en me repoussant du bout de sa botte.

Je ne bougeai pas, accablée par la douleur. « Le bébé… Non, mon bébé… » J'étais terrifiée à l'idée de perdre mon enfant.

— Relevez-vous ! cria-t-il de nouveau en envoyant son pied dans mes jambes.

Je bougeai péniblement. Ma tête tournait. J'avais la sensation que tout dansait autour de nous. Niall était affalé sur le sol à moins d'un mètre de moi. Une tache rouge sombre s'agrandissait sur le devant de sa chemise. Soudain, ses doigts se mirent à bouger. Pendant un moment, je crus avoir une hallucination, puis, furtive, sa main bougea vers son pistolet, qu'il décrocha d'un geste lent. Je croisai son regard qui me fixait avec intensité. Il essayait de me dire quelque chose. L'arme glissa silencieusement sur son kilt, le long de sa cuisse. Il la repoussait vers moi.

Mon cœur se serra : il m'offrait son pistolet. J'eus comme un regain d'énergie et me redressai lentement sur les genoux pour me donner le temps de réfléchir. Ewen, qui s'impatientait, me tira brutalement par le bras et me poussa devant lui. Je fis mine de trébucher, retombai sur le pistolet qui gisait dans l'herbe à côté de Niall et l'enfouis sous mes jupes. Sa main reposait le long de sa cuisse. Je l'effleurai discrètement au passage et entrai aussitôt dans la hutte.

— Allez vous asseoir dans le coin ! aboya-t-il nerveusement.

Catriòna me dévisageait, affolée. Je lui fis comprendre du regard de rester tranquille. Je tenais fermement le pistolet caché sous mes

1. Ferme ta gueule !

jupes, attendant nerveusement le moment d'agir. Ewen me fixait, un sourire diabolique sur les lèvres, appuyé contre le mur.

— Qu'est-ce que je vais bien faire de vous ? Ce serait du gaspillage que de vous tuer tout de suite.

— C'est ce que vous avez fait avec Meghan Henderson ? sifflai-je.

Il sourcilla, les paupières s'étrécissant.

— Meghan ? Ah, oui ! La belle aux cheveux de feu.

— C'est vous qui l'avez assassinée, salaud !

Il prit un air sincèrement surpris et haussa les épaules.

— Assassinée ? C'est un bien gros mot !

Il me considéra un moment, puis s'approcha de moi. Sa main frôlant mon visage, je levai la mienne pour la repousser. Vaine tentative. Il l'attrapa et la tordit entre ses doigts. Alors un sourire étira sa bouche lorsqu'il vit l'alliance à mon doigt.

— Eh bien, ça parle au diable ! Mariée ? Avec qui, un des frères Macdonald ?

Je ne me donnai pas la peine de lui répondre. Autre chose me turlupinait. Bizarrement, il avait paru franchement surpris de la mort de Meghan. Je devais enquêter plus loin.

— Nous avons la preuve que vous étiez sur les lieux du crime.

Il ne répliqua pas tout de suite. Flairant le piège, il prit le temps de m'évaluer, les traits tendus par la réflexion.

— Une preuve ?

Prudent, il prit encore quelques secondes.

— Quelle preuve ?

Je regardai la broche qu'il portait. Elle était différente de celle qui avait été retrouvée sur la plage. Nous savions qu'elle avait appartenu à un membre du clan Campbell, mais comment savoir avec certitude à qui ? Qu'elle ait appartenu à Ewen n'avait été avancé que par pure déduction. Nous n'avions aucun indice tangible.

— Une broche.

De sa bouche tordue dans un drôle de rictus sortit un rire tonitruant qui emplit la hutte d'un coup.

— C'est ridicule ! On m'aura tendu un piège. Comment pouvez-vous prouver que cette broche m'appartenait ? Elle pourrait être la propriété de n'importe qui. Hummph… enfin, j'ai ma petite idée sur qui aurait pu oser…

Ses yeux s'assombrirent dangereusement. Il relâcha lentement ma main et s'écarta. Son regard fixait le vide, semblant empli d'une vision agréable. Il souriait. Puis le sourire disparut, et il se tourna à nouveau vers moi.

— C'est vrai que j'ai pris du bon temps avec elle lorsque son frère ne se trouvait pas dans les parages ! Une sacrée femme ! Liam ne devait pas s'ennuyer au lit avec elle !

Sa dernière remarque me fit l'effet d'une gifle. Il s'en avisa et sourit d'avoir fait mouche.

— Mais... comment et quand serait-elle... « morte » ?

— Cela fait deux mois. Quant à la façon, ce serait plutôt à vous de me l'expliquer.

— Deux mois ? Ah non ! Impossible. Je l'ai...

Il hésita avant de poursuivre, réfléchissant à ce qu'il allait dire, les lèvres pincées dans une moue incertaine.

— De toute façon, elle m'est trop utile pour obtenir certaines informations. Moi, je veux la tête d'un homme de votre clan. Robert a un compte bien personnel à régler avec Liam.

— Robert ?

Il sourit, découvrant sa dent ébréchée.

— L'ex-sergent Barber. Sa carrière militaire s'est abruptement interrompue, et cela le peine énormément. Liam sait très bien de qui il s'agit. Nous aurons ce que nous voulons. Nous avons nos espions. Il existe certains moyens coercitifs très efficaces, vous savez.

— Salaud, vous vous êtes servi d'elle pour atteindre Liam. Ensuite, vous vous en êtes débarrassé sans vergogne ! Vous...

— Je n'ai pas tué Meghan, rétorqua-t-il âprement.

Son ton indiquait que le sujet était clos. Il n'avait pas réussi à dissiper mes doutes, loin de là. Je restai sans voix. Meghan avait trahi Liam ! Elle avait trahi son clan ! Ainsi, l'attaque surprise n'avait peut-être pas été un malheureux hasard ; Liam avait été attendu. Campbell avait su le parcours grâce à la trop jolie bouche de Meghan. Que lui avait-elle dit ? Combien de fois l'avait-elle rencontré ? Depuis combien de temps avait-elle dansé avec le diable ? Des questions... trop de questions. Pas assez de réponses.

Ewen m'observait. Le silence était sporadiquement interrompu par les faibles gémissements de Catriòna, qui n'avait pas bougé de son coin. Une chouette ulula, tirant Ewen de ses réflexions. Il jeta un œil sur Niall, qui n'avait pas bougé. De son pied, il le remua. Le corps resta inerte. La tête passée de l'autre côté de l'ouverture de la porte, il scruta les alentours. Satisfait, il revint vers nous.

— Vous pourriez tout de même m'être utile, dit-il plus bas. Je sais que les frères Macdonald tiennent à vous. Je pourrais me servir de vous encore une fois pour obtenir ce que je désire réellement. Je veux la tête de Mungo MacPhail. Nous pourrions négocier un échange, encore une fois. Cet homme est responsable de la mort de mon père.

— C'est faux, et tu le sais très bien, Ewen, rugit promptement Catriòna.

— Toi, ne te mêle pas de ça ! Je sais ce que j'ai à faire. S'il ne tenait qu'à moi, tout leur foutu clan y passerait.

— Tu n'es qu'un salaud, persifla-t-elle. Père est mort accidentellement. Il était ivre et…

Le bruit de la gifle me fit sursauter. Catriòna se recroquevilla en pleurant dans son coin, la main sur son visage. C'en était assez. Je me redressai d'un bond et sortis le pistolet de sous mes jupes en l'armant.

Ewen me dévisagea, interdit. Il fixait l'arme, la bouche ouverte.

— Ne bougez pas d'un centimètre ou je tire ! glapis-je en me dirigeant prudemment vers Catriòna, tout aussi éberluée que son frère.

— Vous savez vous servir de ce truc ? demanda calmement Ewen.

Ses yeux ne quittaient pas la gueule du canon pointée sur lui.

— Vous voulez que je fasse une démonstration, peut-être ?

Mes mains tremblaient, mais, malgré cela, je réussis à garder mes bras tendus, droit devant. Mon cœur martelait ma poitrine. Un silence de plomb s'abattit sur nous. L'atmosphère était à trancher au couteau. Je le fixai droit dans les yeux, ne bronchant pas sous son regard meurtrier.

— Si vous me tuez, vous perdez toute chance de sauver la tête de Macdonald.

— Liam ? bafouillai-je, inquiète.

— Je m'en doutais bien. C'est avec lui que vous êtes mariée, n'est-ce pas ?

Mes mains ne cessaient de trembler. Je plissai les yeux, sans comprendre.

— Liam a des ennemis puissants… Ce Barber, il veut le marché d'armes de votre clan. Il paiera le prix fort pour l'obtenir.

Un pas de côté. Un autre devant. Campbell avançait vers moi, usant de prudence et de ruse.

— Nous savons qu'il attend une importante cargaison d'armes à l'automne sur la côte est.

Un autre pas. Il s'approchait de moi comme un serpent, ondulant sournoisement. Je commençai à m'affoler. Je savais que j'allais devoir appuyer sur la détente tôt ou tard. Cependant, il avait piqué ma curiosité. Je devais savoir où il voulait en venir, et de quoi il parlait.

— Expliquez-vous, Campbell.

— Comment croyez-vous que j'arrive à obtenir ces informations ?

— Meghan… ?

Il secoua lentement la tête. Il n'était plus qu'à un mètre de moi. S'il étirait son bras, il pourrait aisément atteindre le pistolet, le faire dévier, le saisir. Je reculai, me trouvant coincée contre le mur.

— Pas Meghan. Mais quelqu'un qui connaît bien Liam et ses plans.

Il rit. Ses yeux ne quittaient plus le pistolet.

— Que voulez-vous ?

Il ne m'offrit aucune réponse, sinon un affreux rictus occupant tout son visage. Catriòna s'agitait. Elle se redressa à demi, le dos au mur.

— Ne l'écoutez pas, Caitlin. Il vous tuera…

Ewen osa un dernier pas en avant. Je levai l'arme, le doigt tendu sur la détente. J'allais tuer un homme, j'allais tuer de nouveau. Une nausée me souleva l'estomac. C'était inévitable, je devais le faire. J'attendais seulement qu'il m'en donne une bonne raison aux yeux de Dieu, ce que le pauvre imbécile ne tarda pas à faire.

— *Cuir as dha ! Cuir as dha*[1] *!* s'écria Catriòna.

Ewen esquissa un geste vers son poignard. Le coup partit comme une explosion. Catriòna poussa un hurlement à déchirer les tympans. Ewen me dévisagea, surpris, et s'effondra sur le sol ; je l'avais atteint en pleine poitrine.

Tout mon corps se mit à trembler convulsivement. Je fixais l'homme gisant à mes pieds.

— Je l'ai tué… murmurai-je, je l'ai tué, Seigneur Dieu ! Pardonnez-moi, je l'ai tué, répétai-je inlassablement.

J'entendais vaguement la voix de Catriòna qui m'appelait. Elle se mit à me secouer brutalement, ce qui me sortit de ma stupeur.

— Caitlin, ne restons pas ici ! Venez ! criait-elle. Si les autres rappliquent… Le coup de feu, ils l'auront entendu, ils viendront. Nous ne devons pas rester ici…

Je clignai des yeux et contemplai la scène. « C'était lui ou toi… » Je reprenais lentement mes esprits, mais mon cœur battait toujours aussi fort. Je ne saurais jamais la vérité au sujet de Meghan. L'avait-il tuée ? Il avait réfuté l'accusation. Le doute planait dans mon

1. Tue-le ! Tue-le !

esprit. Pourquoi m'aurait-il menti ? Catriòna ramassa le poignard de son frère et me rendit le mien, puis elle tira sur mon bras pour m'inciter à sortir. J'enjambai le corps désarticulé de Campbell et m'agenouillai devant Niall. Ses yeux fixaient le vide, figés dans la mort. Je les refermai en tremblant, un sanglot dans la gorge.

— Je suis tellement désolée, Niall. C'est ma faute... Si je n'étais pas partie, rien de tout cela ne serait arrivé, et nous serions encore en train de bavarder tranquillement. Et Joan... qui t'attend. Je ne t'oublierai jamais...

Une larme coulait sur ma joue. J'embrassai doucement Niall sur le front. Son visage était paisible. Il m'avait sauvé la vie ; malheureusement, à cause de moi, il avait perdu la sienne. La culpabilité m'écrasait la poitrine et me broyait le cœur.

— Caitlin, venez...

La voix de Catriòna résonnait derrière moi. Je déposai le pistolet sur les genoux de Niall et rejoignis la jeune fille qui s'impatientait. Nous longeâmes la route vers les lieux de l'embuscade. La forêt baignait maintenant dans un silence sépulcral. Je frissonnai. Plus de bruits de combats, seulement le murmure lugubre des feuilles et le hennissement nerveux d'un cheval, un peu plus loin sur la route. J'étais terrifiée à l'idée que Liam puisse avoir été tué et me mordis la lèvre pour m'empêcher de l'appeler. La lune s'étant cachée derrière une bande de nuages, nous avancions à l'aveuglette, poignards devant, et nous trébuchions sur le relief invisible.

Soudain, je butai contre un objet mou et poussai un cri étouffé. Mon sang se glaça. Un corps se trouvait placé en travers de la route. Etait-ce Liam ? Je me penchai pour le toucher, hésitante, et me ravisai. Nous le contournâmes, Catriòna me suivant de près en se tenant à mes jupes. Un cri retentit quelque part dans la forêt, suivi d'une détonation. Je tressaillis. Mes nerfs allaient lâcher, je n'en pouvais plus... Mais où étaient donc les hommes ?

Subitement, une poigne de fer m'agrippa par la taille. Je poussai un hurlement et pivotai sur moi-même en brandissant mon poignard. Mon bras fut pris dans un étau, et une douleur déchira mon poignet. Je lâchai prise.

— Tout doux, *a ghràidh*, chuchota une voix grave dans mon oreille.

L'air se bloqua dans ma poitrine, puis il s'échappa dans un spasme douloureux. J'éclatai en sanglots en me réfugiant dans ses bras. Liam tremblait, son cœur battant très fort sous ma joue posée sur sa chemise tachée de sueur et de sang. Il m'étouffait de son étreinte en gémissant doucement.

Des voix d'hommes parlaient autour de nous. Je ne voyais que de sombres silhouettes qui se mouvaient entre les arbres. Les combats semblaient terminés. Ils cherchaient les corps. Les mains de Liam me tâtaient.

— Est-ce que ça va ? murmura-t-il.

— Oui, je n'ai rien...

Il me souleva brusquement dans ses bras. Nous nous enfonçâmes dans les bois, où il me déposa dans une talle de fougères, puis il s'allongea à côté de moi, secoué de tremblements.

— Pourquoi n'es-tu pas restée à la hutte ? Pourquoi dois-tu toujours désobéir, Caitlin ? gronda-t-il d'une voix éraillée. N'avais-je pas assez d'essayer de rester en vie sans avoir à m'inquiéter de savoir dans quel pétrin tu t'étais encore mise ? J'en ai plus qu'assez de te courir après...

— Arrête de m'engueuler ! grognai-je rudement à mon tour. Je ne pouvais pas. Catriòna... je sais, je n'aurais pas dû... C'était stupide de ma part...

Il me prit par les épaules et me secoua durement comme un prunier.

— Stupide ? Le mot est faible ! rugit-il. C'était totalement inconscient de ta part. Tu aurais pu... Tu aurais pu te faire... Nom de nom, Caitlin !

Il m'attira à lui et m'embrassa sauvagement. Ses lèvres avaient un goût de sang et de sel, et son odeur de pin et de transpiration mêlée à celle de la poudre et de la peur me fit tourner la tête. Tout mon être s'embrasa comme une torche, et je répondis à son assaut avec la même ardeur.

Désespérés, nous nous étreignîmes comme si la vie pouvait s'arrêter à tout moment. Désormais, plus rien n'avait d'importance que la vie palpitant sous nos doigts et la chaleur de nos corps. Nous sentions l'urgence de vivre cet instant comme s'il allait être le dernier.

— J'ai cru te perdre... gémit Liam d'une voix étranglée.

Sa tête reposait sur ma poitrine, ses cheveux poisseux plaqués sur sa figure. J'en décollai une mèche, et caressai sa joue moite et râpeuse.

— Moi aussi, *mo rùin,* soufflai-je en le serrant contre mon cœur. Moi aussi.

Les hommes avaient monté le campement dans la clairière, près de la hutte. Les corps avaient été alignés à la lisière du bois, recouverts de leurs plaids. Neuf hommes avaient été tués, dont Charles

Sorley, Dougall Cameron et Niall MacColl. Les six autres étaient de la bande des *Faolean*. Un seul avait été pris en vie et deux autres s'étaient échappés. Ils devaient être bien loin d'ici à présent. Néanmoins, des gardes avaient été postés à chaque coin du campement, par mesure de précaution.

Liam était très affecté par la mort de Niall, à qui il avait enseigné les rudiments du maniement des armes. Le père de ce dernier ayant été tué à Killiecrankie, Liam l'avait pris sous sa tutelle.

Catriòna était assise près du corps de son frère, prostrée, le visage impassible. « Quelle ironie ! » pensai-je. Nous nous étions servis d'elle pour attirer Ewen dans notre piège, mais, en même temps, elle s'était servie de nous pour assouvir sa vengeance et se délivrer de son bourreau. J'avais glissé un mot à Adam sur sa situation. Son sort était désormais scellé, elle partirait avec les hommes du clan des Cameron et servirait dans la maison des Lochiel comme fille aux cuisines.

Quant au prisonnier, un certain Alexander Grant, un « homme brisé », Adam et trois autres hommes l'avaient emmené à l'écart pour le faire parler. On lui offrait sa vie en échange du butin volé. J'imaginai assez facilement qu'ils n'auraient pas à le cuisiner très longtemps pour le convaincre de cracher le morceau.

Je grelottais. Mon corps qui se remettait lentement de son état de choc reprenait vie, et le froid me mordait cruellement. Liam me tendit la flasque de whisky. J'en bus quelques lampées pour me réchauffer un peu l'intérieur. Puis il glissa ma cape sur mes épaules et s'assit à côté de moi.

La lueur du feu projetait des ombres inquiétantes autour de nous. Les blessés avaient été pansés, et les chevaux, rassemblés un peu plus loin. Les hommes ne pouvaient plus rien faire pour l'instant. Il fallait attendre le lever du jour pour « nettoyer » les bois.

— Catriòna raconte que c'est toi qui as tué Campbell, dit Liam en m'observant de biais.

— Oui, répondis-je en détournant le regard.

Il prit ma main dans la sienne et la porta à ses lèvres. Je frémis au contact de sa chaleur.

— Ce n'est pas facile d'apprendre à tuer, *a ghràidh*. Cependant, il y a une différence entre tuer pour le plaisir et tuer pour survivre.

Il poursuivit en gardant ma main contre sa joue.

— C'est la loi de la nature, c'est le plus fort qui survit. *Dura lex, sed lex*, « la loi est dure, mais c'est la loi ». Tu comprends ?

— Je crois, oui, balbutiai-je.

— Tu ne dois pas t'en vouloir. Pour Niall non plus. Ce n'est pas ta faute.

— Si, c'est ma faute, Liam, m'écriai-je en le dévisageant, abattue. Si je ne m'étais pas sauvée… Si j'étais sagement restée à la hutte comme on me l'avait demandé, Niall serait encore vivant…

Les mots restèrent coincés au fond de ma gorge. Liam me prit sur ses genoux et nous enveloppa d'un plaid.

— C'est arrivé, et nous n'y pouvions rien. Dieu en a décidé ainsi. Qui sait ce qui se serait passé si tu n'avais pas bougé ? Ewen Campbell vous aurait probablement retrouvés. Peut-être les conséquences auraient-elles été encore plus tragiques.

— Je ne sais plus… J'aimais bien Niall. Joan… elle sera tellement triste… Ils devaient se marier. Niall devait retourner à Clunes pour rencontrer le père Macmartin.

Il m'embrassa dans le cou, là où palpitait mon cœur.

— Tu es forte, Caitlin. Je l'ai su dès cette première nuit où nous avons fui. J'ai su que tu étais de celles qui ne baissaient pas les bras facilement. Tu es de la race des battantes, et c'est de quelqu'un comme toi que j'avais besoin pour redevenir moi-même. Je ne pourrais plus vivre sans toi, *a ghràidh,* tu dois rester forte pour moi… pour toi…

« Et pour lui… » pensai-je en mettant les mains sur mon ventre. La douleur s'était estompée, mais j'étais toujours inquiète pour le bébé. Le coup avait été violent.

Liam prit mon menton entre ses doigts et tourna mon visage vers le sien. Une longue estafilade lui barrait la joue droite, tachée de sang séché. A part une entaille peu profonde sur une cuisse, il était indemne, et j'en remerciai Dieu. Son regard me pénétra jusqu'à l'âme.

— Si tu dois encore tuer pour survivre, fais-le sans hésiter…

— Liam… Campbell… Il a dit ne pas avoir tué Meghan.

Il ne répondit rien, détournant les yeux vers les hommes qui buvaient tranquillement à leur victoire. Puis il remarqua :

— C'est possible. Nous ne le saurons probablement jamais. Mais pour les hommes, il a été déclaré coupable. Ils l'ont jugé et puni selon leur loi. Que ce fût lui ou l'un des Loups, il aura été le bouc émissaire.

— Il m'a aussi parlé d'un certain Barber.

Liam se crispa. Il s'écarta légèrement, me dévisageant, l'œil luisant.

— Robert… Barber… ?

— Il m'a dit que tu saurais de qui il s'agit.

— C'est l'homme qui a tué mon père.

— Liam, cet homme cherche à te tuer. Il sait pour ta transaction de Lang Craig. Il y a un traître parmi nous…

— Nom de Dieu… souffla-t-il.

Nous nous blottîmes l'un contre l'autre, en chien de fusil. Sa cuisse écrasait les miennes et son bras me retenait fermement. Je mis sa main sur mon cœur et fermai les yeux. « Moi non plus, je ne pourrais plus vivre sans toi, *mo rùin.* »

La chouette ulula, puis il n'y eut plus que les ronflements sonores et les grognements des hommes autour de nous, ainsi que le crépitement du feu. Seuls les morts restaient silencieux.

20

Les fils d'Iain Og nan Fraoch

Le petit matin était sombre et brumeux. Un gros corbeau croassait sur la toiture de chaume de la hutte, telle la fée Morrigane[1] triomphante sur le champ de bataille. Je défiai le charognard du regard.

— Ce n'est pas aujourd'hui que tu te poseras sur l'épaule de *Cuchulain*[2], murmurai-je entre mes dents.

L'oiseau m'observa de ses petits yeux luisants, croassa, puis prit son envol en déployant ses longues ailes noires. Je me détournai. Trois hommes me dévisageaient, comme subjugués par une vision quelconque. Embarrassée, je leur souris timidement. Les trois hommes s'inclinèrent respectueusement pour ensuite retourner à leur besogne.

Un septième membre des *Faolean* avait été retrouvé dans les bois. Il était mort vidé de son sang en tentant de fuir. Un coup d'épée lui avait sectionné une artère dans la cuisse. Les corps furent jetés en travers des selles, enroulés dans leurs plaids respectifs. « *Mors ultima ratio* », pensai-je devant le spectacle morbide. « La mort est la raison finale de tout. » La haine, l'envie, la vengeance, tout s'effaçait au trépas. Ces âmes étaient en paix.

Pour les vivants, il en allait tout autrement. Ils remplissaient leurs fontes avec les armes des morts et glissaient dans leurs *sporrans* les valeurs des vaincus. Ainsi la vie continuait et la guerre se terminait. Je me mordis la lèvre en pensant à l'une des raisons pour lesquelles ces hommes étaient morts. La vengeance, le sang pour le sang, une

1. Déesse celte de la Guerre.
2. Héros guerrier celte.

âme damnée pour dix innocentes. Peut-être croyaient-ils Glencoe vengé, peut-être imaginaient-ils avoir justement puni le meurtrier de Meghan. Je savais au fond de moi-même que tout cela n'effacerait rien dans leur cœur. La chasse était terminée, il y en aurait d'autres. Cette terre serait toujours aussi assoiffée de sang.

Le cortège funèbre se divisa en deux. Des hommes de Keppoch se dirigèrent vers le sud avec les corps des *Faolean,* pour les ramener en Glenlyon. Nous prîmes la route vers l'ouest avec nos propres morts. Aux environs de Torlundy, nous quittâmes le convoi des Lochiel et bifurquâmes vers le sud, vers Carnoch.

J'étais lasse et épuisée. J'avais très peu dormi, mon sommeil ayant été entrecoupé de cauchemars sanglants desquels j'avais émergé en nage et le cœur battant. Liam avait les traits aussi tirés que moi. Ses deux nuits sans fermer les yeux plus la tension et l'angoisse des dernières heures se lisaient sur son visage.

J'avais saigné le matin, très peu, mais assez pour être sérieusement inquiète pour le bébé. Je mis une main sur mon ventre et fermai les paupières.

— Accroche-toi, *a mhic mo ghaoil*[1], murmurai-je tout bas.

Je surpris le regard de Liam posé sur moi. Le feu me monta aux joues. Il avait un drôle d'air.

— Tu as mal ?

— Non, ça va, répondis-je en souriant bêtement.

Ce fut un bien triste retour à Carnoch. Nous remîmes la dépouille de Niall à sa mère, et le village le pleura pendant trois jours jusqu'à ce qu'il soit enseveli sur Eilean Munde auprès de son père.

Bien des choses avaient évolué pendant nos dix jours d'absence. Nous avions un nouveau pensionnaire ; le petit Robin était venu porter Seamrag. La minuscule boule de poils noirs était devenue un mignon petit chiot à la queue toute frétillante qui courait et sautillait sans cesse dans nos jambes. Patrick, peu enclin à cohabiter avec les poules, avait construit un poulailler derrière la maison. Seamrag, qui adorait leur courir après, les faisait fuir chez le voisin, qui refusait de les lui rendre. Mais entre tout, c'était la relation entre lui et Sàra qui avait pris une tournure assez inattendue... pour Liam.

Nous étions de retour d'Eilean Munde. Liam rentrait les chevaux à l'écurie lorsqu'il eut la surprise de sa vie en passant devant une

1. Mon fils bien-aimé.

des stalles vides. Sàra, les joues cramoisies et les lèvres gonflées, rajustait son corsage tandis que Patrick retirait tant bien que mal des brins de paille de ses cheveux.

Il s'arrêta net devant le spectacle – assez cocasse à mon avis ! –, se raidit, puis une succession d'expressions défilèrent sur son visage, allant de la surprise en passant par l'incrédulité pour finir par la colère.

— Qu'est-ce que… ? Sàra, sors d'ici ! tonna-t-il en indiquant le chemin à sa sœur.

— Liam, ce n'est pas ce que tu crois ! bafouilla-t-elle, confuse, en reculant d'un pas devant le regard furibond de son frère.

— J'ai dit : sors d'ici immédiatement, répéta-t-il d'une voix tranchante.

Elle jeta un regard affolé vers Patrick, qui lui fit signe d'obtempérer, et se tourna de nouveau vers Liam.

— Tu n'as pas à me dicter ma conduite, Liam Macdonald ! s'écria-t-elle subitement. J'en ai vraiment plus qu'assez ! Bon sang, tu me couves comme si j'étais encore une gosse ! Tu m'as empêchée de voir Tom Stewart et maintenant…

— Tom est un coureur de jupons, et tu le sais. C'était pour ton bien, rugit Liam.

— Bon, d'accord, rétorqua vivement Sàra. Tu avais raison. Maintenant qu'as-tu à dire à propos de Patrick ?

Liam était blanc de rage. Il empoigna sa sœur par le bras et la poussa de force hors de la stalle. Sàra lui envoya un coup de pied dans les jambes en lui criant des injures, retroussa ses jupes et passa sous mon nez en courant.

— Toi aussi, Caitlin, m'enjoignit-il froidement sans quitter Patrick des yeux.

L'inquiétude me gagnait. Mon frère, pourtant, ne bronchait pas devant le regard menaçant de Liam.

— Qu'as-tu l'intention de faire ?

— J'ai des choses à régler avec ton frère, en tête à tête. Alors, si tu n'y vois pas trop d'inconvénients, j'aimerais que tu sortes, toi aussi.

Ses doigts tapotaient nerveusement sa cuisse, et ses mâchoires se contractaient. Je déglutis et jetai un dernier coup d'œil impuissant à Patrick, qui restait impavide devant l'inévitable sort qu'il devinait lui être réservé.

Je partis, et avais décidé de rebrousser chemin pour prier Liam de garder son sang-froid, lorsque j'entendis le bruit d'un poing qui s'écrasait sur une surface dure. Il s'ensuivit un juron étouffé. Liam sortit de la stalle en frottant ses jointures endolories et quitta l'écurie en ignorant mon air ahuri. Je courus jusqu'au box pour trouver mon frère étalé dans un coin, qui se frottait la mâchoire, d'où coulait un filet de sang.

— Oh ! Patrick ! m'écriai-je en me penchant sur lui.

— Ça va, ça va, Kitty, marmonna-t-il en crachant du sang. Pardieu ! Je crois que ton ordure de mari m'a cassé une dent. C'est qu'il a une sacrée droite.

— Le rustre ! grommelai-je en serrant les poings. J'ai deux mots à lui dire, à ce...

— Kitty, ne te mêle pas de ça. C'est entre lui et moi, tu as compris ?

Il me dévisageait durement.

— On ne discute pas en cognant, Patrick ! Il n'avait pas le droit de te frapper.

— Il en avait tous les droits, c'est sa sœur après tout. Si je t'avais surprise dans la même situation avant que tu ne sois mariée, j'aurais fait comme lui.

Je rougis violemment en repensant à ce merveilleux après-midi dans la petite chaumière abandonnée...

— Je n'ai rien de cassé, Kitty. Je t'assure que ça va. Laisse-moi, maintenant, je dois réfléchir...

Je me redressai et le regardai, perplexe.

— Sur quoi ? Tu ne penses pas à repartir pour Edimbourg ?

— Je ne sais plus... J'aime Sàra, je la veux plus que tout, mais je ne sais pas...

— Parce que tu n'es pas des Highlands ? Je ne le suis pas, moi non plus, je ne vois pas où est le problème...

— Ce n'est pas aussi simple, Kitty. Elle est très attachée à cette vallée. Moi, mes affaires sont à Edimbourg. Et puis ce n'est pas la même chose. Toi, tu as épousé un homme du clan, moi, je suis un *Sassenach* pour eux. Je ne porte pas le plaid et je ne vis pas comme eux.

— Je croyais que tu te plaisais bien ici.

— Oui, enfin, j'aime bien la vallée, mais je me vois difficilement passer ma vie ici.

— Tu en as discuté avec Sàra ? Elle a certainement son mot à dire, elle n'a pas l'habitude de laisser les autres décider à sa place.

Il retroussa un coin de sa bouche, puis leva vers moi des yeux rieurs.

— A qui le dis-tu ! Elle peut être une vraie furie quand elle le veut, mais je l'adore. Bizarrement, elle me rappelle quelqu'un...

Je le frappai doucement sur la cuisse du bout de mon pied en grognant et éclatai de rire.

— Bon, n'en dis pas plus... Je crois que tu ferais mieux de discuter avec Sàra avant de prendre une décision, Pat.

Je trouvai mon barbare de mari devant la maison, tout dégoulinant. Il revenait de la rivière.

— Alors, tu t'es refroidi les idées ? lui lançai-je, sarcastique. Tu règles tes différends avec tes poings, maintenant ?

— Ne t'occupe pas de ça ! maugréa-t-il en s'essuyant les cheveux avec une serviette.

— Mon mari frappe mon frère, et je ne devrais pas m'en faire ? Ça ne va pas, espèce de butor ?

Il s'immobilisa et me dévisagea d'un œil noir.

— Je te ferai remarquer que c'est avec ma sœur que ton frère se roulait dans la paille, et j'essaie de ne pas imaginer le reste.

— Et puis après ? Ils ne sont plus des enfants, que je sache !

— Raison de plus ! s'écria-t-il, caustique. Je crois qu'il est grand temps qu'il retourne à Edimbourg. Les choses sont allées trop loin.

— Tu ne peux pas renvoyer Patrick pour la seule raison qu'il a... embrassé ta sœur ! m'écriai-je, révoltée. C'est ridicule !

— Il va lui briser le cœur, je vois bien qu'elle s'est amourachée de lui. S'il la touche encore, je lui casse les dents.

— Cesse donc de dire des âneries. Patrick est amoureux de Sàra, il ne lui ferait jamais de mal. Ah ! Liam ! souviens-toi que nous avons fait bien pire que de nous bécoter comme des adolescents avant de nous marier ! Patrick n'aurait peut-être pas hésité à te tuer s'il avait su...

Liam blêmit.

— Ce n'était pas la même chose, murmura-t-il. Je t'avais demandé de m'épouser.

— Seulement après les faits, je te ferai remarquer.

Il me tourna le dos et hocha la tête.

— Tu lui dois des excuses, Liam. Pour moi.

Il se retourna vers moi, stoïque, entra dans la maison sans dire un mot, puis en ressortit quelques secondes plus tard avec une bouteille de whisky sous le bras.

— Je vais desseller les chevaux, ronchonna-t-il en passant près de moi. Je serai peut-être en retard pour le dîner.

— Ouais… fis-je en lorgnant la bouteille pleine.

J'imaginais assez bien dans quel état il allait revenir.

Je venais tout juste de me mettre au lit. Liam retira ses brogues et se laissa tomber sur le matelas, qui se plaignit bruyamment sous son poids.

— Alors ? Tu t'es excusé ?

— Non, je n'avais pas à m'excuser pour ce que j'ai fait, marmonna-t-il. Je lui ai donné deux choix. Il épouse ma sœur ou bien il repart pour Edimbourg dans deux jours au plus tard.

Il dégageait des relents d'alcool qui empestaient la chambre. Je crus que j'allais devenir ivre rien qu'à les respirer. Je contemplai son profil à la lueur de la chandelle. Ses belles lèvres pleines ébauchaient un sourire narquois.

— Et alors ? m'impatientai-je en me penchant au-dessus de lui.

— Il ne m'a pas répondu. Il a toute la nuit pour y réfléchir.

J'esquissai une grimace de dégoût en respirant son haleine.

— S'il est en état de le faire, ce dont je doute. Pouah ! Tu pues le vieux tonneau ! Je suis prête à jurer que mon frère est ivre mort.

Liam me happa et m'attira contre lui pour m'embrasser. Je le repoussai brusquement. J'avais encore eu des saignements pendant la journée. Il serait probablement plus sage de rester tranquille encore quelques jours. Toutefois, Liam ne l'entendait pas ainsi. Il retroussa ma chemise et chercha à ouvrir mes cuisses. Je le repoussai de nouveau et m'extirpai vivement de son étreinte. Il se redressa, un peu surpris.

— Qu'est-ce qu'il y a, *a ghràidh* ? Voilà trois jours que tu te refuses à moi.

— Je saigne un peu, alors…

— Ah ! Tu aurais pu me le dire avant ! ronchonna-t-il.

Je détournai légèrement le regard tout en continuant de l'observer du coin de l'œil. Il avait l'air soucieux.

— Il reste quelque chose à grignoter ? J'ai une petite faim, dit-il sans attendre ma réponse.

Il se leva et sortit de la chambre. Je me recouchai en essuyant une grosse larme qui roulait sur ma joue. Je ne pouvais plus lui cacher mon état, surtout si je perdais l'enfant… Il m'en voudrait terriblement de ne lui avoir rien dit.

Il revint peu de temps après avec un reste de viande froide et un morceau de pain, puis s'installa sur la chaise en posant ses pieds sur le rebord du lit. Il mangeait silencieusement tout en me dévisageant d'un air mystérieux. Après sa dernière bouchée, il s'étira et mit ses mains derrière sa nuque.

— Nous nous étions mis d'accord pour ne pas nous mentir et ne rien nous cacher, Caitlin. Tu te souviens ? Je suis ton port, ton ancre, ton épaule. Ça te rappelle quelque chose, peut-être ? C'est toi qui voulais ça.

J'ouvris de grands yeux ronds, mon pouls s'accélérant subtilement.

— Oui, en effet, bafouillai-je, décontenancée.

— Bon. Alors, si quelque chose te tracassait, tu me le dirais immanquablement. C'est ça ?

— Oui…

— D'accord. Alors, j'attends que tu me dises ce qui ne va pas. Tu te ronges les sangs depuis notre retour. C'est moi ? Tu m'en veux de t'avoir prise brutalement l'autre nuit ? J'y suis allé un peu fort, c'est vrai, mais tu n'avais pas l'air de t'en plaindre… Bien au contraire…

— Ce n'est pas toi, l'interrompis-je.

— Alors, quoi ? Tu es distante, tu refuses que je te touche, *a ghràidh.* J'ai l'impression que tu me gardes rancune de quelque chose, et ça me crève le cœur.

— Tu n'y es pour rien, renchéris-je en baissant les yeux. C'est… le bébé…

Je me sentis libérée d'un poids terrible. Liam resta inexpressif un instant, puis, comme si les mots se frayaient un chemin dans son esprit embrumé par les vapeurs d'alcool, son visage prit peu à peu un air abasourdi.

— Le bébé ? reprit-il d'une voix rauque. Tu veux dire que… tu es enceinte ?

— Oui… J'ai peur de le perdre Liam. Campbell m'a frappée au ventre, et, depuis, je saigne…

J'éclatai en sanglots. Liam resta bouche bée, incapable d'articuler quoi que ce soit. Il vint néanmoins vers moi et me serra doucement contre lui.

— Pourquoi ne m'en as-tu rien dit ? demanda-t-il après que je me fus calmée.

— J'ai eu peur que tu m'empêches de te suivre…

— Et j'aurais eu raison. *A ghràidh mo chridhe,* tu n'aurais jamais dû me cacher ça !

— Je sais, hoquetai-je.

Il me prit sur ses genoux, et je me nichai dans le creux de son épaule.

— Tu venais seulement d'arriver de France que tu repartais déjà. Je n'ai pas pu. De plus, j'avais trop peur de rester ici.

Il m'embrassa tendrement le front et posa sa main sur mon ventre.

— Un bébé… notre…

La suite de la phrase resta en suspens dans un silence étrangement inquiétant.

— Depuis combien de temps es-tu enceinte ? questionna-t-il d'un ton plus froid.

— Deux mois environ…

— Deux mois, murmura-t-il, songeur. Si mes calculs sont bons, tu étais au manoir Dunning il y a deux mois, Caitlin. Est-ce exact ?

En percevant ce sous-entendu, je me raidis à mon tour.

— Tu veux insinuer que tu n'en es pas le père, Liam Macdonald ? rétorquai-je, piquée au vif.

— Tu ne crois pas que je peux me permettre d'avoir certains doutes ?

Il respirait bruyamment. Je le sentais tendu. Je ne tenais pas à faire resurgir ces souvenirs douloureux, mais il fallait mettre les choses au clair.

— Winston ne m'a pas touchée au manoir Dunning, Liam. Aussi, j'étais déjà enceinte, je devais avoir mes lunes, mais elles n'étaient jamais venues. J'avais cru que la tension et la fatigue étaient responsables. Après, je n'y avais plus repensé. Tu étais au Tolbooth, c'était tout ce qui occupait mon esprit.

Liam se détendit un peu, puis enfouit son visage dans mes cheveux en gémissant.

— Je suis désolé, *a ghràidh.* Pendant un court instant, j'ai cru que… j'ai eu peur. Oh ! Caitlin… je t'aime tellement…

Il caressa mon ventre encore plat, ferma les yeux et soupira. Une larme vint mouiller le coin de son œil.

— Tu es heureux au moins ?

— Oui, souffla-t-il. Après la mort de Coll, j'avais abandonné l'idée d'avoir un jour d'autres enfants.

— Je sais que celui-ci ne pourra jamais le remplacer…

Je m'interrompis, la gorge serrée. Il ne m'avait jamais parlé de son fils et je n'avais jamais osé le questionner à son sujet. Je connaissais la douleur causée par la perte d'un parent, ce qui est dans l'ordre des choses, mais la perte de son propre enfant… La chair de sa chair, le sang de son sang… J'en éprouvais la déchirure. Même si je savais Stephen vivant, je devais désormais y penser comme s'il n'était plus.

Liam naviguait dans ses souvenirs, la tête appuyée sur ma poitrine.

— Je veux qu'il te ressemble, murmura-t-il.

— Il nous ressemblera, Liam.

— Coll était tout mon portrait, mais il avait les cheveux de sa mère. C'était un enfant curieux et espiègle qui respirait la joie de vivre. Il adorait m'accompagner à la chasse. Je lui avais fabriqué un arc à sa taille. Il n'avait que quatre ans et il démontrait déjà des talents d'archer. C'était un guerrier dans l'âme. Les vieilles légendes sur la vallée le fascinaient. Je pouvais lui raconter la même histoire des dizaines de fois, il ne s'en lassait jamais. Parfois, j'avais bien envie de lui en inventer quelques-unes, pour changer. Sa préférée était celle de MacCumhail, le guerrier fianna. Tu te souviens, celui qui a bâti la Chaussée des Géants.

— Hum… Et que racontait-elle ?

Il me regarda du coin de l'œil en souriant.

— Tu veux l'entendre ?

— Oui, il faudra bien que tu t'y remettes. Comme ça, tu me cachais tes talents de *schialachdan*[1], *mo rùin* !

— Bon, commença-t-il. C'était il y a environ mille cinq cents ans. Fionn MacCumhail, aussi appelé Fingal, était chargé de protéger le grand roi d'Irlande, Cormac MacAirt. Son père, Cumal, l'ancien chef des Fiannas, avait été tué par un de ses propres guerriers, et Fingal fut élevé secrètement, à l'abri dans une vallée perdue d'Irlande. Un jour, le druide Finegas, un de ses tuteurs qui vivait sur les rives du fleuve Boyne, attrapa le saumon de la connaissance et il chargea le jeune Fingal de le faire cuire. Celui-ci s'y brûla et obtint la sagesse en suçant sa brûlure. Il devint un guerrier si remarquable qu'on le mit à la tête des Fiannas. Ainsi, il reprenait le flambeau de son père. Fingal, qui était aussi un grand chasseur, décida un jour d'épargner une magnifique biche qui s'était trouvée sur son chemin. La biche le suivit jusque chez lui et, la même nuit, Fingal s'éveilla et trouva la plus belle femme qu'il eût jamais vue près de son lit. C'était Sadb. Un sort lui avait été jeté par un magicien, elle était condamnée à vivre dans la peau de la biche, mais si Fingal pouvait l'aimer vraiment, elle retrouverait sa forme normale.

1. Conteur.

Il fit une pause pour me caresser les cheveux et m'embrasser sur le front.

— Ainsi, ils se sont aimés et furent heureux pendant des mois. Puis, un jour, les Fiannas durent reprendre les armes et combattre contre les Vikings. A leur retour, Sadb avait disparu, enlevée par le magicien qui avait pris l'apparence de Fingal pour la tromper. Il ne la revit jamais. Lors d'une partie de chasse, ils trouvèrent un jeune garçon que les deux meilleurs chiens de Fingal protégèrent du reste de la meute. Le garçon expliqua qu'il ne connaissait pas son père, mais que sa mère était une gentille biche avec qui il vivait dans la vallée. Fingal reconnut ainsi le fils qu'il avait eu avec Sadb et le nomma Ossian. On lui enseigna l'art de la guerre et il devint un grand guerrier comme son père. Ossian avait hérité la verve éloquente de sa mère, il devint aussi un grand poète. Plus tard, Fingal et Ossian vinrent vivre dans notre vallée avec les guerriers fiannas. Ils guerroyaient aussi loin que dans les Hébrides et parfois même ils retournaient en Irlande. Il y a une grotte sur le versant nord de l'Aonach Dubh qui porte le nom d'Ossian. On dit qu'il s'y serait caché pendant plusieurs années pour y écrire ses poèmes. Dans cette vallée, les Fiannas ont repoussé les assauts des Vikings à plusieurs reprises, mais la plus grande bataille fut celle contre Earragan. L'envahisseur viking arriva dans le loch Leven avec quarante galères et débarqua à Laroch, à un peu plus d'un kilomètre à l'ouest de l'embouchure de la Coe. Les hommes de Fingal ont creusé des tranchées dans les collines sous le Pap de Glencoe – elles y sont toujours, d'ailleurs – et ils s'y sont cachés en attendant l'arrivée des Vikings. Les combats ont duré plus d'une semaine. On dit que l'eau du loch en était rouge. Earragan a été tué et il ne restait assez de survivants ennemis que pour remplir deux des quarante galères. Les corps des guerriers tués lors de cette bataille sans merci ont été ensevelis sous les prés de Laroch, et les officiers dans des cairns.

— Est-ce que ce sont les cairns que l'on peut apercevoir près de Ballachulish ?

— Oui.

— Que sont-ils devenus par la suite ?

— La légende dit qu'ils dorment dans nos montagnes. Que le vent est leur souffle et qu'un jour ils se réveilleront à l'appel de la corne de leur chef.

— Ils sont vos ancêtres ?

Liam esquissa un sourire et hocha la tête en me lançant un regard amusé.

— Coll me demandait la même chose. Non, l'histoire de nos ancêtres est un peu moins romanesque. Cette vallée appartenait aux Macdougall de Lorn, qui, après avoir choisi le mauvais parti dans la quête de la couronne d'Ecosse par Robert Bruce Ier, la perdirent au profit d'Angus Og d'Islay, un des chefs de guerre des Macdonald, qui, lui, avait fait alliance avec le nouveau roi et qui avait combattu à ses côtés à Bannockburn en 1314. C'est le fils d'Angus Og, Iain Og nan Fraoch[1], qui reçut la vallée en héritage. C'est de son nom que vient le titre qui revient au chef, MacIain, qui veut dire « fils de Iain », et la bruyère est notre emblème. Les Macdonald sont les fils du grand Seigneur des Iles, Sommerled le Norvégien. John est le treizième chef du clan des Macdonald de Glencoe.

Je mis ma main sur celle de Liam qui caressait mon ventre.

— Tu devras lui raconter tout cela lors des longues soirées d'hiver. Il doit savoir d'où il vient et qui il est, pour qu'il puisse le raconter à son tour à ses enfants. Il sera fils de Macdonald.

— Et si c'est une fille ? demanda-t-il en pinçant une certaine partie de mon anatomie en riant.

— Eh bien, elle sera la fille de son père, qui, j'en suis certaine, ne laissera pas un homme s'approcher d'elle.

— Et elle sera guerrière comme sa mère.

— Moi, guerrière ? m'étonnai-je en levant un sourcil.

— C'est ce que les hommes disent de toi depuis que tu as tué Campbell. Ils t'ont surnommée *Badb Dubh.*

— *Badb ?* En Irlande, c'était une déesse celte de la Guerre, tout comme Morrigane, Nemain et Macha. Elle était apparue sous la forme d'une corneille au-dessus de la tête des guerriers lors de la bataille de Clontarf, en 1014, que le grand roi Brian remporta sur les Vikings. On dit que les corbeaux sur les champs de bataille sont ces déesses venues se repaître des vaincus.

Je restai songeuse en repensant à ce matin, au campement, quelques jours plus tôt, lorsque j'avais défié le gros oiseau noir et surpris des hommes en train de m'épier.

— Ils me prennent pour une de ces déesses de la Guerre ! lançai-je en pouffant de rire. Mais c'est ridicule ! Je n'ai jamais autant eu la trouille de ma vie que cette nuit-là ! De plus, pour moi, les corbeaux ne sont que des messagers du malheur.

1. John des Bruyères.

— Certains guerriers sont encore superstitieux, *a ghràidh,* c'est un honneur pour toi qu'ils te voient ainsi. Et pour quelques-uns, ces oiseaux annoncent la chance.

Il attrapa une mèche de mes cheveux et la laissa glisser, soyeuse, entre ses doigts.

— Pour eux, une Irlandaise aux cheveux noirs comme un corbeau, qui tue un de leurs pires ennemis, ne peut qu'être une déesse, *Badb Dubh.*

J'avais rendez-vous avec Shakespeare. Enfin ! Je m'assis mollement dans l'herbe, épuisée, mon livre sous le bras. J'avais passé la matinée à travailler dans le potager. Je décidai de profiter un peu du temps magnifique qui perdurait depuis l'aube, sachant pertinemment que les nuages allaient faire leur apparition d'un moment à l'autre. C'était inévitable.

J'avais la douce sensation de flotter sur un nuage tout moelleux. J'étais exténuée, mais, malgré cela, heureuse comme jamais auparavant. Les saignements s'étaient arrêtés, le bébé s'accrochait à moi et à la vie. Liam m'avait fait observer qu'il allait certainement avoir la tête aussi dure que la mienne. Mon appétit revenait graduellement, j'avais pris du poids. Cependant, les harengs marinés me donnaient toujours la nausée, ce qui, au fond, était la moindre des choses.

Patrick et Sàra étaient maintenant unis par les liens du *handfast.* Ce n'était pas un mariage religieux, mais plutôt une forme d'entente entre deux amoureux qui acceptaient de vivre en tant que mari et femme pendant une période d'un an et un jour. Au bout de ce laps de temps, les deux parties pouvaient se séparer ou bien se marier devant un prêtre. Si un enfant était issu de cette union, il n'était pas considéré comme illégitime, et le père était tenu de subvenir à ses besoins. Ce type d'union, qui datait des temps aussi anciens que l'occupation romaine en Angleterre, était assez commun dans les Highlands, où les prêtres étaient parfois difficiles à trouver, et la loi écossaise la reconnaissait au même titre qu'une union devant Dieu.

Nous étions en pleine saison des récoltes, qui allaient bon train. Les réparations des toitures de chaume de bruyère avaient été effectuées ; il ne restait qu'à boucher les interstices entre les pierres des murs avec de l'étoupe, et les maisons seraient prêtes pour l'hiver. En tant que premier lieutenant de MacIain, le statut de gentilhomme de Liam nous permit de prendre possession de l'ancienne demeure du laird. Avec le bébé qui s'annonçait, un peu plus d'espace n'était pas à dédaigner, et puis la perspective d'avoir une vraie cuisine, avec un four intérieur pour le pain, me comblait.

J'ouvris le livre tout racorni au deuxième acte. Liam avait déniché cet ouvrage chez un vieux libraire de Calais. Il y manquait malheureusement deux pages dans le premier acte, mais le reste était intact. Connaissant *Macbeth* sur le bout des doigts, je découvrais *Roméo et Juliette* avec délices. Je me penchai sur le jardin des Capulet, découvrant Roméo dans l'ombre de la nuit qui trébuchait sur mes pensées secrètes, le regard levé vers moi.

Après quelques instants de lecture, j'eus le pressentiment que quelqu'un d'autre trébuchait sur mes pensées secrètes. Sans redresser la tête, je levai les yeux avec méfiance, scrutant les bois.

— Seamrag ?

Le chiot qui chassait joyeusement les grillons près de moi s'était immobilisé sur son arrière-train. Seule sa queue battait l'air nerveusement. Il fixait un point. Je suivis son regard, mais ne vis rien.

— Tu vois quelque chose, mon chien ?

— Wouf ! wouf !

Il se mit à courir vers le buisson. Je me relevai, plissant les yeux dans le soleil éblouissant. Une silhouette apparut. Colin. Il regarda autour, un peu gêné, puis vint vers moi d'un pas hésitant.

— Je t'ai cherchée partout, tu voulais me voir ?

— Moi ? Euh... non.

Je le dévisageai sans comprendre. Il fouilla dans son *sporran*, d'où il sortit une feuille de papier toute chiffonnée.

— Ce n'est pas de toi ?

Je pris le bout de papier et le lissai entre mes doigts.

— Non, Colin, murmurai-je en lisant le message.

Mon nom avait en effet été apposé au bas de la missive qui lui enjoignait de me rejoindre chez moi, pour le déjeuner. Liam étant parti en patrouille pour la journée, j'avais choisi de venir me détendre ici plutôt que de rester à la maison. Colin avait dû s'inquiéter de ne pas m'y trouver.

— Ce n'est pas mon écriture. Il n'y aurait pas une autre Caitlin dans le clan ?

Il reprit le bout de papier, le fourrant brusquement dans sa poche.

— Non. Il y a bien deux Catherine, mais pas d'autre Caitlin.

Il resta là, à fixer ses pieds. Un silence embarrassant nous enveloppa. Il le brisa d'un raclement de gorge.

— Je suis désolé. Je croyais... Il doit y avoir eu une erreur...

Il pivota sur ses talons, fit quelques pas vers le buisson d'où il était sorti, mais je le retins d'un appel.

— Où as-tu trouvé ce message ?

— Sur la table, chez moi.

— Colin, tu crois qu'on aurait tenté de nous jouer un mauvais tour ?

Il me regarda en haussant les épaules.

— Qui aurait eu cette idée saugrenue de nous fixer un rendez-vous ?

Je ne pus lui répondre. C'était étrange. Un piège ? Pendant un moment, l'idée que Liam eût l'intention de nous mettre à l'épreuve, Colin et moi, me turlupina. Je me débarrassai rapidement de cette pensée stupide. Seamrag se mit à japper de nouveau, le museau tourné vers les collines.

— Qu'est-ce qu'il y a, Seamrag ?

Le chiot se mit à courir dans cette direction. Une silhouette fit irruption de derrière un bosquet et s'élança vers le sommet. Un plaid la couvrait, dissimulant la chevelure et les vêtements. Impossible de l'identifier. Cependant, ses mouvements avaient quelque chose de vaguement familier. Une grâce féline. Mes doigts se crispèrent dans un spasme sur le livre qui glissait de mes mains. Une mèche flamboyante s'échappa du plaid, fouettant l'air.

Je sentis le sang se retirer de mon visage, la chair de poule dresser les poils sur mon corps. Colin s'était statufié, tout comme moi. Je ramassai mon châle. Dans mon énervement, je fis tomber mon livre. Colin se pencha avec empressement pour le récupérer, me frappant le front de son épaule. Nerveux, il se confondit en mille excuses, m'aidant à me relever. Nous nous immobilisâmes, mes mains dans les siennes. Mon cœur battait la chamade. Extrêmement troublé, Colin reprenait graduellement ses esprits. Etait-ce la vision dans les bois ou bien le contact de nos mains qui le perturbait autant ? Il caressa le dos de l'une d'elles, la porta à ses lèvres, la baisant avec douceur. Je fermai les yeux et me mordis la lèvre. Sentant un frisson me parcourir, il ceignit lentement ma taille avec son bras pour m'attirer à lui.

— Non, Colin...

Avec une soudaine rigidité, il me repoussa et s'écarta. Pâle à faire peur, il fixait quelque chose dans mon dos.

— Va-t'en, me souffla-t-il.

Apeurée, je tournai sur moi-même. Liam se tenait à quelques mètres de nous, aussi blême que son frère. Patrick, Simon et Isaak l'accompagnaient, fouillant le sol du regard. Un lourd silence que même les grillons et les oiseaux n'osaient troubler s'était abattu sur le pré.

J'ouvris la bouche, mais la refermai aussitôt, sachant toute tentative de défense inutile. Il n'y avait pas cinquante-six façons d'interpréter ce qu'ils venaient de voir. L'affrontement inévitable aurait lieu plus tard, derrière notre porte close. Je glissai mon livre sous mon bras, resserrai mon châle sous mon menton, même si je transpirais abondamment, et pris le chemin du retour en courant.

Les babillages de Maud, Margaret et lady Glencoe m'extirpèrent de mes rêveries. Le hall de la maison du chef John MacIain Macdonald était doucement éclairé par des chandelles et un bon feu. Nous venions de terminer de dîner, les hommes discutaient autour d'une bouteille de cognac tandis que moi, j'écoutais, indolente, le papotage des dames. Le cœur n'y était pas.

La routine avait repris son cours, mais rien n'arrivait à me faire oublier cet affreux sentiment de crainte qui me tenaillait depuis l'incident avec Colin. Ce dernier avait quitté la vallée dès le lendemain. Trois semaines maintenant s'étaient écoulées. Je ne l'avais plus revu depuis. Contrairement à ce que j'avais craint, Liam ne me reparla plus de cet incident. Son comportement n'avait en rien été altéré, ce qui ne faisait qu'augmenter mes appréhensions. Toutefois, je le surprenais parfois à m'observer en silence, un masque de tristesse sur ses traits. Que lui avait dit Colin ?

Aussi, la désagréable impression d'être constamment épiée ne me quittait pas, se muant en pure paranoïa. Etais-je en train de devenir folle ? Etait-ce tout simplement ma grossesse qui me rendait nerveuse à ce point ? Je n'avais pas revu mon fantôme, mais j'en ressentais la présence. Liam avait réussi à me convaincre que la silhouette furtivement entrevue entre les arbres n'était probablement qu'une jeune fille du clan se baladant. Il devait bien y avoir une bonne douzaine de rouquines dans le village. Mon délire grandissant déformait toutes mes perceptions. Il était grand temps que cela cesse.

Un petit garçon de six ans vint se jucher sur les genoux d'Eiblin, comme j'appelais désormais lady Glencoe. Les cheveux noirs bouclés de l'enfant auréolaient son visage de chérubin qui me dévisageait avec un intérêt marqué. C'était Alasdair, le fils du chef, qui serait amené à être, lui aussi, chef du clan un jour. Il chuchota quelque chose dans l'oreille de sa mère, qui secoua la tête en signe de dénégation tout en me lançant un regard furtif. L'enfant afficha une moue de déception, puis retourna jouer avec les deux superbes lévriers écossais qui faisaient l'orgueil de John. Sentant qu'elle me devait une explication, Eiblin se pencha vers moi.

— Il voulait que vous lui racontiez comment vous aviez tué Campbell, dit-elle de but en blanc.

— Ah ! sourcillai-je, un peu surprise par la requête de l'enfant.

— Les histoires de batailles le fascinent tellement, mais je ne crois pas que vous ayez tellement envie de raconter celle-là, n'est-ce pas ?

— Non, en effet, répondis-je, un peu mal à l'aise. Il est très mignon.

— Mignon, peut-être. Autant qu'on peut trouver un petit diable mignon. Il n'arrête pas deux secondes. Le sang de son grand-père MacIain doit bouillir dans ses veines. Mon beau-père pouvait être un homme très charmant lorsqu'il le voulait bien, mais il avait un caractère bouillonnant. Il était toujours prêt à prendre les armes et à battre la campagne en quête d'un butin.

Elle lissa son *arisaid*. Son visage se rembrunit.

— Je souhaite seulement que la destinée de mon petit Alasdair soit plus heureuse que celle de son grand-père.

— Liam m'a parlé de lui à quelques reprises, dis-je en prenant le verre de vin épicé qu'elle me tendait. Il m'a dit que c'était un homme très fier.

— Fier et orgueilleux, rétorqua-t-elle en souriant. MacIain aimait profondément son clan. Il l'avait dirigé d'une main de fer pendant près d'une quarantaine d'années. Sa promptitude à lever une armée pour épauler Keppoch, les Maclean ou tout autre clan lui aura valu plusieurs alliés, mais aussi bien des ennemis.

— Et les Campbell viennent en tête de liste.

— Oui.

Elle trempa ses lèvres dans le doux nectar, mordoré comme ses yeux qui m'observaient par-dessus son verre.

On pouvait accorder à lady Glencoe une certaine joliesse, mais elle n'était pas une belle femme à proprement parler. De taille moyenne et de constitution fragile, elle avait un visage marqué par les terribles épreuves des dernières années. Mais ses yeux pétillaient de vie et sa bouche aux lèvres bien dessinées se courbait en un sourire charmeur qui vous allait droit au cœur.

Eiblin se pencha de nouveau vers moi en replaçant une mèche auburn sous son mouchoir de tête. Elle reprit, d'une voix plus froide, les sourcils froncés :

— MacIain et Breadalbane se détestaient au plus haut point. Pourtant, ce qu'ils ont fait à mon beau-père n'est pas excusable. Ils ont agi par lâcheté et traîtreusement. Ils l'ont abattu dans son lit devant sa femme et l'ont ensuite traîné à l'extérieur de la maison, où ils l'ont abandonné, face au sol dans la neige boueuse.

Elle s'interrompit et hocha la tête lentement. Ses doigts usés trituraient le plaid de sa jupe.

— Ensuite, ils ont violé son épouse et lui ont presque arraché un doigt en lui volant son alliance avec leurs dents. Nous l'avons retrouvée dehors, à moitié nue. Elle est morte quelques heures plus tard.

Elle soupira et plongea son regard dans son verre, qu'elle fit rouler entre ses doigts.

— Je l'aimais beaucoup, elle était très bonne avec moi et ses fils. Ce n'était pas toujours facile avec MacIain. Parfois, il blessait avec la crudité de ses paroles, et elle était comme un baume sur la plaie. Je m'étais toujours doutée que MacIain ne prenait jamais une décision sans la consulter derrière leur porte close. Malgré son air affable et sa voix douce, je crois bien qu'elle usait d'un pouvoir certain sur son géant de mari sans que personne le sache. Elle me manque beaucoup, vous savez… MacIain aussi, d'ailleurs. Même s'il était dur et arrogant, il considérait et aimait son peuple comme ses propres enfants.

— C'est malheureux que votre fils ne puisse pas connaître son grand-père.

— Oui, je sais… Il n'avait que deux ans lors du massacre. Il n'a pas grande souvenance de lui. Ni de cette terrible nuit, d'ailleurs. La nurse l'avait enroulé dans un plaid et elle s'était sauvée avec lui dans la montagne. Je ne pouvais les suivre, je devais m'occuper de lady Glencoe. Je ne les ai retrouvés que le lendemain soir en Appin. Je remercie Dieu tous les jours de l'avoir épargné. Mais plusieurs n'ont pas eu cette chance, murmura-t-elle en jetant un regard vers Liam qui riait à l'autre bout de la salle avec les autres hommes.

Un ange passa. Margaret brisa le silence en se raclant la gorge et se tourna vers moi.

— Comment va ta grossesse ?

— Beaucoup mieux, répondis-je en m'étirant les bras, bien que je me sente un peu épuisée ces jours-ci. Il y a tellement à faire avant l'automne, je ne suis pas certaine d'y arriver à temps. Le salage des viandes n'est pas terminé et la tourbe n'est pas toute stockée.

— Ne t'en fais pas pour ça, dit Maud en m'effleurant le bras, il reste encore quelques semaines.

— Liam doit bientôt partir pour la côte est, et je l'accompagne.

Maud et Margaret me dévisagèrent d'un air horrifié.

— Tu n'es pas sérieuse, j'espère ? s'écria Margaret.

— Très, rétorquai-je sèchement.

— Liam ne voudra jamais !

Qu'allais-je lui raconter ? Que j'avais peur des corbeaux et des fantômes ? Une chose était certaine, je ne voulais pas rester seule ici.

Les hommes s'esclaffèrent bruyamment. Nous nous approchâmes d'eux. Simon Macdonald racontait une anecdote à propos d'un des raids perpétrés en Argyle, il y avait plusieurs années déjà.

— Tu te souviens de la tête que faisait le grand Archibald MacPhail lorsqu'il s'est rendu compte que l'homme qu'il poursuivait était en fait une femme ?

— Tu parles ! s'exclama Liam. Il l'avait poursuivie jusque dans le loch où elle avait plongé. Lorsqu'elle est remontée à la surface, il s'apprêtait à la passer au fil de son épée, puis il s'est figé sur place lorsqu'elle s'est retournée.

Il repartit d'un rire sonore et communicatif.

— J'avais bien vu pourquoi ! Le plaid de la fille s'était défait, et je t'assure que sa chemise et sa culotte trempées ne cachaient plus grand-chose de son anatomie. Le spectacle était assez cocasse. Archie roulait des yeux ronds comme des soucoupes et s'était alors écrié : « Ben, c'est la première fois que je vois un homme avec des nichons ! »

Nous pouffâmes tous de rire devant Liam qui singeait le grand Archie.

— Il a rengainé son épée et il l'a balancée par-dessus son épaule, continua Simon. La gueuse lui avait mordu le dos jusqu'au sang ! Elle hurlait des choses que je n'avais jamais entendues sortir de la bouche d'une femme. Une vraie harpie. Si les femmes Campbell sont toutes comme ça, je plains le pauvre Alasdair Og !

— Qu'avez-vous fait d'elle ?

— On lui avait attaché les poignets dans le dos, puis on l'avait assise sur un tas de fumier, répondit Liam en se tenant les côtes. Par la suite, Archie s'est tourné vers elle et lui a dit : « On porte pas le plaid si on sait pas pisser debout ! »

— Je me demande bien où se trouvait le pauvre homme qui l'avait pour épouse. Il était probablement caché sous le lit avec une de ses robes !

Nous rîmes de plus belle.

— Et toi, Liam ! dit Angus, un sourire taquin sur les lèvres. Tu te souviens de ton premier raid ?

Liam grommela et mit sur mes oreilles ses mains que je m'empressai de retirer.

— Racontez ! m'exclamai-je, très intéressée.

— C'était lors du grand raid d'Atholl sur les terres d'Argyle, commença John. Père avait divisé le clan en trois pour un meilleur profit. Mon frère Alasdair avait la côte nord-ouest de Kilbride à Arduaine avec quelques hommes Stewart ; moi, je m'occupais du Cowal, et père s'était réservé la péninsule de Rosneath. J'avais pris Liam avec moi, nous devions être dans les environs d'Inverchapel. Il poussait des bêtes devant lui quand un mouton tombant des nues surgit au-devant de sa monture. Son cheval fit une embardée, et Liam s'est vu projeté dans l'enclos de la soue à cochons.

Il grimaça, et Angus poussa une exclamation de dégoût.

— Bon Dieu ! J'ai manqué ça ! dit-il.

— T'avais qu'à ne pas aller avec Alasdair, rétorqua Liam avec un sourire malicieux en coin.

— Liam était incapable de se sortir de là, reprit John en ricanant. Les porcs énervés couinaient furieusement, lui tournant autour et le piétinant dans la fange puante. Lorsqu'il a finalement réussi à s'extirper de l'enclos, il était couvert de boue de la tête aux pieds, on ne voyait que ses yeux luisants !

— Ta mère a nettoyé ton plaid à trois reprises pour finalement se décider à le brûler ! s'écria Margaret.

— Ouais, ronchonna Liam en fronçant légèrement ses sourcils. Je l'avais déjà nettoyé deux fois en rentrant. Ils m'avaient mis à l'écart tellement je puais ! Je crois bien que même mon cheval ne pouvait plus me sentir !

— Il fallait bien que quelqu'un surveille la queue du convoi ! se défendit John.

— Il n'y a même pas eu une âme charitable pour me sortir de là, rétorqua Liam.

— Ben, le vieux MacEwen t'a aidé !

— Aidé ? Hugh MacEwen voulait me tailler en pièces pour son ragoût ! Il m'avait surpris par-derrière et mis son poignard sur ma gorge. Je ne l'avais pas vu venir, et mon poignard me glissait des mains à cause de toute cette boue visqueuse.

— Il t'aura probablement pris pour une de ses bêtes, Liam, rugit de rire Simon. Avec ses huit enfants à nourrir, il aura choisi la plus grosse de son enclos.

— Il aura choisi la plus rapide aussi. Je l'ai envoyé prendre un bain de boue à son tour.

Liam se tourna vers moi et découvrit une petite cicatrice qui m'avait échappé, dissimulée dans ses cheveux, derrière son oreille droite.

— J'ai bien failli y laisser un œil, dit-il. J'ai vu la lame de si près que j'en ai louché pendant trois jours.

— C'était ton baptême, pouffa Angus.

— Ouais, je n'avais que dix-sept ans à l'époque. Je peux t'assurer, *a ghràidh*, que cette première fois m'a suffi pour acquérir toute l'expérience nécessaire pour être le parfait voleur de bétail. On ne m'a plus jamais repris à me vautrer avec les porcs depuis !

— C'est vrai que ce fut un raid assez éprouvant, dit Angus en riant. Pour les Campbell, cela va sans dire !

— Le plus gros raid jamais effectué en Argyle et avec la bénédiction du roi !

— Le roi approuvait ? m'étonnai-je, interdite.

— Bien sûr, dit John. Le marquis d'Atholl, John Murray, nous avait offert l'Argyle sur un plateau.

Il resservit une nouvelle tournée de cognac.

— Pourquoi ?

Le chef de guerre du clan but une gorgée de son précieux liquide ambré avant de continuer :

— Le comte d'Argyle et Monmouth, le neveu bâtard du roi Jacques II qui était encore sur le trône à cette époque, avaient levé une armée pour le destituer, mais ils ont échoué et ont été condamnés à la décollation. Pauvre Monmouth... Son bourreau a dû s'y prendre à cinq reprises pour que sa tête soit complètement sectionnée du corps.

— L'exécuteur aurait bêtement oublié d'aiguiser sa hache ! nuança Simon en affichant un sourire chargé de sous-entendus. Argyle a eu plus de chance, il a eu droit au baiser de la Veuve sur son cou. Elle n'embrasse qu'une seule fois, et vous en perdez la tête.

— Mmmm... continua John. L'heure était aux représailles. Le conseil privé du roi avait levé une armée contre eux. Elle était composée d'hommes de clans qui avaient des comptes à régler avec les Campbell, tels les Macdonald, les Maclean, les Stewart et les Macgregor. Après les exécutions, le marquis d'Atholl nous avait conduits en Argyle et nous avait déclaré : « Pour votre loyauté envers votre roi Jacques ». Je peux t'assurer que, lors de ce raid, ce ne furent pas les Macdonald qui se balançaient aux branches du vieux chêne sur la colline damnée, et ceux qui remplissaient le Tolbooth d'Inveraray n'étaient pas des Macgregor ni des Maclean. La Couronne avait pris les prisonniers en charge pour les envoyer dans les colonies d'Amérique, dans les plantations.

Je restai décontenancée devant le ton désinvolte employé par les hommes lorsqu'ils parlaient de ces pillages et de ces tueries, comme s'il ne s'agissait que de simples parties de chasse. Peut-être était-ce ainsi qu'ils les voyaient, après tout, pensai-je, désabusée.

Liam m'attira à lui sur le banc. Je m'installai contre son torse et nichai ma tête dans le creux de son épaule.

Soudain, une meute d'enfants fit irruption avec grand bruit, suivie de Geillis qui portait un plateau chargé de scones à l'avoine garnis de confiture aux myrtilles et de sirop d'orgeat.

Angus sortit son violon, et les enfants se mirent à danser en entraînant leurs parents dans leurs gigues. Morag et Eilidh, les sœurs du petit Robin, m'invitèrent à les suivre. Je quittai à contre-cœur mon nid douillet pour faire virevolter mes jupes jusqu'à épuisement.

Je retrouvai la chaleur des bras de Liam lorsque Maud se leva pour chanter une complainte. Les yeux fermés, je me laissai emporter par sa belle voix chaude qui chantait la peine d'une dame attendant le retour de son amour parti pêcher en mer. Le père de la belle, entre-temps, l'avait contrainte à épouser un noble de son rang. La belle se laissa mourir, le cœur brisé de n'avoir pu épouser celui que son cœur avait choisi. Lorsque ce dernier revint avec la marée, il retrouva la dame de son cœur, blanche et froide dans un tombeau, et la suivit dans la mort d'un coup de sa dague. Un *Roméo et Juliette* local.

Les mains de Liam glissèrent le long de mes bras, et il déposa un baiser juste sous mon oreille, dans laquelle il chuchota :

— Tu es fatiguée, *a ghràidh*. Nous devrions rentrer avant que je ne doive te transporter dans mes bras. Tu es devenue trop lourde pour moi.

Il caressa doucement mon ventre.

— Comment il va aujourd'hui ?

— Très bien.

— Peut-être devrais-je lui demander moi-même, ce soir, susurra-t-il en me mordillant le lobe.

— Coquin ! m'écriai-je tout bas en lui donnant un coup de coude dans les côtes.

Nous fûmes interrompus par Calum, qui, l'air soucieux, informa Liam qu'un homme de Keppoch attendait à l'extérieur pour lui parler.

— Attends-moi ici, dit-il en se redressant. Je reviens.

Le grand garçon s'assit à côté de moi, l'air gêné. Ses longs bras pendaient sur ses cuisses, et ses doigts s'agitaient nerveusement.

— Qui est l'homme qui voulait voir Liam ? lui demandai-je après un moment.

Je n'avais pas parlé à Calum depuis le soir du *ceilidh* où il m'avait cavalièrement traitée. Il m'avait soigneusement évitée depuis.

— Bryan MacAllen.

— MacAllen ? fis-je, étonnée. Tu sais ce qu'il veut ?

— Non, madame, bafouilla-t-il en me regardant du coin de l'œil, mais, à son air, ça ne doit pas être des bonnes nouvelles. Bryan était très nerveux.

Je sentis un nœud se former au creux de mon estomac et chutai de mon nuage.

Liam revint quelques minutes plus tard, le visage pâle et défait. Je retins mon souffle.

— C'est Colin, expliqua-t-il d'une voix cassée. Il est emprisonné à Inveraray avec Finlay.

— Quoi ? m'écriai-je, abasourdie. Qu'est-ce qu'il a fait ?

Les autres s'étaient approchés et écoutaient, stupéfaits, le récit de Liam. Colin et des hommes de Keppoch n'avaient pu résister à l'envie de voler quelques bêtes sur les terres d'Argyle. L'opération avait mal tourné, et les deux Highlanders avaient été capturés et envoyés au Tolbooth d'Inveraray, en attendant de passer devant les assises. Ils avaient eu une chance inouïe de ne pas avoir été pendus sur-le-champ, comme cela se faisait d'habitude.

— Liam, il faut agir, on ne peut pas laisser Colin croupir dans cette prison... Qu'est-ce qu'il risque ? demandai-je du bout des lèvres.

Liam se tourna vers moi et me dévisagea. Pendant un court instant, il braqua son regard glacial sur moi, puis il se détourna.

— La corde.

— Il faut le sortir de là ! grommela Angus.

Cette nuit-là fut sans sommeil. Le piaillement des oiseaux m'extirpa de ma torpeur. Liam s'agita à mes côtés et se retourna en m'écrasant la jambe. Il avait les yeux fermés ; cependant, à la vue de ses cernes, je devinai qu'il n'avait pas beaucoup dormi, lui non plus.

Je repoussai ses boucles folles qui retombaient sur son visage et caressai la courbe saillante de sa pommette. Il attrapa ma main et la porta à ses lèvres sans pour autant lever les paupières.

— Tu n'as pas dormi ? demandai-je doucement.

— Non, et toi ?

— Pas vraiment.

Il ouvrit les yeux et me regarda d'un air las.

— Je dois me rendre à Inveraray, annonça-t-il d'une voix éraillée.

— Je veux y aller avec toi...

Il fronça les sourcils et roula sur le dos en soupirant.

— Caitlin, c'est une ville des Campbell. S'ils savent que c'est toi qui as tué Ewen... Pense au bébé.

Je ne répondis pas. Il frotta vigoureusement son visage avec ses mains en grognant.

— Pourquoi dois-tu être si obstinée, nom de Dieu ! Tu ne pourras tout de même pas me suivre jusqu'à ton accouchement ! Alors, pourquoi tiens-tu tant à venir ? C'est Colin ? Il te manque tant que ça ? Dis-moi, Caitlin ?

— Liam... je t'en prie. C'est ridicule...

— Ridicule ?

Le moment tant redouté était arrivé. Il se redressa brusquement sur ses genoux et frappa de son poing sur le matelas. J'eus un mouvement de recul, par réflexe. Conscient de ma frayeur, il battit en retraite au bord du lit, se contentant de me dévisager froidement.

— Il est temps que je sache lequel de nous deux tu aimes vraiment, Caitlin.

— Tu le sais.

— Si je le sais, pourquoi ai-je ce terrible sentiment que Colin te dérange ? Pourquoi est-ce que je crains de te laisser seule dans la même pièce que lui ? Pourquoi ?

— Liam, j'ai fait mon choix le jour où j'ai quitté cette vallée.

La tête baissée, il courba le dos.

— Qu'est-il pour toi ? Je veux la vérité, tu me la dois.

Il me confrontait à mes propres sentiments, ceux que je refoulais avec honte. J'aimais Colin, d'une façon différente. Mais comment expliquer à un homme qu'une femme peut aimer un homme d'amour sans pour autant vouloir partager sa vie ?

— Je me suis donnée à toi dans la vieille chaumière près de Metven, parce que je t'aimais. Ma main a quitté le bras de Colin pour se poser sur le tien, devant l'autel, parce que je t'aimais. Tout ce que j'ai pu subir au manoir et à Edimbourg, je l'ai enduré parce que je t'aimais, Liam. Ensuite, après avoir été humiliée et blessée au plus profond de mon âme, je t'ai attendu, parce que je t'aimais…

Je soufflai, retrouvant mon sang-froid. A bout d'arguments, j'espérais qu'il avait compris. Il fixait obstinément ses mains posées à plat sur ses cuisses. Je conclus :

— Comment peux-tu douter de mon amour pour toi ? J'aime Colin… un peu comme un grand frère qui veille sur moi. Je lui serai toujours reconnaissante de tout ce qu'il a fait pour moi. Je le respecte, et je sais qu'il me respecte aussi. Mais je ne pourrais jamais le suivre jusqu'en enfer. Toi, si.

— C'est ce qu'il m'a dit…

Sa voix n'avait été qu'un faible murmure. Recroquevillée sur moi-même, je le regardai, surprise. Il leva ses yeux humides vers moi.

— C'est ce qu'il s'est évertué à me faire comprendre. Il m'a montré le bout de papier. Croyant vraiment qu'il venait de toi, il t'a cherchée. Il m'a ensuite expliqué que tu avais eu peur du fantôme de Meghan, que c'est pour cela qu'il t'avait prise dans ses bras…

— Il t'a parlé du fantôme de Meghan ?

Il hocha la tête en soupirant.

— Je lui ai dit de quitter la vallée. Je n'ai pas cru à son histoire. Je croyais qu'il me mentait, qu'il avait échafaudé un subterfuge pour te prendre dans ses filets. Je ne voulais plus le voir rôder autour de toi. Ensuite, j'ai laissé la poussière retomber. Quel imbécile je fais !

Il se leva, alla vers l'armoire et fouilla dedans. Il en sortit un parchemin enroulé.

— Je ne suis pas particulièrement superstitieux. Les fées, les lutins, les créatures des eaux… tout ça n'est que mythe. Toutefois, il existe des choses que je n'arrive pas à expliquer. La mort, la vie. D'où nous venons et où nous allons. Je ne crains pas la mort, car je sais qu'une place m'est réservée, ailleurs… C'est ce qui nous pousse, nous guerriers, au combat. La mort est inévitable. C'est la fin d'une vie et le début d'une autre, une transition. La vie est éternelle. Tous, un jour, nous traverserons ce voile qui sépare Notre Monde de l'Autre Monde. Parfois des âmes reviennent sur leurs pas, nous visitent. En revanche, je n'aime pas que des âmes noires viennent se mêler de ce qui ne les concerne pas. Lis, me dit-il en me tendant le parchemin.

Je le pris d'une main incertaine. Au premier coup d'œil, je sus de quoi il s'agissait. Au bas de la feuille était dessiné un pentacle. Mes doigts se mirent à trembler. Je dus tenir la feuille à deux mains.

Ce que le destin a uni, je le désunirai. Telle la flamme de l'enfer, que la haine s'embrase. Pour tous ses malheurs, elle sera à blâmer. Qu'ils se déchirent, déchirent, déchirent, pour l'éternité *!* MAIL – NILTIAC

Après s'être avisé que j'en avais bien terminé la lecture, il me prit la feuille des mains.

— Je l'ai trouvée hier matin, coincée dans une fissure entre deux pierres du mur, au-dessus de la porte d'entrée. C'est alors que j'ai compris. Colin ne m'avait pas menti. Mais… je ne pouvais m'empêcher de douter quant à tes sentiments pour lui. Pardonne-moi, Caitlin.

Il me présenta alors une petite bouteille aux reflets bronzés.

— J'y ai aussi trouvé ceci.

Elle avait une allure particulière. Le goulot, assez long et étroit, s'étirait vers un renflement décoré d'un visage aux traits grotesques. Il en vida le contenu sur la table de chevet : des aiguilles tordues, des brins de cheveux sombres et un crâne d'oiseau trempant dans un liquide jaunâtre à l'odeur âcre.

— Qu'est-ce que c'est ?

— Une bouteille de sortilèges, je crois.

— Et le parchemin… on nous a jeté un sort ?

— Je crois effectivement que quelqu'un s'adonne à la sorcellerie dans le but de nous nuire et de nous séparer.

— Liam…

D'un pas rapide, il se dirigea vers le feu et y jeta la lettre. Les traits empreints de gravité, il pencha la tête vers moi et déclara, d'une voix forte et solennelle :

— Ce que Dieu a uni, Lui, et Lui seul, peut le séparer. Prépare ton sac. Tu viens avec moi.

21

Pardonnons aussi à ceux qui nous ont offensés...

Si Inveraray n'avait pas été une ville des Campbell, je l'aurais presque trouvée charmante. C'était en fait la seule vraie ville dans les Highlands de l'ouest et aussi le siège de la Couronne dans nos montagnes. Au pied de la masse noire du château d'Inveraray s'étendait sur la rive nord du loch Fyne, au confluent de la rivière Aray, le petit port où mouillaient des navires venant d'aussi loin que la France et l'Espagne. Evidemment, c'était loin de ressembler à Edimbourg, mais c'était ce qui s'en rapprochait le plus dans tous les Highlands.

La ville grouillait d'une activité frénétique. Liam, Donald, Angus et Bryan étaient très nerveux. Jamais un Macdonald ne mettait les pieds dans cet endroit, seul et de son plein gré. Comme des brebis égarées dans la tanière du loup, nous étions à l'affût du moindre geste hostile ou du moindre regard trop insistant. Il n'était pas question de nous attarder plus longtemps que nécessaire.

Devant mes yeux se déployaient la richesse et le pouvoir des Campbell. Ici se trouvait aussi la colline funeste où plus d'un Macdonald avait vu sa vie s'étrangler au bout d'une corde. De la viande de Macdonald accrochée aux branches du vieux chêne pour repaître ces rapaces de Campbell. Malheureusement, ces mêmes Macdonald avaient deux fois pillé Inveraray.

Nous descendîmes dans une petite auberge tranquille, à la limite du bourg. Liam envoya Donald aux nouvelles, et nous attendîmes devant une chope de bière. Deux soldats anglais attablés non loin nous lançaient des regards furtifs. Liam affichait un flegme affecté, mais je le savais tendu. Ses doigts pianotaient machinalement sur le banc, à quelques centimètres de son pistolet chargé.

Donald revint au moment même où les Habits rouges partaient. Il leur fit face un long moment dans l'entrée, les défiant en silence, puis, ravalant sa fierté, il s'écarta pour les laisser passer. J'entendis Liam relâcher son souffle. Il vida sa chope d'un trait.

— Nous ne pouvons rien faire pour l'aider maintenant, dit Donald. Ils sont accusés d'avoir volé une vache, trois chevaux et deux bœufs. Le tout est évalué à près de quatre cents livres écossaises.

L'air sombre, Liam grimaça et secoua la tête en fronçant les sourcils.

— Nom de Dieu ! Qu'est-ce qui a bien pu passer dans la tête de ces foutus imbéciles ? s'écria-t-il en frappant la table du poing, ce qui nous attira quelques coups d'œil réprobateurs.

— Calme-toi, Liam, lui dis-je en lui effleurant doucement la cuisse, le faisant tressaillir.

— Le comte d'Argyle est à Edimbourg, il siège à la Chambre des lords pendant quelques jours, et le shérif d'Ardkinglass n'a pas encore décidé de ce qu'il allait faire d'eux. C'est la première fois qu'ils emprisonnent un de nos hommes depuis le massacre, et ils doivent marcher sur des charbons ardents. Je crois qu'ils auraient préféré que leur cas fût réglé sur place par le laird lui-même. Ils n'osent pas faire couler notre sang. Mais la loi est la loi, et la peine pour le vol de bétail reste la pendaison… Il faudra attendre un jour ou deux.

Liam serra les mâchoires et entama sa deuxième chope.

— On ne peut pas traîner si longtemps, grommela-t-il en s'essuyant la bouche du revers de la main.

— Tu ne veux quand même pas qu'on prenne la prison d'assaut ! s'exclama Angus.

Liam lui lança un regard excédé, ne relevant toutefois pas la remarque.

Nous dînâmes à l'auberge à la nuit tombée. La salle était bondée d'hommes venus se désaltérer après leur dure journée de labeur. Des artisans, des débardeurs et des marins, un mélange de visages rougis par les effets de l'alcool. Les remarques grivoises fusaient de toutes parts et les yeux louchaient dangereusement.

Dans un coin mal éclairé, une femme gloussait, assise sur les genoux d'un homme dont les mains se perdaient sous ses jupes, tandis que son joyeux compère avait le nez fourré dans son corsage délacé et pétrissait sa poitrine sans gêne, en bavant.

Donald observait la scène, amusé, alors que Bryan éclusait tranquillement sa quatrième chope en évitant soigneusement de me regarder.

— C'est l'heure, dit Liam, laconique, en me tirant par le bras.

— L'heure de quoi ? demandai-je distraitement, les yeux encore rivés sur le spectacle lubrique.

— Nous allons trouver un endroit pour dormir.

Il se tourna vers les trois hommes et jeta quelques pièces sur la table.

— Vous pouvez rester ici, nous, nous irons dans un lieu plus tranquille.

Son regard suivit celui de Donald. Il lorgnait en souriant une jolie rouquine qui battait des cils en se trémoussant sous les remarques salaces des clients de la table voisine.

— MacEanruigs ! l'avertit-il. Pas de grabuge, ce n'est ni le moment ni l'endroit. T'as compris ?

— Ouais, t'inquiète pas, ronchonna le principal intéressé.

Angus se redressa et envoya une claque dans le dos de Donald, qui faillit se noyer dans sa bière.

— Je veille sur lui, Liam. Il couche avec moi cette nuit, déclara-t-il en riant.

— Tâche de pas trop ronfler. Quand tu dors, on dirait une cornemuse qui se dégonfle, bougonna Donald, qui essuyait son menton dégoulinant de bière.

— Ma femme ne s'en plaint pas, elle, fit observer Angus en riant de plus belle.

Ensuite, Liam me poussa vers la porte, prêt à fusiller du regard quiconque poserait les yeux sur moi avec un peu trop d'insistance.

Nous marchâmes sur la chaussée boueuse, évitant les flaques d'eau qui emplissaient les ornières. L'air était froid et humide, et je grelottais sous mon plaid. Je pestais d'avoir oublié ma cape dans la sacoche de ma selle. Octobre arriverait bientôt. Le paysage se teintait de couleurs chaudes, mais les nuits refroidissaient et les journées s'écourtaient considérablement.

Liam passa un bras autour de mes épaules et me pressa contre lui, me dispensant un peu de sa chaleur. Nous restâmes silencieux, perdus dans nos pensées. Après un moment, il ralentit le pas. Je le sentis se tendre légèrement tandis qu'il glissait sa main vers son poignard.

— Qu'est-ce qu'il... ?

— *Uist*[1] *!* chuchota-t-il en resserrant son étreinte.

Il me repoussa dans l'ombre d'un portique et sortit son arme. Je me plaquai contre le mur derrière lui, le cœur battant. Il semblait attendre un poursuivant invisible. Son cœur battait aussi fort que le mien. Soudain, il fit un bond en avant et disparut. J'entendis le gargouillis de quelqu'un qu'on étrangle suivi d'un juron étouffé. Liam réapparut dans le portique en traînant un homme portant l'habit rouge des soldats anglais, un bras enserré autour de son cou et le poignard sur sa gorge.

L'homme roulait des yeux terrifiés et se débattait sous la prise de fer de Liam, qui jurait entre ses dents.

— Lâchez-moi, Macdonald ! s'écria le jeune soldat d'une voix étranglée.

Il cherchait désespérément son air en s'agrippant au bras qui l'étouffait.

— Pourquoi nous suivez-vous ? éructa Liam, le visage en feu.

L'Anglais n'émit qu'un horrible borborygme. Liam relâcha la pression, laissant l'air entrer dans les poumons du malheureux avec un sifflement aigu.

— Je voulais vous parler... Je peux vous aider... s'étrangla l'homme.

— M'aider, pourquoi ?

— Pour sortir votre frère du Tolbooth Gaol...

Liam fit pivoter le soldat et le repoussa brutalement contre la porte tout en gardant la lame luisante sous la pomme d'Adam qui bougeait au rythme des déglutitions.

— Qui êtes-vous ?

— MacIvor... David MacIvor...

Liam resta un instant silencieux, puis il poussa l'homme vers un faisceau lumineux pour apercevoir son visage. Il se figea.

— Nom de Dieu ! murmura-t-il, incrédule.

Au moment où je croyais qu'il allait relâcher le jeune homme, Liam le rudoya encore plus violemment, le regard fou.

— T'as un sacré culot, MacIvor ! rugit-il. Je ne sais pas ce qui me retient de t'ouvrir la gorge, espèce de salaud.

---

1. Silence !

— Je sais ce que vous ressentez... Je ne pouvais pas faire autrement... J'avais des ordres, balbutia l'autre, terrifié.

— Des ordres, mon cul ! Et puis, ne viens pas me dire que tu sais ce que je ressens ! Tu n'en sais foutrement rien, fils de pute !

— Je suis sincèrement désolé... Je ne voulais pas...

Je ne comprenais absolument rien à leurs propos allusifs. Apparemment, ces deux hommes se connaissaient déjà et s'étaient quittés en mauvais termes. Mon regard passait de Liam qui fulminait au pauvre soldat terrifié et tremblant sous l'acier tranchant qui appuyait de plus en plus fort sur sa gorge.

— Tu as trahi les règles sacrées, MacIvor, tu as massacré les miens et tu oses me dire bêtement que tu es « désolé » !

— Liam, murmurai-je, soudain inquiète à l'idée qu'il commette l'irréparable. Il a dit qu'il pouvait aider...

— Reste en dehors de ça, Caitlin ! cria-t-il. Ce putain de salaud était du régiment d'Argyle qui a mis la vallée à feu et à sang. Nous l'avions hébergé, Anna et moi...

Sa voix s'étrangla d'émotion. MacIvor me dévisagea comme s'il m'apercevait pour la première fois.

— Tu as dormi sous mon toit, MacIvor, reprit Liam d'une voix un peu moins forte, mais non moins chargée de haine. Tu as mangé de mon pain, de ma viande et bu mon whisky. Mon fils... t'aimait bien... il te considérait comme un grand frère...

— J'aimais bien Coll, moi aussi, bafouilla le soldat. J'ai essayé de vous avertir, Macdonald... Avant de sortir, je voulais être certain que vous ne dormiez pas... Je ne voulais pas ce qui est arrivé... Je ne savais pas quels seraient les ordres ce matin-là. Je m'en doutais seulement... Il faut me croire, je ne voulais pas... Je ne voulais pas ça...

Liam ferma les yeux et relâcha brusquement MacIvor en poussant un cri de rage qui résonna dans le portique. J'étais pétrifiée. Ce soldat avait participé à la tuerie de Glencoe. L'homme tomba à genoux et se mit à pleurer comme un enfant à nos pieds. La scène était pathétique. Adossé au mur, Liam fixait le poignard qu'il tenait entre ses doigts aux jointures blanchies. La lame tremblotait dans la clarté de la lune. Je pouvais deviner qu'il luttait contre sa conscience.

— Liam... fis-je en touchant prudemment son bras.

Il glissa l'arme dans sa ceinture et, prenant sa tête entre ses mains, gémit comme un animal blessé. L'homme à la veste rouge s'était réfugié dans un coin et se calmait peu à peu.

— J'aimais votre fils, Macdonald, murmura MacIvor. Il avait le même âge que mon frère. Je jure sur la tête de ma mère que je ne lui voulais aucun mal, ni à lui ni à vous, d'ailleurs. Votre épouse était très gentille avec moi… Elle me traitait comme si j'étais un des vôtres.

— Et elle en est morte, sale bâtard ! siffla Liam entre ses dents.

— Nous ne connaissions pas les ordres, il y avait bien eu des rumeurs, mais… C'est pourquoi j'avais tenté de vous avertir. Je croyais que vous auriez le temps de fuir…

— Nous avons eu le temps. Merci pour ta sollicitude, MacIvor. Anna et Coll sont morts de froid.

L'homme émit une sorte de plainte à mi-chemin entre un sanglot et un gémissement de douleur, et ferma les yeux.

— Je n'ai tué personne… Je n'ai pas pu… tirer sur vous, j'en étais incapable. Malgré toutes les pertes et les dommages que ma famille a subis lorsque vous avez dévasté l'Argyle. Je n'étais qu'un gosse à l'époque ; mais j'ai vu mon cousin se faire tuer lors de ce raid, Macdonald. Ma famille a tout perdu. Vous avez tout brûlé. La grange et les réserves, la maison. Le bétail, envolé. J'ai vu des choses qu'on ne peut oublier. Ensuite, mon père a dû s'endetter pour réussir à nous faire passer l'hiver… Malgré tout cela, malgré la haine, je ne pouvais pas me résoudre à tirer de sang-froid sur vos gens… Sur les femmes, les enfants… Bon Dieu !

— Qui a tué le petit Robby ? s'écria Liam en serrant les poings. Qui a tué Màiri Macdonald et son bébé d'un coup d'épée ? Un nourrisson, nom de Dieu ! On n'a retrouvé que sa petite main dans la neige rouge de sang, de son sang ! Mon père ? Ma sœur qui attendait un enfant ? Ils l'ont violée, MacIvor. Elle était enceinte de six mois, et ils l'ont violée ! Tu te rends compte ? Et tous les autres !

Il haletait et devait user d'un effort surhumain pour se contrôler.

— Je ne sais pas, Macdonald, tout est confus. Je tirais au-dessus des têtes en espérant qu'ils pourraient s'en sortir. Mais que pouvais-je faire d'autre ? Chacun y allait de sa propre conscience. J'ai vu le capitaine Drummond tirer une balle dans la tête d'un homme à peine plus vieux que moi. Ils venaient d'en abattre huit, et Glenlyon avait ordonné à ses hommes de l'épargner après s'être rendu compte qu'ils portaient des lettres de protection sur eux. Drummond s'en est chargé lui-même. J'avais joué aux cartes avec ce garçon deux jours auparavant et je le voyais tout d'un coup étendu dans la neige, la tête éclatée. Cette image me hante toutes les nuits… Vous ne pouvez pas imaginer…

Il mit son visage entre ses mains et poussa un cri rauque qui résonna sur la pierre humide. Mon estomac était noué. Je pouvais comprendre le désir de Liam de tuer cet homme, cependant les remords de MacIvor étaient certainement un châtiment très lourd à porter. A côté, la mort serait pour lui une délivrance.

Je m'approchai doucement de Liam, n'osant le toucher de peur qu'il ne me repousse brutalement. Il perçut mon geste et me tendit une main tremblante. Je m'engouffrai dans ses bras, qu'il referma sur moi comme un étau, et il enfouit sa tête dans mon cou. Le corps secoué de spasmes, il transpirait abondamment malgré le froid.

Je levai les yeux vers lui. Un rayon de lune éclairait son visage ; ses terribles souvenirs ruisselaient sur ses joues ravagées par la douleur et le désir de vengeance qui le consumaient. MacIvor s'était tu. Nous restâmes plusieurs longues minutes à remettre un semblant d'ordre dans nos idées. Seuls les sifflements des respirations et un martèlement lointain de sabots sur la chaussée brisaient le silence oppressant. Liam s'écarta de moi et tourna en rond, en méditant. Puis il se planta devant le soldat repentant.

— Pourquoi es-tu venu me voir ? demanda-t-il d'une voix éteinte.

— Pour vous aider à sortir votre frère du Tolbooth.

— Pourquoi ferais-tu cela ? Tu crois arriver à te racheter ?

— Je sais que je ne ramènerai pas ceux qui sont morts. Malgré cela, si je peux empêcher l'exécution de Colin...

— Et comment penses-tu le sortir de là ? Si tu es pris, tu seras fusillé. Tu es prêt à prendre ce risque pour lui, un Macdonald ? railla Liam.

— Oui, murmura David MacIvor en se relevant lentement. Je préfère encore être fusillé plutôt que de vivre avec ce faix le reste de mes jours. Je suis de garde la nuit dans la prison, j'ai une chance de pouvoir y arriver.

— Il n'est pas seul, Finlay MacAllen est avec lui.

— Je sais ; toutefois, je ne peux rien garantir pour l'autre.

Liam se mit à faire les cent pas devant le jeune soldat qui attendait sa réponse. Il s'immobilisa brusquement, braquant son regard sur lui.

— Quand ?

— Pas cette nuit, c'est trop tôt. Je dois préparer un plan. Si les prisonniers sont envoyés à Fort William, les choses se compliqueront. Demain, j'en saurai plus.

Les deux hommes se jaugèrent.

— Je ne sais pas si je peux te faire confiance, MacIvor. Je l'ai déjà fait une fois...

— Vous l'avez dit vous-même, je n'ai rien à y gagner, sauf peut-être... la paix de l'esprit.

— Et si tu me tendais un piège ? Comment as-tu su que j'étais ici ? Tu n'as vraiment pas été long à me repérer.

— Lors du changement de garde, des soldats ont dit avoir vu des Macdonald en ville. Je ne suis pas idiot, je savais bien que c'était vous. Je n'ai eu qu'à poser quelques questions pour savoir où vous étiez descendus. Inveraray n'est pas si grand.

MacIvor, stoïque, redressa ses épaules et soutint le regard méprisant de Liam.

— Je ne serais pas assez stupide non plus pour venir vous voir si je n'avais pas vraiment l'intention de vous aider. Je savais que vous auriez pu me tuer.

— Il s'en est fallu de peu. Heureusement pour toi que ma femme est avec moi, car, au moment où je te parle, tu serais probablement au fond du loch, la gorge tranchée.

L'homme me dévisagea, un peu surpris.

— Votre femme ?

— Est-ce que tu agiras seul ? demanda Liam en ignorant la dernière remarque de MacIvor.

— Oui, je ne peux manifestement faire confiance à personne. On me dénoncerait au plus vite.

— Evidemment, c'est la tête d'un Macdonald qui est en jeu.

Liam appuya une main sur la pierre froide et se frotta le front en réfléchissant.

— Il nous faut rester en contact, mais on ne doit pas nous voir ensemble.

— Je pourrais servir de relais, avançai-je prudemment.

Les deux hommes se tournèrent vers moi pour me dévisager.

— Jamais de la vie ! s'écria Liam, horrifié.

— Je passerai inaperçue. Toi et tes hommes êtes trop visibles, vos couleurs tranchent drôlement avec celles des Campbell. Moi, je peux me fondre dans la foule du marché ou celle d'une église. Réfléchis un peu.

— Je ne veux pas que tu prennes de risques, *a ghràidh.*

— Il n'aurait qu'à laisser un message à un endroit convenu d'avance, et je n'aurais qu'à passer le chercher. Il n'y a aucun risque à cela !

— Elle a raison, appuya le soldat, qui m'évaluait du regard. Ce serait la façon la plus sûre.

Liam nous tourna le dos et se remit à tourner en rond, les mains sur les hanches, en fixant le sol d'un air soucieux, puis il leva son regard las vers moi.

— Bon, d'accord, acquiesça-t-il, anxieux.

Il toisa ensuite MacIvor froidement.

— S'il devait arriver quelque chose à ma femme, MacIvor, je te jure que je te mets la peau à vif et que je t'arrache le cœur de mes mains pour te le faire bouffer. Suis-je assez clair ?

L'homme hocha la tête de haut en bas et déglutit.

Je marchais d'un pas rapide, le cœur battant, évitant de justesse les gens qui venaient en face de moi. Le précieux message était dans le fond de ma poche. « Le gros chêne derrière la chapelle, avait dit MacIvor, sous une grosse pierre entre les racines. » Le billet était là. Je pressai le pas, car Liam s'inquiétait pour moi. Il m'attendait sur la rive du loch, près d'une vieille barque défoncée.

Liam replia le papier et le glissa dans son *sporran*.

— Et alors ? demandai-je, fébrile.

— Cette nuit, annonça-t-il laconiquement. Il nous faudra trouver trois chevaux. Je vais demander à l'aubergiste ce qu'il peut faire. Sinon, il faudra les voler. Nous devrons attendre sur le côté sud du Tolbooth, prêts à détaler. Il y a une petite porte pour les livraisons, c'est par là qu'ils devraient passer.

— Oh ! Sainte Mère de Dieu ! soupirai-je en me signant. Protégez-nous.

Il passa un bras autour de ma taille et m'attira à lui.

— Finalement, je suis heureux que tu sois venue, *a ghràidh*, m'avoua-t-il en caressant mes hanches.

Ses yeux avaient la même teinte que le loch.

— MacIvor, tu l'aurais tué, n'est-ce pas ?

Il fixait un point invisible au large. Le soleil filtrait à travers ses cheveux qui, balayés par la brise, me chatouillaient la peau.

— Je crois, oui.

Sa joue rêche effleurait la mienne, tandis que ses mains s'aventuraient plus bas.

— J'étais dans un état second, je n'y voyais plus clair. Quand il m'a dit son nom, je ne me suis pas rendu compte de qui il était. C'est quand j'ai vu son visage… La haine, le chagrin, la colère et la douleur ont explosé en moi. Et ce désir de vengeance jamais assouvi qui me rongeait les tripes... Tout est remonté en moi, m'étouffant et m'aveuglant. Oui, je l'aurais tué. Une partie de moi le croit quand il avoue ne pas avoir voulu ce qui est arrivé. Il n'était probablement pas le seul. D'autres soldats avaient donné des avertissements discrets aux gens de Glencoe. Sans cela, il y aurait eu beaucoup plus d'habitants massacrés. Mais je l'aurais tué quand même.

— Pourquoi ?

— Parce que ce n'était plus MacIvor que je voyais, mais tous les autres... Le sergent Barber qui a tué mon père, ce porc qui a violé ma sœur, Glenlyon, Drummond, Lindsay, Lundie... Tous les autres. En le tuant, je les tuais tous, tu comprends ?

— Oui, murmurai-je en posant ma joue contre sa poitrine. Pourquoi ne l'as-tu pas fait, alors ?

— Pour toi, pour notre enfant. Pour Colin...

Il leva mon visage vers lui.

— Que m'aurait apporté cette vengeance ? Les morts ne reviendront pas, et je t'ai, toi. Je ne veux rien de plus. Les souvenirs que je garde de ce matin terrible ne s'effaceront jamais de ma mémoire et me hanteront pour le reste de ma vie, quoi qu'il arrive. Je dois vivre avec eux et les apprivoiser.

Du bout de son doigt, il dessina le contour de ma bouche et l'effleura de ses lèvres douces et chaudes.

— Je t'aime, Caitlin, tu es mon souffle, mon âme, ma vie. Je suis heureux ainsi.

Il prit ma bouche avec ardeur et me pressa contre lui d'une main tandis que l'autre remontait dangereusement sur ma poitrine, qu'il massa sans ménagement.

— Nous avons encore la chambre jusqu'à ce soir, *a ghràidh,* me susurra-t-il en me brûlant le cou de ses lèvres.

— Aurais-tu des idées concupiscentes, mon cher mari ?

Je glissai ma main sous son kilt et ouvris de grands yeux ronds.

— Oh ! Le coquin !

Les chevaux s'impatientaient, coincés dans la ruelle nauséabonde. L'air manquait, et une écœurante odeur de poisson pourri me retournait l'estomac. Nous attendions depuis une bonne heure, et rien ne s'était encore produit. Je n'en pouvais plus, la nausée me prenant par vagues successives.

— C'est trop long, grommela Bryan, quelque chose a dû mal tourner.

— Ouais, c'est trop long, renchérit Angus. Tu es certain que le garçon avait assez de couilles pour faire ça ?

— Oui, murmura Liam, qui ne quittait pas la porte des yeux.

Je commençais à avoir des sueurs froides, et ma tête tournait.

— Tu sais pourquoi il fait ça ? reprit Bryan. C'est pas un peu bizarre qu'un Campbell mette sa tête sur le billot pour sauver la peau d'un Macdonald ? C'est peut-être un guet-apens.

— Il a ses raisons, répondit Liam. De plus, MacIvor sait que je le découperai en petits morceaux si jamais il nous a tendu un piège.

Soudain, la porte s'ouvrit avec fracas, et Colin sortit en rampant. Liam éperonna Stoirm et quitta la ruelle, suivi des chevaux sellés. Colin tira sur le corps inerte de Finlay et le traîna sur le sol, puis MacIvor apparut à son tour en traînant son mousquet avec lui.

Bryan détala pour rejoindre son frère étendu sur le sol, la chemise imbibée de sang. On panserait les blessures plus tard. Ils firent basculer le corps de Finlay en travers de la selle et l'attachèrent.

— Dépêchez-vous ! cria MacIvor. Ça n'a pas marché exactement comme je le croyais. J'ai dû tuer deux hommes, et l'alerte générale a été donnée.

Tout le monde se remit en selle et nous passâmes au galop devant les gardes ahuris qui nous mettaient en joue.

— Couche-toi sur ta selle ! me cria Liam.

Je ne me le fis pas dire deux fois. La première salve de mousqueterie siffla au-dessus de nos têtes. Curieusement, mes nausées avaient disparu. La deuxième salve retentit et fit écho sur les murs de pierre des maisons derrière nous, mais nous étions déjà bien loin.

— Les dragons ! hurla Donald.

Je me retournai et aperçus avec horreur les silhouettes des cavaliers qui s'approchaient derrière nous.

— Ils vont nous rattraper ! cria Angus. Finlay nous ralentit.

— Rendez-vous jusqu'au bois et cachez les chevaux ! beugla Liam. Angus, Bryan et Donald, partez vers la gauche avec Finlay. MacIvor, tu viens avec moi et Colin.

Des coups de pistolet retentirent. MacIvor tressaillit et étouffa un gémissement. Nous détalâmes vers les bois et nous y enfonçâmes profondément. Liam se tourna vers MacIvor, qui descendait lentement de sa monture.

— Je te confie ma femme, MacIvor. Cachez-vous et attendez.

Le jeune homme bredouilla, puis m'empoigna le bras pour me tirer derrière lui. Haletant, il me guida dans l'obscurité entre les arbres dont je ne distinguais que vaguement les silhouettes. Nous

nous laissâmes tomber dans les fougères. A part le bruit de nos respirations, tout était silencieux. L'homme, à bout de souffle, tendit une main pour me toucher.

— Ça va ?

— Oui, si on peut dire.

— Vous avez une arme ?

— Oui, ne vous inquiétez pas pour ça.

— Bon... sortez-la.

Le ton de sa voix était nerveux.

— Je voudrais vous remercier pour ce que vous faites pour nous, murmurai-je.

— Ne me remerciez pas, madame Macdonald. Ce que j'ai fait, je l'ai fait pour moi. Je ne pouvais plus me regarder dans un miroir, je craignais chaque nuit de m'endormir, de peur de revoir ce carnage. Vous savez, j'avais besoin de paix. J'ai une peur terrible de l'enfer... Je devais trouver une forme de repentir. Vous comprenez ? Désormais, Dieu sera peut-être clément lors de mon dernier jugement.

— Qu'allez-vous faire ?

Il ne répondit pas tout de suite. Sa respiration était sifflante et hachurée.

— Je ne sais pas, ma peau ne vaut plus grand-chose. Peut-être m'embarquerai-je sur un navire marchand.

Soudain, un coup de feu détona, puis il y eut des cris et les grincements de l'acier des lames qui s'entrechoquent.

— Je ne m'y ferai jamais... me lamentai-je entre mes dents.

Un deuxième tir de mousquet retentit plus près, me faisant sursauter. La respiration de MacIvor s'était muée en un faible râle.

— MacIvor, est-ce que ça va ? demandai-je en lui touchant la cuisse.

Il remua un peu et émit une faible plainte.

— Si on veut...

Il laissa échapper un petit rire en gémissant.

— Mais vous êtes blessé ! m'écriai-je en me retournant subitement vers lui.

— Ce n'est rien, ne vous en faites pas pour moi...

— Vous avez été touché ? Vous n'en avez rien dit ? Où avez-vous été atteint ?

— Dans le dos... je crois que la balle est ressortie par l'avant...

Je tâtai avec précaution son justaucorps qui était en effet tout poisseux et j'entrepris de le déboutonner. MacIvor n'offrit aucune résistance. Je relevai doucement sa chemise et glissai ma main sur la peau tiède et moite de son abdomen. Mon doigt rencontra une petite cavité humide. Le jeune homme geignit de douleur sous la pression.

— Merde ! lâchai-je, consternée.

Je savais que la blessure lui serait fatale et qu'il se viderait de son sang. Je m'affolai et m'apprêtai à partir chercher de l'aide lorsqu'il me retint par le bras.

— Où croyez-vous aller comme ça, madame Macdonald ?... Je suis chargé de vous surveiller...

— Il vous faut de l'aide, MacIvor, bafouillai-je, énervée.

— Non... ça ne vaut pas la peine. J'ai assez vu d'hommes blessés de la sorte pour savoir qu'il n'y a plus rien à faire... Et puis, les dragons vous repéreront... Restez ici.

Il se plaignit faiblement. J'entendais toujours les bruits des combats à l'épée autour de nous.

— Finalement, à bien y penser, je crois que je ne m'embarquerai pas pour le Sud...

Il s'étrangla dans un rire éraillé. Je pris sa main et la serrai fortement dans les miennes.

— Ce n'est pas drôle...

Sa main répondit à la pression de mes doigts. Il se calma.

— Je suis heureux de savoir que Macdonald s'est remarié... Vous êtes très jolie...

— Arrêtez de parler, vous vous épuisez pour rien.

— Plus vite ce sera fini, mieux ce sera...

— Je suis désolée de ce qui vous arrive, MacIvor, sincèrement.

— C'est bien ainsi.

Je constatais qu'il faisait des efforts pour parler.

— J'espérais que Macdonald me réglerait mon compte après l'évasion.

— Liam n'aurait jamais fait une chose pareille, rétorquai-je, choquée par sa déclaration.

— Ce n'est pas ce que j'ai voulu dire... C'est que j'aurais préféré mourir de sa main plutôt que de me faire tuer par les miens, vous comprenez ? Ça aurait été un juste retour des choses...

— Je ne suis pas certaine de vous suivre. Vous saviez que vous ne vous en sortiriez pas ? C'est un suicide ! m'exclamai-je, scandalisée.

— C'est une façon de voir les choses... Disons que j'étais conscient du peu de chances de m'en sortir.

Il émit un petit rire sarcastique et se tordit de douleur en serrant ma main. Son souffle était faible et irrégulier.

— Je n'avais pas l'étoffe d'un vrai soldat, souffla-t-il. Après Glencoe, je suis tombé malade, on m'a muté ici. Je ne suis jamais parti pour les Flandres avec le régiment d'Argyle. Là-bas, je serais probablement déjà mort à l'heure qu'il est. Enfin... C'est pas une vie, l'armée. On nous demande notre vie... en échange de quoi ? L'honneur de mourir pour le roi ? Un roi qui se moque bien de nous... Je suis highlander, madame, tout comme Macdonald... Je déteste les *Sassenachs* tout autant que lui, vous savez... Etant le cadet de ma famille, je n'avais pas le choix. Mon frère héritera du domaine familial, et moi, je lèche le cul des Anglais... Ils ne sont même pas foutus de nous nourrir convenablement et de nous fournir les vêtements et l'équipement nécessaires... Le comte d'Argyle fait bien ce qu'il peut, mais les fonds ne se débloquent pas à Londres.

Une quinte de toux le secoua. Je posai ma paume sur son front moite.

— D'où venez-vous ?

— Narrachan, sur le loch Avich. Là-bas, les collines sont très fertiles, la terre est riche...

J'entendis le craquement des feuilles mortes qui tapissaient le sol. Je sentis la présence de quelqu'un dans mon dos, ce qui me fit dresser les cheveux sur la tête. Je me relevai d'un coup et me retournai en plongeant ma dague droit devant vers la silhouette qui se profilait faiblement dans l'obscurité. Une poigne d'acier saisit mon bras et le tordit.

— Un jour, tu finiras bien par me tuer, *a ghràidh.*

— Tu aurais pu me dire que c'était toi, imbécile ! m'écriai-je, encore sous l'effet de la peur.

Liam me rendit mon arme et jeta un coup d'œil derrière moi.

— Il est mal en point, chuchotai-je. Il a été touché à l'abdomen.

Nous entendions le râle saccadé de MacIvor, qui semblait avoir perdu connaissance.

— Nous ne pouvons pas le laisser ici, il va mourir... murmurai-je.

— Il ne peut pas voyager dans cet état, Caitlin.

Liam se pencha vers le blessé, puis s'assit lourdement à ses côtés.

— Nous resterons ici, déclara-t-il doucement. Les autres sont repartis avec Finlay. Sa blessure n'avait rien de bien grave, mais il perdait du sang.

Mes mains inspectèrent le corps de Liam dans le noir. Quand j'effleurai son bras gauche, il le retira vivement. Sa manche était trempée et collait à sa peau.

— Tu es blessé ! m'écriai-je en tentant de reprendre son bras.

Il m'écarta fermement.

— Ce n'est qu'une égratignure, protesta-t-il.

— Elle saigne drôlement, ton égratignure, rétorquai-je, vexée. Il faut de l'eau et du whisky.

Liam esquissa un geste pour se relever, mais je le repoussai au sol.

— Laisse, tu es épuisé, je peux y aller.

Je revins quelques minutes plus tard avec des couvertures et les gourdes de cuir bouilli. L'obscurité ne me rendait pas la tâche facile. J'allais devoir nettoyer sa plaie à tâtons. Je m'accroupis près de lui et déchirai sa chemise jusqu'au coude.

— Aïe ! se plaignit-il.

— Tout doux, mon grand, me moquai-je doucement. Quand il faut, il faut...

Une longue entaille sombre descendait le long de son avant-bras. Il était impossible d'en juger la gravité. Je nettoyai et bandai sommairement la plaie avec un bout d'étoffe prélevé sur l'ourlet de mon jupon.

— Tu peux te servir de ta main ?

Je sentis ses doigts me pincer une fesse avec vigueur, puis Liam m'arracha la gourde des mains pour se verser une généreuse rasade de whisky dans le gosier.

— Ça te va comme ça, *a ghràidh* ? me défia-t-il en ricanant légèrement.

— Je crois que ça répond à ma question, dis-je en reprenant la gourde.

Liam m'attira à lui et m'embrassa sauvagement en me tenant serrée contre son torse. Ses mains commencèrent à retrousser mes jupes.

— Liam, ce n'est vraiment pas le moment pour ça !

— J'ai envie de toi, tu ne peux pas savoir... dit-il en recherchant avidement ma bouche.

Je le poussai brutalement.

— Assez, Liam ! m'écriai-je, choquée. MacIvor...

Probablement dérangé par mon cri de protestation, MacIvor remua et se plaignit comme pour confirmer sa présence. Je portai la gourde d'eau à ses lèvres et en versai un filet qui manqua de l'étouffer.

— Vous avez mal ? demandai-je en réalisant trop tard la stupidité de ma question.

— ... tout engourdi.

Seul un faible murmure s'échappait de ses lèvres. Je lui épongeai le front d'un coin de mon plaid imbibé d'eau.

— Les dragons sont repartis.

— Partez... vont certainement revenir... De toute façon, je... n'en ai plus pour très longtemps.

— Nous pouvons attendre, MacIvor, dit Liam. Nous ne vous laisserons pas seul.

Il déploya une couverture sur le jeune soldat agonisant, soustrayant à notre vue, par le fait même, l'habit rouge aux boutons dorés qui luisaient dans l'obscurité. Il n'y avait plus maintenant devant nous qu'un homme mourant couché dans les fougères. Liam lui offrit la gourde de whisky.

— Tu veux un peu d'*usquebaugh* ?

— Merci... Un homme... devrait pas mourir sans une dernière lampée d'*usquebaugh.*

MacIvor prit le récipient et le porta à ses lèvres en tremblant. Le liquide coula sur son menton. Liam vint à son secours.

— Je crois que je peux partir avec un peu de paix dans l'âme, râla-t-il. Les noms que nous portons... font de nous des ennemis, Macdonald. Mais les noms mis à part... je vous respecte pour ce que vous êtes. J'ai pu vous jauger pendant les deux semaines que vous avez partagé votre toit... avec moi. Vous êtes un homme bon... Depuis plus de deux cents ans, nos familles s'entre-tuent. Combien de générations encore souffriront... ? La haine se transmet de père en fils, Macdonald, ne l'oubliez pas...

Liam resta muet quelques minutes et posa sa main sur l'épaule du jeune homme.

— *Gabh fois, MacIvor*[1].

— *Taing mhòr*[2]...

David MacIvor cessa de parler. Il fixa Liam quelques instants, puis referma ses yeux pour sombrer dans l'inconscience. Il n'en ressortit jamais. Liam resta immobile à le regarder un bon moment, puis il se redressa brusquement.

— Où vas-tu ? lui demandai-je en essuyant une larme.

— Je lui offre une tombe, *a ghràidh,* il y a droit.

Il tourna le dos et disparut dans les ténèbres.

---

1. Sois en paix, MacIvor.
2. Merci...

22

Attention ! Poison au cœur

Nous reprîmes la route une heure avant l'aube. Deux jours à sillonner les vallées, et les collines s'étiraient devant nous. Mon cœur pesait lourd, et je savais Liam troublé aussi. Peu prolixe, il se contentait de répondre à mes questions par de simples grognements ou hochements de tête.

La sinistre silhouette de Kilchurn Castle émergeait des volutes de brume qui couvraient le loch Awe, au pied de Ben Cruachan qui nous dominait. Je frissonnai devant la magnificence du paysage. Les pentes roussies par l'herbe, les fougères brûlées par le soleil et les arbres peints de couleurs flamboyantes se perdaient dans les nuages agglutinés en un amas opaque autour de la montagne. Comme dans un rêve, j'étais plongée dans le pays mythique de Camelot, d'Arthur et de Guenièvre, de Morgane la fée et de Merlin. Indolente, je fermai les yeux bien malgré moi, mes paupières étaient si lourdes... Après quatre heures à chevaucher, j'étais à plat.

Quelques instants plus tard, je partageais la selle de Liam. Ròs-Muire trottait derrière nous avec le cheval de MacIvor, tiré par une longe. Nous traversâmes le col de Brander, puis arrivâmes aux alentours de midi au traversier de Bonawe, où Liam loua une chambre pour le reste de la journée et la nuit. Exténués, nous nous endormîmes sitôt la tête sur l'oreiller.

La pièce baignait dans une lueur tiède, les murs se teintant d'orangés et de dorés. Le soleil coulait lentement derrière les îles occidentales dans le Firth de Lorn. Je m'étais installée sur une chaise inconfortable et vacillante devant l'étroite fenêtre de la chambrette et j'observais les voltiges des mouettes qui attendaient leur festin quotidien au-dessus des bateaux de pêche qui rentraient de mer, pleins de poissons frétillants. A l'évocation de la nourriture, mon estomac se plaignit bruyamment.

Un froissement de draps derrière moi m'éloigna de mes errances gastronomiques. Liam était toujours couché et me tournait le dos, ses jambes perdues dans un fouillis de draps. Je contemplai le corps bien découpé par des muscles d'acier et laissai un humble sentiment de complaisance m'envahir : « Tu es à moi, Liam. A moi et à personne d'autre... Comme je suis à toi. » La fine et pâle cicatrice traversait son dos jusqu'à la saillie de sa hanche. Je me retins d'aller enchevêtrer mes doigts dans la masse de boucles cuivrées qui tombait éparse sur l'oreiller.

Il se retourna et m'offrit son profil à la mâchoire forte et anguleuse, ses pommettes saillantes et son nez droit qui lui donnaient ce petit air aristocratique, sa bouche... sensuelle et si douce, source de plaisir. Une bouffée de chaleur rougit mon visage, et je m'agitai sur ma chaise, qui se mit à craquer dangereusement sous moi.

— Si je suis *Badb Dubh,* alors toi, tu es *Cuchulain,* murmurai-je doucement.

Liam ouvrit les yeux et plissa les paupières dans les dernières lueurs orangées du soleil couchant.

— Que fais-tu là, *a ghràidh* ?

— Je te regarde.

Il se hissa sur un coude en prenant délibérément une position qui mettait ses pectoraux en valeur. Dieu grec posant pour la postérité. Je lui souris.

— Et ?

— Et j'aime ce que je vois.

Sa belle bouche s'étira lentement en un sourire réjoui, et il m'ouvrit ses bras comme une invitation à m'y engouffrer. Ce que je fis, d'ailleurs. Je me blottis contre lui en chien de fusil, lui volant un peu de sa chaleur. Son souffle frôlait délicatement ma nuque comme des doigts légers et tièdes. Il caressa mon ventre amoureusement, d'une grande main possessive.

— Tu as dormi un peu ? murmura-t-il dans mon oreille.

— Oui, et toi ?

— Un peu. J'ai beaucoup réfléchi.

— A quoi ? MacIvor ?

— Entre autres.

Il roula sur le dos, m'entraînant avec lui dans son mouvement, et je me retournai pour lui faire face tout en folâtrant de mes doigts dans la douce toison qui couvrait sa poitrine.

— David MacIvor a échangé sa vie contre celles de Colin et de Finlay.

Il fit une brève pause et hocha la tête d'un air dubitatif tout en fixant les fissures au plafond.

— Pourquoi ? J'ai essayé de me mettre à sa place et je me suis dit que jamais je n'aurais fait pour un Campbell ce qu'il a fait pour un Macdonald.

— MacIvor était malheureux, Liam. Toi, tu ne l'es pas. Il n'avait rien, donc il n'avait rien à perdre. Toi, si !

— Je me sens coupable, je n'aurais pas dû accepter son aide. J'aurais dû me débrouiller seul.

— C'était son choix, il se doutait qu'il ne s'en sortirait pas, Liam. Il me l'a dit…

Il m'interrogea du regard.

— Il aurait préféré être tué de ta propre main…

— Pourquoi ?

— Le juste retour des choses, m'a-t-il dit. Cet homme était très tourmenté et très malheureux. Une sorte de suicide par procuration. Je crois qu'il est parti le cœur plus léger.

Liam resta pensif, les yeux dans le vague.

— Que Dieu ait son âme ! murmura-t-il finalement en fermant les paupières.

Il passa sa main gauche dans ses cheveux.

— Tu saignes, Liam !

— Quoi ?

— Ton bras, il saigne, la plaie s'est rouverte. Il faudra probablement te recoudre.

Il examina la longue entaille sur son avant-bras qui dessinait une ligne nette, de la saignée du coude jusqu'au poignet. Il l'avait échappé belle. Un peu plus et les tendons du poignet étaient sectionnés.

— Elle n'est pas assez profonde, ronchonna-t-il.

— Il faudra la nettoyer de nouveau, sinon elle s'infectera.

Il esquissa une affreuse grimace.

— Quoi ? Gaspiller du bon whisky pour une simple égratignure ? Pouah !

Il plaqua ses lèvres sur les miennes, étouffant toute éventuelle protestation. Puis il s'écarta légèrement pour permettre à son regard bleu de me détailler à sa guise.

— Qu'est-ce que tu es belle ! murmura-t-il.

Le bout de sa langue chaude et humide dessina le contour de mes lèvres, puis, curieuse et exploratrice, se fraya un chemin dans ma bouche.

— *A ghràidh gile mo chridhe !* Je suis fou de toi, je ne respire plus sans toi.

Il se redressa au-dessus de moi et m'explora de ses doigts, qui s'attardèrent longuement sur ma poitrine.

— Ton corps commence à changer, j'aime beaucoup.

Il mit ses lèvres autour d'un mamelon et le mordilla doucement. En effet, mes seins avaient gonflé et les aréoles étaient plus foncées. Mon corps se métamorphosait pour devenir le parfait cocon dans lequel notre enfant se formerait et grandirait.

— M'aimeras-tu autant quand je serai grosse de ton fils ?

Il emprisonna ma poitrine dans ses grandes mains et appuya son menton sur celles-ci en me dévisageant, les yeux mi-clos.

— Je t'aimerai autant lorsque tu seras grosse de mon enfant, dit-il doucement. Je t'aimerai après que tu lui auras donné la vie et, aussi, lorsque tu seras vieille et ridée comme une pomme toute desséchée.

Je lui lançai un regard sceptique et lui tordis le nez.

— Si tu tiens vraiment à me voir vieillir, il faudrait peut-être penser à me nourrir à l'occasion. J'ai faim, *mo rùin.*

— Pas autant que moi, susurra-t-il en m'embrassant. J'ai faim de toi…

— Liam Macdonald ! m'exclamai-je en riant. Tu es un ogre terrible !

Les moissons étaient terminées et le grain engrangé pour sécher avant d'être porté au moulin ou pour la fabrication du whisky au printemps prochain. Les hommes chassaient, et nous salions les viandes pour l'hiver. Les plus belles têtes du cheptel avaient été vendues au marché de Crieff, les autres paissaient dans les collines autour du village. La vallée avait pris des teintes d'ocre et de brun qui se fondaient dans les ombres pourpres des montagnes. La saison dépeignait les états d'âme d'une nature qui se préparait à sombrer dans un sommeil profond.

Depuis son évasion d'Inveraray, il y avait maintenant un mois, Colin se faisait discret. Il restait rarement plus de deux ou trois jours à Carnoch et m'évitait ostensiblement. J'en étais peinée, mais je respectais son choix.

Colin nous avait narré les détails de l'évasion. Tout avait mal tourné lorsque le capitaine de la prison, revenu plus tôt que prévu dans son bureau, avait surpris MacIvor en train de subtiliser la clef de la cellule des deux accusés. MacIvor avait dû se résoudre à le tuer, mais on avait découvert le corps avant que les prisonniers n'aient eu le temps de s'évader. C'est à ce moment que Finlay reçut un coup de baïonnette dans le flanc et s'assomma en tombant sur le sol en pierre.

Une semaine après notre retour, un détachement venant de Fort William avait fait irruption et inspecté chaque chaumière et dépendance. L'opération n'avait guère duré plus d'une heure. Bizarrement, ils ne laissèrent aucune sommation à remettre aux prisonniers fugitifs. Aucun officier de la Couronne ne s'était représenté dans la vallée depuis.

J'observai un écureuil qui s'affairait sous le vieux chêne, fouillant sous les feuilles à la recherche de ses provisions d'hiver. Les rires et les chants accompagnaient le violon d'Angus et la cornemuse d'Alexander Macdonald, et me parvenaient comme un murmure. Je m'étais éloignée sur la colline pour me reposer.

Aujourd'hui, on fêtait Samhain, dieu celtique de la Mort. Cette fête marquait la fin des récoltes. C'était la nuit où le prince des ténèbres ouvrait la porte de son royaume des morts au monde des vivants, et où il emprisonnait Bélénus, le dieu du Soleil, jusqu'au printemps, plongeant la terre dans le froid et la noirceur.

— Je te cherchais partout, dit une voix grave dans mon dos.

Liam s'était accroupi derrière moi et m'enlaçait en posant son menton sur mon épaule. Je me calai contre son torse.

— Je n'étais pas très loin.

Nous faisions face au loch Leven.

— J'aime cette vallée, Liam. Il y a quelque chose dans ces montagnes qu'on ne retrouve pas ailleurs.

— Mmmouais... C'est possiblement ce qui m'a empêché de suivre Alasdair à Keppoch après le massacre. Une présence étrange me rappelait ici... Je ne sais pas, les fantômes peut-être...

Je frissonnai. Cette nuit, le voile qui séparait le monde des morts et celui des vivants se lèverait. Les âmes errantes se rassemblaient et revenaient nous hanter… Je savais que Liam avait ses propres fantômes. Moi, j'avais aussi le mien, mais ne tenais pas particulièrement à le revoir. Depuis que Liam avait brûlé le manuscrit, mon esprit était plus tranquille. Rien d'insolite ne s'était plus produit. Les yeux qui m'épiaient semblaient s'être refermés, enfin.

Pour conjurer définitivement le sort, j'avais fait appel à Effie. Je lui avais montré le contenu de la bouteille trouvée par Liam. Circonspecte, elle l'avait étudié et m'avait enjoint de revenir le lendemain. Ce que je fis. Elle m'avait préparé une autre bouteille que je devais placer au même endroit que la première. Elle ne me donna aucune autre explication. Je n'avais pas osé poser de questions, encore moins jeter un coup d'œil au nouveau mélange, de peur d'en atténuer les pouvoirs.

— Cette nuit sera la nuit de Samhain, ne me parle pas des fantômes, ça me donne la chair de poule.

— Pourquoi ? rétorqua-t-il. Ils sont tous autour de nous, nous ne pouvons les ignorer.

— Je sais, soupirai-je. C'est ce qui me fait si peur. Parfois, j'ai l'impression de sentir leur présence. J'ai comme des grands froids qui me frôlent le dos.

— Ils ne sont pas méchants. Ils veulent seulement nous dire qu'ils sont toujours là, même si nous ne les voyons plus.

— Hum… fis-je sans grande conviction.

Il posa sa main sur mon ventre qui s'arrondissait de vie. Je ne pus m'empêcher de penser à Stephen. Qui le câlinait et lui prodiguait tout l'amour d'une mère à ma place ? La mort dans l'âme, je laissai échapper un soupir. Liam me serra plus étroitement contre lui. J'avais tant envie de lui parler de cet enfant que je ne connaîtrais jamais, de partager ce si lourd fardeau. En même temps, j'avais une peur terrible qu'il l'apprenne. Me condamnerait-il ? M'en voudrait-il de lui avoir caché l'existence de Stephen ? Ce secret me rongeait de l'intérieur et minait ma joie de donner de nouveau la vie.

Une autre contrariété bousculait mes humeurs, soulevant un tollé de questions dans mon esprit déjà tout brouillé par mes états d'âme qui fluctuaient sans cesse. Je guettais le regard de Liam sur les autres femmes. Cela le faisait sourire. Contrairement à ma première grossesse, mes rondeurs me préoccupaient. Liam, lui, ne semblait pas en faire grand cas, et disait même apprécier de trouver un peu plus de « chair sur mes os ».

Je m'empoisonnais aussi l'existence à penser aux femmes qui avaient partagé sa vie à un moment ou à un autre : Anna, Meghan, et celles dont il ne m'avait jamais parlé. C'était ridicule, mais que pouvais-je y faire ? J'hésitai avant de reprendre :

— Tu penses souvent à elle ?

— Hum… à qui ?

— Anna.

— Parfois.

— Elle avait les cheveux comme du miel, elle devait être très belle…

— Oui.

Il m'obligea à lui faire face et me dévisagea d'un air perplexe.

— Pourquoi me parles-tu de ça ?

— Je ne sais pas… Enfin, si, je sais.

Je m'interrompis, un peu nerveuse.

— Quelque chose me tourmente depuis quelque temps.

— A savoir ?

— Je me demandais si… si c'était différent avec elle.

— Que veux-tu dire ?

Ses yeux se rétrécirent et me sondèrent.

— Tu sais très bien ce que je veux dire, Liam… Quand nous… faisons l'amour…

Je m'étranglai sur mes derniers mots et me détournai, embarrassée. Liam prit mon menton et me força à le regarder. Un sourire ténu incurvait sa bouche.

— Tu as de bien drôles de questions, *a ghràidh* !

— Je n'aurais pas dû t'en parler, rétorquai-je en le fuyant.

— Il est trop tard maintenant. Dis-moi, Caitlin, tu crois que je te compare à Anna ?

— Oui, parfois, bredouillai-je. C'est plus fort que moi. Je sais que c'est idiot, mais tu as été marié avec elle. Elle t'a donné un fils… Je sais bien qu'il y a une partie de toi qui ne m'appartiendra jamais.

Mes doigts trituraient nerveusement son plaid.

— C'est trop difficile à expliquer, m'énervai-je.

— Tu as peur que je pense à elle en te faisant l'amour ? C'est ça ?

— Un peu, oui, murmurai-je, cramoisie.

— Regarde-moi, Caitlin.

Je levai les yeux vers lui. Son visage était grave.

— Je ne pourrai jamais renier avoir aimé Anna. Je suis certain que tu peux comprendre cela. Mais lorsque je suis avec toi, c'est toi que je vois et personne d'autre. C'est avec toi que je vis, Caitlin Macdonald. Avec toi et toi seule, *a ghràidh,* que je fais l'amour. Tu m'as tout entier. Je ne peux, ni ne veux effacer mon passé, mais le passé est un souvenir, et toi, tu es là, bien vivante devant moi. Tu comprends ?

J'acquiesçai. Mes mots restèrent bloqués dans ma gorge. Ses doigts effleurèrent ma joue, puis descendirent sur ma nuque pour m'attirer vers lui. Il déposa un tendre baiser sur mes lèvres. Je gardai les yeux fermés et me blottis dans le creux de son épaule.

Je me sentais un peu sotte, mais j'avais un étrange besoin d'être rassurée. Probablement une lubie de femme enceinte. Ce soir, j'avais peur que le fantôme d'Anna ne tourmente Liam autant qu'il me tourmentait, moi.

En se posant sur un buisson d'ajoncs, un roitelet huppé détourna momentanément mon attention, puis une envolée de cygnes passa au-dessus de nous en direction du loch Achtriochtan. Notre silence se prolongeait dans la contemplation de la vallée qui s'étendait à perte de vue vers l'est.

Le chuchotement du vent dans les feuilles mortes se confondait avec le murmure assourdi de la musique. Liam s'agita quelque peu, me prit les mains et fit mine de les examiner.

— Un messager est passé ce matin, commença-t-il sur un ton hésitant. Le chargement d'armes doit arriver sur la côte dans environ six jours. Je dois partir demain pour Lang Craig avec Tom MacSorley.

Il m'observa attentivement, dans l'attente évidente d'une réaction de ma part. Je restai placide. Je me doutais bien qu'il tenterait de me forcer à rester à Carnoch, maintenant que la paix était revenue. Tout en sachant pertinemment que c'était la décision la plus sage, je ne pouvais me résoudre à me morfondre ici, seule. Ma décision était prise. Le plus gros des travaux avant l'hiver était terminé, et je pouvais me permettre de le suivre. Le bébé allait très bien, et ma taille ne me posait pas encore de problèmes. Je préférais partir avec lui.

Liam dut lire dans mes yeux la réponse qu'il appréhendait, car il soupira et secoua la tête en signe d'impuissance.

— C'est bien ce que je craignais, déclara-t-il sur un ton résigné. Tu sais que ce que tu veux faire est insensé, irréfléchi et dangereux ?

Je relevai la tête et soutins son regard sans ciller.

— Tu oublies irrationnel, déraisonnable et inconsidéré.

— Tu as la tête plus dure que le granit. Qu'est-ce que je vais bien faire de toi ? marmonna-t-il en posant sa main sur le renflement de mon ventre.

Au terme de la quatrième journée de route, nous prîmes des chambres dans l'auberge de l'*Auld Red Kirk* à Guthrie. Une dizaine de kilomètres seulement nous séparaient des falaises abruptes de Lang Craig. Une douzaine d'hommes nous accompagnaient, dont certains étaient de Keppoch et de Glen Nevis. On semblait voir d'un bon œil ma présence parmi eux, et je pus noter que ma réputation de guerrière irlandaise m'avait précédée. Un homme de Glen Nevis m'avait glissé à l'oreille, un soir autour du feu, que les pouvoirs de *Badb Dubh* ne pouvaient être que bénéfiques quant à l'issue de l'opération clandestine. Ce que je souhaitais ardemment. J'avais même surpris le jeune Calum en train de me sourire à quelques reprises.

Je n'avais pas oublié ce qu'Ewen Campbell m'avait confié à propos d'un certain Robert Barber. Ni sur la possibilité qu'il y ait un traître parmi nous. Liam non plus. Nous ignorions son identité et scrutions les faits et gestes de tout un chacun. Rien de suspect ne nous était apparu jusqu'à maintenant, mais nous restions sur nos gardes. Seuls Thomas MacSorley et Simon avaient été informés de ce problème. MacSorley, parce qu'il avait investi assez d'argent dans cette opération pour qu'il veuille s'assurer de son succès, Simon, parce qu'il ne pouvait en être autrement. Avec eux, Liam avait mis à l'épreuve la loyauté des hommes en faisant courir de fausses informations sur le point de débarquement et sur la tactique qui serait employée. Ils avaient observé les réactions et les comportements, épié d'une oreille attentive les conciliabules. Rien d'anormal n'avait transpiré. Sauf peut-être pour Isaak... Ce dernier se faisait plus silencieux, restant souvent à l'écart des autres et fuyant le regard de Liam.

Malgré les différends qu'il avait eu à surmonter avec Isaak depuis qu'il avait « éconduit » Meghan, Liam l'appréciait pour sa rapidité au combat et sa perspicacité. Il lui était grandement utile lors de ce type d'excursion. Son attitude un peu suspecte l'attristait. Quant à moi, je l'avais ciblé depuis le début. Depuis ma fuite du manoir, il m'était antipathique. Sa tentative pour me violer n'avait fait qu'attiser ma haine à son égard. J'attendais le moment où il ferait l'inéluctable erreur qui confirmerait sa traîtrise.

La grand-salle enfumée de l'auberge était pleine à craquer. Un hétéroclite mélange d'odeurs de transpiration, de viandes rôties, de parfum de femme bon marché et de chou bouilli y flottait. Nous avions pris le temps de nous débarbouiller et de nous reposer une heure avant de descendre nous restaurer de haggis et de bière forte bien fraîche. Je commençais à m'habituer à la soudaine volubilité des hommes à l'approche d'une éventuelle escarmouche. Ils avaient vraiment un goût prononcé pour le combat et ne rechignaient pas à sortir leurs épées de leurs fourreaux. J'irai même jusqu'à dire qu'ils démontraient une certaine prédisposition pour la bagarre et la provoquaient lorsque l'occasion se présentait.

La bonne humeur était donc de la partie. Les bouteilles vides de whisky et les pichets de bière s'accumulaient sur les tables. Je m'étais assise un peu à l'écart du groupe sans pour autant m'éclipser totalement et les observais d'un œil amusé. Mon esprit évaluant la capacité de ces hommes à ingurgiter des quantités phénoménales d'alcool sans que rien y paraisse, je n'avais pas trop prêté attention à la serveuse qui tournait autour de Liam, comme une mouche convoite un pot de miel. Mais, soudain, ses minauderies me semblèrent de plus en plus évidentes. Ce fut lorsque la jolie brunette, aux formes trop voluptueuses à mon goût, s'assit sur les genoux de mon cher mari que je décidai de prendre les choses en main, puisque ce dernier n'y voyait aucune objection et s'en amusait même. Je me levai d'un bond et me dirigeai d'un pas rapide vers la scène qui commençait à pencher dangereusement vers la lubricité. Je me plantai devant eux, les poings sur les hanches, et les fusillai du regard.

Liam leva ses yeux rougis vers moi et repoussa avec précaution la jeune femme qui me dévisageait d'un air surpris.

— Caitlin… Euh, je croyais que tu étais montée te coucher, dit-il d'un air innocent qui me fit sortir de mes gonds.

— Je peux le constater, en revanche, comme tu peux le constater toi aussi, je ne suis pas couchée…

Il me fit un sourire niais, se redressa devant moi en chancelant et se retint au bras de la jeune femme, qu'il relâcha aussitôt sous la menace de mes yeux furibonds.

— C'est qui, celle-là ? glapit la femme en me montrant du doigt.

— C'est madame Macdonald, l'informa un homme hilare qui roulait des gros yeux de poisson. T'as intérêt à ne pas toucher à son mari.

Elle me toisa d'un air hautain et me dévisagea.

— C'est ta femme ? s'écria-t-elle en se tournant vers Liam, qui, de toute évidence, retenait un fou rire qui menaçait de lui faire éclater la panse.

Il haussa les épaules, un sourire niais toujours affiché sur son visage cramoisi.

Son petit air innocent commençait à m'agacer drôlement. La femme se tourna de nouveau vers moi, m'examina d'un œil circonspect, puis me sourit.

— Vous avez de la chance, ma jolie ! s'écria-t-elle avec désinvolture. Vous n'aurez pas froid cet hiver. Il vous réchauffe un lit comme un vrai charbon ardent, j'vous dis ! Mais ça, vous devez déjà le savoir, ajouta-t-elle en gloussant.

Elle tira sur le col de la chemise de Liam, qui manqua lui tomber dessus, et lui plaqua un gros baiser sonore sur la bouche avant de le relâcher. Les rires fusaient de plus en plus.

— Tu vas me manquer, mon gros lapin… Mes vœux de bonheur.

— Hé ! Maggie ! Je suis disponible, moi ! cria une voix graveleuse.

— C'est un homme que je veux, MacKean, ricana la plantureuse brunette en affectant un air hautain.

Elle repoussa en riant la main baladeuse de l'irréductible Donald et tourna les talons dans un tourbillon de jupes pour nous faire face de nouveau.

— Oh ! J'en oubliais la raison pour laquelle j'étais venue te voir, Macdonald… Un gentilhomme t'attend dans l'alcôve.

Elle lui fit un de ses clins d'œil suspects et, sur ce, elle se retourna en se dandinant lascivement. Je restai bouche bée en regardant la femme s'éloigner jusqu'à ce qu'une voix m'arrache à mon ébahissement.

— Allez, viens, Caitlin, dit prudemment Liam en me prenant par la taille.

Je me dégageai brusquement et m'écartai de lui en le menaçant d'un œil noir.

— Tu vas m'expliquer ce que tu faisais avec cette… catin ! explosai-je, hors de moi.

Les ivrognes autour de nous ne manquaient pas une miette de la dispute. Voyant que Liam ne trouvait pas nécessaire de répondre à ma question, un de ses hommes le fit à sa place.

— C'est Maggie MacHardy. Elle est la veuve de Hugh MacHardy, le propriétaire de l'auberge. Il a été tué à…

— La ferme, Allan ! grommela Liam entre ses dents.

— Ah ! Une veuve joyeuse ! m'écriai-je en fulminant.

Je me tournai vers Liam, dont les joues s'étaient teintées de rouge. De honte ou de rage, cela m'était bien égal !

— Elle a l'air de très bien te connaître, mon cher époux ! Peut-être que le lit de la pauvre « dame » aurait besoin d'être réchauffé encore cette nuit ! Tu veux que je le lui demande, mon « gros lapin » ?

Une explosion de rires accueillit ma tirade.

— Ça suffit ! siffla dangereusement Liam.

— Je constate que tu les aimes assez bien roulées, elle a de quoi t'en mettre plein la vue et les mains…

Je n'eus pas le temps de terminer ma phrase que Liam m'avait déjà agrippée par le bras et m'entraînait derrière lui sous l'hilarité générale et quelques remarques assez crues. Il ne me relâcha qu'une fois à l'extérieur et s'adossa au mur de pierre de l'écurie, les bras croisés sur sa poitrine, tandis que je faisais les cent pas devant lui.

— J'attends tes explications !

— Quelles explications ? demanda-t-il en m'observant les yeux mi-clos.

— Quelles explications ! le singeai-je, les poings sur les hanches. Tu te moques de moi, Liam Macdonald, ou bien tu es complètement stupide ? Ton cerveau serait-il si imbibé de whisky qu'il…

Un coin de ses lèvres se retroussa légèrement.

— Tu me fais une scène de jalousie, *a ghràidh* ?

— Ce n'est pas une scène de jalousie ! glapis-je. Cette femme m'a humiliée devant tout le monde… Tu trouves ça drôle qu'une catin me dise devant tous tes hommes comment tu es efficace pour réchauffer un lit ? Encore heureux qu'elle se soit arrêtée là !

Il décroisa ses bras et se frotta le menton en tentant de dissimuler son envie de rire du mieux qu'il pouvait.

— C'est vrai qu'elle aurait pu omettre ce petit détail…

— « Petit » détail ? Tu as vraiment le sens des proportions, raillai-je. A la regarder, c'est assez évident aussi ! Avec une poitrine comme la sienne, un homme n'a pas besoin d'oreiller ! Donc c'était elle ta petite diversion quand tu venais à Arbroath ?

Liam ne put réprimer son fou rire plus longtemps, ce qui finit de me mettre hors de moi. Je lui envoyai un coup de pied dans les tibias et me précipitai à l'intérieur de l'écurie en me mordant la lèvre pour ne pas pleurer.

Il me rattrapa en trois enjambées et me fit pivoter sur moi-même.

— T'es jalouse, ma foi ? s'écria-t-il en me retenant par les épaules. Tu ne croyais tout de même pas que je vivais comme un moine avant toi ?

— Lâche-moi ! hurlai-je, blessée dans mon orgueil.

— Non, tu vas m'écouter, Caitlin. Cette femme n'est rien pour moi. Enfin… rien de plus qu'une diversion, si c'est comme ça que tu préfères le dire. Un homme a parfois des envies, tu sais bien ce que je veux dire ? Maggie était là, disponible, c'est tout !

— Tu aurais pu me le dire avant qu'elle... j'aurais préféré l'entendre de ta bouche plutôt que de la sienne. Je commence à comprendre pourquoi tu tenais tant à descendre ici plutôt qu'au *Rudy's Inn*.

— J'ai tenu à loger ici parce qu'on y mange bien et que les chambres hébergent moins de vermine qu'au *Rudy's,* expliqua-t-il. Pour te dire la vérité, je n'avais plus repensé à elle jusqu'à ce qu'elle vienne me tourner autour.

— Elle a manifestement trouvé le moyen de te rafraîchir la mémoire !

— Je ne m'attendais pas à ce qu'elle s'assoie sur mes genoux, et puis, je n'ai rien fait de mal, bon sang !

— Nooon ! fis-je d'une voix mielleuse en imitant le déhanchement langoureux de la dame en question. Tu bavais presque dans son corsage, qui, je ne crois pas avoir besoin de le spécifier, ne cachait pas grand-chose de ses formes plus que généreuses.

— J'ai juste regardé un petit peu, *a ghràidh.* Je n'allais quand même pas fermer les yeux ?

— Et qu'aurais-tu fait d'autre si j'avais été partie me coucher comme tu le croyais ? Peut-être aurais-tu voulu vérifier si...

Il me repoussa brusquement dans la stalle vide derrière moi. Je me retrouvai couchée dans la paille, Liam par-dessus moi qui me clouait le bec avec sa bouche. Je me débattis vivement, mais il m'écrasa de tout son poids en tenant mes poignets.

— Je suis désolé, Caitlin, la prochaine fois je la balancerai au bout de mes bras...

Il étouffa mes prochaines récriminations en m'embrassant de nouveau avec fougue. Ma résistance diminua un peu ; toutefois, j'étais toujours furieuse contre lui.

— *A ghràidh,* ma douce... Tu sais bien qu'il n'y a que toi...

— Tu as réchauffé son lit plusieurs fois ? demandai-je, caustique. Dis-moi, qui t'attend à la prochaine auberge ?

Je vis son sourire dans la pénombre de l'écurie. Le cheval dans la stalle voisine piaffait d'énervement sur le sol de terre battue.

— Tu tiens vraiment à le savoir ?

Je grognai, fis non de la tête et me détournai. Son haleine chargée d'alcool réchauffait mon cou. A court d'arguments, je relâchai ma tension nerveuse. Ses lèvres effleurèrent ma peau, me faisant frémir, mais je ne voulais pas abandonner toutes mes défenses pour autant. Orgueil oblige.

— Je crois qu'un « gentilhomme » t'attend dans l'alcôve, monsieur Macdonald, déclarai-je sur un ton sarcastique. Il ne serait pas poli de le faire patienter plus longtemps.

— Tu viens avec moi.

— Non, je n'en ai pas envie… Je vais me coucher.

— Tu ne veux pas vérifier si c'est vraiment un gentilhomme ? se moqua-t-il.

— Tu n'es qu'un rustre… Arrête de te moquer de moi ; désormais, je suis la risée de…

Mes reproches furent interrompus par un autre baiser beaucoup plus langoureux. Je laissai tomber mes dernières armes… pour le moment, et décidai malgré tout de le suivre, au cas où…

Le gentilhomme en question attendait patiemment Liam devant une bouteille de vin. A notre arrivée, il se leva et s'inclina en retirant son béret bleu garni de plumes d'aigle. L'homme d'âge mûr, plus petit que Liam d'une bonne tête, portait un pantalon taillé dans un tartan bleu, vert et blanc sous une veste noire et un justaucorps de fin lainage rouge.

— Monsieur Macdonald, fit l'homme en nous invitant à nous asseoir. Je suis désolé de déranger votre emploi du temps, mais je devais vous entretenir d'une affaire urgente. C'est ce qui vous amène ici, je crois, d'ailleurs.

Il me détailla de la tête aux pieds en sourcillant, me prit la main et l'effleura du bout des lèvres.

— A qui ai-je l'honneur ? demanda-t-il sans me quitter des yeux.

— Mon épouse. Caitlin, voici sir Graham, dit Liam en retirant un brin de paille de mes cheveux ébouriffés.

Je rougis violemment.

— Ah ! c'est donc vous ! s'exclama-t-il, tout sourire. Liam m'a parlé de vous lors de son séjour en France. Vous êtes la sœur de Patrick Dunn, si je ne me trompe ?

— En effet, répondis-je, intriguée par ce personnage hautement coloré.

Il fit signe à l'aubergiste de nous apporter des verres, puis s'adressa de nouveau à moi.

— Sir James Thomas Graham, pour vous servir, madame. J'ai débarqué du *Barthélemy*, ce matin, dit-il en se tournant vers Liam.

— Le *Barthélemy* ? s'écria Liam, stupéfait. Il ne devait pas arriver avant un jour ou deux !

— Je sais, mais il a dû quitter Calais avec un jour d'avance. Les douaniers commençaient à avoir le nez un peu trop long, et le capitaine Courbet s'énervait.

— Où se trouve le bateau, actuellement ?

— Il a jeté l'ancre à quelques kilomètres au large de Lang Craig, comme prévu. Votre précieux chargement est à son bord. La commande est complète.

Liam s'appuya contre le dossier de sa chaise, visiblement soulagé. La plantureuse aubergiste revint avec les verres et les déposa sur la table devant sir Graham en ne manquant pas de lui en mettre plein la vue. L'homme loucha dangereusement.

Je me raclai la gorge en lui jetant un regard menaçant. Elle fronça les sourcils et haussa les épaules avant de repartir dans un froufrou de jupons. Liam m'observait du coin de l'œil, d'un air amusé, tandis que sir Graham versait le vin.

— C'est un vin de Moselle, de ma collection personnelle, annonça-t-il en nous offrant les verres. Je l'ai rapporté de France.

Il fit rouler le liquide pâle aux chatoiements verdâtres dans son verre et le porta à son nez en fermant les yeux un instant.

— Fleuri et délicat… Tout comme vous, madame Macdonald, ajouta-t-il en me regardant.

« Fleurie et délicate » ! J'empestais plutôt la vieille caille et me sentais juste d'humeur à assommer soit mon mari, soit l'aubergiste. Sir Graham en prit une gorgée et déposa son verre en faisant claquer sa langue, satisfait.

— Je cherche Patrick, reprit-il à brûle-pourpoint. Je pense qu'il pourrait se cacher quelque part dans votre vallée. Ai-je raison ?

— Pourquoi le cherchez-vous ? demanda Liam.

— Nous avons besoin de ses talents.

Sir Graham se cala sur sa chaise et s'adressa à moi.

— Votre frère a un talent exceptionnel de… contrefacteur.

Je me raidis, ce qu'il ne manqua pas de remarquer.

— C'est pour la cause des Stuart, cela va sans dire. J'arrive de Saint-Germain-en-Laye, où j'ai eu un entretien avec le roi Jacques.

Il jeta un rapide coup d'œil autour de nous avant de baisser le ton.

— Nous voulons monter une armée pour un prochain soulèvement… Or qui dit armée dit deniers… J'ai eu une audience avec le roi de France le mois dernier, mais Sa Majesté le Roi-Soleil est trop préoccupée par ses conflits sur le continent pour nous accorder quoi que ce soit pour l'instant. Nous voulons envoyer des émissaires en Espagne dans l'espoir d'obtenir quelque chose de plus concret que de futiles promesses.

Il s'interrompit et plissa les yeux dans la contemplation de la robe jaune paille de son vin, qu'il faisait tourner distraitement devant la chandelle.

— Vous avez besoin de laissez-passer, je suppose ? demandai-je prudemment.

— En effet, répondit-il en reposant son verre. Les Anglais nous rendent la tâche difficile. Il est pratiquement impossible de quitter le pays sans une autorisation dûment émise.

Je pris une gorgée de vin et regardai Liam, qui, jusqu'ici, n'avait pas bronché, l'air préoccupé. Je n'aimais pas tellement la perspective de voir mon frère devenir faussaire de métier, et je me doutais bien que Liam était aux prises avec les mêmes appréhensions, d'autant plus que Patrick était marié avec sa sœur.

— Et s'il refuse ? demanda Liam en croisant les bras sur sa poitrine.

Sir Graham haussa les épaules et afficha une moue déçue.

— J'en serais très désolé, mais aussi très étonné. Monsieur Dunn a toujours démontré un vif intérêt pour la cause. Il est une de ces « Oies sauvages » qui se seraient égarées.

— Ses plumes, il les manie mieux que l'épée, en effet, marmonna Liam.

— Il n'a effectivement pas son pareil, Liam. Nous pensons le charger de tâches plus importantes dans un proche avenir. Cet homme déborde d'imagination.

Il leva un sourcil éloquent, puis se pencha vers nous.

— Alors, vous lui parlerez ?

Liam pianotait nerveusement sur la table.

— Je lui en parlerai, James, murmura-t-il.

— A la bonne heure ! s'écria sir Graham en levant symboliquement son verre au-dessus du pichet d'eau. Au roi, par-delà l'eau !

— Aux Stuart, rois d'Ecosse ! entonnâmes-nous tous en chœur.

Nous fîmes tinter nos verres et bûmes le délicieux vin de Moselle à la santé du roi exilé.

— Ah ! fit sir Graham en levant un doigt d'un geste théâtral. J'ai un cadeau pour vous, Liam. J'ai tenu à vous l'apporter moi-même.

Il glissa un bras sous la table et en sortit un long coffret en acajou qu'il déposa avec précaution sur la table. L'homme effleura le couvercle du bout de ses doigts, puis poussa lentement la boîte devant Liam.

— De la part de monsieur François Lafarge.

— Qui est-ce ? demandai-je.

— C'est le négociant d'armes avec qui j'ai traité.

Il ouvrit délicatement la boîte, et son visage s'illumina.

— Magnifique ! murmura-t-il, médusé.

L'écrin contenait un superbe pistolet noir, avec une platine en laiton doré, sur lequel étaient ciselés un homme et une femme enlacés. Le canon d'acier bleui incrusté d'or étincelait à la lueur de la chandelle.

— C'est un Jan Flock, annonça sir Graham en contemplant l'arme avec une envie non dissimulée. Un pistolet à répétition à système Kalthoff.

— Il m'en avait montré un semblable, dit Liam, subjugué. Mais celui-ci... c'est un vrai bijou.

Il souleva le pistolet et l'examina sous tous ses angles avant de m'en exposer sommairement le fonctionnement.

— Tu vois, ici, c'est le magasin de poudre, et là, c'est pour les balles, m'expliqua-t-il en me montrant le mécanisme sous la crosse. La poudre est acheminée automatiquement par un doseur. Pour le charger, il suffit d'activer le levier en tenant l'arme à la verticale, ce qui introduit une balle dans le canon. Le chien s'arme automatiquement en même temps. On peut tirer jusqu'à quinze coups d'affilée.

— Pourquoi t'offre-t-il un si précieux présent ?

— Parce que votre mari lui a sauvé la vie, madame, déclara sir Graham en nous resservant du vin.

Je me tournai vers Liam, estomaquée. Il déposa l'arme dans son écrin de velours rouge, l'air embarrassé.

— Sauvé la vie ? Pourquoi ne m'en as-tu jamais rien dit ?

— Ce n'était vraiment rien d'héroïque, *a ghràidh.*

— Raconte toujours.

— Une autre fois, je ne veux pas ennuyer sir Graham avec mes histoires.

— Votre mari est trop modeste, madame, dit ce dernier en souriant. Monsieur Lafarge m'a lui-même raconté l'aventure. Plutôt cocasse, en effet. Si votre mari n'avait pas été là, le pauvre homme serait mort aujourd'hui.

— Ah oui ? m'exclamai-je, de plus en plus intriguée.

— C'est vrai qu'il avait beaucoup bu, ce cher Lafarge. C'est un amateur de whisky écossais, ajouta-t-il sur un ton de confidence. Il faudrait que je pense à lui en envoyer une caisse.

— Mais qu'est-il donc arrivé ? Vous me faites languir, sir Graham.

Liam secoua la tête et cacha son visage entre ses mains en grommelant quelques incohérences. Sir Graham reprit son récit.

— Eh bien, le malheureux s'était endormi dans une baignoire et avait glissé la tête sous l'eau. Il était complètement ivre, et sa jolie donzelle n'en menait pas plus large sur le lit.

— La donzelle sur le lit ? demandai-je dubitativement.

— Mademoiselle Ernestine, c'était dans la maison close de madame Griffard !

— Dans un bordel ? hurlai-je en marchant de long en large dans la petite chambre exiguë de l'auberge. C'est pas vrai ! Dis-moi que je rêve, Liam Macdonald !

J'étais complètement déchaînée. Enfin, je pouvais me vider de la rage qui me rongeait depuis le récit assez « cocasse, en effet », de sir Graham.

— Je vois très bien maintenant pourquoi tu ne m'en avais pas parlé ! Tu n'es tout de même pas assez idiot pour aller raconter à ta femme que tu fréquentais des bordels en France ! Seigneur Dieu !

— Caitlin, si tu me laissais t'expliquer ce que je faisais là...

— J'ai besoin d'un dessin, peut-être ? Je sais très bien ce que l'on fait dans un bordel, figure-toi !

— Ce n'est pas du tout ce que tu crois...

Je ramassai l'aiguière remplie d'eau et m'apprêtais à la lui lancer au visage lorsqu'il fondit sur moi et me l'arracha des mains.

— Ecoute-moi, Caitlin, nom de Dieu ! J'avais rendez-vous avec François Lafarge devant la porte de la maison de madame Griffard. Je n'y avais jamais mis les pieds auparavant.

— Un rendez-vous devant une maison de débauche, raillai-je, caustique et le visage en feu. Assez original, mais tu aurais pu trouver autre chose.

— Voyant que Lafarge ne se présentait pas, j'ai cru qu'il m'avait oublié. Je suis entré et j'ai demandé s'il était là. Madame Griffard m'a indiqué la chambre, puis...

— Et puis, l'interrompis-je, tu es arrivé juste au moment où le pauvre homme se noyait.

— Eh bien oui, c'est ça, dit Liam en me relâchant. La fille ronflait sur le lit. Ils avaient vidé une bouteille de whisky. Lafarge était tellement ivre qu'il en avait perdu conscience et glissé dans la baignoire quelques secondes avant que je n'entre dans la chambre.

Furibonde, je m'assis sur le lit, qui grinça sous moi.

— Tu peux m'expliquer pourquoi il te donne des rendez-vous devant une maison close ?

— Il y rencontrait cette Ernestine chaque semaine. Ensuite, nous devions aller voir une cargaison d'armes dans un hangar, sur les quais, deux rues plus bas. C'était pour gagner du temps.

— Et je suis supposée te croire sur parole ? m'énervai-je.

— C'est la vérité, *a ghràidh*. A toi de décider si tu veux me croire ou non. Je ne peux rien faire de plus.

Il retomba lourdement sur sa chaise. Je l'observai un moment. Son regard las se perdait dans le vide. Il frotta ses yeux et bascula sa tête vers l'arrière en les refermant. Je me mis à détailler ses belles grandes mains, ces mains qui s'étaient posées tant de fois sur moi... Puis, soudain, je les voyais sur la plantureuse poitrine de Maggie, dans les cheveux soyeux d'Anna, sur la peau blanche de Meghan, et qui d'autre encore ?

Je me mis à hurler de rage, martelant l'oreiller de mes poings à défaut de pouvoir le frapper, lui.

— C'est plus fort que moi, sanglotai-je de dépit. Je ne peux m'empêcher de te voir avec toutes ces femmes... C'était bien, avec elles ? Maggie doit connaître des trucs que même mon imagination n'arriverait pas à inventer. Meghan...

— Tu as la langue fourchue d'une vipère, Caitlin, grommela Liam en me toisant froidement.

Il se redressa et fit mine de sortir.

— Où vas-tu ? glapis-je en me relevant à mon tour.

— Prendre l'air, annonça-t-il sur un ton acerbe. C'est devenu irrespirable ici. Tu devrais aller dormir. Demain, nous partons pour Lang Craig. Ne m'attends pas, j'ai des choses à régler.

Je me mis en travers de son chemin, le défiant.

— Avec Maggie ?

Liam leva les bras au ciel, comme dans un appel désespéré.

— Pour l'amour de Dieu, Caitlin ! Je commence à en avoir assez de tes enfantillages ridicules. Mais qu'as-tu donc, à la fin ? Ces femmes, c'était avant... Tandis que toi et Winston...

Il s'interrompit, le visage décomposé par un mélange de colère et de consternation. Mon sang ne fit qu'un tour, et je m'élançai sur lui, sifflant ma hargne entre mes dents.

— Comment oses-tu ? Comment peux-tu comparer ? Salaud ! Tu m'avais dit que tu comprenais... éructai-je, enragée.

Il tentait de saisir mes poings qui le rouaient sauvagement de coups.

— Je n'avais pas menti, Caitlin. Cependant, crois-tu que cela suffise pour que j'oublie ? Pour que je ne t'imagine plus avec lui ? Bon sang !

Il me dévisageait, le teint livide, les yeux remplis de tristesse.

— Si je me fais arrêter de nouveau, que vas-tu manigancer pour me sortir de là ?

— Eh bien, si tu crois que je me ferai un régiment en entier, tu te trompes ! hurlai-je. Je ne lèverai plus le petit doigt pour toi...

Il réussit à me neutraliser et me tira les cheveux pour me forcer à le regarder.

— Nous devons vivre avec nos démons. A défaut de pouvoir les apprivoiser, il faut s'efforcer de les supporter.

Il haletait, les narines frémissantes, et son cœur battait aussi fort que le mien. J'esquissai un mouvement pour me dégager, mais il resserra son étreinte et tira un peu plus fort sur mes cheveux, me forçant à basculer la tête vers l'arrière. Tous ses muscles étaient bandés. J'émis un sanglot étouffé.

Je sentais son regard me brûler et me transpercer jusqu'à l'âme. Son souffle saccadé balayait ma gorge offerte, sur laquelle il posa ses lèvres humides. Sa main qui retenait mes poignets me délivra finalement pour s'attaquer à mon corselet.

— Liam...

— Tais-toi, Caitlin...

— Liam, je ne veux pas...

— Merde ! Tu vas te taire à la fin ?

Il plaqua ses lèvres sur ma bouche tandis qu'il terminait la tâche ardue de délacer mon corsage d'une seule main. Les pointes de mes seins gonflés durcirent au contact de ses doigts qui se faufilaient dans ma chemise, et je gémis lorsqu'il les pinça délicatement.

Sous l'effet de ses caresses, ma colère se muait en désir. Mes doigts s'activaient frénétiquement sur la boucle de sa ceinture et sur la broche qui retenaient son plaid. Les vêtements s'accumulèrent rapidement sur le sol autour de nous.

— Pourquoi se déchirer, *a ghràidh mo chridhe* ? murmura-t-il. Je t'aime tellement... Je te veux tellement... Je donnerais ma vie pour toi...

Je mordillai doucement ses tétons, puis mes mains descendirent le long de ses flancs. Il frissonna sous ma caresse, que je prolongeai jusque sur ses fesses. Il les contracta lorsque mes ongles vinrent s'y enfoncer. Ma langue suivit la fine ligne de poils qui descendait sur son abdomen. Liam gémit et prit ma tête entre ses mains pour me guider là où son désir se faisait plus qu'évident.

— Nom de Dieu, Caitlin… murmura-t-il, la voix rauque.

Il tremblait d'excitation.

— Oh oui ! *a ghràidh*… ! Je mourrais pour toi…

Il fut secoué de puissants spasmes, et un long cri rauque s'échappa de sa gorge. Ses doigts enchevêtrés dans mes cheveux se détendirent lentement. Tombé à genoux devant moi, tremblotant, il souda son regard au mien.

— Tu m'as en entier, chuchota-t-il. Mon cœur t'appartient, tu as le pouvoir de le détruire si tu le désires, tu peux me briser, je n'y peux plus rien…

— Liam, *mo rùin*… Je t'aime, jamais au grand jamais je ne voudrai te briser…

Il me souleva et me porta jusqu'au lit, où il me fit l'amour avec sa bouche et ses doigts, me faisant basculer dans un monde où les sens étaient maîtres et contrôlaient mon esprit, m'emportant aux confins de l'extase. Je retombai, haletante, sur le lit et caressai ses boucles. Sa tête reposait sur le renflement de mon ventre.

— *Dé a bhios tu, mo leanaibh mhùirnich ? Ar mac ? Ar nighean*[1] ? susurra-t-il sur ma peau moite.

— Tu crois qu'il t'entend ?

— Bien sûr.

Il remonta sur moi jusqu'à ce que nos visages ne soient qu'à quelques centimètres l'un de l'autre. Je le regardai, me trouvant d'un coup terriblement sotte, et me jurai de ne plus jamais céder à la perfide jalousie. Plus jamais. Je savais qu'il m'aimait plus que tout, tout simplement parce que, moi aussi, j'aurais donné ma vie pour lui. Toutefois, je ne voyais pas l'intérêt de nous sacrifier si vite et m'inquiétai pour l'échange qui devait avoir lieu dès le lendemain soir.

— Que se passera-t-il, demain ?

— A la tombée de la nuit, nous attendrons sur la côte. A notre signal, le bateau devrait envoyer des barques avec le chargement

1. Que seras-tu, mon enfant chéri ? Un fils ? Une fille ?

d'armes. Tu attendras dans une vieille chapelle abandonnée, non loin de là, avec Calum. Il veillera sur toi.

— Il sera déçu, marmonnai-je.

— Je sais, mais j'ai promis à sa mère de veiller sur lui. Il est encore très jeune. Il a le temps.

— N'est-ce pas à son âge que tu pillais l'Argyle avec ton clan ?

— J'espère que tu n'iras pas le lui dire ? répondit-il en me pinçant une cuisse.

— Pour le voir détaler à toutes jambes, vous rejoindre et m'abandonner, seule, à la merci des bandits ? Jamais de la vie !

Il fronça les sourcils et se racla la gorge.

— Si tout va bien, je reviendrai te chercher avant l'aube.

Mon estomac se noua, et je me retrouvai sous l'emprise de la panique.

— Sinon ?

— Tu repartiras avec Calum pour Glencoe.

Je tournai la tête pour cacher les larmes qui affluaient.

— Caitlin, je ne me laisserai pas attraper si facilement. Je ne veux pas retourner là-bas...

— Il n'est pas trop tard, Liam, tes hommes peuvent y aller... sans toi.

— Non ! rétorqua-t-il vivement en se redressant sur un coude. Es-tu seulement consciente de ce que tu me demandes, Caitlin ? Abandonner mes hommes ?

— Je sais... convins-je en soupirant.

— Tout ira bien, tu n'as pas à t'inquiéter pour moi.

— C'est plus facile à dire qu'à faire, marmonnai-je. Tu peux tomber dans un guet-apens. Nous n'avons pas encore identifié le traître, et ton sergent Barber risque de se trouver sur ton chemin. Je te ferai remarquer aussi qu'Isaak n'était pas présent ce soir. Où peut-il bien être allé ?

A l'évocation d'Isaak, le regard de Liam s'assombrit, et il hocha lentement la tête.

— Je sais. Oh ! Caitlin ! Je n'arrive pas à me faire à l'idée que cela puisse être lui. Il a toujours été un de mes meilleurs hommes. Mais, depuis que Meghan est morte, j'avoue que son attitude reste intrigante. Souvent, j'ai eu connaissance de ses absences prolongées et injustifiées. Où allait-il ? Et puis je sais qu'il m'en veut affreusement. Sa trahison serait justifiable envers moi, mais pas envers le clan... Tu as raison, je dois en avoir le cœur net. J'en parlerai à Thomas au petit matin.

Il fit une pause et plongea son regard dans le mien.

— Souris-moi, *a ghràidh.*

Je lui souris à contrecœur. Liam caressa doucement ma joue et déposa un baiser sur ma fossette.

— Tu sens bon la lavande, dit-il en humant mes cheveux.

Ses doigts s'entrecroisèrent avec les miens, emprisonnant mes mains sous les siennes au-dessus de ma tête. Son genou se fraya un chemin entre mes cuisses et il se coucha sur moi. Sa peau dorée luisait à la lueur de la chandelle.

— Trêve de jalousie, murmura-t-il. Aucune femme ne m'excite autant que toi…

— Comment ? Déjà !

Il me prit d'un coup de reins. Je laissai échapper un petit cri et me cambrai. Liam s'immobilisa pour m'observer, les yeux mi-clos.

— J'aime te voir te tortiller de plaisir sous moi, ça m'émoustille terriblement…

Il se remit à bouger en moi sans me quitter des yeux. Je haletai bruyamment.

— Et quand tu pousses ces cris… Ah ! Caitlin…

— Ne t'arrête pas, Liam…

Il accéléra son mouvement, me martelant violemment. J'enroulai mes jambes autour de ses hanches, son regard me brûlant toujours.

— Qu'est-ce que tu es belle comme ça…

Ses dernières paroles se muèrent en un râle, et il retomba sur moi.

— Tu sais que… dans tout ce qui me rend le plus heureux… tu arrives en tête de liste.

Je l'interrogeai, perplexe.

— Ah oui ? Et qu'est-ce qui arrive en deuxième ?

— Une bouteille du meilleur whisky écossais, me répondit-il en me souriant de toutes ses dents.

Je frappai mon front du plat de ma main.

— Aïe ! Il s'en est fallu de peu, soufflai-je.

23

Les âmes damnées

L'air vivifiant de la mer emplissait mes poumons. Les yeux fermés, je humai les effluves de varech qui montaient jusqu'à moi tout en me laissant bercer par le bruit des vagues qui s'écrasaient sur les rochers, au pied de la falaise.

Il faisait sombre dans la chapelle abandonnée. Seuls quelques rayons de lune pénétraient faiblement par la fenêtre à demi placardée. La silhouette de Calum se découpait dans l'embrasure de la porte. Il me tournait le dos, guettant le moindre mouvement aux alentours. Il était plutôt bien bâti pour un jeune homme de seize ans. Sa peau lisse et sa barbe clairsemée trahissaient son jeune âge. Ses larges épaules et ses mollets bien découpés préfiguraient une stature assez imposante.

Une sensation bizarre m'envahit tandis que je contemplais Calum. Un jour, peut-être aurais-je la chance de regarder Stephen de cette façon. Comme pour prolonger cette observation, un léger mouvement se fit dans mon ventre. J'y posai instinctivement la main et poussai un hoquet de surprise qui interrompit les méditations du jeune homme. En moins de deux, celui-ci était planté devant moi, l'épée à la main, scrutant les sombres recoins, en quête d'un ennemi invisible. Dépité de n'y trouver qu'un vide obscur, il planta la pointe de son arme dans la terre battue.

— Quelque chose ne va pas, madame Macdonald ?

— Non, ça va très bien, Calum, le rassurai-je. C'est le bébé qui a bougé.

— Ah !

Ses épaules se détendirent. Le rayon argenté de la lune faisait briller ses longs cheveux lisses. Il les avait tressés sur ses tempes pour dégager son visage, comme les guerriers celtes plusieurs siècles auparavant. Contrairement à ce que j'avais cru, Calum n'avait pas rechigné lorsque Liam lui avait demandé de veiller sur moi, cette nuit.

— Vous sentez bouger le bébé ? demanda-t-il timidement.

— Oui, c'est la première fois.

— Ça fait comment, quand ça bouge ?

— C'est difficile à expliquer… Un peu comme lorsque tu tiens un petit poisson frétillant dans ton poing fermé.

— Vraiment ? s'exclama-t-il en tentant visiblement de l'imaginer.

Inconsciemment, il avait fermé sa main en avant de lui.

Il s'adossa contre le mur chaulé qui s'effritait par larges plaques, révélant des pierres noires.

— Vous avez peur de la délivrance ? demanda-t-il de but en blanc.

— Euh, non… Enfin, à vrai dire, je n'y ai pas vraiment encore pensé, mentis-je.

— Je me souviens de la naissance de mon frère Robin. Je devais avoir environ neuf ans à l'époque. Je m'étais caché sous la fenêtre de notre cottage…

Il hésita quelques instants, puis reprit :

— C'est très douloureux, je crois, car maman criait et hurlait des mots que je n'oserais pas répéter devant vous.

— Oui, je sais…

Quelques bribes de souvenirs reliés à la naissance de ma sœur Myrna resurgissaient soudain dans mon esprit, et, avec elles, toute l'horreur d'un accouchement qui tourne mal. Après les premiers vagissements du nouveau-né s'étaient succédé les cris et les pleurs de mon père. Dans ma petite tête de fillette de sept ans, j'avais cru que papa pleurait parce qu'il avait encore une autre fille. Lorsque je m'étais aperçue que maman ne se réveillait plus, j'avais compris qu'elle était morte. Longtemps, j'avais pensé que ma mère avait donné son âme à Myrna en la mettant au monde. Aujourd'hui, je sais que c'est à Dieu de décider de notre sort. Lors de l'accouchement de Stephen, ces mauvais souvenirs étaient revenus me hanter. A chaque douleur d'une contraction s'était ajoutée celle de la peur.

— La souffrance n'est-elle pas notre lot à tous, ici-bas ? soupirai-je.

— Un jour, j'ai entendu un prêtre dire que les femmes accouchaient dans la douleur pour expier le péché originel…

Je pouffai de rire malgré moi. Le péché... Le péché d'avoir été violée ? J'avais expié le péché de Dunning ?

— Et c'est ce que tu crois ?

— Bien... j'sais pas, bredouilla-t-il. Le prêtre a dit que c'était un péché pour une femme de séduire un homme.

— C'est péché pour une femme d'aimer un homme ?

— Si elle fait... enfin, vous savez ce que je veux dire ?

Il s'agita, un peu mal à l'aise.

— Même si c'est son mari ?

— Bien là, je ne crois pas, déclara-t-il, un peu plus sûr de lui.

— Pourquoi souffrirait-elle alors ? fis-je observer.

Le pauvre Calum était déconcerté, et cela m'amusa d'amener le jeune homme à réfléchir sur une des nombreuses aberrations de notre religion, qui nous menaçait du purgatoire ou, pire, de l'enfer pour l'éternité.

— T'es-tu déjà joint aux hommes du clan pour une expédition ? demandai-je en changeant de sujet pour briser le silence gênant qui avait empli la chapelle.

— J'ai participé aux tours de garde dans la vallée, mais c'est la première fois que je m'aventure en dehors de Glencoe.

— Cela t'ennuie de devoir prendre soin de moi ?

— Oh ! non, madame Macdonald ! s'écria-t-il. C'est un honneur de veiller à la sécurité de l'épouse de Liam.

Je pouvais voir ses yeux briller de fierté dans le clair de lune. Soudain, il se raidit, et son expression devint plus grave.

— Qu'y a-t-il ?

Il s'accroupit à mes côtés et posa un doigt sur mes lèvres, m'indiquant de me taire, ce que je fis. Il arracha son épée du sol et se pencha vers moi.

— Restez ici, je reviens...

Calum sortit et disparut dans la nuit d'encre pour ne revenir que quelques minutes plus tard. Mais ce n'était plus nécessaire de m'expliquer quel était ce bruit, car j'entendais, moi aussi, le martèlement d'une horde de chevaux venant par ici. Tapis dans l'ombre, nous regardâmes défiler un convoi de trois chariots ainsi qu'une bonne quinzaine de cavaliers qui allaient grand train. Mon estomac se noua. La main crispée de Calum sur mon bras m'indiquait qu'il nourrissait les mêmes craintes : les hommes de Barber, à n'en pas douter. Et ils se dirigeaient directement vers Ethie Haven.

— Mon Dieu ! Tu dois aller les prévenir ! m'écriai-je, affolée. Calum, cours vite prévenir Liam et les autres...

Il me dévisagea, hésitant entre son devoir de me protéger et son envie de courir alerter les hommes.

— N'attends pas qu'il soit trop tard, Calum, fais vite ! tranchai-je. Je me débrouillerai… Ils ne s'en prendront pas à moi. Ce sont les armes qu'ils convoitent.

« Et la tête de Liam… » me retins-je d'ajouter. Le jeune homme me lança un dernier regard incertain, puis s'éloigna rapidement.

Que s'était-il passé ? Quelque chose clochait… Si je me souvenais bien, Liam avait annoncé à ses hommes que le débarquement de la marchandise devait avoir lieu dans la baie de Bervie, située à près d'un jour de cheval d'ici, plus au nord. Il y aurait eu une fuite. Pourtant, tous les hommes, sans exception, avaient été mis au fait de cette information et n'avaient appris la vérité qu'au dernier moment, une fois rendus dans la baie de Lunan, tout en bas de Lang Craig. Le traître avait alors été dans l'impossibilité de quitter le groupe sans qu'on s'aperçoive de son absence, et Barber n'aurait pas dû faire son apparition…

D'un coup, mon sang se figea. Je retroussai mes jupes et sortis de la chapelle en courant. Je devais rejoindre Liam avant qu'il ne soit trop tard. Je devais l'avertir… Le loup était vraiment dans la bergerie, seulement, nous ne regardions pas du bon côté.

En suivant la côte, je n'eus aucune difficulté à trouver les lieux du débarquement. En revanche, la descente avait été ardue. Accroupie derrière un buisson, j'observai le déchargement du canot. Le travail s'effectuait rapidement, et le fracas des vagues assourdissait le bruit des caisses qui étaient entassées dans les carrioles. Je scrutai l'obscurité, cherchant Liam des yeux, et le repérai enfin. Il envoyait ses ordres en masquant, par intervalles réguliers, la lumière d'une lanterne qu'il tenait à la main. Les acolytes de Barber se faisaient invisibles, pour le moment. Ils attendaient que le débardage fût terminé avant de s'emparer du butin. Je les devinais aux aguets, tout en haut. Mais où était Calum ?

En faisant un rapide décompte des hommes sur la plage, je constatai qu'il ne s'y trouvait pas. L'inquiétude commençait à me gagner : Liam ne savait pas pour Barber. Je m'extirpai de ma cachette, tirai sur ma jupe qui s'accrochait dans les épines d'ajonc et descendis le reste de la pente en butant sur les pierres qui se fondaient dans le noir.

Je trébuchai sur un obstacle, tombai et me remis sur mes pieds. Liam se retourna, alerté par les crissements des galets. J'étais dans la ligne de mire de son pistolet prêt à se vider. Je me figeai sur-le-champ.

— Liam…

— Caitlin ? Non, mais… que fous-tu ici, nom de Dieu !

Affolée, je courus jusqu'à lui.

— Tu es vraiment inconsciente, femme ! Je t'avais dit…

— Liam, tu es tombé dans le piège…

— De quoi parles-tu ?

— Barber et ses hommes t'attendent en haut de la falaise avec trois chariots. Ils sont plus nombreux que vous.

Il souffla sur la lampe, nous plongeant dans l'encre de la nuit. Je pouvais pratiquement l'entendre réfléchir tandis que ses yeux balayaient la crête. Ses hommes terminaient de décharger le dernier canot et commençaient à y mettre les barils de whisky en échange.

— Explique-toi, murmura-t-il.

— Je les ai vus passer. J'avais envoyé Calum vous avertir…

— Je ne l'ai pas vu.

— Liam, le traître… Tu es certain de n'avoir parlé à personne d'autre que Simon et Thomas…

Il resta un court moment à ne rien dire. Ses muscles se crispèrent sous mes doigts.

— Le fumier ! siffla-t-il avec hargne entre ses dents.

Un coup de feu retentit. Je me retrouvai poussée sous la carriole, ma tête heurtant une roue au passage. Je crachai un amas de salive et de sable. Les hommes criaient et couraient dans tous les sens, s'abritant derrière les canots. D'autres coups de feu claquèrent. La panique avait gagné notre groupe. Liam rampa à quatre pattes pour me rejoindre.

— Le salopard ! Petit sac de merde ! Je l'enverrai *ad patres* dès l'instant où je pourrai lui mettre la main dessus.

Son poing rageur écrasa sa frustration sur le sable. Il jura et cracha le nom du traître.

— Qu'allons-nous faire ? osai-je du bout des lèvres.

Il regardait à l'endroit d'où étaient partis les coups de feu. Rien ne bougeait. Il ne me répondit pas, évaluant plutôt nos chances de nous en sortir. Je savais qu'il essaierait de sauver sa cargaison. La marchandise, armes et munitions, était évaluée à plus de mille livres sterling. Au pire, essaierait-il d'en récupérer une partie.

Je ne bougeai pas. Non loin de nous, un homme héla Liam, qui lui répondit de ne rien tenter pour l'instant. Il fallait attendre pour connaître la position de l'ennemi. Les minutes s'égrenaient dans un silence angoissant. Je vis un des canots prendre silencieusement le large. Les marins s'étaient couchés à l'intérieur et se laissaient porter par le ressac pour s'éloigner de la rive. Les silhouettes de deux corps se profilaient sur la plage. Un homme gémissait un peu plus loin, blessé. Liam retira un de ses pistolets de sa ceinture, mit le chien à l'armé et me le tendit.

— J'espérais n'avoir jamais à faire cela, dit-il tout bas, mais je n'ai pas le choix. Prends-le et ne t'en sers qu'en cas d'absolu besoin. La précision du tir n'est pas très bonne à longue portée. Il faut attendre d'être près de sa cible. Et… je t'en prie, évite de tirer si je me trouve dans ta ligne de mire.

— J'essaierai, grognai-je, vexée.

Il me fixa un instant, se pencha vers moi et m'embrassa.

— Suis-moi, *a ghràidh*, nous allons faire une petite promenade. Tu ne peux pas rester ici, c'est trop dangereux.

Je n'eus pas le temps de répliquer, il était déjà parti vers les abords de la falaise. Je le suivis en courant lorsqu'un coup de feu partit au-dessus de nous. Une lueur éclaira fugacement un visage. Un second coup de feu. L'ennemi se dévoilait. Un sifflement strident fit vibrer l'air. Liam venait de donner l'assaut. Sur la plage, les hommes se mirent à bouger. Sortant de leurs cachettes, ils se mouvaient avec célérité dans le noir et avançaient vers la falaise en louvoyant entre les buissons. Une ombre surgit devant nous, et l'éclat de l'acier me paralysa momentanément. En entendant mon cri, Liam me poussa dans un bosquet. Je manquai débouler sur le sentier et me heurtai la hanche sur une pierre. Une douleur m'arracha un juron. L'ombre émit une sorte de gémissement, retomba inerte sur le sol et roula jusqu'en bas de la pente en butant rudement sur les obstacles.

— Viens !

La voix de Liam me tira de ma funeste contemplation. Je repris l'escalade jusqu'en haut. Un coup de feu nous accueillit, mais nous rata de peu. Ma main était toujours crispée sur la crosse du pistolet. Je haletai, tournant les yeux d'un côté et de l'autre, fouillant la nuit, cherchant le danger que je sentais tout près.

Liam me tira derrière lui. Je le suivais si près que je sentais son odeur. Sur notre droite, un hurlement déchira mes tympans, le mien y fit écho. Je vis une silhouette vaciller, pivoter et tomber. Le tueur se tourna vers nous, l'œil brillant.

— J'en ai eu deux… cracha Simon, exalté.

— Je les veux tous, ces fumiers, lui répondit Liam.

— C'est MacSorley, cet enfoiré. Il s'est bien moqué de nous.

— Si tu le trouves, amène-le-moi bien ficelé. J'ai deux mots à lui dire par la bouche de mon canon.

Simon ricana et disparut. Un jeu ! Ils jouaient au chat et à la souris. Ces hommes s'amusaient, ma foi ! J'enjambai le cadavre avec dégoût. Cela me ramena dans la hutte de la forêt de Leanachan. Un frisson me secoua de la tête aux pieds, et ma main qui tenait le pistolet se mit à trembler.

Encore deux coups de feu. D'autres cris. Les bruits étouffés de combats en corps à corps. C'était la confusion totale. Qui tuait qui ? Le prédateur reniflait sa proie, attendant l'erreur impardonnable. La peur poussait à commettre des erreurs. Pour mieux la contrôler, ces hommes considéraient ces escarmouches comme de simples passe-temps, affrontant la mort avec un stoïcisme déconcertant. La rude vie qu'ils menaient les avait endurcis. Chacune de leurs cicatrices avait son histoire qu'ils racontaient autour du feu. Ils les exhibaient, tels des trophées. Un pied de nez à l'ennemi et à la Grande Faucheuse.

Mais la mort se dresserait inévitablement un jour au détour du chemin, et ils le savaient. Ils la narguaient effrontément, conscients qu'elle les faucherait d'un coup, car elle rôdait et frappait à la gorge ou dans le dos, sans avertir. Et Liam jouait aussi. Pour moi, ce n'était pas un jeu.

Nous étions presque arrivés là où quelques chevaux avaient été abandonnés lorsqu'un homme près de nous lança des ordres. Liam se figea. Je le heurtai dans le dos de plein fouet et me retins à sa chemise trempée malgré le froid. Son cœur battait si fort... La voix, qui sortait de derrière un taillis, exhortait ses complices à se débarrasser promptement de ces « bâtards de Macdonald » et à se dépêcher de voler la cargaison. C'était Barber... Liam l'avait reconnu. Je le savais déchiré entre son désir de me mettre à l'abri et celui de faire la peau de ce truand. Il se tourna vers moi, hésitant, et regarda de nouveau vers le taillis. Un instant d'inattention.

Ce fut là son erreur... Il n'eut que le temps de me pousser de côté. Je roulai sous les buissons. Horrifiée, je vis le reflet d'un canon de pistolet se presser sur sa tempe et l'homme le faire avancer. Je rampai pour les suivre.

Un individu, que je devinai être Barber, se tourna vers Liam. Trois de ses sbires l'accompagnaient et tenaient des flambeaux. J'eus un sursaut en découvrant son visage horriblement mutilé. Sous un vieux tricorne bosselé, un seul œil luisait. A la place de l'autre, une cavité obscure creusait son crâne. Comme le chemin qu'aurait suivi une larme, une longue cicatrice barrait la joue jusqu'à la bouche. Elle divisa la lèvre d'une manière grotesque lorsqu'il exhiba un affreux sourire à la vue du prisonnier.

— Ah ! Enfin ! Ainsi, je vous retrouve, Macdonald. Trois ans... C'est très long, vous savez.

Barber s'approcha de lui, le toisant. Un son étouffé me parvint, puis un coup. Perdant son souffle, Liam se plia en deux et tomba à genoux. Son geôlier appuya plus fortement le canon sur la tempe, d'où s'écoula un filet de sang. J'aurais voulu sortir de mon abri, crier, mais j'étais complètement paralysée.

— On s'adonne à la contrebande, maintenant ?

— Allez au diable, fumier... Oumph...

Barber venait de lui envoyer son pied dans l'estomac. Des hommes se rassemblaient autour d'eux. Je cherchai parmi eux un visage familier. Plus particulièrement celui de MacSorley.

— C'est ce soir que je termine ma besogne, fils de pute. J'ai attendu trois longues années. Trois longues années à vous imaginer sur la pointe de mon poignard, à la voir s'enfoncer dans votre œil, lentement... avant de vous ouvrir la gorge.

Il se pencha vers Liam, lui empoigna les cheveux et le força à le regarder.

— Vous voyez ça ? Vous vous souvenez de moi, n'est-ce pas ?

— J'aurais dû vous achever, ce jour-là, Barber, siffla Liam avec méchanceté.

— Oui, vous auriez dû. Or vous ne l'avez pas fait, et, aujourd'hui, je viens réclamer vengeance.

Une lame apparut. Le silence s'était installé sur la crête. Plus de tirs, plus de cris. D'autres hommes arrivaient, certains blessés. Un corps avait été déposé par terre, désarticulé. Un mort. Il avait la gorge tranchée, méthode que privilégiaient ces guerriers. Elle était rapide, demandait peu d'efforts, et le résultat était garanti.

Barber glissa sa lame sur la peau du cou de Liam, la remonta sur la joue et immobilisa la pointe sous l'œil gauche. Liam ne broncha pas et le fixa sans ciller. Mon cœur se déchaîna.

— Vous connaissez l'adage : « Œil pour œil, dent pour dent » ?

Liam resta muet. Je ne pouvais qu'apercevoir son profil à la lueur des flambeaux. Sa peau très pâle luisait. L'ébrouement des chevaux et le grincement des essieux d'une carriole forçant sous le poids de son chargement détournèrent l'attention de Barber. Il se dirigea vers le véhicule et en inspecta le contenu, l'air ravi. Liam vivait son sursis. Je vis sa mâchoire se tendre et ses épaules se contracter. Je le savais humilié de s'être si bêtement fait prendre, d'avoir entraîné autant d'hommes dans ce piège mortel.

Je cherchai encore MacSorley du regard. Le traître ! Il avait certainement pris la poudre d'escampette. Simon mis à part, il avait été le seul à connaître le lieu du débarquement. Je me souvins soudain l'avoir vu donner un billet à une des servantes de l'auberge, le matin même, probablement un message pour Barber. Je ne m'en étais guère souciée, car il était au-dessus de tout soupçon. De plus, il avait une bonne raison de vouloir se venger de Liam. Anna. Oh ! bon sang ! Quelle naïveté ! Liam devait avoir des envies intenses de meurtre, comme moi. C'est à cet instant que je me rappelai le pistolet que je tenais toujours dans ma main crispée. J'allais devoir m'en servir.

Je rampai sous le couvert des arbustes pour trouver une meilleure position. Liam dut percevoir mon mouvement, car il tourna la tête vers moi... Si Liam l'avait senti, l'homme qui le neutralisait, probablement aussi. Mais ce dernier ne bougea pas, continuant d'observer son patron qui discutait plus loin. Je me risquai un peu plus près de la lisière du taillis. Liam fronça les sourcils. Nos regards se croisèrent, le sien restant indéchiffrable. Je levai le pistolet, et il déglutit en hochant lentement la tête. Son geste ramena l'attention de son cerbère sur lui. Liam se détourna aussitôt. Il m'avait donné son accord.

Indécise, je fis le tour de la place d'un coup d'œil. Sur qui allais-je tirer ? Quelques secondes s'écoulèrent encore. Seuls le mugissement des vagues et le murmure des hommes troublaient ce silence terrifiant. Où se cachaient les hommes de notre bande ? S'étaient-ils enfuis ? Etaient-ils morts ? Le crissement du sable et du gravier plus près de moi me fit sursauter. Un regard luisant me fixait avec insistance, me suppliant de ne pas crier. Isaak rampa jusqu'à moi, me frôla de son épaule et m'enveloppa d'âcres relents de transpiration et d'eau-de-vie.

Il évalua à son tour la situation, se grattant l'aile du nez avec le bout du canon de son pistolet.

— Nous les avons encerclés, me chuchota-t-il sans quitter la scène des yeux. Les hommes sont en position de tir.

J'ouvris la bouche.

— Nous allons leur faire la fête. Je crois bien que quelqu'un nous a vendus.

D'un coup d'œil, il avisa mon arme.

— Sur qui voulez-vous tirer ?

— Euh...

— Vous savez vous en servir. Alors ?

Il me regardait fixement. Une lueur d'amusement brillait dans ses yeux. J'allais jouer leur jeu. Troublée, je me détournai vers les hommes regroupés au centre de la place. Certains scrutaient les alentours. D'autres se partageaient une flasque en riant. Barber revenait vers Liam.

— Je n'arriverai pas à l'atteindre, il est trop loin.

Mon choix s'était fait tout naturellement. Barber serait ma cible. Isaak prit ma main libre et la posa sur mon pistolet. Ensuite, il roula sur lui-même et fit passer sa jambe devant moi. Je le regardai sans comprendre. Il me sourit, prit mon arme par le canon et le posa sur sa cuisse.

— Ce sera plus facile.

Je compris et acquiesçai. Lorsque j'eus pris position, il émit un son étrange. Un peu comme la stridulation d'un grillon. Personne ne s'en soucia, sauf Liam. Il se tourna légèrement vers nous. Isaak reproduisit le son deux autres fois. Un code, en déduisis-je.

— Vous le mettez en joue, me chuchota-t-il encore. Visez la poitrine, elle est plus large que la tête. Vous avez plus de chances de le toucher. Et si vous y arrivez, la blessure l'immobilisera assurément.

Je hochai la tête et visai. Mes mains tremblaient légèrement. Je pris une profonde inspiration. L'angoisse me vrillait l'estomac. Liam était près de ma cible, trop près.

— Si je le rate...

— Pensez à ce que cet homme fera de Liam. Vous ne le raterez pas.

Je fermai les yeux, déglutis puis les rouvris. Barber était dans ma ligne de mire. La voix d'Isaak continua :

— Lorsque je sifflerai, vous appuierez sur la détente. Est-ce clair ?

— Oui...

Il s'allongea, lentement, se positionnant à son tour. De longues secondes. Une éternité s'écoulait. Barber s'était planté devant Liam et le narguait avec la pointe de son poignard. Je n'entendais plus ce qu'il lui disait, je n'entendais plus que les battements de mon cœur, puis le sifflement. Mon doigt pressa la détente. Comme un sablier qui éclate, libérant et déversant toutes les particules du temps d'un seul coup, tout se mit à défiler en accéléré. Des hommes s'effondraient en criant. L'explosion de la salve qui les avait canardés résonnait encore dans ma tête, comme un écho. Surpris, ceux qui n'étaient pas tombés couraient vers un abri. J'observais la scène, sans réagir, presque indifférente.

Puis je vis Liam rouler sur le sol, son geôlier affalé sur le dos. Alarmée, je regardai ma cible. Barber était toujours debout. Je l'avais raté ! J'avais touché Liam ! Je me sentis faiblir, me vider de mon air. Un cri de désespoir me monta à la gorge du plus profond de mon âme. Contre toute attente, je vis Liam bouger. Il envoya ses jambes dans les genoux de Barber. L'homme ploya, retombant lourdement. Dans sa chute, il avait perdu son poignard. Liam s'en empara et se redressa au-dessus de lui, tenant l'arme d'une main, la chevelure de Barber de l'autre. Un geste net et précis. La lame entailla les chairs du cou avec une facilité surprenante. Un jet de sang gicla. J'en eus la nausée.

Une main me tira hors du taillis, m'arrachant aux visions du carnage, et m'éloigna de cet endroit. Je courus derrière Isaak, encore sous le choc. Je le suivis, me demandant où il m'emmenait.

Je n'eus pas le temps de méditer sur cette question qu'il m'entraînait en direction de la pente que j'avais descendue un peu plus tôt. Nous fîmes le trajet jusqu'à la chapelle en sens inverse. Seulement une fois à destination daigna-t-il me relâcher et me laisser souffler. Je me réfugiai dans le coin le plus sombre du bâtiment. Isaak s'accroupit devant moi.

— Ne retournez pas là-bas, Liam reviendra vous chercher ici. Je vous en conjure, restez ici, c'est plus sûr.

Son ton était sec et cassant. Je voulus le remercier, savoir pourquoi il avait fait ce geste, m'excuser de l'avoir injustement soupçonné. Les mots se bousculaient dans ma tête, mais n'arrivaient pas à franchir mes lèvres.

— Je vais repartir, j'ai quelque chose à régler…

Je baissai les yeux sur l'arme qui reposait sur mes jupes. Lorsque je les relevai, il était parti. Alors, j'éclatai en sanglots.

Après plusieurs longues minutes, je me calmai et m'essuyai les yeux avec ma manche. Puis le cliquetis des harnais et le vacarme des chevaux qui approchaient se firent entendre. Liam revenait. Je me levai et courus jusqu'à la porte, attendant que la troupe apparaisse. Mon cœur se mit à battre un peu plus fort. Un mauvais pressentiment m'étreignit. La troupe arrivait du sud-ouest, or elle aurait dû venir du nord. Le sang quitta mon visage. Ce n'était pas Liam…

Ils étaient une bonne vingtaine. Des dragons. Ils se dirigeaient droit vers la chapelle où j'étais cachée. Je restai tapie dans l'ombre, attendant leur entrée imminente dans le bâtiment.

— Au nom de Sa Majesté, qui va là ? cria une voix. Sortez ou bien nous tirons !

Les bruits de pas m'encerclaient. Mon cœur s'emballait et tentait de s'échapper de ma poitrine. On chargeait les mousquets. Soit je sortais, soit je me faisais fusiller sommairement. Je resserrai ma cape autour de mes épaules et entrai dans le faisceau lumineux de la lune dans la porte entrebâillée. Le soldat me dévisagea, puis son expression placide se mua en surprise.

— Mais c'est une femme ! s'exclama une voix.

— Qu'est-ce qu'une femme peut bien faire dans un endroit pareil en pleine nuit ? fit observer une autre voix.

— Réfléchis, espèce d'idiot ! Elle n'est pas seule, renchérit un troisième homme.

— Je suis seule, déclarai-je. Il n'y a personne d'autre que moi ici.

— Personne d'autre que vous, hein ? dit le premier soldat en me poussant hors de la chapelle avec le bout de son canon. Harris, Burns ! beugla-t-il. Allez vérifier les dires de la dame.

Les deux hommes revinrent peu de temps après.

— Il n'y a personne, lieutenant.

Celui-ci tournait le dos à la lune et jurait. Au ton de sa voix, je le savais tendu et nerveux.

— Où est-il ? demanda-t-il froidement.

— Qui ?

— Ne me prenez pas pour un idiot, madame, murmura-t-il entre ses dents. Il y a deux chevaux ici. Alors, soit vous êtes deux, soit vous êtes une voleuse de chevaux.

Soudain, je me rendis compte que mon cheval et celui de Calum étaient restés attachés à un arbre à quelques mètres seulement de là. Les soldats avaient dû les repérer. C'est probablement ce qui les avait poussés à venir vérifier les alentours.

— Et si je vous disais que je l'ai volé ? le défiai-je.

Il s'approcha de moi et effleura ma peau, juste sous ma mâchoire.

— Ce serait dommage de briser un si joli cou avec une corde...

Je déglutis en le fixant, impavide. Dans ces conditions, pas question d'être une voleuse de chevaux. En revanche, je ne pouvais pas lui avouer la vérité. Je décidai donc de ne rien dire du tout.

Le lieutenant m'examina de la tête aux pieds à la clarté de la lune et s'attarda un instant sur l'éclat brillant de la lame de mon poignard pendant à ma ceinture. Il me le confisqua. Mon pistolet était resté sur le sol, dans la chapelle, chargé.

— Vous rendrez des comptes au capitaine, me dit-il avant de se tourner vers ses hommes. Fouillez le coin, il ne doit pas être bien loin. Je le veux vivant, de préférence.

Les soldats se dispersèrent dans l'obscurité.

— Quel est votre nom ?

— Euh… Myrna, bredouillai-je.

Ce fut le premier nom qui me vint à l'esprit. Il me faudrait me préparer un répertoire de fausses identités à l'avenir.

— Myrna… murmura-t-il en tournant autour de moi. Que faisiez-vous ici… Myrna ?

— Je dormais, vous m'avez réveillée.

Son pas ralentit, et je l'entendis ricaner.

— Vous dormiez ? s'exclama-t-il, incrédule. Un bien drôle d'endroit pour dormir pour une dame seule, ne pensez-vous pas ?

— C'est que je voyage… je n'aime pas me déplacer la nuit…

Il tournoyait toujours autour de moi comme une bête affamée autour de sa proie. S'il continuait ainsi, il finirait par me donner le tournis.

— Vraiment ? Et vous circulez toujours avec deux chevaux sellés ?

— Je rendrai des comptes à votre capitaine…

J'espérais trouver un moyen de me sortir de ce merdier d'ici là. Il me dévisagea, perplexe, en se grattant le menton.

— Bon, comme vous voulez. Nous avons été informés que des contrebandiers rôderaient dans les environs. Un navire a été vu au large, non loin d'ici. Nous attendrons donc bien sagement mes soldats, ensuite nous ferons une petite balade jusqu'à Dundee, visiter la garnison.

— A Dundee ? Mais je n'ai rien fait ! Vous ne pouvez pas…

— Nous y serons à l'aube, trancha-t-il péremptoirement.

Puis il sourit sournoisement.

— Désolé, vous devrez voyager de nuit, ma belle.

Je me laissai choir sur le banc de pierre, à côté de la porte de la chapelle, priant qu'ils ne retrouvent pas Liam et les autres. Malheureusement, Dieu devait être occupé à répondre à d'autres requêtes, car les soldats revinrent en poussant, au bout de leurs baïonnettes, Calum, Robert MacKean et un autre homme que je n'avais jamais vu.

— Sacrebleu ! Ces foutus imbéciles se tiraient dessus, une vraie tuerie. Nous n'avons réussi qu'à capturer ceux-là. Ceux qui ne sont pas déjà morts ont réussi à s'enfuir avec des carrioles chargées à bloc, mon lieutenant, dit un des soldats.

— Nous les avons manqués de peu, ajouta un autre. Ils étaient plus d'une vingtaine. Le gros de la troupe a filé vers le nord. Les autres se sont dispersés. Tous des Highlanders.

Le lieutenant me lança un regard qui en disait long sur ses états d'âme et cracha par terre, aux pieds des prisonniers.

— Emmenez-les, cria-t-il en me poussant brutalement devant lui.

Je croisai le regard bouleversé de Calum. Il s'en voulait visiblement d'avoir failli à sa tâche. Soudain, un cri de rage, suivi d'un terrible raffut, retentit derrière moi. Je restai pétrifiée. L'inconnu – pour sûr un des hommes de Barber – tenait en joue un soldat avec le mousquet de celui qui gisait à ses pieds, un *sgian dhu* planté dans les reins. Le soldat gémissait et se tordait de douleur sous les yeux horrifiés de ses compagnons. Deux coups de feu éclatèrent. L'inconnu s'écroula, inerte, sur le sol.

Ma gorge était terriblement sèche et mon pouls battait si fort dans mes tempes que je crus que ma tête allait éclater. Quelques bribes seulement des mots beuglés par le lieutenant réussissaient à pénétrer mon cerveau, qui avait du mal à suivre la scène. Blême, Calum recula sous la menace d'une baïonnette pointée sur sa poitrine. Deux autres soldats empoignèrent MacKean par les bras, sans autre forme de procès, et l'entraînèrent de force vers les chevaux.

Tout se déroulait trop vite, je n'arrivais plus à comprendre ce qui arrivait. On sortit des cordes des sacoches et on ficela Calum à un tronc, tandis qu'une autre corde était lancée par-dessus la plus grosse branche d'un arbre isolé. Le lieutenant m'attacha les poignets solidement dans le dos et me repoussa sans ménagement sur le banc de pierre. Ma tête cogna durement contre le mur derrière moi. On hissa MacKean sur une des montures des dragons, les bras liés dans le dos. Mes yeux s'agrandirent d'effroi quand je compris enfin l'horreur de la situation. J'en eus la nausée.

— Nooon ! hurlai-je.

On passa la corde au cou de MacKean, qui gueulait des injures comme un damné. Le visage de Calum était complètement exsangue, et son regard terrifié allait inlassablement de moi à MacKean, puis à moi encore.

— Bande de salauds ! rugis-je en me redressant. Vous n'avez pas le droit de le pendre, il n'a rien fait !

Le lieutenant m'empoigna par le cou et m'immobilisa, le dos contre son torse.

— Ta gueule, salope ! siffla-t-il dans mon oreille.

Il empoigna mes cheveux pour me forcer à assister à l'horrible spectacle.

— Il n'a rien fait... gémis-je dans un sanglot.

— C'est un sale bâtard de Highlander, c'est assez pour moi, ma belle. Cela lui évitera les assises. Il aurait fini au bout d'une corde de toute façon.

— Vous n'êtes qu'une belle ordure d'Anglais, persiflai-je en me débattant furieusement.

L'homme resserra son bras autour de mon cou et tira violemment ma tête vers l'arrière, m'arrachant un cri de douleur.

— Et vous, une belle putain d'Ecossaise.

Le claquement d'un fouet retentit, suivi d'un hennissement. Le cheval partit au galop, et le corps de MacKean retomba dans le vide dans un funeste craquement. Il se tordit convulsivement, les yeux exorbités dans son visage cyanosé par la strangulation. Le cou ne s'étant pas rompu, il subirait une mort lente par asphyxie. « Mon Dieu, ayez pitié de lui... »

Je ne pouvais détacher mon regard de cet homme se tortillant en une danse macabre au bout de la corde, les pieds à quelques centimètres à peine du sol. Puis MacKean se détendit après un court instant. Mes yeux s'embuèrent, et je me détournai, en proie à une violente nausée.

Le lieutenant, sentant mon malaise, me relâcha. Je m'effondrai à ses pieds et vomis, fermant les yeux sur l'horreur de la scène. Le grincement de la corde sur la branche me ramena l'image atroce du corps gesticulant. Je sanglotai silencieusement.

Je n'eus droit qu'à un moment de répit. Le lieutenant me força rudement à me relever et détacha mes liens dans mon dos.

— Qu'est-ce qu'on fait de lui ? demanda un des hommes, qui pointait toujours sa baïonnette sur Calum. On le pend aussi ?

— Non, il faut bien que je ramène un butin au capitaine, répondit sèchement le lieutenant en me poussant vers ma monture à la pointe de son mousquet.

Quelque chose tirait sur ma chaussure. Je bougeai légèrement mon pied : la chose revint à la charge. J'ouvris péniblement les yeux et lâchai un cri de stupeur en voyant un énorme rat. Je l'envoyai rebondir sur le mur crasseux d'un violent coup de pied. La bestiole trotta se réfugier sous un amas de paille infecte en poussant des cris stridents. Je me relevai prestement, secouant mes jupes emplies de bestioles imaginaires, et m'adossai contre le mur, haletante. « C'est Tolbooth ici, Caitlin. Tu n'es pas au palais de Linlithgow. »

Mon regard balaya la cellule faiblement éclairée par une lucarne percée dans l'épais mur de pierre. Il faisait encore obscur lorsqu'on m'y avait enfermée aux petites heures du matin. Apparemment, j'avais dormi quelques heures.

Lentement, je revenais à moi, et les événements de la veille refirent surface. Où était Liam ? Etait-il mort ? Et Calum ? Il se trouvait certainement dans une cellule voisine. J'aurais tant aimé pouvoir lui parler. Savoir ce qui s'était passé. Je ne pouvais qu'attendre mon entretien inévitable avec le capitaine. J'essuyai une larme avec le revers de ma main et glissai jusqu'au sol.

La cellule dégageait une forte odeur d'urine et d'excréments qui me prenait à la gorge. Les murs étaient couverts de vestiges laissés par les occupants précédents. Noms, dates et esquisses que les désespérés avaient gravés, soit avec une boucle de ceinture, soit avec un bouton de métal.

J'effleurai de mes doigts hésitants les pierres suintantes et usées, marquées par les condamnés qui les avaient caressées avant moi. Espoirs anéantis, désillusions. Ces pierres pleuraient silencieusement la douleur de ces hommes et de ces femmes, et gardaient en mémoire leurs cris et leurs sanglots. Je reniflai et passai ma main sur ma joue humide de larmes. « John Forbes – 1685 ». Mes doigts mouillés suivirent une inscription probablement faite à l'encre, maintenant indélébile, d'une vie anonyme qui se serait lentement écoulée hors d'un corps. Tentative désespérée pour passer à la postérité. Un nom, un destin peints d'un doigt tremblant. D'autres étaient grossièrement incisés dans le roc. « Malcolm MacKenzie », « Ronald Macbride – 1671 ». Un *martyrium* ? Combien de ces prisonniers étaient sortis vivants d'entre ces murs ?

Soudain, mes pensées déviérent vers Liam. Il avait séjourné dans une cellule semblable à celle-ci. Avait-il, lui aussi, écrit sa douleur dans la pierre en attendant de connaître la date de son exécution ? J'en eus la chair de poule.

Des bruits de pas me parvinrent du couloir, puis le cliquètement d'un trousseau de clefs qu'on manipulait. La serrure tourna. Bruits métalliques sinistres qui faisaient écho sur ces murs témoins de tant de déréliction. La porte s'ouvrit sur une veste écarlate, qui fit irruption dans la cellule exiguë, suivie d'un deuxième soldat brandissant une torche qu'il approcha de mon visage.

— Suivez-nous, dit-il en s'écartant pour me laisser passer.

On me fit entrer dans une pièce aux murs lambrissés, au centre de laquelle trônait un bureau en noyer recouvert d'un fourbi de paperasses et d'articles de toute sorte. Je m'assis sur la seule chaise qui meublait l'endroit, à part celle destinée au maître des lieux, qui se faisait attendre.

Pour tuer le temps, je parcourus des yeux les feuilles éparses devant moi. Des requêtes et des bons de commande pour des munitions, de la nourriture et de l'équipement s'empilaient dans un tel désordre que certains devaient moisir ici pendant plusieurs semaines avant d'être finalement retrouvés et envoyés. Le capitaine était un homme beaucoup trop occupé pour remplir cette partie de ses fonctions, ou bien ce travail administratif l'horripilait vraiment au plus haut point.

En parlant du loup, il fit son entrée peu de temps après en grommelant. Manifestement, il était d'humeur massacrante. Il referma la porte, contourna ma chaise et vint s'asseoir derrière son bureau.

En me voyant, le capitaine Turner écarquilla des yeux ronds et ouvrit la bouche. Mon cœur fit un bond.

— Décidément, vous vous obstinez à vous retrouver sur mon chemin, madame Macdonald ! déclara-t-il en me gratifiant d'un large sourire.

— C'est bien malgré moi, je vous assure, bredouillai-je, un peu démontée.

Il ouvrit un tiroir et en sortit plusieurs plumes d'oie. Il en choisit une, puis rangea les autres là où il les avait prises.

— Le lieutenant Kennedy affirme que vous vous appelez Myrna. Mais, personnellement, je pense que Caitlin vous va mieux, dit-il en sortant un couteau de sa poche.

Je m'agitai nerveusement sur ma chaise et attendis la suite en silence. Il entreprit de tailler la plume en m'observant. Il la leva devant ses yeux, fit mine d'en examiner la pointe, puis la déposa délicatement sur le bureau avant de procéder ensuite au curage de ses ongles.

— Que vais-je faire de vous maintenant ?

— Vous n'avez pas le droit de nous garder ici, nous n'avons rien fait…

— Cela reste encore à voir. Votre mari, lui, n'a pas les mains très propres, j'en suis certain. L'ombre du gibet ne semble pas lui avoir fait assez peur, je le crains. Il s'adonne toujours à la contrebande ?

— Vous n'avez aucune preuve contre lui, rétorquai-je.

— C'est vrai, admit-il succinctement. Heureusement pour moi, Kennedy a épargné un de ses hommes. Nous saurons le faire parler.

— Ce n'est encore qu'un jeune garçon, espèce de...

« Garde ton sang-froid, Caitlin... »

— Où est-il ?

— Dans une des cellules.

— Laissez-le partir... Il n'a que seize ans.

Le capitaine déposa son couteau et joignit les mains sur sa poitrine en se calant contre le dossier de sa chaise.

— Vous voulez peut-être marchander sa libération ? dit-il abruptement sur un ton sans équivoque quant à ses sous-entendus. Lord Dunning m'a dit le plus grand bien de vous... Je pourrais peut-être vérifier ses allégations.

Je rougis violemment et esquivai son regard impertinent.

— Malheureusement pour votre ami, je ne suis pas du genre à proposer cette sorte de tractation, continua-t-il en posant ses pieds sur le bord du bureau. J'apprécie, à l'occasion, la compagnie de lord Dunning. Il possède une bonne cave à vin et je dois dire que sa table est très appréciable. Cependant, je dois avouer que c'est un homme plutôt cupide et sans morale. J'irai même jusqu'à le qualifier de pervers. Ses procédés ne sont pas les miens.

Cela restait à voir ! Il m'évalua du regard quelques instants, les yeux plissés, puis, penchant sa tête légèrement de côté, il se mit à pianoter sur l'accoudoir de sa chaise. Un sourire mauvais flottait sur ses lèvres.

— Il serait assurément enchanté de vous savoir sous ma bonne garde.

— Vous n'allez tout de même pas... bégayai-je, affolée.

— Je me réserve cette option pour le moment. C'est Macdonald que je veux et, tant que je vous ai avec moi, c'est moi qu'il viendra voir. A l'heure qu'il est, il doit battre la campagne à votre recherche. Il a de toute évidence déjà retrouvé les corps de ses deux malheureux compagnons. Kennedy est plutôt expéditif dans ses méthodes, mais c'est un bon soldat, alors je ferme les yeux sur ses petites incartades.

Ses grands yeux noisette me scrutaient, à l'affût de la moindre réaction de ma part, mais je restai imperturbable, au prix d'un immense effort.

— Votre mari vole les coffres de la Couronne en la privant d'une partie de ses revenus.

— Il ne vole rien à son roi, nuançai-je.

— Son roi, c'est Guillaume d'Orange. Oserait-il aller à l'encontre du serment signé par son clan ?

Je ne répondis pas et m'appliquai à fixer l'encrier de corne, juste devant moi. Turner se redressa en soupirant, puis secoua la tête.

— Saleté de jacobites, grogna-t-il. Tous prêts à faire la putain pour un roi papiste déchu.

— A chaque roi sa putain !

Il releva la tête et me toisa froidement. Les mots m'avaient échappé. Je m'en mordis la lèvre.

— Gare à votre langue, madame. Serait-ce que les Highlands ramollissent vos bonnes manières ?

— Ce ne sont pas les Highlands, capitaine, qui ramollissent mes bonnes manières, comme vous le dites, mais plutôt des hommes tels que vous.

Il esquissa un sourire charmeur.

— Vous avez de l'esprit en plus d'avoir un joli minois et une belle croupe. Je commence à comprendre pourquoi Dunning s'est si entiché de vous. Alors, laissons la bienséance de côté. L'option de vous vendre à lui pourrait être intéressante. J'en tirerais indubitablement un bon profit. Dunning donnerait très cher pour vous ravoir dans son lit, et votre mari rappliquerait illico en vous sachant de nouveau entre ses griffes. Je n'aurais qu'à le cueillir, encore une fois.

Mes lèvres tremblaient. Je ne pouvais pas retourner là-bas… Non, je ne voulais pas…

— Savez-vous, capitaine Turner, ce qui vous différencie, vous les Anglais, des Ecossais que vous vous plaisez tant à traiter de barbares et de sauvages ?

— Dites toujours, ça peut m'intéresser.

— C'est que vous cachez votre sadisme et votre sauvagerie sous votre savoir-vivre, affecté et hautain. Ce qui fait de vous, à mes yeux, des êtres abjects.

— C'est ce qui fait de nous des êtres civilisés, Caitlin Macdonald. Celui qui ne sait pas dissimuler ne sait pas régner.

Il s'approcha de moi et s'empara d'une mèche de mes cheveux, de laquelle il retira un brin de paille.

— Pour le moment, je n'ai pas encore pris de décision définitive sur ce que je ferai de vous. Peut-être vous garderai-je pour moi, finalement. Dunning m'a confié des choses qui pourraient être intéressantes à vérifier.

Je le toisai avec dégoût et lui arrachai ma mèche des doigts.

— C'est bizarre, dis-je en faisant mine de le renifler, il y a soudainement une écœurante odeur de pot de chambre qui imprègne votre veste, ne trouvez-vous pas ?

Son sourire disparut.

Le lendemain, vers midi, je connus enfin le sort qui m'était réservé. On vint me chercher dans ma cellule sombre et humide pour me conduire dans la cour, où m'attendaient le capitaine George Turner sur son étalon bai et trois de ses hommes. Mes yeux s'agrandirent de peur, et je me débattis tandis qu'on tentait de me hisser sur Ròs-Muire.

— Espèce de fumier ! Vous n'êtes qu'une sale ordure, Turner, hurlai-je en donnant des coups de pied dans les jambes des soldats qui les esquivaient comme ils pouvaient.

— Vous représentez une petite fortune, madame Macdonald. Dunning m'a accordé bien plus que je n'aurais jamais eu pour la tête de votre mari, railla-t-il.

Je mordis un des hommes, qui s'était, par mégarde, aventuré à poser une main sur mon corsage. « Calum… Que vont-ils faire de lui ? » Il me fallait le voir avant de partir. Je devais savoir. Il restait mon dernier espoir… Je me tranquillisai un peu, pris quelques secondes et affichai un calme appliqué.

— Qu'allez-vous faire du jeune homme ?

— Il sera jugé devant la cour d'assises pour contrebande. Compte tenu de son âge, il évitera peut-être la pendaison, au mieux il sera envoyé aux colonies.

— Je veux lui dire au revoir avant de partir, si ce n'est pas trop demander… murmurai-je.

Turner me considéra un moment, un peu surpris par ma requête, puis haussa les épaules.

— Quelques minutes seulement.

Je n'avais pas besoin de plus.

Calum, qui était couché dans la paille, se redressa d'un bond en me voyant entrer. Son regard accablé en disait long sur son sentiment de culpabilité.

— Madame Macdonald, je…

— *Tuch ! Tuch ! Nan can an còrr*[1] *!* lui chuchotai-je.

Je me tournai vers le sergent qui attendait près de la porte.

— Pourrions-nous être seuls quelques instants ?

— Euh… C'est que…

— J'aimerais lui dire adieu convenablement, s'il vous plaît !

— Euh… Je crois qu'il n'y aurait pas grand mal à cela… bafouilla-t-il.

Il sortit, puis referma la porte derrière lui.

— Ils auraient dû me pendre, moi aussi, je n'ai pas su vous protéger… gémit Calum, la tête entre les mains. J'ai essayé d'avertir Liam, mais ces foutus scélérats m'auraient repéré si j'avais tenté de descendre. J'ai attendu un peu, espérant qu'ils se déplaceraient. Puis ce fut la débandade. Un des hommes de Barber m'a vu et m'a pris en chasse. Je n'arrivais pas à le semer et ne voulais pas le conduire jusqu'à vous, alors je suis parti dans la direction opposée. Finalement, j'ai réussi à m'en débarrasser et suis retourné vers la chapelle. C'est sur ces entrefaites que deux dragons m'ont surpris.

— Liam est vivant, alors ?

— Oui. Oh ! madame Macdonald… J'ai failli…

Soulagée, je fermai les yeux, laissant l'air s'échapper de mes poumons.

— Arrête de dire des sottises, Calum. Liam n'aurait pas fait mieux dans ces circonstances. Ecoute-moi bien maintenant, dis-je en retroussant l'ourlet de mes jupes. Il reste encore un moyen de nous en sortir…

Le jeune homme leva vers moi ses yeux rougis et me regarda d'un air perplexe. Je pris ma dague et la lui tendis.

— Tu sais quoi faire ? Elle te sera plus utile qu'à moi.

— Mais que faites-vous avec ça ici ? demanda-t-il, ahuri.

— Ils n'ont pas cru bon de me fouiller. Je l'avais glissée dans mon bas.

Je jetai un coup d'œil inquiet vers la porte.

— Trouve Liam et dis-lui que j'ai été envoyée au manoir Dunning.

Le visage de Calum se décomposa.

---

1. Chut ! Chut ! Ne dis plus rien !

— Le capitaine m'a vendue... Pars cette nuit si tu peux. Liam ne doit pas être très loin.

— Comment vais-je faire pour le retrouver ?

— J'ai le pressentiment qu'il te trouvera le premier. Fais-moi confiance.

Calum enfouit la dague dans la paille malodorante, puis me prit la main et la porta à ses lèvres.

— Je le retrouverai, je vous le promets, dussé-je fouiller l'Ecosse entière.

— Attire un gardien cette nuit et fais-lui le coup des crampes abdominales. Liam dit qu'il fonctionne presque chaque fois.

Le jeune homme me sourit.

— *Bi faicealach*[1] *!* lui murmurai-je en lui embrassant la joue.

— Ne vous en faites pas pour moi, madame. Je me débrouillerai.

Sur ce, je tournai les talons, puis affectai un air dépité avant de sortir de la cellule.

La porte se referma sur Becky, qui emportait les plats que j'avais à peine touchés. J'observais Winston de biais en me mordillant la lèvre. Il avait été très peu bavard tout au long du repas, et son visage ne trahissait aucune émotion. Il repoussa sa chaise, se leva puis saisit la bouteille de bordeaux à moitié vide. Il en était à sa deuxième. « Il ne tardera pas à s'effondrer », pensai-je en le regardant boire à même le goulot. Ses facultés commençaient à s'affaiblir de façon significative.

Il reposa bruyamment la bouteille sur la table et se dirigea vers moi en titubant. Ses doigts effleurèrent le col de dentelle empesé de la robe en soie verte qu'il m'avait ordonné de porter pour le dîner.

— Tu es encore plus belle que dans mes souvenirs, dit-il d'une voix rauque et pâteuse.

Ses yeux louchaient avec concupiscence sur mon corsage, qui serrait un peu trop mon ventre. Je fixai la flamme de la bougie qui dansait au gré des courants d'air.

— Que voulez-vous de moi ?

— Ce que je veux de vous ? Mais tout, Caitlin ! s'exclama-t-il en posant ses mains sur mes épaules. Je vous veux tout entière, chérie...

1. Fais attention !

Ses doigts pénétrèrent douloureusement dans la chair de mes épaules, comme une menace, puis, relâchant la pression, caressèrent ma nuque et mon cou pour ensuite descendre vers ma poitrine. Ses manchettes de dentelle frôlèrent mes oreilles et mes joues.

— Vous savez que vous pouvez prendre mon corps de force si vous le voulez, Winston, car je ne suis pas de taille à me battre contre vous, toutefois c'est tout ce que vous obtiendrez jamais de moi. Quoi que vous fassiez, mon cœur appartiendra à Liam. Vous ne me posséderez jamais entièrement... Jamais.

J'avais parlé d'une voix calme mais sèche. Ses mains hésitèrent sur mes seins, qu'il malaxait, puis encerclèrent mon cou avec délicatesse.

— Je vous obligerai à m'aimer, Caitlin... murmura-t-il à mon oreille.

J'éclatai d'un rire qui retentit dans la pièce froide que même les magnifiques tapisseries des Gobelins n'arrivaient pas à réchauffer.

— M'obliger à vous aimer ?

Je le repoussai vivement. Winston chancela et se rattrapa de justesse au bord de la table, qui s'ébranla. La bouteille de bordeaux bascula. Je contemplai la tache rouge sombre qui s'agrandissait sur la précieuse nappe en lin. Soudain, un couteau se planta violemment au centre de la flaque de vin, et je tressaillis en clignant les yeux.

— Je le tuerai, siffla-t-il froidement. Il viendra, et je le tuerai. C'est ce que j'aurais dû faire la première fois...

— Vous êtes un homme malade, Winston Dunning, rétorquai-je. Si vous le tuez, vous me tuez par la même occasion. Pourquoi vous acharner autant sur moi ? Je n'ai rien, pas de titre, pas de fortune... Il se trouve des femmes bien plus jolies que moi à la cour...

Il me prit brutalement par les épaules et m'attira à lui pour m'embrasser. Il dégageait une forte odeur de vin mélangée à un parfum d'eau de toilette qui me souleva le cœur. Ses yeux bleu délavé me fixaient. Je pus y déceler un peu de tristesse, mais je n'avais pas un gramme de compassion pour cet homme.

— Je vous aime, Caitlin... murmura-t-il, la voix éraillée par l'alcool. Vous m'obsédez jour et nuit... Je ne rêve que du moment où mes mains se poseront de nouveau sur votre peau d'ivoire et vos cheveux d'ébène...

Il retira lentement son justaucorps de velours noir en vacillant et déboutonna sa veste. Il ne portait pas sa perruque, ses cheveux blond cendré reposaient librement sur ses épaules.

— Vous ne savez pas aimer, Winston. Vous prenez, mais ne donnez pas en retour. Vous ne respectez rien ni personne. Vous avez payé pour m'avoir, deux fois... L'amour ne s'achète pas, quel que soit le prix que vous y mettez...

— Taisez-vous ! éructa-t-il en braquant ses yeux froids sur moi.

Il me poussa brutalement sur la table, où je m'étalai. Son regard déformé par la haine prenait des allures terrifiantes à la lueur des chandelles. Avec une pointe d'ironie, je fixai son ombre tremblotante sur le mur tendu de brocart cramoisi.

Il attrapa brusquement le devant de mon corsage et tira violemment dessus, en arrachant une partie, puis il retomba sur moi en haletant, momentanément déséquilibré par son mouvement.

— Vous êtes ivre, Winston. Tellement ivre que vous n'arriveriez même pas à...

Il se redressa péniblement en prenant appui sur son bras gauche, puis, d'un mouvement brusque, il s'empara de ma main et la plaqua sur la protubérance durcie dans son entrejambe.

— Ne me sous-estimez pas, Caitlin, ricana-t-il.

— Vous n'êtes qu'un monstre. N'avez-vous jamais pris une femme autrement qu'en la violant ? Peut-être que c'est ce qui vous excite, finalement, ajoutai-je en riant sarcastiquement. C'est ça, hein ? Vous prenez votre pied en frappant. Quelle sorte d'homme êtes-vous donc, Winston Dunning ?

Il était livide. Sa main, qui s'apprêtait manifestement à me frapper, resta en suspens au-dessus de moi. Je le bousculai férocement. Winston recula en trébuchant dans le tapis et se heurta à la cheminée de pierre.

— Vous voulez me violer ! le défiai-je.

Je déchirai le reste du corsage, lui dévoilant mes seins gonflés et mon ventre arrondi sous ma chemise transparente.

— Allez-y, espèce de salaud pervers ! Prenez mon corps et repaissez-vous-en. C'est tout ce que vous aurez jamais de moi ! J'aime Liam Macdonald et... je porte son enfant... Mon cœur lui appartient.

Ses yeux s'agrandirent de stupeur en apercevant mon ventre transformé par la grossesse, puis une expression de dégoût se peignit sur son visage. Je souris malgré moi. Sa physionomie se confondait assez bien avec les têtes de gargouilles qui ornaient le manteau de la cheminée.

— Vous portez un bâtard d'Ecossais ? siffla-t-il entre ses dents.

— Celui-là, vous ne l'aurez jamais.

Il fit quelques pas de côté vers le buffet, sur lequel il prit appui. Les expressions se succédaient maintenant sur son visage, suivant le cours de ses pensées, puis il se figea, l'air sceptique.

— Il pourrait être le mien... dit-il avec calme.

— Je portais déjà l'enfant ce jour-là, Dunning. Si j'avais eu le moindre doute sur l'identité du père, croyez-vous un seul instant que je l'aurais gardé ?

J'avais lâché ces mots en sachant pourtant que jamais je n'aurais pu m'en défaire, comme pour Stephen. Il restait une partie de moi.

— Oui, trancha-t-il d'un ton assuré.

Je ne répondis pas, déconcertée par la justesse de sa réponse.

— Je suis enceinte de quatre mois passés. Vous n'avez qu'à faire le calcul.

Ce qu'il fit mentalement, j'en étais certaine, car une moue de dégoût réapparut. Il rugit et balaya de son bras tout ce qui se trouvait sur le buffet. Rupert entra en catastrophe au fracas infernal que firent les bouteilles et les verres de cristal vénitien éclatant en mille morceaux sur le tapis.

Winston s'adossa au mur, haletant, les yeux fermés.

— Emmenez-la dans sa chambre et veillez à ce qu'elle n'en ressorte pas, ordonna-t-il, la voix rauque.

Rupert, qui embrassait la scène d'un air éberlué, posa les yeux sur moi et s'y attarda. Dans un geste de pudeur, je m'empressai de refermer les vestiges de ma robe sur ma quasi-nudité. Je le suivis sans un regard derrière moi.

Des effluves d'essence de térébenthine me taquinèrent les narines. J'ouvris les yeux. Une lumière vive me força à les refermer à demi. Tout était silencieux. Quelle heure pouvait-il être ? Je roulai sur le dos et fixai les boiseries au plafond. J'avais dormi d'un profond sommeil sans rêves. Je refermai les yeux, écoutant mon cœur battre. Un chuchotement d'étoffe tout près me fit tourner la tête et rouvrir les paupières. Winston était assis dans un fauteuil, au pied de mon lit, et m'offrait son profil. Des traînées carminées, de jaune de Naples et de terre de Sienne maculaient sa mâchoire et la saillie de sa pommette qui tressautait sporadiquement. Il contemplait en silence une grande toile posée sur un chevalet.

Stupéfaite, je ne pus détacher mon regard du portrait. L'œuvre de Winston ? Elle était inachevée, mais, malgré cela, je pouvais deviner la main d'un maître dans la figure parfaitement ébauchée. Mon double, mon image ! Les couleurs de la lumière enveloppant mon corps donnaient un teint doré à ma peau, de nature plus blanche, et creusaient des ombres profondes, qui modelaient ma musculature et atténuaient mes rondeurs. Il m'avait peinte pendant la nuit, à la lueur des chandelles. Ses traits tirés en témoignaient. C'était moi, et en même temps, une autre. La femme couchée sur la toile était celle avec qui il avait passé un marché… et une nuit. Ce souvenir me dégoûta. Je tirai les draps sur moi et me détournai vivement. La brusquerie de mon geste le sortit de ses rêveries.

— Habillez-vous, ordonna-t-il.

J'arquai un sourcil et le dévisageai, perplexe.

— Pourquoi ?

— Nous partons, annonça-t-il.

— Mais pour aller où ? demandai-je, inquiète et soulagée à la fois. Vous me ramenez à la prison de Dundee ?

— Ne posez pas de questions et faites ce que je vous demande, trancha-t-il rudement.

Je me glissai hors du lit et ramassai mes habits nettoyés et pliés avec soin sur une chaise. Winston ne bougea pas d'un iota et continua à m'observer froidement.

— Je peux rester seule ?

— Taisez-vous et habillez-vous ! rugit-il.

Je sursautai sous la morsure du ton et m'habillai en silence. Son regard flagellait mon dos. Ce n'était pas le moment de discuter.

Nous partîmes vers le nord à travers les Sidlaw Hills, jusqu'à un petit cottage abandonné sur le bord d'un loch, en dessous de Lundie Craigs. Winston descendit de sa monture et m'aida à poser pied à terre. Je croisai ses yeux et frissonnai. Manifestement, il avait quelque chose en tête, et je me doutais que Liam était en cause.

— Pourquoi venons-nous ici ? demandai-je, agacée par son mutisme qui se prolongeait.

— Nous attendons, dit-il en retirant la selle de Ròs-Muire.

Il déposa le harnais au pied de l'arbre auquel mon cheval était attaché, puis retira la couverture de son dos. Après avoir gratifié ma bête d'une tape sur la croupe, il procéda au même manège avec la sienne.

Un étrange malaise s'empara de moi. Tout commençait à s'éclaircir dans ma tête, et j'en eus la chair de poule. Il attendait Liam, et il avait l'intention de le tuer. Je blêmis au moment même où il se retournait vers moi. Devant ma mine déconfite, il ébaucha un sourire qui n'augurait rien de bon.

— Entrez dans le cottage, m'ordonna-t-il.

— Non… Je ne veux pas… balbutiai-je, terrifiée.

Devant moi se tenait le diable personnifié, Belzébuth. Séduisant, certes, mais sans cœur et d'une beauté froide, cruelle. Il sortit des cordes de sa sacoche et deux pistolets de ses fontes, puis en glissa un dans sa ceinture.

L'idée de m'enfuir m'effleura l'esprit, mais cela n'empêcherait pas Liam de rappliquer ici, éventuellement. Le palefrenier, informé de l'endroit où nous nous dirigions, avait certainement eu pour instructions de lui indiquer le chemin, lorsqu'il se présenterait au manoir.

Une fois tout son attirail en main, Winston me traîna de force dans la chaumière. Un nuage de poussière se souleva lorsqu'il ouvrit la porte d'un coup de pied, la faisant grincer sur ses gonds. Un corbeau vint se poser sur le rebord de la fenêtre et croassa. Un frisson me parcourut l'échine, et mes cheveux se hérissèrent. Morrigane sur le champ de bataille attendant de se poser sur l'épaule du vaincu.

— Tsst ! fis-je pour renvoyer la macabre apparition, qui s'envola en poussant ses cris rauques.

— Mauvais présage, dit Winston en m'indiquant une chaise qu'il venait de placer devant la porte. Asseyez-vous ici.

J'obtempérai sans discuter. Il lia mes bras derrière le dossier et coupa des bouts de corde avec sa dague pour attacher mes chevilles aux pieds de la chaise.

— Désolé pour l'enfant, dit-il en tirant sur la corde qui entaillait ma peau.

Ensuite, il en passa une autre autour de mon corps pour m'immobiliser complètement sur la chaise et la serra assez violemment. J'écarquillai les yeux sous la douleur et laissai échapper un cri étouffé.

Winston leva son regard de glace sur moi.

— De toute façon, il ne sentira bientôt plus rien.

— C-c-comment ? bégayai-je, stupéfaite.

— Je crains que vous ne voyiez pas le soleil se lever demain.

Il plaça une autre chaise à mi-chemin entre moi et la porte, et coupa un bout de la deuxième corde, de plus petit calibre.

— Vous avez l'intention de me tuer ?

Mes lèvres se mirent à trembler de façon incontrôlable.

— Pas moi, dit-il en me lorgnant de biais, d'un œil cruel et froid. Macdonald…

Les mots m'atteignirent en plein cœur. Je regardai avec horreur Winston attacher solidement un des pistolets au dossier de la chaise à la hauteur de ma poitrine. Jamais je n'aurais pu imaginer tant de folie. Cet homme était vraiment dément. Mon cœur se serra, et je déglutis avec peine, tellement ma gorge était sèche. Je fermai les yeux pour contenir les larmes qui jaillissaient, mais en vain.

Winston avait délicatement noué une des extrémités de la cordelette à la détente du pistolet pointé sur moi et nouait l'autre bout à la poignée de la porte. Lorsque celle-ci s'ouvrirait, le coup de feu partirait…

— Oh non ! Winston, vous ne pouvez pas faire ça ! gémis-je. Tuez-moi si vous le désirez, mais pas comme ça ! Pas Liam ! Mon Dieu, non ! Vous êtes pire que je ne l'avais cru. Maudit soyez-vous, Winston Dunning ! hurlai-je. Le diable viendra vous chercher et vous rôtirez en enfer pour l'éternité, sale ordure !

Il lança un regard triomphant vers moi, puis reprit sa tâche en silence. Il arma le pistolet vide et ouvrit la porte. Un déclic sinistre résonna dans la chaumière, suivi d'un silence de mort. Mon visage était moite de sueur et de larmes, et des gouttes de transpiration coulaient entre mes seins et dans mon dos. La terreur sortait par tous les pores de ma peau. Je m'agitai brusquement sur ma chaise, qui bascula sur le côté, m'entraînant avec elle dans sa chute. Winston me dévisagea, contrarié.

— C'est bien, Caitlin, dit-il, sarcastique. Je n'avais pas pensé à cela.

Il fit le tour de la pièce, d'un coup d'œil, et aperçut un lit défoncé qu'il tira jusqu'à moi. Il attacha ma chaise à l'un des montants, éliminant ainsi mes chances de sortir de la ligne de tir.

— Pourquoi faites-vous cela ? murmurai-je en tremblant.

Il approcha de moi son visage ténébreux et plongea ses yeux pourtant si beaux dans les miens. Il resta ainsi, immobile, sans parler pendant ce qui me sembla une éternité, puis il m'embrassa sauvagement. Sa langue se fraya un chemin entre mes lèvres, qu'il m'obligea à ouvrir. Je ne pouvais plus rien contre lui, j'étais totalement à sa merci. Sa main se perdit sous mes jupes, entre mes cuisses, que je tentais désespérément de tenir fermées. Puis ses lèvres quittèrent ma bouche pour descendre dans mon cou et sur ma poitrine qu'il dénuda en tirant brusquement sur mon corsage.

— Caitlin… souffla-t-il en remontant son visage vers le mien. Mon Aphrodite… Je souffre déjà de ce que je m'apprête à faire…

Sa main caressait mes cuisses avec douceur.

— Si je ne peux pas vous avoir pour moi seul, alors personne d'autre ne le pourra. Et puisque je ne peux me résoudre à vous tuer moi-même…

Il s'interrompit et enfouit en gémissant son visage entre mes seins luisants de sueur, comme une sorte de sanglot étouffé. Après quelques minutes, il se redressa lentement et rajusta mon corselet.

— Quoi que vous puissiez en penser, commença-t-il, la voix éteinte, je vous aime, Caitlin… Depuis ce premier jour où vous êtes entrée au service de ma mère. Vous étiez si belle, si pure et innocente… Une vision…

Sa voix s'étrangla, et il se détourna, bouleversé.

— Ensuite, mon salaud de père vous a souillée… Comme il l'avait fait avec Agnès, avant vous. J'aurais voulu vous épouser, vous emmener loin de lui… Mais père n'aurait jamais permis une telle chose. Je crois qu'il se doutait de mes sentiments pour vous et, par peur que je ne vous prenne sans son consentement, il a essayé de me marier à cette idiote d'Emily Carlisle. J'y serais allé, aux colonies, je serais allé au bout du monde s'il me l'avait demandé. Mais avec vous…

Il fit une brève pause, le temps d'essuyer une larme qui coulait sur sa joue.

— Mon père… je l'ai déçu. Je ne voulais pas reprendre les affaires de la famille. J'aspirais à autre chose. Partir, parcourir le continent. Rome l'impériale, Venise la mystérieuse, Paris la dévergondée. Je voulais… ce que je ne pouvais obtenir. *Mio amore*, ma vie… Vous ne pouvez imaginer ce que j'ai dû endurer à jouer cette sinistre comédie devant vous. A vous faire croire que je préférais les hommes… quand je rêvais de vous… Bon Dieu, ce que je pouvais vous désirer…

Il ferma les yeux et déglutit.

— Cette nuit maudite où vous avez tué mon père… Je ne vous en voulais pas, Caitlin. Je savais ce qu'il vous faisait endurer. Vous avez commis un acte que je n'avais pas eu le courage de faire, et je n'acceptais pas que vous en payiez le prix. Je souhaitais vous protéger, vous prendre avec moi et Stephen. Je me suis attaché à lui et je le considère un peu comme mon propre fils. Nous aurions été heureux, tous les trois. Malheureusement, vous êtes partie avec ce sale Highlander.

Il posa son regard de nouveau sur moi. Ses yeux humides étaient empreints d'une profonde tristesse mélangée à une rage contenue.

— Pourquoi avez-vous attendu jusqu'à aujourd'hui pour me raconter cela ? murmurai-je, estomaquée par ces aveux inattendus.

— Je voulais le faire, le lendemain du… meurtre. Je devais trouver un moyen de faire passer le crime sur le dos d'un autre et de vous mettre à l'abri, mais il était trop tard… Le Highlander aurait été accusé du meurtre, j'aurais hérité de mon titre et du domaine. Enfin, j'aurais pu me livrer à ma passion sans avoir à me cacher dans ce sordide atelier à Edimbourg. Je vous aurais peinte, Caitlin, à la pleine lumière du jour. Je vous aurais caressée d'une palette infinie de couleurs. Vous seriez restée avec moi, sous ma protection. Tout est fini désormais. Quand vous m'avez dit que vous attendiez son enfant… j'ai cru un instant qu'il aurait pu être le mien, seulement j'ai lu dans vos yeux… Je sais que vous ne m'aimez pas et que vous ne m'aimerez jamais. J'ai été naïf. Vous avez raison, l'amour ne s'achète pas. J'ai passé ma vie à croire que je pouvais tout obtenir avec l'argent, comme mon père le faisait si bien. Je ne suis qu'un lâche, Caitlin, voyez-vous… Je ne peux accepter de vous savoir dans le lit de cet Ecossais. C'est la seule solution que j'aie trouvée. Macdonald fera tout à ma place. Il me provoquera certainement en duel, puis il me tuera probablement. Je m'en fous à présent. Lui restera seul, tandis que je vous aurai pour l'éternité…

— Non, Winston, même dans l'au-delà, vous ne m'aurez pas, car vous, vous irez directement dans les flammes de l'enfer, soufflai-je, sarcastique.

— L'enfer, je le vis ici, mon amour… Rien ne peut être pire.

Il s'affaira alors à charger le pistolet d'une main tremblante. Je restai sans voix, encore sous le choc de son récit accablant. Je fixai la gueule du canon pointée sur moi, puis le déclic du chien que Winston venait d'armer me fit sursauter. Mon sort venait d'être scellé.

— C'est vous qui me tuerez, Winston Dunning, criai-je, soudain prise de panique devant la gueule sombre de l'arme mortelle. Même si c'est Liam qui déclenche le mécanisme du pistolet, ce sera de votre main que le coup partira. Et s'il ne vous tue pas, vous devrez vivre avec cette réalité le reste de votre misérable vie. Si vous m'aimez comme vous le prétendez, ne faites pas ça… Pour Stephen…

Il me dévisagea un moment, puis m'embrassa doucement avant de me bâillonner avec un mouchoir.

— Je vous aime, Caitlin… Mais vous ne pouvez pas comprendre.

24

La chute de Belzébuth

Les heures prenaient une éternité à s'écouler. Je sursautais au moindre craquement venant de l'extérieur, imaginant que je vivais les derniers instants de ma vie. La nuit était tombée depuis belle lurette. Je ne savais pas si Winston était parti ou bien s'il était tapi dans un recoin sombre pour assister à mon exécution, comme le lâche qu'il était. Je somnolais par périodes, mais dès que je rouvrais l'œil, l'horrible réalité me sautait au visage et me rongeait les tripes. Finalement, je me rendormais, dans un épuisement total.

Les premières lueurs de l'aube s'infiltraient faiblement dans la chaumière par la petite fenêtre sans verre. Transie, je n'arrivais plus à penser normalement, n'ayant pas bougé ni mangé, depuis combien de temps déjà ? Je ne savais plus, c'était déjà trop long. Mon corps n'était plus que douleur et attendait la délivrance de la mort.

Soudain, je sentis un faible mouvement dans mon ventre. Mes yeux s'emplirent de larmes, et ma gorge, des cris que je n'avais plus la force de pousser. Je refermai mes yeux brûlants de fièvre et de fatigue, et récitai mentalement le *Pater Noster* ou le peu dont je me souvenais. « *A Dhia, cuidich mi...*[1] »

Une araignée tissait sa toile avec une infinie patience entre les barreaux de la chaise à laquelle était attachée ma fatalité. Un insecte insouciant ne manquerait pas de s'engluer dans le piège, et elle se précipiterait inévitablement dessus pour le vider de sa substance et s'en repaître. Ce que Winston voulait faire avec moi...

Un hennissement m'extirpa de mes mornes observations. Je redressai lentement la tête pour écouter, mais tout n'était que

1. Dieu, aidez-moi...

silence. La pauvre Ròs-Muire attendait probablement sa ration avec impatience. Ma tête retomba lourdement sur ma poitrine, puis un bruit, très distinct cette fois-ci, me parvint de l'extérieur. Mon sang fouetta mes tempes, et mes yeux s'agrandirent d'épouvante. Je fixai la porte, terrifiée, mais aussi soulagée de voir enfin mon calvaire se terminer.

Un léger sifflement provenant de la fenêtre attira mon attention. Tournant la tête dans cette direction, j'aperçus un profil se découpant sur le ciel strié de fuchsia et d'azur. J'étais complètement réveillée à présent, et le froid qui m'avait engourdie jusqu'ici me mordait cruellement. Je m'agitai furieusement sur mon siège et geignis de toutes mes forces, étouffée par le bâillon qui m'immobilisait le menton. La silhouette s'immobilisa.

— Madame Macdonald ? C'est vous ? chuchota la voix de Calum.

Il glissa sa tête par l'ouverture de la fenêtre. Il faisait sombre dans la chaumière, et j'étais certaine qu'il ne verrait rien de ma situation et qu'il se précipiterait sur la porte, mais c'était sous-estimer la vision nocturne des Highlanders.

— Nom d'un chien ! pesta-t-il en grimpant prestement par la fenêtre.

Il s'élança sur moi et me libéra de mon bâillon.

— Le p-p-pistolet est ch-ch-chargé, murmurai-je en claquant des dents. Si Liam ouvre la p-p-porte... Calum, dévie-le...

Calum se retourna subitement et allongea son bras pour déplacer le pistolet. Des cris me parvinrent de l'extérieur. J'entendis la voix de Liam qui m'appelait. Soudain, la porte s'ouvrit. S'ensuivit une explosion retentissante. Mon cœur s'arrêta de battre. Le corps de Calum fut projeté sur moi et retomba sur mes genoux pour enfin glisser au sol, à mes pieds. Des voix fusaient de partout, ma tête tournait et ma vue s'embrouillait. Quelqu'un me secouait ou me berçait... Je ne savais plus... Tout était si confus. Le sol tanguait, comme si des vagues me portaient. Je ne sentais plus rien... Tout était si... incohérent. Mon esprit s'embrumait de plus en plus...

— De l'eau...

Ma propre voix ne me parvenait que comme un lointain murmure. Quelque chose remua sous moi, et un filet d'eau vint mouiller ma gorge sèche. J'avais du mal à avaler et manquai m'étouffer. On mit ma tête de côté, et le surplus de liquide s'écoula sur ma joue qui reposait sur du tissu chaud et doux. Je bougeai légèrement pour m'imprégner de la chaleur réconfortante de l'étoffe. Mes paupières étaient si lourdes… Une grande main caressait mes cheveux tandis qu'une voix chaude me chuchotait des mots doux. J'ouvris les yeux, lentement. « Le plaid des Macdonald… »

— Liam… dis-je faiblement.

Un bras m'entoura.

— *Gabh do shocair*[1], murmura la voix dans mes cheveux. *Tha e ullamh*[2]…

Il bougea doucement, ce qui réveilla une douleur dans mes bras et mes épaules trop longtemps attachés derrière mon dos. Je gémis faiblement.

— Caitlin, *a ghràidh,* qu'est-ce qu'il t'a fait, nom de Dieu ! geignit-il en me berçant.

Avec tendresse, il m'embrassa sur le front, puis y posa sa joue râpeuse et mouillée.

— Je vais tuer ce fils de pute. Je te le jure sur la tête de notre enfant à venir, il peut commencer à faire ses prières…

Il s'interrompit, brisé par l'émotion, le corps secoué de sanglots silencieux. Je relevai la tête pour voir son visage. J'eus un choc en découvrant combien l'angoisse et le manque de sommeil avaient ravagé ses traits. Ses yeux humides me fixaient avec une telle tristesse…

— Je te croyais morte, *a ghràidh*… Le sang sur ta robe… je croyais que c'était le tien…

La scène me revint tout à coup.

— Calum… Mon Dieu ! Non… C'est lui qui a été tué… m'étranglai-je.

— Calum va bien, Caitlin. Il va s'en sortir. La balle lui a traversé le bras et lui a brisé l'os, mais il va bien…

— Il m'a sauvé la vie, Liam. S'il n'était pas entré par la fenêtre…

— Je sais, murmura-t-il d'une voix terrifiée.

Je me calai de nouveau dans le creux de son épaule. Il tira ma cape sur mes épaules. Le soleil me réchauffait, et je m'abandonnai, indolente, entre les bras réconfortants de mon amour.

— Il faisait si froid… si froid.

— Tu as faim ? demanda-t-il en fouillant dans la besace à côté de lui.

1. Repose-toi.
2. C'est fini…

Il en sortit un quignon de pain, en déchira un morceau et le mit dans ma bouche. J'avalai le pain en entier ainsi qu'un gros morceau de fromage.

— Je crois que nous étions affamés, plaisantai-je en prenant sa main, que je posai sur l'enfant qui grandissait en moi.

— Je l'ai senti bouger pour la première fois à... Lang Craig.

Les visions horribles de cette nuit sur le haut de la falaise surgirent brutalement devant moi.

— Lang Craig... MacKean... murmurai-je en me lamentant.

— Je sais, *a ghràidh,* nous l'avons retrouvé.

— Il m'a forcée à regarder, c'était horrible, Liam. Il n'est pas mort sur le coup, il étouffait et je ne pouvais rien pour lui.

Je me remis à sangloter.

— C'est fini maintenant.

— Ça aurait pu être toi...

Il mit un doigt sur mes lèvres crevassées par la déshydratation et le froid.

— N'en parle plus.

MacSorley... Qu'était-il advenu de lui ?

— Où est Thomas ?

Il se renfrogna.

— Il a réussi à s'échapper. Le salaud ne perd rien pour attendre. Son sort est désormais scellé.

— Que s'est-il passé ? Où sont les autres ?

— Partis avec la cargaison.

Il prit un air gêné, fouillant dans ma chevelure.

— Je t'ai cherchée partout, je croyais que... Isaak est venu me prévenir que tu étais à l'abri. Tu as risqué gros, *a ghràidh.* Il m'a raconté ce que tu as fait. Je... je t'en suis reconnaissant. Ensuite, je suis allé à la chapelle.

Il fit une pause et reprit d'une voix plus basse :

— Je suis arrivé trop tard. Vous étiez déjà partis.

— Comment m'as-tu retrouvée ? demandai-je après un moment.

— Les traces de chevaux. Ta jument est moins haute que les autres. Elle est donc moins lourde et, avec ses pieds plus petits, elle creuse moins le sol. Je n'ai eu qu'à suivre sa trace jusqu'à Dundee. Sur la route, comme par miracle, j'ai croisé Calum qui portait ta dague souillée du sang des *Sassenachs.* Il m'a raconté que Turner t'avait vendue à Dunning. Je ne voulais pas le croire, mais, connaissant ce sale fumier, je savais qu'il était bien capable d'une telle ignominie. Et plus encore, ajouta-t-il d'une voix brisée et chargée de haine.

Je sentis le malaise qui s'emparait de lui et voulus le rassurer.

— Il ne m'a pas touchée, Liam. Aussi invraisemblable que cela puisse paraître, il s'y est refusé...

Il releva mon menton avec le bout de son doigt et m'embrassa pour étouffer les mots qu'il ne voulait pas entendre.

Couché sous un arbre, sur le bord du loch, Calum se lamentait tandis que Donald essayait de replacer l'os brisé de son bras. J'en eus la chair de poule et détournai les yeux. Simon lui installa des attelles, lui envoya quelques bonnes rasades de whisky dans le gosier, et voilà qu'il était tout réjoui, adossé contre le tronc. Livide, mais souriant malgré tout. « Sacré orgueil mâle ! » pensai-je en souriant, moi aussi.

Je me débarbouillais comme je le pouvais sur le bord de l'eau lorsque je perçus un mouvement de l'autre côté du loch. Je plissai les yeux et mis ma main en visière pour me protéger des rayons éblouissants du soleil. Liam suivit mon regard. Je reconnus la longue crinière blonde et la stature élancée aux allures félines. Mon sang ne fit qu'un tour.

— C'est lui... soufflai-je. Il revient. Il est seul.

Liam se redressa, le visage décomposé par la rage et la haine. Je pouvais l'entendre souffler derrière moi.

— C'est un homme mort, siffla-t-il entre ses dents. Reste ici, *a ghràidh*, il ne faut pas qu'il te voie, il faut lui laisser croire que tu es... enfin, tu sais. J'envoie Donald et Calum te tenir compagnie.

Il remonta aussitôt, à travers les buissons épineux, le sentier qui menait au cottage. D'où j'étais, je pouvais voir ce qui se passait là-haut sans être vue. Je me couvris néanmoins de ma cape pour cacher l'éclat de ma chemise.

Liam marchait de long en large devant la porte, Simon était adossé contre le mur, dans l'ombre, le pistolet en main et prêt à tirer. Nous attendîmes plusieurs minutes avant de voir apparaître la silhouette au bout du chemin. Winston ne se pressait pas. Il savait que Liam l'attendrait.

Il s'arrêta à une dizaine de mètres de lui. Liam s'était immobilisé, son épée plantée dans le sol entre ses jambes écartées. La lame bleutée étincelait au soleil. Winston descendit de son cheval et tira son épée de son fourreau à son tour. Stoïque, il se tourna vers Liam, retira sa veste, qu'il lança sur la selle, puis donna une claque sur la croupe de sa monture, qui s'éloigna en trottant.

Les deux hommes se jaugèrent sans un mot. La confrontation en duel était une entente tacite. Liam brisa le silence en premier.

— Où sont vos témoins ?

Un éclat de rire fendit l'air. Winston vérifiait l'affûtage de sa lame sur sa paume, bien qu'il l'ait déjà fait maintes fois, j'en étais certaine. Nerveux, il affichait malgré tout une distanciation face au sort possible qui lui était réservé. Il avait peur de Liam, je le savais. D'une certaine façon, je ne pus m'empêcher d'admirer le courage dont il faisait preuve en venant le provoquer jusqu'ici. Pourquoi n'était-il pas resté au manoir, bien tranquille ? Il aurait tout aussi bien pu envoyer Turner aux trousses de Liam. Non, il avait préféré l'affronter, face à face.

— Pas de témoins, Macdonald. Rien que vous et moi.

Winston jeta un coup d'œil vers la chaumière, avisant Simon.

— Il n'interviendra pas, lui assura Liam, tant que le combat se déroule selon les règles. Il est sous mes ordres.

Winston émit un léger ricanement qui sonnait faux et haussa les épaules. Il releva la tête et fixa Liam d'un demi-regard. Un mince sourire étira sa bouche avec arrogance.

— Qu'avez-vous fait à ma femme, Dunning ? rugit soudainement Liam en s'approchant de son rival.

— Et vous ? Qu'avez-vous fait de votre femme ? railla l'autre.

Ils marchaient maintenant à pas comptés, en tournant en rond, gardant une distance respectable entre eux. Simon ne bougeait pas, prêt à intervenir si nécessaire.

— Vous êtes vraiment une ordure, elle attendait un enfant, espèce de salaud !

— Vous êtes bien certain que c'était le vôtre, Macdonald ? Elle était un bon coup. Ah ! Mais ça, je crois vous l'avoir déjà dit ! nargua Winston, sarcastique.

Liam était blême de rage et s'approchait dangereusement de son adversaire.

— Sa peau… Si douce, hum… ses cuisses d'ivoire. Vous savez, là où elle aimait tant se faire caresser… Mais, ça aussi, vous le saviez déjà, n'est-ce pas, Macdonald ?

Je ne quittais pas Liam des yeux. Tous les muscles de son corps étaient bandés, et les veines de son cou gonflaient sous la forte tension. Il était à deux doigts de bondir sur Winston.

— Fils de pute ! vociféra-t-il.

Winston le gratifia d'un sourire moqueur, toutes dents étincelantes au soleil. Liam souleva son épée et la fit tournoyer dans un sifflement au-dessus de lui. Il lâcha un cri à glacer le sang, puis abattit la lame sur celle de Winston dans un grinçant fracas métallique. Les lames décrivaient de grands cercles dans les airs et s'entrechoquaient avec violence. Ma bouche s'asséchait et mes doigts s'agitaient nerveusement sur le bord de ma cape.

Après quelques minutes de combat, les deux hommes prirent un moment de répit sans pour autant s'arrêter de tourner en rond, chacun protégeant son flanc vulnérable.

— Vous aimeriez savoir si je l'ai bien baisée, hein ? Elle avait un si joli petit cul... C'est qu'elle était très excitante... surtout lorsqu'elle émettait ces petits cris. Vous savez, ces couinements lorsqu'elle était sur le point de jouir ? Je l'entends encore...

— Taisez-vous ! hurla Liam en faisant des moulinets avec sa lame.

Le combat reprit de plus belle. Liam commençait déjà à se fatiguer. Il n'avait probablement pas beaucoup dormi ces derniers jours, contrairement à Winston, qui, lui, s'était préparé pour ce combat. De plus, Winston s'était muni d'une rapière, une arme beaucoup plus légère que la longue épée à double tranchant de Liam. Les lames brillantes glissaient l'une sur l'autre jusqu'à la garde. Liam y mettait tout son poids, mais son adversaire l'esquivait avec une agilité déconcertante. Il excellait vraiment dans l'art de l'épéisme. Liam ne s'attendait certainement pas à devoir affronter un tel adversaire.

Winston donna un coup qui déséquilibra Liam et l'atteignit au flanc droit. Sa chemise se teinta aussitôt de rouge. Je serrai les dents pour m'empêcher de crier. Simon s'agita, mais se tint obstinément à l'écart. Calum et Donald suivaient le combat sans bouger.

— Qu'en avez-vous fait, Macdonald ? Aurait-elle déjà pris le chemin d'Eilean Munde ? C'est sur cette île que votre clan se fait ensevelir, si je ne me trompe ?

Perdant son sang, Liam traînait les pieds.

— Vous n'aurez pas droit à une sépulture digne de ce nom lorsque j'en aurai terminé avec vous !

Winston éclata d'un grand rire cinglant et pointa la lame de son épée au niveau de la poitrine de Liam.

— Si vous arrivez à tenir jusqu'au bout, sale bâtard d'Ecossais !

Il croisa sa lame avec celle de Liam, le fixant d'un œil noir.

— Ensuite, vous pourrez vous contenter d'une brebis bien dodue pour assouvir vos bas instincts. J'ai entendu dire, par hasard, que les Ecossais aimaient bien les brebis, est-ce vrai ? Mais qu'est-ce que ça pue, les moutons ! Rien à voir avec l'odeur si douce et si sucrée de Caitlin... Mes draps en sont encore tout imprégnés. Et son goût, vous vous souvenez de son goût, Macdonald ?

La poitrine de Liam se soulevait et redescendait rapidement. Il aurait tué Winston de son regard assassin s'il avait pu. Je compris alors, avec consternation, la tactique de Winston. Son esprit machiavélique devenait son arme la plus redoutable. Sournoise, elle se montrerait terriblement efficace si Liam ne brandissait pas un bouclier devant son âme. Car c'était elle que Winston voulait atteindre.

Le troisième assaut débuta. Liam tenait maintenant sa grande épée à deux mains et sabrait l'air devant lui avec la lame tranchante, y mettant toute l'énergie de sa fureur. Winston esquivait les coups en bondissant avec l'agilité d'un chat. Liam trébucha sur une pierre et évita de justesse un coup qui lui aurait sectionné le bras gauche.

Mon estomac se crispait. Les attaques vitrioliques de Winston faisaient leur œuvre. Liam n'arrivait plus à se concentrer sur ses mouvements. J'aurais voulu lui crier de laisser tomber, mais je savais, au fond de moi, que c'était inutile. Il n'aurait de repos que lorsque Dunning tomberait, si lui ne tombait pas avant...

Winston engagea le quatrième assaut. Les lames qui luisaient sous le soleil fendaient l'air, tels des éclairs de feu, et se frappaient avec une telle violence que je tressaillais à chaque coup. Liam toucha Winston à l'épaule gauche, mais ce dernier évita le pire en pivotant sur lui-même. Le corbeau croassa, et mes cheveux se dressèrent sur ma tête. La mort rôdait, attendant sa proie. Mes yeux ne pouvaient se détacher du combat qui se déroulait dans la clairière. Les deux assaillants faisaient preuve d'une violence inouïe. Ils bondissaient, pivotaient et chargeaient. Seule la mort viendrait achever cette danse funeste. La voix de Winston résonna encore, cinglante :

— Elle vous a parlé de Stephen ?

Le tranchant de ses paroles m'ouvrit le cœur. Le coup était bas. Liam ayant ralenti son élan, son épée s'enfonça dans le sol. Winston scrutait ses réactions, semblant satisfait de l'effet. Enhardi, il reprit :

— Je vois bien que non. Bien sûr, personne ne devait savoir. Je suis heureux de constater qu'elle savait garder un secret.

— Qui est Stephen ?

Liam se mouvait de côté, dans un lent chassé. Winston se synchronisait à la chorégraphie en sens inverse.

— Son fils, bon Dieu ! Le pauvre, orphelin si jeune…

— Son… fils ?

Il me tournait le dos, toutefois je pus le voir se raidir. Winston le toisait, mesurant la portée de sa révélation.

— Elle a un fils… ?

Sa crinière se secoua d'incrédulité. Il fit encore quelques pas, me dévoilant son profil.

— J'aurais bien aimé en être le géniteur. Mais, comme vous le savez déjà, elle servait mon père, et plutôt bien, je crois, si vous voulez mon avis…

Les épaules de Liam se voûtèrent, et son regard fuit momentanément son adversaire, qui n'attendait que le moment propice pour lui porter le coup fatal.

— Il est très mignon et très attachant. Il ressemble beaucoup à sa mère, Dieu soit loué ! Il porte une petite fossette dans la joue, tout comme elle.

Liam ne bougeait plus et fixait le sol, perdu. Winston brandit son épée contre celle de Liam, qui perdit pied et tomba à genoux. Je retins mon souffle. Sur toute la clairière s'étendit un silence lourd que même les oiseaux n'osaient plus troubler. Winston repoussa Liam au sol d'un coup de pied et lança son épée vers lui. Liam roula dans l'herbe, mais la lame vint lui transpercer la cuisse, le clouant au sol.

Un cri terrible déchira l'air. Je ne pus dire si c'était le mien ou celui de Liam. Je remontai le sentier jusqu'à la clairière en courant. Tout tournoyait autour de moi, je n'y voyais plus clair.

— Nooon ! hurlai-je.

Winston, qui s'apprêtait à récupérer son arme, releva la tête, ahuri, et me dévisagea, totalement incrédule. Le sang se retira de son visage. Ses yeux s'agrandirent d'horreur devant la vision de mon spectre. C'était certainement l'image que je devais lui offrir avec mon teint livide, mes yeux cernés et mes lèvres crevassées.

Liam profita de ce moment d'inattention de la part de Winston pour reprendre son épée. L'éclair bleuté de l'acier attira le regard de Winston, qui se retourna vers son adversaire couché à ses pieds. Un cri rauque retentit. La lame transperça le corps de Winston, qui hoqueta de surprise. Il baissa les yeux sur l'arme étincelante de Liam qui le traversait de part en part jusqu'à la garde. Il fronça les sourcils et esquissa une grimace de dégoût en prenant la poignée de l'épée à deux mains.

— Putain de merde... marmonna-t-il en tirant dessus.

Un flot de sang s'écoula, imbibant sa chemise et son gilet, puis il tomba à genoux. Sa bouche se tordit en un affreux rictus et émit un son qui ressemblait plutôt à un gargouillis. Horrifiée, je ne pouvais détacher mon regard de Winston qui me dévisageait à présent avec un drôle d'air. Puis il s'effondra sur le sol, secoué de soubresauts, aux côtés de Liam.

Je me jetai sur le corps de Winston et le frappai de mes poings en criant. La vie qui le quittait emportait son secret.

— Où est-il, salaud ? Où est Stephen ? criai-je, désespérée.

Je le martelai encore et encore, jusqu'à l'épuisement, pour m'effondrer sur lui, en pleurs. En mourant, il me volait mon fils, définitivement. J'avais mal... terriblement mal.

Autour de moi, les hommes bougeaient. Abîmée dans mon chagrin, j'en avais oublié les autres. D'un geste rapide, Simon retira l'épée toujours fichée dans la cuisse de Liam, lui arrachant un cri de douleur. Mon cerveau se remit alors à fonctionner. Je me précipitai vers lui, qui se tordait de douleur dans l'herbe rougie, en me demandant, l'espace d'un instant, quelle blessure lui était la plus douloureuse.

J'enfournai ma dernière bouchée de poisson grillé. Liam somnolait, la tête sur mes cuisses. J'effleurai son front sec et tiède.

— Qu'avez-vous fait du corps ? demandai-je à Simon, qui remettait quelques branches sèches dans le feu.

— Vous tenez vraiment à le savoir ? répondit-il, un sourire narquois aux lèvres.

— Euh... Non, pas vraiment.

— Je peux vous assurer, cependant, que si jamais quelqu'un vient à le trouver, il ne pourra pas l'identifier.

Je grimaçai en chassant les images de corps mutilés qui traversaient mon esprit.

— Pourquoi n'avez-vous pas abattu Dunning, Simon ?

Il me dévisagea et haussa les épaules.

— Liam ne m'en avait pas donné l'ordre.

Je le regardai, bouche bée.

— Pourquoi auriez-vous eu besoin d'un ordre pour lui sauver la vie ?

— Parce que c'est ce qu'il voulait, Caitlin. Il me l'avait formellement fait comprendre avant le début du duel, en m'assurant qu'il me tuerait si je contrevenais à ses ordres. J'ai respecté ses désirs.

— Je ne comprends pas ! Dunning l'aurait tué si je n'étais pas arrivée. Vous auriez assisté à son exécution sans broncher ? Vous n'auriez pas levé le petit doigt pour la seule raison que vous respectiez ses désirs ? Parce qu'il avait menacé de vous tuer ? Vous ne voyiez donc pas qu'il était aveuglé par sa vengeance et que son esprit n'était plus très lucide ?

Il détourna son regard dans les flammes.

— Je ne sais pas, dit-il après un moment.

Visiblement mal à l'aise, il se releva et s'éloigna vers le bord de l'eau. Donald, qui avait écouté notre conversation, le suivit des yeux, perplexe. Je le fixai, l'air mauvais.

— Et vous ?

Il haussa les épaules et se couvrit de son plaid avant de se rouler en boule près de Calum qui dormait déjà.

Liam remua et laissa échapper une plainte étouffée, une sorte de sanglot, qui me rappela la nature de ses blessures. Je jetai un coup d'œil sur ses bandages imbibés de sang. La plaie sur le torse était superficielle. La lacération en forme de croissant était peu profonde et n'avait entamé la chair que très légèrement. En revanche, je m'inquiétais pour sa cuisse. La guérison serait assez longue, car la lame avait sectionné les muscles de part en part sur plusieurs centimètres. Je doutais toutefois que l'infection s'y installe : Simon avait versé presque toute une gourde de whisky dans la plaie. J'entendais encore les cris de Liam et frissonnai en me souvenant de l'effet de l'alcool dans les chairs meurtries.

Au fond, j'étais surtout tracassée par la blessure du cœur. Il m'en voulait probablement de lui avoir délibérément caché l'existence de Stephen, et il avait raison. J'aurais dû faire confiance à son amour.

Nous étions en novembre, et les nuits étaient froides. Je m'allongeai près de lui, enroulée dans ma cape, et mis mon bout de nez gelé dans son cou pour le réchauffer. Il grommela et se tourna vers moi.

— Tu es plus froide qu'un glaçon, *a ghràidh.*

Il roula sur le côté en grimaçant, puis passa son bras autour de mes épaules.

— Tu ne devrais pas bouger autant, Liam.

— Ça va, le pire est passé. Dans quelques jours, je serai remis, tu verras, dit-il pour me rassurer.

Le hurlement lointain d'un loup fit écho sur les falaises de Lundie Craig. Le quartier de lune nous éclairait de sa lumière argentée et constellait la surface du loch d'une myriade d'étoiles scintillantes.

Liam m'observait.

— Liam, commençai-je, les mots font parfois de meilleures armes que l'acier bien tranchant d'une épée.

— Je sais, admit-il.

— Je peux panser ton corps, mais pour ce qui est de ton âme…

— Je sais, répéta-t-il. Je comprenais ce que tentait de faire Dunning… Il a bien failli y arriver. J'essayais de chasser les images qui me hantaient, mais ses paroles les faisaient resurgir… Je ne parvenais plus à me concentrer. Si tu n'étais pas apparue, je crois bien que…

— Pourquoi as-tu demandé à Simon d'attendre un ordre de ta part pour tuer ce salaud ?

Son regard s'assombrit.

— C'était mon combat, Caitlin, mon duel. Dunning m'avait affaibli à un tel point que le fait de savoir qu'il allait me tuer ne m'importait plus. C'est pourquoi je n'avais pas donné l'ordre à Simon de l'abattre.

Je blêmis.

— Tu l'aurais laissé te tuer ? Liam, c'est bien ce que je viens de comprendre ?

Il éluda la question d'un simple sursaut d'épaules.

— Tu aurais vraiment abattu Simon s'il t'avait désobéi ?

— Non. Cependant, je ne lui aurais probablement plus jamais fait confiance.

— C'est complètement ridicule, Liam ! m'offusquai-je.

— C'est une question d'honneur, Caitlin. Je lui avais demandé de respecter mon honneur, et il comprenait.

— Mais moi, non…

— Tu n'as pas à comprendre. De toute façon, c'est toi qui m'as sauvé la vie, *a ghràidh,* murmura-t-il. Lorsque tu es apparue, le visage défait, tu m'as donné la force qui me manquait. Alors, j'ai repensé au petit… Le nôtre…

Nos regards se croisèrent, un très bref instant. Je baissai le mien, le déviant vers les braises. Je refusais de revoir les reproches, l'amertume et cette persistante douleur qui lui dévorait l'âme. Ses doigts, doux et tièdes, effleurèrent ma joue. Je fermai les yeux sur une grosse larme qui s'échappa de la source. Il la recueillit et l'essuya.

— Caitlin… dit-il dans un murmure, comme une brise.

Je serrai les dents. Trop bouleversée pour me tourner vers lui, je ne pus que secouer la tête.

— *A ghràidh mo chridhe*, regarde-moi.

Mes lèvres puis mon menton qu'il venait de prendre entre ses doigts se mirent à trembloter. La digue se fissura, le trop-plein se déversa. Je gardai obstinément les yeux fermés. Il souleva son corps blessé sur un coude, passa une main derrière ma nuque pour m'attirer contre son épaule. Je m'y blottis pour y laisser couler tout le chagrin qui m'étouffait. Les doigts de Liam ne cessaient de me caresser. Au lieu de m'accabler de reproches, il me consolait. Au lieu de me presser de lui expliquer, il se taisait. Son silence me parlait plus que les mots. Il partageait ma peine.

Je pleurai sans retenue mon petit Stephen à jamais perdu. Mon premier enfant. Celui pour qui j'avais tant sacrifié. Je ne pourrais jamais plus le tenir dans mes bras, lui dire combien je l'aimais. Mon sang, ma chair… Il aurait dix mois bientôt… Quel serait son destin maintenant que Winston avait disparu ? La venue prochaine de mon deuxième enfant amplifiait l'absence du premier. Stephen saurait-il seulement qui était sa mère ? Me haïrait-il ?

— Je t'aime.

Ce furent les seules paroles de Liam, mais elles coulèrent sur moi avec douceur et me lavèrent de ma faute. L'absolution que seul l'amour inconditionnel pouvait donner.

Liam posa sa paume brûlante sur ma joue glacée et plongea son regard amoureux dans le mien.

— Demain, nous rentrons chez nous, annonça-t-il de sa voix grave. Tu commences à grossir. Bientôt je pourrai te faire rouler comme un œuf. Nous hivernerons jusqu'au printemps, bien au chaud, en attendant que le petit daigne montrer le bout du nez. Terminées les nuits froides dans les bruyères pour toi. Tu as grandement besoin de repos dans un vrai lit.

— Avec un mari pour me réchauffer ?

— Avec un mari pour te réchauffer, *a ghràidh*…

CINQUIÈME PARTIE

Vous êtes mon amour, craignez d'être ma haine.

CORNEILLE

25

Le sang de Gaël en héritage

La main de Liam reposait mollement sur mon sein gonflé de lait. Son souffle reprenait lentement un rythme régulier. Il m'observa entre ses mèches emmêlées qui barraient son visage rougi par les plaisirs de l'amour, puis me sourit.

— Tu sais que tu es presque aussi lourde qu'un tonneau de bière ? se moqua-t-il.

— Une baleine, rectifiai-je. Je trouve que j'ai plutôt l'air d'une baleine.

Je pris mon ventre entre mes mains et affichai une moue de dégoût.

— Comment peux-tu avoir encore envie de moi ?

Il rit doucement et croisa ses bras derrière sa nuque pour mieux me regarder.

— Parce que tu es belle, *a ghràidh*. Comment ne trouverais-je pas magnifique la femme qui porte mon enfant ? C'est le plus beau cadeau que tu puisses me faire.

— Un cadeau qui commence à se faire plutôt lourd, maugréai-je en me redressant sur mon séant.

Je lui offris mon dos, qu'il entreprit de masser. Ses doigts s'enfonçaient fermement dans ma chair, irradiant une chaleur apaisante dans mes reins endoloris. Je fermai les yeux et fis le vide dans mon esprit. Je me concentrai sur ces mains magiques qui éloignaient progressivement cette douleur qui ne me quittait presque plus depuis quelques jours. Je laissai échapper un grognement de satisfaction.

— Tu retournes au champ, aujourd'hui ? lui demandai-je après un moment.

— Non, je dois aller à Ballachulish faire réparer un des fers de Stoirm. De toute façon, les semailles sont terminées. Il ne reste qu'à souhaiter que les semences ne pourrissent pas en terre. Il pleut pratiquement depuis une semaine.

En effet, le temps avait été maussade et froid, et il semblait vouloir s'éterniser. Les nuages coagulés autour des pics enneigés pleuraient sur la vallée depuis cinq jours, et la rivière Coe, qui courait sauvagement dans son lit, déjà saturée par la fonte des neiges, menaçait de déborder.

L'ensemencement avait accaparé Liam pendant près de deux semaines. La préparation du sol se faisait par équipes de deux hommes. Le premier guidait le bœuf qui tirait le *caschroim*[1]. Le deuxième semait en suivant. Ce travail éreintant débutait dès l'aube et se terminait au crépuscule. Le sol rocailleux usait rapidement le soc de bois, s'il ne le brisait pas tout simplement, et les pierres que vomissait la terre devaient être enlevées et empilées ailleurs, pour un usage ultérieur. La pluie avait rendu la tâche encore plus fastidieuse et retardé les travaux.

Ses mains quittèrent ma région lombaire, pour s'attaquer à mes épaules et à ma nuque, sur laquelle il déposa un doux baiser. Sans cesser de me toucher, il se dirigea ensuite vers mon ventre, qu'il palpa avec douceur. L'enfant remua en guise de protestation. Il plaqua ses paumes pour sentir les mouvements du bébé coincé sous mon sein.

Ces derniers temps, j'avais vraiment été de mauvais poil. Patrick et Sàra n'étaient pas encore rentrés d'Edimbourg, où ils avaient passé l'hiver. Leur retour avait été retardé par l'état pitoyable des routes. Nous pataugions littéralement dans la fange jusqu'aux genoux.

Effie, que Dieu ait son âme, s'était éteinte quinze jours plus tôt d'une mauvaise grippe ; mais, selon moi, elle ne s'était jamais vraiment remise de la mort prématurée de Meghan. Elle s'était laissée aller vers la mort, sans lutter contre la maladie, pour se délivrer du poids de sa culpabilité. Je me retrouvais maintenant sans sage-femme. Et pour couronner le tout, Seamrag n'avait pas montré le bout du museau depuis quatre jours. Décidément, tout allait de travers, et la fin de ma grossesse me rendait encore plus grincheuse.

— Que feras-tu aujourd'hui ? murmura-t-il dans mon oreille en glissant ses mains sous mon ventre.

---

1. Soc utilisé dans les Highlands.

— Margaret viendra m'aider pour le pétrissage des pains, ce matin. Mon dos me tue.

Il me souleva légèrement, donnant un peu de répit à mes reins. Au même moment, l'enfant changea de position. Je posai ma main sur l'énorme rondeur qui se déformait au gré des mouvements du bébé.

— Il est vigoureux, ce sera un garçon.

— Non, c'est une fille, et elle me dit bonjour, me taquina Liam en mordillant mon lobe.

— Tu as vu la sage-femme ?

— Madame MacLoy ? Oui. Elle dit qu'elle viendra après-demain.

— Après-demain ? Mais le bébé ne devrait pas arriver avant la fin de la semaine prochaine ! fis-je remarquer.

— Un homme ne discute pas avec une sage-femme. Qu'est-ce que j'y connais, moi, aux accouchements ? rétorqua-t-il. Et puis les chemins de Ballachulish ne sont pas plus praticables que les autres. Elle dit que c'est mieux ainsi. Elle accepte de loger dans la chaumière d'Effie.

— Bon, va pour madame MacLoy, alors, ronchonnai-je. Elle est comment ?

— Bah ! Tu en jugeras par toi-même. Personnellement, je la trouve un peu pincée, mais Maud affirme qu'elle est très bien.

Je plissai le front en faisant mine de réfléchir.

— Si Patrick et Sàra pouvaient arriver à temps...

Liam éclata de rire.

— J'espère que tu ne comptes pas trop sur ma sœur...

— J'ai besoin d'elle, Liam... bougonnai-je. Je tiens à ce qu'elle soit là lorsque le bébé arrivera.

— Je me demande bien qui de vous deux aura besoin le plus de l'autre. Tu connais Sàra...

Je ris en revoyant l'expression terrifiée qu'avait affichée ma belle-sœur lorsque Margaret lui avait raconté par le menu détail son dernier accouchement.

Mon frère et elle étaient partis peu après notre retour de Lundie Craig. Nous avions reçu deux lettres d'eux depuis. Sàra semblait s'adapter assez facilement à la vie en ville, au grand soulagement de Patrick. Je me doutais que nous ne les verrions plus très souvent, car sir James Graham avait offert un poste de clerc-comptable à mon frère. Je souhaitais cependant qu'ils passent quelque temps avec nous, afin qu'ils puissent faire connaissance avec leur neveu.

Un timide rayon de soleil s'infiltrait par la fenêtre. Liam posa son menton sur mon épaule, frotta sa joue rêche contre la mienne et s'immobilisa. Son souffle réchauffait mon cou. Je me raidis à peine.

— Quelque chose ne va pas ? demanda-t-il.

— Euh, non...

— Je sais quand tu mens, *a ghràidh,* chuchota-t-il. Quelque chose te ronge, je le sais.

— Je m'inquiète un peu...

— Pourquoi ? Pour le bébé ?

— Non, pour l'accouchement...

Il ne dit rien.

— Ma mère est morte en mettant ma sœur au monde.

— Tu as peur ?

Je pus déceler une pointe d'inquiétude dans le ton de sa voix.

— Un peu, oui... Pas toi ?

Il ne répondit pas et me serra contre lui.

— Je suppose que je dois faire confiance à Dieu, me résignai-je. Et à madame MacLoy...

— Oui, elle saura quoi faire, marmonna Liam.

Je pestais contre l'énormité de ma taille qui entravait mes mouvements. Le soleil inondait maintenant la chambre et une odeur de porridge me chatouillait les narines. Il n'en fallait pas plus pour réveiller mon estomac, qui se mit à réclamer bruyamment son dû. Je terminai d'attacher mes bas et mis les chaussons en mouton que Liam m'avait confectionnés pendant nos longues soirées d'hiver. La perspective de pouvoir prendre un peu d'air à l'extérieur m'emplissait de joie. Subitement, le poids de ma grossesse paraissait moins accablant.

Je terminai mes ablutions matinales et m'habillai. Liam était à la cuisine et préparait les bols de porridge bien chaud, sucré d'un peu de miel. Il me fit signe de m'asseoir et déposa mon petit déjeuner devant moi, un sourire espiègle accroché à ses lèvres.

Je le dévisageai, intriguée, puis l'inquiétude s'empara de moi. Allait-il m'annoncer qu'il partait encore pour le continent ou pour un long voyage ?

— Tu as quelque chose à me dire ? demandai-je sur un ton faussement détaché.

— A te dire ? Peut-être...

Il fouilla dans son *sporran* et en sortit un petit cadeau bien ficelé qu'il posa sur mes genoux. Il se pencha vers moi pour m'embrasser.

— Tu sais quelle date nous sommes aujourd'hui ?

— Euh… le douzième jour de mars, je crois.

Mes yeux s'agrandirent de surprise.

— Comment as-tu su la date de mon anniversaire ? demandai-je, étranglée par l'émotion.

— Patrick. Je le lui avais demandé avant qu'il ne reparte pour Edimbourg. Tu ne m'en avais jamais fait part, et je voulais te faire une surprise.

Je baissai les yeux vers le présent.

— C'est pour toi, ouvre-le.

Le paquet contenait un médaillon ovale en bois d'ébène, méticuleusement incrusté d'une croix celtique en ivoire, et monté sur un délicat ruban de soie noire.

— Oh ! fis-je, émerveillée devant le précieux objet. C'est magnifique…

Liam me prit le bijou des mains pour le nouer autour de mon cou.

— Où l'as-tu acheté ?

— C'est Malcolm qui l'a fait. Il ne fabrique pas que des meubles, tu sais. Trouver le morceau d'ébène a été assez difficile, mais j'y tenais tant.

Il s'accroupit devant moi et tint mes mains dans les siennes.

— Je t'aime, *a ghràidh*. C'est une façon pour moi de te le montrer.

— Oh ! Liam. Tu n'étais pas obligé, quoique… dis-je en esquissant un sourire mutin. Cela me fait énormément plaisir.

— Vous m'en voyez ravi, madame Macdonald.

Il m'embrassa de nouveau, plus longuement cette fois-ci, puis se redressa.

— Je suis désolé de te laisser seule encore aujourd'hui, mais le fer de Stoirm ne peut vraiment pas attendre. Je tâcherai de rentrer le plus tôt possible. Peut-être que je pourrai nous dénicher un beau saumon ou bien des huîtres, si tu en as envie.

— Merveilleux ! Je vais profiter du beau temps pour marcher un peu. Peut-être retrouverai-je cet idiot de Seamrag.

— Ne t'aventure pas trop loin, tu te fatiguerais inutilement, me prévint-il en terminant sa tartine à la mélasse.

Je suivis le cours de la Coe. L'odeur de la terre fraîchement retournée, du fumier et de la tourbe saturait l'air qui emplissait mes poumons. Un troupeau de cerfs rouges, venus manger l'herbe tendre et nouvelle, détala après avoir flairé ma présence. Je m'assis sur une saillie rocheuse couverte de mousse séchée par les froids d'hiver et contemplai les oies glissant sur le miroir du loch Achtriochtan, dans lequel se réfléchissaient les crêtes escarpées de l'Aonach Eagach.

La neige, qui couvrirait jusqu'en juin les sommets rocheux, donnait une luminosité particulière à la vallée. Quelques vaches squelettiques paissaient un peu plus en amont. Bientôt, les bêtes les plus fortes auraient repris leur poids, il faudrait abattre les autres. Faute de fourrage en quantité suffisante, l'hiver était très dur pour le troupeau, ici, comme partout dans les Highlands.

Moi, j'avais traversé ma première saison froide dans la vallée. A Belfast, l'air marin rendait la saison hivernale assez douce. L'hiver, ici, était très différent de celui de la ville. Tout n'était que silence, une immense couverture blanche ondulant et se fripant sur les courbes de mère nature. La vie coulait paisiblement à l'intérieur de nos veines dans l'attente des feux de Beltane qui annonçaient le retour des journées plus chaudes et actives. L'hiver était la période du repos des corps et du ressourcement des âmes.

Si les journées étaient consacrées aux longs travaux tels que le filage, le tissage et la réparation des filets de pêche, les soirées, en revanche, étaient plutôt animées. Les gens du village se réunissaient chez l'un ou chez l'autre, pour jouer aux cartes, aux échecs ou au jacquet. Nous nous racontions des histoires et des légendes, et nous chantions de vieilles ballades autour d'une bouteille de whisky près d'un feu de tourbe. En février, pour marquer le quatrième anniversaire du massacre, nous eûmes la visite de Iain Lom Macdonald, le barde officiel de Keppoch. C'était un personnage assez coloré et très respecté dans le Lochaber. Guerrier accompli et jacobite au plus profond de lui-même, il savait soulever les esprits avec ses poèmes qui relataient les exploits des anciens. Il entretenait ainsi la flamme pour la cause des Stuart.

Les Macdonald de Glencoe avaient jadis eu leur barde, comme tous les clans highlanders, mais Ranald Macdonald d'Achtriochtan avait été du nombre des victimes du 13 février 1692. Depuis, le clan attendait qu'un esprit pourvu d'une verve flamboyante et éblouissante reprenne la plume.

Les bardes faisaient partie intégrante de la société écossaise des Highlands, tout comme dans mon île d'Irlande. Sur eux reposait la tâche de garder vivante dans les esprits l'histoire des clans, et de la perpétuer. Ils racontaient les faits dont ils étaient témoins en confondant la réalité et le mythe. De là naissaient nos légendes. Nous étions de la même souche celtique, et nos mœurs et coutumes étaient passablement les mêmes. Le gaélique écossais, un dialecte de la langue irlandaise, était une langue rude, aux intonations rauques et gutturales.

Les Lowlanders et les Anglais qui la méprisaient venaient de faire passer une loi pour la construction d'écoles où les enfants apprendraient la langue des *Sassenachs.* L'assimilation débutait sournoisement ; cependant, les vieilles traditions ne mouraient pas aussi facilement. Nous étions tous les descendants de Gaël, qui avait migré sur ces terres à la nuit des temps. Les cercles de pierre et les cairns étaient encore là aujourd'hui pour en témoigner. Nous n'allions pas laisser les envahisseurs nous voler nos âmes aussi facilement sans d'abord lutter.

Cette année, le clan qui se relevait lentement de sa quasi-extinction allait retourner couler les longs jours d'été dans les huttes de tourbe et de torchis près de Rannoch Moor sur le Black Mount. Le bétail y serait conduit pour être engraissé dans les riches pâturages qui s'étendaient au pied du Grand Berger, le Buachaille Etive Mor, dès le lendemain de Beltane. Le retour au village ne se referait qu'au lendemain de Samhain.

J'aimais cette vie et ces gens. Ma place était ici, dorénavant. J'étais une Macdonald et je portais un Macdonald, fils d'un Macdonald et fils des descendants du grand Somerled, seigneur des Iles. Ecossais par le sang et Ecossais dans le sang, ils étaient de cette race d'hommes fiers et indépendants, insoumis et rebelles. Guerriers dans l'âme, ils n'hésitaient pas à laisser couler leur sang pour leur clan. Liam était ainsi, et je savais que mes fils le seraient aussi.

Je levai mon visage vers le soleil pour profiter de sa chaleur. Un aigle royal glatit au-dessus de moi en décrivant de grands cercles, à l'affût d'un dîner éventuel. Le bébé avait été plutôt tranquille aujourd'hui. Je palpai mon ventre, un peu inquiète, et fus rassurée de le sentir remuer.

— Tu commences à manquer d'espace, n'est-ce pas, *mo muirnin*[1] ? lui murmurai-je en le berçant doucement.

Je me redressai pour reprendre le chemin du retour. D'après la position du soleil, je jugeai qu'il devait être une ou deux heures de l'après-midi. Liam était probablement déjà rentré de Ballachulish.

1. Chéri.

Debout sur les galets de la berge, je jetai un dernier regard vers les eaux calmes. On m'avait raconté que, dans le loch, vivait un *Each Uisge*[1]. Cette créature apparaissait sous la forme d'un jeune cheval docile qui paradait autour de sa victime subjuguée, l'invitant à monter sur son dos. Ne pouvant plus redescendre, la personne ensorcelée était ensuite emportée dans les profondeurs du loch pour y être noyée et dévorée. On disait que seul le foie était retrouvé flottant sur les eaux. Liam ne croyait pas à ces histoires. Moi… j'hésitais à m'aventurer bien loin.

Un mouvement furtif attira mon attention, plus haut, sur la colline. Perdue dans mes pérégrinations spirituelles, j'avais complètement oublié de chercher Seamrag. Je me précipitai vers les buissons d'un pas rapide. Décidément, le bébé sapait toutes mes forces, et je dus m'arrêter, les joues en feu, haletante. Mon ventre se contracta légèrement, mais rien d'anormal. Je continuai donc mon chemin d'un pas plus lent pour me rendre à l'endroit où j'avais vu la « chose » se réfugier.

— Seamrag ? appelai-je doucement en contournant le buisson.

Un lapin détala devant moi en me faisant sursauter. Je poussai un cri de stupeur et reculai brusquement. Ma cheville se tordit sur une pierre à demi enfouie dans le sol, et je chutai durement sur mon arrière-train.

Je grimaçai de douleur en pestant contre moi-même. Je n'arriverais jamais à retourner au village dans cet état. J'avais plus d'une heure de marche devant moi. Liam serait furieux lorsqu'il apprendrait que je m'étais aventurée seule si loin.

Sur cette sombre constatation, une contraction me coupa le souffle. Je lançai un regard paniqué autour de moi. Il n'y avait pas âme qui vive en vue. Je devais rentrer coûte que coûte, par mes propres moyens, qui, en l'occurrence, étaient en piteux état. Je tentai de me relever, mais je constatai avec consternation que je ne pouvais pas bouger.

Soudain, j'eus une étrange sensation dans mon ventre ; un flot de liquide chaud s'écoula entre mes jambes, imbibant mes jupons. Je m'immobilisai subitement, les yeux écarquillés par l'horreur.

— Mon Dieu ! Mes eaux ! m'écriai-je. Le bébé est en route ! Mais c'est trop tôt !

Mes mots restèrent en suspens sur mes lèvres, qui se contractèrent en un rictus de douleur. Une nouvelle contraction, beaucoup

1. Cheval des eaux, animal surnaturel de la mythologie écossaise.

plus forte cette fois-ci, m'assaillit. Je serrai les dents jusqu'à ce qu'elle fût passée. Elle me laissa moite et le cœur battant. Maintenant, j'étais totalement paniquée et n'avais d'autre choix que d'attendre du secours. Je me traînai à quatre pattes jusqu'au rocher le plus près et m'y adossai en veillant à rester bien visible de la route qui longeait la rivière.

Les contractions, régulières et modérées durant la première heure d'attente, s'étaient rapprochées assez significativement par la suite en s'intensifiant.

— Mais que fait donc Liam ? grommelai-je en me mordant la lèvre.

Le soleil déclinait. J'avais perdu toute notion du temps. La douleur ne me quittait plus et irradiait mes reins en permanence.

Mes doigts étaient rendus gourds par le froid qui s'immisçait dans mes jupes mouillées. Je compris soudain que j'allais accoucher sur la lande, même si Liam me retrouvait bientôt. Ce qu'il fit, à mon grand soulagement.

Je perçus les silhouettes de deux cavaliers au moment même où une contraction me déchirait les entrailles.

— Liam ! hurlai-je en plantant mes ongles jusqu'au sang dans mes paumes.

Les chevaux partirent au galop. Liam accourut vers moi, livide. Il me dévisagea, bouche bée, tandis que son cerveau enregistrait rapidement l'urgence de la situation. Donald blêmit à son tour.

— Le bébé, Liam, haletai-je, il est en route, tout va trop vite... Beaucoup trop vite...

— Va chercher la sage-femme ! beugla Liam en s'adressant à Donald, qui ne s'était pas départi de son air ahuri. Envoie quelqu'un avec de l'eau, la carriole et... et...

Il me regarda d'un air idiot.

— De quoi a-t-on besoin lors d'un accouchement, nom de Dieu ? hurla-t-il, en proie à la panique.

— Je ne sais pas... Je ne me souviens pas ! hurlai-je à mon tour, les traits convulsés par la douleur. Tu crois qu'on se soucie du nécessaire !

Il se tourna vers Donald, qui semblait avoir recouvré ses esprits.

— Demande aux femmes, elles sauront bien, elles !

Donald disparut aussitôt, et Liam s'agenouilla à mes côtés.

— Tu veux bien m'expliquer ce que tu fais ici ? beugla-t-il, le visage décomposé, blanc d'angoisse et de colère. Dès que je te laisse seule cinq minutes, tu te fourres dans les pires situations !

— Arrête de hurler après moi, espèce de rustre ! J'ai froid, tu pourrais peut-être me réchauffer un peu au lieu de me poser des questions idiotes !

Liam me prit les mains et les frictionna vigoureusement, tandis qu'une nouvelle contraction m'arrachait un long gémissement. Son teint était cadavérique, et ses yeux, remplis d'épouvante.

— Depuis combien de temps est-ce commencé ?

— Je ne sais plus... Ça fait peut-être trois ou quatre heures... Tout va trop vite, Liam... La première fois, cela avait pris toute une nuit... Je pense qu'il n'y en a plus pour très longtemps. J'ai mal... Mon Dieu, que j'ai mal !

— Pourquoi n'es-tu pas revenue au village dès le début du travail ?

— Je me suis tordu la cheville, espèce de... Oh ! Et puis, merde ! J'avais envie d'accoucher dans les bruyères !

Il s'essuya le front en fermant les yeux.

— Bon, dit-il en tentant de se contrôler. Qu'est-ce que je dois faire, *a ghràidh* ?

— Je n'en ai aucune idée, Liam, répondis-je, les dents serrées. Tu as déjà... Aïe !

Je laissai passer une autre contraction.

— Tu as dû déjà voir des animaux mettre bas ! soufflai-je.

— Euh, oui, mais... enfin, Caitlin ! Ce n'est pas la même chose !

— En quoi est-ce si différent, dis-moi ?

— Eh bien, parce que... c'est de notre enfant qu'il s'agit, pas d'un veau ou d'un poulain ! Ça ne peut pas être la même chose !

— Liam, si tu veux assister à la naissance de ton enfant, il va falloir que tu m'aides...

Le désespoir se peignit sur son visage.

— Seigneur ! Ayez pitié...

— Va chercher tout ce qui pourrait être utile dans tes sacoches... Tu dois bien avoir du whisky, de l'eau et des couvertures !

Il revint rapidement avec les articles demandés et me jeta un regard désemparé.

— Je vais faire un feu, *a ghràidh,* ne bouge pas de là.

— Où crois-tu que j'irais ? raillai-je en tenant mon ventre à deux mains.

Je l'observai du coin de l'œil en train d'allumer un feu de brindilles. Ses mains tremblaient et il grommelait sans cesse en essayant de faire fonctionner son briquet à silex. Somme toute, il avait l'air plus terrifié que moi. Il ne s'était pas attendu à jouer à la sage-femme, encore moins pour son propre enfant. A bien y penser, je préférais de loin ma situation à la sienne. Malheureusement, nous ne pouvions faire autrement, le bébé était engagé... Une nouvelle contraction me força à me hisser sur mes coudes.

— Liam, le bébé... Ça y est, il arrive !

J'écartai les jambes et me mis à pousser en gémissant. Liam accourut vers moi, les yeux hagards.

— Qu'est-ce qui se passe ?

Je retombai sur le dos, pantelante et en nage. Mes cheveux trempés par la transpiration malgré le froid collaient sur ma peau.

— Le bébé... Il va naître d'une minute à l'autre... Je n'y arriverai jamais seule... Liam... murmurai-je d'une voix éraillée en m'agrippant à son bras.

Il souleva mes jupes pour se rendre compte de la situation. Je crus qu'il allait tourner de l'œil. Sa voix s'était presque éteinte. Il secoua péniblement la tête.

— Caitlin... Je ne pourrai pas.

Je le dévisageai d'un air excédé, puis éclatai d'un grand rire hystérique. Il pouvait affronter une armée ennemie sans broncher, en gardant son sang-froid, tout en sachant qu'il risquait sa peau, mais devant le fait le plus naturel qu'était de mettre un enfant au monde, il perdait tous ses moyens et ressemblait à un gamin à qui on demandait de décrocher la lune.

— T'as qu'à imaginer que je suis une vache, Liam ! m'écriai-je en me tordant de rire et de douleur.

Tout d'abord outré, il redevint grave. Sa mâchoire remuait convulsivement. Il versa de l'alcool sur son *sgian dhu* et déroula une couverture sous mes jambes après avoir retroussé mes jupes jusqu'à ma taille. Je l'observai par-dessus mon ventre distendu. Il s'affairait à préparer l'arrivée de son enfant dans la vallée.

— Tu ne fais jamais rien comme les autres, grommela-t-il. Il faut toujours que tu compliques tout. T'es vraiment pas banale.

— Je sais, Liam, hoquetai-je dans un dernier soubresaut d'hystérie. C'est pas pour ça que tu m'aimes ?

Il soupira en guise de réponse.

— En effet, mais c'est un peu rapide comme accouchement, marmonna-t-il.

— Oh ! Parce que tu crois que c'est moi qui décide ?

Une autre contraction m'assaillit. Je me hissai de nouveau sur mes coudes et poussai à m'en déchirer les entrailles. Bizarre comme on oubliait vite cette terrible souffrance. Elle avait pourtant de quoi donner envie de castrer tous les hommes. Liam, agenouillé entre mes jambes, ouvrit soudain la bouche, le regard médusé. Son visage se métamorphosa.

— Nom de Dieu ! Je le vois, Caitlin ! Je le vois ! s'écria-t-il avec une excitation grandissante.

Son inquiétude semblait s'être envolée. Il me dévisageait, un sourire béat aux lèvres.

— A la prochaine poussée, *a ghràidh*, me dit-il en prenant ma main. La prochaine sera la bonne.

Bizarrement, il ne tremblait plus. « Le truc de la vache fonctionne très bien ! » Je réprimai un autre fou rire qui m'arracha une grimace. Il versa un peu d'eau sur un pan de son plaid et m'épongea le front.

— Me voilà à faire du travail de bonne femme, dit-il en décollant une mèche de ma joue humide. Tu es terrible, Caitlin. Qu'est-ce que je vais bien faire de toi ?

— Tu y réfléchiras demain, tu veux ? Pour le moment, il faut terminer ce que nous avons commencé voilà quelques mois. Je ne l'ai pas fabriqué toute seule, ce bébé. C'est peut-être le juste retour des choses que tu m'aides à le mettre au monde... Mon Dieu ! Ça revient ! soufflai-je, les dents serrées.

Je grognai sous l'effort, crispant les mâchoires de toutes mes forces. Une vive brûlure me transperça le bas-ventre, comme si toutes mes entrailles venaient avec l'enfant. J'expulsai la petite chose visqueuse et remuante dans les grandes mains chaudes de son père, qui versait des larmes de joie. Vidée, mais heureuse, je m'effondrai en fermant les yeux. Les vagissements du bébé résonnèrent dans la vallée lorsqu'il prit sa première bouffée d'air.

C'est ce moment que choisirent Margaret et Simon pour arriver en catastrophe.

— Eh bien, ça alors ! s'écria Simon, éberlué.

— Déjà ? rajouta Margaret, incrédule.

Le tableau devait être assez impressionnant. Tout souriant, Liam était assis entre mes jambes, tenant notre fils emmailloté dans le plaid des Macdonald.

— Duncan Coll Macdonald, annonça-t-il en jubilant.

Liam avait repris ses couleurs grâce aux quelques *drams* de whisky que Simon lui avait généreusement servis. Nous étions au chaud et au sec dans le confort douillet de notre maison. Le feu flambait. Mon regard se posa sur la minuscule tête coiffée d'une tignasse noire hirsute. Mon fils dormait paisiblement dans le creux de mes bras, la bouche encore toute cernée de lait.

— S'il ne me fait subir que la moitié de ce que tu m'as fait subir en un peu moins d'un an, *a ghràidh,* je survivrai peut-être, murmura Liam en nous serrant contre lui.

Son regard par-dessus mon épaule était perdu dans la contemplation de son fils. Il tressaillit lorsque je me mis à parler.

— Je crois que nous avons besoin de repos, viens dormir.

Il embrassa la tête de Duncan, que je déposai dans le berceau de chêne et d'aubépine. Un ruban rouge y était noué pour protéger le bébé des fées et du mauvais œil. Malcolm nous avait livré le meuble une semaine plus tôt avec une poule à l'intérieur, pour espérer la venue d'un fils, de notre fils. Celui-ci dormait désormais à poings fermés, rassasié.

— Il te ressemble, dit Liam en m'attirant à lui avec délicatesse. Il a tes cheveux de nuit...

L'émotion l'étrangla. Il prit une profonde inspiration.

— Merci, ma femme... Je t'aime.

Il m'embrassa tendrement, et je frémis au contact de sa paume sur ma peau nue.

— Ma vie t'appartient, tu fais de moi ce que tu veux, une bête... ou même une sage-femme, si le cœur t'en dit, déclara-t-il en riant dans mon cou.

Il me regarda de nouveau et un sourire narquois se dessina sur ses lèvres, comme s'il lisait dans mes pensées.

— Je sens que tu as des idées concupiscentes, ma femme. Tu frissonnes et je te sens toute tendue. Serais-tu déjà prête à fabriquer une fille ?

— On peut remettre ça à plus tard, tu ne crois pas ? répondis-je en riant. Et ne t'attends surtout pas à ce que je t'en fabrique une douzaine !

Nous emplîmes la chambre d'un rire heureux, blottis l'un contre l'autre, épuisés de corps et d'esprit. Le sommeil nous emporta sur une vague de bonheur.

26

Le poids du péché

Ne semblant pas vouloir se terminer, la journée s'étirait inexorablement. Je me laissai tomber sur le banc et fixai mes mains rougies par la lessive. Toutes crevassées, elles me démangeaient terriblement. Je pensai à Effie qui m'aurait concocté une de ses pommades miraculeuses. En moins de deux jours, j'aurais été soulagée. Je soupirai de lassitude.

Duncan geignit. Encore ! Je me tournai vers le berceau qui oscillait au gré des gesticulations de mon grognon de fils. Un ogre, cet enfant ! Il avait toujours l'estomac vide et les langes pleins. Une exclamation de dépit m'échappa, tirant Liam de ses calculs. Il leva la tête et déposa sa plume sur le cahier des comptes.

— Il a encore faim ?

— Cela ne saurait tarder. Il a ton appétit, ma foi !

Liam haussa les épaules et leva les paumes vers le ciel, l'air de dire : « Qu'y puis-je ? » Lentement, il déplia sa grande carcasse et s'étira en bâillant.

— J'en ai assez pour aujourd'hui. Je vais aller faire un tour. Peut-être verrai-je ce satané chien. John dit l'avoir aperçu près du loch, ce matin.

— Et tu ne m'en as rien dit ?

— Ce n'était peut-être pas lui. De toute façon, il reviendra lorsqu'il aura faim.

— Appétit pour appétit, si Duncan pouvait avoir le même, je pourrais peut-être dormir plus de trois heures d'affilée, la nuit.

Liam rit, ferma le cahier et boucha l'encrier. Il rangea ses effets dans l'armoire avant d'aller se pencher sur le berceau de son fils. J'aimais l'expression de son visage lorsqu'il le contemplait. Une expression que je ne lui avais jamais vue auparavant, à mi-chemin entre la béatitude et l'infatuation. Liam, qui tendit son index vers le bébé, se ravisa en apercevant les taches d'encre, opta pour le majeur et babilla quelques incohérences que seulement Duncan pouvait comprendre. Un bruit de succion m'indiqua que ce dernier ne tarderait à hurler son besoin d'être rassasié. Liam retira son doigt en grimaçant et l'essuya sur son plaid.

— Hum... Il va bientôt me réclamer du whisky. Tu devrais peut-être en boire un verre ou deux avant de le nourrir, *a ghràidh*.

— Quoi ? Allez, ouste ! Tu veux en faire un ivrogne ? Ne reviens que lorsqu'il aura terminé, et n'espère surtout pas qu'il t'en laissera une goutte !

Liam éclata de rire et sortit en évitant de justesse le torchon qui lui frôla la tête.

Je déposai mon fardeau dans son berceau. Il dormait. J'avais bien envie de l'imiter, mais il y avait le dîner à préparer. Je relaçai mon corsage. Son lange attendrait que le ragoût soit au feu. Après un dernier coup d'œil sur mon petit bout d'homme, j'allai à la cuisine. Il manquait de navets. Il en restait assurément encore quelques-uns que j'avais enterrés dans le potager avant les premières neiges. Si les chèvres ne les avaient pas dénichés, ils devaient encore y être.

Mon panier sous le bras, je sortis dans l'air frisquet de cette fin de mars et frissonnai. Je fermai un instant les yeux et emplis mes poumons. L'odeur du tas de fumier m'accueillit rudement. Le soleil déversait sa lumière sur les pentes aux teintes acides. Je me tournai vers le cerisier. Avec les langes propres accrochés à ses branches, il me fit penser à une mâture bien gréée, toutes voiles lumineuses claquant au vent.

Je me saisis d'une branche et me mis à touiller dans le sol compact du potager. Cet outil improvisé étant inefficace, je plantai mes doigts dans la terre fraîche. Elle pénétra sous mes ongles et dans mes plaies, me faisant grimacer. Au bout d'une bonne dizaine de minutes, j'avais réussi à extirper trois navets. Je décidai aussi de récupérer quelques carottes, mais, à la place, ne déterrai que des pierres.

Les mains noires, je poussai une mèche qui me narguait et soufflai un peu. J'aurais mieux fait d'aller chercher la pelle. Où donc était passé Liam ? Il aurait pu faire cela pour moi, bon sang ! J'étais à bout d'énergie et me retrouvais à quatre pattes dans la boue pendant que monsieur se baladait ! Parfois, je me demandais si les hommes étaient capables d'autre chose que de guerroyer, de boire, de voler et… de faire des enfants ! *Fuich !*

La vie se réveillait dans la vallée après les longs mois passés dans l'air vicié des chaumières. On entendait des cris, des éclats de voix. La cuillère d'Alicia tambourinait bruyamment sur sa vieille marmite défoncée. Elle appelait ses enfants pour dîner. Ces terribles créatures étaient en train de courir derrière un homme qui tirait une vache famélique. Un son familier me fit lever la tête. Un aboiement. Je me redressai sur mes genoux, mis ma main en visière et regardai vers les collines. Seamrag ! Mon cœur bondit de joie. Je retroussai mes jupes et courus vers lui. Le chien vint à ma rencontre et se mit à me tourner autour, tout aussi heureux que moi.

— Non, mais… tu dois avoir faim, tu es tout maigrichon !

Je m'étais accroupie devant lui et il me léchait le visage avec frénésie. Son pelage était gommé de résine de pin et de plaques de boue séchée. Je remarquai aussi une entaille sur un de ses flancs. Rien de bien grave, mais il était tout de même en piteux état.

— Peux-tu bien me dire où tu étais ? Petit fugueur, va ! Allez, viens, on rentre.

Décidant de laisser tomber les carottes pour aujourd'hui, je ramassai mon panier et entrai dans la tiède chaleur de la maison. Seamrag s'immobilisa en haletant. « Les langes sur le cerisier ! pensai-je en sentant l'odeur nauséabonde qui régnait dans la pièce. Bah ! Liam n'aura qu'à les ramasser. » Finalement, celui que portait Duncan ne pourrait attendre que le ragoût soit au feu. La puanteur aurait vite fait de me couper l'appétit. Je déposai mon panier sur le sol et accrochai mon châle. Liam entra sur ces entrefaites.

— Eh bien, un revenant ! s'exclama-t-il en voyant le chien.

— Il faudra le laver et le nourrir. Je ne sais pas d'où il sort, mais il est dans un tel état que…

Liam fit mine de renifler autour de lui et grimaça.

— Pouah ! C'est le chien qui pue comme ça ?

— C'est Duncan.

Liam me lorgna, un sourire coquin accroché sur les lèvres, et me plaqua contre le mur.

— Alors, dit-il en posant ses mains sur mon corsage, il m'en a laissé un peu ou bien…

— Que fais-tu ? Ce n'est pas le moment, Liam. Je dois changer le lange de Duncan.

Ses mains, sourdes à mes protestations, se mirent à délacer mon corsage.

— Liam…

Par-dessus son épaule, je voyais Seamrag s'approcher du berceau. Une pointe d'inquiétude me fit froncer les sourcils. Il ne connaissait pas encore Duncan. Je me demandai comment il allait réagir devant ce nouveau membre de la famille. La bouche de Liam se faisait intempérante dans mon cou et sur ma poitrine qu'il avait réussi à dénuder à moitié. Je tentai de l'écarter un peu. Un petit frisson extatique me fit vibrer lorsqu'il s'empara d'un mamelon.

— Tu es jaloux, ma foi !

Il rit. Je mis moins d'ardeur à le repousser, mais gardai tout de même un œil vigilant sur Seamrag qui tournaillait toujours, la queue battante.

— Mais qu'as-tu donné à Duncan pour qu'il pue autant ? grogna Liam dans mon corsage.

Seamrag mit son nez dans le berceau et grogna lui aussi. Je me crispai, anxieuse.

— Liam… je crois que le chien…

— Laisse le chien. A l'odeur que dégage ton fils, il n'y touchera pas.

Je n'en étais pas si certaine. Seamrag se redressa sur ses pattes postérieures, celles de devant pendant dans le lit du bébé, qui penchait dangereusement. Il aboya.

— Liam… dis-je en plantant mes ongles dans ses épaules.

Le chien s'empara de la couverture avec sa gueule, la tira et fit basculer le berceau sur le côté. Je poussai un cri et accourus. Seamrag aboyait toujours et grognait en furetant dans l'amas de draps qui jonchaient le sol. Je me figeai, le sang quittant non seulement mon visage, mais mon corps tout entier. Liam me retint au moment où je glissais sur le sol. Ses doigts s'enfonçaient profondément dans mes chairs, mais je ne ressentais aucune douleur, tant celle de mon âme était grande. Il avait vu la même chose que moi.

— Liam… Liam… Duncan… Il-il-il… Mon Dieu, non ! Elles sont venues, les fées ! Elles sont venues l'échanger ! Un *changeling*[1], ce n'est pas Duncan, c'est un *changeling* !

Je me retrouvai assise sur une chaise. Je vivais un cauchemar, c'était certain. Cela ne pouvait être vrai. Pas Duncan… Non ! J'avais pris toutes les précautions pour le protéger. Tous les matins et tous les soirs, je vérifiais si la petite bible et le poignard de Liam

1. Enfant fée substitué à un enfant humain (folklore écossais).

se trouvaient toujours bien cachés à l'intérieur du berceau. Le couteau était particulièrement important. Le fer était un métal qui protégeait du mauvais œil. L'arme, elle-même, représentait la protection du père, et sa forme rappelait celle d'un crucifix. La bible gisait grande ouverte, à moitié dissimulée, mais le poignard avait disparu avec Duncan.

Retenant son souffle, Liam prit le corps grisâtre, marbré de bleu et de noir, qui gisait face au sol, et le tint à bout de bras, dans la couverture. Je poussai un cri de frayeur en découvrant le petit visage tout fripé, au regard glauque qui me fixait.

— Ceci n'est pas un *changeling*, Caitlin, dit-il trop lentement. Cet enfant est mort depuis plusieurs jours déjà. Quelqu'un l'aura échangé…

Sa voix s'étrangla, puis son expression incrédule se mua brusquement en rage folle. Il rugit. Après avoir enveloppé le petit corps, il sortit avec, laissant la porte ouverte derrière lui. Les aboiements incessants de Seamrag me martelaient les tympans. Je mis mes mains sur mes oreilles pour ne plus les entendre et hurlai ma détresse.

Margaret finissait de nettoyer le berceau vide. Les yeux rouges, Sàra me serrait la main, silencieuse, et m'offrait une tasse de tisane. Il n'y avait que chuchotements et murmures autour de moi. Les mots bruissaient dans l'air fétide, tel un bourdonnement interminable. Je n'arrivais plus à les capter. Les doigts de Sàra se resserraient sur les miens. Elle me parlait, je la voyais, mais je ne l'entendais pas. Je fermai les yeux.

On me secouait par les épaules. Je gémis. « Laissez-moi… » Les mains sur mon corps ne lâchaient pas prise. « Je ne supporterai pas de perdre un deuxième enfant, laissez-moi mourir… » J'ouvris brusquement les yeux, le souffle coupé par la gifle qu'on venait de m'infliger. Liam se tenait devant moi, le visage défait. Sa voix m'atteignit enfin.

— Je pars à la recherche de Duncan. Sàra et Margaret vont veiller sur toi…

— Non… ne me laisse pas seule, Liam.

— Tu as besoin de repos, Caitlin. Je le retrouverai, je te le jure. Il ne doit pas être bien loin. Et celui qui a osé mettre la main sur lui le paiera chèrement.

— Je ne veux pas rester ici…

Je regardai le berceau vide, les visages blêmes et atterrés des deux femmes. Non, je ne voulais pas rester ici, à attendre dans l'incertitude.

— Je dois changer son lange…

— Bon sang, Caitlin !

— Liam… je t'en prie, je dois changer son lange.

Il baissa la tête, acquiesçant en silence. Il ne pouvait me refuser de les accompagner. C'était mon fils, notre fils, et il avait besoin de moi.

Une dizaine de chevaux sellés attendaient devant la maison. Patrick disait au revoir à Sàra. Il était fiévreux et traînait un gros rhume depuis une bonne semaine, mais, malgré cela, il avait tenu à participer aux recherches pour retrouver son unique neveu. D'autres faisaient de même avec leurs épouses ou promises. La quête pourrait durer plusieurs jours. Colin aussi était là. Depuis son retour, il évitait soigneusement d'être seul avec moi. Heureusement, les relations entre Liam et lui s'étaient grandement améliorées. Liam, qui terminait d'attacher les sacoches à la croupière de Ròs-Muire, se tourna vers moi.

— Tu es certaine d'être en état de suivre ? Le temps risque d'être très froid et pluvieux.

— Duncan est là, quelque part. Je ne peux pas me morfondre ici, seule… C'est ma faute…

Un sanglot m'interrompit. J'étais responsable, en partie du moins, du rapt de Duncan. J'avais relâché la surveillance, je m'étais éloignée.

— Tu n'as rien à te reprocher, *a ghràidh*. Tu n'as rien à te reprocher…

Il m'écrasa avec force contre sa poitrine, me serrant contre son cœur que je sentais battre aussi rapidement que le mien. Seamrag, excité par tout le tumulte qu'avait provoqué l'annonce de la disparition de Duncan, courait d'un cheval à l'autre, aboyant et grognant sans cesse. Enervés, les chevaux donnaient des coups de sabot, le manquant parfois de peu. Liam, excédé, lui gueulait après, mais sans succès. D'autres chiens s'étaient joints à lui, tout aussi agités, croyant partir pour la chasse.

Je grimpai sur mon cheval. Liam me tendit les rênes et vérifia les sangles. Sa main se posa sur ma cuisse et la caressa. Je pouvais sentir sa chaleur traverser les épaisseurs de mes jupes et monter directement vers mon cœur. Il ne dit rien. Ses traits tirés et son regard sombre racontaient sa douleur.

Le soleil ne tarderait pas à se coucher. Le froid de l'air se faisait plus cru. Je souhaitais de tout mon être que le ravisseur ait bien couvert mon petit garçon. Il pourrait attraper la mort… Et si… De sombres appréhensions s'abattaient sur moi. Une douleur sourde me vrilla l'estomac. Qui pouvait avoir l'esprit assez retors pour vouloir enlever un innocent enfant et le remplacer par le cadavre d'un nourrisson ?

Un horrible cauchemar habita mon sommeil. Les pleurs constants de mon fils emplissaient ma tête. Affolée, je courais dans des bois obscurs, l'appelant. Des obstacles surgissaient du néant sur mon chemin. Je trébuchais et tombais dans une boue visqueuse qui me retenait. Des langes lumineux flottaient et dansaient autour de moi. J'allongeai mon bras et j'en saisis un. Il était lourd. Quelque chose y avait été emmailloté. Je déroulai le linge et reculai d'horreur. Un nourrisson en état de décomposition avancé me fixait. Ses mains toutes noires se tendaient vers moi, me cherchant. Il s'était mis à hurler.

Je me redressai sur le tapis de branchages, en proie à la terreur. Une fois calmée, je soulageai ma poitrine gonflée et douloureuse. Mes yeux s'emplirent de larmes en regardant le précieux liquide se perdre et imbiber la terre. Le nourrissait-on, au moins ? Je suspendis mon geste, me disant que, si nous le retrouvions à l'aube, il pourrait avoir très faim. Ma robe rajustée, je me recouchai et me repliai sur moi-même pour conserver une partie de ma chaleur.

Nous bivouaquions au pied des Mamores, qui jetaient de l'ombre sur la rive nord du loch Leven. Une piste avait été découverte par des hommes du clan peu après le départ. Quelques traces de pas, boueuses, informes. Rien de bien précis. Elles se dirigeaient vers le loch Leven.

Nous avions longé le plan d'eau, espérant que le ravisseur aurait l'idée de passer par là. Grimper le Pap de Glencoe avec un bébé s'avérait téméraire. Pour une fuite plus rapide, le loch restait la meilleure solution, même au risque d'être vu. Nous avions trouvé des traces sur la plage : une barque aurait été mise à l'eau, des pistes fraîches de pieds. Rien de vraiment significatif. Ce fut ainsi jusqu'à Kinlochleven. Là, nous nous étions restaurés. Liam avait décidé de diviser le groupe en deux. Une partie des hommes irait vers l'est, l'autre quadrillerait les Mamores.

La nuit avait coulé son encre sur les montagnes et dans la forêt, ce qui nous avait forcés à arrêter les recherches. On avait alors monté un campement. Primitifs abris de branchages sous lesquels un feu avait été allumé, nous enfumant comme des jambons. Ce soir, il n'y avait eu ni chants ni histoires drôles à raconter. Moi, je m'étais retirée tôt dans l'espoir d'oublier dans le sommeil. Espoir vain.

Nous étions sur le point de repartir. Les feux étaient éteints, les bagages accrochés aux montures. Le manque de sommeil et l'angoisse me mettaient les nerfs à fleur de peau. Mes bras n'avaient cessé de chercher à combler le vide. Liam était venu me rejoindre beaucoup plus tard, pendant la nuit, après avoir discuté avec les hommes des endroits à vérifier. J'avais longuement pleuré sur sa poitrine. Puis, à bout de forces, j'avais fini par trouver un peu de repos, à l'aube.

Nous allions entrer en territoire Cameron. Certaines précautions devaient être prises. Les armes restaient à portée de main, chargées, prêtes à faire feu. Depuis Lang Craig, MacSorley était resté introuvable. Liam s'était juré de le pourchasser jusqu'à ce qu'il pût enfin mettre la main dessus. Des excursions sur le territoire des Cameron pour le retrouver avaient été organisées, mais sans aucun résultat. Liam craignait qu'il ne s'en prenne à nous.

Qu'il puisse être le ravisseur avait été avancé. Liam, cependant, était sceptique. Il ne croyait pas que Thomas ait été assez hardi pour s'aventurer sur nos terres, sachant à quoi il s'exposait, mais... Qui pouvait en être totalement certain ? Pour le moment, il était le seul à avoir des raisons d'être soupçonné.

— Bais ce chien va be rendre fou ! se plaignit Patrick.

De sur ma monture, j'observais Seamrag qui aboyait au pied d'un arbre. Je secouai la tête de dépit. Assurément, ce chien avait un problème entre les deux oreilles. Liam avait beau lui gueuler après, il n'arrêtait pas de donner de la voix et de sauter sur le tronc de ce vieux pin tout tordu. Il aura vu un écureuil. Il adorait chasser toutes les bestioles de cet acabit. Poussé à bout, Liam prit une corde dans sa sacoche et se dirigea vers Seamrag en ronchonnant, pour le museler. Le chien, privé de sa voix, geignit.

— Allez, Seamrag, viens !

L'animal s'assit au pied de l'arbre, refusant d'obtempérer.

— Allez, corniaud ! Tu vas venir, oui ou non ?

Liam tira sur la corde, mais le chien refusait toujours de le suivre, couinant de plus belle.

— Stupide bête...

Le reste de sa récrimination resta en suspens. Il fixa un point dans l'arbre, puis tira sur une branche. Un chiffon blanc apparut. Dissimulé par les touffes d'aiguilles, il avait échappé à nos regards. Liam l'attrapa et le défroissa. Le chiffon était souillé. Un lange ! Mon cœur se mit à battre, je retrouvais l'espoir. C'était le lange de Duncan, à n'en pas douter. Mais par quel hasard ? Puis, d'un coup, je compris. Depuis le début de nos recherches, les chiens couraient devant, reniflant tout sur leur passage. Seamrag avait flairé la piste et entraîné les autres, et nous l'avions suivi sans nous en soucier. Nous étions sur la bonne voie, j'en étais certaine.

Je sortis une des couvertures de Duncan de ma sacoche, la tendis devant moi et appelai le chien. Il vint et flaira l'odeur. Son excitation était à son comble. Liam lui ôta la muselière improvisée.

— Cherche, Seamrag !

Il fureta dans les alentours et retourna au pied de l'arbre, aboyant de nouveau. Fébrile, Liam s'était appuyé contre ma cuisse et me tenait la main. Sa mâchoire se contractait sous la barbe naissante. Seamrag prit soudain une direction, tandis qu'un de ses congénères disparaissait dans un sentier qui traversait un bouquet de jeunes pins. Colin avait fait renifler l'odeur de Duncan à tous les chiens, qui s'étaient aussitôt mis en devoir de fureter autour. Des plaques de neige tachaient encore le sous-bois de blanc. Des traces boueuses traversaient l'une d'elles. Liam les étudia.

— Un poney, conclut-il. Dans ces conditions, avec un nourrisson, il ne doit pas être très loin.

La piste nous conduisit jusqu'à une vieille chaumière ou un abri de chasse oublié depuis belle lurette sur le flanc d'une montagne. Un peu plus bas coulaient les eaux tumultueuses de la rivière Klachnish. L'endroit n'étant pas accessible à cheval, nous laissâmes paître nos bêtes près du cours d'eau sous la surveillance d'un homme.

Le terrain accidenté était rendu spongieux à cause de la fonte des neiges. La grimpette s'avérait difficile. Je glissais et m'enlisais dans la boue visqueuse qui m'empêchait de rejoindre mon fils. Liam me retenait par la main, s'agrippait aux branches et prenait appui sur les saillies en pierre. Un mince filet de fumée s'échappait de la toiture ; quelqu'un habitait cette bauge. Toutefois, l'endroit semblait désert. Devant l'écœurante odeur qui nous accueillit, mon appréhension grandit. Je jetai un coup d'œil vers Liam, lui communiquant mon inquiétude.

Nous contournâmes la bicoque et restâmes estomaqués devant le tableau morbide. Des carcasses d'animaux, en état de putréfaction avancée, formaient un tas. Des poules, des lapins et autres petites bêtes à moitié écorchées.

— Nom de Dieu ! souffla Liam.

— L'antre du diable, marmonna quelqu'un.

Liam jeta un regard noir vers l'homme qui se renfrogna, mais qui se signa tout de même.

Les chiens avaient déjà flairé la viande et se disputaient les morceaux bien faisandés. Cette vision me souleva le cœur. Je me détournai et courus m'appuyer le front contre un arbre pour laisser passer le malaise.

— Caitlid, tu d'aurais bas dû vedir.

Patrick me frotta le dos et dégagea mon visage de mes mèches rebelles.

— Patrick...

Il me massa légèrement les épaules, renifla un bon coup dans sa manche, puis s'arrêta d'un coup.

— Oh ! et buis berde ! Dous le trouverons, betite sœur.

Un rire incongru emplit mes poumons. Je tentai de le contenir, mais j'en fus incapable. La prononciation malsonnante de mon frère avait quelque chose d'apaisant dans les circonstances. Patrick me dévisagea, perplexe, puis me toucha le front en fronçant les sourcils. Il devait me croire à la frontière de la lucidité, aux portes de la folie. Peut-être l'étais-je. Mais, à cause de lui, j'avais évité d'en franchir le seuil.

— Patrick... suffoquai-je. Je t'aime...

— Tu es certaide de de bas être balade ?

Je le regardai à travers mes larmes. Malade ? Oh, oui ! J'étais malade d'inquiétude.

J'éclatai en sanglots. Se sentant impuissant, il se contenta de me serrer dans ses bras jusqu'à ce que je me calme.

Duncan n'était pas dans le taudis. Un désordre indescriptible y régnait. La désespérance m'envahit. Et si nous nous étions trompés ? Si le lange n'avait pas été celui de Duncan ? Si Seamrag avait tout simplement suivi la piste d'une autre de ses bestioles préférées ? Si le ravisseur, bourré de regrets, avait ramené mon bébé ?....

Je m'assis sur le lit défoncé. Liam et les autres fouillaient le capharnaüm, à la recherche d'indices. Des vêtements de femme, une paire de bottes usées jusqu'à la corde, quelques maigres provisions entamées par la vermine... Je fixais les points lumineux que réfléchissait un fragment de miroir. Les étoiles dansaient sur ma jupe, se brouillaient, se muaient en étincelles diffuses. J'essuyai mes yeux. Des petites choses grouillantes firent irruption dans mon champ de vision périphérique. Je poussai un cri. Des punaises fuyaient dans la paille du matelas éventré. Un reste de lait de brebis sucré refroidi engluait le fond d'un bol, une mouche flottant à la surface. J'y trempai un doigt et le suçai. « Trop sucré pour Duncan », pensai-je bêtement.

Que faire ? Attendre ? Les recherches avaient été circonscrites aux abords des bois qui ceinturaient la chaumière. Colin suggéra de se diviser de nouveau. Quelques hommes pourraient rester ici, les autres pourraient faire une battue dans les bois. Liam trouva l'idée bonne et me suggéra de rester ici. Je refusai sur-le-champ. Il ne tenta même pas de discuter. Je suivis donc Liam, Colin et Patrick.

Un ruisseau dégringolait la montagne en riant entre les rochers. Nous le longeâmes d'instinct. Son bruissement sourd qui, d'habitude, me procurait un sentiment d'apaisement, m'agaçait étrangement. Liam marchait devant, Colin et Patrick me suivaient de près dans un silence qu'imposait l'aspect lugubre des lieux. Les bois étaient sombres, balayés par la brise. Sous un ciel gris, des lambeaux de brume s'accrochaient aux branches des arbres, sinistres spectres aux doigts griffus. Je frissonnai dans l'atmosphère macabre qui nous enveloppait.

Je glissai sur une plaque de glace recouverte de feuilles mortes, retenant un cri. Colin me rattrapa d'une main ferme et m'évita de basculer dans les remous qui refluaient sauvagement dans un sillon profond et rocailleux. Je le remerciai dans un balbutiement et secouai mes jupes pour en retirer les aiguilles de pin qui s'y étaient collées. Lorsque je relevai la tête, je remarquai Liam, figé dans son mouvement, une main tendue en avant, un pied s'apprêtant à quitter le sol, comme suspendu dans l'espace. Je crus qu'il avait aperçu un cerf. Je suivis son regard stupéfié et n'eus le temps que d'entrevoir une tornade de mèches de feu et de plaid disparaître dans les brumes, de l'autre côté d'une butte. Je me tétanisai. Mon fantôme... Colin le vit aussi et émit un étrange son rauque.

Le fantôme de Meghan ? « Caitlin, ne sois pas si stupide ! » Meghan était donc toujours vivante ? Liam ne s'était pas perdu dans de telles conjectures inutiles. Il avait déjà franchi plusieurs mètres avant que moi-même je ne réagisse. Patrick et Colin s'étaient séparés et couraient entre les arbres, l'arme au poing. Tout se mit à débouler abruptement dans ma tête.

— Meghan !

Le cri de Liam fit écho, vint me frapper les oreilles avec brutalité. Je la vis enfin, là, tout en bas de la butte. C'était bien elle. Elle s'était immobilisée et nous tournait le dos.

— Meghan, réitéra Liam.

La silhouette filiforme, perdue dans un vieux plaid déchiré, pivota lentement sur son axe. J'avais rejoint Liam et m'étais accrochée à son bras. Cette apparition venait directement de l'enfer. Le spectre de mes cauchemars nous fixait de son regard émeraude, un petit paquet dans les bras. Elle le berçait doucement et lui tapotait le dos en chantonnant une ballade gaélique. Duncan... Elle nous fixait avec une équanimité si déroutante que je me demandai pendant une seconde si elle nous avait reconnus. Puis elle releva le menton, un sourire étira sa belle bouche. Son regard s'était tourné vers moi, me narguant silencieusement.

Poussée par une terrible fureur, je bondis en avant, manquant de me retrouver affalée sur le ventre, mais Liam m'avait happée à bras-le-corps. Je criai et me débattis pour me dégager.

— Je veux mon fils... Laisse-moi aller chercher Duncan.

— Pas de cette façon, Caitlin, elle... Oh ! merde !

Meghan s'enfuyait. Colin et Patrick reprirent leur course folle et gagnaient peu à peu du terrain. Elle grimpa sur un rocher qui surplombait le ruisseau, se retourna et brandit Duncan bien haut au-dessus des eaux en furie, prête à l'y jeter si on s'approchait d'elle. Son rire hystérique me glaça le sang jusqu'aux os. Je crus alors mourir.

— Nooon !

Liam me retint par le bras. Meghan fit un pas plus près du bord. Je ne voyais plus que mon bébé, bien emmitouflé dans les couvertures. Je voulais tant le serrer dans mes bras, lui dire que c'était fini et retourner à la maison.

— Ne fais pas cela, Meg.

Le rire cessa aussi abruptement qu'il avait éclaté. Elle nous foudroya de son regard démentiel. L'air qui nous entourait devint épais et lourd, absorbant tous les sons, ne laissant qu'un terrible silence. Les volutes de brume nous ceinturaient, nous coupant de la réalité du monde. J'eus alors l'impression de vivre dans une autre dimension. Celle du songe, peut-être.

— Il est à moi, vous ne pouvez pas me l'enlever, c'est mon bébé !

— Meg, donne-le-moi, nous en parlerons tranquillement après.

— Parler ? Ha ! Pour nous dire quoi, Liam ?

Elle se tut un instant. Son regard, qui ne le quittait pas une seconde, se fit lascif, provocateur.

— Oh ! Liam, mon amour ! Tu n'avais pas compris que je t'étais destinée ? Cette femme n'est qu'un imposteur, une étrangère. Tu dois la répudier, me prendre pour femme. Entre nous, il existe des liens dont tu ne soupçonnes même pas l'existence. Depuis ma naissance...

— Donne-moi l'enfant... Meg, je t'en prie. Il n'est pas le tien.

Elle se pencha vers le bébé et revint vers Liam.

— Oh ! mais si, c'est le mien ! C'est le nôtre, Liam. C'est notre bébé, tu le sais très bien. Tu te souviens certainement de cette nuit où tu es revenu d'un raid plutôt réussi dans le Glenlyon. C'est vrai que nous avions un peu fêté votre succès...

— Cet enfant-là est mort, c'est celui que tu as déposé dans le berceau de Duncan.

— Duncan ? Non...

Son regard halluciné se promena sur nous, pour s'arrêter sur Liam, encore. Sa fine ossature saillait sous la peau diaphane de son visage ; elle avait terriblement maigri. Malgré cela, elle était toujours aussi belle.

— Lui, je l'ai nommé...

Elle fronça les sourcils et hésita. Sa voix se fit chuchotante :

— Je ne peux pas le dire tout haut, il n'a pas encore été baptisé. C'est mauvais, vous le savez. On ne doit pas prononcer tout haut le prénom d'un enfant avant son baptême, cela attire le mauvais œil sur lui.

Liam fit un pas en avant, elle recula. La brume blanche et opaque rampait vers nous, nous encerclant plus étroitement. L'espace de quelques secondes, je pensai que, si je tentais de franchir ce rideau laiteux, le vide m'avalerait. Cette idée me fit frémir. Je me concentrai sur Meghan, qui, sur son rocher, semblait sortir d'un conte horrifique. Mes yeux rivés sur elle guettaient le moindre de ses mouvements. Colin se mouvait lentement et se rapprochait d'elle par-derrière. Il était si pâle à présent qu'il aurait pu se fondre dans la brume. Brusquement, sa voix trancha le silence.

— Meghan, cet enfant n'est pas le fils de Liam.

Son ton était bizarre. Liam se tourna vers lui, l'air interrogateur.

— C'est le mien...

L'incompréhension se lisait sur tous les visages. Nerveux, Colin évitait de regarder son frère. Ses yeux croisèrent brièvement les miens avant de se fixer de nouveau sur Meghan. Elle contemplait maintenant le bébé d'un drôle d'air. Je me retins de me donner une gifle pour me réveiller, certaine que je rêvais.

— Explique-toi, ordonna Liam.

Colin s'était éloigné, appréhendant une réaction violente à l'annonce qu'il s'apprêtait à faire.

— Cette nuit-là, tu étais ivre mort, Liam, et Meg… passablement éméchée aussi. Lorsque vous vous êtes couchés, vous vous êtes aussitôt endormis. Mais plus tard, pendant la nuit, tu t'es levé et tu es sorti.

Personne n'osait bouger. Même Meghan le dévisageait, l'air de ne pas comprendre. Il reprit d'une voix basse, si basse que la nature se tut pour que nous puissions l'entendre :

— Voyant que tu ne revenais pas, je me suis inquiété. Je me suis levé et suis sorti. Tu t'étais rendormi sur le banc, près de l'entrée. J'ai bien essayé de te réveiller, mais tu me repoussais en jurant comme un charretier. Alors j'ai décidé de te laisser là, me disant que, lorsque le froid te mordrait assez les roubignoles, tu reviendrais à l'intérieur. Lorsque je suis rentré, j'ai entendu Meg remuer dans le lit. Elle t'appelait. Je suis passé de l'autre côté du paravent pour lui dire que tu étais parti prendre un peu d'air…

Il s'efforçait de parler calmement. Liam ne bougeait toujours pas, mais, sous sa peau, les muscles se contractaient.

— Tu as profité du fait que… Nom de Dieu !

— Non, ce n'est pas ce que tu crois…

— Alors, je suis un imbécile, peut-être ? rétorqua-t-il froidement.

Colin bougea la tête en signe de dénégation. Meghan remuait les lèvres, puis elle pencha la tête, comprenant subitement ce qu'il tentait d'expliquer. Elle piqua un fard.

— C'était… toi ? Comment… ? C'était toi, Colin ? Pourtant, j'avais cru… Doux Jésus !

La déclaration ahurissante lui avait accordé un bref moment de lucidité. Quant à Colin, il ne savait plus où se mettre et piétinait le sol. Pendant un instant, je crus qu'il allait prendre ses jambes à son cou et filer tout d'une traite jusqu'à Carnoch. Or il resta là à la regarder, le visage empourpré. De honte ou bien au souvenir concupiscent de leurs ébats ? Il s'adressa à elle :

— Tu étais debout, nue. Bon sang, je suis un homme et… Tu m'avais pris pour Liam, je sais, mais tu m'enlaçais et m'entraînais vers le lit en m'embrassant. J'avais bien essayé de te repousser, de te dire qui j'étais, mais... tu n'écoutais pas ce que je te disais...

Il reporta son attention sur son frère pour achever son plaidoyer.

— Qu'aurais-tu fait à ma place ?

Je regardais Meghan. Une succession d'expressions métamorphosait maintenant ses traits. Elle éclata d'un rire nerveux qui frisait l'hystérie.

— Pauvre Colin... railla-t-elle méchamment. L'enfant n'est pas de toi non plus, je suis désolée. Je me savais déjà enceinte, cette nuit-là. Il me fallait un père pour l'enfant que je portais. Je voulais Liam. Le vrai père... ne pouvait pas...

Un coup de gourdin aurait eu le même effet sur les deux frères. Meghan les avait royalement bernés. Je me souvins brusquement de l'aveu d'Ewen Campbell. Il avait couché avec elle. Ainsi, c'était donc cela ! Elle avait porté l'enfant d'un Campbell. Ce qui, aux yeux des Macdonald, était inadmissible. Un traître engendre un traître... Elle aurait été répudiée, mise au ban du clan. Elle avait trouvé un moyen de tirer son épingle du jeu en séduisant Liam, ce qui n'avait pas dû être trop difficile. Ensuite, il n'aurait eu d'autre choix que de l'épouser. Mais voilà que j'avais fait irruption et détourné le cours des choses. Pour son plus grand malheur. Maintenant, elle réclamait vengeance.

— Qui était le père de cet enfant, Meghan ? demanda Liam.

Les révélations de Colin et de Meghan semblaient le laisser de glace. Cependant, son ton monocorde et lent m'indiquait qu'une activité frénétique avait pris possession de son esprit. Dans ces circonstances, il faisait preuve d'un sang-froid extraordinaire. Il devait se concentrer sur son fils, qui risquait à tout instant de se retrouver emporté dans les tourbillons glacés. Meghan s'agitait, lançant constamment des regards affolés derrière elle. Liam la scrutait, tentant de percer la nature de ses intentions avant qu'elle les mette à exécution.

Il avait fait quelques pas vers elle. Le geste n'avait pas échappé à Meghan. Elle était maintenant acculée au bord du gouffre. La brise légère soulevait les coins de la couverture de Duncan, toujours en situation précaire au-dessus de l'eau trouble. La pierre s'effritait dangereusement sous les pieds de la Créature, des fragments allèrent se perdre dans le ruisseau.

Elle brusqua l'enfant, qui faillit s'échapper de ses mains. Ma poitrine se comprima, empêchant l'air de passer. C'est alors que je pris conscience que quelque chose ne fonctionnait pas. L'enfant ne gesticulait pas, ne criait pas. Mes seins gonflés de lait attendaient d'être soulagés, et l'enfant ne pleurait pas. Pourtant, Duncan était d'habitude si ponctuel… Une terrible sensation m'envahissait, noyant mon esprit dans un épais brouillard. Je chancelai et poussai un faible gémissement.

— Cet enfant est à moi, Liam, tu ne l'auras pas…

Elle pivota sur elle-même. Mes sens me paraissaient tout à coup d'une acuité irréelle. J'entendais les moindres bruits de la forêt, je percevais les moindres odeurs. Je voyais…

— Meg… Nooon !

Le cri déchira l'air, mes tympans, mon cœur. Mes yeux virent Liam se précipiter sur le paquet blanc qui volait dans les airs. La couverture semblait flotter entre ciel et eau, suspendue dans le vide. Le temps s'était arrêté. Puis les eaux enragées engloutirent la blancheur du ballot.

Sous mes pieds, le sol bougea, je tombai sur mes genoux, puis mes doigts s'enfoncèrent dans l'humus mouillé. L'âcre odeur du pin et de la terre s'amalgama à celle de la sève qui flottait déjà dans l'humidité de l'air. Les arbres tournaient et dansaient tout autour. Et mes yeux virent encore… Liam dans l'eau, Colin et Patrick qui accouraient, s'enfonçaient à leur tour dans l'écume blanche. Ma vision s'embrouilla, tout devint flou. Je refusais de fermer les yeux sur l'horreur.

Le petit paquet fut extirpé du ruisseau, tout dégoulinant. Liam se battait avec la couverture qui s'agglutinait sur le corps. Il réussit à l'en extraire. Seulement alors, mes paupières se refermèrent, de peur de voir. Un rugissement terrible retentit dans les bois.

Des cris fusaient tout autour, des pas précipités passaient près de moi, s'éloignaient. Des mains me secouèrent doucement. Je ne voulais pas voir…

— Caitlid, ce n'était pas Dudcad…

L'information prit un moment avant de faire son chemin dans mon esprit anesthésié par la douleur. Pas Duncan ? Patrick me souleva de terre, me forçant à le regarder.

— Caitlid ! Ecoute-boi. Ce d'était bas Dudcad !

Je levai la tête, nous étions seuls. Liam et Colin avaient disparu, Meghan aussi. Mon cœur se remit à battre. Pas Duncan ? Patrick me tira par la main, je me redressai et courus à sa suite, nourrissant mon espoir de ces deux mots : « Pas Duncan ! ».

La grotte sombre suintait d'humidité. Un enfant pleurait. Mes seins douloureux se mirent à couler de soulagement. Mes larmes en firent tout autant. Je m'avançai vers l'endroit d'où venait l'appel de mon fils, m'arrêtant net devant l'éclat métallique d'une lame qui s'élevait droit au-dessus du ventre rebondi de Duncan. Exsangue, Liam se tenait à quelques pas de moi, son pistolet pointé sur Meghan. Sa voix, forte et autoritaire, rompit le silence.

— Dépose le poignard, tout de suite. Je n'hésiterai pas un seul instant à te tuer, Meghan.

Elle éclata d'un rire méphistophélique qui me donna la chair de poule. Cette femme était démente.

— Tue-moi, Liam. Ne te gêne surtout pas. Je suis déjà morte. Vous m'avez déjà enterrée, n'est-ce pas ? Tout ce sang… Il ne pouvait en être autrement. La pauvre Meghan a été sauvagement tuée. Plutôt bien réussi. Digne de Shakespeare, vous ne trouvez pas, Caitlin ? Vous aimez bien Shakespeare.

Mes yeux, qui s'habituaient graduellement à l'obscurité de la grotte, s'agrandirent d'horreur devant la scène. Couché sur une pierre plate, Duncan n'était couvert que de son seul lange, au centre d'un pentacle tracé à la suie, identique à celui trouvé en bas du manuscrit. Je ne pus réprimer un violent frisson de dégoût.

Une lampe illuminait faiblement le fond de la grotte. La silhouette comminatoire de la sorcière se dressait, immense, sur la paroi rocheuse. D'autres carcasses putréfiées jonchaient le sol. Victimes évidentes de sacrifices. L'odeur qui s'en dégageait était si écœurante qu'elle empêchait de respirer sans donner la nausée. Mon fils était dans les griffes d'une abominable créature des ténèbres. Hécate n'en était que l'ombre.

— Cet enfant doit mourir, souffla-t-elle d'un ton lugubre. Il ne devait pas venir au monde, j'avais tout fait pour qu'il ne voie pas le jour, mais vous avez conjuré tous mes sorts. Je n'ai d'autre choix que de le tuer.

— Il est innocent, Meg, dit Liam d'une voix basse. Tue-moi. Laisse-lui la vie sauve.

Elle leva un regard ahuri vers lui, la bouche ouverte. Je m'attendais à en voir sortir des crapauds et des serpents, pourtant rien de tel ne se produisit. Elle secoua lentement la tête.

— Trop tard…

Liam avait abaissé son pistolet, le laissant lourdement retomber sur le sol. Je n'entendais plus que les pleurs de Duncan, qui se muaient désormais en hurlements stridents. Je sentais la présence de Colin et Patrick derrière moi, mais je ne les entendais plus respirer.

— Pourquoi, Meghan ? demanda alors Liam.

Le poignard que je reconnus comme étant celui de Liam tremblait au-dessus du bébé. Liam se mit à genoux devant elle, les mains levées, paumes vers le ciel.

— Pourquoi, bon sang ?

Son angoisse perçait. Elle le dévisagea, perplexe. Un sourire cynique incurva subrepticement sa bouche, mais disparut aussitôt.

— Parce qu'il le faut... Mes bébés... Mes jumeaux... Le sort s'est retourné contre moi... Mes bébés sont morts... C'est lui qui devait mourir, pas eux. Il doit payer.

— C'est mon fils, et il est innocent. Prends-moi, puisque c'est à moi que tu en veux. Meghan...

Il avait prononcé son prénom avec une telle tendresse que je ne pus m'empêcher de grimacer. Le regard de la Créature se fit incertain, un peu dérouté. Si ruse il y avait, elle fonctionna, car ses traits s'adoucirent, laissant transparaître une certaine compassion.

— Mais ce n'est pas ta faute, Liam. Je te pardonne tes errements. Tu as été ensorcelé... Cependant, tu dois me revenir, tu le dois, c'est écrit... Ensuite, nous aurons un enfant à nous...

Les éclairs émeraude me foudroyèrent.

— Je combats le mal par le mal. C'est elle, cette femme... Elle est la cause de tous mes malheurs. Elle est venue pour te détourner de moi...

— Meghan !

L'appel qui frappa dans mon dos me fit pivoter sur mes talons. Isaak se tenait dans l'entrée de la grotte. Nous le dévisagions tous avec surprise. D'où sortait-il ? Il avait disparu de la vallée depuis le début de l'hiver. Malgré des recherches, il était resté introuvable. Nous avions alors pensé que MacSorley était responsable de sa disparition, qu'il était probablement tombé dans une embuscade.

Isaak fixait sa sœur avec froideur. Liam fit mine de se relever, mais Isaak lui enjoignit de rester là où il était en braquant son pistolet sur lui.

— Celui qui tente le moindre geste sera responsable de sa mort.

Meghan s'énervait, fixant son frère d'un regard apeuré. Le poignard avait dévié légèrement de sa cible. Je m'avançai subrepticement, attendant le moment propice pour passer à l'action.

— Isaak, ne fais pas cela. Tu ne peux pas faire cela... Je l'aime. Tu m'avais promis.

— Tais-toi, Meg. Tu n'as pas le droit de l'aimer et tu le sais très bien. Comment peux-tu encore plaider pour sa vie ?

— Je ne peux pas m'empêcher de l'aimer ! cria-t-elle. Je ne peux pas.

Isaak rugit d'impatience.

— Bon sang ! Je t'avais accordé cette faveur pour Lang Craig, mais aujourd'hui...

— Lang Craig ? murmura Liam, estomaqué.

Isaak posa le pistolet sur sa tempe. Eberlué, Liam baissa la tête.

— Tu crois peut-être que je t'ai sauvé la vie par simple héroïsme ? Rien ne m'aurait fait plus plaisir que de te voir mort. Malheureusement, je n'avais pas le choix. J'avais promis à Meghan...

— Alors... ce n'était donc pas Tom ? Le traître, c'était toi ? Tu as trahi ton sang, Isaak ? Qu'as-tu fait de Tom, salaud ?

Enhardi par une bouffée de colère subite, Liam tenta de se relever, mais il fut rudement repoussé au sol. Meghan esquissa un geste vers lui, délaissant momentanément mon fils. C'était le moment ou jamais. Je me jetai sur Duncan, le pris et le serrai tout contre moi. Liam ferma les yeux de soulagement. Les petites mains glacées s'agrippaient à mon corsage, qui s'imbibait de lait. Je couvris son corps tout froid et marbré, raidi par la colère de n'avoir rien dans l'estomac. Mon doigt se glissa dans sa bouche pour le soulager et tromper sa faim.

Meghan poussa un cri de frustration et de rage, me menaçant du poignard. Je reculai, protégeant mon enfant de mes bras.

— Suffit, Meghan ! cria Isaak. Laisse l'enfant.

— Non, je ne veux pas ! Il doit payer !

— Meg ! J'ai fermé les yeux sur tes blasphèmes, mais là, tu vas trop loin. On ne tue pas les enfants. Je te le jure, si tu le touches, je tire sur Liam dans l'instant qui suit.

La Créature me considéra avec malveillance. Elle siffla sa hargne telle la Gorgone devant Persée. Je hoquetai de peur. Tout tourbillonnait dans ma tête. Les questions sans réponses, les énigmes irrésolues. Soudain, tout s'éclaircit. Les objets mystérieusement disparus, les charmes maléfiques, la *Banshee*, les yeux qui m'épiaient sans cesse, c'était donc Meghan. Mais qui avait pu pousser cette femme à accomplir de tels gestes ? Je refusais de croire qu'elle basculait dans la folie pour la seule raison que Liam l'avait éconduite.

— Tu ne t'en sortiras pas aussi facilement, Caitlin, cracha-t-elle entre ses dents. Ton enfant sera damné ! Tu m'as volé mon amant, mon amour… Tu as tout détruit autour de moi, y compris mes chances de pouvoir me sortir de l'enfer !

Elle pivota, faisant voler autour d'elle des langues de feu et des têtes de serpents. Elle posa sur Liam un regard triste. Sur son frère, il devint carrément haineux.

— Et toi, Isaak ! Tu es aussi coupable qu'elle. Regarde ce que tu as fait de moi ! Démon de l'enfer ! Tu es venu pour me tourmenter.

— Non, Meg… je t'aime ! Je ne voulais que ton bien. Je devais t'empêcher de commettre une terrible bêtise.

— Tu m'aimes ! Ha ! Si tu m'aimais vraiment, comme le frère que tu devrais être, tu m'aurais laissée évincer cette harpie !

— Sacrilège, Meghan !

— Que fais-tu de tes propres péchés, Isaak ? Qu'en fais-tu ? Sacrilège !

L'exclamation résonna haut et fort. Obnubilée, elle fixa le poignard qu'elle tenait toujours. Ses jointures devinrent blanches sur le manche. Elle prit une grande inspiration, puis ferma les yeux. L'arme se souleva devant son visage blafard et amaigri. Nos regards étaient tous rivés sur elle, stupéfiés. Quelques paroles incohérentes sortirent de sa bouche tordue dans un affreux rictus. Suivirent des incantations diaboliques. Elle invoquait le mal, la mort, les anges noirs venus des confins de l'enfer. Un grand froid me caressa la nuque, puis descendit le long de mon échine. Ensuite, le regard émeraude se fixa sur moi, glacé et meurtrier. Sa voix aiguë s'éleva, dure, au-dessus de nous.

— Par l'enfer et par mon sang, je condamne ton fils aîné, Caitlin Dunn. Il vivra en traître et mourra en traître !

Le sens des mots prenait place dans mon esprit affolé. Elle jetait un sort… Un rire démoniaque emplit la grotte. Je serrai Duncan, qui pleurait et gesticulait contre mon sein.

Le geste fut si soudain et si inattendu qu'il nous fit tressaillir. La lame fendit l'air. Le regard sec et froid de Meghan s'agrandit, sa bouche s'ouvrit sur un long et lugubre râle. Seulement là je compris ce qui se passait. Une tache sombre grandissait sur le corsage de la Créature. Les longs doigts osseux relâchèrent alors le manche du poignard qui resta planté dans son estomac. Isaak poussa un cri de détresse, se rua sur elle, l'attrapant avant qu'elle ne glisse sur le sol. Il criait son nom, la secouait, l'injuriait. L'odeur putride des sacrifices et celle du lange souillé de Duncan, les ombres vacillantes sur le roc ruisselant, l'écho des révélations ahurissantes, tout se bousculait dans mon esprit catatonique. Puis les cris de mon enfant et les battements furieux de mon cœur me fouettaient le sang, celui qui se vidait sur le bleu d'une étoffe. Mes sens assiégés se débattaient dans cette cohue pour y mettre un peu d'ordre.

— Je devais le faire... Isaak... C'était la seule façon de me délivrer...

— Pourquoi, Meg ? Pourquoi ? Je t'aime... Je t'ai toujours aimée... Mon Dieu ! Aucun homme ne pouvait t'aimer autant que moi. J'ai toujours plié devant tes caprices. Tout ce que j'ai enduré, tout ce que j'ai fait pour toi ! Bon Dieu ! Nos bébés... nous aurions pu en avoir d'autres...

Il sanglotait, la serrant contre sa poitrine. Les yeux émeraude se refermèrent légèrement.

— Ta vérité m'a tuée. Mon âme est damnée... depuis le jour où... tu m'as aimée... non plus comme un frère... mais... comme un homme... L'enfer nous attend... Isaak... Trop de péchés...

Ses yeux se révulsèrent, et ses doigts se crispèrent dans un dernier spasme sur la chemise de son frère. Sa vie se déversait sur sa robe. Les pleurs d'Isaak résonnaient sur les murs. Pétrifiée, je regardai le frère bercer le corps de sa sœur. Patrick m'avait rejointe. Ses mains tremblantes m'enserraient les épaules. Je serrai Duncan un peu plus fort contre moi. Ses poings se tortillaient dans la couverture, cherchant le sein qui lui était dû. Ses cris me ramenèrent vers lui. Je me retirai vers le fond de la grotte.

Duncan se tut, aspirant goulûment mon sein. Des larmes de soulagement me montaient aux yeux. La douleur s'apaisait. Liam, paralysé, le souffle coupé comme s'il venait de recevoir un coup de poing dans l'estomac, fixait le spectacle d'un œil vide. Il ne comprenait pas encore le sens de tout ce qui venait d'être dit. Il s'essuya le front du revers de sa manche. Je vis sa main tressaillir lorsqu'elle passa sur son visage. Son teint était gris, sa peau, moite. Lentement, au fil de ses pensées, il prit conscience à son tour de toute l'horreur de la situation.

Atterré, il me chercha des yeux sans rien dire. Les mots étaient inutiles, je savais ce qu'il pouvait ressentir. Les sanglots d'Isaak le ramenèrent à la situation présente. Il jeta un regard vers Colin, qui se remettait lui aussi du choc, et lui fit signe d'un geste de la tête. Noyé dans son chagrin, Isaak ne les vit pas venir. En moins de deux, il s'était retrouvé plaqué contre le mur, un poignard sur la gorge.

— Henderson ! Sale fumier ! Tu... tu salissais ta sœur !

Il n'osait prononcer les mots tout haut, de peur à son tour d'être entaché par la faute qui conduisait aux flammes éternelles.

— Non, j'aimais Meghan, je ne lui ai jamais fait de mal.

— Tu es ignoble ! Regarde-la ! Regarde-la bien et répète-moi, si tu oses encore, ne jamais lui avoir fait de mal ! Mais quelle sorte d'homme es-tu donc ? Ta sœur ! Elle était ta sœur, fumier !

Le remords étouffait Isaak et torturait ses traits. Malgré cela, il tentait désespérément de se disculper, refusant obstinément d'ouvrir les yeux.

— Elle ne s'est jamais refusée à moi…

Un violent coup de poing le plia en deux. Il expira bruyamment son air, cherchant à le reprendre dans un râle. Liam l'empoigna par la chevelure et le redressa brusquement. Le crâne d'Isaak heurta violemment le roc. Sous le coup, l'homme gémit, déglutissant avec peine. Les muscles de Liam saillaient sur son cou. Apparemment, il était envahi par l'envie de le tuer, mais il se retenait à grand-peine.

— Tu as… Nom de Dieu ! Tu étais son frère, sa seule famille. Comment as-tu pu ?

— Je ne suis pas son frère… de sang…

Liam le fixait sans comprendre. Le visage congestionné, Isaak inspira profondément sous l'acier du poignard de Colin.

— Son père… n'était pas le mien. Je ne suis pas certain… que tu désires vraiment entendre la suite.

— Laisse-moi en juger, siffla Liam. Allez, raconte-moi ta petite histoire.

— Sa mère était la sœur de Barber…

Liam le dévisagea encore quelques secondes, les sourcils froncés par l'incompréhension. Lentement, ses traits s'altérèrent. Le sang quitta son visage.

— La sœur de Robert Barber ? Mais elle s'appelait Helena Macnab !

Isaak acquiesça d'un hochement de tête.

— Oui. Elle avait pris le nom de sa mère. Je ne sais pas pourquoi, Effie n'a jamais voulu m'en donner la raison.

— Effie ? Elle savait ? Qui d'autre ? Suis-je le dernier à savoir, nom de Dieu ?

— Le grand MacIain savait. Pas ses fils. Personne d'autre. Le secret avait été bien gardé.

Liam bouscula encore Isaak contre la pierre, l'œil mauvais.

— Et… pour le père de Meghan… dit-il d'une voix moins assurée.

Malgré la fureur qui l'animait, il avait posé la question du bout des lèvres, appréhendant la réponse qu'il semblait déjà connaître. Isaak ferma les yeux avant de continuer :

— Liam… Meghan était… ta sœur.

Un silence sépulcral tomba après cette déclaration fracassante. Horrifié, Colin retira le poignard de la gorge d'Isaak, qui se mit à respirer plus librement. Liam le relâcha et recula d'un pas. Il secouait la tête, incrédule, son regard fuyant la vérité dans les branchages qui recouvraient le sol.

— Tu mens, murmura-t-il faiblement.

— Non.

Il releva la tête d'un coup, les traits déformés par la hargne.

— Tu mens ! hurla-t-il.

Isaak n'insista pas.

— Explique-toi, dit abruptement Colin, qui venait tout juste de recouvrer la parole.

— Votre père… a eu une aventure avec Helena. Elle fut brève, mais Helena est tout de même tombée enceinte. Mon père l'a su, mais il a préféré fermer les yeux plutôt que risquer de la perdre. Il l'aimait, Helena, et il a élevé Meghan comme sa propre fille. Votre père n'a jamais su. MacIain n'a rien fait.

— Bordel de merde !

Colin passa une main sur son visage et regarda son frère.

— Liam, tu te souviens… avant que Barber n'abatte père. Tu m'avais dit qu'il voulait lui régler son compte. Il avait…

— Père n'a pas violé Helena, siffla froidement Liam en se retournant vivement pour lui faire face. Il-ne-l'a-pas-violée !

— Ce n'est pas ce que je voulais dire, se reprit Colin, mal à son aise. Je voulais seulement vérifier si cela pouvait être possible…

— Les registres des naissances, dit Isaak. Ceux de MacIain. La preuve est là.

Liam reporta son attention sur lui.

— Les registres ont brûlé avec Carnoch, le matin du 13 février 1692, pauvre idiot !

— Non… pas celui-là. La page avait été déchirée. Effie voulait s'assurer que personne ne saurait. Elle la gardait constamment sur elle. Elle est cachée… chez moi.

Liam repoussa Isaak sur le mur.

— Pourquoi ne pas nous en avoir fait part avant, Isaak ? Tu m'as laissé la courtiser et…

Son teint devint carrément livide lorsqu'il se rendit compte de ce qu'il avait fait. Tout ce dont il avait accusé Isaak quelques instants plus tôt lui retombait dessus, comme une masse.

— Nom de Dieu ! Pourquoi ne m'as-tu pas empêché de…

Il rugit et se prit la tête entre les mains.

— Vous aviez été plutôt discrets. Lorsque je l'ai appris, il était trop tard.

Colin marchait à pas comptés, perdu dans ses sinistres conjectures.

— Et Meghan, elle savait ? demanda-t-il.

Isaak baissa ses yeux vers sa sœur, refoula un sanglot et renifla bruyamment. Il s'éclaircit la gorge avant de reprendre :

— Non. Pas à ce moment-là.

— Quand le lui as-tu dit ? s'enquit Liam.

— Le jour de sa disparition. C'était le seul moyen pour la convaincre de quitter la vallée. Elle devenait obsédée par l'idée de devenir ta femme malgré tout.

Patrick et moi échangeâmes un regard. Celui de mon frère était atterré. Je posai ensuite le mien sur le corps de la Créature qui gisait sur le sol, un peu à gauche d'Isaak. Dans ses traits figés, je cherchai des ressemblances. Peut-être la courbe des pommettes, le nez étroit… Comment Isaak lui avait-il annoncé que Liam était son demi-frère ? Une partie de moi éprouvait de la compassion pour cette femme, l'autre partie avait trop souffert pour ressentir quoi que ce soit.

Isaak se laissa glisser contre le mur. Liam, que le mouvement avait sorti de sa torpeur, le saisit de nouveau par le col et le hissa à sa hauteur.

— Et Barber… Tu manigançais avec ce fumier, un des bourreaux du clan ! Celui-là même qui a abattu mon père et combien d'autres encore ! Je devrais t'ouvrir la gorge ! Quelles sont tes excuses, cette fois ?

— Je n'avais pas eu le choix…

— Va raconter tes sornettes à quelqu'un d'autre, salaud ! On a toujours le choix !

— Non… il tenait Meghan. Ewen Campbell. Il savait pour Meghan et moi. Il nous avait… surpris… Il s'en était servi… De plus, Barber menaçait de tout raconter. Je ne pouvais pas le laisser faire. Meghan n'aurait pas supporté. Il aurait fallu faire éclater la vérité au grand jour.

La main de Liam libéra la tête d'Isaak, qui retomba mollement sur sa poitrine. Tout son corps semblait se ramollir. Celui de Liam se détendit aussi, comme si, d'un coup, toute sa fureur disparaissait. Je n'osais respirer. Bien qu'Isaak et Meghan ne fussent pas liés par le sang, ils avaient tout de même partagé leurs vies en tant que frère et sœur. L'amour qu'il lui avait porté n'en était pas moins incestueux. Colin rengaina son poignard, et Liam se détourna. L'homme tomba jusqu'au sol, secoué de sanglots. A quatre pattes, il retourna vers le corps de Meghan, la souleva et la blottit sur ses cuisses, l'embrassant et la caressant amoureusement.

— Meg... hoqueta-t-il. Petite Meg... *Mo leannan*[1]... Oh ! Dieu tout-puissant ! Qu'ai-je fait ! Je t'aimais tant. Je suis si désolé... Ma sœur, mon amour...

Alors, lentement, Liam dit :

— Je laisse à Dieu le soin de te juger et de te châtier comme tu le mérites.

Il s'approcha de Meghan et se pencha sur elle. Il marmonna quelques mots tout en caressant une boucle avec ses doigts, puis il se redressa. Au mépris du fait que je les savais maintenant frère et sœur, son geste m'agaça à l'extrême : ils avaient été amants. Nos regards s'accrochèrent un moment, trop court pour que je devine ses pensées, assez long pour lire la tristesse dans ses yeux, si bleus... Il s'approcha de moi. Ses doigts tremblaient au-dessus de la petite tête ronde.

— C'est fini, murmura-t-il simplement.

Les sons qu'émettait Duncan emplissaient l'espace autour de moi. Je me concentrai sur eux pour ne plus entendre les sanglots d'Isaak.

Deux jours s'étaient écoulés depuis la mort de Meghan. Le clan l'ayant déjà enterrée une fois, l'affaire avait été gardée secrète. Il était inutile de ressasser cette histoire scabreuse qui risquait d'éclabousser les parties en cause, en l'occurrence Liam et Colin. L'infidélité de leur père, qui les avait mortifiés, était déjà assez lourde à porter. Sans parler du souvenir de la flamboyante créature entre leurs draps. Dans l'espoir de pouvoir réfuter ce fait, Liam avait étudié la page sauvée du registre des naissances et n'avait pu que se rendre à l'évidence. Sous le nom du père, seules des initiales avaient

1. Ma chérie.

été inscrites. C'était inhabituel. Ailleurs, les noms étaient transcrits en entier. D.L.M. Duncan Liam Macdonald. La preuve était irréfutable. Meghan avait été sa sœur bâtarde. Seuls John MacIain, Colin et lui-même étaient au courant. Il en serait toujours ainsi.

O belle Meghan ! Ni la folie ni même la mort n'avaient altéré sa beauté séraphique. Un visage aux traits si fins et si pâles, maintenant sereins. Si belle… et éternellement froide. Par son geste, elle s'était condamnée à errer dans le purgatoire pour l'éternité. Le ciel lui était à jamais refusé.

Elle reposait maintenant quelque part dans les Mamores. Après le départ des hommes avec Isaak, Colin et Liam s'étaient occupés du corps de Meghan. Patrick était resté avec moi à la vieille chaumière, et Duncan paisiblement endormi dans le creux de mes bras. Ils avaient enterré le corps près d'un muret et avaient ensuite placé un jeune plant d'aubépine par-dessus. Liam accordait-il de la crédibilité aux superstitions ? Les âmes perdues n'ayant pas leur place dans le cimetière chrétien étaient enterrées près d'un obstacle empêchant toute personne de mettre accidentellement le pied sur leur tombe. Ce qui pouvait porter malheur. Je ne lui avais pas posé la question, n'en voyant pas l'intérêt.

Je ne sus ce qu'il était advenu d'Isaak. Il avait été ramené dans la vallée et avait comparu devant John MacIain. Il avait raconté pourquoi il avait cédé au chantage de Campbell et de Barber, faisant de lui un traître. L'amour sacrilège qu'il vouait à sa sœur dépassait les limites de l'entendement. Il était condamnable par les Saintes Ecritures. Pour éviter les questions embêtantes concernant la grossesse de Meghan, il l'avait poussée à séduire un homme du clan. Mais le malheur voulut qu'elle jette son dévolu sur Liam, son frère naturel. Devant l'échec de son entreprise, et par peur qu'on découvre leur terrible secret, il avait organisé avec soin la disparition de Meghan pour la reléguer dans les montagnes, semant minutieusement des indices ici et là. Des Campbell ayant été vus dans les environs, une broche « oubliée » suffirait pour faire peser les soupçons sur eux. Il avait joué la parfaite comédie du frère éploré. Là-bas, à l'abri des regards indiscrets, il avait pu donner libre cours à sa passion scandaleuse. Pour se faire pardonner de sa sœur, il lui avait permis de se livrer à ses noirs desseins.

Atterrée par l'accablante vérité qu'elle venait d'apprendre, Meghan avait choisi de déverser sa hargne sur moi et Duncan. Magie noire, sorcellerie, Isaak avait fermé les yeux sur tout cela.

Aux yeux de Dieu, ses agissements n'étaient-ils pas tout aussi blasphématoires ?

Pour son malheur, Ewen Campbell les avait surpris et avait brandi cette épée de Damoclès au-dessus de la tête d'Isaak. Celui-ci avait transmis des informations à Ewen, qui, lui, les avait transmises à son tour à Barber. Ce petit jeu avait débuté quelques jours avant ma fuite précipitée de la vallée. Ce qui expliquait la crainte injustifiée de Meghan lorsque nous avions croisé le mécréant devant une taverne de Ballachulish.

Isaak avait dû expliquer sa traîtrise. Il n'avait appris le point de débarquement de la cargaison d'armes à Lang Craig que par un pur hasard. Thomas, imbu qu'il était de lui-même, aimait un peu trop se délier la langue devant les femmes. Il en avait oublié toute prudence. Il avait laissé un message pour une des servantes de l'auberge de Guthrie, Gracie, lui annonçant qu'il reviendrait la voir à son retour de Lang Craig... Isaak avait trouvé le bout de papier oublié par inadvertance sur un comptoir. Le pauvre Thomas avait déjà lui-même payé pour cette erreur. Voulant s'assurer que ce dernier ne donnerait pas sa version des faits, Isaak l'avait poussé en bas de la falaise. Thomas MacSorley était mort, la nuque brisée.

Le seul geste qui aurait pu jouer en faveur d'Isaak était d'avoir contribué à sauver la vie de Liam. Malheureusement, il ne l'avait pas fait par pur altruisme. Sachant pertinemment que Liam, une fois libre, se ferait une joie de tuer Barber, ce qu'il avait fait, il se délivrait ainsi de l'emprise de son maître chanteur. De plus, en prenant soin de me mettre à l'abri, il contribuait à étouffer tous les éventuels soupçons.

Le procès, qui avait été tenu à huis clos, avait pris fin le matin même. MacIain avait maintenant droit de vie et de mort sur lui. Ses fautes étaient extrêmement graves. Je ne demandai pas à Liam quelle avait été la sentence. Je m'étais détachée du sort de cet homme. En revanche, j'en avais une sombre idée. Isaak avait été conduit hors de la vallée, ligoté sur un cheval, escorté de quatre hommes armés. Liam et Colin en faisaient partie. Ils étaient rentrés, il y avait une heure à peine. La bête, chevauchée par le condamné, était revenue, libre de cavalier.

La lueur de la chandelle jouait sur la peau de mon époux, accentuant l'angle saillant d'une hanche et creusant la fossette de sa fesse. Il se tenait debout, devant la fenêtre, et se balançait tranquillement de gauche à droite, son fils blotti contre son épaule. Ses pensées se perdaient au-delà de son regard.

Je m'approchai d'eux, sans bruit. Sentant ma présence, il tourna légèrement la tête. Il avait les traits tirés. Le procès d'Isaak l'avait grandement éprouvé ; néanmoins, son regard était serein. Sa main quitta les cheveux de Duncan pour caresser les miens. Il s'emplit les doigts de ma chevelure, la relevant avant de la libérer. Elle retomba mollement sur mes épaules. Il écarta une mèche pour dégager mon visage.

— Tu sais que je t'ai épousée pour tes yeux ?

— Mes yeux ?

Je le regardai, interloquée. La courbure de ses lèvres s'adoucit.

— Et autres choses, bien sûr… ajouta-t-il en riant.

Il tapotait machinalement le dos de Duncan, me fixant avec intensité.

— Tes yeux ont pris la teinte d'une mer calme. Ils sont si changeants, parfois verts, parfois gris-bleu. Un simple coup d'œil m'indique ton humeur. Tu es heureuse.

— Avec mes hommes près de moi, oui, fis-je en riant doucement.

Il rit de même, brièvement, et se tut. Ses yeux aussi étaient changeants. Parfois de ce bleu si pur qui me donnait envie d'y plonger. Parfois, si sombres et insondables, souvent indéchiffrables. Pour décoder ses états d'âme, je devais apprendre le langage de son corps. Une partie de cet homme demeurait encore une énigme… Alors, je me dis que j'avais toute une vie pour la résoudre. Un silence méditatif se prolongeait. Il suivit le contour de mes lèvres du bout de son index, me contemplant longuement, puis sa voix chuchotante m'effleura de nouveau les oreilles :

— J'ai tué pour toi, *a ghràidh*. Je le referai sans remords si c'est nécessaire. Je le ferai pour lui aussi. Je ne laisserai plus personne m'arracher ceux que j'aime… Plus jamais…

Un souffle, mais si lourd de sens. Il prit ma main, entrecroisant mes doigts avec les siens, et la pressa contre sa joue. Je sentis la chaleur de sa peau et la piqûre des poils drus de sa barbe. Duncan choisit ce moment pour émettre un rot incongru et se tortiller frénétiquement comme une larve cherchant à se délivrer de son cocon. Liam lui jeta un regard en coin. Voyant que son fils ne livrerait pas le trop-plein de son dernier repas sur son épaule, il reporta son attention sur moi. Il reprit d'une voix basse :

— J'ai voulu la tuer, Caitlin. Meghan, je ne l'aimais pas, je m'en étais servi pour… enfin…

— Tu ne pouvais pas savoir.

Il grogna et frotta son nez dans la chevelure hirsute qui lui chatouillait le menton.

— L'amour peut tuer l'amour.

Je levai vers lui un regard interrogateur. Il précisa :

— L'amour d'Isaak pour Meghan.

— Ce ne pouvait être de l'amour, Liam.

Il haussa les épaules. Duncan, dérangé par le geste, rouspéta et mit son poing dans sa bouche pour le sucer bruyamment.

— Qu'est-ce que l'amour ? Un élan du cœur, une passion envers une autre personne ? Irraisonné, il pousse à commettre des gestes irréfléchis qui blessent, parfois profondément. Meghan souffrait terriblement. Et Isaak...

Une triste lueur passa au fond de ses yeux. Il n'arrivait pas à parler d'Isaak. Un jour, peut-être.

Il porta ma main à ses lèvres, la baisant doucement. La lune coulait ses rayons sur la chevelure sombre de Duncan. Du bout de mon pouce, j'en caressai une mèche qui se dressait, rebelle, et fermai les yeux. L'odeur suave des herbes suspendues aux poutres, celle, plus piquante, de la tourbe qui brûlait, le parfum de musc et de résine de la peau de Liam... Je priai Dieu de garder toujours ce moment intact dans ma mémoire...

— *A ghràidh...*

— Hum... murmurai-je faiblement.

— Si mon amour pour toi devient... irraisonné. Tue-moi.

J'ouvris les yeux, surprise. Il me fixa, très sérieux.

— Je ne supporterai pas de te détruire.

— Liam...

— Promets-le-moi.

— Je ne peux pas faire pareille promesse.

Il ne dit rien, se détourna légèrement pour se perdre de nouveau dans la voûte de velours sombre qui nous couvrait. C'est alors que je me souvins d'une de ses phrases ; je venais de formuler une promesse que je n'avais pu tenir.

— Liam, promets-moi de ne jamais me porter un amour irraisonné.

Sa bouche esquissa un sourire sagace. Il se tourna vers moi, une lueur amusée dans les yeux.

— Petite futée. D'accord, je te le promets.

— N'oublie pas que, dans les Highlands, on ne trahit pas une promesse.

Un petit rire de gorge, rauque et grave, me chatouilla les tympans. Liam se dégagea doucement. Il déposa un baiser sur le crâne de Duncan avant de le mettre dans son berceau. Le petit geignit et gigota un peu. Il émit un drôle de son, comme un ronronnement qui fit éclater les petites bulles de lait qui s'accumulaient autour de sa bouche, puis il se rendormit. Liam se pencha au-dessus de son fils, posant sa main sur sa tête. Sa voix était empreinte de toute la solennité qu'exigeait la formulation d'une bénédiction.

— Béni sois-tu, mon fils, que Dieu te préserve du malheur. Je te souhaite de goûter au bonheur et d'être aussi heureux que je le suis en ce moment. Ne renie jamais ton sang écossais, highlander et…

Il hésita, se redressa, prit mon visage entre ses mains et plongea son regard si bleu dans le mien.

— … et sache que…

Il me fixait intensément. Une de ses mains quitta la rondeur de ma joue et se plaqua dans le creux de mon dos. Je posai mes mains à plat sur sa poitrine moite, là où se trouvait Duncan quelques secondes plus tôt. L'odeur un peu sucrée du bébé se mélangeait à la sienne. Je fermai les yeux. Une bouffée de désir m'envahissait lentement, s'étendant à chaque parcelle de mon corps.

— Hum… non, regarde-moi… Je veux voir tes yeux.

La pression de sa main dans mon dos s'accentua. J'obtempérai. Dans la mince fente de ses paupières, je pouvais entrevoir le feu qui le dévorait. Il me fouillait, cherchant mon âme pour s'en emparer et la retenir prisonnière. Je la lui cédai volontiers. Il reprit :

— … et sache que ta mère est un vent d'Irlande venu souffler dans mes montagnes de bruyères. Tu as ravivé la flamme qui s'était éteinte en moi, Caitlin… je t'aimerai, *ad vitam æternam.*

C'était sa promesse. Il s'écarta légèrement pour mieux me regarder. Le pâle croissant qui ornait sa poitrine luisait, souvenir d'un duel dans une clairière lumineuse. Je glissai un doigt dessus. Ses yeux s'abaissèrent, et je sentis ses muscles se tendre. Ses blessures s'étaient refermées, du moins celles qui étaient visibles… Un soupir s'échappa de ses poumons, comme une plainte sourde expulsant tous les démons qui l'habitaient. Brusquement, il m'attira à lui.

— Bon sang… ! Ce que je peux t'aimer…

La lune glissait sur les draps emmêlés autour de nos jambes nues. Le froid de la nuit coulait sur ma peau humide de sueur. Les lèvres de Liam se posèrent délicatement sur la cicatrice de mon épaule.

Nos corps encore brûlants de passion se blottirent l'un contre l'autre dans le creux de notre lit, ne faisant plus qu'un.

J'aimais cet homme qui me réchauffait. Il y avait moins d'un an, il m'était totalement inconnu ; aujourd'hui, lui et notre fils constituaient ma raison de vivre, mon port, mon quai. Dans sa vallée, j'avais déposé mon maigre bagage. Dans sa maison, mon âme blessée avait trouvé refuge.

Je profitai pleinement de la magie de ce moment de bonheur, car je savais trop bien qu'il était éphémère. Notre vie serait tout sauf paisible.

La présence des *Sassenachs* était un rappel constant de la terrible menace qui planait au-dessus des clans. L'Angleterre serait sans pitié pour quiconque ne se soumettrait pas à son autorité, et la haine qu'elle témoignait ouvertement vis-à-vis des Highlanders n'était qu'un pâle reflet de ce qu'elle réservait aux clans dans les années à venir.

Je contemplai la minuscule tête noire qui grognait déjà comme son père. « Duncan Coll Macdonald, quel sera ton destin ? Tu verras le sang couler, mon fils, mais tu connaîtras aussi l'amour… la bouée qui nous empêche de sombrer dans la tourmente. Dors, *mo mhac mùirneach…* »

Mes pensées s'envolèrent ensuite vers Stephen. Il était mon fils aîné, celui sur qui retombait véritablement la terrible malédiction proférée par Meghan. Dieu protégerait son âme innocente, j'en étais convaincue. Le destin, s'il le voulait bien, le mettrait un jour sur mon chemin.

L'astre nocturne emplissait désormais la chambre de sa lumière argentée. Le souffle doux et régulier de Liam me caressait le cou et réchauffait ma nuque. Lovée étroitement contre mon amour, je percevais son cœur qui poussait à grands coups le sang guerrier dans ses veines. Je n'entendais déjà plus le vent qui portait les plaintes d'une Ecosse troublée appelant ses fils aux armes. Ma poitrine se gonfla. Près de lui, je savais que je trouverais mon lot de bonheur, malgré tout… et pour toujours.

Table des matières

Composé par Nord Compo
à Villeneuve-d'Ascq

Achevé d'imprimer en juin 2005
sur les presses numériques de Bookpole
BP 12 - ZI Route d'Étampes - 45330 Malesherbes
http://www.imprimerie-bookpole.com

Pour le compte des Éditions
Les Presses-Solar-Belfond
12 avenue d'Italie
75013 Paris

N° d'édition : 6734 - N° d'impression : E05/06090L
Dépôt légal : janvier 2005
suite du premier tirage
Imprimé en France